홀드타이트

H O L D T I G H T

홀드타이트

할런 코벤 장편소설 | 하현길 옮김

Harlan Coben

비채

홀드타이트 모중석스릴러클럽029

개정 1판 1쇄 발행 2015년 3월 3일 **개정 1판 2쇄 발행** 2021년 8월 10일

지은이 할런 코벤 **옮긴이** 하현길
펴낸이 고세규
편집 김은영 이승희 **디자인** 이은혜

발행처 김영사
주소 경기도 파주시 문발로 197(문발동) 우편번호 10881
등록 1979년 5월 17일 (제406-2003-036호)
구입 문의 전화 031)955-3100 **팩스** 031)955-3111
편집부 전화 02)3668-3291 **팩스** 02)745-4827 **전자우편** literature@gimmyoung.com
비채 카페 cafe.naver.com/vichebooks **인스타그램** @drviche
트위터 @vichebook **페이스북** facebook.com/vichebook
ISBN 979-11-85014-75-3 03840 책값은 뒤표지에 있습니다.

비채는 김영사의 문학 브랜드입니다.
이 도서의 국립중앙도서관 출판시도서목록(CIP)은 서지정보유통지원시스템 홈페이지(http://seoji.nl.go.kr)와 국가자료공동목록시스템(http://www.nl.go.kr/kolisnet)에서 이용하실 수 있습니다.
(CIP제어번호: CIP2015006038)

내 아이들의 할아버지, 할머니인 칼과 코르키 코벤,

외할아버지, 외할머니인 잭과 낸시 암스트롱을 추모하며……

당신들이 무척이나 그립습니다.

1

매리앤은 비참하리만치 인생을 깡그리 파괴해버린 자신의 저주스러운 능력을 한탄하며 쿠엘보(멕시코산 데킬라)를 석 잔째 천천히 마셨다. 그때 곁에 있던 사내 하나가 소리를 질렀다. "이것 봐, 예쁜이, 천지창조설과 진화론은 서로 배타적인 게 아니란 말이야."

그자의 입에서 튄 침방울이 매리앤의 목덜미에 떨어졌다. 매리앤은 이마를 찌푸리며 사내를 힐끗했다. 그녀의 오른쪽에 앉은 사내는 1970년대 포르노 영화에서 튀어나온 듯 무성한 콧수염을 기른 남자였다. 매리앤의 왼쪽에는 사내가 자극적인 말로 주의를 끌려 하는 여자 하나가 앉아 있었다. 그녀의 금발은 지나치다 싶을 정도로 탈색을 해서 밀짚처럼 금세 바스러질 듯했다. 매리앤은 이들이 먹어대는 샌드위치 속의 고깃덩어리 같은 꼴이 되고 말았다.

매리앤은 두 사람을 애써 무시하려고 했다. 자신이 든 술잔이 약혼반지에 붙어 있는 다이아몬드라도 되는 양 뚫어지게 응시했다. 콧수염 사내와 금발 여자가 얼른 꺼져줬으면 하는 마음뿐이었다. 그러나 현실은 생각과 달랐다.

"넌 미쳤어." 밀짚머리가 말했다.

"내 말을 들어보라니까."

"들어는 볼게. 하지만 넌 미친 게 분명해."

듣다 못한 매리앤이 끼어들었다. "제가 자리를 바꿔드릴게요. 두 분이 나란히 앉을 수 있도록요."

콧수염은 그녀의 팔을 가만히 잡았다. "아가씨, 잠시만 참아줘요. 당신에게도 이 얘길 들려주고 싶거든."

매리앤은 항의하려다가 그냥 있는 게 낫겠다고 마음을 고쳐먹었다. 그녀는 자신의 술잔으로 다시 시선을 돌렸다.

"좋아, 너도 아담과 이브에 대해선 알고 있겠지?" 콧수염이 목소리를 높였다.

"물론이지." 밀짚머리가 대꾸했다.

"그 얘길 알고 있다고?"

"인류 최초의 남자와 여자 아냐?"

"맞아."

"왜 그래? 내 말이 틀린 거야?"

"맞다니까. 성경에 다 나와 있는 얘기지. 아담이 먼저 만들어지고, 그의 갈비뼈로 이브가 만들어졌다고." 그는 성난 애완동물을 달래듯 자신의 콧수염을 연신 쓰다듬었다.

매리앤은 술을 들이켰다. 거기에는 여러 이유가 있었지만, 대개는 즐기고 싶어서였다. 누군가와 만나 질펀하게 놀고 싶었고, 그런 기회를 더 많이 만들기 위해 이런 곳을 수도 없이 들락거렸다. 하지만 오늘 밤에는 이름 모를 놈팡이와 팔짱을 끼고 떠나고 싶지는 않았다. 그저 취하도록 마시고 싶은데, 그조차 마음대로 되지 않았다. 옆에서 떠들어대는 시답잖은 얘기 때문에 정신이 산만해졌다. 그 바람에 심적 고통이 줄어들기는 했다.

매리앤은 모든 걸 엉망으로 만들어버렸다.

늘 그렇듯.

그녀의 인생은 올바르고 경건한 것으로부터 끊임없이 달아나는 도피의 연속이었다. 마약의 쾌감 이후에 찾아드는 권태로움에서 벗어나기 위한. 지금껏 파괴해온 선한 것들을 원래 상태로 되돌리고 싶었지만 제대로 될 리가 없었다.

과거에는 가장 가까운 사람들을 괴롭게 했다. 가장 사랑하는 사람들의 마음을 천 갈래 만 갈래 찢어발겼다. 하지만 이제는, 명석했던 두뇌 기능도 떨어지고 이기심도 적절히 가미된 덕분에, 전혀 모르는 사람들을 '매리앤의 대학살' 피해자 명단에 올릴 수 있었다.

무슨 이유인지는 모르지만, 생판 모르는 사람들을 해치는 게 더 나쁜 일처럼 느껴졌다. 우리는 모두 자신이 사랑하는 사람들의 마음을 아프게 하고 있지 않나? 하지만 무고한 사람들의 마음을 아프게 하는 건 분명 나쁜 업보였다.

매리앤은 한 사람의 인생을 완전히 망쳐버렸다. 어쩌면 그보다 더 많은 이들의 인생을 망쳤을지도 모른다.

"뭘 위해서?"

아이를 보호하기 위해서였다고, 그럴 수밖에 없었다고 그녀는 자신을 위로했다.

멍청한 것 같으니.

"그래, 결국 아담이 이븐가 뭔가 하는 걸 낳았던 거야." 콧수염이 계속 떠들어댔다.

"성차별적인 헛소리일 뿐이야." 밀짚머리가 반박했다.

"이건 성경에 나오는 얘기라니까."

"그건 과학에 의해, 말도 안 되는 헛소리라고 증명됐잖아."

"좀 조용히 하고 내 말을 끝까지 들어보라니까, 이 아가씨야." 그는 오른손을 내밀었다. "여기 아담이 있어." 그런 다음 다시 왼손을 내밀었다. "그리고 이제 이브도 있어. 에덴동산도 있고 말이야."

"그러네."

"아담과 이브는 카인과 아벨이라는 두 아들을 낳았지. 그리고 아벨은 카인을 죽였고."

"카인이 아벨을 죽였지." 밀짚머리가 잘못된 부분을 바로잡았다.

"확실해?" 콧수염은 이마를 찌푸리고 잠시 머리를 굴렸다. 그러더니 머리를 세게 흔들었다. "누가 누구인진 모르겠지만 둘 중 하나가 죽었어."

"아벨이 죽었다니까. 카인이 죽였단 말이야."

"정말 확실한 거야?"

밀짚머리가 고개를 끄덕였다.

"좋아, 그럼 이제 카인만 남은 거지? 그렇다면 카인은 누구랑 아이를 만든 거냐고. 가까이 할 수 있는 여자는 이브밖에 없었을 텐데, 그녀라고 안 늙었겠어? 그렇다면 인류가 지금까지 대를 이어왔다는 게 이상하지 않아?"

콧수염은 마치 청중의 우레와 같은 박수를 기대하는 사람처럼 말을 멈췄다. 매리앤은 자신도 모르게 그 얘기에 빠져들어 해답을 궁리했다.

"논리적으로 얼마나 모순인지 알겠어?"

"이브가 다른 애를, 여자애를 또 낳았을 수도 있잖아."

"그럼 카인은 자기 여동생과 섹스를 했단 말이야?" 콧수염이 물었다.

"당연하지. 그 시대에는 상대방이 누군지 따지고 자시고 할 게 없었을 것 아냐? 아담과 이브도 처음엔 둘밖에 없었잖아. 초창기에는 근친상간을 할 수밖에 없었던 거지."

"그렇진 않아." 콧수염이 즉각 반박했다.

"그렇지 않다니?"

"성경에서는 근친상간을 엄격하게 금하고 있어. 그 해답은 과학이 줄 수 있지. 내가 하고 싶은 말이 바로 이거라고. 실제로는 과학과 종교가 공존하고 있다는 것. 그걸 여실히 보여주는 게 다윈의 진화론이란 말이지."

밀짚머리는 이제 정말 흥미가 생긴 모양이었다. "어떻게?"

"한번 생각해보라고. 수많은 진화론자들이 인간은 누구의 자손이라고 하고 있지?"

"영장류."

"맞아. 그게 원숭인지 유인원인지는 모르겠지만. 결국 카인은 에덴동산에서 쫓겨나 인간이라고는 자신밖에 남아 있지 않은 이 위대한 지구 위를 떠돌아다녔을 거란 말씀이야. 내 말 듣고 있나요?"

콧수염은 매리앤의 팔을 살짝 두드리며 반응을 살폈다. 매리앤은 느릿느릿 사내 쪽으로 얼굴을 돌렸다. 색골처럼 보이는 콧수염만 없다면 한층 더 멋져 보이겠다는 실없는 생각이 얼핏 들었다.

매리앤은 어깨를 으쓱했다. "잘 듣고 있어요."

"좋습니다." 콧수염은 씩 웃더니 한쪽 눈썹을 추켜세웠다. "그리고 카인은 남자였다고. 맞지?"

밀짚머리가 얼른 맞장구쳤다. "그래."

"정상적인 사내라면 당연히 본능적인 충동도 가지고 있었을 거잖아."

"맞아."

"그런 충동을 그대로 간직하고 있던 혈기 왕성한 카인이 어느 날, 우연히 숲 속을 가로지르고 있었지." 그는 또 한번 묘한 미소를 띠면서 콧수염을 슬쩍 어루만졌다. "그러다 우연히 매력적인 원숭이와 마주쳤단 말이야. 뭐 고릴라나 오랑우탄일 수도 있겠지만."

매리앤은 콧수염을 빤히 쳐다봤다. "지금 농담하는 거죠?"

"아니요. 정말 그럴듯하지 않아요? 카인은 원숭잇과에 속한 뭔가를 만난 거예요. 원숭이는 인간에 가장 가까운 동물이잖아요. 카인은 암컷 한 마리를 붙들고, 그러니까 뭐시기를 한 겁니다." 콧수염은 매리앤이 무슨 뜻인지를 모를까봐 친절하게도 두 손을 마주쳐 보였다.

"그러자 그 원숭이가 임신을 한 거죠."

밀짚머리가 탄성을 내질렀다. "그것 참 끝내주네."

기분이 나빠진 매리앤이 술잔 쪽으로 얼굴을 돌리자, 콧수염이 그녀의 오른팔을 톡톡 두들겼다.

"그게 말이 안 된다고 생각하세요? 원숭이가 가진 아이는 인간과 원숭이의 혼혈인 셈이죠. 처음에는 원숭이 쪽을 더 많이 닮았겠지만 시간이 흐르자 서서히 우성에 속하는 인간의 유전자가 전면에 나서게 된 겁니다. 어때요? 진화론과 창조론이 하나가 되지 않았어요?"

"이것 한 가지는 분명히 짚고 넘어가야겠어요. 하느님께서 근친상간은 금하셨는데, 수간獸姦은 허용하셨단 말인가요?" 매리앤이 열을 올리며 말했다.

콧수염은 좀 건방진 태도로 매리앤의 어깨를 몇 번 토닥거렸다.

"내가 지금 말하고 싶은 건, 과학자랍시고 방귀깨나 뀌는 인간들이 종교는 과학과 양립할 수 없다고 침을 튀겨가며 주장하고 있는데, 그게 다 상상력이라고는 약에 쓰려고 해도 없기 때문이라는 겁니다. 그게 문제죠. 과학자 나부랭이들은 그저 현미경을 들여다볼 뿐입니다. 종교인이라는 양반들은 그저 종이에 쓰여 있는 글자만 들여다보고 있습니다. 두 쪽 다 숲은 보지 못하고 나무들만 보고 있는 셈이죠."

"그 숲이라는 곳이, 예쁜 원숭이가 있었다던 숲과 같은 곳인가요?"

매리앤이 빈정거리며 말했다.

갑자기 분위기가 싹 변한 것 같은데, 어쩌면 그건 매리앤이 상상한 것일 수도 있었다. 콧수염은 입을 다물어버렸다. 그러고는 매리앤을 꽤나 오랫동안 빤히 보았다. 매리앤은 기분이 좋지 않았다. 뭔가 빠져버린 듯한 그 눈길이 마음에 들지 않았다. 콧수염의 눈동자는 마치 누군가가 자기 멋대로 그곳에 박아 넣은 것처럼, 생기도 광채도 돌지 않는 검은 유리알 같았다. 콧수염은 눈을 끔뻑이더니 얼굴을 가까이 들이밀었다.

그러고는 매리앤을 꼼꼼히 살폈다.

"이런, 예쁜 아가씨, 혹시 울고 있었나요?"

매리앤은 밀짚머리 여자 쪽으로 고개를 홱 돌려버렸다. 밀짚머리도 매리앤을 빤히 쳐다보고 있었다.

"당신 눈이 빨개서 물어봤어요. 남의 사생활 같은 걸 캐려는 뜻은 없었어요. 그건 그렇고, 당신, 괜찮아요?" 콧수염은 계속 입을 나불거렸다.

"아무렇지도 않아요. 그저 편안히 술을 마시고 싶을 뿐이에요." 매리앤은 얼른 대꾸했지만 목소리가 약간 떨린 것도 같았다.

"무슨 말인지 잘 알겠어요. 방해가 되지 않도록 주의하죠." 콧수염은 양손을 들어올렸다.

매리앤은 계속해서 자신의 술잔만 들여다봤다. 혹시 어떤 움직임이 있을지 신경을 곤두세웠지만 그런 일은 일어나지 않았다. 콧수염의 사내는 자리에 앉은 채 꼼짝도 하지 않았다.

매리앤은 잔을 들어 또 한 모금 꿀꺽 삼켰다. 바텐더는 오랜 경험이 묻어나는 느긋한 자세로 맥주잔을 닦고 있었다. 매리앤은 그가 고전 서부영화에서처럼 잔에 광을 내기 위해 침을 뱉지나 않는지 슬쩍슬쩍 곁눈질을 했다. 실내 조명은 꽤나 어두웠다. 카운터 뒤쪽에는 김 서림 방지처리가 된 거울이 붙어 있어, 자욱한 담배 연기 속에서 일렁이는 불빛을 받은 주변 사람들을 살필 수 있었다.

매리앤은 거울 속에 비친 콧수염 사내를 응시했다.

그는 매리앤을 노려보고 있었다. 그녀는 거울에 비친, 죽은 듯한 눈동자에 사로잡혀 옴짝달싹도 하지 못했다.

날카로운 눈초리가 서서히 눈웃음으로 바뀌자 그녀는 목덜미가 으스스해졌다. 매리앤은 콧수염이 돌아서서 떠나는 걸 보고서야 안도의 한숨을 내쉬었다.

그녀는 고개를 설레설레 가로저었다. 카인이 원숭이랑 자식들을 낳았다고? 그 사람 발상하고는.

술잔을 손에 쥐자 잔 안에서 작은 파도가 일렁거렸다. 콧수염이 떠들어댄 말도 안 되는 개똥철학 때문에 잠시 머리를 식힐 수 있었지만, 그녀는 이내 머릿속을 지배하던 혼돈 속으로 되돌아갔다.

매리앤은 자신이 한 일을 곰곰이 생각해봤다. 그때의 판단이 옳은 것이었을까? 개인적으로 치러야 할 대가, 다른 사람들에게 미칠 영향, 영원히 되돌릴 수 없는 삶들을 철저히 따져봤던 것일까?

그런 것 같지 않았다.

누군가 상처를 입고 말았다. 맹목적인 분노가 치밀어 올랐다. 복수하겠다는 원초적인 욕구가 훨훨 타올랐다. 성경에도 나오는 '눈에는 눈, 이에는 이' 라는 식의 복수를 마치 장난처럼 보이게 만든 그 사건을 사람들이 뭐라고 불렀더라?

그래, 대량 보복!

매리앤은 눈을 꼭 감고 두 눈을 지그시 눌렀다. 뱃속이 꾸르륵거리기 시작했다. 스트레스 때문이라는 생각이 들었다. 눈을 뜨자 실내가 조금 더 캄캄해진 것 같았다. 머리가 어질어질했다.

벌써 이럴 리가 없는데?

내가 얼마나 마신 거지?

매리앤은 카운터를 꼭 붙잡았다. 술을 진탕 마시고 침대에 뻗어버렸는데, 어느 순간 침대가 빙빙 돌기 시작하더니 원심력 때문에 가까운 창문 쪽으로 내동댕이쳐질 것 같은 느낌이 들 때마다 그랬듯이.

뱃속이 갈수록 거북해지며 내장이 꼬이는 듯했다. 번개가 몰아치는 듯한 고통이 밀려와 두 눈에 힘을 주어 크게 떴다. 입을 벌리려고 했지만 비명은 나오지 않았다. 말로 표현할 수 없는 고통이 말문을 막아버렸다. 매리앤은 배를 움켜쥐고 허리를 굽혔다.

"당신, 어디 아파요?"

밀짚머리의 목소리가 아주 먼 곳에서 들려오는 듯했다. 끔찍한 고통이었다. 매리앤이 난생처음 느껴본 가장 극심한 고통이었다. 흡사 출산의 고통과도 같았다. 오호, 그 쪼그만 핏덩이를 자신의 몸보다 더 사랑하고 잘 돌볼 수 있을 것 같다고? 그게 태어날 때는 헤아릴 수조차 없는 엄청난 고통을 안겨줄 텐데도?

이렇게 해서 주변 사람들과 친해질 수도 있네? 좋은 꼴은 아니지만.

콧수염은 이걸 어떻게 받아들일까?

정말이지 면도날이 뱃속을 빠져나오려고 헤집는 느낌이었다. 냉철하게 이성적으로 생각할 여지가 없었다. 고통으로 인해 진이 다 빠져버렸다. 심지어 오늘, 지금 당장은 아니지만 지금까지 살아오면서 자신이 저질렀던 일, 자신이 초래한 손해조차도 잊어버릴 지경이었다. 매리앤의 부모님은 그녀가 십대 때 보여준 무모함 때문에 일찍이 늙어버렸다. 그녀의 첫 번째 남편은 그녀의 끊임없는 바람기 때문에, 두 번째 남편은 한쪽 귀로 듣고 한쪽 귀로 흘려버리는 그녀의 무관심 때문에 결혼생활이 엉망이 되어버렸다. 그리고 그녀의 아이와 그래도 이삼 주 이상 친구로 지냈던 몇 사람과, 자신이 당하기 전에 먼저 그녀를 이용해먹은 사내들도 피해를 보기는 마찬가지였다.

그래, 사내들 때문이야. 어쩌면 내가 그들의 마음을 아프게 했던 것에 대한 업보인지도 몰라.

당장에라도 목구멍에서 뭔가가 밀고 올라올 것 같았다.

"화장실에 좀……." 매리앤은 입을 틀어막고는 간신히 목소리를 쥐어짰다.

"내가 데려다줄게요." 밀짚머리가 나섰다.

매리앤은 앉아 있던 의자에서 몸이 붕 뜨는 걸 느꼈다. 억센 두 손이 자신의 겨드랑이를 파고들어 일으켜 세운 것이다. 누구인지는 모르지만 매리앤을 뒤쪽으로 이끌었다. 밀짚머리인 것 같았다. 그녀는 화장실을 향해 비틀거리며 걸어갔다. 목이 타서 미칠 것만 같았다. 배가 너무 아파 허리를 펴지 못했다.

힘 센 손이 그녀를 단단히 붙잡고 있었다. 매리앤은 바닥만 내려다보며 걸었다. 후들거리는 자신의 발이 간신히 한 걸음씩 내딛는 모습만 보였다. 안간힘을 쓰며 눈을 들자 바로 앞에 화장실 문이 있었다. 저기까지 갈 수 있을지 의심스러웠지만 그래도 가까이 다가갈 수는 있었다.

그런데 그 문을 열고 들어가진 못했다. 겨드랑이를 끼고 있는 밀짚머리의 손에 떠밀려 화장실 문을 지나쳐 계속 걸어야 했다. 매리앤은 어떻게든 걸음을 멈추려고 해봤지만 그녀의 뇌는 꿈쩍도 하지 않았다. 화장실을 지나쳤다고 소리를 치려고 노력했지만 그것도 허사였다. 입이 벌어지지 않았다.

"여기로 나가요. 이게 훨씬 더 나을 거예요." 밀짚머리가 속삭였다.

더 나을 거라고?

매리앤은 자신의 몸이 비상구의 철봉 손잡이를 밀치는 걸 느꼈다. 문이 천천히 열렸다. 술집 뒷문이었다. 그래, 말이 되는군. 뒷골목에서 토하면 될 텐데 굳이 화장실을 엉망으로 만들 필요가 있겠어? 어쨌든 신선한 공기를 마시려면 밖으로 나와야 할 테고. 찬바람을 쐬면 정신이 들 것 같았다. 기분도 한층 더 나아질 것 같았다.

문이 활짝 열리며 바깥쪽 벽에 부딪쳐 쾅 하는 소리를 냈다. 매리앤은 비틀거리며 밖으로 걸어 나갔다. 얼굴에 와 닿는 찬 공기에 한결 상쾌해졌다. 그래도 여전히 배가 아픈 터라 기분이 좋아지지는 않았다.

바로 그 순간, 매리앤은 밴을 발견했다.

짙은 색상의 유리가 끼워진 흰색 밴이었다. 뒷문은 매리앤을 통째로 삼키려는 듯 활짝 열려 있었다. 그 옆에서 그녀를 꼭 붙잡고 밴 안으로 밀어 넣은 건 콧수염이었다.

매리앤은 저항했지만 아무 소용이 없었다.

콧수염은 그녀를 짚단이나 되는 것처럼 가볍게 밴 안으로 던져 넣었다. 그녀는 쿵 소리를 내며 바닥에 떨어졌다. 콧수염은 밴 안으로 들어와 뒷문을 닫더니 그녀를 내려다보았다. 매리앤은 몸을 굴려 태아 같은 자세를 취했다. 배 속의 통증은 여전했지만 이제는 두려움 때문에 신경을 쓸 겨를조차 없었다.

사내는 콧수염을 떼어내더니 씩 웃었다. 밴이 움직이기 시작했다. 밀짚머리가 운전하는 게 분명했다.

"안녕하신가, 매리앤?" 그자가 그녀의 이름을 불렀다.

매리앤은 몸을 움직일 수도, 숨을 쉴 수도 없었다. 그자는 그녀 곁에 주저앉더니 주먹으로 그녀의 배를 후려갈겼다. 그에 비하면 조금 전의 고통은 아무것도 아니었다.

"테이프는 어디 있지?" 그자가 물었다.

그러더니 무지막지한 주먹을 쉴 새 없이 휘둘렀다.

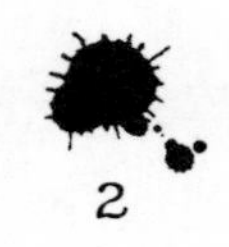

2

"정말 이렇게 하고 싶어요?"

사람이 살다 보면 벼랑에서 떨어질 때가 있는 법이다. 마치 〈루니 툰〉 만화영화에 등장하는 와일 E. 코요테가 앞만 보고 냅다 달리다가 뭔가 허전해서 아래를 내려다보고는, 곧 바닥에 떨어져 묵사발이 될 판이고 무슨 수로도 버틸 수 없음을 알아챈 상황과도 같았다.

하지만 대부분은 그런 상황 자체를 알아채지 못한다. 어둠 속을 헤매다가 벼랑 끝에 거의 다다랐는데도 방향을 잡지 못하고 이리저리 서성인다. 조심스럽게 걸음을 옮겨 보아도 '장님 문고리 더듬기'와 다를 바 없다. 벼랑 끝에 얼마나 가까이 다가섰는지, 발바닥에 닿는 땅의 감촉이 언제 사라질지, 한 걸음만 삐끗해도 갑자기 시커먼 암흑 속으로 언제 내동댕이쳐질지 알 수 없는 상황.

마이크는 지금이야말로 티아와 자신이 그런 벼랑 끝에 몰려 있다는 걸 절실히 깨닫고 있었다. 새 둥지처럼 부스스한 머리에, 비쩍 마른 팔뚝에 잔뜩 문신을 하고, 지저분한 손톱을 길게 기른 채 장비를 설치하러 온 젊은 녀석이 그들을 돌아보며 기분 나쁜 목소리로 물었다.

정말 이렇게 하고 싶어요……?

둘 중 누구도 이 방의 주인이 아니었다. 물론 마이크와 티아 바이가 리빙스턴 교외의 웅장한 복층식 맥맨션McMansion을 소유한 건 맞지만, 이 침실은 이제 적군의 영토가 되어 접근 자체가 금지되었다. 이곳에 과거의 자취가 여전히 많이 남아 있다는 걸 마이크는 알게 됐다. 한때 방 한가운데를 차지하고 있던 아이스하키 우승컵들이 일부러 치운 것도 아닌데 지금은 선반 쪽으로 밀려난 것처럼 보였다. 체코의 하키 영웅 야르오미르 야그르와 최근에 가장 좋아했던 레인저스의 영웅 크리스 드루어리의 포스터가 여전히 벽에 붙어 있었지만, 햇살 때문인지 아니면 아무도 관심을 갖지 않아서인지 빛이 바래 초라해 보였다.

마이크는 과거의 기억을 떠올렸다. 아들인 애덤은 어린이를 위한 호러동화인 〈구즈범스〉 시리즈와 역경을 딛고 일어선 어린 운동선수들의 용기를 그린 마이크 루피카의 책을 좋아했다. 그리고《탈무드》를 연구하는 학자들처럼 스포츠 관련 자료를, 그중에서도 특히 아이스하키에 관한 통계치를 넋을 잃고 들여다보곤 했다. 좋아하는 선수들에게 사인을 부탁하는 편지를 썼고, 답장이 오면 기뻐하며 투명 테이프로 벽에 붙여 놓았다. 매디슨 스퀘어 가든에 데려가기라도 하는 날에는 잉글리시 애비뉴 32번가에 있는 선수 전용 출구 옆에서 기다려야 한다고 떼를 쓰곤 했다. 가지고 간 하키 퍽Hockey Puck에 선수들의 사인을 받고 싶어서였다.

하지만 이제는 그 모든 것이 사라져버렸다. 이 방은 예전 그대로일지 몰라도 애덤의 삶은 예전과 완전히 달라졌다.

애덤은 이런 것에 집착할 나이를 훌쩍 넘어섰다. 어떻게 보면 그게 정상이었다. 애덤은 이미 십대 소년이었고, 어른이 되는 길을 따라 무섭게 질주하고 있었다. 하지만 애덤의 침실은 주인의 변화와는 무관한 것처럼 보였다. 마이크는 애덤이 과거에 집착하고 있거나, 여전히 어린 시절을 회상하며 평온함을 느끼는 게 아닐까 의문이 들었다. 어쩌면 애덤의 마음 속에는 아버지의 뒤를 이어 애덤 자신도 의사가 되겠다고 조잘대던 그 시절로 되돌리고 싶은 마음이 여전히 남아 있는 건지도 몰랐다.

하지만 그건 희망사항에 불과했다.

장비를 설치하는 녀석이 똑같은 질문을 다시 건넸다. "정말 원하세요?" 마이크는 이 녀석의 이름이 떠오르지 않았다. 브렛인가 뭐 그런 이름인 것 같았는데…….

티아가 팔짱을 꼈다. 그녀의 얼굴은 무표정했다. 타협의 여지가 전혀 없었다. 마이크의 눈에는 그녀가 한층 더 나이 들어 보였지만, 아름다움만은 여전했다. 그녀의 목소리에는 한 점의 의혹도 없었다. 다만 희미하게나마 분노의 기색이 어려 있을 뿐이었다.

"그래요, 그렇게 해줘요."

마이크는 아무 말도 하지 않았다.

골동품 전등 하나만이 켜진 침실은 상당히 어두웠다. 누구 하나 그들을 보거나 목소리를 들을 염려가 없는데도 그들은 목소리를 최대한 낮췄다. 올해 열한 살인 막내딸 질은 학교에 가 있었다. 열여섯 살인 애덤은 학교에서 진행하는 1박 여행을 떠난 상태였다. 처음에 애덤은 어린애들이나 가는 여행이라며 가지 않으려고 했다. 하지만 학교에서는 모든 학생이 다 참여해야 한다며 못을 박았다. 혀를 내두를 정도로 제멋대로 구는 녀석들도 여행을 하는 내내 재미없다며 툴툴거리겠지만 학교 지침에 순순히 따라야만 했다.

"이게 어떻게 작동되는지는 알고들 계시죠?"

고개를 절레절레 젓는 마이크와는 달리 티아는 고개를 끄덕였다.

"이 소프트웨어는 아드님이 키보드로 치는 내용을 빠짐없이 기록할 겁니다. 밤 12시가 되면 그 기록된 정보가 두 분께 이메일로 전송되고요.

그럼 아드님이 방문한 웹사이트와 주고받은 이메일, 그리고 인스턴트 메시지까지 모두 볼 수 있게 되죠. 파워포인트를 사용하거나 워드 문서를 작성하면 그것까지도요. 그리고 원하시면 실시간으로 아드님을 살펴볼 수 있어요. 여기 위쪽에 있는 이걸 누르기만 하면요."

브렛은 '실시간 엿보기!'라는 빨간색 글자가 적힌, 폭발하는 모양의 작은 아이콘을 가리켰다. 마이크는 그 말이 귀에 들어오지 않았다. 그저 방안을 이리저리 둘러보았다. 아이스하키 우승컵이 자신을 놀리는 것만 같았다. 애덤이 이것들을 치워버리지 않았다는 것에 솔직히 놀랐다. 마이크는 다트머스 대학의 아이스하키 선수로 뛰었다. 그 후에는 뉴욕레인저스에 발탁되어 마이너리그 소속 하트포드 팀에서 1년간 선수로 활약했고, 메이저리그 격인 북미아이스하키리그에서도 두 경기를 뛴 경험이 있었다. 마이크는 아이스하키에 대한 사랑을 애덤에게 고스란히 물려줬다. 애덤은 세 살 때부터 스케이트를 타기 시작했고, 십대가 되자 주니어 아이스하키 팀의 골키퍼가 되었다. 집에서 연습할 때 사용하던 골대는 녹이 잔뜩 슨 채 아직도 집 앞 진입로에 그대로 서 있었다. 골망은 비바람에 시달려 삭아버렸지만. 마이크는 아들이 지키고 선 골대를 향해 퍽을 날리면서 즐거운 시간을 보내곤 했다. 다들 애덤이 뛰어난 선수가 될 거라고 입을 모았지만, 무슨 이유에선지 애덤은 여섯 달 전에 운동을 그만두고 말았다.

애덤은 아무 변명도 하지 않았다. 스틱을 내려놓고 마스크를 벗고 패드를 떼어내더니 이제 그만두겠다고 선언한 것이 전부였다.

그게 이 모든 일의 시작이었을까? 애덤이 사람들을 기피하고 홀로 방안에 틀어박히게 된 첫 번째 징후였을까?

아이들의 재능을 발견한 후 마구 몰아붙이는 상당수의 부모들과 달리 마이크는 아들의 결정을 최대한 존중해주려고 했다. 하지만 애덤의 갑작스러운 통보에 충격을 받은 것도 사실이었다.

그런데 더 큰 충격을 받은 건 티아였다.

"애덤과 우리 사이가 점점 멀어지는 것 같아." 티아는 풀이 죽은 목소리로 말했다.

마이크는 꼭 그런 것 같지만은 않았다. 당시 애덤은 친한 친구가 자살한 후 극심한 심적 고통을 겪고 있었다. 그리고 여느 십대 청소년들과 마찬가지로 사춘기의 고민을 안고 살았다. 침울해지고 말수가 적어졌다. 거의 대부분의 시간을 이 방에서 이 빌어먹을 컴퓨터만 들여다보고 있었다. 허구한 날 판타지 게임을 하거나 인스턴트 메시지를 주고받는 모양인데, 그 밖에 뭘 하는지는 알 방법이 없었다. 그런데 대다수의 십대들이 그렇지 않을까? 애덤은 그들에게 말도 잘 하지 않았고, 말을 걸어도 대답한 적이 거의 없었다. 어쩌다 대화를 할 때도 입안에서만 웅얼거릴 뿐이었다. 하지만 이것 역시 비정상은 아니잖은가?

감시장치를 설치하자는 건 티아의 생각이었다. 티아는 맨해튼에 있는 버튼 앤드 크림스타인 법률회사의 형사 전문 변호사였다. 그녀는 페일 할리라는 현금 세탁업자에 관한 사건을 수임한 적이 있었다. FBI는 할리의 인터넷 통신을 도청해서 그자를 감방으로 보냈다.

장치를 설치하러 온 브렛은 티아의 법률회사에 근무하는 기술자였다. 마이크는 브렛의 지저분한 손톱을 노려봤다. 그 손가락이 애덤의 키보드를 만지작거리고 있었다. 마이크는 부글부글 끓어오르는 화를 간신히 참아내는 중이었다. 저런 구역질 나는 손톱을 가진 작자가 아들 방으로 쳐들어와 애덤이 가장 귀하게 여기는 컴퓨터를 제멋대로 만지게 놔둬야 하는 걸까?

"몇 초만 있으면 다 됩니다." 브렛이 넉살 좋게 말했다.

마이크는 인터넷 감시 소프트웨어를 판매하는 사이트E-SpyRight Web에서 굵고 큰 글씨체로 적힌 안내문을 읽은 적이 있다.

아동을 성희롱하는 자들이 자녀에게 접근하고 있지 않습니까?

직원들이 뭔가를 훔치고 있지 않습니까?

그 문장 다음에는 좀 더 굵은 글씨체가 쓰여 있었다. 티아도 이 주장에 홀딱 넘어간 셈이다.

당신에겐 알 권리가 있습니다!

그 아래로는 소프트웨어 이용자들의 후기가 실려 있었다.

"이 제품이 부모들을 괴롭히는 악몽 같은 변태들로부터 제 딸을 지켜줬어요. 정말 감사합니다." _봅(콜로라도 주 덴버)

"가장 신뢰했던 직원이 사무실에서 돈을 훔치고 있다는 걸 알게 됐습니다. 이 소프트웨어가 없었더라면 절대 알아내지 못했을 겁니다!" _케빈(매사추세츠 주 보스턴)

마이크는 한사코 반대했지만 티아는 막무가내였다.

"그 애는 우리 아들이야."

"누가 아니라고 했어? 내가 그걸 모를까봐 알려주는 거야?"

"걱정 안 돼?"

"걱정이야 되지. 하지만……."

"하지만 뭐? 우린 그 아이의 부모라고." 그러더니 티아는 사이트의 광고문을 암기한 것처럼 완벽하게 재연했다. "우리에게는 알 권리가 있어."

"애덤을 보호하기 위해서? 우리 아들을 못 믿으면 누굴 믿으라고?" 마이크는 고개를 가로저었다.

"우리에겐 권리만 있는 게 아니야." 티아가 한 걸음 더 다가서며 말했다. "책임도 있단 말이야."

"장인 장모께서는 당신이 뭘 하는지 다 알고 계셨어?"

"아니."

"그럼 당신이 생각했던 것들은? 당신이 친구와 나눈 대화는?"

"모르셨지."

"지금 우리가 얘기하고 있는 게 바로 그런 거라고."

"스펜서 힐의 부모를 한번 생각해봐." 티아가 맞받아쳤다.

마이크는 그 말을 듣는 순간 할 말을 잃고 말았다. 두 사람은 서로를 가만히 바라보기만 했다.

티아가 먼저 입을 열었다. "만약 그들이 그런 일을 당하기 전에 아들에게 일어난 일을 알았다면, 만약 벳시와 론이 스펜서를 되살릴 수 있다면……."

"그만하지그래."

"아니, 내 말을 들어봐. 만약 스펜서가 살아 있고 그런 상황이 또다시 닥친다면 스펜서를 좀 더 가까이 지켜보고 싶지 않았을까?"

애덤의 같은 반 친구였던 스펜서 힐은 넉 달 전 스스로 목숨을 끊었다. 그건 끔찍한 사건이었고, 당연히 애덤과 반 친구들에게도 큰 충격을 안겼다.

마이크는 티아에게 그 점을 상기시켰다. "그 사건 때문에 애덤이 이렇게 비뚤어진 거라고 생각하지 않아?"

"스펜서의 자살 말이야?"

"그래."

"어떤 면에서는 일리가 있다고 봐. 하지만 애덤은 그전부터 이미 변하고 있었어. 그 일은 상황을 더 악화시켰을 뿐이고."

"그러니 우리가 좀 더 여유를 가지고 애덤을 지켜본다면……."

"안 돼." 티아는 더 논쟁할 필요가 없다는 듯 단호하게 잘라버렸다. "그 비극 때문에 애덤의 속마음을 좀 더 이해할 수 있게 됐단 말이야. 하지만 그게 위험성을 덜어준 건 아니라고. 오히려 그 반대지."

마이크는 잠시 생각을 정리하고 말했다. "애덤에게 아예 툭 터놓고 얘기를 해보자."

"뭘?"

"네가 컴퓨터에 접속하는 걸 우리가 모니터링하겠다고."

그녀는 이마를 찌푸렸다. "왜 그래야 하는데?"

"자신이 감시받고 있다는 걸 알게 하기 위해서지."

"이건 과속하지 말라고 경광등을 켠 교통경찰을 세워두는 게 아니야."

"그게 뭐가 다른데?"

"애덤은 친구 집에서나 인터넷 카페에서 하고 싶은 건 뭐든 다 할 수 있겠지."

"그럴까? 당신은 애덤에게 사실대로 알려야 해. 그걸 알면 걔는 자신이 말로 꺼내기 어려운 생각들을 저 컴퓨터에 차곡차곡 담아 두지 않겠어?"

티아는 마이크 쪽으로 한 걸음 더 다가서며 한 손을 그의 가슴에 올렸다. 마이크의 심장은 결혼한 지 여러 해가 지난 지금까지도 그녀의 손길 한 번에 걷잡을 수 없이 두근거렸다. "애덤은 지금 곤경에 처해 있어, 마이크. 그게 안 보여? 당신 아들이 어려움을 겪고 있단 말이야. 술을 마시는지, 마약을 하는지, 우린 아무것도 모르잖아. 눈과 귀를 막고 현실을 회피하면 안 돼."

"난 현실을 회피하려는 게 아니야."

티아는 거의 애원하다시피 했다. "당신은 이 일을 대수롭지 않게 생각하고 있어. 애덤이 우리 품을 떠나도록 놔둘 셈이야?"

"내 말은 그런 뜻이 아니잖아. 하지만 이렇게 한번 생각해보자고. 이건 새로운 기술이란 말이야. 애덤은 비밀스럽게 간직하고 싶은 생각과 감정을 저기에 다 기록하겠지. 당신 부모님은 당신의 모든 걸 알고 계셨던가?"

"지금은 세상이 달라졌잖아?" 티아도 지지 않았다.

"정말 그렇게 생각하는 거야?"

"도대체 뭐가 문젠데? 우린 애덤의 부모야. 아이가 잘되기를 바라는 게 당연한 것 아냐?"

마이크는 다시 고개를 절레절레 저었다. "다른 사람의 생각을 다 알 수는 없는 법이야. 누구나 혼자서만 간직하고 싶은 게 있으니까."

티아도 고개를 가로저었다. "비밀을 말하는 거야?"

"그래."

"그렇다면 본인만이 자신의 비밀을 독차지할 권리가 있다는 거야?"

"당연하지 않아?"

티아가 우스꽝스러운 모습으로 마이크를 쳐다봤다. 마이크는 그 눈길이 마음에 들지 않았다.

"당신도 비밀이 있어?" 티아가 물었다.

"그런 말이 아니잖아."

"내게 숨기고 싶은 비밀이 있느냐니까." 티아가 대답을 재촉했다.

"그렇진 않아. 하지만 당신이 내 생각을 모두 알게 하고 싶지도 않아."

"나도 당신이 내 모든 생각을 알게 하고 싶진 않아."

두 사람은 말을 뚝 그쳤다. 티아가 한 걸음 뒤로 물러섰다.

"하지만 내 아들을 보호할 것이냐, 아니면 그 애의 프라이버시를 보장할 것이냐를 놓고 선택하라고 한다면 난 당연히 애덤을 보호하는 쪽을 선택하겠어." 티아는 끝까지 자신의 주장을 굽히지 않았다.

이런 논의는(마이크는 이걸 논쟁이라고 부르고 싶지 않았다) 한 달이나 계속됐다. 마이크는 그동안 애덤과 가까워지기 위해 최선을 다했다.

그는 애덤을 쇼핑센터에도, 게임방에도, 심지어 콘서트에도 데려가려고 했다. 하지만 애덤은 모든 제안을 거절했다. 한밤중이 될 때까지 집에 들어오지 않아서 아예 외출을 금지했다. 그랬더니 이번에는 저녁을 먹으러 내려오지 않았다. 학교 성적도 뚝뚝 떨어졌다. 마이크와 티아는 애덤을 간신히 설득해서 심리치료사에게 데려갔다. 심리치료사는 우울증 증세가 있는 것 같다고 진단했다. 어쩌면 약물치료가 필요할지도 모르지만 우선 애덤과 몇 번 더 면담하고 싶다고 했다. 하지만 애덤은 그 자리에서 면담을 거부했다.

마이크와 티아가 심리치료사를 찾아가라고 애덤을 압박하자 애덤은 이틀 동안이나 가출을 해버렸다. 휴대전화로 몇 번이나 전화를 걸어도 응답조차 하지 않았다. 두 사람의 속은 까맣게 타들어갔고, 나중에 애덤은 친구 집에 숨어 있었다는 게 밝혀졌다.

"애덤은 우리 품을 떠나려고 해." 티아가 또 자신의 생각을 주장했다.

하지만 마이크는 아무런 대꾸도 하지 않았다.

"이러다간 우린 부모가 아니라 시중꾼으로 전락하고 말 거라고. 아주 잠깐 동안 우리 품안에 머물다가 자신의 삶을 찾아 떠나겠지. 난 애덤이 우리 곁을 떠날 때까지 건강하고 안전하게 지켜주고 싶을 뿐이라고. 그 후로는 걔가 스스로 알아서 하겠지."

마이크는 고개를 끄덕였다. "그렇다면 그렇게 하자."

"당신, 진심이야?" 티아가 의심스럽다는 듯이 다시 물었다.

"나도 모르겠어."

"나도 마찬가지야. 하지만 스펜서 힐의 일을 잊을 수가 없어."

마이크는 이번에도 고개를 끄덕이며 동감을 표현했다.

"마이크?"

그는 티아를 쳐다봤다. 그녀는 한쪽 입꼬리를 슬쩍 올리며 살포시 미소지었다. 다트머스에 재학할 때 어느 추운 겨울날, 그녀가 처음 보여주었던 바로 그 미소였다. 그 미소는 마이크의 심장을 곧장 파고들어와 지금까지 그곳에 자리 잡고 있었다.

"사랑해." 티아가 말했다.

"나도 사랑해."

그 말과 동시에 두 사람은 아들을 몰래 살펴보기로 합의했다.

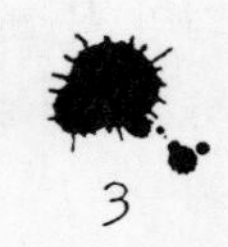

3

처음에는 해롭거나 뭔가를 암시하는 인스턴트 메시지나 이메일이 눈에 띄지 않았다. 하지만 3주가 지나자 상황이 돌변했다.

티아의 사무실 인터폰이 울렸다.

귀에 거슬리는 목소리가 흘러나왔다. "지금 내 사무실로 와줘요."

회사 대표인 헤스터 크림스타인이었다. 헤스터는 부하 직원을 호출할 때 비서를 시키는 법 없이 늘 직접 연락했다. 그리고 호출될 걸 미리 알아차리고 잽싸게 행동했어야지 이렇게 또 인터폰을 하게 했느냐는 걸 티 내듯 약간 짜증스러운 목소리로 말했다.

티아는 6개월 전에 버튼 앤드 크림스타인 법률회사의 변호사로 복귀했다. 버튼은 수년 전에 세상을 떠났다. 적에게 가차없는 공격을 하기로 유명한 헤스터 크림스타인만이 멀쩡하게 살아남아 대표직을 맡고 있었다. 그녀는 범죄와 관련된 모든 분야의 전문가로 전 세계에 알려져 있으며, 트루TV에서는 자신의 이름을 교묘하게 강조한 〈크림스타인이 바라보는 범죄〉라는 프로그램을 진행하기도 했다.

인터폰에서 쏘아붙이는 헤스터의 목소리가 쏟아져 나왔다. 헤스터는 인터폰이건 면전이건 대놓고 몰아붙이는 타입이었다. "티아?"

"지금 갑니다."

그녀는 E-SpyRight 보고서를 책상 맨 위쪽 서랍에 밀어넣고 복도를 따라 걸었다. 햇볕이 잘 드는 복도 쪽으로는 통유리로 둘러싸인 선임 파트너들의 사무실이 늘어서 있고, 반대쪽은 공기도 잘 통하지 않는 칸막이 사무실이 있었다. 버튼 앤드 크림스타인 법률회사는 단 한 명의 최고책임자를 정점으로 하는 완벽한 계급제였다. 물론 대표변호사가 될 자격이 있는 선임 파트너가 여러 명 있었지만, 헤스터가 이들 중 누구에게도 회사 간판에 이름을 올릴 기회를 주지는 않았다.

티아는 복도 맨 끝에 있는 널찍한 사무실에 도착했다. 헤스터의 비서는 티아가 지나갈 때도 얼굴을 들지 않았다. 헤스터의 집무실 문이 열려 있었다. 이건 닫혀 있는 경우가 별로 없었다. 티아는 걸음을 멈추고 문 옆의 벽을 노크했다.

헤스터는 방 안을 바쁘게 오가고 있었다. 그녀는 체구가 작았지만 왜소해 보이지는 않았다. 오히려 위협적인 기운을 풍기는 탄탄한 체격으로 보였다. 걷는 것도 여자다운 것과는 거리가 멀었다. 속력을 올리는 증기기관차가 수증기를 뿜어내듯 활기차게 걸었다.

"보스턴으로 가서 토요일에 있을 선서증언을 받아다주면 좋겠어요." 헤스터는 인사말 하는 시간이 아깝다는 듯 바로 본론으로 들어갔다.

티아는 집무실 안으로 들어갔다. 헤스터의 금발은 항상 부스스했다. 그런 그녀의 모습이 우왕좌왕 어쩔 줄 몰라 하면서도 제 할 일은 똑 떨어지게 한다는 느낌을 주곤 했다. 자기를 주목하라고 다그치는 사람도 있지만 헤스터는 아예 상대방의 멱살을 붙들고 얼굴을 자기 쪽으로 끌어당겨 눈을 똑바로 쳐다보게 만들 사람이었다.

"말씀하신 대로 하겠어요. 어떤 사건이죠?" 티아가 재빨리 대답했다.

"벡 사건이요."

티아는 그 사건을 잘 알고 있었다.

"여기 관련 서류들이 있어요. 컴퓨터 전문가라는 사람도 데려가요. 괴상하게 생긴 데다가 꿈에서 볼까 두려운 문신을 잔뜩 한 사람 있잖아요."

"브렛 말씀이군요."

"그래요, 그 사람. 증인이라는 작자의 컴퓨터를 샅샅이 뒤져보게 해요."

헤스터는 사건 서류를 티아에게 건네주고 다시 방 안을 분주히 걸어다녔다.

티아는 서류를 힐끗 내려다보며 말을 이었다. "이 사람은 술집에 있었던 증인이군요."

"맞아요. 내일 비행기 편으로 가도록 해요. 오늘은 퇴근해서 서류를 검토해보고요."

"알겠습니다."

헤스터는 걸음을 멈췄다. "티아?"

티아는 서류를 뒤적이는 중이었다. 최대한 사건에, 벡에게, 선서증언에, 그리고 보스턴에 가는 기회에만 정신을 집중하려고 애썼다. 하지만 빌어먹을 그 E-SpyRight 보고서가 계속 눈앞에 아른거렸다. 티아는 눈을 들어 헤스터를 쳐다봤다.

"뭐 걱정되는 것 있어요?" 헤스터가 물었다.

"선서증언이 좀 신경 쓰여서요."

헤스터는 얼굴을 찌푸렸다. "신경 쓸 것 없어요. 이 녀석은 입만 열면 거미가 똥구멍에서 거미줄 뽑듯 거짓말을 술술 해대니까요. 내 말이 무슨 뜻인지 알죠?"

"거미 똥구멍이요." 티아는 주저하며 그 말을 그대로 따라했다.

"맞아요. 그 녀석은 자신이 봤다고 주장하는 걸 보지 못한 게 분명해요.

봤을 리 없어요. 내 말, 알겠어요?"

"그자가 못 봤다는 걸 제가 입증하길 원하시는 건가요?"

"그건 아니고."

"아니라고요?"

"사실은 그 반대예요."

티아는 이마를 찌푸렸다. "무슨 말씀이신지 잘 모르겠군요. 그자가 거짓말을 술술 늘어놓는다는 걸 입증하는 게 아니라면요?"

"내 말이 그 말이에요."

티아는 어깨를 약간 으쓱했다. "그래도 대강대강 하면 안 되겠죠?"

"그 말을 꼭 하고 싶었어요. 그자 앞에 다소곳이 앉아 고개를 끄덕이며 이것저것 물어봐요. 가슴이 푹 파인, 몸에 꼭 끼는 옷을 입었으면 해요. 처음 데이트하러 나온 여자처럼 생글생글 웃으며 그자가 말을 할 때마다 황홀한 표정을 지어 보이면 더 좋겠죠. 당신은 절대로 의심스럽다는 표정을 지으면 안 돼요. 그자가 하는 말 한마디 한마디가 마치 복음이라도 되는 것처럼 귀를 기울이면 돼요."

티아는 고개를 끄덕였다. "그자가 거리낌없이 지껄여주기를 바라시는 거군요."

"맞아요."

"그자의 말을 모두 녹음해야겠죠? 하나도 빠뜨리지 말고요."

"그야 물론이죠."

"그럼 대표님께서 후에 법정에서 녹음된 증언을 바탕으로 그자를 박살내버리는 거고요?"

헤스터는 한쪽 눈썹을 쫑긋 세웠다. "이름도 찬란한 크림스타인의 법률 지팡이로요."

"알겠어요."

"난 그자의 불알을 아침 식사로 내놓을 생각이에요. 같은 관점에서 당신은 찬거리를 장만하는 셈이죠. 제대로 해낼 수 있겠죠?"

애덤의 컴퓨터에서 날아온 보고서는 어떻게 해야 하지? 우선 생각할 수 있는 방법은 마이크에게 연락을 취하는 거다. 머리를 맞대고 충분히 얘기를 나눠 최선이라고 생각되는 다음 단계를 찾으면 되지 않을까…….

"티아?"

"충분히 해낼 수 있어요."

헤스터는 걸음을 멈추고 티아 쪽으로 한 발짝 다가섰다. 그녀는 티아보다 15센티미터나 작았지만, 전혀 그런 느낌이 들지 않았다. "내가 왜 당신에게 이 일을 맡기는지 알아요?"

"그건 제가 컬럼비아 법학전문대학원 출신이고 뛰어난 변호사임에도 불구하고 입사한 지 6개월이 지나도록 제게 맡기신 일이라고는 붉은털원숭이의 혈청을 테스트하는 것밖에 없어서가 아닌가요?"

"그건 아니에요."

"그렇다면 왜……?"

"당신이 나이가 많기 때문이에요."

티아는 헤스터를 멍하니 바라봤다.

"신체적인 나이를 말하는 게 아녜요. 어디 보자, 지금 사십대 중반이죠? 난 당신보다 적어도 열 살은 더 먹었어요. 그건 내 밑에 있는 나머지 변호사들이 내 눈에는 죄다 어리게 보인다는 뜻이에요. 그러니 그 사람들은 영웅처럼 내 눈에 띄고 싶어 할 거라고요. 자신의 능력이 뛰어나다는 걸 증명할 수 있다고 생각할 거란 거죠."

"그럼, 전 그렇지 않다는 건가요?"

헤스터는 어깨를 으쓱했다. "입증할 수 있으면 이미 이곳을 나갔겠죠."

티아는 뭐라고 대꾸할 말이 없어 그냥 입술만 깨물고 있었다. 그녀는 고개를 숙이고 서류 뭉치를 내려다봤다. 하지만 마음은 줄곧 아들에게로, 아들의 빌어먹을 컴퓨터에게로, 그리고 그 보고서에게로 달려가려고 했다.

헤스터는 잠시 기다렸다. 그러더니 수많은 증인들을 찔끔하게 만들었던 눈길로 티아를 쏘아봤다. 티아는 아무렇지도 않은 듯 마음을 다잡으며 그녀의 눈길을 맞받았다. "이 회사에는 왜 입사한 건가요?" 헤스터가 물었다.

"사실대로 말씀드릴까요?"

"그럼 좋죠."

"대표님 때문에요."

"오호, 내게 아부하는 건가요?"

티아는 어깨를 으쓱했다. "사실대로 말씀하라고 하셔서요. 사실 전 대표님께서 이룩하신 업적을 항상 존경했거든요."

헤스터는 환하게 웃었다. "그래요, 그래. 내가 원인이라고 칩시다."

티아는 가만히 기다렸다.

"그리고 그 밖에는요?"

"그거면 충분하다고 생각하는데요."

헤스터는 고개를 가로저었다. "더 있을 텐데요?"

"무슨 말씀인지 잘 모르겠어요."

헤스터는 자신의 책상 의자에 앉았다. 그리고 티아에게도 앉으라고 손짓했다. "내가 말해볼까요?"

"네, 말씀해주세요."

"그건 이 회사가 여권신장론자가 운영하는 곳이기 때문인 거죠. 아이를 키우려고 몇 년간 휴직해도 내가 다 이해해줄 거라고 믿었던 거죠."

티아는 아무 말도 하지 않았다.

"내 말이 맞아요?"

"어느 정도는요."

"그런데 당신도 알다시피 여권신장론은 여성 동료를 돕는 게 아니에요. 남녀가 동등하게 경기할 운동장을 제공해주는 거죠. 여자들에게 뭔가를 보장해주는 게 아니라 선택할 수 있는 권리를 주는 거라고요."

티아는 가만히 듣고만 있었다.

"당신은 어머니로서의 의무를 선택했어요. 그렇다고 당신을 깎아내리진 않아요. 하지만 그 때문에 당신이 특별한 대접을 받을 수 있는 것도 아니죠. 업무와 관련해서는 그 기간만큼 당신이 손해를 볼 수밖에 없어요. 우리 업계는 잠시 벗어났다가 새치기하면서 되돌아올 수 있는 곳이 아니에요. 남녀가 동등하게 뛰는 경기장이란 말이에요. 따라서 남자 변호사도 아이를 키우기 위해 휴직한다면 똑같은 대접을 받을 거라고요. 알겠어요?"

티아는 뚜렷하게 가타부타 하지 않고 모호한 태도를 취했다.

"당신은 내가 이룩한 업적을 존경했다고 했죠?" 헤스터는 계속 말을 이어갔다.

"네."

"난 가족을 갖지 않는 쪽을 선택했어요. 그 점도 존경하나요?"

"그건 존경하느냐 안 하느냐의 문제가 아니라고 생각하는데요."

"사실이에요. 그리고 그건 당신의 선택도 마찬가지죠. 난 변호사로서의 경력을 선택했고, 이 업계를 벗어나지 않았어요. 따라서 지금은 경력이 쌓인 만큼 윗자리에 올라선 거고요. 하지만 말년에 잘생긴 의사 남편과 토끼 같은 자식들이 기다리는 안락한 집으로 돌아갈 순 없겠죠. 내 말이 무슨 뜻인지 알겠어요?"

"네."

"아주 좋아요. 따라서 당신이 내 집무실에 앉아 있는 동안 당신은 내게만 마음을 쏟아야 한다고요. 내게 어떻게 봉사할지, 어떻게 하면 내가 기분이 좋을지에만 신경을 써야 해요. 오늘 저녁 퇴근해서 무슨 요리를 할지, 또 아이가 축구 연습에 제때 출석했는지는 잊어버리고요. 알겠어요?" 헤스터는 코를 벌름거리면서 눈이 거의 보이지 않을 정도로 가늘게 떴다.

티아는 뭐라고 항변하고 싶었지만, 헤스터의 목소리는 논쟁을 허용하지 않겠다는 듯 냉랭하기만 했다. "알겠어요."

"좋아요."

전화벨이 울렸다. 헤스터가 얼른 수화기를 들었다. "뭐라고요?" 그러고는 가만히 듣고만 있다가 벌컥 화를 냈다. "멍청한 녀석 같으니. 그렇게 입을 꼭 다물고 있으라고 했건만!" 헤스터는 앉아 있던 회전의자의 방향을 홱 돌렸다. 티아더러 그만 가보라는 신호였다. 티아는 자리에서 일어서서 집무실 밖으로 나갔다. 속을 끓이는 원인이 저녁 식사나 축구 연습 같은 사소한 일이면 정말 원이 없겠다고 생각했다.

티아는 복도에서 걸음을 멈추고 휴대전화를 꺼내 들었다. 들고 나온 사건 서류는 겨드랑이에 꼈다. 조금 전에 헤스터에게 야단을 맞았으면서도 그녀의 마음은 E-SpyRight 보고서에 수록된 이메일로 줄달음쳤다.

그 소프트웨어가 보내오는 보고서는 대부분 무척이나 길었다. 애덤이 인터넷 서핑을 많이 하고, 온갖 사이트와 '마이스페이스'나 '페이스북' 같은 곳에 있는 수많은 '친구들'을 방문하는 바람에 출력물의 분량이 상당해질 수밖에 없었다. 티아는 그 보고서를 대부분 건성건성 넘기면서, 이러는 게 그래도 애덤의 프라이버시를 좀 덜 해치는 거라고 자위하곤 했다. 그러나 사실은, 보고서에 적힌 내용을 상당 부분 이해하지 못해서라는 게 더 맞는 말이었다.

티아는 황급히 자신의 책상으로 돌아갔다. 책상 위에는 필수품이라 할 수 있는 가족사진이 놓여 있었다. 마이크와 티아 자신, 애덤과 딸인 질을 모두 담은 사진이었다. 애덤이 가족들 앞에 얼굴을 내민 몇 번 안 되는 기회를 붙잡아 간신히 설득해서 찍은 사진이었다. 다들 억지로 웃고 있는 듯 표정이 어색했지만 그래도 티아는 이 사진만 보면 마음이 편안해지곤 했다.

그녀는 서랍에서 E-SpyRight 보고서를 꺼내 자신을 그토록 질겁하게 만들었던 이메일을 찾아냈다. 다시 한번 한 자도 빼놓지 않고 꼼꼼히 읽었다. 아까 읽었던 것과 토씨 하나 다르지 않았다. 어떡해야 하나 고민하다가 이건 혼자 결정할 수 있는 문제가 아니라는 걸 깨달았다.

티아는 휴대전화를 꺼내 들고 마이크의 번호를 입력했다. 그런 다음 이메일 문장을 입력하고 전송 버튼을 눌렀다.

문자가 왔을 때 마이크는 아직 스케이트를 신은 채였다.

"제수씨인가?" 모가 물었다.

모는 이미 스케이트를 다 벗었다. 여기 라커룸은 여느 아이스하키 라커룸과 마찬가지로 악취가 심했다. 땀이 패드로 흡수되는 게 문제였다. 천장에 고정된 커다란 선풍기가 천천히 회전하며 환기했지만 별 도움이 되진 않았다. 그런데 아이스하키 선수들은 이런 냄새에 익숙해져서인지 아무도 불편해 하지 않았다. 외부인이 이곳에 들어섰다가는 악취에 코를 감싸 쥐고 달아날 게 뻔했다.

마이크는 아내의 휴대전화번호를 확인했다. "맞아."

"맙소사, 자네는 아주 쥐여 사는 모양이군."

"그런가? 집사람이 문자 좀 보냈다고 쥐여 사는 건 아니지."

모는 얼굴을 찌푸렸다. 마이크와 모는 다트머스 시절부터 친구였다. 둘 다 대학 아이스하키 팀에서 선수로 활약했다. 마이크는 레프트윙을 보면서 최고 득점을 올렸고, 모는 터프한 수비수로 발군의 실력을 보였다. 대학을 졸업한 지 거의 25년이 지난 지금, 마이크는 장기이식 전문의로, 모는 CIA를 위해 비밀스러운 일을 하고 있지만 아이스하키를 하는 동안에는 대학 시절의 포지션을 그대로 맡고 있었다.

"제수씨는 자네가 오늘 경기를 한다는 걸 알고 있었을 것 아닌가?"

"맞아."

"그럼 조심했어야지."

"그냥 문잔데 뭘 그러나."

"자넨 이번 주 내내 병원에서 뭐 빠지게 일을 했어. 그런데 이 정도도 즐기지 못한단 말인가? 이건 남이 이래라저래라 할 수 없는 신성한 시간이라고. 제수씨도 지금쯤은 알아야 할 것 같은데……." 모는 농담인지 진담인지 짐작할 수 없는 희미한 미소를 지으며 말했다.

모는 마이크가 티아를 처음 본 바로 그 추운 겨울날, 그 자리에 함께 있었다. 사실, 그녀를 먼저 본 건 모였다. 그들은 예일 대학 팀을 상대로 홈경기를 치르는 중이었다. 마이크와 모는 둘 다 3학년이었고, 티아는 관중석에 앉아 있었다. 경기 시작 전, 선수들이 천천히 스케이팅을 하면서 워밍업을 하던 도중에 모가 마이크의 옆구리를 팔꿈치로 툭 치며 티아가 앉아 있는 곳을 향해 고개를 끄덕였다. "스웨터가 잘 어울리는 어여쁜 아가씨로군."

거기서부터 모든 게 시작됐다.

모는 모든 여자가 마이크 아니면 자기를 좋아하게 된다는 좀 이상한 자부심을 가지고 있었다. 나쁜 녀석에게 끌리는 여자들은 자기에게로, 우울한 모습으로 선수 대기석에 앉아 있는 걸 가슴 아파하는 여자들은 마이크에게로 달려간다는 것이었다. 그래서 모는 다트머스가 한참 앞서가고 있는 3피리어드Period에 일부러 싸움을 걸어 예일에서 온 어떤 녀석을 묵사발로 만들어버렸다. 그러면서 티아 쪽을 바라보며 윙크를 하고는 그녀의 반응을 살폈다.

심판들이 달려들어 싸움을 뜯어말렸다. 모는 페널티 박스로 들어가면서 마이크에게 속삭였다. "네 거야."

모의 말이 예언처럼 들어맞았다. 마이크와 티아는 경기가 끝난 후 열린 파티에서 마주쳤다. 티아는 4학년 남학생을 따라왔지만 그 사람에게는 전혀 관심이 없는 것 같았다. 두 사람은 서로의 과거에 대해 얘기를 나눴고, 마이크는 그 자리에서 의사가 되고 싶었다는 말까지 했다. 티아는 언제 처음 그런 마음을 먹었느냐고 물었다.

"어렸을 적부터 언제나 장래희망이 의사였어." 마이크가 대답했다.

티아는 고개를 갸웃하며 그 대답을 못 믿겠다는 투였다. 그녀는 계속 더 캐물었다. 마이크는 티아가 의문이 있으면 참지 못한다는 걸 알게 됐다. 결국 마이크는 자신이 어렸을 때 무척이나 몸이 약했고, 따라서 의사들이 자신의 영웅이었음을 털어놨다. 처음 만난 사람에게 그런 얘기까지 하다니 자신도 깜짝 놀랄 지경이었다. 그녀는 다른 사람들과는 달리 그의 말에 귀를 기울여줬다. 두 사람은 첫눈에 반해 사랑을 불태우거나 하지는 않았다. 카페테리아에서 함께 식사하고, 저녁에는 함께 공부하는 사이가 됐다. 마이크는 서재에서 공부하는 티아를 위해 와인과 촛불을 가져가곤 했다.

"티아의 문자를 읽어봐도 괜찮겠나?" 마이크가 물었다.

"제수씨가 참 골칫거리로군."

"그럼 집사람 앞에서 그렇게 말해보지 그러나? 안 보이는 곳에서만 뭐라고 하지 말고."

"자네가 교회에 있어도 문자를 보냈을까?"

"집사람이? 아마 그럴걸."

"그럼 좋아. 읽어보게. 그런 다음 우리 모두 젖가슴이 암소만 한 아가씨들이 서비스하는 술집으로 간다고 말하게나."

"그래, 그렇게 함세."

마이크는 문자를 읽었다.

얘기 좀 해. 컴퓨터 보고서에서 뭔가를 찾아냈어. 곧장 집으로 와.

모는 친구의 얼굴에 떠오른 표정을 살폈다. "뭔가?"

"아무것도 아닐세."

"그럼 지금 술집으로 가는 거지?"

"우리가 언제 스트립 바에 간 적이 있다고 이리 설치나?"

"그럼 그런 데를 '신사클럽'이라고 부를까? 자넨 언제부터 그런 말장난이나 치는 녀석이 됐나?"

"어쨌거나 난 갈 수가 없네."

"제수씨가 얼른 집으로 오라던가?"

"문제가 생겨서 그러네."

"뭔데?" 모는 '사적인'이라는 말 자체를 모르는 사람처럼 행세했다.

"애덤에게 좀 문제가 있어."

"내 대자代子에게? 그래, 무슨 문젠데?"

"그 애가 왜 자네 대잔가?"

모는 애덤의 대부가 될 수 없었다. 티아가 허락하지 않아서였다. 하지만 그렇다고 모가 그렇게 생각하는 것까지 막을 수는 없었다. 태어난 아이에게 이름을 지어준 날, 모가 무작정 앞으로 걸어 나와 진짜 대부인 티아의 오빠 곁에 버티고 섰다. 티아의 오빠는 뭐라고 항의 한마디 못한 채 바닥만 내려다보고 있었다.

"뭐가 잘못됐다는 건가?"

"그걸 아직 모르겠네."

"티아는 애를 너무 과잉보호하고 있어. 자네도 그걸 알아야 한다고."

마이크는 휴대전화를 주머니에 집어넣었다. "애덤이 아이스하키 팀을 그만뒀네."

모는 마이크가 아들을 악마 숭배나 수간獸姦 집회에 강제로 끌고 가기라도 한 것처럼 인상을 썼다. "저런!"

마이크는 스케이트의 끈을 풀고 얼른 벗었다.

"그런 일을 왜 내게 말하지 않았나?" 모가 화가 잔뜩 난 표정으로 물었다.

마이크는 스케이트 날 커버로 손을 뻗었다. 그런 다음 어깨 패드를 떼어냈다. 몇몇 사람들이 두 사람 곁을 지나가며 마이크에게 작별인사를 했다. 그들 대부분은 얼음판을 벗어났는데도 모 곁으로 다가오지 않았다.

"내가 자넬 여기로 태워왔지?" 모가 말했다.

"그래서?"

"자네 차는 병원에 그대로 있다는 소리지. 자넬 병원으로 태워다주는 건 시간 낭비이니 집으로 태워다줌세."

"좋은 생각이 아닌 것 같은데……?"

"그건 자네 생각이지. 난 내 대자를 만나봐야겠네. 그리고 자네가 뭘 잘못했는지 알아낼 작정일세."

4

모가 운전하는 차가 동네로 접어들자, 마이크는 이웃인 수전 로리먼이 바깥에 나와 있는 걸 발견했다. 그녀는 정원에서 잡초를 뽑거나 뭔가를 심는 시늉을 하고 있었지만 눈속임인 게 뻔했다. 그들은 진입로로 접어들었다. 모는 무릎을 꿇고 있는 수전을 곁눈질했다.

"와, 몸매 한번 죽이는구만."

"저 여자의 남편도 그렇게 생각할 걸세."

수전 로리먼이 천천히 일어섰다. 모는 그 모습을 넋을 놓고 쳐다봤다.

"그렇기야 하겠지. 하지만 남편이라는 작자는 머저리인 게 분명해."

"뭣 때문에 그런 소릴 하나?"

모는 턱 끝으로 한 쪽을 가리켰다. "저 차들 때문이지."

그 집 진입로에는 그녀 남편의 고출력 자동차muscle car가 자리 잡고 있었다. 개조한 빨간색 코르벳이었다. 또 다른 차는 새카만 BMW 550i였다. 그와는 대조적으로 수전은 회색 닷지 캐러밴을 몰았다.

"저게 뭐 어때서?"

"저것들이 남편이라는 작자가 모는 거지?"

"맞네."

"내게 이런 친구가 있었지. 아마 그녀보다 화끈한 여자는 보지 못했을 걸? 중남미 출신인가 그랬던 것 같아. 그런데 이 여자가 포카혼타스라는 가명을 쓴 프로레슬러였단 말일세. 아침마다 11번 채널의 만화영화에 등장했던 그 어여쁜 아가씨 기억나지?"

"기억나고말고."

"그런데 이 포카혼타스라는 아가씨가 아주 재미있는 얘기를 들려주더라고. 어떤 작자가 저런 차를 몰고 그녀에게 가까이 다가와서 괜스레 엔진을 붕붕거리며 눈짓을 하면 그녀가 뭐라고 했을 것 같은가?"

마이크는 고개를 가로저었다.

"'고추는 쬐끄만 놈이 차만 크면 뭐 하누?'라고 말해줬다는구만."

마이크는 웃지 않을 수 없었다.

"'고추는 쬐끄만 놈이 차만 크면 뭐 하누?'라니, 정말 대단한 여자 아닌가?"

"그래, 참 끝내주는 여자로구만." 마이크도 인정했다.

"입이 걸쭉한 여자에게 걸린 놈들이 불쌍한 거지 뭐."

"정말 죽을 맛이었겠군."

"그런데 저 여자의 남편이라는 작자는 저런 차를 두 대나 갖고 있잖나. 자넨 그게 무슨 뜻이라고 생각하나?"

수전 로리먼은 그들 쪽을 보고 있었다. 마이크는 그녀가 숨이 멎을 만큼 매력적이라는 사실을 늘 깨닫고 있었다. 근처에 사는 십대 소년들이 한번 같이 자봤으면 하고 안달이라는 소문이 날 정도의 여자였지만, 마이크는 외설적인 면으로만 그녀를 판단하고 싶진 않았다. 마이크의 생각이 그렇다고 해도 수전에게서 풍기는 분위기까지 사라지는 건 아니었다. 수전은 너무 새카매서 푸른빛이 도는 머리카락을 여름에는 항상 말꼬리처럼 하나로 묶어 등 뒤로 늘어뜨리고, 바짓가랑이를 짧게 자른 청바지에 패션 감각이 뛰어난 선글라스를 착용하고 다녔다. 거기에다 빨갛게 칠한 입술에 알 듯 모를 듯한 미소를 짓고 있었으니 수많은 남자들의 가슴을 설레게 할 수밖에.

두 집의 아이들이 좀 더 어렸을 때는 메이플 파크에 딸린 운동장에서 그녀를 자주 볼 수 있었다. 마이크는 그녀를 어떻게 해볼까 하는 마음을 먹은 적은 없지만 보는 것만은 좋아했다. 그는 경기를 할 때마다 수전 로리먼이 운동장에 나오도록 하려는 얄팍한 속셈으로 어떤 아이의 아버지가 그녀의 아들을 자신의 야구팀에 입단시켰다는 것도 알고 있었다.

수전은 오늘, 선글라스도 끼지 않았고 미소도 어색하기 짝이 없었다.

"저 여자 표정이 아주 슬퍼 보이는데?" 모가 속삭였다.

"그렇군. 잠시 실례하겠네."

모는 야유를 하려다가 여자의 얼굴에 떠오른 표정을 보고 마음을 돌려먹었다. "그래, 일 보게나."

마이크는 수전에게 다가갔다. 그녀는 애써 미소 지으려 했지만 입가만 어색하게 일그러지고 말았다.

"안녕하세요?" 마이크가 먼저 인사했다.

"안녕하세요, 마이크?"

마이크는 그녀가 왜 정원을 돌보는 시늉을 했는지 그 이유를 잘 알고 있었다. 그녀를 더는 초조하게 만들고 싶지 않았다.

"내일 아침이나 돼야 루커스의 조직적합검사 결과가 나와요."

수전은 침을 꿀꺽 삼키고 고개를 연신 끄덕였다. "그래요?"

마이크는 손을 뻗어 그녀를 다독거려주고 싶었다. 병원 진료실에서라면 그렇게 했을지도 모른다. 의사라면 환자 부모를 안심시키려고 그렇게 하는 게 당연했다. 하지만 사적인 자리에서는 어림도 없었다. 따라서 진부하게 말로만 다독일 수밖에 없었다. "골드파브 박사와 내가 최선을 다 할 테니 걱정하지 말아요."

"알고 있어요, 마이크."

수전의 열 살 된 아들 루커스는 국소분절사구체경화증을 앓고 있어 지금 당장 신장이식이 절박한 상황이었다. 마이크는 미국 내에서 굴지의 신장이식 전문의였지만, 루커스 건은 동료 의사인 아일린 골드파브에게 넘겼다. 아일린은 뉴욕장로교병원 장기이식과 과장이며, 마이크가 알고 있는 가장 뛰어난 외과의사였다.

마이크와 아일린은 수전 같은 사람들을 매일 상대하고 있었다. 그는 사별에 대해 아무렇지도 않게 얘기하곤 했지만, 죽음이 자신에게도 영향을 미치는 건 어쩔 수가 없었다. 죽음이 항상 곁에 머무는 듯했다. 밤마다 그를 찾아와 쿡쿡 찔러댔다. 그에게 손가락질을 했다. 그를 열받게 했다. 하지만 마이크는 죽음을 환영한 적도 없고, 잠자코 받아들인 적도 없었다. 죽음은 항상 전의를 불태우게 만드는 적이었고, 만약 수전의 아이를 이 빌어먹을 놈에게 빼앗긴다면 미치고 펄쩍 뛸 게 분명했다.

루커스 로리먼은 당연히 마이크가 일반적으로 대할 수 없는 환자였다. 그가 아일린에게 주치의를 넘긴 주된 이유도 바로 그것 때문이었다. 마이크는 루커스를 잘 알고 있었다. 루커스는 너무 착하기만 해서 쉽게 따돌림받는 아이였다. 안경은 항상 흘러내려 코끝에 비스듬히 걸쳐 있고, 머리카락은 중구난방으로 뻗쳐 있어 제대로 눌러주려면 총이라도 들이대야 할 판이었다. 루커스는 운동하는 것을 좋아했지만, 제대로 뛸 수 있는 상태는 아니었다. 마이크가 진입로에서 애덤을 상대로 슛을 던지는 연습을 할 때면 루커스는 항상 주변을 서성이며 지켜보곤 했다. 마이크가 스틱을 쥐여주며 슛을 때려보라고 해도 루커스는 한사코 거절했다. 루커스는 너무 어려서 경기에 참여하는 게 불가능하다는 걸 깨닫고는 아나운서 흉내를 곧잘 내곤 했다. "닥터 바이가 퍽을 잡았습니다. 왼쪽으로 페인트 모션을 취하고는 골키퍼 다리 사이로 슛을 때렸습니다……만 애덤 바이가 멋지게 막아냈습니다!"

마이크는 그 착한 아이가 안경을 제자리로 밀어올리던 모습을 떠올리며 절대로 죽게 내버려두지 않으리라고 결심했다.

"잠은 잘 자나요?" 마이크가 물었다.

수전은 어깨를 으쓱했다.

"수면제를 처방해드릴까요?"

"단테는 그런 걸 좋아하지 않아요."

단테 로리먼은 수전의 남편이었다. 모의 면전에선 인정하긴 싫었지만 단테에 대한 모의 평가는 족집게처럼 딱 들어맞았다. 단테는 밥맛없는 녀석이었다. 그 녀석은 생긴 건 아주 그럴싸하긴 해도, 눈을 가늘게 뜨고 상대방을 쳐다보는 모습을 한번 보기라도 하는 날에는 정나미가 뚝 떨어질 지경이었다. 범죄 조직과 관련이 있다는 소문도 있었지만, 그건 하고 다니는 꼬락서니 때문에 누명을 쓴 것일 수도 있었다. 머리카락은 젤을 잔뜩 발라 넘기고, 소매 없는 티셔츠를 헐렁하게 걸치고, 향수를 잔뜩 뿌린 데다가 보석을 주렁주렁 달고 다녔다. 티아는 '점잖은 사람들이 모여 사는 이곳의 물을 흐리는 사람'이라고 단정하고 아예 상대조차 하지 않았다. 하지만 마이크는 단테가 남자답게 보이려고 애를 쓰는 이면에는, 마음은 굴뚝같지만 무슨 수를 써도 그럴 수 없는 현실에 체념한 사람의 안타까움이 느껴졌다.

"남편분께 내가 한번 말을 해볼까요?" 마이크가 물었다.

수전은 고개를 가로저었다.

"두 분 다 메이플 애비뉴의 에이드 약국을 이용하죠?"

"맞아요."

"그곳에 처방전을 지시해 놓을게요. 필요하면 그대로 처방해달라고 하세요."

"고마워요, 마이크."

"그럼 내일 아침에 봐요."

마이크는 차를 세워놓은 곳으로 되돌아갔다. 모는 팔짱을 낀 채 기다리고 있었다. 그는 수전을 훑어보는 눈동자를 가리고 싶었던지 선글라스를 끼고 있었다.

"자네 환자인가?"

마이크는 대꾸도 하지 않고 모의 곁을 지나쳤다. 그는 절대 자신의 환자에 관해 떠벌린 적이 없었다. 모도 그 사실을 잘 알고 있었다.

마이크는 집 앞에서 걸음을 멈추고 멍하니 집을 바라보았다. 집이란 건 왜 환자들처럼 곧 사그라질 것처럼 보일까? 거리를 따라 좌우에 늘어선 집에 모여 사는 부부들이 잔디밭에 나와 서서 자기들 집을 바라보며 이런 생각들을 할 것 같았다. '그래, 이 집이 내가 평생 살아가야 할 곳이고, 내 자식들을 키울 곳이며, 우리의 꿈과 희망을 가꾸고 보호해야 할 곳이다. 바로 여기, 거품처럼 언제 훅 꺼져버릴지 모를 이 집에서.'

마이크는 현관문을 열었다. "나, 왔어."

"아빠! 모 아저씨!"

열한 살이 된 공주 질이었다. 모퉁이를 돌아 달려오는 질의 얼굴에는 웃음이 가득했다. 마이크는 금세 가슴이 뿌듯해졌다. 딸아이의 얼굴에 웃음이 피어오를 때면 아무리 힘들어도 금세 왕이 된 것 같은 기분이 들곤 했다.

"어이구, 우리 공주님이구나."

질은 두 사람 사이로 물 흐르듯 미끄러져 들어와 마이크를 껴안은 다음 모에게도 반가워하며 포옹을 했다. 질은 그 동작을, 열광하는 지지자들과 마주친 정치인처럼 자연스럽게 해냈다. 질의 뒤쪽에는 친구 야스민이 부끄러운 듯 몸을 움츠리고 있었다.

"잘 지냈니, 야스민?" 마이크가 먼저 인사를 건넸다.

야스민의 머리카락은 베일처럼 얼굴 앞쪽으로 길게 늘어져 있었다. 야스민은 들릴락 말락 한 목소리로 인사를 했다. "안녕하세요, 아저씨?"

"너희, 오늘 무용 수업을 받았겠구나?" 마이크가 물었다.

질은 열한 살 먹은 애답지 않은 표정을 지으며 마이크에게 경고의 눈길을 날렸다. 그러면서 낮은 소리로 말했다. "아빠."

마이크는 그 말을 듣고서야 아차 하는 생각이 들었다. 야스민은 이제 무용을 하지 않았다. 아니, 야스민은 이제 정규 수업을 제외한 거의 모든 방과후활동을 사실상 그만둔 상태였다. 두어 달 전에 루이스턴 선생이 저지른 우발적인 사고 때문이었다. 루이스턴은 평소에는 아주 호인이지만 학생들의 흥미를 끌어올리는 데 너무 집착한 나머지 야스민의 입 주위에 거뭇거뭇하게 난 털을 두고 부적절한 농담을 해버렸다. 사실 마이크는 그 일의 전말을 자세히 알고 있는 건 아니었다. 루이스턴은 즉시 사과했지만, 사춘기에 접어든 소녀에게는 씻을 수 없는 상처를 남기고 말았다. 같은 반 친구들은 야스민을 성염색체 중 남자를 상징하는 'XY'라고 부르며 놀려대기 시작했다. 간혹 야스민의 약자라면서 'Y'라고 부르기도 했지만, 그게 그 애를 놀리는 새로운 방법이라는 건 두말할 필요도 없었다.

어른이 된 우리야 잘 알고 있는 사실이지만, 아이들은 한없이 잔인해질 수 있는 법이다.

질은 친구 곁에 딱 달라붙어서 따돌림을 받지 않도록 최선을 다했다. 마이크와 티아는 그런 딸아이가 자랑스러웠다. 야스민은 무용 수업을 그만뒀지만, 질은 여전히 무용을 좋아하고 수업에도 열심히 참여했다. 질은 자신이 하는 모든 활동을 정말 좋아했다. 너무 열정적으로 달려드는 바람에 주변 사람들의 정신을 쏙 빼놓는 게 문제였지만. 우리는 타고난 성격과 자라면서 형성된 후천적 성격을 비교하곤 한다. 애덤과 질은 같은 부모 밑에서 자랐지만 성격이 전혀 달랐다. 이걸 보면 선천적인 성격이 더 크게 작용하는 것 같기도 했다.

질은 손을 뒤쪽으로 내밀어 야스민의 손을 잡았다. “가자.”

야스민은 질의 뒤를 따랐다.

“아빠, 이따 봐요. 모 아저씨, 갈게요.”

“어서 가보시죠, 공주님.” 모가 히쭉 웃으며 말했다.

“너희들 어디 가는 거니?” 마이크가 물었다.

“엄마가 나가 놀아도 된다고 했어요. 자전거를 타려고요.”

“그럼 헬멧은 꼭 써라.”

질은 눈동자를 허풍스럽게 굴리긴 했지만 얌전히 고개를 끄덕이며 밖으로 나갔다.

1분 후, 주방에서 나온 티아는 모를 바라보며 이마를 찌푸렸다. “이 사람은 여기 웬일이래요?”

모는 헛기침을 하며 능청스럽게 대꾸했다. “제수씨가 애덤을 상대로 스파이 행위를 한다고 들어서요. 아주 잘하는 짓입니다.”

티아는 마이크를 째려봤다. 마이크는 어깨를 으쓱하고는 아무 말도 하지 않았다. 이건 티아와 모가 마주칠 때마다 으레 벌어지는 의식이었다. 겉으로는 서로 잡아먹지 못해 안달인 것처럼 보였지만 마음속으로는 서로를 인정해주는 친밀한 사이였다.

“그것 참, 좋은 생각이에요.” 모가 말했다.

그 말을 들은 마이크와 티아는 깜짝 놀랐다. 두 사람은 모를 멍하니 쳐다봤다.

“왜? 내 얼굴에 뭐가 묻기라도 했나?”

마이크가 당혹한 표정으로 말했다. “자넨 우리가 애덤을 과잉보호한다고 말하지 않았나?”

“아니, 난 티아가 그 애를 과잉보호한다고 했네.”

티아는 또 마이크를 노려보았다. 마이크는 질이 눈길 한 번으로 아빠의 입을 막아버리는 방법을 누구에게서 배웠는지 알게 됐다. 티아는 질의 교과서나 다름없는 존재였다.

"하지만 이번 경우에는, 내 마음이 쓰리긴 하지만 인정할 수밖에. 제수씨가 잘 결정하신 거라네. 애덤의 부모 아닌가. 당연히 아들의 모든 걸 알고 있어야지." 모의 말이 이어졌다.

"애덤도 프라이버시를 가질 권리가 있는 거 아닌가?"

"무슨 권리?" 모는 이마를 찌푸렸다. "걔는 아직 어린애라고. 그리고 부모들은 어떤 식으로든 자식들을 지켜봐야 하는 것 아닌가? 부모라면 당연히 그래야지. 그리고 그 보고서라는 것도 자네 부부만 볼 수 있는 거 아닌가? 자네 부부는 애덤의 담임선생과 성적이나 학교생활에 관해 얘기할 수 있어, 그리고 그 애에게 뭘 먹일 건지, 그 애가 어디에서 살 건지를 결정할 수 있다고. 따라서 이 일은 그것보다 한 걸음 더 나아간 것이라고 생각하면 되지."

티아는 열심히 고개를 끄덕이며 맞장구를 쳤다.

"부모는 자식을 키우는 존재이지 응석받이로 만드는 이들이 아냐. 따라서 부모는 자식에게 얼마큼 독립심을 허용할지 결정해야 해. 자네 부부가 통제해야 한다는 소리지. 결국 자식에 관한 모든 걸 알아야 한단 말이야. 이건 공동의 목적을 달성하기 위해 모인 단체가 아니라 가족이라고. 시시콜콜한 문제까지 간섭해선 안 되겠지만, 언제든 개입할 수 있는 능력은 가지고 있어야 해. 아는 게 힘이라는 말도 있잖은가. 정부가 자네 부부의 일에 개입하는 경우에는 자네 부부에게 가장 좋은 게 뭔지를 모르기 때문에 잘못될 여지가 많지. 하지만 부모는 안 그렇잖아? 그리고 자네 부부는 둘 다 똑똑한데 문제 될 게 뭔가?"

마이크는 그저 멍하니 모를 바라보고만 있었다.

티아가 입을 열었다. "모?"

"왜 그러시나?"

"할 말 다 했어요?"

"에이, 난 아직 시작도 안 했는데? 그래, 뭘 알아낸 거요?" 모는 등받이가 없는 주방의자에 슬그머니 걸터앉았다.

"내 말, 서운하게 생각하진 말아요. 이제 그만 집에 가보시지 그래요?" 티아가 입을 삐쭉거리며 말했다.

"무슨 소리? 애덤은 내 대자요. 나도 그 애가 잘되기를 진심으로 바라고 있다는 뜻이오."

"당신은 애덤의 대부가 아네요. 그리고 조금 전에 열변을 토한 것에 따르면, 자식이 가장 잘되기를 바라는 사람은 부모 아닌가요? 당신이 애덤에게 신경을 많이 써주는 건 분명하지만 그래도 그 애의 부모는 아니라고요."

모는 티아를 가만히 바라보았다.

"왜요?"

"티아, 당신은 입만 열면 옳은 말만 하는 통에 뭐라고 반박할 수 없어 얄미워 죽겠소."

"내 기분은 어떨 것 같아요? 그래도 당신이 이렇게 찬성해주니까 애덤에 관한 판단을 정말 잘했다는 생각이 드는군요."

마이크는 두 사람의 입씨름을 묵묵히 관전했다. 티아는 연신 아랫입술을 손톱으로 쥐어뜯고 있었다. 마이크는 그녀가 불안하거나 겁에 질렸을 때 그런 행동을 한다는 걸 잘 알고 있었다. 모와 주고받는 농담들은 속마음을 감추기 위한 허세인 게 분명했다.

마이크가 말했다. "모."

"그래, 자네가 무슨 말을 할지 잘 알겠네. 내가 가야겠지? 하지만 한 가지는 꼭 해야겠네."

"그게 뭔가?"

"자네 휴대전화를 좀 보여주겠나?"

마이크는 이마를 찌푸렸다. "왜? 자네 건 고장 났나?"

"아니, 좀 보여주기나 하게."

마이크는 어깨를 으쓱하더니 모에게 휴대전화를 건넸다.

"통신회사는 어디인가?" 모의 질문에 마이크는 사실대로 이야기했다.

"자네 식구들은 다 똑같은 휴대전화를 사용하나? 애덤까지?"

"맞네."

모는 전화기를 꼼꼼히 살폈다. 마이크는 티아를 돌아보았다. 티아는 영문을 모르겠다는 듯 어깨를 으쓱했다. 모는 휴대전화의 뒷면까지 살피고는 마이크에게 돌려주었다.

"왜 그러는 건가?"

"나중에 얘기해줌세. 자넨 지금은 애덤이나 잘 보살피게." 모는 대수롭지 않다는 듯 대꾸했다.

5

"그래, 애덤의 컴퓨터에서 뭘 본 건데?" 마이크가 물었다.

그들은 주방 식탁에 앉았다. 티아가 커피를 미리 준비해두고 있었다. 그녀는 카페인 없는 커피를 마셨다. 마이크는 언제나 진한 에스프레소를 즐겼다. 그가 담당하는 환자 중 하나가 여과기가 아니라 분말통이 달린 커피머신을 만드는 회사의 직원이었다. 그 환자는 이식수술이 성공적으로 끝나자 커피머신 한 대를 선물했다. 이건 여느 커피머신보다 작동이 간단했다. 분말통에 분쇄한 원두를 담고 집어넣으면 커피가 만들어졌다.

"두 가지야." 티아가 대답했다.

"말해봐."

"첫 번째로, 애덤은 내일 밤 DJ네 집에서 벌어질 파티에 초대받았어."

"그런데?"

"허프 씨 부부가 주말에 집을 비우니까 문제지. 이메일에 적힌 걸 보면, 파티를 하면서 기분 째지게 놀 거라고 했어."

"술을 마신다는 거야, 마약을 한다는 거야?"

"그렇게 구체적으로는 쓰여 있지 않아. 다들 집에다 밤을 샌다고 적당히 핑계를 대고 오라고 했고, 그 애들 표현대로 하자면 '완전히 퍼질러질 때까지' 놀자고 했어."

DJ네 집이라고? 아버지인 대니얼 허프는 이 도시의 치안을 책임지는 경찰서장이었다. 그런데 DJ라고 불리는 그의 아들은 학교에서 사고뭉치로 악명을 날리고 있었다.

"왜 말이 없어?" 티아가 물었다.

"그냥 생각을 좀 하고 있었어."

티아는 마른침을 꿀꺽 삼켰다. "우린 애덤을 함께 키우고 있다고."

그는 아무 말도 하지 않았다.

"당신이 컴퓨터 보고서를 읽고 싶어 하지 않는다는 건 잘 알고 있지만, 그래도……" 티아는 두 눈을 꼭 감았다.

"왜, 무슨 일이 있어?"

"애덤은 인터넷으로 포르노를 보고 있어. 그 사실을 알고 있었어?"

마이크는 이번에도 아무 말을 할 수가 없었다.

"마이크?"

"그럼 당신은 그 문제를 어떻게 처리하고 싶은데?" 마이크가 물었다.

"당신은 그게 잘못된 일이라고 생각하지 않는 거야?"

"나도 열여섯 살 때는 《플레이보이》 잡지를 몰래 훔쳐보곤 했어."

"그건 얘기가 다르지."

"그래? 우린 그때 그랬어. 인터넷이라는 게 없었거든. 인터넷이 있었다면 당연히 애덤처럼 했겠지. 벌거벗은 여자를 보기 위해서라면 무슨 짓이든 했을 거란 말이야. 오늘날의 추세가 다 그런데 귀와 눈을 닫고 살 수는 없잖아? 열여섯 살이나 먹은 녀석이 벌거벗은 여자에게 눈이 돌아가지 않는다면 그게 더 이상한 거지."

"그럼 그대로 놔두겠다는 거야?"

"그런 뜻은 아니야. 다만 그 문제를 어떻게 처리해야 할지 아직은 모르겠다는 뜻이야."

"애덤과 얘기를 좀 해봐." 티아가 한심하다는 듯 말했다.

"해봤지. 성교육의 기초 지식을 알려줬고, 섹스라는 건 사랑과 결합했을 때만이 가장 아름답다는 것도 설명해줬고. 그리고 여성은 구경거리가 아니라 존경의 대상이라고도 가르쳤다고."

"애덤은 당신의 마지막 가르침을 제대로 받아들이지 못한 거로군."

"십대 소년이라면 누구나 내 말의 마지막 부분을 이해하지 못할 거야. 어른조차도 그걸 제대로 이해한다는 건 어려운 일일걸?"

티아는 머그잔을 들어 커피를 마셨다. 잠시 입을 다물어 마이크의 궁금증을 증폭시키려는 작전인 것 같았다.

티아의 눈가 주름이 도드라졌다. 그녀는 거울을 볼 때마다 전에 없던 그것들을 한동안 멍하니 바라보곤 했다. 여자들은 대부분 몸매에 콤플렉스를 갖고 있는 편인데 티아는 자신의 외모에 늘 자신감을 갖고 있었다. 하지만 최근에는 거울을 자주 들여다보지 않았다. 나이가 들면서 주름살과 늘어진 곳이 많아져 무척 신경 쓰는 것 같았다.

"어른하고야 얘기가 다르지." 티아가 항변했다.

마이크는 그녀를 달래려다가 지금은 그냥 잠자코 있는 게 낫겠다고 생각했다.

"우린 판도라의 상자를 연 셈이야."

마이크는 티아가 애덤에게 한정해서 하는 얘기이기를 바라며 대답했다. "나도 그렇게 생각했어."

"난 거기에 뭐가 들었는지 정말 궁금했는데, 막상 알고 나니 괜히 상자를 열었다는 생각이 들어."

마이크는 손을 뻗어 그녀의 손을 살며시 잡았다. "이 파티 건은 어떻게 하면 좋을까?"

"당신 생각은?"

"애덤이 몰래 가도록 내버려둘 순 없잖아?"

"그럼 개를 집에 잡아둘까?" 티아가 눈을 반짝이며 물었다.

"그러면 좋겠는데……."

"애덤은 클라크와 함께 올리비아 버첼의 집에 가서 밤을 새울 거라고 말했어. 만약 우리가 그 애를 막는다면 자기를 감시하는 뭔가가 있다는 걸 알아차릴 거야."

마이크는 어깨를 으쓱했다. "어쩔 수 없잖아. 우린 그 애의 부모이고, 부모가 모든 이유를 설명해주는 합리적인 사람일 필요는 없잖아."

"좋아. 그럼 애덤에게 내일 저녁에는 무조건 집에 있어야 한다고 얘기하면 되겠네?"

"그렇지."

티아는 아랫입술을 잘근잘근 씹었다. "애덤은 이번 주 내내 착하게 행동했고, 숙제도 제때 했어. 그리고 평소에는 금요일 밤마다 외박을 허용했는데……."

두 사람은 이번 일이 전쟁이 될 거라는 사실을 잘 알고 있었다. 마이크는 아들을 위해서라면 언제든 전쟁을 치를 준비가 되어 있었지만, 꼭 지금 그런 선택을 해야 하는 건지에 대해서는 의문이 들었다. 전쟁을 하려면 때와 장소를 신중하게 정해야만 한다. 그리고 올리비아 버첼의 집에 가지 못하게 막으면 애덤은 두 사람을 의심할 게 뻔했다.

"애덤에게 돌아올 시각을 지정해주면 어떨까?" 마이크가 물었다.

"그렇게 했는데 애덤이 그걸 어기면? 우리가 DJ네 집까지 가야 하는 건가?"

그녀의 말이 옳았다.

"헤스터가 나를 자기 집무실로 불렀어. 내일 보스턴으로 가서 선서증언을 받아 오래." 티아가 어정쩡한 목소리로 말했다.

마이크는 그 일이 티아에게 얼마나 중요한 기회인지를 잘 알고 있었다. 그녀가 회사에 복직한 후 맡은 일들 대부분이 풋내기들에게 맡겨도 무관한 것들뿐이었다. "그거 잘됐네."

"그렇긴 하지만, 내가 집에 있을 수가 없잖아."

"걱정하지 마. 이 문젠 내가 처리할게."

"질은 야스민네 집에서 잘 거니까 신경 쓰지 않아도 돼."

"알았어."

"애덤이 그 파티에 가지 못하도록 만들 좋은 아이디어가 있어?"

"조금만 더 머리를 짜내면 생각날 것도 같은데."

"알았어."

티아의 얼굴 표정이 어두워지는 게 보였다. 마이크는 뭔가를 떠올리며 말했다. "참, 아까 두 가지 문제가 있다고 하지 않았어?"

고개를 끄덕이는 티아의 표정에 뭔가 변화가 생겼다. 만약 포커를 하는 사람이라면 그걸 '실마리'라고 불렀을 것이다. 오랫동안 함께 살아온 사람만이 알아챌 수 있는 그런 것이었다. 배우자라서 쉽게 알아볼 수도 있지만, 상대방이 그런 걸 굳이 숨기려고 하지 않아 쉽게 드러난 것일 수도 있었다. 어쨌든 마이크는 이게 좋은 소식이 아니라는 걸 눈치챘다.

"인스턴트 메시지인데, 이틀 전에 온 거야."

티아는 지갑에서 인스턴트 메시지 출력물을 꺼냈다. 아이들은 실시간으로 타이핑하면서 대화를 한다. 그 결과, 문법이나 철자가 엉망인 경우가 대부분이었다. 요즘 아이들이 하는 이야기들을 대부분 전화로 나누었던 부모 세대는 이런 기술적인 발달에 비명을 내지를 수밖에 없었다. 마이크는 그게 문제라고는 생각하지 않았다. 자기 시대에는 전화가 있었고, 요즘에는 인스턴트 메시지와 문자가 그걸 대체한 것뿐이라고 생각했다. 자기가 어렸을 때, 비디오 게임에 푹 빠져 살던 아이들 세대에게 말세라고 욕설을 퍼부으면서도 고속버스를 타고 애틀랜틱 시로 달려가서 슬롯머신 화면을 신이 나게 들여다보며 동전을 집어넣는 나이 든 세대들이 떠오르곤 했다. 그런 걸 위선이라고 하지, 아마?

"어디 좀 봐."

마이크는 독서안경을 꺼내 썼다. 두어 달 전부터 쓰기 시작한 건데, 이제 이걸 쓰지 않으면 글자를 보기 힘들 정도였다. 애덤의 대화명은 여전히 'HockeyAdam1117'이었다. 애덤은 몇 년 전부터 그 대화명을 사용했다. 숫자는 애덤이 가장 좋아하는 아이스하키 선수인 마크 메시에의 등번호 11번과 마이크가 다트머스 시절에 달고 있던 등번호 17번을 결합한 것이었다. 애덤이 아이스하키를 그만두고서도 이 숫자를 바꾸지 않은 게 약간 의아하게 느껴졌다. 어쩌면 미련이 남아서일 수도 있고, 바꾸기가 귀찮아서 그냥 놔둔 것일 수도 있다. 후자일 확률이 더 클 것이다.

CeeJay8115 : 괜찮아?

HockeyAdam1117 : 난 지금도 얘기를 해야 한다고 생각해.

CeeJay8115 : 끝났는데? 가만히 입 다물고 있으면 안전해.

표시된 시간을 보니 약 1분 동안 타이핑이 이어지지 않았다.

CeeJay8115 : 거기 있어?

HockeyAdam1117 : 응.

CeeJay8115 : 괜찮아?

HockeyAdam1117 : 괜찮아.

CeeJay8115 : 좋아, 금요일에 봐.

그게 끝이었다.

"'가만히 입 다물고 있으면 안전해'라니……." 마이크는 그 문장이 마음에 걸리는 듯 다시 한번 소리 내어 읽었다.

"나도 그게 신경이 쓰여."

"당신은 이게 무슨 뜻이라고 생각해?" 마이크가 물었다.

"전혀 모르겠어."

"학교와 관련된 것일 수도 있어. 시험을 칠 때 누군가가 커닝하는 걸 봤을지도 모르지."

"그럴 수도 있겠네."

"어쩌면 전혀 신경 쓸 문제가 아닐 수도 있어. 그저 온라인 어드벤처 게임의 일부일 수도 있단 말이지."

"그럴 수도 있겠어." 티아는 맞장구를 쳤지만 믿는 것 같진 않았다.

"이 CeeJay8115라는 녀석은 누구지?" 마이크가 물었다.

티아는 고개를 가로저었다. "나도 애덤의 인스턴트 메시지를 본 건 처음이라서 몰라."

"여자아이인지도 모르겠군."

"그래, 그럴지도 몰라."

"'금요일에 봐'라고 했으니 이 아이도 DJ네 파티에 참석한다는 얘기로군. 이게 우리에게 도움이 될까?"

"어떻게 도움이 될지 전혀 모르겠어."

"애덤에게 이 아이에 관해 물어볼까?"

티아는 고개를 가로저었다. "뭐라고 물어봐? 이 아이의 대화명을 들이댈 수는 없잖아?"

"그것도 그렇네. 그랬다간 컴퓨터를 몰래 들여다보고 있다는 걸 들킬 수도 있겠지?"

두 사람은 서로 얼굴을 마주 보았다. 마이크는 그 문장을 한번 더 읽었다. 그렇다고 달라지는 건 없었다.

"마이크?"

"응?"

"애덤이 가만히 입을 다물고 있어야 안전해질 일이라는 게 뭘까?"

텁수룩한 콧수염을 주머니에 쑤셔 넣은 내시가 조수석에 앉아 있고, 밀짚머리 가발을 벗은 피에트라가 차를 운전했다.

내시는 오른손에 매리앤의 블랙베리 펄 단말기를 들고 있었다. 이 기기로 이메일을 관리하거나 사진을 찍고, 동영상과 문자도 볼 수 있으며, 집에 있는 PC의 일정 관리 프로그램과 주소록을 모두 공유할 수 있었다.

내시가 버튼을 누르자 화면이 켜졌다. 매리앤의 딸아이 사진이 떠올랐다. 그는 잠시 사진을 쳐다보고는 속으로 안됐다고 생각했다. 그러고는 매리앤의 이메일 주소록으로 들어가는 아이콘을 눌러 필요한 주소를 찾아냈다. 그런 다음 문장을 작성했다.

안녕! 난 두어 주일 동안 로스앤젤레스에 가 있을 예정이야. 돌아오면 연락할게.

그는 문장 끝에 '매리앤'이라고 적고, 문장을 복사해서 두 가지의 다른 이메일 주소에도 붙여넣은 다음 '전송'을 클릭했다. 이렇게 하면 매리앤을 알고 있는 사람들은 그녀가 한동안 보이지 않더라도 크게 의심하지는 않을 것이다. 내시가 파악한 바로는 이렇게 사라졌다가 불쑥 나타나는 게 매리앤의 생활 태도였다.

하지만 이번에는…… 글쎄, 사라지는 건 분명했다. 나타나지 않는 게 문제겠지만.

피에트라는 내시가 카인과 원숭이의 결합 얘기로 매리앤의 정신을 빼고 있는 동안 매리앤의 술잔에 슬그머니 마취제를 넣었다. 내시는 매리앤을 밴 안에 들이자마자 두들겨 팼다. 꽤나 오랫동안 죽으라고 때렸다. 처음에는 고통이 심한 곳만 골라서, 그래도 사정을 봐줘가며 때렸다. 매리앤의 입을 열고 싶어서였다. 하지만 내시는 그녀가 모든 걸 다 털어놨다는 확신이 들자마자 이번에는 인정사정 보지 않고 죽도록 후려쳤다. 얼굴에는 열네 개의 고정된 뼈가 있다. 내시는 이것들을 최대한 많이 부러뜨리고 함몰시켰다.

내시는 안면 수술을 집도하는 의사처럼 정확하게 매리앤의 얼굴에 펀치를 날렸다. 펀치를 날리는 건 상대방의 전의를 무력화하기 위해서이거나 무지막지한 고통을 주기 위해서, 또는 신체적인 손상을 주기 위해서다. 내시는 그 모든 걸 아주 잘 알고 있었다. 그는 최대한 힘을 가해 상대방을 가격하면서도 자신의 주먹과 손이 다치지 않는 방법을 잘 알고 있었다. 어떻게 해야 자신은 다치지 않으면서 상대방에게 최대한 피해를 주는지를 잘 알았고, 손바닥을 이용해 효과적으로 가격하는 방법도 잘 알고 있었다.

매리앤이 목구멍에 피가 잠겨 꺽꺽거리며 숨이 넘어가기 직전에 내시는 으레 하던 대로 다음 행동을 이어나갔다. 폭행을 멈추고 그녀가 아직 살아 있다는 걸 확인했다. 그런 다음 그녀의 눈을 억지로 뜨게 해서 그녀의 눈동자에 떠올라 있는 공포를 즐겼다.

"매리앤?"

내시는 그녀가 자신을 똑바로 쳐다보게 하고 싶었다. 그녀가 자신을 응시하자 내시는 매리앤의 귀에 대고 마지막 한마디를 속삭였다. "카산드라에게 내가 무척이나 그리워하더라고 전해줘."

내시가 말을 마치자마자 매리앤의 숨이 끊어졌다.

그들이 타고 있는 밴은 추적을 따돌리기 위해 현금으로 구입한 것이고, 번호판은 미리 바꿔치기를 해두었다. 내시는 뒷좌석으로 넘어갔다. 매리앤의 손에 녹색 스카프를 억지로 밀어넣어 그녀가 꽉 쥐게 만들었다.

내시는 면도날을 이용해서 매리앤의 옷을 잘라냈다. 옷을 다 벗긴 후 쇼핑백에서 새 옷을 꺼냈다. 안간힘을 쓰며 그녀에게 새 옷을 입혔다. 분홍색 윗옷은 너무 꽉 꼈지만, 피에트라가 일부러 선택한 것이었다. 가죽 치마는 길이가 한 뼘도 채 되지 않았다.

내시와 피에트라는 뉴저지 주 티넥의 어떤 술집에서부터 매리앤을 따라붙기 시작했다. 그들은 지금 거리를 오가는 창녀와 살인자들로 악명을 날리는 일명 '제5구역'의 슬럼가 뉴어크에 와 있었다. 매리앤이 얻어맞아 죽은 창녀로 오인하게 만들기 위해 일부러 선정한 곳이었다. 뉴어크의 살인 범죄율은 뉴욕 시의 세 배에 달했다. 그래서 내시는 매리앤을 죽도록 두들겨 팼고, 치아를 거의 다 박살냈다. 그렇다고 치아 전부를 그렇게 한 건 아니었다. 전부 망가뜨리면, 그녀의 신원을 숨기려는 의도가 너무 뻔히 드러나 보이기 때문이었다.

그래서 치아 몇 개는 손상되지 않도록 신경을 썼다. 경찰이 이 사건을 살인으로 의심해서 치과 진료기록을 대조해볼 생각을 하더라도 아주 오랜 시간이 걸리게끔 충분히 손을 써둔 셈이었다.

내시가 다시 콧수염을 붙이자 피에트라도 가발을 뒤집어썼다. 목격당할까봐 미리 조심하려고 한 행동이지만, 주변에는 쥐새끼 한 마리 보이지 않았다. 두 사람은 매리앤의 시신을 커다란 쓰레기통에 버렸다. 내시는 내동댕이쳐진 시신을 가만히 내려다봤다.

그는 카산드라를 떠올렸다. 마음이 우울해졌지만, 다른 한편으로는 용기가 불끈 솟는 것 같았다.

"내시?" 피에트라가 불렀다.

내시는 그녀에게 살짝 웃어 보이고는 밴에 올라탔다. 피에트라가 가속페달을 밟자 밴은 어둠 속으로 자취를 감췄다.

마이크는 애덤의 방문 앞에 서서 심호흡을 한 다음 문을 열었다.

고스족들이 입는 검은색 옷을 걸친 애덤이 잽싸게 돌아섰다. "혹시 노크라는 말, 들어보셨어요?"

"여긴 내 집이다."

"여긴 제 방이고요."

"그래? 네가 방세라도 내고 있니?"

마이크는 그 말을 입 밖으로 내뱉자마자 자신을 향한 혐오감이 들었다. 이따위 고리타분한 부모의 권리로 위협을 하다니! 애들이라면 코웃음을 치며 묵살해버리기 딱 좋을 만한 말이었다. 마이크 자신도 어렸을 때라면 당연히 귓등으로 흘려들었을 것이다. 도대체 어른들은 왜 이 모양일까? 우린 구세대가 저지른 잘못들을 절대로 되풀이하지 않겠다고 그렇게 맹세했으면서도 왜 그들과 똑같은 잘못을 저지르는 걸까?

애덤은 이미 컴퓨터 화면이 까매지도록 전원 스위치를 꺼버렸다. 웹서핑을 하던 사이트를 감추려고 그러는 것 같았다. 만약 이 애가 자신이 감시당하고 있다는 걸 안다면…….

"좋은 소식이 있단다." 마이크가 차분한 목소리로 말했다.

애덤이 뒤돌아섰다. 팔짱을 끼고 자신 있는 모습을 보이려고 애썼지만, 아쉽게도 연기가 좋은 편은 아니었다. 이 녀석은 이미 자기 아버지보다 더 몸집이 커졌고, 상당히 터프하다는 걸 마이크는 잘 알고 있었다. 애덤은 골대 앞에 섰을 때도 겁을 모르는 아이였다. 수비수가 골대를 보호하도록 멀거니 기다리지 않았다. 누군가가 자신의 수비 영역을 침범하면 가차없이 나서서 직접 몰아내곤 했다.

"뭔데요?" 애덤이 물었다.

"모 아저씨가 레인저스 대 플라이어스(필라델피아 아이스하키 팀) 경기의 특별석 입장권을 마련하셨단다."

애덤의 얼굴에는 표정 변화가 전혀 없었다. "언젠데요?"

"내일 저녁이다. 엄마는 선서증언을 받으러 보스턴에 가셔야 한대. 모 아저씨가 여섯 시에 우릴 태우러 오기로 했다."

"질이나 데려가세요."

"질은 야스민네 집에서 자기로 했다."

"질이 XY네 집에서 자도록 허락하셨다고요?"

"그 애를 그렇게 부르지 마라. 그게 얼마나 기분 나쁜 말인지 아니?"

애덤은 어깨를 으쓱했다. "별것 아니잖아요."

별것이 아니다…… 자신이 대단하다고 생각하는 십대들이 으레 하는 말대꾸였다.

"그러니 학교 끝나는 대로 내가 데리러 가마."

"전 갈 수 없어요."

마이크는 방 안으로 들어섰다. 전에 손톱이 지저분하고 문신투성이인 브렛과 함께 이 방에 몰래 들어왔을 때와는 방 안이 좀 달라 보였다. 브렛이 더러운 손가락을 애덤의 키보드 위에 올려놨던 기억이 또다시 떠올랐다. 그건 잘못된 일이었고, 몰래 살펴보는 것도 잘못된 일이었다. 하지만 이렇게라도 하지 않는다면 애덤이 술을 퍼마시고 어쩌면 마약도 하는 그런 파티에 가리라는 걸 꿈에도 몰랐을 것이다. 그런 점에서는 몰래 살펴보는 것도 어느 정도 좋은 점이 있긴 했다. 마이크도 미성년자일 때 그런 파티에 한두 번 간 적이 있었다. 그랬어도 지금은 멀쩡히 잘 살고 있다. 그런 걸 하지 않았다면 더 나아졌을까?

"갈 수 없다니 그게 무슨 뜻이니?"

"전 올리비아네 집에 갈 거거든요."

"엄마 말에 의하면 올리비아네 집에 자주 간다고 하던데 이번에는 참으렴. 레인저스 대 플라이어스 경기잖니."

"가고 싶지 않아요."

"모 아저씨가 입장권을 이미 샀다고 말했잖아."

"다른 사람을 데려가라고 하세요."

"싫다."

"싫다고요?"

"그래, 싫다. 난 네 아빠다. 그러니 넌 경기장에 가야 한다."

"하지만……."

"하지만이고 뭐고 인정할 수 없다."

마이크는 애덤이 뭐라고 하기 전에 몸을 돌려 방 밖으로 나갔다.

와우, 내가 정말로 '하지만이고 뭐고'라고 딱 잘라버린 게 맞나?

6

집은 죽어 있었다.

벳시 힐은 그렇게 묘사할 수밖에 없었다. 그저 조용하거나 정적이 감도는 정도가 아니었다. 집은 속이 텅 비고, 소멸되고, 숨이 끊어졌다. 심장 박동이 멈추고, 혈관을 따라 흐르던 혈액이 멈추고, 내장이 썩어가기 시작했다.

죽어 있었다. 그게 무슨 뜻인지는 정확히 모르겠지만 '문짝에 박아놓은 대갈못(중세시대 성문에 박혀 있던 큰 못으로, 어떤 공격에도 꿈적하지 않은 데서 유래한 말)처럼 완전히 죽어' 있었다.

그녀의 아들 스펜서처럼 완전히 죽어 있었다.

벳시는 죽어 있는 이 집에서 나갈 수만 있다면 정말 어디든 가고 싶었다. 썩어가는 시체 같은 이곳에서 더는 머물고 싶지 않았다. 남편인 론은 너무 이른 판단이 아닌가 하고 생각했다. 어쩌면 그이의 말이 옳을지도 몰랐다. 하지만 벳시는 지금 여기에 있는 것 자체를 증오했다. 세상을 떠난 스펜서가 아니라 아직 육신이 멀쩡한 벳시가 유령처럼 집 안을 떠돌고 있었다.

쌍둥이는 아래층에서 DVD를 보는 중이었다. 벳시는 걸음을 멈추고 창밖을 내다보았다. 이웃집에는 모두 불이 켜져 있었다. 여전히 살아 있었다. 그들도 나름대로 문제가 있긴 할 것이다. 마약을 하는 딸이 있거나, 바람피울 기회를 노리며 열심히 눈알을 굴리는 아내가 있거나, 직장에만 매달려 집안일을 소홀히 하는 남편이 있거나, 자폐증에 걸린 아들이 있을 수 있다. 다들 일정한 몫의 비극을 품고 있었다. 모든 집과 가정은 그들만의 비밀을 가지고 있었다.

그래도 그들의 집은 여전히 살아 있었다. 여전히 숨을 쉬고 있었다. 그러나 힐 가족이 사는 집은 죽어 있었다.

벳시는 거리를 따라 늘어선 집들을 내려다보며, 그곳에 사는 이웃사람들이 하나도 빠짐없이 스펜서의 장례식에 찾아왔다는 걸 떠올렸다. 그들은 두 눈에 어린 비난의 기색을 최대한 감추려고 애쓰면서 위로의 말을 전하고 많은 도움을 줬다. 하지만 벳시는 그들의 눈길에 숨은 의미를 잘 알고 있었다. 항상 그랬다. 그들은 말로 떠들지는 않았지만 벳시와 론에게 책임을 묻고 싶어 했다. 그들이 평생 겪어보지 않아야 당연한 일을 벳시 모자 때문에 멍하니 당하고 말았기 때문이었다.

이제 그녀의 이웃과 친구들은 모두 가버렸다. 가족의 일원이 아니면 일상적으로 해오던 일을 바꾸지 않는 법이다. 가장 가까운 친구라 하더라도 남의 식구 장례식은 슬픈 영화를 보는 것과 흡사했다. 친구는 영화 장면에 함께 감동하거나 마음 아파하지만, 슬픔을 이길 수 없을 정도가 되면 극장 밖으로 나와 집으로 돌아가면 된다.

오로지 가족만이 그 슬픔을 견뎌내야만 한다.

벳시는 주방으로 돌아왔다. 쌍둥이에게는 저녁 식사로 핫도그와 마카로니 치즈를 만들어줬다. 쌍둥이는 이제 막 일곱 살이 됐다. 스펜서는 비가 오든 해가 쨍쨍하든, 여름이든 겨울이든 직화구이 핫도그를 좋아했다. 하지만 쌍둥이는 조금이라도 불에 '그슬린' 자국이 있으면 불평을 하곤 했다. 쌍둥이는 벳시가 전자레인지로 핫도그를 데워주는 것을 아주 좋아했다.

"저녁 먹어라." 벳시가 큰 소리로 아이들을 불렀다.

쌍둥이는 항상 그랬듯 들은 척도 하지 않았다. 스펜서도 마찬가지였다. 뭘 하라고 애들을 부르는 첫 번째 소리는 그저 두 번째, 세 번째 소리의 전주곡이 되고 말았다. 그게 또 하나의 문제였을까? 벳시 자신이 엄마로서 너무 유약했던 건 아닐까? 애들을 너무 오냐오냐 하면서 키운 게 아닐까? 스펜서는 이런 엄마를 적절히 이용했고, 불리한 것은 요리조리 미꾸라지처럼 잘도 빠져나가곤 했다. 정말 그게 문제였을까? 만약 그녀가 아들을 좀 더 엄하게 다뤘더라면……. 가정假定이 너무 많았다.

소위 전문가라는 사람들은 청소년의 자살을 부모 탓으로 돌려서는 안 된다고 말한다. 그건 암과 같은 질병일 뿐이라면서. 하지만 그 전문가라는 사람들조차도 벳시를 의심의 눈길로 보았다. 왜 스펜서를 심리치료사에게 꾸준하게 데려가지 않았나? 왜 그 애의 엄마라는 사람은 스펜서에게 일어난 변화를 그저 십대들이 흔히 보이는 기분 변화라고 무시해버렸는가?

엄마 말을 듣지 않을 정도로 스펜서가 커버린 거지, 뭐. 십대들은 으레 그러는 것 아닌가? 그녀는 속으로 생각했다.

벳시는 애들이 노는 방으로 들어갔다. 전등은 꺼진 채 TV 불빛만이 쌍둥이를 비추고 있었다. 그 애들은 쌍둥이인데도 별로 닮은 데가 없었다. 시험관 아기여서 그런가? 스펜서가 외동아들로 지낸 시간은 9년이 전부였다. 그것도 이번 사건이 벌어진 원인의 하나였을까? 그녀는 동생이 있는 게 스펜서에게 좋을 거라고 생각했지만, 사실 아이라면 부모의 사랑을 독점하고 싶은 게 인지상정 아닌가.

TV 불빛이 쌍둥이의 얼굴에서 아른거렸다. 애들이 TV를 볼 때면 정신은 아예 다른 곳에 내버린 것처럼 보인다. 입은 헤 벌리고 눈은 크게 뜨고 있는 모습을 보면 끔찍하기까지 했다.

"자, 저녁 먹자." 벳시는 일단 조용히 말했다.

하지만 아무런 반응이 없었다.

머릿속에서 시계 초침이 째깍거리는 소리가 들리는 듯했다. 마침내 벳시는 울화통을 터뜨리고 말았다. "얼른!"

벳시의 쇳소리에 쌍둥이가 화들짝 놀랐다.

그녀는 TV로 다가가 전원을 꺼버렸다. "당장 저녁 먹으라고 했다! 도대체 몇 번씩 떠들어야 말을 들을 거니?"

쌍둥이는 아무 대꾸도 하지 않고 자리에서 일어나 주방으로 갔다. 벳시는 두 눈을 꼭 감고 심호흡을 했다. 늘 이런 식이었다. 꼭 성질을 부려야만 평온이 찾아들었다. 기분 변화라고? 어쩌면 그건 유전되는 것인지도 모른다. 스펜서는 자궁 속에 있을 때부터 일찍 세상을 떠날 운명이었는지도 모른다.

쌍둥이는 식탁에 앉아 있었다. 벳시는 얼른 그곳으로 다가가며 억지웃음을 지었다. 그래, 이래야 모든 게 정상이 되는구나. 그녀는 쌍둥이에게 음식을 덜어주며 대화를 나누려고 애썼다. 쌍둥이 중 하나는 신나게 재잘거렸지만, 다른 하나는 입도 뻥긋하지 않았다. 스펜서가 자살한 이후로는 늘 이런 식이었다. 쌍둥이 중 하나는 그 사실을 전적으로 묵살하는 것으로 이겨냈고, 다른 하나는 부루퉁한 얼굴로 지냈다.

론은 오늘도 집에 없었다. 어떤 날 밤에는 집까지 왔으면서도 차를 차고에 집어넣은 채 차 안에 앉아 밤새 훌쩍거린 적도 있었다. 벳시는 남편도 하나밖에 없었던 아들처럼 엔진을 켜놓은 채 차고 문을 꼭 닫지나 않을까 걱정이 되곤 했다. 참을 수 없는 고통을 자살로 끝내려고 하는 게 아닐까? 이 빌어먹을 사건에는 이런 말도 안 되는 아이러니가 널려 있었다.

아들이 스스로 목숨을 끊은 것으로 인해 받는 끊임없는 고통을 끝낼 수 있는 가장 확실한 방법이 아들과 같은 행동을 하는 것이라니!

론은 절대로 스펜서의 이름을 입에 올리지 않았다. 스펜서가 세상을 떠나고 이틀째 되던 날, 론은 아들의 식탁 의자를 지하실에 내려다 놓았다. 세 아이는 모두 자신의 이름표가 붙은 사물함을 가지고 있었다. 론은 스펜서의 사물함을 비우고 그 안에 잡동사니를 잔뜩 채워넣었다. 스펜서를 생각나게 하는 것들을 치워버리면 잊을 수 있다고 생각한 걸까.

벳시는 그 문제를 다른 방법으로 해냈다. 처음엔 다른 일에 정신을 집중하려고 애써봤지만 비통한 마음 때문에 모든 게 무겁게만 느껴졌다. 꿈속에서 눈밭을 힘차게 달려 나가려고 하지만, 꿀이 가득 찬 수영장에서 버둥거리는 것처럼 동작 하나하나가 무겁기만 하고 조금도 나아가지 못하는 상황과도 같았다. 그래서 차라리 지금처럼 슬픔에 푹 잠기도록 놔두기로 했다. 세상이 무너져 자신을 덮치기를 원했고, 그 모든 걸 기쁜 마음으로 받아들일 준비가 돼 있었다.

벳시는 식사 후 설거지를 끝낸 다음 쌍둥이의 잠자리를 봐주었다. 론은 아직도 돌아오지 않았다. 뭐, 그건 그렇다고 치자. 그런데 스펜서가 세상을 떠난 이후 두 사람은 싸운 적이 단 한 번도 없었다. 잠자리를 같이한 적도 없었다. 그들은 한 집에 살면서 여전히 대화를 나누고 서로 사랑하지만, 상대방에게 따스한 눈길을 보내는 것조차도 죄가 되는 양 철저히 선을 긋고 살았다.

컴퓨터가 켜졌고 곧이어 인터넷 익스플로러가 열렸다. 벳시는 의자에 앉아 주소를 직접 입력했다. 그녀는 아들의 죽음에 대해 보여줬던 이웃과 친구들의 반응을 회상했다. 자살은 일반적인 죽음과는 사뭇 달랐다. 사람들이 좀 덜 슬퍼해주고, 왠지 거리를 좀 두는 것 같았다. 생각해보면 스펜서는 불행한 영혼이었던 게 분명했고, 따라서 이미 어느 정도 상처를 받고 있었다. 모든 사람이 내팽개쳐지는 것보다는 상처를 받은 누군가가 그런 일을 당하는 게 더 나을 법했다. 그런데 엄마인 벳시의 입장에서는 말도 안 되는 소리라고 반발했어야 하는데 그저 고개를 끄덕일 수밖에 없었다는 게 가장 마음 아픈 부분이었다. 아프리카 정글에 사는 어떤 아이가 굶주려 죽어가고 있다는 소리를 들었을 때보다 이웃에 사는 예쁜 소녀가 암으로 죽어가고 있다는 소리를 들었을 때 많은 사람들이 더 비극적으로 느낀다는 것을 실감했다.

모든 게 상대적인 것으로 보였고, 그 사실이 정말 끔찍하게 느껴졌다.

벳시는 '마이스페이스'에서 스펜서를 추모하는 주소인 www.myspace.com/Spencerhillmemorial을 쳤다. 스펜서가 세상을 떠나고 이틀째 되던 날, 같은 반 친구들이 이 페이지를 만들었다. 사진과 합성사진, 사진에 대한 설명들이 많이 실려 있었다. 화면 맨 위쪽은 일렁이는 촛불 그래픽으로 장식되어 있었다.

브루스 스프링스틴의 피처링으로 제시 말린이 부른 〈브로큰 라디오〉가 흘러나왔다. 스펜서가 좋아하던 노래 중 하나였다. 촛불 옆에 인용된 "천사들은 네가 알고 있는 것보다 더 널 사랑한다"는 말은 그 노래의 가사에서 따온 것이었다.

벳시는 그 노래에 귀를 기울였다.

스펜서가 세상을 떠난 이후, 벳시는 이 인터넷 사이트에 접속해 게시물을 보며 밤을 지새우곤 했다. 그녀는 전혀 알지 못하는 아이들이 적어놓은 추도문을 읽었다. 스펜서가 살아온 길을 보여주는 사진들도 봤다. 하지만 시간이 좀 흐르자, 모든 게 다 불쾌해졌다. 어여쁜 여고생들이 지금은 이 세상에 없는 스펜서를 애도하며 그 사진들을 올려주었지만, 스펜서가 살아 있을 때는 인사 한번 나눈 적이 없었다. 때늦은 후회는 아무런 의미가 없었다. 다들 스펜서를 그리워한다고는 했지만, 실제로 그 애를 알고 있었던 건 손에 꼽힐 정도였다.

추도문은 묘비에 새겨질 문장이 아니라 죽은 아이의 졸업앨범에 제멋대로 끼적거린 낙서 같았다.

"마이어스 선생님과 함께한 체육 수업을 항상 기억하며."

그건 3년 전인 7학년 때의 일이었다.

"V 선생님이 줄곧 쿼터백을 맡곤 했던 터치풋볼 경기에서."

5학년 때의 일이었다.

"우리 모두가 추워서 덜덜 떨었던 그린 데이 록밴드 콘서트 때."

이건 8학년 때의 일이었다.

최근 것은 거의 없었다. 역시 진심으로 애통해 하는 글은 거의 없었다. 마음속으로는 전혀 애도할 뜻이 없으면서도 그저 남의 눈에 띄기를 좋아해서 벌이는 쇼 같다는 느낌이 들었다. 스펜서의 죽음이, 일정한 모임에 가입하거나 학생자치위원회에 출마하는 데 꼭 필요한 자기소개서의 일부인 양 돋보이게 하기 위해 이용하는 것 같았다. 좋은 대학에 진학하고 좋은 직장을 잡는 또 하나의 지름길이 되어버린 것 같았다.

스펜서와 정말 가까이 지냈던 친구들인 클라크와 애덤, 그리고 올리비아가 올린 글은 거의 없었다. 하지만 그게 당연한 일인지도 몰랐다. 진정으로 슬퍼하는 사람들은 그걸 공개적으로 표현하지 않는다. 정말 마음이 아프면 속으로 씹어 삼키는 법이다.

벳시는 지난 3주 동안 이 사이트를 방문하지 않았다. 게시물에 거의 변화가 없었기 때문이었다. 물론 사람들은 시간이 지나면 슬슬 다른 일에 관심을 쏟게 마련이고, 어린애들은 더 말할 것도 없었다. 그녀는 슬라이드쇼로 펼쳐지는 사진들을 지켜봤다. 커다랗게 쌓아올린 사진더미 위에 이 사이트에 실린 모든 사진이 차례대로 매장되는 것처럼 보였다. 사진들은 시계 방향으로 회전하면서 사진더미의 맨 위쪽에 오르면 잠시 정지해서 확대되었다가 다음 사진이 그 자리를 차지했다.

사진들을 보고 있던 벳시는 눈물을 참기 힘들었다.

힐사이드 초등학교 때의 오래된 사진이 많았다. 로버츠 부인이 담임을 맡았던 1학년 시절이 있었다. 로백 부인이 담임을 맡았던 3학년 시절이 있었다. 헌트 씨가 담임을 맡았던 4학년 시절이 있었다. 스펜서가 교내 특별 활동으로 참여했던 농구팀 사진이 한 장 있었는데, 자기 팀이 우승하자 스펜서는 무척 좋아했다. 스펜서는 그 경기 직전에 손목을 다쳤다. 약간 삔 것뿐이어서 벳시가 약국에서 붕대를 사다가 손목을 단단히 감싸줬다. 스펜서는 사진 속에서 그 붕대 감은 손을 번쩍 쳐들고 있었다.

스펜서는 운동에 소질을 보이는 편은 아니었는데 그 경기에서는 무슨 바람이 불었던지 시합종료 6초를 남기고 역전골을 성공시켰다. 그게 7학년 때의 일이었다. 스펜서가 그때처럼 기뻐한 적은 없었던 것 같았다.

스펜서의 시신은 고등학교 건물의 옥상에서 발견되었다.

컴퓨터 화면에서는 사진들이 계속 원형을 그리며 돌아갔다. 솟아나는 눈물 때문에 사진들이 흐릿하게 보였다.

그토록 착하고 예쁘기만 하던 아들이 온갖 잡동사니와 깨진 병들이 널린 학교 옥상에 널브러져 있었다.

그때는 모든 사람이 스펜서의 작별인사를 문자로 받은 후였다. 문자라니…… 아들은 문자로 자신이 하려고 하는 일을 털어놨다. 첫 번째 문자는 영업차 필라델피아로 출장을 간 론에게 전해졌다. 벳시는 두 번째로 문자를 받았다. 하지만 그때는 상가의 피자가게에 있었는데, 편두통을 앓고 있던 중이라 문자가 들어오는 소리를 듣지 못했다. 한 시간이나 지나서야, 남편이 절박한 심정을 담은 문자를 여섯 개나 보내온 후에야 스펜서의 문자를 확인할 수 있었다.

죄송해요. 엄마를 정말 사랑하지만, 이건 너무 힘드네요. 안녕.

경찰은 이틀 후에 고등학교 옥상에서 스펜서를 찾아냈다.

얘야, 뭐가 그렇게 힘들었니?

벳시는 그게 뭔지 알 방법이 없었다.

스펜서는 그런 문자를 다른 몇몇에게도 발송했다. 아주 가까운 친구들에게만. 스펜서가 그날, 벳시에게 만난다고 했던 친구들이었다. 클라크와 애덤과 올리비아와 함께 놀 거라고 했다. 그런데 그 애들은 스펜서를 보지 못했다고 했다. 스펜서가 약속 장소에 나타나지 않았다고 했다. 그렇다면 스펜서는 홀로 학교 옥상으로 간 셈이었다. 집에서 가져간 수면제를 너무 많이 삼켜버렸다. 뭔가가 너무 힘들어 목숨을 끊기 위해서.

그 애는 차가운 옥상에서 쓸쓸히 죽었다.

스펜서와 가끔 어울렸던 DJ라는 스펜서 또래의 아들을 둔 대니얼 허프 경찰관이 집으로 찾아온 적이 있었다. 벳시는 문을 열어주다가 그 사람의 얼굴 표정을 보고서는 몸을 가누지 못했던 그때의 기억이 생생하게 떠올랐다.

벳시는 눈을 연신 깜빡거리며 눈물을 씻어냈다. 그러고는 살아 있는 아들의 모습을 보여주는 슬라이드에 다시 정신을 집중했다.

사진 한 장이 위로 올라와 확대되는 순간, 모든 게 바뀌었다.

벳시는 숨이 멎는 것 같았다.

사진은 등장했던 것만큼이나 빠른 속도로 사라졌다. 더 많은 사진들이 그 뒤를 이었다. 그녀는 가슴에 손을 대고 마음을 진정시키려고 애썼다. 그 사진! 어떻게 해야 그 사진을 다시 볼 수 있을까?

벳시는 눈을 깜빡거리며 머리를 굴렸다.

그래, 우선은 기다려보자. 그 사진은 온라인 슬라이드 쇼의 한 장이었다. 그러니 기다리다 보면 다시 떠오를 것이다. 가만히 기다리기만 하면 된다. 그런데 그게 다시 나타나려면 얼마나 기다려야 할까? 나타나면 어떻게 해야 하지? 1, 2초만 보여주고 휙 지나가버릴 텐데…… 그 사진을 자세히 들여다보고 싶었다.

사진이 다시 확대됐을 때 화면을 정지시킬 수 있을까?

뭔가 방법이 있을 게 분명했다.

벳시는 다시 스쳐 지나가는 사진들에 눈길을 줬지만 그것들은 원하는 게 아니었다. 꼭 그 사진이어야만 했다.

접지른 팔목에 붕대를 감은 그 사진!

벳시가 7학년 때 열렸던 교내 농구 대항전에 새삼 관심을 갖는 건 그때 조금 이상한 일이 있었기 때문이다. 그 당시에도 그런 생각을 하지 않았던가? 그때 스펜서는 분명히 에이스 붕대를 감고 있었다. 그 붕대가 의문을 품게 한 진정한 촉매제였다.

스펜서가 자살하기 전날에도 그와 비슷한 일이 벌어졌다.

스펜서가 넘어져서 팔목을 다쳐서 벳시는 7학년 때처럼 그 붕대를 다시 감아주려고 했다. 하지만 스펜서는 소매처럼 생긴 손목 아대를 사달라고 했다. 그녀는 그렇게 했고, 스펜서는 자살한 날 그걸 끼고 있었다.

스펜서가 그걸 낀 건 그때가 처음이자 마지막이었던 게 확실했다.

벳시는 슬라이드쇼에 커서를 대고 클릭했다. 슬라이드닷컴 사이트로 이동되며 암호를 물었다. 빌어먹을! 어쩌면 그건 이걸 만든 애들 중 하나가 보안장치로 이렇게 해놓았을 것이다. 벳시는 잠시 궁리했다. 이런 곳에는 보안장치라 해봤자 큰 신경을 쓰지 않았을 것이다. 친구들이라면 아무나 접속해서 자유롭게 사진을 올리도록 했어야 하는 것 아닌가?

따라서 암호는 간단해야만 했다.

그녀는 'SPENCER'라고 쳤다. 그러자 사이트에 'OK' 사인이 떴다. 간단한 암호가 제대로 먹힌 것이다.

사진들이 쭉 놓여 있었다. 제목을 보니 127장의 사진이 있는 것으로 되어 있었다. 벳시는 자신이 찾는 사진이 나올 때까지 썸네일을 재빨리 훑었다. 손이 너무 떨려 커서를 원하는 사진 위로 이동하기가 힘들었다. 결국 커서를 올리고 마우스의 왼쪽 버튼을 클릭했다.

사진이 풀사이즈로 확대되었다.

그녀는 동작을 멈추고 그걸 뚫어져라 바라보았다.

사진 속의 스펜서는 활짝 웃고 있었지만, 벳시가 보기에는 가장 슬픈 미소였다. 스펜서는 땀을 흘리고 있었는데, 얼굴 표정이 비참하기 짝이 없었다. 승리자가 아니라 패배자의 모습처럼 보였다. 뭔가에 잔뜩 취한 것도 같았다. 이 세상을 떠나기 전날에 입었던 것과 똑같은 검은색 티셔츠를 입고 있었다. 눈동자는 술이나 마약에 취한 것처럼 빨갰는데, 어쩌면 카메라 플래시 불빛 때문일 수도 있었다. 스펜서의 눈동자는 아름다운 연하늘색이었다. 플래시 불빛은 항상 그 애를 마치 악마처럼 보이도록 만들었다. 스펜서가 집 밖에 서 있는 걸로 봐서 플래시가 필요한 밤중에 찍은 사진임이 분명했다.

그 밤중이라는 게 문제였다.

스펜서는 한 손에 마실 걸 들고 있었고, 그 손에는 소매처럼 생긴 손목 아대를 끼고 있었다.

벳시는 몸이 얼어붙고 말았다. 여기에는 단 한 가지 설명만이 가능했기 때문이었다.

이 사진은 스펜서가 죽은 날 밤에 찍은 것이어야 했다.

그리고 사진의 배경을 찬찬히 들여다보자 희미하게나마 뒤쪽에 서 있는 사람들이 보였다.

벳시는 퍼뜩 뭔가를 깨달았다. 어쨌든 스펜서가 죽었을 때는 혼자가 아니었다는 사실을.

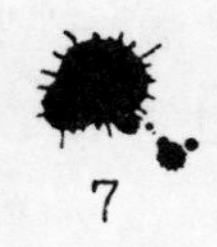

7

마이크는 지난 10년간 출근하는 날이면 항상 그랬던 것처럼 새벽 5시에 일어났다. 정확히 한 시간 동안 식사와 볼일을 마쳤다. 그런 다음 차를 몰고 조지 워싱턴 다리를 건너 뉴욕 시로 들어가서 오전 7시면 뉴욕장로교 장기이식센터에 도착했다.

마이크는 하얀 가운을 걸치고 입원 환자들을 회진했다. 회진하는 일이 그저 기계적이고 형식적인 일상이 되지 않을까 걱정한 적도 있었다. 마이크가 처음 회진을 시작할 때와 달라진 건 없었지만, 이 일이야말로 병원 침대에 누워 있는 환자들에게는 아주 중요하다는 걸 몇 번씩이나 상기하곤 했다. 환자들은 병원에 입원해 있다는 사실 자체만으로도 걱정 근심을 사서 하게 마련이다. 앓다가 죽을 환자들의 입장에서 보면, 의사가 자신과 더 큰 고통 사이에, 그리고 자신과 죽음 사이에 서 있는 것으로 보일게 분명했다.

이런 상황이니 의사들이 자신을 신격화하는 '신 콤플렉스GOD Complex'

가 생기는 것도 당연한 일 아닐까?

마이크는 의사가 때때로 그런 콤플렉스를 갖는 것도 나쁘지는 않다고 생각했다. 환자가 의사를 신적인 존재로 여긴다면 신처럼 행동해야 하기 때문이었다.

의사들 중에는 회진을 건성으로 해치우는 사람도 있었다. 마이크도 가끔 그러고 싶을 때가 있었다. 그런데 사실은 회진 때 최선을 다한다고 하더라도 환자 1인당 1, 2분 더 걸릴 뿐이었다. 따라서 그는 환자가 바라는 것이 무엇인가를 얼른 판단하고 환자가 하는 말에 귀를 기울여주거나 환자의 손을 가만히 잡아주곤 했다.

마이크가 회진을 끝내고 자신의 자리로 돌아온 것은 오전 9시였다. 첫 번째 외래환자가 이미 도착해 있었다. 그를 도와주는 루실 간호사가 먼저 그 환자에 대한 기본적인 조사를 할 것이다. 따라서 진료 기록부와 어제 실시한 검사 결과들을 살펴볼 10분 정도의 여유가 있었다. 마이크는 그 사이에 재빨리 로리먼의 진료기록 결과를 찾아보았다.

아직 아무런 결과도 올라와 있지 않았다.

이 시간까지 결과가 나오지 않은 건 좀 이상한 일이었다.

마이크의 시선이 가느다란 분홍색 종이에 꽂혔다. 누군가가 그의 전화기에 포스트잇을 붙여둔 것이다.

나 좀 봐.

– 아일린

아일린 골드파브는 신뢰할 만한 동료 의사이자, 뉴욕장로교병원의 장기이식과 과장이었다. 두 사람은 장기이식과에서 레지던트를 하던 시절에 처음 만났고, 지금은 같은 지역에 살고 있었다. 마이크 자신은 아일린과 친구라고 생각하고 있었지만 그렇다고 절친한 사이는 아니었다. 그런데 오히려 그게 동료의식을 더 돈독하게 했다. 양쪽 집은 3킬로미터 정도 밖에 떨어져 있지 않았고 아이들도 같은 학교에 다녔다. 하지만 무엇보다도 두 사람은 공통 관심사가 별로 없었고, 서로 어울리다가 티격태격할 일도 없었고, 그저 상대방의 일솜씨를 전적으로 신뢰하고 존경했다.

의사를 친구로 둔 사람에게 그 의사의 의학 실력을 넌지시 알아보고 싶은가? 그럼 이렇게 물어보면 된다. 당신의 아이가 아프면 아이를 어떤 의사에게 보낼 거냐고.

마이크의 대답은 당연히 아일린 골드파브였다. 의사로서 그녀가 얼마나 유능한지는 그 말 한마디면 충분했다.

마이크는 복도를 따라 걸었다. 복도 전체에 회색 패드가 깔려 있어 발소리는 거의 들리지 않았다. 회색빛이 약간 도는 흰 벽은 눈을 편안하게 해줬고, 중간급 규모의 체인형 모텔에서 볼 수 있는 인테리어처럼 개성이 거의 드러나지 않았다. 마이크와 아일린은 병원 내의 모든 시설이 환자만을 위한 것이 되길 원했다. 각자의 진료실에는 의사자격증과 감사장만 걸어놓았다. 그런 게 있으면 환자들이 안심하는 것 같아서였다. 그 대신 아이들이 만들어준 연필꽂이나 가족사진 같은 개인적인 것들은 하나도 놔두지 않았다.

병원에 입원했다가 세상을 떠난 자식을 둔 부모들이 의사의 진료실에서 건강한 모습으로 환하게 웃는 의사의 가족사진을 보고 기분이 좋을 리 없었다. 그런 점까지 고려해야 했다.

"안녕하세요, 마이크 선생님?"

마이크는 얼른 돌아섰다. 아일린의 아들인 할 골드파브였다. 고등학교 3학년인 할은 애덤보다 두 살 위였다. 그는 일찌감치 프린스턴 대학교 입학이 결정되었고, 의대 진학을 목표로 하고 있었다. 따라서 두 사람 곁에서 일주일에 사흘 동안 오전 근무를 하면서 인정학점을 따려는 중이었다.

"잘 있었어, 할? 요즘 학교는 잘 다니니?"

할은 얼굴 가득 미소를 지었다. "건성건성 다니고 있습니다."

"대학 입학 허가를 이미 받은 상태이니 그럴 만도 하겠군."

"맞습니다."

할은 황갈색 바지에 파란색 드레스셔츠를 걸치고 있었다. 애덤의 시커먼 고스족 복장과 극단적으로 비교돼서 마이크는 울컥하는 질투의 감정을 떨쳐버리기 힘들었다. 할은 그런 마이크의 마음을 짐작이라도 한 듯 물었다. "애덤은 어떤가요?"

"잘 지내지."

"그 애를 꽤 오랫동안 보지 못했네요."

"네가 전화를 좀 해주지그래?" 마이크가 슬쩍 권했다.

"네, 그래야겠어요. 예전에 함께 놀 땐 좋았는데……."

잠시 침묵이 흘렀다.

"어머니는 사무실에 계시니?" 마이크가 물었다.

"네, 들어가보세요."

아일린은 책상 앞 의자에 앉아 있었다. 독수리 발톱 같은 긴 손가락을 제외하고는 호리호리하고 골격이 작은 여자였다. 갈색 머리털을 뒤로 바짝 잡아당겨 말총머리를 하고, 최신 유행이면서도 학자다운 분위기를 풍기는 뿔테 안경을 콧등에 멋지게 걸치고 있었다.

"안녕?" 마이크가 먼저 인사했다.

"어서 와."

마이크가 분홍색 포스트잇을 들어 보였다. "무슨 일이야?"

아일린은 긴 한숨을 내쉬었다. "문제가 좀 생겼어."

마이크는 의자에 털썩 주저앉았다. "누구에게?"

"당신 이웃."

"로리먼 말이야?"

아일린은 고개를 끄덕였다.

"악성 세포 조직검사 결과가 나빠?"

"아주 안 좋아. 조만간 닥칠 일이기는 했지만. 그래도 이렇게 안 좋은 건 처음 봤어."

"내가 가족들에게 그 결과를 알려주길 바라는 건가?"

아일린은 안경을 벗어 안경다리 한쪽을 입에 넣고 살살 씹었다. "그 가족들을 얼마나 잘 알고 있지?"

"바로 옆집에 사는 사람들이야."

"아주 가깝게 지내?"

"아니. 그런데 그게 무슨 상관인데?"

"어쩌면. 윤리적인 딜레마가 걸려 있는 문제라서."

"뭐가 문제인 건데?" 마이크가 눈을 둥그렇게 뜨고 물었다.

"딜레마라는 건 좀 잘못된 표현이고, 모호한 윤리적인 기준에 관한 문제라는 게 더 맞을 거야." 아일린은 마이크에게보다는 자신에게 말하는 듯한 표정이었다.

"아일린?"

"으응?"

"도대체 무슨 말을 하는 건지 잘 모르겠어."

"루커스 로리먼의 어머니가 30분 내로 여기에 올 거야."

"그 여자를 어제 만났는데?"

"어디에서?"

"그 여자의 집 정원에서. 정원 손질을 하고 있는 것처럼 보였어."

"그럴 수밖에 없었겠지."

"왜 그렇게 말하는 거지?"

"그녀의 남편을 알고 있어?"

"단테 말이야? 알고 있지."

"그러고는?"

마이크는 어깨를 으쓱했다. "도대체 무슨 일이야, 아일린?"

"단테에 관한 일이야."

"그 사람이 어째서?"

"그 사람이 아이의 생물학적 아버지가 아니거든."

전혀 예상치도 못한 말이 튀어나오자 마이크는 입을 딱 벌리고 멍하니 앉아 있었다.

"농담하지 마."

"농담이면 얼마나 좋겠어? 마이크, 나 잘 알지? 농담이라면 딱 질색하는 사람이라는 걸."

마이크는 생각에 잠겼다. 그는 아일린에게 검사 결과가 확실한지, 아니면 검사를 좀 더 해볼 것인지 묻지 않았다. 그녀는 모든 각도에서 다 고려한 다음 이런 사실을 털어놨을 것이다. 그리고 아일린의 말은 분명히 옳았다. 그들이 이런 상황을 지금까지 한 번도 겪어보지 않았다는 게 더 놀랄 일이었다. 두 사람이 있는 곳 두 층 아래에 유전학자들이 자리 잡고 있었다. 그들 중 한 사람이 무작위로 표본을 추출하여 유전자 검사를 해본 결과, 남자들의 10퍼센트 이상이 듣도 보도 못한 남의 자식을 키우고 있더라고 마이크에게 말해준 적이 있었다.

"이 소식을 듣고도 놀라지 않아?" 아일린이 물었다.

"놀라 턱이 빠질 지경이야."

아일린은 고개를 끄덕였다. "당신이 내 옆에서 이걸 설명하는 데 도와주면 좋겠어. 당신이 말을 훨씬 더 잘하니까."

"단테 로리먼은 교양과는 거리가 먼 사람이라고, 아일린."

"나도 그런 느낌이 들었어."

"이거 정말 큰일인데?" 마이크가 고개를 가로저었다.

"그 사람 아들 상황도 마찬가지야."

두 사람이 앉아 있는 방안의 분위기가 무겁게 가라앉았다.

인터폰이 울렸다. "골드파브 선생님?"

"무슨 일이에요?."

"수전 로리먼 부인이 예정보다 일찍 오셨어요."

"아들도 함께 왔나요?"

"아니요. 그런데 남편분이 함께 오셨어요." 간호사가 대답했다.

"당신, 도대체 여기서 뭘 하는 거지?"

군郡에서 벌어진 살인 사건 수사의 총책임을 맡고 있는 로렌 뮤즈는 그 사람의 말을 무시하고 시신이 있는 곳으로 갔다.

"하느님 맙소사! 저 여자에게 해놓은 짓거리 좀 봐." 정복 경찰관 중 한 명이 목이 콱 막힌 소리로 속삭였다.

네 사람은 입을 꼭 다문 채 아무 말도 하지 않았다. 두 사람은 정복 차림의 순찰 경관이었다. 나머지 한 사람은 이번 사건의 공식 수사책임자인 강력계 형사 프랭크 트레몬트였다. 그는 불룩한 배를 하고 세상일에 별로 흥미가 없는 듯 느릿느릿 움직였다. 에섹스 군의 경찰 수사를 총괄하고 있는 독신여성인 수사과장 로렌 뮤즈는 다른 일행들보다 키가 30센티미터 정도는 작아보였다.

"DH야. 그게 야구의 지명타자Designated Hitter를 뜻하는 게 아니라는 건 잘 아시겠지?" 트레몬트가 입을 열었다.

뮤즈는 그게 무슨 말이냐는 표정으로 그를 쳐다봤다.

"죽은 창녀Dead Hooker란 말이야."

뮤즈는 트레몬트의 웃음소리가 듣기 싫었는지 이마를 찌푸렸다. 한때는 사람 얼굴이었을 짓이겨진 살덩어리에 파리들이 꼬여들었다. 코나 눈구멍뿐만 아니라 입도 흔적이 없었다.

정복 경찰관 중 하나가 속삭였다. "마치 여자 얼굴을 고기 가는 그라인

더에 쑤셔 넣은 것 같군요."

로렌 뮤즈는 시신을 찬찬히 살폈다. 그녀는 정복 경찰관들이 뭐라고 나불거리든 내버려뒀다. 사람들은 초조한 신경을 달래려고 마구 지껄이는 경향이 있다. 뮤즈는 그렇지는 않았다. 정복 경찰관들은 그녀를 무시했다. 그건 트레몬트도 마찬가지였다. 트레몬트의 유일한 직속상관인 그녀는 소위 직업 경찰관들이 내뿜는 적의를 충분히 느끼고 있었다.

"이봐요, 뮤즈."

트레몬트의 말소리였다. 그녀는 밤에는 맥주를 실컷 퍼마시고 낮에는 양껏 도넛을 먹어대는 바람에 불룩 튀어나온 배를 갈색 양복으로 감싸고 있는 트레몬트를 쳐다봤다. 이자는 골칫거리였다. 뮤즈가 에섹스 군 수사과장으로 승진한 이후, 그녀에 대한 불만이 여러 차례 언론에 새어나간 적이 있었다. 그걸 보도한 건 톰 고헌이라는 기자였는데, 고헌은 정말 우연하게도 트레몬트의 여동생과 결혼한 사이였다.

"무슨 일인가요, 프랭크?"

"좀 전에도 물었지만, 당신, 도대체 여기서 뭘 하는 거냐고?"

"내가 하는 일을 일일이 당신에게 설명해야 하나요?"

"이건 내 사건이니까."

"그래서요?"

"그러니 당신이 내 어깨 너머로 기웃거리지 않았으면 좋겠다는 뜻이지."

프랭크 트레몬트는 실력이라고는 쥐뿔도 없는 얼간이지만 인맥이 상당히 좋았고, 꼴에 형사 생활을 오래한 '고참'이랍시고 간섭을 받는 건 조금도 참지 못했다. 뮤즈는 그의 말을 묵살해버렸다. 그녀는 허리를 굽혀 이전에는 얼굴이었을 살덩어리를 계속 살폈다.

"신원은 확인했나요?" 뮤즈가 물었다.

"아니. 지갑도 없고, 핸드백도 없었어."

"아마 강탈당했을 겁니다." 정복 경찰관 하나가 잽싸게 끼어들었다.

남자들은 모두 고개를 끄덕였다.

"갱단이 저 여자를 해치운 거야." 트레몬트가 당연한 것 아니냐는 듯한 어조로 말했다. "저걸 좀 보라고."

그는 시신의 손가락이 꽉 움켜쥐고 있는 녹색 스카프를 가리켰다.

"스스로를 알카에다라고 부르는, 새로 결성된 흑인 갱단일 수도 있습니다." 정복 경찰관 하나가 아는 체를 했다. "그자들은 녹색 옷을 입거든요."

뮤즈는 허리를 펴고 시신 주위를 한 바퀴 돌았다. 검시관의 밴이 도착했다. 누군가가 범죄 현장임을 표시하는 테이프를 쳐놨다. 열 명 이상의 창녀들이 폴리스라인 바깥쪽에 서서 목을 길게 뽑고 이 광경을 더 잘 보려고 애쓰는 중이었다.

"정복 경찰관들에게 즉시 이곳에서 일하는 아가씨들과 얘기를 나눠보라고 하세요." 뮤즈가 지시했다. "적어도 일할 때 쓰는 이름은 알아낼 수 있도록요."

"이런, 이런. 내가 그런 것도 생각하지 못했을까봐?" 프랭크 트레몬트는 고개를 저으며 한숨을 내쉬었다.

로렌 뮤즈는 아무 말도 하지 않았다.

"이봐요, 뮤즈."

"왜요, 프랭크?"

"난 당신이 여기에 있는 것 자체가 싫어."

"나라고 어색한 사람들과 함께 있는 게 좋을 것 같아요? 하지만 우린 둘 다 맞부딪치면서 함께 살아가야 할 처진데 어쩌겠어요."

"왜 일이 이 따위로 된 건지, 원."

뮤즈는 트레몬트가 정곡을 찔렀다는 걸 잘 알고 있었다. 그녀는 수사과장이라는 명망 있는 직위가 정말 좋았다. 아직 삼십대에 불과한 그녀는 이 직위에 오른 최초의 여성이었고, 뮤즈는 그 사실이 자랑스러웠다. 하지만 그녀는 수사 현장에서 직접 뛰었던 일을 잊을 수가 없었다. 강력사건이 발생하면 엉덩이가 들썩거리기도 했다. 특히 프랭크 트레몬트 같은 닳고 닳은 멍청한 녀석이 수사를 담당할 때는 무슨 일이 있어도 직접 수사에 개입하곤 했다.

검시관인 타라 오닐이 다가오더니 정복 경찰관들을 손짓으로 물리쳤다.

"이런, 빌어먹을!" 오닐은 숨을 흑 들이쉬며 욕설을 내뱉었다.

"꽤나 놀란 모양이구려, 의사 양반. 얼른 지문이나 떠주쇼. 관련 시스템을 총가동해서 신원을 알아내야 하니." 트레몬트가 약을 올렸다.

검시관은 고개를 끄덕였다.

"창녀들에게 질문하는 걸 좀 도와주고, 깡패 새끼들 몇 놈을 족쳐봐야겠어. 물론 보스, 당신이 허락한다면 말이야." 트레몬트는 비아냥거리며 뮤즈를 쳐다봤다.

뮤즈는 아무런 대꾸도 하지 않았다.

"그냥 창녀 하나가 죽은 거라니까. 당신이 이곳에 득달같이 달려올 이유가 없어. 관심을 끌 만한 게 없단 말이야."

"관심을 끌 만한 게 왜 없다는 건가요?"

"뭐라고?"

"내가 이곳에 득달같이 달려올 이유가 없다는 말은 충분히 알아들겠어요. 그런데 '관심을 끌 만한 게 없다'고요? 왜 없다고 한 거예요?"

트레몬트는 코웃음을 쳤다. "이런, 내가 말실수를 한 모양이구만. 창녀가 죽어 자빠져 있는 것엔 관심을 끌 만한 게 엄청 많지. 그러니 주지사의 마누라가 맞아 뒈진 것처럼 다뤄야지, 암."

"프랭크, 당신의 그런 태도 때문에 내가 여기에 와 있는 거라고요."

"아, 그러셨어? 내가 뭐 어때서? 사람들이 죽어 자빠진 창녀들을 어떻게 보고 있는지 설명해드릴까?"

"아니, 그럴 필요 없어요. 혹시 죽은 창녀들이 물어보기라도 하던가요?"

"에이, 설마 그럴 리가. 하지만 들어보면 뭔가 배울 만한 게 있을지도 모르지. '대형 쓰레기통 곁에서 인생을 종치고 싶지 않으면 제5구역에서 수작을 부리지 마라' 뭐 그런 거 말이야."

"그걸 당신 묘비명으로 삼으면 좋겠네요." 뮤즈가 빈정거렸다.

"날 우습게 보지 말라고. 어쨌거나 난 이 짓을 저지른 사이코를 잡아내고야 말겠어. 그러니 상관이랍시고 내가 하는 일에 이래라저래라 간섭하지 말아주면 고맙겠어." 트레몬트는 그 말이 끝나기가 무섭게 한 걸음 앞으로 나섰다. 터질 듯이 부풀어오른 그의 배가 뮤즈의 배와 곧 맞닿을 것처럼 보였다. 뮤즈는 물러서지 않았다. "이건 내 사건이야. 당신은 책상에 얌전히 앉아서 노련한 형사들이 해치운 결과나 보고받지그래."

"그렇게 하기 싫다면요?"

트레몬트는 씩 웃었다. "문제가 생기는 걸 원치 않을 텐데, 아가씨? 내 말을 듣는 게 신상에 좋을 거야."

트레몬트는 자기가 하고 싶은 말을 쏟아부었다. 뮤즈는 다시 시신 쪽으로 돌아섰다. 검시관은 두 사람 사이에서 벌어진 말다툼을 전혀 듣지 못한 척하면서 자신의 일에 정신을 쏟고 있었다.

뮤즈는 조금 전에 당한 불쾌한 일을 털어버리고는 시신을 관찰했다. 스스로 분석적인 수사관이 되려고 애썼다. 피살자가 백인 여성임은 분명했다. 피부와 전반적인 골격으로 미뤄보아 사십대인 것 같은데, 길거리에서 굴러먹다 보면 나이가 좀 더 들어 보이는 법이었다. 눈에 띄는 문신 같은 건 없었다.

그리고 얼굴이 없었다.

뮤즈는 이처럼 처참하게 얼굴이 박살난 경우를 딱 한번 본 적이 있었다. 그건 그녀가 스물세 살 때 뉴저지 턴파이크에서 주립경찰로 6주간 근무하고 있을 때였다. 트럭 한 대가 도로 분리대를 가로질러 도요타 셀리카를 들이박았다. 도요타 운전자는 대학에 다니다가 방학을 맞아 집으로 돌아오던 열아홉 살의 소녀였다.

사고 현장은 처참하기 그지없었다.

용접기로 찌그러진 차체를 다 떼어냈을 때 열아홉 살 먹은 소녀의 얼굴은 흔적조차 남아 있지 않았다. 바로 이 시신처럼.

"사망 원인은요?" 뮤즈가 검시관에게 물었다.

"아직은 모르겠어요. 어쨌거나 이 일을 저지른 놈은 정신병자가 틀림없어요. 이 얼굴뼈들은 그냥 부러지기만 한 게 아니에요. 뭔가에 갈린 듯 잘게 부서졌다고요."

"사망한 지 얼마나 된 거죠?"

"열 시간에서 열두 시간 정도 지난 것 같아요. 이 여자는 여기에서 살해된 게 아니에요. 핏자국이 많이 남아 있지 않거든요."

뮤즈도 그 사실을 이미 알고 있었다. 그녀는 창녀가 걸치고 있는 것들을 살폈다. 분홍색 브라톱과 딱 달라붙는 가죽치마와 뒷굽이 높고 뾰족한 하이힐이 전부였다.

뮤즈는 고개를 절레절레 흔들었다.

"왜요?"

"이건 몽땅 다 잘못됐어요." 뮤즈가 확신에 찬 목소리로 말했다.

"어째서 그렇다는 거죠?"

진동으로 설정해놓은 뮤즈의 휴대전화가 부르르 떨렸다. 그녀는 얼른 발신자를 확인했다. 그녀의 상관인 군郡 검사 폴 코플랜드였다. 뮤즈는 얼른 프랭크 트레몬트 쪽을 쳐다봤다. 그자가 비아냥거리듯 손바닥을 들어 흔들었다.

뮤즈는 전화를 받았다. "네, 저예요."

"자네, 지금 뭐 하는 거지?"

"사건 현장에서 수사하고 있어요."

"동료 형사를 엿 먹이면서?"

"동료가 아니라 부하입니다."

"골칫거리 부하겠지."

"어쨌든 제 부하인 건 맞잖아요?"

"프랭크 트레몬트는 기분이 나쁘면 여기저기에 나발을 불어댈 녀석이라고. 언론의 힘을 빌려 동료 형사들을 짜증나게 할 거란 말이지. 그런 일이 벌어지도록 할 필요가 있나?"

"그래도 할 수 없다고 생각해요, 코프."

"뭣 때문에 그런 생각을 한 거지?"

"프랭크가 이 사건을 다 망칠 게 뻔하기 때문이죠."

8

단테 로리먼이 앞장서서 아일린 골드파브의 사무실로 들어섰다. 그는 마이크의 손을 좀 거칠다 싶을 정도로 세게 잡고 악수했다. 수전은 그의 뒤를 따라 조용히 들어섰다. 아일린은 자신의 책상 뒤에 서 있었다. 지금은 다시 안경을 쓴 상태였다. 아일린은 손을 뻗어 로리먼 부부와 가볍게 악수했다. 그런 다음 의자에 앉아 앞에 놓여 있던 서류철을 열었다.

단테도 아일린의 뒤를 이어 의자에 앉았다. 하지만 자신의 아내 쪽은 쳐다보지도 않았다. 수전은 그의 곁에 놓인 의자에 앉았다. 마이크는 사람들의 시선이 닿지 않는 사무실 뒤쪽으로 물러났다. 그는 팔짱을 끼고 벽에 등을 기댔다. 단테 로리먼은 조심스럽게 오른쪽 소매를 걷어 올리고, 이어 왼쪽 소매도 마저 걷어 올렸다. 그는 양쪽 팔꿈치를 자신의 허벅지 위에 올려놓고 아일린이 발표할 나쁜 소식을 받아들일 자세를 취했다.

"무슨 일입니까?" 단테가 물었다.

마이크는 수전 로리먼을 관찰했다. 그녀는 고개를 꼿꼿이 세우고 있었다. 숨을 쉬지 않는 것처럼 전혀 움직임을 보이지 않았다. 조각상을 보는 듯했다. 그녀는 마이크가 쳐다보고 있다는 걸 느꼈는지 아름다운 얼굴을 반대쪽으로 돌려버렸다. 마이크는 최대한 중립을 지키리라고 마음먹었다. 이건 아일린이 주최하는 쇼였다. 그는 단지 구경꾼에 불과했다.

아일린은 주변 상황에 개의치 않고 계속 파일을 읽고 있었지만 그건 몰아닥칠 폭풍을 연기하고자 안간힘을 쓰는 행동처럼 보였다. 파일을 다 읽은 그녀는 책상 위에 양손을 올리고 로리먼 부부 사이의 어딘가를 멍하니 쳐다봤다.

"우린 수술에 반드시 필요한 조직형 검사를 했어요." 아일린이 결국 입을 열었다.

단테가 끼어들었다. "내가 그 사람이 됐으면 합니다."

"그게 무슨 말씀이죠?"

"내가 루커스에게 신장 하나를 주고 싶단 말입니다."

"로리먼 씨, 당신은 조직형이 일치하지 않아요."

당연한 일이었다.

마이크는 계속 수전을 보았다. 이제는 그녀가 자연스럽게 신장을 제공하겠다고 나설 차례였다.

단테는 의아하다는 표정으로 말했다. "이런, 난 아빠라면 당연히 일치하는 것으로 알았는데……."

"꼭 그런 건 아니에요. 거기에는 여러 가지 요인이 있다고 지난번에 부인께서 방문하셨을 때 말씀드린 걸로 아는데요. 장기 공여자의 적합성을 알아보기 위한 '조직적합성항원검사'에서 여섯 개의 항원이 다 일치하는 게 이상적입니다. 적합성검사 결과 로리먼 씨는 이게 전혀 일치하지 않은 것으로 나타났어요." 아일린이 설명을 시작했다.

"저는 어떤가요?" 수전이 물었다.

"부인이 훨씬 낫습니다. 완전히 일치하지는 않지만요. 그러나 남편분보다 나은 것은 분명합니다. 가장 좋은 건 형제나 자매가 기증자로 나서는 거예요. 아이들은 부모에게서 항원의 반쪽을 각각 물려받기 때문에 이론상으로는 네 개의 항원 조합이 만들어지죠. 간단히 말하면 형제자매 중 하나가 완벽하게 일치할 확률이 25퍼센트, 절반인 세 개의 항원만 일치할 확률이 50퍼센트, 전혀 일치하지 않을 확률이 25퍼센트가 되는 겁니다."

"그럼 톰은 어느 쪽이죠?"

톰은 루커스의 남동생이었다.

"불행히도 전혀 맞지 않는 쪽이에요. 우리가 판단하기로는 가족 중에서는 부인이 가장 일치합니다. 따라서 더 나은 기증자가 있는지를 알아보기 위해 루커스를 사후신장기증은행에도 등록해놓을 생각이에요. 부인 것으로도 충분하다고 생각하지만, 그래도 솔직히 말하면 이상적인 기증자는 아니거든요."

"왜 아니라는 거죠?"

"부인께선 두 개만 일치하기 때문이죠. 일치하는 게 여섯 개에 가까울수록 아드님의 신체가 새로운 신장을 거부할 가능성이 낮아지죠. 결국 항원이 일치할수록 약물을 섭취하고 지속적인 투석을 하는 데 들이는 시간과 고생을 줄일 수 있다는 얘깁니다."

단테는 손가락으로 머릿결을 가다듬으며 물었다. "그래서 지금 어떻게 하자는 겁니까?"

"아직 좀 시간이 있기 때문에 아까 말씀드린 대로 일단 장기은행에 루커스의 이름을 올릴 거예요. 그 회답을 기다리면서 신장투석을 계속해야겠죠. 만약 더 나은 기증자가 나타나지 않으면 부인 걸 사용하기로 하고요."

"그래도 일치 정도가 더 높은 게 낫겠죠?" 단테가 물었다.

"그거야 물론이죠."

"친척들 중 몇 명이 루커스에게 이식이 가능하다면 자신들의 신장을 기증하겠다는 의사를 밝혔어요. 그 사람들도 검사를 해보시죠." 단테가 말했다.

아일린은 고개를 끄덕였다. "그 사람들 명단을 만들 테니 이름과 주소, 그리고 어떤 혈연관계인지 알려주세요."

갑자기 방 안에 침묵이 흘렀다.

"도대체 루커스가 얼마나 위독한 거죠, 선생님?" 단테는 의자를 돌려 뒤쪽을 쳐다봤다. "마이크, 자넨 어떤가? 솔직히 말해주게. 얼마나 심각한 상태인가?"

마이크는 아일린을 쳐다봤다. 아일린은 살짝 고개를 끄덕이며 얘기해도 좋다는 신호를 보냈다.

"아주 좋지 않네." 마이크는 그런 정도로만 얘기하고 말았다.

그들은 10여 분 정도 더 논의했고, 그 후 로리먼 부부는 사무실을 떠났다. 마이크와 아일린만 남게 되자 마이크는 조금 전까지 단테가 앉았던 의자에 털썩 주저앉아 양 손바닥을 위로 하고 기지개를 켰다. 아일린은 파일을 정리하는 척하면서 그 모습을 애써 외면했다.

"왜 이렇게 한 거지?" 마이크가 물었다.

"그럼 그 사람들에게 사실대로 말했어야 할까?"

마이크는 대답하지 않았다.

"내 일은 그들의 아들을 치료하는 거야. 아들이 내 환자이지, 그 애 아빠는 아니라고."

"그럼 그 애 아빠는 이 문제에 관해 알 권리가 없다는 뜻인가?"

"난 그렇게 말하지 않았어."

"당신은 의학적인 검사를 했어. 그 검사를 통해 환자에게 알리지 않은 뭔가를 알게 됐고."

"내 환자가 아니라니까. 내 환자는 아들인 루커스 로리먼이라고." 아일린이 맞받아쳤다.

"그럼 우리가 알게 된 사실을 묻어버릴 거야?"

"당신에게 이렇게 질문해볼게. 내가 어떤 검사를 통해 로리먼 부인이 남편을 속여 먹었다는 걸 알아냈다고 쳐. 그럼 내가 그 남편에게 그 사실을 알릴 의무가 있는 건가?"

"그런 건 아니지."

"그녀가 마약을 하거나 돈을 훔치고 있다는 걸 알아냈다면?"

"그건 경우가 달라, 아일린."

"정말 그럴까?"

"이건 마약이나 돈에 관한 문제가 아니잖아."

"그건 나도 알아. 하지만 그 어떤 경우든 내 환자의 건강과는 관련이 없다는 건 분명한 사실이지."

마이크는 그 점을 잠시 생각해봤다. "만약 당신이 단테 로리먼을 검사했는데 의학적인 문제가 있다는 걸 발견했다고 치자. 림프종을 발견했다고 쳐. 그럼 그 사람에게 알릴 거야?"

"당연하지."

"그건 왜? 아일린, 당신이 지적했다시피 그 사람은 당신 환자가 아닌데? 당신이 신경 써야 할 사람이 아니잖아."

"이것 봐, 마이크, 그건 얘기가 다르잖아. 내 일은 내 환자인 루커스 로리먼의 상태가 호전되도록 도와주는 거야. 정신 건강은 그 일의 일부분이고. 우린 장기이식을 하기 전에 환자들에게 심리치료를 받도록 하고 있어. 맞지? 그런데 그건 왜 하는 거지? 이런 상황에 처한 환자들의 정신 건강이 손상될까봐서잖아. 로리먼 가정에 난리법석이 벌어지는 건 내 환자의 건강에 도움이 되지 않는단 말이야. 알겠어? 땡땡, 이것으로 얘기 끝!"

두 사람은 잠시 호흡을 가다듬었다.

"이건 그리 간단한 일이 아니야." 마이크가 먼저 입을 열었다.

"알고 있어."

"이 비밀은 당신의 마음을 무겁게 할 거라고."

"그래서 이걸 당신과 공유하려고 한 거야. 왜 나 혼자서 잠 못 이루는 밤을 보내야 해?" 아일린은 양손을 펼치고 씩 웃었다.

"당신, 참 끝내주는 파트너로구만."

"마이크?"

"왜 그래?"

"만약 이게 당신 문제라면, 만약 내가 이런 검사를 통해 애덤이 당신의 생물학적 아들이 아니라는 걸 알아냈다면, 당신은 그걸 알고 싶어 할까?"

"애덤이 내 아들이 아니라고? 그 애의 귀 크기를 보고서도 그런 말이 나오는 거야?"

그녀는 얼굴 가득 미소를 지었다. "난 지금 분명히 짚고 넘어가려는 거야. 당신은 그 사실을 알고 싶어?"

"그래."

"정말로?"

"내가 세상을 쥐락펴락하고 싶어하는 지배광이라는 걸 모르시나? 난 모든 걸 알고 있어야 한다고."

마이크는 거기서 말을 뚝 끊었다.

"왜 그래?" 아일린이 물었다.

마이크는 몸을 등받이에 기대며 다리를 꼬았다. "그럼 이 중요한 문제를 더는 입에 올려서는 안 되겠네?"

"난 그렇게 할 생각이야."

마이크는 그 말에 대꾸를 하지 않고 아일린을 똑바로 응시했다.

아일린 골드파브는 한숨을 내쉬었다. "할 말이 있으면 툭 털어놔봐."

"우리가 읊었던 히포크라테스 선서의 첫 구절이 '첫째, 해를 끼치지 마라'가 맞다면……."

아일린은 두 눈을 꼭 감았다. "그래, 맞아."

"우린 지금 루커스에게 딱 맞는 기증자를 확보하지 못했어. 그래서 그런 사람을 계속 찾고 있는 중이고." 마이크가 말했다.

"그건 사실이야. 그리고 가장 유력한 후보자는 그 애의 생물학적 아버지일 거라는 점도 사실이고." 아일린은 눈을 꼭 감은 채로 말했다.

"맞아. 그 사람이라면 루커스와 완벽하게 일치할 가능성이 높지."

"그 사람을 검사해볼 필요가 있겠지. 가장 먼저."

"그러니 이 문제를 묻어둘 수 없단 말이야. 우리가 그 문제를 들춰내고 싶지 않다고 하더라도." 마이크가 고개를 저으며 말했다.

두 사람은 잠시 그 문제를 심사숙고했다.

"그럼 우린 이제 뭘 해야 하지?" 아일린이 물었다.

"우리가 뭘 어쩌고저쩌고 할 여지가 있을 것 같지도 않은데?"

벳시 힐은 애덤을 직접 만나보려고 고등학교의 주차장에서 기다렸다.

그녀는 뒤쪽을 돌아봤다. 그곳엔 학교 수업이 끝나기를 기다렸다가 자녀들을 바이올린 강습이나 태권도 학원, 또는 치과교정 예약 시간에 맞춰 데려다주기 위해 엔진을 공회전시키며 차 안에 앉아 있거나 다른 엄마들과 옹기종기 모여 잡담을 하고 있는 '엄마부대'가 있었다. 가끔 아빠들이 기다리기도 하지만 그건 극히 드문 일이었다.

벳시 힐은 그런 엄마들 중 한 사람이었다.

그녀는 힐사이드 초등학교를 시발점으로 해서 마운트 플레전트 중학교를 거쳐, 마침내 그녀가 서 있는 곳에서 20미터쯤 떨어진 이곳 고등학교까지 아이를 실어 나르는 엄마 대열에 합류했다. 그녀는 스펜서의 늠름한 모습을 회상했다. 그녀는 수업이 끝나는 벨 소리가 들리면 창밖으로 고개를 내밀고 인간의 신발에 걷어차인 개미집에서 개미들이 봇물 터지듯 밀려나오는 모습을 지켜보곤 했다. 스펜서의 모습을 발견하는 것만으로도 저절로 미소가 떠올랐고, 스펜서도 대부분은, 특히 어렸을 때는 미소로 화답하곤 했다.

벳시는 첫 아이를 낳고, 불면 날아갈까 만지면 깨질까 애지중지하던 그때 그 시절이 그리웠다. 하지만 쌍둥이가 생긴 지금은 사정이 달랐다. 스펜서가 세상을 떠나기 전에도 그 점은 마찬가지였다. 뒤쪽에서 아무 생각 없이, 아무 두려움 없이 조잘대고 있는 엄마들이 죽이고 싶도록 미웠다.

수업이 끝나는 벨 소리가 울렸다. 문들이 활짝 열리고 학생들이 파도처럼 밀려나왔다.

벳시는 스펜서의 모습을 찾으려다 흠칫 놀랐다.

그건 뇌가 과거의 아름다운 기억을 따라 맴돌고 있다가 현재를 망각하는 사이에 생겨나는 현상이었다. 현재의 모든 끔찍한 상황이 그저 악몽이려니 하며 넘기고 싶은 마음에서 생기는 단기간의 기억 단절이었다. 십대 아이들이 으레 하는 것처럼 허리를 약간 구부정하게 하고 백팩을 한쪽 어깨에 걸친 스펜서가 당장이라도 걸어 나올 것만 같았다. 그녀는 스펜서를 보자마자 머리를 좀 단정히 다듬어야겠고 얼굴이 약간 창백해 보인다고 생각했을 것이다.

사람들은 흔히 부정, 분노, 타협, 우울, 수용이라는, 슬픔과 고통을 극복하는 다섯 단계에 관해 얘기하지만, 비극적인 상황에서는 이들 단계가 혼합되어 나타나는 경향이 있다. 눈앞에 나타난 현실을 연신 부정하면서도 속마음의 일부는 항상 노기를 띠고 있게 마련이다. 게다가 '수용'이라는 말 자체가 저속하기 짝이 없다. 그래서 몇몇 정신과 의사들은 통한의 감정이 깨끗이 사라진다는 '소산消散'이라는 단어를 더 선호한다. 언어학적으로야 그 단어의 뜻이 더 정확한 것이겠지만, 아무리 그런 말을 떠들어대도 울부짖고 싶은 벳시의 마음을 달래주진 못했다.

그녀는 지금 여기에서 도대체 뭘 하고 있는 걸까?

그녀의 아들은 죽었다. 아들의 친구들 중 하나와 직접 만난다고 해서 스펜서가 돌아올 리는 없었다. 하지만 뭔가가 바뀔지도 모른다는 기분이 들었다.

어쩌면 스펜서는 그날 밤 혼자가 아니었을 수도 있었다. 그러면 뭐가 달라지는 거지? 그날의 정황이 조금 달라진다 해도 스펜서의 죽음을 되돌릴 수는 없는 노릇이었다. 도대체 그녀는 이곳에서 뭘 찾아내고 싶은 것일까?

소산?

바로 그 순간, 벳시는 애덤을 발견했다.

애덤은 등에 지고 있는 백팩의 무게를 힘겨워하며 혼자 걷고 있었다. 벳시가 생각하기에 애들은 모두 다 가방 무게에 짓눌려 있는 것 같았다. 벳시는 애덤에게 눈길을 고정한 채 그 애가 가는 길 앞쪽으로 얼른 걸음을 옮겼다. 대부분의 아이들과 마찬가지로 애덤도 눈길을 내리깔고 걷고 있었다. 그녀는 왼쪽 오른쪽으로 자리를 조금씩 이동해서 애덤과 딱 정면으로 마주치려고 했다.

마침내 애덤이 다가오자 벳시가 말을 걸었다. "잘 있었니, 애덤?"

애덤이 걸음을 멈추고 얼굴을 들었다. 아주 잘생긴 녀석인데? 그녀는 속으로 생각했다. 스펜서와 어울리던 아이들은 나이대가 다들 비슷했다. 하지만 오늘 다시 만난 애덤은 조금 달라진 듯했다. 어느덧 청소년기를 지나가고 있는 듯 체격이 무척이나 컸다. 근육도 울퉁불퉁해서 소년이라기보다는 청년에 가까워 보였다. 애덤의 얼굴에선 아이 때의 모습이 얼핏 보였지만 무언가 반항적인 구석도 역력했다.

"아, 아주머니시군요. 안녕하셨어요?"

애덤은 왼쪽으로 슬쩍 비켜서서 계속 걸어가려고 했다.

"너랑 잠시 얘기를 하고 싶은데 괜찮겠니?" 벳시가 큰 소리로 물었다.

애덤은 바로 걸음을 멈췄다. "물론이죠."

애덤은 운동선수답게 경쾌한 발걸음으로 다가왔다. 애덤은 언제나 뛰어난 운동선수였다. 하지만 스펜서는 그렇지 못했다. 그것도 그 애가 자살한 이유 중 하나였을까? 이런 도시에서는 훌륭한 운동선수라면 살아가기가 훨씬 수월해지게 마련이다.

애덤은 벳시와 2미터쯤 떨어진 곳에서 멈춰 섰다. 애덤은 아직 그녀와 눈길을 마주칠 정도로 키가 크진 않았지만, 키가 그녀만 한 고등학생은 몇 명 되지 않았다. 벳시는 잠시 아무 말도 하지 않고 그저 애덤을 바라보기만 했다.

"저랑 얘기하고 싶다고 하셨잖아요?" 애덤이 답답한지 먼저 입을 열었다.

"그래."

좀 더 긴 침묵이 흘렀고, 노려보는 시간도 길어졌다. 애덤은 몸을 쭈뼛거렸다.

"정말 죄송해요."

"뭐가?"

애덤은 벳시의 물음에 깜짝 놀란 듯했다.

"스펜서 일이요."

"뭐 때문에 네가 미안한 거니?"

애덤은 대답을 하지 못했다. 그녀와 눈길을 마주치지 않으려고 허둥댔다.

"애덤, 날 똑바로 보렴."

벳시는 어른이었고 애덤은 아직 어린애였다. 애덤은 그녀의 말에 순순히 따랐다.

"그날 밤에 무슨 일이 있었던 거니?"

애덤은 침을 꿀꺽 삼키고 말했다. "무슨 일이라뇨?"

"넌 스펜서와 함께 있었어."

머리가 떨어져라 흔들어대는 애덤의 얼굴에서는 핏기가 싹 가셨다.

"무슨 일이 있었니, 애덤?"

"전 거기에 없었어요."

벳시는 마이스페이스에서 내려받은 사진을 내밀었지만 애덤의 눈길은 다시 땅바닥을 향하고 있었다.

"애덤?"

애덤이 얼굴을 들자 벳시는 사진을 애덤의 얼굴 쪽으로 더 가까이 내밀었다.

"이건 너지?"

"확실치는 않지만 저인 것도 같네요."

"이건 그 애가 자살했던 밤에 찍은 사진이란다."

애덤은 이번에도 고개를 절레절레 흔들었다.

"애덤?"

"전 아주머니가 무슨 말씀을 하시는 건지 모르겠어요. 전 그날 밤 스펜서를 보지 못했어요."

"한 번 더 봐주렴……."

"가야겠어요."

"애덤, 제발……."

"죄송해요, 아주머니."

애덤은 그 말을 뱉어내기가 무섭게 도망쳐버렸다. 몸을 돌려 벽돌로 지은 학교 건물 쪽으로 달려가더니 순식간에 시야를 벗어났다.

9

수사과장 로렌 뮤즈는 손목시계를 들여다봤다. 면담 시각에 정확히 맞춘 것 같았다.

"당신이 내 자료를 가지고 있죠?" 그녀가 물었다.

뮤즈의 비서는 차미크 존슨이라는 젊은 여인이었다. 뮤즈는 꽤나 유명했던 강간 사건 재판 법정에서 차미크를 만났었다. 처음엔 두 사람 사이가 그리 좋았던 건 아니지만 시간이 흐를수록 차미크의 진가가 드러났다.

"여기 있어요." 차미크가 대꾸했다.

"꽤나 두툼하네요."

"추린다고 추렸는데도 그러네요."

뮤즈는 자료가 든 봉투를 받아들었다. "여기에 다 들어 있는 거죠?"

차미크는 이마를 찌푸렸다. "아닌데요. 그렇게 하란 말씀은 하지 않으셨잖아요."

뮤즈는 얼른 사과하고 홀을 가로질러 에섹스 군 검사, 더 정확히 말하면 그녀의 직속상관인 폴 코플랜드의 사무실로 향했다.

접수대에 앉은 새로 온 여자가 뮤즈를 미소로 맞았다. 뮤즈는 남의 이름을 외우는 데는 젬병이라 그녀의 이름이 생각나지 않았다. "다들 기다리고 계세요."

"누가 나를 기다려요?"

"코플랜드 검사님이요."

"방금 '다들'이라고 했잖아요."

"뭐라고요?"

"'다들' 나를 기다린다면서요? '다들'이라고 하면 한 사람보다 많은 거죠. 두 사람보다 더 많을 수도 있고요."

접수원은 꽤나 혼란스러운 것 같았다. "아, 그 말씀이 맞네요. 네댓 사람인 건 확실해요."

"코플랜드 검사님을 제외하고요?"

"네."

"뭐 하는 사람들인가요?"

접수원은 어깨를 으쓱했다. "제 짐작이긴 하지만 형사들인 것 같아요."

뮤즈는 이에 관해 어떻게 대응해야 할지 갈피를 잡을 수가 없었다. 그녀는 프랭크 트레몬트와 관련된 정치적으로 민감한 상황을 논의하기 위해 개인적인 면담을 요청했다. 그런데 도대체 왜 다른 형사들이 검사 사무실에 있는 건지 전혀 알 수가 없었다.

사무실로 들어서기도 전에 웃음소리가 들렸다. 실내에는 그녀의 직속상관인 폴 코플랜드를 포함해서 여섯 명이 있었다. 모두 사내였다. 프랭크 트레몬트까지 있었다. 그녀가 거느리는 형사 셋도 그 자리에 있었다. 나머지 한 명은 어디선가 본 듯한 얼굴이었다. 그 사람은 공책과 펜을 손에 들고, 녹음기를 회의용 탁자 위에 올려놓고 있었다.

코프(다들 폴 코플랜드를 그렇게 불렀다)는 자신의 책상 뒤에 앉은 채 트레몬트가 귓가에 속삭인 말이 무척이나 재미있는지 폭소를 터뜨리고 있는 중이었다.

뮤즈는 뺨이 화끈 달아올랐다.

"어서오라고, 뮤즈." 코플랜드가 큰 소리로 불렀다.

"코프, 안녕하세요?" 그녀는 대꾸를 하며 다른 사람들에게도 고개를 끄덕여 보였다.

"문을 닫고 이리로 오지."

뮤즈는 사무실로 들어섰다. 그녀가 가만히 서 있자 다들 그녀를 쳐다봤다. 그녀의 뺨이 더 빨개졌다. 뭔가 속았다는 느낌이 들어 코프를 노려봤지만 코프는 그런 뜻이 전혀 없는 것 같았다. 그는 최대한 매력적으로 보이도록 애쓰는 멍청이처럼 헤벌쭉 웃고만 있었다. 뮤즈는 먼저 코프와 단독 면담을 하고 싶다는 눈짓으로 연신 신호를 보냈지만, 놀랍게도 그는 그럴 뜻이 전혀 없는 것 같았다.

"그럼 시작해볼까?"

로렌 뮤즈는 동의할 수밖에 없었다. "그러죠."

"잠깐, 여기 이 사람들은 다 잘 알고 있지?"

코프는 군 검사로 부임하자마자 뮤즈를 수사과장으로 승진시켜 모든 사람을 깜짝 놀라게 만들었다. 수사과장 자리는 우락부락한 노땅이, 그것도 경찰 내에서 정치적인 연줄이 든든한 남자 형사가 맡는 것이 관례였다시피 했다. 코프가 뮤즈를 임명했을 때, 그녀는 부서 내에서도 가장 어린 축에 드는 일개 형사였을 뿐이었다. 언론이 들고 일어나 더 유능한 남자 선임형사들도 많은데 굳이 젊은 여자를 수사과장으로 임명한 기준이 뭐냐고 따져 물었을 때 코프는 단 한마디로 "능력이 있어서"라고 대답했다.

수사과장인 뮤즈는 이제 그런 한물간 늙다리 형사 네 명과 자리를 같이하고 있는 셈이었다.

“이 신사분은 잘 모르겠는데요.” 뮤즈는 공책과 펜을 든 사내를 향해 고개를 끄덕이며 말했다.

“아, 내가 실수를 했군. 이 사람은 《스타렛저》 잡지에서 일하는 톰 고헌 기자일세.” 코프는 참가자를 소개하는 게임쇼 사회자처럼 손을 들어 올리고 접대용 미소를 날렸다.

뮤즈는 아무 말도 하지 않았다. 트레몬트의 하수인이나 다를 바 없는 매제를 왜 참석시킨 거지? 상황은 점점 더 미궁으로 빠져드는 듯했다.

“이제 시작해도 되겠나?” 코프가 뮤즈에게 물었다.

“편하신 대로 하세요, 코프.”

“좋아. 프랭크가 불만 사항이 있다고 했어. 프랭크, 발언권을 넘길 테니 편하게 말하시게.”

폴 코플랜드는 이제 마흔이 거의 다 된 나이였다. 그의 아내는 지금 일곱 살이 된 딸 카라를 낳은 직후, 암으로 세상을 떠났다. 코프는 혼자서 딸을 키웠다. 어쨌든 지금까지는 그랬다. 그의 책상엔 카라의 사진이 놓여 있지 않았다. 전에는 분명히 있었는데……? 뮤즈는 코프가 처음 부임했을 때 의자 바로 뒤쪽의 책장에 카라의 사진 한 장을 놔뒀던 걸 분명히 기억하고 있었다. 그런데 그들이 아동 성추행범을 재판에서 박살내버리고 난 후 어느 날인가 코프는 그 사진을 슬그머니 치워버렸다. 뮤즈는 그 문제에 관해 코프에게 물어본 적은 없었지만 그 재판과 무슨 관련이 있는 게 분명하다고 짐작했다.

약혼녀 사진은 없었지만 비닐에 싸인 턱시도가 옷걸이에 걸려 있었다. 코프의 결혼식이 다음 주 토요일로 잡혀 있었다. 뮤즈도 그곳에 참석할 예정이었다. 사실 그녀는 신부 들러리 중 한 명이었다.

코프는 트레몬트에게 발언권을 내주며 의자에 등을 기댔다. 뮤즈는 빈 의자가 없어 계속 서 있어야만 했다. 발가벗겨진 채 모욕을 당하는 느낌이었다. 부하 하나가 자신을 씹으려고 하는데 자신을 옹호해줘야 할 코프는 그 일이 벌어지도록 팔짱을 끼고 있을 모양이었다. 뮤즈는 사내들을 향해 성차별이라고 소리치고 싶은 심정을 가까스로 억눌러 참았지만, 만약 그녀가 남자였다고 해도 트레몬트의 말도 안 되는 짓거리를 속수무책으로 당하고 있어야만 했을 것이다. 정치적으로, 그리고 언론이 들고 일어나 떠들어대긴 하겠지만 아직도 뮤즈에게는 꼴 보기 싫은 트레몬트를 잘라버릴 힘이 있었다.

뮤즈는 그냥 그 자리에 서서 끓어오르는 분노를 다독여야만 했다.

프랭크 트레몬트는 자리에 앉아 있으면서도 습관적으로 허리띠를 치켜올렸다. "이건 뮤즈 씨에게 무례하다는 게 아니라……."

"수사과장 뮤즈예요." 뮤즈가 그의 말을 자르며 끼어들었다.

"뭐라고요?"

"난 뮤즈 씨가 아니라고요. 내겐 수사과장이라는 직함이 있어요. 당신의 상관임을 나타내는!"

트레몬트는 씩 웃었다. 그는 서서히 동료 형사들을 돌아보고 이내 매제에게로 눈길을 돌렸다. 지극히 흥겨워하는 그의 표정에는 '거봐, 내가 뭐라고 했어?' 라는 기색이 역력했다.

"이런 문제에 좀 예민하시군요, 뮤즈 수사과장님?" 트레몬트는 씩 웃으며 비아냥거렸다.

뮤즈는 코프를 힐끗 쳐다봤다. 코프는 미동도 하지 않았다. 그의 얼굴에서는 뮤즈를 위로하는 기색이 눈곱만큼도 보이지 않았다. 그저 이렇게 말할 뿐이었다. "방해해서 미안하오. 프랭크, 계속하시오."

뮤즈는 화를 억누르며 주먹을 꼭 쥐었다.

"좋아요. 어쨌거나 난 28년 동안이나 경찰관으로 근무했소. 이번엔 '제5구역'의 창녀 살인 사건을 맡았고요. 그런데 수사과장이라는 양반이 초대도 없이 현장에 불쑥 나타났단 말입니다. 내 기분이 좋을 리가 없죠. 이렇게 한 적이 한 번도 없었으니까요. 글쎄, 뮤즈가 뭐 도움이 되는 시늉이라도 하려고 여기저기 기웃거렸다고 칩시다. 그런데 나타나자마자 이래라저래라 지시를 내리는 겁니다. 정복 똘마니들 앞에서 내 권위를 깎아내리면서요."

트레몬트는 양팔을 벌렸다. "이게 말이나 됩니까?"

코프는 고개를 끄덕였다. "그럼 이 사건을 당신이 전담하고 싶다는 얘기군요?"

"맞습니다."

"그럼 얘기해보시죠."

"뭘요?"

"사건에 관해 얘기를 해보란 말입니다."

"지금까지 알아낸 건 별로 없어요. 창녀 하나가 시체로 발견됐는데, 누군가가 얼굴을 묵사발로 만들어버렸죠. 내 생각에는 맞아 죽은 것 같아요. 신원은 아직 밝혀지지 않았고요. 다른 창녀들에게 물어봤지만, 그녀가 누군지를 아무도 모르더군요."

"다른 창녀들이 이 여자의 이름을 모른다는 건가요, 아니면 아예 모르는 여자라는 건가요?" 코프가 물었다.

"그 애들은 가급적 말을 하지 않으려고 합니다. 검사님도 아시잖아요? 아무것도 모른다고 딱 잡아뗍니다. 부지런히 캐물어야 할 것 같습니다."

"다른 건요?"

"커다란 녹색 스카프 한 장을 찾아냈습니다. 이건 완전히 똑같은 건 아니지만 새로 결성된 갱단의 색상입니다. 이름이 알려진 몇 놈을 잡아놨는데, 이 일에 대해 아는 게 있는지 족쳐볼 생각입니다. 또한 이 지역에서 창녀들을 대상으로 비슷한 수법의 범행을 저지른 놈이 있는지도 컴퓨터로 확인하고 있고요."

"그러고는요?"

"그게 다입니다. 죽어나가는 창녀들이 워낙 많은 곳이라서요. 검사님께 이런 말까지 드리긴 뭐하지만 올해만도 일곱 명쨉니다."
"지문은요?"
"이 지역 사람들은 다 대조해봤습니다. 맞는 게 없더군요. FBI 범죄정보센터인 NCIC를 통해서도 조회할 계획이지만 결과가 나오려면 시간이 좀 걸릴 겁니다."
코프는 고개를 끄덕였다. "그건 됐고요, 뮤즈에게 무슨 불만이 있다고 했는데……?"
"난 어느 누구의 신경도 거스르고 싶진 않지만, 이왕 말이 나왔으니 한마디 해야겠습니다. 뮤즈는 이 직위를 덥석 받아들이지 말았어야 했죠. 검사님은 뮤즈가 여자이기 때문에 그 자리에 발탁하신 거죠. 그게 오늘날의 현실이니까요. 남자가 여러 해 동안 죽으라고 일해봤자 피부가 검지 않거나 불알이 달려 있는 한 엿 먹기가 십상 아닙니까? 그 점은 이해할 수 있다 이겁니다. 하지만 다른 것까지 차별을 둬서는 안 된다는 거죠. 내 말은, 내가 사내이고 뮤즈가 여자라고 해서 모든 게 다 바뀔 수는 없다는 겁니다. 내가 만약 뮤즈의 상관이고 그녀가 하는 일마다 시시콜콜 질문을 해댄다면, 아마도 뮤즈는 강간입네 성추행입네 떠들어대고 날 고소할 겁니다."
코프는 연신 고개를 끄덕였다. "충분히 납득이 되는 얘기요." 그는 뮤즈 쪽으로 고개를 돌렸다. "뮤즈?"
"뭐요?"
"뭐 할 말 없나?"
"우선 이 방 안에서 나만 불알이 안 달린 게 확실한지를 잘 모르겠어요."
그녀는 트레몬트를 똑바로 쳐다봤다.
코프가 재촉했다. "다른 건?"
"제가 뭇매를 맞는 것 같고요."
"그렇게만 생각할 게 아니지. 당신은 저 사람의 상관이긴 하지만 그렇다고 저 사람이 애나 되는 것처럼 이것저것 보살펴줘야 한다는 건 아닐세. 나도 당신 상관이지만 어디 이래라저래라 하던가?" 코프가 끼어들었다.

뮤즈는 속이 부글부글 끓어올랐다.

"트레몬트 형사는 이곳에 오랫동안 근무해온 사람이야. 친구도 많고, 존경도 받고 있고. 바로 그런 이유 때문에 이런 기회를 마련해준 거라고. 트레몬트는 이 일을 언론에 크게 떠들어대고 싶어 해. 공식적으로 불만을 제기하겠다는 거지. 그래서 내가 이번 면담을 갖자고 제안했던 거고. 공정을 기하기 위해 고헌 씨를 초대하도록 배려도 했고. 고헌 씨는 우리가 어떻게 공개적으로, 공정하게 일 처리를 하는지를 지켜볼 거야."

실내의 모든 사람은 뮤즈를 쳐다봤다.

"이제 다시 묻겠네. 당신은 방금 트레몬트 형사가 언급한 것에 관해 할 말이 있나?" 코프는 뮤즈와 눈길을 마주치며 말했다.

코프는 이제 미소를 짓고 있었다. 누구나 다 알아차릴 만큼 활짝 웃는 게 아니라 입술 한쪽 끝만 살짝 움찔거리긴 했지만. 그 순간 뮤즈는 뭔가를 퍼뜩 깨달았다.

"있어요." 뮤즈는 단호한 어조로 대꾸했다.

"편하게 얘기하라고."

코프는 의자에 등을 기대고 양손을 머리 뒤쪽으로 돌려 깍지를 꼈다.

"우선 피살자가 창녀가 아니라는 내 생각부터 말해야겠어요."

코프는 이런 놀라운 말을 난생처음 들어본 사람처럼 양 눈썹을 추켜세웠다. "창녀가 아니라고 했나?"

"그래요."

"그 시신의 옷차림으로 봐선……." 코프는 머뭇거리다가 다시 말을 이었다. "이건 조금 전에 프랭크가 제출한 보고서를 보고 안 사실이지. 그리고 시신이 유기된 장소는 창녀들이 배회하는 곳이라는 걸 다들 알고 있단 말이야."

"살인자도 그 점을 잘 알고 있었겠죠. 그래서 그놈이 시신을 그곳에 버린 거고요." 뮤즈가 말했다.

트레몬트는 폭소를 터뜨렸다. "뮤즈, 말도 안 되는 소리 작작 하라고. 그럴 거라는 당신 생각 말고 증거를 내놓아보시지."

"증거를 보고 싶어요, 프랭크?"

"물론이지. 어디 한번 들어보자고. 그런데 그런 게 있기나 한 건가?"

"그녀의 피부 색깔이 어땠죠?"

"무슨 뜻이지?"

"그녀는 백인이란 말입니다."

"거 참 귀중한 증거구려. 내가 왜 그걸 몰랐을까?" 트레몬트는 양 손바닥을 펼쳐 보이고는 고헌을 쳐다봤다. "톰, 잘 받아 적고 있나? 이건 어디에서도 구할 수 없는 멋진 기삿거리가 될 걸세. 내가 낡은 수사 기법만 활용하는 노땅 형사이고, 창녀 하나가 살해된 것에 대해 수사력을 최우선으로 집중하지 않는다는 모욕은 받아들일 수 있네. 하지만 피살자가 백인이라서 창녀일 리가 없다는 저 여자의 주장은 우리의 경찰 업무를 비난한 것이라고밖에 볼 수 없지."

트레몬트는 뮤즈 쪽을 향해 손가락 하나를 흔들어댔다. "뮤즈, 당신은 현장에서 좀 더 뛰었어야 하는데 출세가 너무 빨랐어."

"창녀 여섯 명이 더 살해됐다고 했죠?"

"그렇게 말했는데, 무슨 문제라도 있나?"

"그 여섯 명이 모두 아프리카계 미국인이라는 건 알고 있었나요?"

"그건 아무런 의미도 없어. 그 여섯 명이 몽땅 다 키가 컸는지도 모르지. 난 관심을 가지고 보진 않았지만. 그런데 이번 시신이 키가 작다면 그게 창녀가 아니라는 증거가 될 수 있어?"

뮤즈는 사무실 벽에 걸려 있는 게시판으로 걸어갔다. 들고 있던 봉투에서 사진 한 장을 꺼내 게시판에 붙였다. "이건 사건 현장에서 찍은 거예요."

모든 사람의 시선이 사진에 고정됐다.

"그건 접근 금지선 뒤쪽에 서 있는 사람들 사진인데?" 트레몬트가 나불거렸다.

"잘 맞췄어요, 프랭크. 하지만 다음번에는 손을 들고 내가 발언을 허락할 때까지 기다려요."

트레몬트는 팔짱을 꼈다. "도대체 우리더러 뭘 보라는 거지?"

"여기에서 뭐가 보여요?" 뮤즈가 물었다.

"창녀들이 보이는군." 트레몬트가 피식 웃으며 대꾸했다.

"맞았어요. 몇 명이나 되죠?"

"모르겠는데? 설마 나더러 세어보라는 건 아니겠지?"

"그냥 대강 말해봐요."

"스무 명쯤 되는 것 같은데……."

"스물세 명이에요. 눈썰미가 대단하네요, 프랭크."

"말하고 싶은 게 뭐지?"

"이들 중 백인이 몇 명인지 한번 세어봐요."

들여다보고 자시고 할 필요도 없이 그 대답은 분명했다. 한 명도 없었다.

"백인 창녀가 하나도 없다는 걸 강조하려고 이런 수고를 하는 건가?"

"있기야 있죠. 하지만 그 구역에는 거의 없단 말이에요. 난 지난 석 달치의 기록을 살펴봤어요. 체포 기록에 의하면, 그 기간 동안 반경 세 블록 이내에서 백인 창녀가 호객 행위를 한 혐의로 체포된 적이 한 건도 없었어요. 그리고 당신도 이 여자의 지문이 등록되어 있지 않다고 지적했죠? 그 지역의 창녀들 중 지문이 등록되어 있지 않은 이들은 몇 명이나 될까요?"

"아주 많겠지. 이것들은 다른 주에서 들어와 잠시 머물다가 죽거나 애틀랜틱 시로 이동해 가니까." 트레몬트는 핏대를 세우며 반박했다. 이어 어깨를 으쓱하고는 양 손바닥을 펼쳤다. "뮤즈, 당신 정말 대단하군 그래. 내가 이 짓을 그만둬도 될 것 같은데?"

트레몬트는 말이 끝나자 껄껄 웃었다. 뮤즈는 꿈쩍도 하지 않았다.

뮤즈는 사진을 몇 장 더 꺼내 게시판에 붙였다. "피살자의 양팔을 자세히 살펴봐요."

"뭐가 어쨌다는 거지?"

"주삿바늘 자국이 하나도 없죠? 예비 독극물 검사에서는 이 여자의 신체 내에서 마약류가 전혀 검출되지 않았어요. 프랭크, 다시 한번 말해보세요. 제5구역 내에 있는 백인 창녀들 중 마약쟁이가 아닌 사람이 몇 명이나 되죠?"

트레몬트는 그 말에 어깨를 움츠리며 아무런 대꾸도 하지 못했다.

"이 여자는 영양 상태가 좋아요. 하긴 요즘엔 창녀들도 잘 먹어대니 이건 뭐 큰 의미는 없겠죠. 살해당하기 전까지 뼈가 부러지거나 멍든 자국이 없는데, 이것도 이 구역에서 일하는 창녀들치고는 좀 특이한 것 아닌가요? 이 여자의 치아가 거의 다 깨져버려서 치과 치료를 어떻게 받아왔는지 정확하게 말할 순 없지만, 남아 있는 것으로 봐서는 관리를 잘했던 것 같아요. 그런데 이걸 좀 보세요." 뮤즈의 말이 계속 이어졌다.

뮤즈는 또 한 장의 커다란 사진을 게시판에 붙였다.

"신발 말인가?" 트레몬트가 물었다.

"대답을 잘했으니 금별을 주겠어요, 프랭크."

코프는 연신 눈짓을 하며 그만 놀려먹으라는 신호를 보냈다.

"창녀들이 신는 신발 맞구만, 뭐. 엉덩이를 살살 흔들어대며 남자들을 유혹하기에 딱 좋은 굽 높은 하이힐이잖아. 뮤즈, 당신이 신고 있는 꼴사나운 허시파피와는 격이 다른데? 저런 하이힐을 신어본 적은 있나?" 트레몬트는 다시 기운을 내서 떠벌였다.

"아니요, 한번도 없었어요. 그러는 당신은요?"

함께 시시덕거리던 사내들은 재미있어 죽겠다며 낄낄거렸다. 코프는 고개를 설레설레 저었다.

"그래, 말하고자 하는 요점이 뭐지? 창녀 전용 카탈로그에서 막 빠져나온 신발처럼 보이는데 뭘 어쩌라는 거야?" 트레몬트가 식식거리며 물었다.

"신발 바닥을 잘 보라고요."

뮤즈는 연필로 그곳을 가리켰다.

"내가 뭘 봐야 하지?"

"보이는 게 없죠? 그걸 말하려고 했어요. 닳은 자국이 단 한 군데도 없잖아요?"

"새 신발이라서 그랬겠지."

"너무 말짱하니까 탈이죠. 이 사진을 확대해봤어요." 뮤즈는 또 한 장의 사진을 게시판에 붙였다. "긁힌 자국도 전혀 없어요. 아무도 이걸 신고 걸은 적이 없다는 소리죠. 단 한 번도요."

실내에는 정적이 흘렀다.

"그래서?"

"질문 잘했어요, 프랭크."

"내가 무슨 학생인가? 기분 나쁘게 내가 말을 할 때마다 평가를 하고 있네. 그렇다고 이게 창녀가 아니라는……."

"게다가 이 여자 질 속에선 정액이 발견되지 않았어요."

"그럼 처음 밤나들이를 했다가 벼락을 맞은 모양이지."

"그럴지도요. 피부가 햇볕에 탄 자국도 있는데, 이것도 잘 살펴봐야 할 거예요."

"무슨 자국이라고?"

"햇볕에 탄 자국이요."

트레몬트는 어이없다는 표정을 지어 보이려고 했지만 주위에선 아무도 동조하지 않았다. "그건 다 이유가 있어, 뮤즈. 이 여자들은 길거리를 배회하는 창녀란 말이야. 길거리가 바깥이라는 건 잘 알겠지? 바깥에서 아주 오랜 시간 동안 일하니 피부가 탈 수밖에."

"요즘 해가 거의 나지 않았다는 걸 잊은 건 아니겠죠? 게다가 선탠 자국도 잘못되어 있어요. 자국이 여기까지만 나 있고, 배 부근에는 아무런 자국도 없어요." 뮤즈는 사진의 어깨를 가리켰다. "창백할 정도라고요. 결국 이 여자는 비키니 상의가 아니라 셔츠를 입고 있었단 얘기죠. 그리고 이 여자가 꽉 움켜쥐고 있는 대형 스카프도 문제예요."

"범인이 공격하는 동안 움켜쥔 것일 테지."

"아니, 움켜쥔 게 아니에요. 그건 범인이 심어둔 게 분명해요. 이 여자의 시신은 딴 곳에서 실려온 거라고요, 프랭크. 따라서 범인은 우리더러 이 여자가 몸싸움을 벌이는 도중에 움켜쥔 것이라고 믿게 만들고 싶었던 거예요. 만약 그렇지 않다면 범인이 시신을 유기했을 때 그걸 그대로 놔뒀겠어요? 그게 말이나 될 법한 소린가요?"

"어쩌면 갱단이 뭔가 메시지를 보낸 것일 수도 있잖아."

"그럴 수도 있죠. 그래도 구타라는 문제가 남아 있어요."

"그게 뭐 어째서?"

"너무 과했어요. 어느 누구도 사람을 꼭 필요한 곳만 이처럼 모지락스럽게 팰 수는 없을 거예요."

"거기에 관해 무슨 생각이 있기라도 한 건가?"

"분명하지 않아요? 우리가 이 여자를 알아보지 못하도록 하고 싶었던 거죠. 그 밖에 다른 것도 있어요. 이 여자의 시신이 유기된 지점을 보라고요."

"창녀들이 활보하는 것으로 잘 알려진 곳이지."

"바로 그거예요. 우린 이 여자가 그곳에서 살해되지 않았다는 걸 잘 알고 있어요. 그곳에 유기됐을 뿐이죠. 왜 그 지점이어야 할까요? 만약 이 여자가 창녀였다면 범인은 굳이 그럴 필요가 없었어요. 창녀를 뭐 하러 창녀들이 활보하는 곳에 유기한 걸까요? 난 그 이유를 잘 알고 있어요. 이 여자가 초동수사 단계에서 일찌감치 창녀로 오인받고, 뒤룩뒤룩 살이 찐 게으른 형사가 이 사건을 손쉽게 해결하려고 든다면……."

"당신 누구보고 뒤룩뒤룩하다는 거야?"

프랭크 트레몬트가 자리에서 벌떡 일어섰다. 그러자 코프가 착 깔리는 목소리로 말했다. "앉아요, 프랭크."

"당신 저 여자가 계속 나불거리도록 놔둘……."

"쉬이. 저 소리 들려요?" 코프가 말했다.

다들 귀를 기울였다.

"무슨 소리가 들린다는 겁니까?"

코프는 손으로 귀를 감쌌다. "프랭크, 잘 들어봐요. 이 소리가 안 들려요? 당신의 무능이 모든 사람에게 나발을 불어대는 소리 말이오. 당신의 무능뿐만 아니라, 아무런 근거도 없이 당신의 상관을 깔고 뭉개려고 하는 그 멍청함까지 말이오." 그는 거의 속삭이다시피 말했다.

"난 도저히 그 말을 용납……."

"쉿! 들어보라니까요. 그냥 귀만 기울여보라고요."

뮤즈는 터져 나오는 웃음을 간신히 참았다.

"당신도 듣고 있나요, 고현 씨?" 코프가 물었다.

고헌은 헛기침을 했다. "난 내가 해야 할 일을 들었소이다."

"나도 내가 해야 할 일을 들었는데 잘됐구려. 그리고 당신이 이 면담을 녹음하자고 요청했을 때 그걸 받아들인 게 천만다행이라는 생각이 드는데요?" 코프는 책상 위에 놓인 책 뒤쪽에서 소형 녹음기를 집어 들었다. "그런데 만약 당신의 직장 상사가 여기에서 정확히 어떤 일이 벌어졌는지를 알고 싶어 하는데 당신의 녹음기가 고장 났다거나 하는 일이 없었으면 좋겠소. 우리 중 어느 누구도 당신이 처남에게 유리하도록 기사를 편

향적으로 쓰지 않길 바라고 있소. 다들, 내 말에 동의하죠?”

코프는 다른 사내들을 향해 활짝 웃었다. 그렇지만 그들은 미소에 화답하지 않았다.

“여러분, 달리 할 말들이 있소? 없다고요? 좋아요. 이제 일들 하러 가보시오. 프랭크, 오늘은 푹 쉬시오. 쉬면서 앞으로 뭘 할지, 그리고 우리가 퇴직 기념으로 어떤 선물 보따리를 줄지 상상해보는 것도 좋을 것 같소.”

10

마이크는 자신의 집으로 들어서기 전에 로리먼의 집을 바라보았다. 아무런 움직임이 없었다. 마이크는 다음 단계를 취해야 할 때라는 걸 잘 알고 있었다.

해를 끼치지 말라는 첫 번째 내용이었다. 그것은 의사로서 당연히 지켜야 할 신조였다.

그럼 두 번째는?

그건 좀 더 교묘한 솜씨가 필요했다.

마이크는 작은 접시에 열쇠 뭉치와 지갑을 던져 넣었다. 이 접시는 마이크가 열쇠와 지갑을 엉뚱한 곳에 던져뒀다가 찾아 헤매는 걸 보다 못한 티아가 마련해둔 것이었다. 티아는 보스턴에 도착해서 비행기에서 내리자마자 전화를 했다. 그녀는 지금쯤 사전 준비를 하고, 오후에는 목격자의 선서증언을 받을 예정이었다. 그 일을 하기까지는 시간이 좀 걸리겠지만, 일이 끝나자마자 첫 비행기를 타고 돌아오겠다고 했다. 서두르지 마.

마이크는 티아에게 그렇게 말했다.

"아빠, 오셨어요?"

질이 모퉁이를 돌아 달려왔다. 그 애의 미소를 보자마자 로리먼 집안 사람들 때문에 생겼던 걱정거리가 몽땅 씻겨나가는 것 같았다.

"아이고, 우리 공주님이구나. 애덤은 자기 방에 있니?"

"아뇨." 질이 대답했다.

질의 미소를 보고 기분이 좋았던 마이크는 정수리에 차가운 물 한 바가지를 부은 것처럼 정신이 번쩍 들었다.

"그럼 어디에 있는 거지?"

"모르겠어요. 전 여기에 있는 줄 알았는데요?"

두 사람은 큰 소리로 애덤의 이름을 불러봤지만 대답은 들려오지 않았다.

"네 오빠는 지금 집안에서 꼼짝도 하지 않고 있어야 하는데……." 마이크가 걱정스러운 어조로 말했다.

"10분 전까지는 여기에 있었다고요." 질도 어리둥절하긴 마찬가지인 모양이었다.

"그런데 지금은?"

질은 이마를 찌푸렸다. 질이 이마를 찌푸릴 때면 온몸을 다 찌푸리는 것처럼 보이곤 했다. "오빠는 오늘 밤 아빠랑 아이스하키 경기를 보러 가기로 하지 않았어요?"

"그랬지."

질은 가슴이 덜컥 내려앉는 듯한 표정을 지었다.

"얘야, 뭐가 잘못됐니?"

"아무것도 아니에요."

"오빠를 마지막으로 본 게 언제였니?"

"잘 모르겠어요. 2, 3분 전인 것도 같고……." 질은 자신의 손톱을 물어뜯기 시작했다. "지금은 아빠랑 함께 있어야 하는 것 아닌가요?"

"곧 돌아오겠지, 뭐." 마이크가 떨떠름한 표정으로 말했다.

질은 그 말을 믿지 않는 것 같았다. 마이크의 심정도 마찬가지였다.

"이런데도 절 야스민네 집에 데려다주실 거예요?" 질이 물었다.

"물론이지."

"그럼 가방 가져와도 되죠?"

"그러려무나."

질은 계단을 올라갔다. 마이크는 자신의 손목시계로 시각을 확인했다. 마이크는 애덤과 함께할 계획을 세워뒀다. 앞으로 30분 안에 출발해서 질을 친구인 야스민 집에 내려주고, 두 사람은 맨해튼으로 가서 레인저스가 벌이는 경기를 관람할 예정이었다.

애덤은 이 시각이면 집에서 여동생을 돌보고 있어야 했다.

마이크는 길게 숨을 내쉬었다. 좋아, 아직 시간이 다 된 건 아니니 좀 더 기다려보자. 그는 애덤을 10분만 더 기다리기로 작정했다. 그는 쌓아놓은 편지들을 간추리면서 로리먼의 식구들에 관해 생각했다. 더는 시간을 끌 수는 없었다. 마이크와 아일린은 이미 결정을 내렸다. 이제는 행동을 할 때였다.

마이크는 컴퓨터를 켜고 전화번호부를 불러내서 로리먼 집안과의 접속정보를 확인했다. 수전 로리먼의 휴대전화번호가 목록에 있었다. 마이크와 티아는 그 번호로 전화를 해본 적이 한 번도 없었지만, 응급상황이 발생할 경우를 대비해서 모든 이웃집의 전화번호를 저장해놓고 있었다.

그건 아주 적절한 조치였다고 할 수 있었다.

마이크는 그 번호를 돌렸다. 벨이 두 번 정도 울릴 때쯤 수전이 휴대전화를 받았다.

"여보세요?"

그녀의 목소리는 살짝 속삭이는 듯 무척이나 따스하고 부드러웠다. 마이크는 목청을 가다듬었다.

"마이크 바이요."

"다 괜찮은 거죠?"

"네. 새로운 건 없어요. 지금 혼자 계신가요?"

침묵이 흘렀다.

수전이 말했다. "그 DVD라면 돌려줬는데요."

단테의 목소리 같은 게 들렸다. "누구 전화야?"

"블록버스터 DVD 대여점이야." 수전이 얼른 대꾸했다.

그래, 혼자가 아닌 모양이군. 마이크는 속으로 생각하면서 말했다. "내 전화번호 알고 있죠?"

"곧 연락드릴게요. 고마워요."

딸깍.

마이크는 양 손바닥으로 자신의 얼굴을 문질렀다. 휴, 잘됐군. 정말 잘됐어.

"질!"

질이 계단 맨 위쪽으로 달려왔다. "왜요?"

"애덤이 집에 돌아왔을 때 뭔가 말한 것 없었니?"

"그냥 '어이, 꼬마 아가씨'라고만 했어요."

질은 그 말을 하면서 씩 웃어 보였다.

마이크는 애덤의 목소리가 들리는 것 같았다. 애덤은 질을 사랑하고, 여동생도 오빠를 사랑했다. 형제자매는 대부분 싸우면서 큰다고 하는데, 고맙게도 이 아이들은 그런 적이 거의 없었다. 성격상 차이가 있는 게 좋은 방향으로 작용하는 듯했다. 애덤은 아무리 화가 나더라도 여동생에게 화풀이를 한 적이 없었다.

"오빠가 어디 갔는지 혹시 생각나는 데는 없니?"

질은 고개를 가로저었다. "오빠는 괜찮은 거죠?"

"애덤은 아무 일 없으니 걱정하지 마라. 2, 3분쯤 있다가 야스민네 집으로 출발하면 되겠지?"

마이크는 한번에 두 개씩 계단을 뛰어 올라갔다. 무릎에서 아주 경미한 통증이 느껴졌다. 아이스하키 선수로 뛰던 시절에 당한 부상 때문이었다. 그는 두어 달 전에 친구이자 정형외과 전문의인 데이비드 골드가 집도하는 무릎수술을 받았다. 마이크는 데이비드에게 아이스하키를 그만둘 수 없다고 말하고는 경기를 계속하면 나중에 수술 부위에 문제가 생기는지 물었다. 데이비드는 진통제인 퍼코셋을 처방해주면서 기분 좋게 대꾸했다. "내 환자들이 몽땅 전직 체스 선수들인 줄 아나? 자네 같은 사람들도 많으니 염려 접어두게나."

마이크는 애덤의 방문을 열었다. 방 안에는 아무도 없었다. 마이크는 애덤의 행선지를 알려줄 실마리가 있는지 여기저기를 두리번거렸다. 아무것도 없었다.

"이런, 대체 어디로……." 마이크는 자신도 모르게 큰 소리로 말했다.

그는 다시 한번 손목시계를 확인했다. 애덤은 지금쯤 확실히 집에 있어야 했다. 아니, 이전부터 쭉 있어야 했다. 그 애가 어떻게 자기 여동생을 홀로 집에 놔둘 수가 있지? 마이크는 그 이유를 알고 있었다. 그는 휴대전화를 꺼내 단축번호를 눌렀다. 신호음이 들리고 애덤의 목소리가 메시지를 남기라고 요청했다.

"너, 지금 어디 있니? 레인저스 경기를 보려면 지금 곧 떠나야 해. 그리고 왜 질은 혼자 놔뒀니? 메시지를 들으면 곧장 전화하렴."

마이크는 전화를 끊었다.

10분이 더 흘렀다. 그러나 애덤에게서는 아무런 연락이 오지 않았다. 마이크는 다시 전화를 걸었다. 이를 갈며 또 한 건의 메시지를 남겼다.

질이 불렀다. "아빠?"

"왜 그러니, 공주님?"

"오빠는 어디에 있어요?"

"분명히 곧 집에 돌아올 거다. 일단 너를 야스민네 집에 내려주고, 오빠를 태우러 돌아오면 될 것 같은데?"

마이크는 다시 애덤에게 전화를 걸어 잠깐 집을 비웠다가 곧 돌아오겠다는 세 번째 메시지를 남겼다. 마이크는 애덤이 아무런 연락도 없이 이틀 동안 가출한 상태에서 연신 메시지를 남겼던 지난번의 사태를 떠올렸다. 마이크와 티아는 거의 넋이 나간 채 애덤을 찾으려고 발버둥을 쳤는데 결국에는 별 탈 없이 애덤이 돌아와서 사태는 마무리됐다.

이 녀석이 그따위 짓을 또 하지 않았으면 좋겠는데. 마이크는 속으로 생각했다. 그와 동시에 이런 생각도 들었다. 하느님, 그때처럼 아무런 일이 없기만을 바랍니다.

마이크는 종이 한 장을 꺼내 얼른 몇 자 적어 부엌 식탁 위에 놓았다.

애덤,

질을 바래다주고 올 테니 내가 돌아올 때까지 외출할 준비를 하고 있으렴.

질의 백팩 뒤쪽에는 뉴욕 레인저스의 로고가 새겨져 있었다. 질은 아이스하키를 특별히 좋아하진 않았지만, 오빠의 것을 물려받아 소중히 사용하고 있었다. 최근에는 애덤이 메이저 주니어 아이스하키 경기 선수로 뛸 때 입었던 녹색 바람막이를 입고 다녔다. 질이 입기에는 너무 컸지만 오른쪽 가슴에 박힌 애덤의 이름이 자랑스러운 모양이었다.

"아빠?"

"왜 그러니, 공주님?"

"오빠가 걱정돼요."

질은 나이 어린 여자애들처럼 어설픈 어른 흉내를 내지 않았다. 자기 또래들보다는 더 많은 걸 아는 현명한 아이처럼 논리 정연하게 말했다.

"왜 그런 말을 하니?"

질은 그저 어깨를 으쓱하기만 했다.

"애덤이 네게 무슨 말을 했니?"

"아뇨."

마이크는 질이 뭔가를 더 말해주길 기대하며 야스민이 살고 있는 거리로 접어들었다. 하지만 딸아이는 속마음을 더 꺼내놓지 않았다.

마이크 자신이 어렸을 때는 부모가 자식의 친구 집 앞에 내려주고 떠나거나 그 집 현관문이 열리기까지 차 안에 앉아 기다리면 됐다. 하지만 이제는 자식을 그 집 현관문까지 데려다줘야 했다. 그러는 게 좀 번거롭기는 했지만 자식이 친구 집에서 외박하는 경우에는, 특히 질처럼 어린 나이에는 자신이 직접 아이의 친구 집을 확인하고 싶었다. 그가 문을 노크하자 야스민의 아버지인 가이 노박이 문을 열었다.

"어서 오게, 마이크."

"잘 있었나, 가이?"

가이는 이제 막 들어왔는지 아직도 정장 차림이었다. 넥타이도 풀지 않은 채였다. 그는 최신 유행의 뿔테 안경을 쓰고, 머리카락은 무스를 발라 정성들여 빗어 넘겼다. 가이는 이 도시에 살면서 월스트리트에서 일하는 수많은 아빠들 중 한 명이었지만, 마이크는 그들이 진정 무슨 일을 하는지 지금까지도 아리송하기만 했다. 헤지펀드니 신탁계정, 신용서비스, 기업공개, 증권거래소의 입회立會, 단기매매증권, 회사채 판매 등등 재정 관련 용어를 들을 때마다 머리가 어지럽기만 했다.

가이는 여러 해 전에 이혼을 했고, 열한 살 된 질에게서 들은 이야기에 의하면 많은 여자들과 데이트를 하는 중이었다.

"걔네 아빠 여자친구들은 야스민에게 잘 보이려고 기를 쓴대요. 우습지 않아요?" 질이 마이크에게 귀띔을 한 적이 있다.

질은 두 사람을 헤치고 집 안으로 들어갔다. "안녕, 아빠."

"잘 지내라, 공주님."

마이크는 질의 모습이 사라질 때까지 지켜보다가 가이 노박 쪽으로 돌아섰다. 참 섹시하게 생겼군. 마이크는 차라리 홀로 사는 엄마가 있는 집에서 질이 머무르는 게 낫겠다고 생각했다. 사춘기 소녀가 홀아비가 있는 친구 집에서 자도록 놔두는 게 영 꺼림칙했다. 괜한 걱정이겠지? 마이크도 티아가 없는 상태에서 야스민이 자고 가는 걸 허락한 적도 꽤 있었다. 그래도 찜찜한 건 어쩔 수가 없었다.

두 사람은 그 자리에 가만히 서 있었다. 마이크가 먼저 침묵을 깼다.

"그래, 오늘 밤 무슨 계획이라도 있나?"

"저 애들을 영화관에 데려갈까 하네. 콜드스톤 크리머리에서 아이스크림도 사줄 생각이고. 혹시나 해서 미리 하는 얘기네만 오늘 밤에는 내 여자친구도 함께 갈 예정일세." 가이가 말했다.

"그거야 자네 마음이지 무슨 걱정인가?" 그러면서 마이크는 속으로 생각했다. 그래도 좀 낫군.

가이는 자신의 뒤쪽을 힐끔 쳐다봤다. 여자애들이 보이지 않자 마이크 쪽으로 얼굴을 돌렸다. "잠깐 시간 좀 내줄 수 있나?" 가이가 물었다.

"물론이지, 무슨 일인가?"

가이는 현관 계단으로 걸어 나갔다. 그런 다음 등 뒤로 손을 돌려 문을 닫았다. 그는 거리를 쳐다보면서 양손을 바지 주머니에 깊숙이 찔러넣었다. 마이크는 그의 옆얼굴을 가만히 쳐다봤다.

"자네, 괜찮은가?" 마이크가 물었다.

"질은 정말 좋은 아이일세." 가이가 뜬금없는 소리를 했다.

마이크는 이 말에 어떻게 반응해야 할지를 몰라 그냥 잠자코 있었다.

"난 지금 내가 뭘 하고 있는지를 잘 모르겠네. 자넨 부모로서 할 일을 제대로 다하고 있겠지? 자넨 자식들을 키우고, 먹이고, 교육하기 위해 최선을 다하고 있을 걸세. 야스민은 아주 어린 나이에 부모의 이혼을 견뎌내야 했네. 하지만 그 애는 그 상황에 잘 적응했지. 항상 즐겁게 생활하고 적극적인 데다 인기도 많으니까. 그런데 이런 불상사가 생긴 거라네."

"루이스턴 선생과의 일을 말하는 건가?"

가이는 고개를 끄덕였다. 입술을 깨무는지 턱이 바르르 떨렸다. "자네 눈에도 야스민이 변한 게 보이지?"

마이크는 사실대로 말하기로 결정했다. "야스민이 좀 내성적으로 변한 것 같더군."

"루이스턴이 그 애에게 뭐라고 했는지 알고 있나?"

"정확히는 모르고 있네."

가이는 눈을 꼭 감고 길게 숨을 들이쉬더니 눈을 떴다. "내 생각으로는 야스민이 그 수업에 참석해 있는 동안 뭔지는 모르지만 선생님 말씀에 주목하지 않은 것 같아. 루이스턴을 만나 보니 그 애에게 이미 두 번이나 주의를 줬다고 하더군. 문제는, 야스민이 자기 얼굴에 난 털 때문에 스트레스를 받고 있었다는 거지. 자네도 알다시피 코 아래쪽이 약간 거뭇거뭇하잖은가? 엄마도 없는 데다가 아빠라는 사람은 세심하게 관심을 쏟지 못해서 모근 제거술 같은 건 꿈에도 생각해본 적이 없지 뭔가. 어쨌든 간에 루이스턴은 염색체에 관해 설명하고 있었는데 야스민이 교실 뒤쪽에서 다른 애와 속닥거리고 있는 모습을 본 순간 화가 났다더군. 그래서 이렇게 말했다고 했어. '몇몇 여자들에게는 콧수염과 같은 남성성이 나타나기도 한다. 야스민, 내 말을 듣고 있니?' 뭐, 그런 식으로 말했다는 거야."

마이크는 한마디 거들지 않을 수 없었다. "정말 어이가 없군."

"용서할 수 없는 짓이지? 루이스턴은 자신이 한 말을 학생들이 곰곰이 새겨들을까봐 그 자리에서 사과를 하지 않았다더군. 그러는 동안에 수업을 듣던 애들은 너나 할 것 없이 박장대소를 터뜨렸고. 야스민은 굴욕감으로 어쩔 줄 몰라 했다네. 아이들은 그 애를 '수염 난 여자'라든가 남성의 성염색체를 뜻하는 'XY'라고 부르기 시작했지. 루이스턴은 다음 날 야스민에게 사과를 했고, 아이들에게는 야스민을 놀리지 말라고 타일렀다더군. 나도 교장을 찾아가 실컷 퍼부으며 따져봤지만 이제 와서 그게 무슨 소용이 있겠나? 자넨 내 마음을 이해해줄 수 있지?"

"물론이지."

"애들이란 그저……."

"그러게 말일세."

"질만 유일하게 야스민 편을 들어줬다네. 열한 살 먹은 여자애가 그럴 수 있다니 대단하지 뭔가. 질은 그 일 때문에 나중에 놀림을 당할지도 모르네."

"그 애라면 너끈히 받아넘길 수 있을 걸세." 마이크는 장담했다.

"질은 정말 착한 아이일세."

"그거야 야스민도 마찬가지지."

"자넨 정말 질을 자랑스러워해야 해. 꼭 그 말을 해주고 싶었네."

"고맙네. 야스민의 일도 잘 풀릴 테니 좀 시간을 두고 보세, 가이." 마이크는 흐뭇한 기분으로 말했다.

가이는 시선을 돌렸다. "내가 3학년이었을 때 에릭 헬린저라는 녀석이 있었지. 에릭은 항상 싱글벙글 웃는 표정이었어. 옷도 아주 촌스럽게 입고 다녔는데, 정작 본인은 그런 걸 전혀 모르고 있었나 봐. 어쨌든 항상 활짝 웃는 모습이었지. 그러던 어느 날, 그 녀석이 수업 중에 토하고 말았어. 그런 날벼락도 없었지. 악취가 너무나 지독해서 우린 모두 코를 틀어막고 교실 밖으로 뛰어나갈 수밖에. 그 일이 있은 이후로 애들은 그 녀석을 놀려대기 시작했지. '냄새가 지독한 스멜린저'라고 불렀어. 그 놀림은 학교를 졸업할 때까지도 끊이지 않았어. 에릭의 삶은 처참하게 변해버렸지. 얼굴을 가득 채우고 있던 함박웃음이 사라진 거야. 몇 년 후, 고등학생 시절에 홀에 혼자 있는 그 녀석을 본 적이 있는데 그렇게 오랜 시간이 흘렀는데도 얼굴에 웃음기가 없더군."

마이크는 아무 말도 하지 않았지만 이와 비슷한 얘기를 알고 있었다. 아이들은 어렸을 때 모두 에릭 헬린저나 야스민 노박 같은 놀려먹을 대상을 가지고 있는 법이다.

"상황은 나아지지 않을 걸세, 마이크. 그래서 난 이 집을 매물로 내놨네. 이사하고 싶은 생각은 전혀 없지만 그 밖의 다른 방법이 전혀 생각나질 않았어."

"티아와 내가 도울 수 있는 방법이 있을 것도 같은데……." 마이크가 운을 뗐다.

"그렇게 말해주니 정말 고맙네. 그리고 질을 오늘 밤 우리 집에서 자도록 허락해준 것도 고맙고. 야스민은 지금 세상을 다 가진 것처럼 좋아하고 있어. 내 마음도 마찬가지고. 정말 고맙네."

"그게 뭐 대수로운 거라고."

"오늘 저녁에 애덤을 아이스하키 경기에 데려간다고 질이 그러던데?"

"그럴 계획이네."

"그럼 자넬 더 잡아둬선 안 되겠군. 내 넋두리를 들어줘서 고맙네."

"친구끼리 그게 무슨 말인가? 내 휴대전화번호는 알고 있지?"

가이는 고개를 끄덕였다. 마이크는 그의 어깨를 가볍게 두드리고는 주차해놓은 차로 걸어갔다.

인생이라는 게 이랬다. 선생이라는 작자가 단 10초 동안 이성을 잃었을 뿐인데 그 사건으로 한 소녀의 인생이 몽땅 변해버린 것이다. 정말 어처구니없는 일이 아닐 수 없었다. 이 일로 인해 마이크는 애덤에 관해 다시 한번 생각하게 됐다.

혹시 이와 비슷한 일이 우리 아들에게도 벌어졌던 게 아닐까? 일단 이런 일이 벌어지면 그게 아무리 사소한 일이라 할지라도 애덤의 인생항로가 바뀌게 되는 것은 아닐까?

마이크는 과거로 돌아가 뭔가 하나를 건드렸더니 모든 게 다 바뀌는 파급효과를 초래하는 타임슬립 영화의 주요 장면들을 머릿속에 떠올렸다. 만약 가이가 그런 일이 벌어졌던 때로 돌아가서, 야스민이 그날 학교에 가지 못하도록 막았다면 모든 게 정상으로 굴러가고 있을까? 그랬다면 야스민은 지금 더 행복할까? 아니면 그런 일을 겪고 사람들이 얼마나 잔인해질 수 있는지를 체감함으로써, 지금 당장은 이사를 가야 할 처지이지만 결국 더 나은 삶을 살게 되지는 않을까?

어느 게 더 나은지를 누가 알겠는가?

마이크가 집에 돌아와 보니 집 안에는 아무도 없었다. 애덤은 코빼기도 보이지 않았다. 그 애가 남긴 메시지도 없었다.

마이크는 여전히 야스민을 생각하면서 주방으로 향했다. 자신이 부엌 식탁 위에 놔뒀던 쪽지는 어느 누구도 만진 흔적이 없었다. 수십 장의 사진들이 냉장고 겉면에 깔끔하게 열을 지어 붙어 있었다. 마이크는 그것들 중 한 장이 작년에 애덤을 데리고 뉴저지 잭슨 타운십에 있는 놀이공원인 '식스 플래그즈 대모험'에 갔을 때 찍은 것임을 알아봤다. 마이크는 평소에 놀이공원의 롤러코스터라면 질색을 했지만 애덤의 감언이설에 속아 사람들이 '혼비백산'이라고 불리는 놀이기구를 타게 되었다. 그런데 그게 의외로 재미있었다.

롤러코스터에서 내린 아버지와 아들은 배트맨 복장을 한 사내와 함께 사진을 찍었다. 롤러코스터가 워낙 심하게 오르내리는 바람에 머리카락은 엉망인 채 둘 다 배트맨의 어깨에 팔을 걸치고 히죽 웃고 있었다.

그게 바로 작년 여름의 일이었다.

마이크는 심장이 벌떡벌떡 뛰는 상태에서 롤러코스터가 출발하기를 기다리며 몸을 움츠리고 있던 그때를 떠올렸다. 애덤 쪽으로 고개를 돌리자 아들은 씩 웃으며 "꼭 잡으세요"라고 말했다. 그 말을 듣는 순간, 마이크의 눈앞에 10년도 더 된 옛날 일이 스쳐 지나갔다. 애덤이 네 살이던 해, 그들은 이 놀이공원에 왔었다. 스턴트맨 쇼를 보려고 사람들이 인산인해를 이뤘고, 마이크는 애덤의 손을 꼭 잡으며 "꼭 잡거라" 하고 당부를 했다. 그런데 많은 사람들 틈에서 이리 밀리고 저리 밀리자 애덤의 작은 손이 자신의 손아귀에서 빠져나갔고, 마이크는 숨이 멎을 듯한 공포를 느꼈다. 마치 해변에 밀려온 파도가 애덤을 바다로 휩쓸고 나가는 듯한 기분이 들었다. 두 사람이 떨어진 건 불과 2, 3초, 길어봐야 10초 정도에 불과했지만 그 짧은 순간에 느꼈던 공포와 뒤통수를 후려갈기는 듯한 통증을 마이크는 결코 잊을 수 없었다.

마이크는 꼬박 1분 동안 손목시계를 노려봤다. 그런 다음 자신의 휴대전화를 집어 들고 애덤의 휴대전화에 다시 전화를 걸었다.

"제발 집으로 전화를 하렴. 난 네가 걱정이 돼서 잠시도 가만히 있을 수 없구나. 무슨 일이 됐든 아빠는 항상 네 편이라는 걸 믿어주면 좋겠다. 널 사랑한다. 그러니 꼭 내게 전화해라. 알았지?"

마이크는 전화를 끊고 기다렸다.

애덤은 아버지가 남긴 마지막 메시지를 듣고는 울음을 터뜨릴 뻔했다.

아버지에게 전화를 할까, 잠깐 고민했다. 아버지의 휴대전화번호를 눌러 데리러 와달라고 말할까 생각했다. 그렇게 되면 두 사람은 모 아저씨와 함께 레인저스의 경기를 보러 갈 수 있을 것이고, 어쩌면 모든 걸 다 털어놓게 될지도 몰랐다. 애덤은 휴대전화를 집어 들었다. 아버지의 전화번호는 단축번호 1번이었다. 애덤의 손가락이 번호판 위에서 오락가락했다. 그저 그걸 누르기만 하면 됐다.

바로 그때, 뒤쪽에서 누군가의 목소리가 들렸다. "애덤?"

애덤은 버튼 위에서 손가락을 내리고 말았다.

"얼른 가자."

11

벳시 힐은 남편인 론이 아우디를 차고 안에 주차하는 모습을 지켜보았다. 세월이 흘러도 그는 여전히 미남이었다. 간간이 섞여 있던 흰 머리카락이 어느새 대부분을 차지하게 됐지만 세상을 버린 아들과 똑같은 색인 파란 눈이 반짝거렸고, 얼굴도 주름의 흔적 없이 매끈하기만 했다. 대다수의 동료들과는 달리 배도 튀어나오지 않았고, 적당히 운동을 하며 나이 먹는 걸 별로 안타까워하지 않았다.

벳시가 마이스페이스에서 내려받아 출력한 사진이 그녀 앞의 탁자 위에 놓여 있었다. 지난 몇 시간 동안 그녀는 이곳에 앉아 뭘 할 것인가를 고민했다. 쌍둥이는 벳시의 여동생 집에 묵고 있었다. 이 일을 하는 동안 그 애들을 집에 두고 싶지 않아서였다.

벳시는 차고에서 집 안으로 들어오는 문이 열리며 론이 부르는 소리를 들었다. "벳시?"

"주방에 있어."

론은 얼굴 가득 미소를 지으며 힘차게 걸어 들어왔다. 그의 얼굴에 어린 미소를 얼마 만에 보는 것인지. 그녀는 사진을 얼른 잡지 밑으로 감춰버렸다. 단 2, 3분 정도일망정 론이 그 미소를 마음속에 간직하고 싶었다.

"여보." 론이 밝은 목소리로 말했다.

"일은 어땠어?"

"좋았지, 정말 좋았어." 론은 여전히 미소를 잃지 않았다. "당신이 깜짝 놀랄 선물을 가져왔지."

"뭔데?"

론은 가까이 다가와 허리를 굽혀 그녀의 뺨에 키스를 하고는 탁자 위에 팸플릿 하나를 툭 던졌다. 벳시는 손을 뻗어 그걸 집어 들었다.

"일주일 여정의 크루즈 여행이야. 정박하는 곳들을 봐봐. 포스트잇으로 그 페이지를 표시해놨으니." 론은 열띤 목소리로 말했다.

벳시는 얼른 페이지를 넘겨 정박지 목록을 살폈다. 마이애미 비치를 출항해서 바하마 제도와 세인트 토머스와 선박회사 소유의 몇몇 섬을 향해 하는 코스였다.

"우리가 신혼여행을 떠났을 때와 똑같은 항로를 달리는 여행이라고. 물론 선박이야 다르겠지만. 옛날에 우리가 탔던 배는 이제 운항을 하지 않는다고 했어. 이번에 탈 배는 진수한 지 얼마 되지 않은 완전 최신형이라고 하더라고. 발코니가 딸린 1등실을 예약했지. 그리고 보비와 카리를 돌봐줄 사람도 알아봐뒀고."

"쌍둥이를 일주일 동안이나 남의 손에 맡겨둘 순 없어."

"안 될 게 뭐 있어?"

"그 애들은 아직 어려서 이것저것 돌봐줘야 할 게 많다고, 론."

론의 얼굴에서 미소가 조금씩 사라졌다. "그 애들은 괜찮을 거야."

이 여행을 꼭 가고 싶은 건가? 벳시는 속으로 생각했다. 물론 나쁜 결정은 아니었다. 산 사람은 살아야 하니까. 저 사람은 이런 식으로 고난을 헤쳐나왔다. 남편은 이 여행을 가기로 결심했고, 결국 벳시 자신도 함께 갈 거라고 확신하고 있었다. 남편도 쌍둥이가 마음에 걸리기는 하겠지만, 사라져버린 좋은 기억들을 되살리기 위해 안간힘을 쓰고 있었다. 도서관 밖에서 처음 나눴던 키스, 해변에서 밤을 지새웠던 일, 햇살을 듬뿍 받으며 잔잔한 바다를 헤치며 전진하는 유람선 위에서의 신혼여행, 신혼살림을 차렸던 집에서 습기로 얼룩덜룩해진 벽지를 떼어냈던 일, 농산물 직거래 장터에서 눈물콧물을 흘리며 배꼽 잡고 웃어대던 일…… 이제는 그런 기억마저 가물가물했다.

론은 벳시를 볼 때마다 세상을 떠난 아들의 얼굴이 아른거려 견디기가 힘들었다.

"벳시?"

그녀는 고개를 끄덕였다. "당신 말이 맞을지도 모르겠어."

론은 벳시 곁에 앉아 그녀의 손을 잡았다. "오늘 사장과 얘기했어. 이번에 새로 개설한 애틀랜타 지점에 지점장이 필요하다더군. 내게는 정말 멋진 기회가 될 것 같더라고."

이 사람은 승진가도를 달리고 싶어 해. 벳시는 또 속으로 생각했다. 지금 론은 벳시에게 함께 달리자고 요청하는데, 그렇게 되면 그에게 계속 고통을 줄 수밖에 없을 것 같았다. "사랑해, 론."

"나도 당신을 사랑해."

벳시는 론이 행복하길 원했다. 론은 능력이 있기 때문에 자유롭도록 놓아주고 싶었다. 론은 일을 하면서 훨훨 날아가는 게 필요했다. 그녀를 달고서는 그게 불가능했다. 그녀가 함께하면 내내 스펜서가, 그리고 학교 옥상의 그 끔찍한 밤이 떠오를 게 분명했다. 하지만 벳시는 론을 사랑했다. 론이 필요했다. 이기심인지는 모르지만, 론을 잃는다는 생각만 해도 끔찍하기 짝이 없었다.

"애틀랜타에 대해서 어떻게 생각해?" 론이 물었다.

"잘 모르겠어."

"당신도 그곳을 사랑하게 될 거야."

벳시도 이사를 생각해보지 않은 건 아니지만 애틀랜타는 너무나 멀었다. 그녀는 태어나면서부터 지금까지 뉴저지에서만 살아왔다.

"해야 할 일이 많으니 한번에 하나씩 하자고. 우선 크루즈 여행이 어때?" 론이 들뜬 어조로 말했다.

"좋아."

론은 어디론가 떠나고 싶어 했지만 그가 진짜 원하는 건 과거로 돌아가는 것이었다. 벳시도 그러고 싶었지만, 그건 이룰 수 없는 꿈이었다. 되돌아갈 수 있는 방법이 전혀 없었다. 더더욱 그들에게는 쌍둥이가 있었다.

"옷을 좀 갈아입어야겠어." 론이 말했다.

론은 다시 벳시의 뺨에 키스했다. 그의 입술이 차갑게 느껴졌다. 그의 마음은 이미 떠난 것 같았다. 벳시는 론을 잃을 거라는 걸 잘 알고 있었다. 스펜서가 세상을 떠난 지 3개월이 지난 지금, 벳시는 사랑했던 유일한 남자가 언젠가는 자신의 곁을 떠날 거라는 걸 확신했다. 론은 지금 키스를 하고 있지만 이 순간에도 마음이 멀어져가는 걸 확연히 느낄 수 있었다.

"론?"

론은 한 손을 계단 난간에 올려놓은 채 걸음을 멈췄다. 뒤를 돌아보는 그의 얼굴에는 깨끗이 빠져나갈 수 있는 기회를 잡았다가 들킨 사람의 난처해 하는 모습이 역력했다. 론의 어깨가 축 늘어졌다.

"당신에게 보여줄 게 있어." 벳시는 맥이 빠진 목소리로 말했다.

티아는 보스턴 포시즌 호텔 회의실에 앉아 있었다. 그녀 옆에는 컴퓨터 괴짜로 유명한 브렛이 노트북을 만지작거리고 있었다. 티아는 발신자가 마이크임을 확인하고 통화 버튼을 눌렀다.

"경기를 보러 가는 길이야?"

"아니." 마이크의 목소리에는 초조함이 가득했다.

"무슨 일 있어?"

"애덤이 집에 없어."

"그 애가 아직 집에 오지 않았다는 거야?"

"학교 갔다가 돌아와서 자기 방에 좀 있다가 어느 순간 빠져나간 모양이야."

"질을 혼자 놔두고?"

"그래."

"그건 전혀 그 애답지 않은 행동인데……?"

"알고 있어."

"내 말은, 그 애가 아무리 책임감이 없다고 하더라도 그렇지 나이 어린 여동생을 혼자 두고 집을 비우지는 않을 거란 말이야."

"그 점도 잘 알고 있어."

티아는 잠시 생각에 잠겼다. "그 애에게 전화는 해봤어?"

"당연히 걸어봤지. 내가 그런 것도 생각 못하는 바보인 줄 아는 거야?"

"괜히 내게 화풀이하지 마." 티아는 화를 참으며 말했다.

"그럼 그런 어처구니없는 질문 같은 건 하지 말란 말이야. 당연히 전화를 해봤지. 한두 번도 아니고 여러 번. 게다가 내게 전화해달라는 메시지까지 남겼다고."

티아는 휴대전화에서 흘러나오는 마이크의 씨근덕거리는 목소리를 들으며, 그들의 대화를 듣지 못한 척 능청을 떨고 있는 브렛을 힐끔 쳐다보았다. 티아는 브렛으로부터 좀 떨어진 곳으로 자리를 옮겼다.

"미안해. 난 전혀 그럴 생각이……."

"나도 마찬가지야. 우린 둘 다 좀 침착할 필요가 있어."

"그럼 우린 뭘 어떻게 해야 돼?"

"달리 뭘 할 수 있겠어? 난 집에서 기다릴 생각이야." 마이크가 풀 죽은 목소리로 말했다.

"그런데도 애덤이 돌아오지 않으면?"

잠시 침묵이 흘렀다.

"애덤이 그 파티에 가지 않았으면 좋으련만……." 마이크가 말했다.

"내 생각도 그래."

"그곳에 가서 애덤을 끌어오면 어떨까 싶은데……."

"그건 좀 볼썽사나울 것 같지 않아?"

"당신 생각은 어때?" 마이크가 물었다.

"당신이 일단 그곳에 가서 무슨 수를 써서라도 애덤을 달래봐. 아주 조심스럽게."

"그런 식으로 해서 될까?"

"나도 모르겠어. 그 파티는 두어 시간 후에나 시작될 거니까 우리, 좀 더 생각해보기로 해."

"알았어. 운이 좋으면 그 전에 애덤을 찾아낼 수 있을지도 모르지."

"그 애 친구들 집에도 전화해봤어? 클라크나 올리비아의 집에?"

"여보!"

"그래, 당연히 해봤겠지. 내가 지금 당장 집으로 돌아갈까?"

"그래서 뭘 하려고?"

"나도 모르겠어."

"당신이 와봤자 여기에선 할 일이 없어. 아직까지는 내가 노력하고 있으니 염려하지 말고. 당신에게 전화를 하지 말 걸 그랬나봐."

"무슨 소리야? 당연히 전화를 해줘야지. 이런 일에 날 위한답시고 빼놓는다는 게 말이나 돼? 계속 전화해줄 거지?"

"알았으니 너무 걱정하지 마."

"애덤에게서 연락이 오면 바로 내게 전화해줘."

"알았어."

티아는 전화를 끊었다.

브렛은 노트북에서 고개를 들었다. "무슨 문제가 있나요?"

"당신, 통화 내용을 듣고 있었어요?"

브렛은 어깨를 으쓱했다. "인터넷 감시 보고서를 확인해보지 그래요?"

"나중에 마이크더러 확인하라고 말할 예정이었어요."

"여기에서도 확인할 수 있는데요?"

"난 내 컴퓨터로만 보고서를 볼 수 있다고 생각했어요."

"무슨 말씀을! 인터넷만 연결되어 있으면 아무 데서나 그걸 볼 수 있다고요."

티아는 이마를 찌푸렸다. "그렇다면 프라이버시에 문제가 있을 것 같은데요."

"당신의 아이디와 비밀번호가 있어야 하니 염려하지 않아도 된다고요. E-SpyRight 사이트로 들어가서 그것들을 입력하기만 하면 되는 거죠. 어쩌면 아드님께 이메일 같은 게 와 있을지도 모르죠."

티아는 그 문제를 곰곰이 생각해봤다.

브렛은 자신의 노트북에 뭔가를 타이핑했다. 그런 다음 노트북 화면을 티아 쪽으로 돌렸다. E-Spyright의 홈페이지가 화면에 떠 있었다. "음, 난 아래층으로 가서 콜라를 사올 생각인데요, 뭐 마시고 싶은 것 있어요?" 브렛이 자리를 피해줄 모양이었다.

티아는 고개를 저었다.

"이젠 알아서 하세요."

브렛은 그 말을 하고 문 쪽으로 걸어갔다. 티아는 얼른 의자에 앉아 글자를 치기 시작했다. 일단 보고서를 띄우고 오늘 날짜로 들어온 걸 요청했다. 오늘은 통신을 거의 하지 않았는지 정체불명의 CeeJay8115와 나눈 인스턴트 메시지 한 건뿐이었다.

CeeJay8115 : 뭐가 잘못됐어?

HockeyAdam1117 : 학교 수업을 마치고 나오는데 그 애 엄마가 내게 접근했어.

CeeJay8115 : 그 여자가 뭐래?

HockeyAdam1117 : 뭔가를 알고 있는 눈치야.

CeeJay8115 : 넌 뭐라고 말했는데?

HockeyAdam1117 : 아무 말도 하지 않고 그냥 내뺐어.

CeeJay8115 : 오늘 저녁에 그 문제를 상의해보자.

티아는 그 문장을 한번 더 읽었다. 그러고는 휴대전화를 꺼내 단축번호를 눌렀다. "마이크?"

"무슨 일이야?"

"애덤을 찾아내야 해. 무슨 수를 써서라도 찾아내라고."

론은 사진을 집어 들었다.

그는 사진을 뚫어져라 쳐다보고 있었지만, 벳시는 그가 사진을 제대로 이해하지 못했다는 걸 알 수 있었다. 론의 표정과 몸짓은 걱정 이상의 것을 나타내고 있었다. 론은 몸을 움찔거리다가 뻣뻣해졌다. 잠시 후, 그는 사진을 탁자 위에 내려놓고 팔짱을 꼈다. 그러더니 다시 사진을 집어 들었다.

"이게 뭐 어떻다는 거지?" 론이 물었다.

론은 연신 눈을 깜빡거렸다. 마치 말더듬이가 발음하기 곤란한 단어를 또박또박 말하려고 애쓰는 모습 같았다. 벳시는 그 모습을 보고 겁을 집어먹었다. 론은 요 근래 수년 동안 그렇게 빨리 눈을 깜빡거리지 않았다. 벳시의 시어머니는 론이 2학년 때 반 친구들에게 자주 두들겨 맞았지만 그 사실을 숨겼다고 했다. 바로 그때부터 눈 깜빡임이 시작됐고, 나이를 먹으며 그런 증상이 점차 없어졌다고 했다. 지금은 거의 드러나지 않았다. 심지어 론은 스펜서의 사망 소식을 들을 때조차도 그런 증상을 보이지 않았다.

벳시는 그 사진을 론에게 보이지 말 걸 그랬다는 자책감이 들었다. 론이 직장에서 돌아와 화해의 손길을 뻗었는데 자신이 그걸 쳐낸 꼴이 되고 말았다.

"스펜서는 그날 밤 혼자가 아니었어." 벳시가 설명했다.

"그래서?"

"내가 한 말을 듣지 못했어?"

"스펜서는 어쩌면 친구들과 먼저 만났을지도 모르잖아. 그게 뭐 어떻다는 거야?"

"그렇다면 그 애들은 왜 그런 얘기를 하지 않은 건데?"

"그걸 누가 알겠어? 그 애들이 겁을 먹었을 수도 있고, 스펜서가 말하지 말아달라고 부탁했을 수도 있지 않겠어? 어쩌면 이게 가장 가능성이 높을 수도 있는데, 당신이 날짜를 잘못 알았을 수도 있고 말이야. 어쩌면 스펜서가 친구들을 잠깐 만난 다음 옥상으로 올라갔을 수도 있고, 이 사진이 훨씬 이른 시각에 찍혔을 수도 있지 않을까?"

"그렇지 않아. 난 애덤 바이를 학교 앞에서 만났……."

"당신이 뭘 했다고?"

"난 수업이 끝날 때까지 기다렸다가 애덤에게 이 사진을 보여줬어."

론은 고개를 살래살래 가로젓기만 했다.

"그 애는 내게서 도망쳤어. 틀림없이 뭔가 다른 진실이 있다고."

"그 뭔가라는 게 뭔데?"

"나도 몰라. 하지만 경찰이 스펜서의 시신을 찾아냈을 때 그 애 눈가에 멍이 들었다는 걸 생각해보라고."

"경찰이 그 이유를 설명해줬잖아? 스펜서가 정신을 잃으며 얼굴을 바닥에 부딪쳤다고."

"아니면 누군가가 우리 애를 때렸든가."

론의 목소리가 부드러워졌다. "아무도 우리 애를 때리지 않았어."

벳시는 아무 말도 하지 않았다. 론의 눈이 더 심하게 깜빡거렸다. 눈물이 론의 양쪽 뺨을 타고 흘러내렸다. 벳시는 그를 향해 손을 뻗었지만, 그는 슬쩍 뒤로 물러섰다.

"스펜서는 술에 약을 타서 마셨지. 그게 뭘 뜻하는지 알고 있어, 벳시?"

벳시는 아무 말도 하지 않았다.

"어느 누구도 스펜서에게 보드카를 꺼내오라고 강요하지 않았어. 내 약장에서 그 약들을 꺼내달라고 강요한 사람도 없었고. 잘 보이는 곳에 둔 내가 잘못이지. 우린 둘 다 그 점을 잘 알고 있잖아? 내가 먹으려고 처방을 받은 건데 아무 데나 내버려둔 꼴이 됐으니…… 이제 통증이 가셨으면 그만 찾아야 했는데 혹시나 하는 마음에 꼬박꼬박 새롭게 처방을 받아 채워놓은 게 문제였던 거잖아?"

"론, 그런 게 아니라……."

"뭐가 그렇지 않다는 거지? 내가 그걸 모를 거라고 생각해?"

"뭘 모른다는 건데?" 벳시는 안간힘을 쓰며 물었지만 그 대답을 이미 알고 있었다. "난 당신을 탓하지 않아. 정말이야."

"물론 그렇겠지."

벳시는 고개를 저었다. 하지만 론은 그 모습을 보지 못했다. 그는 벌떡 일어서서 문 밖으로 나가버렸다.

12

내시는 공격 준비를 마쳤다.

그는 뉴욕 주 남동부의 나이액Nyack에 있는 '팰리세이즈 쇼핑센터'의 주차장에서 기다렸다. 이 쇼핑센터는 미국인다운 발상으로 지어져 무지막지하게 컸다. 물론 규모 면에서는 미니애폴리스 외곽의 '몰 오브 아메리카Mall of America'보다는 작지만, 훨씬 더 새롭게 지어진 건물인데다 거대한 가게들이 즐비하게 들어서 있었다. 1980년대 풍의 아담한 양품점 같은 건 눈을 씻고 봐도 찾을 수가 없었다. 이곳에는 도매 가격으로 파는 상점들과 죽 늘어선 드넓은 서점들, 아이맥스 영화관, 열다섯 개의 스크린을 갖춘 복합영화관, 베스트바이Best Buy 체인스토어, 스테이플스 사무용품점, 실제 크기의 페리스 대회전식 관람차 등등이 들어서 있었다. 복도도 무척이나 넓었다. 이곳에 있는 모든 것이 다 컸다.

레바 코르도바가 조금 전에 대형 할인점인 '타깃Target'으로 들어갔다.

그녀는 타고 온 녹색 혼다 어큐라 MDX를 입구에서 뚝 떨어진 곳에 주차했다. 덕분에 납치하는 데는 도움이 되겠지만 그래도 위험 요소는 여전히 많았다. 그들은 그녀의 차 운전석 쪽에 밴을 주차해 두었다. 내시는 계획을 꾸몄다. 피에트라는 지금쯤 레바 코르도바를 따라 상점 안으로 들어섰을 것이다. 내시도 간단한 물건 몇 가지를 사러 타깃 안으로 들어갔다 나왔다.

내시는 피에트라의 문자를 기다리는 중이었다.

콧수염을 달까도 생각해봤지만, 여기에서는 달지 않는 게 훨씬 낫다고 판단했다. 내시는 솔직하고 믿음직하게 보일 필요가 있었다. 콧수염은 그런 역할에 적합하지 않았다. 콧수염은, 특히 매리앤을 처치할 때 사용했던 콧수염은 얼굴 전체를 지배하는 경향이 너무 강했다. 목격자들이 범인의 인상착의를 증언할 때면 콧수염을 꿰뚫고 맨 얼굴 모습을 정확하게 묘사하는 경우가 거의 없었다. 대부분이 그랬다.

하지만 이번에는 조금 다른 계획을 세웠다.

내시는 차 안에 앉아서 준비를 했다. 먼저 백미러를 보며 머리를 잘 빗고, 전기면도기로 꼼꼼히 면도했다.

카산드라는 깨끗이 면도한 내시의 얼굴을 좋아했다. 내시의 턱수염은 억세고 무성해서 오후 5시만 되면 그녀의 얼굴에 생채기를 낼 수도 있었다.

"멋쟁이 씨, 제발 날 위해 면도를 좀 해줘." 카산드라는 발가락이 오그라들게 만드는 곁눈질을 하면서 말하곤 했다. "그럼 내가 그 잘생긴 얼굴에 키스 세례를 퍼부어줄 테니까."

내시의 눈앞에는 과거의 광경들이 스쳐 지나갔다. 그녀의 목소리가 귀에 쟁쟁했다. 가슴이 여전히 아려왔다. 내시는 오래전부터 이런 아픔이 영원히 계속될 거라는 걸 잘 알고 있었다. 그래, 영원히 고통을 안고 살아가야겠지. 이 뻥 뚫린 가슴은 메울 길이 없을 거야.

내시는 운전석에 앉아 쇼핑센터 주차장에 드나드는 사람들을 지켜봤다. 사랑하는 카산드라는 숨을 거뒀는데도 이 사람들은 멀쩡히 살아남아 숨쉬고 있었다. 그녀의 아름다움은 지금쯤 다 썩어 문드러졌을 게 뻔했다. 그런 모습을 상상하기도 싫었다.

진동으로 맞춰놓은 그의 휴대전화가 윙윙거렸다. 피에트라가 보낸 문자였다.

계산대에 왔어. 지금 나가고 있어.

내시는 엄지와 검지로 양쪽 눈을 한 번씩 지그시 누른 다음 차에서 내렸다. 그는 밴의 뒷문을 열었다. 조금 전에 타깃에서 40달러를 주고 산 싸구려 코스코 5단계 변형 카시트가 포장박스 밖으로 나와 있었다.

내시는 뒤쪽을 힐끔 쳐다봤다.

레바 코르도바가 몇 개의 비닐봉지가 실린 빨간색 쇼핑카트를 밀며 다가오고 있었다. 그녀는 교외 지역에 사는 수많은 부유층 여편네들처럼 행복해 보였다. 내시는 그들의 행복한 표정이 정말 그래서 그런 건지, 아니면 짐짓 꾸민 얼굴인지 그 속내가 무척 궁금했다. 그들은 원하는 걸 다 가지고 있었다. 멋진 집에, 차 두 대, 안정적인 수입과 아이들…… 여자들은 다 이런 걸 원하는 걸까? 직장에서 죽으라고 일하면서 이런 생활을 뒷받침하는 남편들도 똑같이 행복한 기분일까?

내시는 레바 코르도바의 뒤를 따라오는 피에트라의 모습을 봤다. 피에트라는 그녀와 약간 거리를 두고 있었다. 내시는 얼른 주위를 둘러봤다. 히피 풍의 머리에 새둥지 같은 턱수염을 하고 홀치기염색을 한 셔츠를 입은 뚱뚱한 사내 하나가 암반만 한 엉덩이를 간신히 들어 올려 입구 쪽으로 걸어가고 있었다. 구역질이 났다. 그 녀석은 단 10초 정도 걷는 걸 면해보려고 조금이라도 입구에서 가까운 주차공간을 확보하기 위해 낡아빠진 시보레 카프리스를 몰고 주차장을 빙빙 돌았다.

내시는 자신이 모는 밴의 옆문이 어큐라의 운전석 가까이 오도록 미리 주차를 해놓았다. 그는 몸을 밴 안쪽으로 쑥 들이밀고 카시트를 만지작거리기 시작했다. 운전석의 사이드미러는 다가오는 레바의 모습이 잘 보이도록 조정해놓았다. 그녀가 리모컨을 누르자 어큐라의 뒤쪽 해치가 열렸다. 내시는 그녀가 가까이 다가오기를 기다렸다.

"이런, 제길!" 내시는 레바가 들을 수 있게끔 큰 소리를 냈다. 그래도 화가 난 게 아니라 재미있다는 인상을 남기기 위해 조심했다. 그는 허리를 쭉 펴고 무슨 문제가 있는 것처럼 머리를 긁적거렸다. 내시는 레바를 쳐다보면서 최대한 친근감을 발휘한 미소를 날렸다.

"카시트가 말썽이네요." 그는 어이가 없다는 투로 그녀에게 말을 걸었다.

레바 코르도바는 작은 인형 같은 체격의 아름다운 여자였다. 그녀는 얼굴을 들고 내시에게 동정의 눈길을 보냈다.

"도대체 어떤 녀석이 설치 설명서를 이 따위로 써놓은 거죠? NASA의 기술자가 쓴 걸까요?"

레바는 안됐다는 표정으로 살포시 미소 지으며 맞장구를 쳤다. "정말 말도 안 되는 소리들만 늘어놨죠?"

"몽땅 다 그래요. 언젠가 한 번은 아기침대가 필요해서 로저의 팩앤플레이를 조립했는데요, 참 로저는 두 살배기 내 아들이에요. 당신도 그걸 가지고 있나요? 팩앤플레이 말입니다."

"물론이죠."

"광고에는 쉽게 접을 수 있다고 했는데 그게 영 아닌 거예요. 집사람인 카산드라는 내 솜씨가 구제불능이라고 구박을 하곤 하죠."

"제 남편도 마찬가지예요."

내시는 폭소를 터뜨렸다. 레바도 따라 웃었다. 이 여자는 웃음소리도 꽤 매력적인데? 내시는 속으로 생각했다. 그리고 이 여자의 남편이 이런 사실을 알고 있는지, 남편이 재미있는 사람이라서 인형처럼 생긴 부인을 잘 웃게 만들어주는지, 그리고 지금도 웃음소리를 들으면 감탄하고 있는지 궁금해졌다.

"이런, 시간을 뺏어서 미안합니다. 쇼핑몰 안의 리틀 짐 놀이터에서 로저를 데리고 와 태워야 하는데, 집사람과 난 아이의 안전에 관해서는 꽤나 까다로운 사람이거든요." 내시는 여전히 친근한 미소를 지은 채 양손을 아래쪽으로 내려 펼쳐 보였다.

"아, 그건 나도 마찬가지예요."

"그래서 로저를 카시트가 없는 상태에서 태운다는 건 꿈에도 생각하지 못하고 있고, 다른 차에 장착돼 있는 카시트를 이 밴에 옮기지 못해 여기에 들러 하나를 산 건데…… 아직도 설치를 못하고 이러고 있으니, 원."

내시는 설명서를 펼치고 고개를 살래살래 저었다. "혹시 이걸 한번 봐주실 수 있나요?"

레바는 잠시 망설였다. 내시에게는 그러는 모습이 분명하게 보였다. 이건 움찔하는 반사작용이라기보다는 낯선 사람을 보거나 낯선 사람의 요청을 받았을 때 보이는 자연스러운 반응이었다. 그녀에게는 내시가 분명히 낯선 사람이었다. 우린 모두 생물학적으로, 그리고 사회학적으로 낯선 사람을 경계하도록 훈련을 받는다. 하지만 진화가 이루어지면서 사회적 친교라는 것도 중요해졌다. 그들은 탁 트인 주차장에 있었고, 이 사람은 아들을 위해 카시트를 설치하려고 애쓰는 아빠인 데다가 좋은 사람처럼 보이는데 면전에서 도움을 거절하는 건 교양 없는 행위인 것 같았다.

레바가 이런 계산을 머릿속으로 한 건 불과 2, 3초밖에 걸리지 않았고, 결국엔 예절이 생존본능을 물리쳤다.

세상을 살다 보면 이런 일이 종종 있는 법이다.

"물론이죠."

레바는 구매한 짐들을 자신의 차 뒷좌석에 내려놓고 내시 쪽으로 다가갔다. 내시는 밴 안쪽으로 몸을 숙였다. "여기 이 끈이 좀 이상한 것 같은

데……."

레바가 더 가까이 다가왔다. 내시는 그녀가 들여다볼 수 있도록 몸을 일으켜 세웠다. 그러고는 얼른 주위를 둘러봤다. 얼굴 절반을 가릴 정도로 텁수룩한 수염에 홀치기 티셔츠를 걸친 그 뚱뚱한 남자가 아직도 입구를 향해 어기적거리며 걷고 있기는 했지만 도넛 외에는 그 어떤 것에도 관심을 쏟을 것 같지 않았다. 때로는 뻔히 보이는 곳에 숨는 게 가장 나을 때도 있었다. 겁먹지 말고, 서두르지 말고, 소란만 피우지 않는다면!

레바 코르도바가 몸을 숙이는 순간, 그녀에게 비운이 닥쳐왔다.

내시는 눈앞에 드러난 그녀의 목덜미를 노려봤다. 그 일에는 불과 몇 초밖에 걸리지 않았다. 그는 손을 뻗어 한 손으로는 그녀의 귓불 뒤쪽을 세게 누르고 다른 한 손으로는 그녀의 입을 틀어막았다. 이 동작은 그녀의 뇌로 흘러들어가는 피를 효과적으로 차단시켰다.

레바는 미약하게 발버둥을 쳤지만 그것도 겨우 2, 3초에 불과했다. 내시가 양손에 힘을 가하자 레바는 축 늘어져버렸다. 내시는 그녀를 밴 안으로 밀어넣고 자신도 올라탄 다음 문을 닫았다. 뒤따라오던 피에트라가 레바의 차 문을 닫았다. 내시는 레바의 손에서 차 키를 빼냈다. 그는 그 리모컨 키를 이용해서 레바의 차 문을 잠갔다. 피에트라가 밴의 운전석으로 다가오더니 올라타려고 했다.

"기다려!" 내시가 말했다.

피에트라는 흠칫 놀라 고개를 돌렸다. "얼른 서둘러야 하잖아?"

"진정하라고."

내시는 잠시 생각에 잠겼다.

"왜 그러는데?"

"밴은 내가 몰지. 넌 이년의 차를 몰고 따라와."

"뭐? 왜?"

"차를 놔두면 이년이 납치된 곳이 여기라는 걸 광고하는 거잖아? 차를 다른 곳으로 옮겨버리면 경찰이 헷갈릴 거란 말이지."

내시는 피에트라에게 차 키를 건넸다. 그런 다음 플라스틱 수갑으로 레바의 양손을 묶었다. 그녀의 입에 옷가지를 쑤셔넣자 그녀가 반항하기 시작했다.

내시는 마치 레바에게 키스라도 하는 것처럼 양손으로 그녀의 우아하고 아름다운 얼굴을 감싸 안았다.

"만약 네년이 도망친다면, 대신에 제이미를 납치할 거야. 상황이 훨씬 나빠지겠지? 내 말, 알아들었어?" 내시는 인형처럼 아름다운 그녀의 눈을 똑바로 쏘아보며 말했다.

악당의 입에서 아이의 이름이 나오자 레바는 바짝 얼어붙고 말았다.

내시는 운전석에 앉은 다음 피에트라에게 말했다. "그냥 나만 따라오면 돼. 평소처럼 운전하라고."

그들은 미리 계획해놓았던 목적지를 향해 출발했다.

마이크는 자신의 아이팟을 만지작거리며 마음을 가라앉히려고 무진 애를 썼다. 마이크에게는 아이스하키 말고는 스트레스를 해소할 배출구가 없었다. 그는 가족을 좋아했고, 자신이 하는 일을 좋아했고, 아이스하키를 좋아했다. 아이스하키가 있음으로 해서 이만큼이나 버틸 수 있었다. 하지만 나이가 들어감에 따라 그것도 만만치가 않았다. 인정하기 싫지만 세월을 이기는 장사가 없었다. 마이크가 하는 일의 대부분은 수술실에서 연속 몇 시간 동안이나 서 있는 것이었다. 과거에는 아이스하키가 몸매를 유지하는 데 많은 도움을 줬다. 앞으로도 그 운동이 마이크의 심장에는 도움이 될지 모르겠지만, 그의 신체는 벌써 부담을 느끼기 시작했다. 관절 부분이 덜거덕거렸다. 힘줄이 늘어나고, 자주 삐는 데다가 한번 삐면 잘 낫지도 않았다.

마이크는 자신이 올라탄 인생이라는 롤러코스터가 난생처음으로 하강면에 접어든 듯한 느낌을 받았다. 함께 골프를 치는 친구들은 이제 후반 나인 홀에 들어선 것이라고 말하곤 했다. 일단 서른다섯이나 마흔 살쯤 되면 신체적인 상황이 옛날과는 사뭇 다르다는 걸 뼈저리게 느끼게 된다. 하지만 그럴수록 그걸 부정하고 싶은 게 또한 인간의 본성이다. 마이크도 이제 마흔여섯이라는 창창한 나이이긴 하지만, 아무리 기를 써도 그 하강이 지속될 뿐만 아니라 가속도까지 붙는다는 걸 잘 알고 있었다.

생각만 해도 김이 팍 샜다.

시간은 천천히 흘렀다. 마이크는 이제 애덤의 휴대전화에 전화하는 수고를 하지 않았다. 애덤은 여러 차례 보낸 메시지를 봤거나, 아니면 보지 못했을 것이다. 마이크가 듣고 있는 아이팟에서는 맷 카니Mat Kearney가 "우린 여기에서 어디로 가는 건가요?"라며 음악적인 고뇌를 털어놓고 있었다. 마이크는 두 눈을 꼭 감고 음악의 물결에 몸을 맡기고 싶었지만 제대로 되지 않았다. 그는 방 안을 서성대기 시작했다. 그래도 마음이 진정되지 않았다. 애덤을 찾으러 차를 몰고 동네 주위를 돌아다녀볼까도 생각해봤지만 그것도 멍청한 짓 같았다. 마이크는 자신의 아이스하키 스틱을 쳐다봤다. 바깥에 설치된 골대를 향해 슈팅을 해대면 마음이 좀 가라앉을 것 같았다.

갑자기 휴대전화의 벨이 울렸다. 발신자를 확인하지도 않고 얼른 집어 들었다. "여보세요?"

"무슨 소식 있나?"

모에게서 걸려온 전화였다.

"아니."

"내가 그쪽으로 감세."

"경기장에나 가게."

"그게 무슨 말인가?"

"모……."

"입장권을 다른 친구에게 줄 생각이네."

"자네에게 나 말고 다른 친구가 어디 있나?"

"아 참, 그렇지." 모가 능청스럽게 대꾸했다.

"이보게, 애덤에게 30분만 더 줘보세. 입장권을 입장권 판매대에 맡겨두자고."

모는 아무런 반응을 보이지 않았다.

"모?"

"자넨 애덤을 꼭 찾아내야 하는가?"

"그게 무슨 소린가?"

"내가 전에 자네 휴대전화를 보자고 했던 것 기억나나?"

"물론이지."

"자네가 쓰고 있는 모델에는 GPS가 장착되어 있네."

"자네 말을 잘 못 알아듣겠는데?"

"GPS란 위성위치확인시스템Global Positioning System의 약자일세."

"나도 그게 무엇인지는 잘 알고 있네. 그런데 내 휴대전화가 어떻다는 건가?"

"최신형 휴대전화의 상당수는 GPS 칩을 내장하고 있지."

"TV에 나오는, 기지국들을 연결해서 삼각측량을 하는 것 같은 건가?"

"아니, 그건 TV에나 나오는 것으로 낡은 기술이지. GPS는 불과 2, 3년 전에 등장한 시드사SIDSA의 개인위치확인장치Personal Locator라고 불리는 것에서 시작된 걸세. 이 장치는 주로 알츠하이머병을 앓고 있는 환자들에게 사용됐지. 환자의 주머니에 트럼프 크기만 한 이 장치를 넣어두면 환자가 어떤 곳에서 방황하더라도 손쉽게 환자를 찾아낼 수 있다네. 이어 어린아이들의 위치를 확인하기 위한 휴대전화인 유파인드키드UFindKid라는 제품이 등장했지. 지금은 모든 휴대전화 회사가 생산하는 거의 모든 휴대전화에 이 장치를 내장하고 있고."

"그럼 애덤의 휴대전화에도 GPS가 있다는 건가?"

"물론이지. 자네 것에도 있고. 웹 주소를 가르쳐줄 테니 그곳에 접속해서 자네 신용카드로 비용을 지불하게나. 원하는 휴대전화번호를 입력하고 클릭하면 지도가 뜰 걸세. 원하는 곳의 지도를 제공하는 맵퀘스트 MapQuest처럼 거리 이름 같은 것들이 좌르르 나올 텐데, 현재 그 휴대전화가 어디에 있는지 정확히 알 수 있다네."

마이크는 아무 대꾸도 하지 않았다.

"자네, 내 말 듣고 있나?"

"응."

"어쩔 건데?"

"당장 해보겠네."

마이크는 전화를 끊었다. 얼른 인터넷을 연결하고 모가 불러준 웹 주소를 입력했다. 애덤의 휴대전화번호를 넣고 비밀번호도 찍어 넣었다. GPS 프로그램을 발견하고 하이퍼링크를 클릭하자 일련의 옵션 조항들이 튀어나왔다. GPS 서비스를 이용하려면 한 달에 49달러 99센트, 여섯 달에 129달러 99센트, 1년에 199달러 99센트를 지불해야 했다. 마이크는 자신도 모르게 세 개의 대안을 놓고 어느 게 가장 나은 것인지 계산을 하고 있었다. 그러다가 자신이 넋 빠진 짓을 하고 있다는 걸 깨닫고는 고개를 가로저으며 한 달 사용 옵션을 선택했다. 비용 면으로 보면 1년 사용 약정이 훨씬 유리하지만 이런 짓을 앞으로 1년이나 지속할 생각은 추호도 없었다.

다음 단계로 넘어가는 승인을 받는 데 2, 3분이 더 걸렸고, 또 다른 옵션 항목들이 떠올랐다. 마이크는 지도를 클릭했다. 미국의 전국 지도에 자신이 살고 있는 뉴저지 주가 점으로 표시됐다. 음, 꽤나 쓸 만하군. 마이크는 '줌' 아이콘인 확대경을 눌렀다. 느리긴 하지만 극적으로 지도가 부풀기 시작하더니 주州가 시로 바뀌고, 마침내 거리가 나타났다.

현재 마이크가 앉아 있는 곳에서 별로 멀리 떨어지지 않은 거리 바로 위쪽에 커다란 빨간 점이 찍혔다. 박스 안쪽에 '가장 근접한 주소'라는 말이 적혀 있었다. 마이크는 그 박스를 클릭했지만 실제로는 그럴 필요가 없었다. 그는 이미 그 주소가 어딘지를 알고 있었다.

애덤은 지금 DJ 허프네 집에 있었다.

13

밤 9시. 어둠이 DJ 허프네 집 위로 내려앉았다.

마이크는 집 맞은편 길 가장자리에 차를 세웠다. 집 안은 불이 밝혀져 훤했다. 진입로에 차 두 대가 서 있었다. 마이크는 이제 어떻게 할 것인가 곰곰이 생각했다. 우선 차 안에 앉은 채로 애덤에게 전화를 걸었다. 받지 않았다. 전화번호부에 DJ네 집 전화번호는 실려 있지 않았다. 그건 아버지인 대니얼 허프가 경찰이기 때문이리라. 마이크는 DJ의 휴대전화번호도 가지고 있지 않았다.

어떻게 해볼 방법이 없었다.

마이크는 속셈을 드러내지 않고 자신이 이곳에 있는 이유를 설명할 수 있는 방법이 있나 골똘히 생각해봤다. 단 한 가지도 꾸며낼 수 없었다.

그럼 이제 어떡하지?

집으로 돌아가는 것도 고려했다. 애덤은 아직 미성년자다. 술을 마시는 게 위험하긴 하지만 나도 어렸을 때 그랬잖아. 마이크는 어렸을 때 숲속에 들어가 몰래 맥주를 마셔대곤 했다. 페페 펠드먼의 집에서는 마약 파티를 벌였다. 마이크와 친구들은 마약에 절은 정도까진 아니었지만 그래도 밤샘을 할 핑계로 부모님께 친구 위드의 이름을 종종 대곤 했다. 만약 아이가 마리화나의 이름이기도 한 '위드'라는 별명을 들먹인다면, 그건 흔히 말하는 '정원 손질'의 의미가 아닐 가능성이 높다. 특히나 그 애의 부모가 시외로 나가서 집에 없다면.

마이크는 원래의 정상적인 생활로 돌아오는 길을 찾아내곤 했다. 만약 그의 부모가 이처럼 무작정 참견하고 야단쳤더라면 좀더 나은 방향으로 성장할 수 있었을까?

마이크는 그 집의 현관문을 쳐다봤다. 어쩌면 차 안에 앉아 기다리는 게 나을 것도 같았다. 애덤이 술을 퍼마시든, 파티를 하든 간에 그냥 놔뒀다가 밖으로 나왔을 때 이상이 없는지만 확인하는 게 낫지 않을까 싶었다. 그렇게 하면 아들을 난처하게 만들지 않고, 아들의 신뢰도 잃지 않을 것 같았다.

그런데 여기에 신뢰가 개입될 여지가 있나?

애덤은 어린 여동생을 홀로 내버려뒀다. 애덤은 마이크 자신이 건 전화에 응답을 하지도 않았다. 마이크의 입장에서 보면, 자신과 티아가 이미 애덤을 엿보고 있다는 게 더 문제였다. 그와 티아는 애덤의 컴퓨터를 속속들이 지켜보고 있었다. 프라이버시를 최대한 침범하는 형태로 염탐을 하고 있었던 것이다.

마이크는 벤 폴즈Ben Folds의 노래 가사를 떠올렸다. "네가 믿지 못한다면 남도 너를 믿지 못한다."

마이크는 DJ네 집 현관문이 열릴 때까지도 어떻게 행동해야 할지를 결정하지 못했다. 마이크는 얼른 몸을 움츠렸다. 그러는 자신이 무척이나 멍청하게 느껴졌다. 하지만 집을 나서는 건 애들 중 하나가 아니었다. 리빙스턴 경찰서의 대니얼 허프 서장이었다.

이상하다? 저 친구는 지금쯤 집에 없어야 할 텐데?

마이크는 이 일을 어떻게 처리해야 할지 확신이 서지 않았다. 그런데 마이크의 생각은 전혀 문제가 되지 않았다. 대니얼 허프는 뚜렷한 목적이 있는 사람처럼 성큼성큼 걸었다. 그러더니 마이크가 있는 곳을 향해 다가왔다. 망설임이 전혀 없었다. 허프는 마음속에 분명한 목적지를 가지고 있었다.

그건 마이크의 주차된 차였다.

마이크는 몸을 바로 세웠다. 그의 눈길이 대니얼 허프의 눈길과 마주쳤다. 허프는 손을 흔들거나 미소를 짓지 않았다. 이마를 찌푸리거나 불안해 하는 기색도 없었다. 그건 허프가 경찰관이라는 걸 마이크가 알고 있어서 그런 느낌이 들었는지도 모른다. 어쨌든 허프는 마치 속도위반을 한 차를 갓길에 세우고 과속한 사실을 인정하거나 아니면 트렁크에 마약 봉지가 들어 있다는 걸 인정하길 기다리는 경찰관처럼 무표정한 얼굴로 마이크를 쳐다봤다.

허프가 가까이 다가오자 마이크는 차창을 내리고 미소를 지어 보였다.

"잘 있었나, 댄?"

"마이크."

"내가 과속을 했나요, 경관님?"

허프는 마이크의 시답잖은 농담에 억지로 웃었다. 그는 차 곁으로 다가와 말했다. "운전면허증과 차량등록증을 제시해주시죠."

두 사람은 별로 재미있지도 않은 농담을 주고받고는 껄껄 웃었다. 허프는 양손으로 자신의 허리를 짚었다. 마이크는 뭔가 얘기를 하려고 했다. 허프가 설명을 기다린다는 걸 잘 알고 있어서였다. 하지만 마이크 자신은 꼭 그래야 하는지 확신이 서질 않았다.

두 사람의 얼굴에서 억지 미소가 사라지고 불편하기 짝이 없는 시간이 2, 3초 흐른 후 허프가 먼저 입을 열었다. "마이크, 자네가 여기에 주차하는 걸 지켜봤네."

허프는 그 대목에서 말을 끊었다. 마이크가 건성으로 대꾸했다. "아, 그런가?"

"자네, 별일 없는 거지?"

"물론이지."

마이크는 속으로 간신히 화를 눌러 참았다. 자네가 꽤나 거물 경찰이라 이거지? 길거리에서 친구를 만났는데 뭐가 잘났다고 이 따위로 대접하는 거야? 하지만 달리 생각해보면, 자신이 잘 알고 있는 어떤 친구가 자신의 집 앞에서 감시를 하는 듯한 행동을 한다면 정말 의심스러울 것도 같았다.

"집 안으로 들어갈까?"

"난 애덤을 기다리는 중일세."

"그래서 여기에 주차한 건가?"

"맞네."

"와서 현관문을 두드리지 그랬나?"

제법 콜롬보처럼 구는데?

"먼저 애덤에게 전화를 하려고 했다네."

"자넨 휴대전화로 통화하는 것 같지 않던데?"

"댄, 얼마나 오랫동안 날 지켜본 건가?"

"2, 3분 되네."

"이 차에는 스피커폰이 달려 있네. 자네도 잘 알지? 핸즈프리 말일세. 그걸 이용하도록 법으로 규정되어 있는 것 아닌가?"

"운행 중이 아니라면 그걸 사용하지 않아도 되네. 그러니 주차할 때는 휴대전화를 귀에 갖다 대는 것이 편하지."

마이크는 쓸데없는 머리싸움을 더는 하고 싶지 않았다. "애덤이 DJ와 함께 있나?"

"아니."

"그 말이 사실인가?"

허프가 이마를 찌푸렸다. 마이크는 침묵에 잠겼다.

"오늘 밤 애들이 여기에서 모인다는 소릴 들었는데?" 마이크가 입을 열었다.

"어디서 그런 소릴 들었나?"

"내가 봤던 메시지에 그런 글이 있었네. 자네와 마지가 집을 비우니 아이들이 여기서 모인다고 하던데?"

허프가 또다시 이마를 찌푸렸다. "내가 집을 비운다고?"

"주말을 보내려고 그런다는 것 같았네."

"아무리 그렇다고 해도 자넨 내가 내 집에서 애들이 모여 난장판을 치는 걸 가만히 두고 볼 거라고 생각한 건가?"

이거 얘기가 영 딴 방향으로 흐를 것 같은데?

"애덤에게 전화를 걸지 그랬나?"

"전화야 했지. 그런데 애덤의 휴대전화가 제대로 작동하지 않는 것 같네. 충전하는 걸 자주 깜빡하는 애라서……."

"그래서 여기로 차를 몰고 온 건가?"

"맞네."

"그랬으면서도 차 안에 가만히 앉아 현관문을 두드리지 않았다고?"

"이보게, 댄, 자네가 경찰관인 건 잘 알고 있네. 내가 무슨 범인도 아닌데 숨쉴 틈은 주고 몰아붙이게나. 난 그저 내 아들을 찾고 싶을 뿐이네."

"애덤은 여기에 없네."

"그럼 DJ는? 그 애는 애덤이 어디에 있는지 알고 있을지도 모르네."

"DJ도 없네."

마이크는 허프가 DJ에게 전화하기를 기다렸다. 하지만 허프는 그렇게 하지 않았다. 마이크는 전화를 걸라고 강요할 수는 없었다. 알아보고 싶은 사실은 충분히 확인된 상태였다. DJ네 집에서 술과 마약을 진탕 퍼먹는 파티가 예정되어 있었다고 하더라도 지금은 그게 불가능해진 게 분명했다. 마이크는 허프가 더는 개입하는 걸 원치 않아서 이쯤에서 그만두는 게 좋겠다고 생각했다. 허프는 지금까지 좋은 친구였던 적이 없었고, 지금 이 순간에도 그건 변함이 없었다.

GPS 건은 또 어떻게 설명할 것인가?

"자네와 얘기하게 돼서 좋았네, 댄."

"나도 마찬가질세, 마이크."

"혹시 애덤과 연락이 되거든……."

"당장 자네에게 전화하라고 꼭 이르겠네. 좋은 밤 되게나. 운전 조심하고."

"새끼 고양이의 수염……." 내시가 말했다.

피에트라는 다시 밴의 운전석에 앉아 있었다. 내시는 그녀가 45분가량 줄곧 뒤따르도록 했다. 그들은 이스트 하노버에 있는 라마다 호텔 근처의 주차장에 어큐라를 주차했다. 그 차가 발견되면, 레바가 이곳에서 사라졌다고 먼저 생각하게 될 것이다. 경찰은 유부녀가 무슨 이유로 집에서 가까운 호텔을 찾았는지 궁금해할 게 분명했다. 레바가 남자친구와 밀회하고 있다고 생각하기 십상이었다. 그녀의 남편이야 그럴 리 없다고 펄펄 뛰겠지만.

언젠가는 매리앤의 경우처럼 사실이 밝혀질 수도 있다. 하지만 그렇게 되기까지는 꽤나 시간이 걸릴 게 확실했다.

두 사람은 레바가 타깃에서 구매한 물품들을 몽땅 밴으로 가져왔다. 그것들을 어큐라의 뒷좌석에 그대로 놔두면 경찰에게 단서를 제공할 우려가 있어서였다. 내시는 봉지를 샅샅이 뒤졌다. 봉지에는 속옷과 책 몇 권,

그리고 가족 오락용 DVD도 몇 장 들어 있었다.

"내가 한 말 알아들었나, 레바? 새끼 고양이의 수염 말이야." 내시는 DVD 케이스를 들어 보였다.

레바는 팔다리가 꽁꽁 묶여 있었다. 그녀의 인형 같은 용모는 도자기처럼 우아했다. 내시는 그녀의 입을 틀어막고 있던 옷가지를 빼냈다. 레바는 그를 쳐다보며 신음을 냈다.

"저항하지 마. 그래봤자 고통만 더할 테니까. 때가 되면 알아서 패줄 테니까 미리부터 매를 벌지 말란 말이야."

레바는 침을 꿀꺽 삼켰다. "도대체 원…… 원하는 게 뭐예요?"

"네가 산 이 영화에 관해 묻고 있잖아. 〈사운드 오브 뮤직〉 말이야. 아주 명작이지." 내시는 다시 DVD 케이스를 들어 보였다.

"당신 정체가 뭐예요?"

"만약 한 번만 더 입을 놀리면 그 순간부터 고통스럽게 해줄 테니 알아서 해. 그건 네년이 더 많이 얻어터지고 더 일찍 죽는다는 뜻이지. 만약 나를 더 화나게 만든다면 딸년인 제이미도 잡아다가 똑같이 해줄 거야. 내 말, 알아듣겠어?"

마치 내시가 손을 뻗어 뺨이라도 후려친 듯이 레바의 작은 두 눈이 연신 끔뻑거렸다. 눈물이 왈칵 쏟아졌다. "제발……."

"〈사운드 오브 뮤직〉의 내용이 기억나나?"

레바는 울음을 멈추고 눈물을 씹어 삼키려고 했다.

"레바?"

"네."

"'네'라고만 하면 되겠어?"

"네, 기억나요." 레바는 간신히 말을 이어갔다.

내시는 씩 웃었다. "그럼 '새끼 고양이의 수염'이란 대목도 기억나나?"

"네."

"무슨 노래에서 나오는 가사지?"

"뭐라고요?"

"노래 말이야. 그 가사가 나오는 노래 제목이 기억나냐고."

"모르겠어요."

"아니, 알고 있을걸? 그만 훌쩍이고 생각을 해보라고."

레바는 생각해내려고 안간힘을 썼지만 공포로 인해 머릿속까지 마비된 것 같았다.

"머리가 꽤나 혼란스럽지? 더는 골치를 썩이지 않아도 돼. 그건 '내가 좋아하는 것들'이라는 노래에서 나온 대목이야. 이제 기억이 나지?" 내시가 이죽거렸다.

레바는 고개를 끄덕였다. 그 순간, 기억이 살아났다. "네."

내시는 기분이 좋은 듯 활짝 웃었다. 그런 다음 한 단어를 툭 내뱉었다. "현관 초인종."

레바의 얼굴에는 어리둥절한 표정이 가득했다.

"그 부분도 기억이 나겠지? 줄리 앤드류스와 아이들이 다 둘러앉았는데, 아이들은 악몽을 꿨거나 천둥소리 같은 걸 두려워했지. 그래서 그녀는 아이들을 달래려고 가장 좋아하는 것들을 생각해보라고 하지 않았어? 두려워하는 마음을 떨쳐내려고 말이야. 기억이 나지?"

레바는 다시 훌쩍거리기 시작했지만, 그래도 억지로 고개를 끄덕였다.

"그러고는 '현관 초인종'을 노래하지. 현관 초인종을 소리 높여 부른단 말이야. 그게 말이나 돼? 지나가는 모든 사람을 붙잡고 이 세상에서 가장 좋아하는 것 다섯 가지만 꼽아보라고 하면 어느 누구도, 단 한 사람도 현관 초인종을 꼽는 사람은 없을 거야. 이렇게 상상해보자고. 내가 좋아하는 게 뭐냐고요? 음, 그거야 당연히 현관 초인종이죠. 맞아요, 내가 가장 좋아하는 게 그거예요. 그 빌어먹을 현관 초인종이라니까요. 네, 난 행복해지고 싶으면, 기분이 좋아지고 싶으면 현관 초인종을 울리죠. 그게 죽인다니까요. 뭐가 내 몸을 화끈 달아오르게 하는 줄 알아요? 찌르릉 소리를 내는 현관 초인종이에요. 난 그게 좋아 죽겠어요."

내시는 말을 멈추고 껄껄 웃더니 고개를 가로저었다. "〈가정불화Family Feud〉에서 그와 흡사한 장면을 봤을걸? 네가 가장 좋아하는 열 가지를 칠판에 적어놓고 '현관 초인종'이라고 말하면 리처드 도슨이 자신의 뒤쪽을 가리키며 이렇게 주절댔을 거야. '통계조사에 의하면…….'"

내시는 '삐' 소리를 내며 양팔로 X자를 그렸다.

내시가 폭소를 터뜨리자 피에트라도 따라 웃었다.

"제발, 내게 원하는 게 뭔지 말해주세요." 레바가 애원했다.

"당연히 말해줘야지. 암, 그렇고말고. 하지만 먼저 힌트를 주겠어."

레바는 잠자코 기다렸다.

"매리앤라는 이름을 들으면 생각나는 것 있어?"

"뭐라고요?"

"매리앤."

"그 여자가 어때서요?"

"그년이 네게 뭔가를 보냈어."

레바의 얼굴에 떠오른 공포가 몇 배나 짙어졌다.

"제발 날 해치지 마세요."

"어떡하지, 레바? 난 그럴 생각인데? 널 무지하게 아프게 할 거라고."

내시는 그 말이 끝나자마자 밴 뒤쪽으로 기어가서 자신의 말이 맞다는 걸 입증했다.

14

마이크는 집에 도착하자마자 현관문을 쾅 닫고 컴퓨터를 향해 달려갔다. 얼른 GPS 컴퓨터 웹사이트를 띄워서 애덤이 지금 정확히 어디에 있는지를 알아보고 싶었다. 그 점이 궁금해서 미칠 지경이었다. GPS는 대강의 위치를 알려줄 뿐 정확한 위치를 콕 집어 알려주진 않는다. 애덤이 아주 가까운 곳에 있는 건 아닐까? 한 블록쯤 떨어진 곳에? 가까운 숲속이나 DJ네 집 뒷마당에 있는 건 아닐까?

마이크가 막 웹사이트를 띄우려는 순간, 누군가 현관문을 두드렸다. 마이크는 한숨을 쉬고 자리에서 일어서서 창밖을 내다봤다. 수전 로리먼이었다.

마이크는 현관문을 열었다. 그녀는 틀어 올렸던 머리를 풀고 화장도 하지 않았는데, 그런 그녀를 보고 무척이나 매력적이라고 느끼는 자신이 싫었다. 몇몇 여인들은 매력이라는 걸 타고나는 것 같았다. 그게 어째서, 혹은 왜 그런지는 콕 집어 말하기 어려웠다. 그런 여인들은 분명히 얼굴과 몸매가 뛰어나고, 때로는 입이 딱 벌어질 정도이지만, 그것보다는 사내의 무릎을 달달 떨리게 하는 보이지 않는 뭔가가 있었다. 마이크는 수전을 보고 얼이 빠진 적은 없었지만, 뭔가 보이지 않는 매력이 있다는 걸 모르는 상태에서 빠져드는 게 훨씬 더 위험할 수도 있었다.

"안녕하세요?" 수전이 먼저 인사를 건넸다.

"어서 오세요."

그녀는 집 안으로 들어오지 않았다. 만약 이웃 사람들 중 하나라도 이 모습을 지켜보고 있다면 연신 나발을 불어댈 게 뻔했고, 이런 곳이라면 주변에 으레 그런 참새들이 한둘은 있게 마련이었다. 수전은 설탕을 빌리러 온 이웃 사람처럼 팔짱을 끼고 구부정하게 서 있었다.

"내가 왜 당신에게 전화했는지 알아요?" 마이크가 물었다.

수전은 고개를 가로저었다.

마이크는 이 일을 어떻게 다뤄야 할지 난감했다. "당신도 알다시피 우린 루커스와 생물학적으로 가장 가까운 친척을 검사해보고 싶어요."

"그건 잘 알고 있어요."

마이크는 대니얼 허프와의 불쾌한 만남과 2층의 컴퓨터, 그리고 애덤의 휴대전화에 내장된 GPS를 머릿속에 떠올렸다. 마이크는 루커스의 문제에 대해 좀 더 시간을 갖고 그녀에게 알리고 싶었지만 지금은 주변의 입방아를 신경 쓸 때가 아니었다.

"그 말은 루커스의 생물학적 아버지를 검사해봐야 한다는 뜻이죠."

수전은 마치 뺨이라도 얻어맞은 것처럼 화들짝 놀라며 눈을 깜빡거렸다.

"이렇게 불쑥 말을 하는 게 도리가 아니라는 건 알지만……."

"그 애 아버지를 검사했잖아요. 그런데 잘 맞지 않는다고 해놓고선."

마이크는 수전을 똑바로 쳐다보며 한 자 한 자 분명히 말했다. "생, 물, 학, 적, 아버지를 말하는 겁니다."

수전은 눈을 깜빡거리더니 한 걸음 뒤로 물러섰다.

"수전?"

"단테가 아니란 말이에요?"

"네, 단테는 아닙니다."

수전 로리먼은 두 눈을 꼭 감았다.

"하느님, 맙소사. 이럴 수는 없어."

"사실이에요."

"확실한 건가요?"

"물론이죠. 당신은 몰랐나요?"

수전은 아무 말도 하지 않았다.

"수전?"

"당신은 이 일을 단테에게 알릴 건가요?"

마이크는 그 말에 어떻게 대답해야 할지 몰라 몸을 뒤틀었다. "그럴 생각은 없어요."

"생각만인가요?"

"우린 이 문제에 관하여 윤리적, 법적 의미를 철저히 살펴보고 있는데……."

"단테에게 말해선 안 돼요. 그 말을 듣는 순간 그이는 미쳐버릴 거라고요."

마이크는 가만히 그녀의 다음 말을 기다렸다.

"그이는 루커스를 사랑해요. 그 애를 단테에게서 빼어갈 순 없어요."

"우리의 가장 큰 관심사는 루커스의 건강과 행복이라고요."

"단테에게 루커스의 친아버지가 아니라는 걸 알린다고 해서 그게 루커스에게 도움이 될까요?"

"그건 아니겠죠. 하지만 수전, 내 말을 들어보세요. 우린 루커스의 건강을 가장 걱정하고 있어요. 그것이야말로 우선순위 1, 2, 3번이란 말입니다. 다른 무엇보다도요! 지금 당장은 이식에 필요한 가장 적합한 기증자를 찾아내는 걸 의미하고요. 따라서 난 이 문제를 당신 가정을 파탄내거나 당신에게 골칫거리를 안겨주려고 떠벌리는 게 아닙니다. 환자를 염려하는 의사로서 이 문제를 언급하는 거죠. 우린 당장 루커스의 친아버지를 검사해봐야 한다고요."

수전은 고개를 푹 숙였다. 그녀의 두 눈에서는 하염없이 눈물이 흘러내렸다. 그녀는 아랫입술을 깨물었다.

"수전?"

"생각을 좀 해봐야겠어요."

마이크는 평상시 같으면 당장 결정을 내리라고 윽박질렀겠지만 지금 당장은 그럴 이유가 없었다. 오늘 밤에 무슨 일이 벌어질 것도 아니고, 자신도 걱정거리를 안고 있어서였다. "어쨌든 친아버지를 검사해봐야 합니다."

"내게 생각할 시간은 줄 수 있죠?"

"물론이죠."

수전은 슬픈 눈으로 마이크를 쳐다봤다. "단테에게는 말하지 말아주세요. 제발요."

그녀는 마이크의 대답을 기다리지 않고 몸을 돌려 자신의 집 쪽으로 걸어갔다. 마이크는 얼른 현관문을 닫고 2층으로 허겁지겁 뛰어 올라갔다. 수전에게는 지난 2주의 시간이 정말 죽을 맛이었을 것이다. "수전 로리먼, 당신 아들은 곧 죽을지도 모를 중병에 걸려 있고 장기이식이 필요합니다. 아, 그리고 당신 남편은 그 애가 자신의 아들이 아니라는 걸 곧 알게 될 겁니다! 그 다음은 어떻게 될까요? 우린 디즈니랜드에 갈 건데, 당신은 어쩔 건가요?"

집은 너무나 조용했다. 마이크는 이런 것에 별로 익숙하지 못한 편이었다. 아이들도 없고 티아도 없이 자신만 홀로 있었던 게 언제였는지 떠올려보려고 했지만 기억이 가물가물했다. 마이크는 혼자 있는 휴식시간을 좋아했다. 티아는 정반대였다. 항상 주변에 사람들이 바글거리는 걸 좋아했다. 그녀의 집안은 대가족이었고, 그래서인지 홀로 있는 걸 무척 싫어했다. 마이크는 혼자 있는 게 훨씬 편했다.

마이크는 컴퓨터로 다가가 GPS 아이콘을 클릭했다. 처음 사용할 때 그 사이트를 등록해놨다. 개인 신상 파일이 저장되어 있어 ID를 적어 넣을 필요는 없었지만 암호는 적어 넣어야 했다. 암호를 집어넣는 그의 머릿속에서는 그냥 내버려두라는 목소리가 연신 울려 퍼졌다. 애덤은 자신의 삶을 살아야 한다. 자신이 저지른 실수에서 뭔가를 배우면서 살아야 한다.

내가 겪었던 힘든 어린 시절을 보상한답시고 너무 과잉보호하는 건 아닐까?

마이크의 아버지가 그 원인이었던 적은 한 번도 없었다. 당연히 아버지의 잘못도 아니었다. 마이크의 아버지는 1956년에 러시아군의 군화에 부다페스트가 짓밟히기 직전에 헝가리를 탈출하여 미국으로 온 이주자였다. 아버지인 안탈 바이는 몇 대 조상인지는 모르지만 프랑스인의 자손으로, 엘리스 섬(맨해튼 남서쪽에 있는 섬으로, 미국 입국관리 시설이 있음)에 도착했을 때는 영어를 단 한마디도 하지 못했다. 그는 접시닦이부터 시작해, 죽을 고생을 하며 저축해서 뉴어크의 맥카터 하이웨이에 자그마한 간이식당을 개업할 수 있었다. 그는 그곳에서 연중무휴로 일하며 자신과 가족의 생계를 책임졌다.

간이식당에서는 세 끼의 식사를 제공했고, 만화책과 야구 카드, 신문, 잡지, 시가, 담배 등을 팔았다. 복권도 주요한 수입원 중 하나였지만, 안탈은 복권 파는 걸 좋아한 적이 없었다. 복권이 피땀 흘려 번 돈을 헛된 꿈에 쓸어 넣도록 유도하여 지역사회에 몹쓸 짓을 한다고 느꼈기 때문이었다. 담배를 파는 데는 전혀 거리낌이 없었다. 담배를 피우고 안 피우고는 손님이 선택할 수 있는 사항이고, 그 결과가 어떻다는 것도 손님이 잘 알고 있어서였다. 하지만 손쉽게 돈을 벌 수 있다는 헛된 꿈을 파는 것에 대해서는 끊임없이 고민을 하곤 했다.

마이크의 아버지는 마이크가 뛰던 유소년 아이스하키 경기를 관람한 적이 없었다. 어떻게 보면 그건 당연한 일이었다. 안탈과 같은 사람들은 그저 그럴 수밖에 없었다. 그는 자신의 아들에 관한 모든 것에 관심을 가지고 있었고, 아이스하키에 관해 항상 질문을 했고, 세세한 걸 다 알고 싶어 했지만 목구멍이 포도청이라고 하던 일에서 손을 뗄 수가 없었다. 어딘가에 궁둥이를 가만히 붙이고 앉아서 뭔가를 구경한다는 건 꿈도 못 꿀 형편이었다. 안탈은 마이크가 아홉 살이 되어 야외에서 경기를 할 때 딱 한번 구경을 온 적이 있었지만, 일에 지쳐 너무 피곤했던 그는 나무에 등을 기대고 곯아떨어져버렸다. 그리고 그날에도 아침 식사용 베이컨 샌드위치를 만들다가 기름이 튄 자국이 그대로 남아 있는 앞치마를 걸치고 있었다.

마이크가 봤던 아버지의 모습은 늘 이런 식이었다. 하얀 앞치마를 걸치고, 카운터 뒤쪽에 서서 아이들에게 사탕을 팔며 좀도둑을 감시하거나, 아침 식사 대용인 샌드위치와 버거를 재빨리 요리하는 모습이었다.

마이크가 열두 살이던 해, 아버지는 물건을 슬쩍하려는 그 지역 건달을 제지하려다가 그자가 쏜 총에 맞아 세상을 떠났다. 정말 어이없을 정도로 허망한 일이었다.

간이식당은 폐업했다. 어머니는 술에 절어 살았고, 알츠하이머 증세가 심해지고 나서야 알코올 중독에서 벗어났다. 그녀는 지금 콜드웰에 있는 한 요양원에서 지내고 있고, 마이크는 매달 한 번씩 그곳을 찾아갔다. 어머니는 마이크가 누군지 알아보지 못했다. 때로는 마이크를 남편으로 착각하고는 점심시간에 몰려드는 손님에게 제공할 감자 샐러드를 준비할 건가를 묻기도 했다.

바로 이런 게 인생이었다. 어려운 결정을 내려 집과 사랑했던 사람들, 소유했던 모든 걸 버리고 지구를 절반이나 돌아 아는 사람이 한 명도 없는 땅에 발을 내딛고 혼자 힘으로 꾸려가던 삶은 전혀 쓸모없는 건달 하나가 방아쇠를 당기는 바람에 끝나고 말았다.

당시 어렸던 마이크는, 아버지의 사망 소식으로 인해 치밀어 오르는 분노를 스스로 억누르거나 다른 곳으로 돌렸다. 아이스하키에 더 열중함으로써 뛰어난 선수가 됐다. 더 훌륭한 학생이 됐다. 더 열심히 공부하고 운동해서 몸이 바쁘고 피곤하면 복수 따위를 생각할 겨를이 없어서 좋았다.

지도가 화면에 떠올랐다. 이번에는 빨간 점이 깜빡거렸다. 마이크가 쥐꼬리만큼 아는 지식에 의하면, 이건 GPS를 휴대한 사람이 차 같은 걸 타고 움직이고 있는 중이라는 걸 의미했다. 웹사이트에는 GPS 계기가 배터리를 잡아먹는다고 설명되어 있었다. 따라서 배터리를 절약하기 위해서 지속적으로 신호를 내보내기보다는 3분에 한 번씩 신호를 내보낸다고 했다. 만약 그 사람이 5분 이상 움직임을 멈추면 GPS는 스스로 꺼졌다가 움직임을 감지하면 다시 신호를 내보내기 시작한다고 했다.

애덤은 조지 워싱턴 다리를 건너가고 있었다.

이 녀석이 왜 이러는 거지?

마이크는 기다렸다. 애덤은 차를 타고 움직이는 게 분명했다. 누구의 차를 탄 거지? 마이크는 깜빡거리는 빨간 점이 크로스 브롱크스 고속도로를 지나 메이저 디건 고속도로를 거쳐 브롱크스로 들어서는 걸 지켜봤다. 20분 후, 빨간 점은 타우너 스트리트에서 움직임을 멈췄다. 마이크는 그 일대가 생소했다.

이제 뭘 해야 하지?

그대로 여기에 앉아서 빨간 점만 지켜봐야 하나? 그건 별로 좋은 생각이 아닌 것 같았다. 하지만 막상 차를 몰고 애덤을 찾아 나서려고 하니 또 다시 다른 곳으로 이동할까 두려웠다.

마이크는 빨간 점을 뚫어져라 쳐다봤다.

마이크는 빨간 점이 있는 주소를 알려주는 아이콘을 클릭했다. 즉시 타우너 스트리트 128번지가 떠올랐다. 그 주소가 어딘지를 알기 위해 또 한

번 클릭했다. 어떤 주거지였다. 위성에서 내려다보는 사진 보기를 선택하니 2차원 지도가 3차원적인 화면으로 바뀌었다. 도심지의 빌딩들 꼭대기가 아주 작게 보였다. 마이크는 그 블록을 따라 내려가 떠오른 주소에 해당하는 곳을 클릭했다. 달리 확대되어 나오는 곳이 없었다.

그렇다면 이 애가 누구를, 아니면 어디를 찾아간 거지?

마이크는 타우너 스트리트 128번지의 전화번호를 요청했다. 그곳은 아파트라 전화번호가 따로 나오지 않았다. 1분 1초가 급한데 하필 지금 말썽이라니.

그럼 이제 어떻게 해야 하지? 마이크는 '맵퀘스트'를 불러냈다. '시작' 혹은 디폴트로 되어 있는 주소는 '집'이었다. 그 간단한 단어가 갑자기 따스하고 친근한 느낌으로 다가왔다. 출력물은 그곳까지 가는 데 49분이 걸릴 것이라고 말해주고 있었다.

마이크는 그곳까지 직접 차를 몰고 가서 그곳이 어떤 곳인지 알아보자고 마음먹었다.

마이크는 무선 인터넷이 내장된 자신의 노트북을 챙겼다. 그의 계획은 애덤이 그곳에 있지 않은 경우, 다른 사람의 무선 네트워크에 슬쩍 끼어들어 애덤의 소재지를 알려주는 GPS를 불러내자는 것이었다.

2분 후, 마이크는 차를 몰고 애덤이 있는 곳을 향해 출발했다.

15

마이크는 GPS가 알려줬던 애덤의 소재지에서 그리 멀지 않은 곳으로 접어들자 애덤이나 눈에 익은 사람, 혹은 차량이 있는지 거리를 쭉 훑어봤다. 그 애들 중 어느 누가 운전을 하고 왔다면 그건 올리비아 버첼일 가능성이 높았다. 그 여자애가 올해 열일곱 살이던가? 확실하진 않았다. 마이크는 애덤이 아직 그곳에 있는지 GPS를 확인해보고 싶었다. 그는 갓길에 차를 세우고 노트북을 켰다. 무선 네트워크가 감지되지 않았다.

차창 밖에 우글거리는 젊은이들은 창백한 얼굴에 검은색 옷차림을 하고, 검은색 립스틱과 아이 마스카라를 진하게 발랐다. 목에는 사슬을 걸고, 얼굴에는 괴이한 피어싱을 했다. 어쩌면 몸통에도 피어싱을 했을 것 같았다. 자신이 누구의 간섭도 받지 않는다는 걸 나타내는 가장 좋은 방식인 문신도 다들 하고 있었다. 자신의 개성을 강조하는 요즘 애들이 다른 친구들과 같은 걸 입고 똑같은 행동을 한다는 게 어찌 보면 놀랍기까지 했다. 타고난 피부를 그대로 간직한 애들은 하나도 없는 것 같았다. 가난한 집 아이들은 값비싼 신발과 옷가지와 소지품들을 자랑하며 부자처럼 보이고 싶어 한다. 부잣집 아이들은 한량처럼 건들거리며 부모의 탐욕과 그걸 제지하지 못하는 자신의 나약함을 미안해 하며 어떻게든 가난하게 보이고 싶어 한다. 하긴 그래봤자 어느 순간에 부자인 부모의 전철을 그대로 밟을 테지만. 여기에서는 뭔가 좀 더 극적인 일이 벌어지고 있는 걸까? 아니면 이쪽에 있는 남의 떡이 더 커 보이는 걸까? 마이크는 도무지 알 수가 없었다.

마이크는 어쨌거나 애덤이 검은색 옷만 걸치는 게 고마웠다. 아직까지는 피어싱이나 문신, 화장 같은 걸 하지 않아서였다. 아직까지는.

에모족Emos이라고 불리는 작자들이 이 구역에 넘쳐나고 있었다. 딸아이인 질의 말에 따르면 최근에는 이들을 고스족이라고 부르지 않는다고 했다. 반면에 그 애의 친구인 야스민은 두 가지가 전혀 별개의 족속이라고 주장하며 끊임없이 논쟁을 벌이긴 했지만. 그들은 입을 헤 벌리고 퀭한 눈을 하고 구부정한 자세로 주변을 어슬렁거렸다. 일부는 한쪽 모퉁이에 있는 나이트클럽 앞에 줄을 서 있고, 상당수는 다른 쪽 모퉁이에 있는 술집을 드나들었다. '단 한 순간도 쉬지 않고 24시간 계속되는 고고장'이라고 광고하는 곳도 있었는데, 매일, 그것도 새벽 4시나 오후 2시에도 출연하는 고고 걸이 정말로 있는지 궁금했다. 설마 크리스마스 아침이나 독립기념일에도 출연할까? 그리고 그런 시각에 이런 장소에 드나들며 일을 해야 하는 그런 불쌍한 사람들은 도대체 누구란 말인가?

혹시 애덤이 이 안에 있는 걸까?

그걸 알아볼 수 있는 방법이 없었다. 이 거리에만도 그런 곳이 수십 개나 즐비하게 있었다. 대통령 경호실이나 대형 매장의 보안요원들이 주로 착용하는 이어폰을 귀에 걸친 몸집 큰 경비원들이 문 앞에서 경비를 서고 있었다. 예전에는 몇몇 클럽에서만 경비원들을 고용했다. 하지만 지금은 어디서나 최소한 두 명 이상의 살덩이들을 문 앞에 세워놨다. 그 녀석들은 항상 울퉁불퉁한 이두박근이 드러나는 딱 달라붙는 검은색 티셔츠를 입고, 머리카락이 마치 허약함의 상징이기라도 하듯 박박 밀어버렸다.

애덤은 지금 열여섯 살이고, 나이트클럽은 스물한 살 이하의 어린아이는 입장을 못하게 되어 있었다. 애덤이 나이를 감쪽같이 속인 신분증을 갖고 있다 하더라도 그 관문을 통과하진 못할 것 같았다. 하지만 누가 알겠는가? 이 지역의 나이트클럽 중 어떤 곳에서 꼼수를 써서 미성년자들을 입장시키는 것으로 잘 알려진 곳이 있을지도. 그렇다면 애덤과 친구들이 이 먼 곳까지 차를 몰고 온 이유가 설명될 수 있었다. TV 연속극 〈소프라노The Sopranos〉 속의 한 코너, '누워서 떡 먹기' 라는 뜻의 막간물인 〈바다 빙Bada Bing〉에 등장했던 유명한 남성 전용클럽 '새틴 돌즈Satin Dolls'가 마이크의 집에서 겨우 두어 블록 떨어진 곳에 있었다. 하지만 애덤은 그 곳에 입장할 수가 없었을 것이다.

그래서 여기까지 멀리 와야 했을 것이다.

마이크는 옆 조수석에 노트북을 올려놓고 천천히 차를 몰았다. 거리 모퉁이에 멈춰 서서 무선 네트워크를 검색했다. 두 개나 떠올랐지만 둘 다 보안이 설정되어 있어 접속이 불가능했다. 마이크는 100미터쯤 더 전진해서 다시 검색했다. 세 번을 반복한 끝에 노다지를 캤다. 보안 설정이 되지 않은 '넷기어' 네트워크가 떠오른 것이었다. 마이크는 재빨리 접속 버튼을 누르고 인터넷에 연결했다.

그는 GPS 홈페이지를 이미 즐겨찾기에 등록해뒀고, 접속 아이디도 저장해놓은 상태였다. 홈페이지 화면이 뜨자 간단한 비밀번호인 'ADAM'을 입력하고 기다렸다.

지도가 화면에 떠올랐다. 빨간 점은 움직이지 않았다. GPS의 효용성을 무시하는 사람들의 말에 따르면, GPS는 반경 12미터 이내의 지점만을 알려줄 뿐이다. 따라서 애덤의 현재 위치를 꼭 집어 말하기는 곤란하지만 가까운 곳에 있는 것만은 분명했다. 마이크는 컴퓨터 전원을 껐다.

좋아, 이제 어떻게 하지?

그는 길 앞쪽에 약간 들어간 곳을 발견하고는 차를 그곳에 세웠다. 별로 기분 좋은 곳은 아니었다. 건물들은 유리가 제대로 박혀 있는 창문보다는 판자로 가린 곳이 더 많았다. 벽돌은 죄다 진흙 빛에 가까운 갈색이었고, 상당히 비바람에 시달렸거나 곧 허물어지기 직전이었다. 시큼한 땀 냄새와 뭐라고 형용하기 어려운 악취가 공기 중에 떠돌았다. 가게 진열장들에는 유리창을 보호하기 위해 낙서로 지저분한 철제 덮개가 덮여 있었다. 마이크는 목구멍이 따끔따끔해졌다. 다들 땀을 뻘뻘 흘리는 것처럼 보였다.

여자들은 흡사 복고주의를 지향하거나 정치적인 저항감을 드러내듯 가느다란 어깨끈이 달린 웃옷과 핫팬츠를 걸쳤는데, 마이크는 이들이 그저 파티를 즐기는 십대 소녀인지 창녀인지 알 수가 없었다.

마이크는 차에서 내렸다. 키가 큰 흑인 여자 하나가 다가와 말을 걸었다. "헤이 조, 래티셔와 파티하고 싶지 않아?"

저음의 굵은 목소리인 데다 손발이 큼지막해서 진짜 여자인지도 의심스러웠다.

"아니, 괜찮아."

"정말이야? 해보면 새로운 세상이 눈앞에 펼쳐질 텐데."

"그렇기야 하겠지만, 내가 사는 세상일만으로도 골치가 아파서."

빈 공간에는 생전 들어보지도 못한 '젖꼭지 문지르기'라는 뜻의 '팹 스미어Pap Smear'와 '임질 고름'이라는 뜻의 '고노리어 퍼스Gonorrhea Pus' 같은 저속한 이름을 가진 밴드들의 포스터가 덕지덕지 붙어 있었다. 아이 하나를 업은 엄마가 뒤쪽에서 흔들거리는 전구 불빛 아래 땀을 뻘뻘 흘리며 계단에 앉아 있었다. 마이크는 황폐한 골목길에 임시로 마련된 주차장이 있는 걸 발견했다. '밤샘 주차, 10달러'라는 표지판이 세워져 있었다. 민소매 셔츠와 밑단을 풀어헤친 반바지를 걸친 라틴 아메리카 계열의 사내 하나가 입구에 서서 돈을 세고 있었다. 그자가 마이크를 곁눈질로 힐끔 쳐다보더니 말했다. "헤이, 친구, 뭐 원하는 것 있어?"

"없소."

마이크는 계속 걸었다. 마침내 GPS가 알려준 주소를 찾아냈다. 그곳은 시끄러운 소음이 흘러나오는 두 개의 나이트클럽 사이에 틀어박힌, 엘리베이터도 없는 건물이었다. 안쪽을 슬쩍 살펴보니 버저가 열두어 개가량 있었다. 버저에는 입주자의 이름이 붙어 있지 않고, 각각의 방 호수만 적혀 있었다.

이제 어떻게 해야 하지?

마이크는 어느 집 버저를 눌러야 좋을지를 판단할 아무런 실마리도 없었다.

그냥 여기에서 애덤을 기다릴 수도 있다. 하지만 그래서 좋을 일이 뭔가? 지금은 밤 10시다. 점차 사람들이 몰려들 시각이었다. 애덤이 마이크 자신의 말을 거역하고 이곳으로 파티를 하려고 왔다면 앞으로 몇 시간을 기다려야 밖으로 나올 게 뻔했다. 그때는 어떻게 할 것인가? 애덤과 그 애 친구들 앞으로 튀어나가 "그래, 이제 잡았다!"라고 고함을 칠 수는 없었다. 그런다고 뭐 좋은 일이 있겠는가. 마이크 자신이 이곳까지 찾아온 걸 어떻게 설명한단 말인가?

마이크와 티아가 이런 식으로 해서 뭘 얻어낼 수 있겠는가?

이건 단순히 엿보는 것과는 차원이 다른 문제였다. 프라이버시를 분명히 침해한 문제는 잠시 접어두기로 하자. 이건 강압의 여지가 있는 문제였다. 만약 여기에서 뭔가가 벌어지고 있다면 어떻게 할 것인가? 미성년자들이 하룻밤 술 마시고 노는 걸 간섭했다가 그 애들의 신뢰를 영원히 잃게 되는 건 아닐까?

간섭을 하는 게 나은 건지 아닌지는 상황에 따라 다를 수밖에 없었다.

마이크는 자신의 아들이 안전한지를 확인하고 싶었다. 그게 다였다. 그는 부모의 역할이 자식들이 다 자랄 때까지 안전하게 보호하는 거라고 한 티아의 말을 떠올렸다. 그 말의 일부는 사실이었다. 십대란 나이는 고뇌할 것이 많고, 호르몬이 왕성하고, 감정이 지나치게 예민하고, 그걸 극단적인 방법으로 풀려고 하는 때다. 그리고 이 시기는 순식간에 지나가버린다. 하지만 이런 걸 십대 아이에게 말해줄 수는 없다. 그 아이에게 단 한 조각의 지혜라도 전해줄 수 있는 게 있다면, 그건 '십대가 영원히 지속되는 건 아니다. 아주 순식간에 지나가버릴 수 있다'라는 정도일 것이다. 당연히 아이들은 이 말에 귀 기울이지 않을 것이다. 제멋대로 하는 것이 젊음의 특권이자 취약점이니까.

마이크는 애덤이 CeeJay8115와 나눈 인스턴트 메시지를 상기했다. 그에 대한 티아의 반응과 마이크 자신이 본능적으로 느꼈던 걸 떠올렸다. 마이크는 종교를 신봉하는 사람도 아니고 초능력 같은 걸 믿지도 않았지만, 자신의 사적인 생활과 의사로서의 생활에서 자주 느끼곤 했던 감각 같은 걸 무시하고 싶진 않았다. 그저 뭔가가 잘못됐다고 느껴지는 때가 있었다. 의사로서 진찰을 할 때나 자동차로 멀리 여행을 떠났는데 길을 잘못 찾아들었을 때 느끼는 그런 것이었다. 그건 공기 중에 떠도는 쉿 하는 소리 같은 것이었는데, 마이크는 그 모든 걸 자신의 책임으로 돌리고 애써 무시하는 법을 배웠다.

지금은 모든 감각이 자신의 아들이 심각한 위험에 처해 있다고 비명을 지르고 있었다.

그러니까 애덤을 찾아내야 했다.

어떻게?

마이크는 그 방법을 알지 못했다. 그는 되돌아서서 걷기 시작했다. 창녀 몇이 그를 유혹하려고 했다. 아니, 창녀보다는 포주가 직접 나서는 경우가 더 많았다. 멋진 정장을 차려입은 어떤 녀석은 자신이 '아주 화끈한' 숙녀들의 '대리인'이라고 주장하면서 원하는 신체적 특징과 하고 싶은 행위 등등을 말해주면 그에 꼭 들어맞는 짝을, 혹은 짝들을 대령하겠다고 큰소리쳤다. 마이크는 그 녀석이 말하는 걸 다 들어주고는 결국 고개를 가로저었다.

마이크는 계속해서 이리저리 눈길을 돌렸다. 젊은 여자애들 몇이 그의 눈길에 인상을 썼다. 마이크는 주변을 둘러보다가 자신이 사람들로 바글거리는 거리에서 스무 살 이상은 나이가 든 노땅에 속한다는 걸 깨달았다. 나이트클럽은 다들 고객들을 최소한 2, 3분 정도는 기다리게 하다가 입장시키고 있었다. 그중 한 곳은 1미터쯤 되는 천박한 벨벳 로프를 쳐놓고 경비원이 입장하려는 사람들을 무조건 로프 뒤에 10초쯤 세워뒀다가 문을 열어줬다.

오른쪽으로 돌아서는 마이크의 눈길에 뭔가가 스치고 지나갔다.

대학생들이 즐겨 입는 바서티 점퍼Varsity Jumper였다.

마이크는 재빨리 몸을 돌려 반대편 길을 따라 걷고 있는 허프네 집 애를 목격했다.

적어도 DJ 허프처럼 보이기는 했다. 그 애는 DJ가 항상 입고 있던 바서티 점퍼를 걸치고 있었다. 따라서 저 애가 DJ일 가능성이 높았다.

아니, 저건 DJ 허프가 분명해. 마이크는 속으로 생각했다.

그 애는 옆길로 모습을 감췄다. 마이크는 발걸음을 재게 놀려 그 애를 따라갔다. 그 애가 보이지 않자 대놓고 달리기 시작했다.

"이런 제길! 누가 죽기라도 했어, 이 영감태기야?"

마이크는 머리를 박박 밀고 아랫입술에 사슬을 꿰어 늘어뜨린 어떤 아이와 충돌했다. 그 애의 친구들은 영감태기라는 말에 폭소를 터뜨렸다. 마이크는 이마를 찌푸리고 그 애 곁을 스쳐 지나갔다. 이제 거리는 사람들로 빽빽하게 채워져 있고, 시간이 지날수록 그 수는 더 불어나는 것 같았다. 다음 블록으로 접어들자 시커먼 색상의 고스족들, 아니 에모족들은 라틴 아메리카계 군중을 위해 자리를 비워주는 것처럼 보였다. 여기저기서 떠들어대는 스페인어로 귀가 따가울 정도였다. 베이비파우더처럼 하얗던 피부가 올리브 색상으로 바뀌었다. 사내들은 겉에 걸친 와이셔츠의 단추를 몽땅 풀어헤쳐 새하얀 속옷을 드러내고 있었다. 여자들은 무척이나 섹시했고, 걸치고 있는 옷들이 너무 얇아서 옷이라기보다는 소시지 포장지처럼 보였다.

저 멀리서 DJ 허프가 오른쪽으로 돌아 다른 길로 접어들고 있었다. DJ는 귀에 휴대전화를 대고 있는 것 같았다. 마이크는 그 애를 따라잡으려고 줄달음을 쳤다. 하지만 잡은 다음에는 뭘 어떻게 할 것인가? 붙잡아놓고 그냥 "야, 너!" 하고 말 것인가? 아니면, 계속 뒤를 밟아 DJ가 어디로 가는지 두고 볼 수도 있다. 마이크는 여기서 어떤 일이 벌어지고 있는지는 몰랐지만 어쨌든 기분이 좋지 않은 건 사실이었다. 두려움이 서서히 머릿속을 파고들기 시작했다.

마이크는 오른쪽으로 방향을 틀었다.

하지만 DJ는 보이지 않았다.

마이크는 걸음을 멈췄다. DJ를 따라 불과 몇 초 후에 모퉁이를 돌아섰는데 모습을 놓치자, 마이크는 걷는 속도를 감안하여 얼마쯤 더 갔을까 머릿속으로 계산했다. 자기가 서 있는 곳에서 4분의 1 블록쯤 더 간 곳에 나이트클럽이 하나 있었다. 눈에 들어오는 범위에서 문이 열려 있는 건 그곳이 유일했다. DJ는 저곳으로 들어간 게 분명했다. 문 앞에 늘어서 있는 사람들의 줄은 길었다. 마이크가 이곳에 와서 본 것 중 가장 길었다. 적어도 100명은 늘어선 것 같았다. 서 있는 사람들은 각양각색이었다. 에모족, 라틴 아메리카계, 흑인, 심지어 한때 유피족이라 불리던 사람들도 두어 명이나 있었다.

DJ는 줄을 서서 기다리지 않아도 될 정도로 이곳을 자주 들락거린 건가?

그럴 리가 없었다. 벨벳 로프 뒤쪽에는 몸집이 거대한 경비원 한 명이 서 있었다. 기다란 리무진 한 대가 그 앞에 정차했다. 다리가 늘씬한 여자

둘이 차에서 내렸다. 여자들보다 족히 30센티미터는 작아 보이는 사내 하나가 정해진 자리이기라도 하듯 그녀들 사이에 섰다. 몸집이 산더미만 한 경비원은 길이가 3미터쯤 되는 벨벳 로프를 풀어 이들을 곧장 입장시켰다.

마이크는 입구 쪽으로 뛰어갔다. 100년 된 삼나무 둥치만큼이나 굵직한 팔뚝의 흑인 거한은 마이크가 마치 무생물이라도 되는 듯 무심한 눈길로 바라봤다. 늘 주변에 있는 의자를, 아니 사용하고 버린 일회용 면도날이라도 보는 듯했다.

"나 좀 들어갑시다." 마이크가 말했다.

"이름은?"

"고객 명단엔 없을 거요."

경비원은 그 무심한 눈길로 마이크를 좀 더 오래 쳐다봤다.

"내 아들이 안에 있는 것 같소. 그 애는 미성년자요."

경비원은 대꾸할 가치도 없다고 생각한 모양이었다.

"이것 보시오, 난 문제를 일으킬 생각이 추호도……."

"그렇다면 줄 맨 끝에 가서 서시지. 그래봤자 입장할 순 없겠지만."

"이건 위급 상황이란 말이오. 내 아들 친구가 2초 전에 이곳으로 들어갔소. DJ 허프라는 애요."

경비원이 한 걸음 다가섰다. 처음에는 스쿼시 코트로 사용해도 좋을 만큼 널찍한 가슴이 먼저 다가오고 이어 신체의 나머지 부분이 그 뒤를 따랐다. "좋게 말할 때 얼른 뒤로 가란 말이야."

"내 아들은 미성년자라고요."

"그건 아까 들었어."

"아들을 데리고 나오고 싶소. 안 그러면 문제가 커질걸?"

경비원은 포수의 장갑만큼이나 큰 손으로 박박 민 자신의 머리통을 쓰다듬었다. "지금 문제가 커진다고 했나?"

"그렇소."

"이런, 이런, 정말 가슴이 오종종 졸아들 것 같은데?"

마이크는 지갑을 꺼내 지폐 한 장을 슬며시 건네려고 했다.

"헛수고하지 마. 못 들어간다니까 그래." 경비원이 비아냥거렸다.

"내가 얼마나 급한지 납득시키기가 정말 어렵군."

경비원이 한 걸음 더 다가섰다. 이제 그의 가슴이 마이크의 얼굴에 거의 닿을락 말락했다. 마이크는 두 눈을 꼭 감았지만 뒤로 물러서지는 않았다. 그동안 수없이 갈고 다듬었던 아이스하키 훈련 덕분이었다. 절대로 물러서지 마라! 마이크는 다시 눈을 뜨고 거한을 올려다봤다.

"답답하니 뒤로 물러서시지." 마이크가 결연한 어조로 말했다.

"이제 떠나줬으면 좋겠는데!"

"뒤로 물러서라고 했을 텐데!"

"난 아무 데도 갈 생각이 없어."

"무슨 일이 있어도 내 아들을 찾아가겠어."

"여기엔 미성년자가 없다니까 그래."

"일단 들어가서 봐야겠어."

"그러고 싶으면 줄 맨 뒤로 가서 서라니까."

마이크는 거한의 눈을 똑바로 쏘아봤다. 두 사람 다 꼼짝도 하지 않았다. 그들은 체급은 비록 다르지만 격투기 챔피언 벨트를 놓고 겨루기 전에 링 중앙에서 심판의 주의를 경청하는 선수들처럼 보였다. 마이크는 공기 중에 떠도는 쉿 하는 소리를 들었다. 팔다리가 움찔거리는 느낌을 받았다. 마이크는 싸우는 법을 알고 있었다. 아이스하키에서는 주먹 쓰는 법을 모르고서는 유명한 선수가 되기 어려웠다. 다만 이 산더미만 한 거한의 근육이 실전용인지, 아니면 그저 과시용인지가 궁금할 뿐이었다.

"어쨌든 난 안으로 들어가야겠어." 마이크가 느긋한 어조로 말했다.

"그 말, 진심인가?"

"내겐 경찰 친구가 있어. 이곳을 곧 덮친다고 하더라고. 이 안에 미성년자가 단 한 명이라도 있으면 문 닫을 각오를 해야 할걸?" 마이크는 일단 엄포를 놓기로 했다.

"이런, 이런, 또 걱정이 되기 시작하는데!"

"그러니 얼른 비켜서시지그래."

마이크는 오른쪽으로 걸음을 내디뎠다. 거한도 따라 움직이며 마이크의 앞을 막아섰다.

"이건 신체적인 대화를 나누겠다는 수작인 모양이군."

마이크는 대치했을 때의 가장 중요한 규칙을 알고 있었다. 절대로, 무슨 일이 있어도 두렵다는 기색을 내보이지 마라. "자네가 원한다면."

"꽤나 터프한 사내로군."

"어때, 한판 뜰 준비가 됐나?"

경비원은 씩 웃었다. 새카만 얼굴에 대비되는 쪼르르 박힌 하얀 치아가 인상적이었다. "아니. 그 이유를 알고 싶나? 뭐 그럴 일이야 없겠지만, 자네가 내 생각보다 더 터프하다고 하더라도 저기 있는 레지와 타이론을 부르면 되거든." 그는 엄지손가락으로 검은 옷을 걸친 다른 두 거한을 가리켰다. "우린 어떤 멍청한 녀석이 덤벼드는데도 신사답게 가만히 놔두려고 여기에 서 있는 게 아니야. 따라서 우린 일대일로 싸울 일이 없어. 만약 너와 내가 '한판 뜬다면' 저들이 당장 합세할 거라고. 레지는 진압용 전기충격기인 테이저 총을 가지고 있지. 내 말, 알아듣겠나?" 경비원은 마이크의 목소리를 흉내 내며 말했다.

경비원은 으스대듯 팔짱을 꼈고, 마이크는 그 순간에 문신을 알아봤다.

경비원의 팔뚝에 녹색으로 D자가 새겨져 있었다.

"자네 이름이 뭔가?" 마이크가 물었다.

"뭐라고?"

"자네 이름 말일세." 마이크가 다시 또박또박 물었다. "이름이 뭔가?"

"앤서니야."

"성은?"

"그게 당신과 무슨 상관인데?"

마이크는 팔뚝의 문신을 가리켰다. "그 문신 때문에 그래."

"이건 내 이름과 아무런 관련이 없어."

"다트머스인가?"

경비원 앤서니는 마이크를 멍하니 쳐다봤다. 그러더니 고개를 천천히 끄덕였다. "당신도?"

"복스 클라만티스 인 데제르토Vox clamantis in deserto." 마이크는 교훈을 들먹였다.

앤서니가 그 뜻을 영어로 옮겨 말했다. "황야에서 외치는 이의 목소리." 그는 히죽 웃었다. "지금까지 그런 목소리를 들어본 적은 없지만."

"나도 마찬가지일세. 자네도 구기 운동을 했나?"

"미식축구를 했지. 아이비리그에서 좀 뛰었고. 당신은?"

"아이스하키야."

"아이비리그에서 뛰었고?"

"전미리그에서도 뛰었지."

앤서니는 그 말에 감명을 받았는지 한쪽 눈썹을 추켜세웠다.

"앤서니, 아이가 있나?"

"세 살 난 아들이 하나 있소."

"만약 자네 아들이 곤란한 상황에 처했다면 레지와 타이론이 자네가 안으로 들어가는 걸 막을 수 있다고 생각하나?"

앤서니는 한숨을 길게 내쉬었다. "어째서 당신 아들이 이 안에 있다고 생각하는 거요?"

마이크는 바서티 점퍼를 걸친 DJ 허프에 관해 말해줬다.

"아, 그 녀석?" 앤서니는 고개를 가로저었다. "그 애는 이곳에 오지 않왔소. 당신은 내가 그런 어린 녀석을 입장시켰을 거라고 생각했단 말이요? 그 아인 저 골목으로 달려갔소."

앤서니는 약 10미터 앞쪽을 가리켰다.

"혹시 저 골목이 어디로 통하는지 알고 있나?" 마이크가 물었다.

"막다른 골목으로 알고 있는데…… 가보질 않아서 나도 모르겠소. 왠지 가고 싶지 않았거든. 마약쟁이 같은 것들이 즐겨 찾는 곳이라서. 이제 내가 당신에게 부탁을 해야겠소."

마이크는 그의 말을 기다렸다.

"다들 여기에서 벌어지고 있는 일을 지켜보고 있소. 당신을 멀쩡히 걸어가도록 놔준다면 내 명성에 먹칠을 하게 되는 셈이죠. 여기에서는 이름 하나로 먹고 살거든. 내 말이 무슨 뜻인지 알겠소?"

"잘 알겠네."

"그러니까 내가 주먹을 움켜쥐면 당신은 겁먹은 계집애처럼 도망쳐 달라고요. 원한다면 저 골목으로 냅다 뛰어가도 되고. 내 말 이해할 수 있죠?"

"그보다 먼저 한 가지만 더 물어봐도 되겠나?"

"뭔데요?"

마이크는 다시 자신의 지갑을 꺼냈다.

"이미 말했을 텐데요?" 앤서니가 눈살을 찌푸렸다. "그걸 받을 수 없다고……."

마이크는 앤서니에게 애덤의 사진을 보여줬다.

"이 애를 본 적이 있나?"

앤서니는 침을 꿀꺽 삼켰다.

"이 애가 내 아들일세. 본 적이 있나?"

"이 애는 안에 없소."

"내가 그걸 물어본 게 아니잖나."

"본 적이 없소. 이제 내 말대로 해주겠죠?"

앤서니는 마이크의 옷깃을 거머쥐고 주먹을 꽉 쥐었다. 마이크는 겁먹은 시늉을 하면서 애원했다. "제발 때리지 말아요. 미안해요. 갈 테니까 날 좀 놔줘요!" 마이크가 몸을 뒤로 빼자 앤서니는 못 이기는 척하며 놔줬다. 마이크는 내빼기 시작했다. 뒤쪽에서는 앤서니가 "이런, 겁쟁이 녀석, 일찌감치 꽁무니를 뺄 것이지……."라고 비아냥거리는 소리가 들렸다.

몇몇 고객들은 환호성을 지르며 박수를 쳤다. 마이크는 득달같이 달려 골목길로 접어들었다. 그러다가 찌그러진 깡통들을 잘못 밟아 하마터면 넘어질 뻔했다. 깨진 유리조각들이 그의 신발 아래쪽에서 비명을 질렀다. 걸음을 멈추고 얼굴을 들자 앞쪽에 또 다른 창녀가 보였다. 아니, 마이크는 그 그림자가 창녀라고 짐작했다. 그녀는 갈색 대형 쓰레기통이 마치 자신의 몸 일부인 팔다리라도 되는 듯 기대어 서 있었는데, 그게 사라지면 땅에 쓰러져 결코 다시 일어서지 못할 것 같았다. 그녀가 쓰고 있는 보라색 가발은 마치 1974년에 공연을 했던 데이빗 보위의 옷장에서 훔쳐온 것처럼 보였다. 그건 마치 찌그러진 깡통 안으로 모습을 감추는 벌레들처럼 보였다.

그 여자가 마이크를 보고 히죽 웃었다.

"안녕, 자기?"

"여기로 달려 들어온 애를 봤소?"

"수많은 애들이 여기로 급히 달려온다고요, 자기."

만약 그 여자의 목소리가 조금만 더 컸다면 아주 나른하게 들렸을 것 같았다. 그녀는 삐쩍 마른 데다가 창백했고, 이마에 '마약쟁이'라는 문신을 하고 있진 않았지만 중독자일 가능성이 높았다.

마이크는 골목 반대편에 빠져나가는 길이 있는지를 살폈다. 아무것도 없었다. 다른 곳으로 빠져나가는 길도 없었고, 문이 있는 것도 아니었다. 화재 대피용 비상계단이 몇 개 보이기는 했지만 녹이 잔뜩 슨 상태였다.

이곳으로 뛰어든 DJ는 어떻게 여길 빠져나간 거지? 어디로 사라졌을까? 혹시 앤서니와 아옹다옹하는 사이에 몰래 다시 나온 건 아닐까? 아니면 앤서니가 골칫거리를 물리치기 위해 거짓말을 한 건 아닐까?

"자긴 지금 고등학생 애를 찾는 거야?"

마이크는 얼굴을 들고 마약쟁이 쪽으로 얼굴을 돌렸다.

"고등학생 애 맞지? 젊고 잘생긴 데다가 잘 빠진 애 말이야. 이런, 그 애에 관해 얘기하는 것만으로도 흥분이 되네?"

마이크는 아주 조심스럽게 그녀를 향해 한 걸음 다가섰다. 급작스럽게 걸음을 크게 내디뎠다가는 진동이 너무 커서, 그렇지 않아도 불안하게 서 있는 그녀가 산산조각이 나 이미 발목까지 차오른 쓰레기 속으로 사라질 것만 같아서였다. "맞아요."

"이쪽으로 와요, 자기. 그 애가 어디에 있는지 가르쳐줄 테니."

한 걸음 더 다가섰다.

"가까이 오라니까, 자기. 난 물지 않아요. 자기가 그런 짓만 하지 않는다면."

그녀는 쇠를 갈아대는 듯한 소름 끼치는 소리를 내며 웃었다. 입을 벌리자 앞니 자리에 박아 넣은 의치가 뚝 떨어졌다. 껌을 씹고 있었는지 냄새가 풍겼지만 썩은 이의 악취까지는 덮어주지 못했다.

"그 애는 어디 있죠?"

"자기, 돈 좀 있어요?"

"그 애가 어디 있는지 말해준다면 듬뿍 드리지."

"일단 좀 보여줘봐요."

마이크는 내키지 않았지만 달리 어찌할 방법이 없었다. 그는 20달러짜리 지폐 한 장을 꺼냈다. 그녀는 삐쩍 마른 손을 뻗었다. 그 손은 마이크가 어렸을 때 봤던 만화책 〈납골당 이야기Tales from the Crypt〉에 나오는, 관을 향해 손을 뻗는 해골을 연상시켰다.

"먼저 얘기부터 해봐요." 마이크가 그녀를 달래듯이 말했다.

"자긴 나를 못 믿겠어요?"

마이크는 허튼 수작 때문에 더 허비할 시간이 없었다. 그는 지폐를 찢어서 반쪽을 그녀에게 건넸다. 그녀는 한숨을 내쉬며 그걸 받아들었다.

"당신이 말을 하면 나머지 반쪽을 주겠소. 그 애는 어디 있죠?" 마이크는 그녀를 재촉했다.

"어머, 자기, 바로 뒤에 있잖아요."

마이크가 막 돌아서려는 순간, 누군가가 그의 간 부위를 가격했다.

간 부위를 제대로 얻어맞으면 싸우겠다는 생각이 저절로 사라지고, 일시적으로 온몸이 마비되게 마련이다. 마이크는 그 점을 잘 알고 있었다. 자신을 습격한 자가 정확한 곳을 후려갈긴 건 아니지만 그래도 비슷한 부분을 공격한 건 분명했다. 마이크는 순간적으로 밀려드는 고통 때문에 비틀거렸다. 입이 딱 벌어졌지만 아무 소리도 흘러나오지 않았다. 마이크는 한쪽 무릎을 꿇었다. 옆에서 날아든 두 번째 강타가 그의 귀를 가격했다. 뭔가 단단한 것이 그의 머리통을 훑고 지나갔다. 마이크는 습격을 피하려고 몸부림쳤지만 세 번째 공격(이번에는 발길질이었다)에 갈비뼈 아래쪽을 걷어채고 말았다. 그는 뒤로 벌렁 넘어졌다.

본능이 힘을 발휘하기 시작했다.

움직여야 해. 그는 속으로 생각했다.

마이크는 넘어진 채 얼른 몸을 돌렸고, 뭔가 날카로운 것이 팔뚝을 찌르는 것 같은 느낌을 받았다. 깨진 유리인 게 분명했다. 재빨리 몸을 일으켜 세우려고 했지만 이번에는 머리를 얻어맞고 말았다. 뇌수腦髓가 당장이라도 왼쪽으로 쏟아질 것만 같았다. 손 하나가 마이크의 발목을 움켜쥐었다.

마이크는 힘껏 발길질을 했다. 뒤꿈치가 부드러운 뭔가와 접촉했다. 새된 비명이 들렸다. "이런 염병할!"

누군가가 마이크의 몸 위로 올라탔다. 마이크는 전에도 공격을 받고 궁지에 빠진 적이 있긴 했지만, 그건 항상 얼음판 위에서였다. 그래도 두어 가지 배운 건 있었다. 예를 들면, 그렇게 할 수밖에 없을 때가 아니라면 주먹을 날려서는 안 된다는 것이었다. 주먹질을 잘못 하면 손목을 부러지기 십상이다. 물론 거리가 좀 떨어져 있다면 주먹을 날릴 수는 있다. 하지만 지금은 아주 가까이 있는 상태였다. 그는 팔을 구부리고 되는대로 휘둘렀다. 팔뚝에 뭔가가 걸렸다. 빠개지는 소리와 함께 피가 확 뿜어져 나왔다.

마이크는 자신이 누군가의 코쭝배기를 후려쳤다는 걸 알았다.

한 대를 더 얻어맞았지만 그래도 힘껏 비틀어 몸을 뒤집는 바람에 타격이 심하지는 않았다. 마이크는 난폭하게 발길질을 해댔다. 서로를 제압하려고 용을 쓰며 내뿜는 거친 숨결이 시커먼 어둠 속에 가득 찼다. 그는 머리를 힘껏 젖혀 뒤에 들러붙은 습격자를 들이받으려고 했다.

"도와줘요!" 마이크는 목이 터져라고 소릴 질렀다. "살려줘요! 경찰! 경찰관!"

마이크는 무슨 수를 써서라도 일어서려고 발버둥쳤다. 얼굴들을 볼 순 없었지만 두 사람 이상인 건 분명했다. 그 이상일지도 몰랐다. 그들은 한꺼번에 마이크를 덮쳤다. 마이크는 쓰레기통에 부딪혔다. 마이크는 물론이고 습격자들도 함께 엉켜 바닥에 나뒹굴었다. 마이크는 죽을힘을 다해 싸웠지만, 머릿수에 밀려 점차 기력이 떨어졌다. 손톱으로 얼굴을 할퀴려고까지 해봤다. 그의 셔츠가 찢어졌다.

바로 그 순간, 마이크는 칼날이 번득이는 걸 목격했다.

그걸 보자마자 마이크는 얼어붙고 말았다. 시간이 얼마나 흘렀는지는 알 수 없지만 그래도 충분히 오랫동안 얼어붙어 있었던 건 분명했다. 칼날을 보고 몸이 얼어붙자마자 관자놀이에 둔중한 통증이 느껴졌다. 마이크는 뒤로 넘어지며 머리를 땅에 부딪혔다. 누군가가 그의 양쪽 팔을 찍어 눌렀다. 누군가가 그의 양쪽 발을 잡았다. 누군가가 가슴을 강타했다. 그러더니 사방에서 주먹이나 발길이 날아드는 것 같았다. 마이크는 이리저리 몸을 움직이며 자신을 방어하려고 해봤지만 양팔과 양발이 붙들려 옴짝달싹할 수가 없었다.

마이크는 자신이 서서히 정신을 잃어가고 있다는 걸 알 수 있었다. 이렇게 지고 마는구나.

날아들던 주먹질과 발길질이 갑자기 뚝 그쳤다. 마이크는 가슴을 내리누르던 압력이 느슨해졌음을 알아차렸다. 누군가가 일어섰거나, 아니면 마이크의 몸부림에 밀려 떨어진 모양이었다. 양쪽 발도 자유로워졌다.

마이크는 감았던 눈을 떴다. 하지만 사람들의 그림자만 아른거렸다. 발가락을 빳빳하게 세워 강하게 날린 최후의 발길질이 마이크의 관자놀이를 정확하게 강타했다. 순식간에 눈앞이 깜깜해지며 암흑의 나락 속으로 떨어져버렸다.

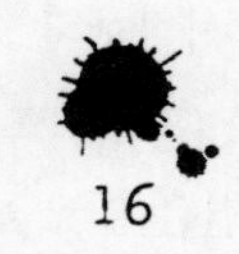

16

새벽 3시가 되자 티아는 다시 마이크의 휴대전화에 전화를 걸었다.

아무런 응답이 없었다.

'보스턴 포 시즌스' 호텔은 아름다운 곳이었고, 티아는 자신이 묵고 있는 객실이 정말 마음에 들었다. 티아는 멋진 호텔에 묵기를 좋아했다. 누군들 그렇지 않겠는가? 그녀는 침대 시트와 룸서비스를 좋아했고, 혼자서 마음대로 TV 채널을 독차지할 수 있어서 더욱 좋았다. 그녀는 내일 있을 선서증언에 대비해서 어제 한밤중까지 열심히 일했다. 휴대전화는 진동으로 해놓은 채 주머니에 넣고 있었다. 그동안 한 번도 전화가 오지 않아 주머니에서 휴대전화를 꺼내 수신 감도를 확인하고서야, 일에 골몰한 나머지 진동을 알아차리지 못한 게 아니라는 걸 확신했다.

어쨌든 마이크에게서 걸려온 전화는 없었다.

도대체 이 양반이 어디에 있는 거야?

당연히 그녀는 마이크에게 전화를 걸었다. 혹시나 해서 집으로도 걸어

보았다. 애덤의 휴대전화로도 연락을 했다. 하지만 아무런 응답이 없자 공포심이 스멀스멀 피어오르기 시작했다. 티아는 기를 쓰며 이런 감정에 휘둘리지 않으려고 했다. 애덤은 그렇다고 쳐도 마이크는 이럴 수가 없었다. 마이크는 어른이잖은가. 남편은 말로 다 설명할 수 없을 정도로 유능한 사람이었다. 티아가 최초로 마이크에게 끌렸던 건 그런 점도 크게 작용했다. 여성운동가들이 들으면 눈살을 찌푸릴지는 몰라도 마이크 바이는 그녀를 따스하고 안전하게 감싸줄 것 같았고, 무엇으로부터든지 보호해줄 것만 같았다. 그는 바위처럼 강인한 사람이었다.

티아는 뭘 해야 할지 당황스럽기만 했다.

차를 잡아타고 집으로 갈 수는 있었다. 대략 네다섯 시간쯤 걸릴 것이다. 아침이면 집에 도착할 순 있겠지만, 그런 다음엔 뭘 해야 하는 걸까? 지금 당장 경찰에 신고해야 하는 것 아닐까? 하지만 그들이 그녀의 말을 사실로 받아들인다고 해도 이 늦은 시각에 뭘 할 수 있단 말인가?

새벽 3시에 전화를 걸어볼 수 있는 사람은 단 한 명뿐이었다.

그의 전화번호는 티아의 블랙베리에 저장되어 있지만, 그녀는 한 번도 그 번호로 전화를 건 적이 없었다. 그녀와 마이크는 전화번호와 주소, 일정표가 정리된 달력이 들어 있는 마이크로소프트 아웃룩 프로그램을 공유하고 있었다. 또 두 사람은 자신들의 블랙베리를 서로의 번호에 일치시켜놔서 이론상으로는 각자가 기재해놓은 약속을 알 수 있도록 되어 있었다. 그건 서로 개인적으로나 업무상 접촉하는 사람들에 관한 정보를 공유하고 있다는 의미였다.

이런 식으로 두 사람은 부부간에 서로 비밀이 없음을 보여주었다.

티아는 남편에게 알리지 못하는 비밀에 대해, 그리고 어머니이자 아내로서 그런 비밀을 가질 필요가 있는지에 대해 잠시 고민하기도 했다. 하지만 지금은 그런 문제에 골머리를 썩을 때가 아니었다. 티아는 그 번호를 찾자마자 통화 버튼을 눌렀다.

모가 취침 중이었다고 하더라도 목소리에는 전혀 그런 기색이 드러나지 않았다.

"여보세요?"

"티아예요."

"무슨 문제가 있소?"

그녀는 그의 목소리에 서린 두려움을 느낄 수 있었다. 이 사내는 아내도 아이도 없었다. 가까운 사람이라고는 마이크뿐이었다. "마이크한테서 뭐 연락 온 것 없어요?"

"8시 30분 이후로는 없소." 그러더니 똑같은 질문을 반복했다. "무슨 문제가 있소?"

"그이는 애덤을 찾으려고 했어요."

"나도 알고 있소."

"9시경에 그 문제로 전화를 했는데, 그 후로는 연락이 전혀 없어서요."

"마이크의 휴대전화로 전화는 해봤소?"

티아는 자신이 마이크에게 이와 똑같은 멍청한 질문을 했을 때 그 사람이 어떤 기분이었는지를 알 것만 같았다. "물론이죠."

"난 지금 전화를 받으면서 옷을 갈아입고 있는 중이요. 차를 몰고 가서 집을 확인해보려고. 당신, 요즘도 울타리 우편함 옆에 있는 조경석에 열쇠를 감춰두고 있소?"

"그래요."

"알았소, 지금 나가고 있소."

"내가 경찰에 알려야 할까요?"

"내가 집에 갈 때까지 기다리는 게 좋겠소. 20분쯤, 길어야 30분쯤 걸릴 것이오. 마이크가 어쩌면 TV 앞에서 곯아떨어져 있지나 않는지 모르겠소."

"당신 그 말을 진심으로 하는 건 아니죠?"

"물론이요. 집에 도착하면 전화를 하겠소."

모는 전화를 끊었다. 티아는 침대에서 일어나 앉았다. 그렇게 멋져 보이던 객실이 지금은 휑하기만 했다. 아무리 한 땀 한 땀 손으로 수를 놓은 고급 침대 시트를 갖춘 초호화판 호텔이라고 할지라도 혼자 자는 건 정말 싫었다. 옆에는 남편이 누워 있어야 했다. 항상 그러기를 바랐다. 두 사람이 떨어져서 잠을 잔 적도 거의 없었지만, 그럴 때면 티아는 말로 다 하지 못할 정도로 남편이 그리웠다. 마이크는 체격이 그리 큰 편은 아니었지만 정말 든든했다. 옆자리에 누운 남편의 따스한 온기가 좋았고, 아침에 일어날 때마다 남편이 자신의 이마에 해주는 키스가 좋았고, 곤히 잠든 자신의 가슴에 올려놓는 남편의 강인한 팔뚝이 좋았다.

그녀는 마이크가 호흡곤란을 겪었던 어느 날 밤을 떠올렸다. 계속 추궁하자 마이크는 가슴이 은은하게 아팠다는 걸 인정했다. 티아는 남편에게만 의지하지 않는 강한 여자가 되고 싶었지만 그 말을 듣는 순간, 거의 정신을 잃을 뻔했다. 결국 소화불량인 것으로 밝혀졌지만, 남편의 건강에 적신호가 온 거라는 생각만으로도 슬퍼져서 목 놓아 울었다. 남편이 가슴을 움켜쥐며 마룻바닥에 쓰러지는 광경을 상상했던 것이다. 그리고 그녀는 그때 알게 됐다. 그런 일이 30년이나 40년, 혹은 50년이 지나도 언제든지 일어날 수 있다는 걸, 그리고 꼭 그런 일이 아니더라도 그와 유사한 무서운 일이 일어날 수 있다는 것을. 그런 일은 행복하게 살고 있든 그렇지 못하든 부부 사이에서 늘 일어나는 일이었고, 마이크에게 그런 일이 벌어지면 티아 자신은 세상에 미련을 갖지 않을 것임을 잘 알고 있었다. 때때로 티아는 밤 늦게, 곤히 잠들어 있는 남편을 바라보며 하늘에 계신 신께 빌곤 했다. "제발 제가 먼저 세상을 떠나게 해주세요. 제게 약속해주세요."

경찰에 신고할까?

그렇다고 해서 그들이 뭘 할 수 있을까? 할 수 있는 게 전혀 없었다.

TV에서는 FBI 요원들이 득달같이 뛰쳐나가곤 했다. 티아는 최근에 개정된 형법에 열여덟 살 이상의 성인은 납치됐거나 심각한 신체적 위협에 처해 있다는 확실한 증거가 없는 한 이처럼 짧은 시간 안에는 실종된 것으로 간주하지 않는다는 규정이 있음을 잘 알고 있었다.

그녀는 속수무책일 수밖에 없었다.

게다가 지금 경찰에 전화를 한다면, 기껏해야 경찰은 수사관 한 명을 파견해서 집을 둘러보게 할 것이다. 그러면 그곳에 가 있는 모와 딱 마주칠 우려가 있었다. 그리고 뭔가 오해가 생길 수도 있었다.

따라서 이삼십 분 정도를 더 기다릴 필요가 있었다.

티아는 가이 노박의 집에 전화를 걸어 질의 목소리를 듣고 싶은 생각이 간절했다. 뭔가 위안거리가 필요해서였다. 빌어먹을! 티아는 이번 여행으로 이런 초호화판 객실에 투숙해서 풍성한 면 가운을 걸치고 룸서비스를 주문하며 행복했는데, 이젠 평소의 생활이 그리워졌다. 이 객실은 생동감과 따스함이 없었다. 티아는 외로워서 몸을 부르르 떨었다. 그녀는 침대에서 일어서서 에어컨의 풍량을 줄였다.

참 이상하게도 마음이라는 건 정말 다치기 쉬웠다. 우린 우리의 인생이 얼마나 쉽게 산산조각날 수 있는지에 관해 생각하는 것 자체를 거부한다. 그걸 깨닫는 순간 정신을 놓을 수 있기 때문에 생각 자체를 하지 못하도록 차단해버리는 것이다. 어느 누가 늘 두려움에 떠는 사람들이 정상인으로 활동하도록 치료하려고 나서겠는가? 그들은 현실이 얼마나 가느다란 줄 위에서 간신히 균형을 잡고 있는지 알아버린 사람들이기 때문에 더는 손을 쓸 수 없는 것이다. 그건 그들이 진실을 받아들일 수 없어서가 아니라 진실을 차단할 수 없어서 생긴 일이다.

티아는 진실을 차단할 수 있었다. 그녀는 그런 사실을 잘 알고 있었고, 진실이 다가오지 못하도록 안간힘을 썼다. 티아는 갑자기 회사 대표인 헤스터 크림스타인에게 가족이 한 명도 없다는 데 시기심이 일었다. 어쩌면 그게 더 나을지도 모른다. 넓게 보면, 자신보다 더 신경을 써가며 돌봐야 할 사람들이 있다는 게 훨씬 더 건전한 건 분명하다. 티아는 분명히 그 점을 잘 알고 있었다. 하지만 그들을 잃을 수도 있다는 두려움이 항상 존재하는 것도 사실이다. 사람들은 흔히 '물욕이 지나치면 화를 당한다'라고들 한다. 그게 아니라 '사랑하는 사람들에게 너무 집착하면 화를 당한다'가 맞는 것 같았다. 일단 지나치게 관심을 보이는 게 생기면 영원히 그것의 인질이 될 수밖에 없다.

시곗바늘이 전혀 움직이지 않는 것 같았다.

티아는 기다렸다. TV를 켰다. 심야 시간대의 화면에는 정보 광고가 넘쳐났다. 교육 연수와 직업, 학교에 대한 광고들인데, 이런 한밤중에 TV를 보는 사람들과는 전혀 관련이 없을 성싶었다.

새벽 4시가 거의 다 되어서야 휴대전화의 벨이 울렸다. 티아는 얼른 휴대전화를 낚아채고 발신자 ID를 확인했다. 모의 번호여서 얼른 대답했다.

"여보세요?"

"마이크가 집에 없소. 애덤도 자취가 없고." 당황하는 모의 목소리가 흘러나왔다.

로렌 뮤즈의 사무실 문에는 '에섹스 군 수사과장'이라는 문패가 붙어 있었다. 그녀는 사무실을 드나들 때마다 멈춰 서서 그것을 조용히 읽곤 했다. 그녀의 사무실은 건물 오른쪽 모퉁이에 있었다. 그녀가 지휘하는 형사들도 같은 층의 사무실에 각자의 책상을 갖고 있었다. 뮤즈의 사무실은 유리창으로 둘러싸여 있고, 문은 닫힌 적이 없었다. 그녀는 부하 형사들과 함께 있지만 그들보다는 상관이라는 기분을 만끽하고 싶었다. 드물기는 했지만 프라이버시가 필요할 때는 같은 층에 있는 취조실 중 하나를 사용하곤 했다.

뮤즈가 오전 6시 30분에 사무실에 도착했을 때는 두 명의 형사들만 자리를 지키고 있었고, 7시에 도착할 교대 근무자들을 기다리며 퇴근할 준비를 하고 있었다. 그녀는 새로운 살인사건이 있는지 먼저 칠판을 확인했다. 다행히도 없었다. 창녀로 위장되어 살해된 채 시체공시소에 누워 있는 제인 도Jane Doe(신원불명의 여자 변사체를 부르는 호칭)의 지문에 관해 NCIC의 검사 결과가 나왔기를 바라면서 얼른 컴퓨터를 확인했다. 아직은 소식이 없었다.

뉴어크 경찰청은 제인 도가 살해당한 곳에서 그리 멀지 않은 곳에 감시카메라 한 대를 설치해놓고 있었다. 만약 시신이 차량으로 그곳까지 운반됐다면, 그리고 누군가가 직접 시신을 짊어지고 운반했을 거라고 생각할 이유가 없다면, 그 차량이 테이프에 녹화되어 있을지도 몰랐다. 물론 차량을 식별해내는 게 지독히도 어려운 일일 건 뻔했다. 수백 대의 차량이 그곳을 지나쳤을 것이고, 차량 뒤쪽에 '트렁크에 시신이 들어 있음'이라고 써 붙이고 다닌 차는 한 대도 없었을 것이다.

뮤즈가 컴퓨터를 확인하자, 카메라로 찍은 동영상이 다운로드되어 있었다. 사무실은 고요하기만 했다. 지금 이 시각이 가장 조용할 때인 것 같았다. 재생 버튼을 막 누르려는 순간, 누군가가 그녀의 사무실 문을 가볍게 톡톡 두드렸다.

"시간 좀 있나, 과장?"

클래런스 모로가 문간에 서서 머리를 슬쩍 디밀었다. 그는 듬성듬성한 콧수염과 지금 막 싸움판에서 빠져나온 듯 얼굴 부위의 모든 게 약간씩 부풀어 오른, 예순 살이 다 된 흑인 형사였다. 그는 상냥함이 몸에 배어 있고, 수사과의 다른 형사들과는 달리 욕설을 하지도 않고 술을 마시지도 않았다.

"물론이에요. 클래런스, 무슨 일이죠?"

"어젯밤에 과장에게 전화하고 싶은 걸 참느라고 혼이 났지."

"그게 무슨……?"

"그 제인 도의 이름을 알아낸 것 같단 말이야."

뮤즈는 그 말을 듣는 순간, 의자에서 벌떡 일어섰다. "그래서요?"

"닐 코르도바라는 사람이 실종신고를 했다는 리빙스턴 경찰서의 전화를 받았지. 그 사람은 중심가에 살고 이발소 체인을 소유하고 있다고 하더군. 유부남에 아이가 둘이고, 전과 기록은 없었어. 어쨌거나 그는 자신의 아내인 레바가 실종됐다고 신고했는데, 그녀의 인상착의가 제인 도와 거의 흡사한 것 같단 말이야."

"그런데요?"

"그런데 그녀는 우리가 시신을 발견하고 난 이후인 어제 행방불명이 됐다는 거지."

"그게 확실한 건가요?"

"확실하다마다. 그 남편이 출근하기 전인 아침에 그녀를 봤다고 말했다니까."

"그 사람이 거짓말을 한 것일 수도 있잖아요?"

"그런 것 같진 않은데……."

"그래서 누군가 수사를 했나요?"

"처음에는 안 했다더군. 그런데 말도 안 되는 일이 벌어진 거야. 이 코르도바라는 사람은 그 지역 경찰서의 유력인사를 알고 있었다는군. 그런 곳이 어떤지 잘 알고 있지? 다른 누군가를 알고 있는 것 말이야. 경찰이 그 여자의 차를 찾았다는군. 이스트 하노버의 라마다에 주차되어 있었다고 했어."

"아, 그건 호텔이잖아요?" 뮤즈가 실망스러운 어조로 말했다.

"맞아."

"그럼 코르도바 부인은 정말로 실종된 게 아니군요?"

"그런데 그게 말도 안 되는 소리라는 거지." 클래런스는 자신의 턱을 문지르며 말했다.

"어째서요?"

"리빙스턴 경찰서도 당연히 과장과 같은 생각을 했다더군. 코르도바 부인이 어떤 놈팡이와 놀아나느라고 집에 얼른 들어갈 생각을 못한 모양이라고. 내게 전화를 건 리빙스턴의 경찰관도 그런 뜻을 내비치더군. 그는 자신의 친구인 그녀의 남편에게 이런 소식을 전하고 싶지 않다면서 내게 그 소식을 전해달라고 부탁하더군."

"계속 해보세요."

"그래서 내가 코르도바에게 전화를 걸었지. 부인의 차가 한갓진 호텔 주차장에 주차되어 있는 걸 찾아냈다고 설명해줬고. 그는 그럴 리가 없다고 펄펄 뛰었지. 차가 그곳에 있는 게 분명하니 원하면 가서 직접 눈으로 확인해도 좋다고까지 말해줬지." 클래런스는 말을 멈추더니 한 번도 내뱉지 않았던 말을 했다. "빌어먹을!"

"왜요?"

"그 사람에게 그런 것까지 말했어야 할까? 내 말은, 내가 말조심을 했어야 했다는 뜻이야. 내가 입을 잘못 놀려서 그 여자의 프라이버시를 침범했을 수도 있다는 거지. 그리고 그 사람이 총 같은 걸 들고 그곳으로 쳐들어가면 어찌 되겠어? 그럴 수도 있다는 걸 미리 생각했어야 했는데……." 클래런스는 듬성듬성한 콧수염을 씰룩거리며 이마를 찌푸렸다. "차에 대해서 입을 다물고 있어야 했을까, 과장?"

"그 문제에 관해선 걱정할 게 없어요."

"오케이. 뭐, 어떻게 되겠지. 어쨌거나 이 코르도바라는 사람은 내 말을 귓등으로도 들으려고 하지 않았어."

"남편들은 대부분 그렇지 않겠어요?"

"맞아, 그건 그렇지. 그런데 그 사람이 꽤 흥미로운 얘기를 하더군. 아내가 에어먼트의 아이스링크에서 아이스스케이팅 교습을 받고 있는 아홉 살 된 딸아이를 태우러 가지 않아서 걱정하기 시작했다고. 그녀답지 않은 행동이라는 거야. 그녀는 나이액에 있는 팰리세이즈 쇼핑센터에서 시간을 보내다가 딸아이를 태우러 가기로 되어 있었다는군. 부인은 그 쇼핑센터의 '타깃'이라는 가게에서 아동용품을 곧잘 구매했다면서."

"그런데 엄마가 딸아이 앞에 나타나지 않았다고요?"

"맞아. 아이스링크 측은 엄마와 연락이 닿지 않자 아빠의 휴대전화로 연락을 했다더군. 코르도바가 직접 차를 몰고 가서 딸아이를 태워왔고, 그러면서 아내가 교통이 정체되는 바람에 늦었으려니 했다는 거야. 그날 오전 일찍 287번 도로에서 자동차 사고가 있었고, 아내는 휴대전화 충전을 자주 깜빡했던 터라 통화가 되지 않는데도 잠시 걱정만 했지 공포에 질리지 않았다는 거야. 그런데 밤이 늦도록 연락이 없자 점점 더 심란해지기 시작했다는 거지."

뮤즈는 그 점을 곰곰이 생각해봤다. "코르도바 부인이 호텔에서 애인을 만나 즐겼다면 딸아이를 태우러 가야 한다는 걸 깜빡했을 수도 있지 않을까요."

"과장 의견에는 나도 동감이지만, 한 가지 문제가 있어. 코르도바는 온라인으로 연결해서 아내의 신용카드 사용기록을 조회했대. 그녀는 그날 오후에 팰리세이즈 쇼핑센터에 확실히 들렀다는 거야. '타깃'에서 아동용품을 사고 47달러 18센트를 계산했다는군."

"흠." 뮤즈가 클래런스에게 앉으라는 신호를 하자 그는 맞은편 의자에 털썩 주저앉았다. "그럼 그녀는 쇼핑센터까지 갔다가 바로 근처에서 스케이팅 교습을 받고 있는 딸아이를 깜빡하고는 애인을 만나려고 왔던 길을 되돌아갔다는 뜻이 되네요? 그것 참 이상하군요." 그녀는 클래런스를 똑바로 쳐다봤다.

"과장이 그 남편이라는 사람의 목소리를 들었어야 했는데. 거의 발광 직전 같더라니까."

"혹시 부인을 알아본 사람이 있는지 라마다 호텔에 확인해봤겠죠?"

"내가 직접 했지. 남편더러 아내의 사진 한 장을 스캔해서 이메일로 그곳에 보내라고 했어. 아무도 그녀를 못 봤다는군."

"그게 뭐 큰 의미가 있는 건 아니죠. 그녀가 애인이 잡아놓은 객실로 몰래 들어간 후에 종업원들의 근무 교대가 있었는지도 모르니까요. 그런데 부인의 차가 아직도 그곳에 있다고요?"

"응. 그게 이상한 것 아니겠어? 차가 여전히 그곳에 있다니 말이 안 되는 거지. 불륜을 저질렀으면 얼른 차를 몰고 집으로 돌아가야 하는 것 아닌가? 불륜을 즐기려다가 뭔가 문제가 생긴 게 아닐까? 애인이라는 작자가 그녀를 붙잡고 있거나 뭔가 폭력적인 일이 벌어졌다든가……."

"……부인이 애인과 함께 도망쳤을지도 모르죠."

"아, 그럴 수도 있겠네. 그런데 버리고 가기엔 차가 너무 좋단 말이야. 뽑은 지 넉 달밖에 안 된 최신형 어큐라 MDX거든. 과장 같으면 그런 차를 놔두고 가겠어?"

뮤즈는 그 점을 생각하다가는 어깨를 으쓱했다.

클래런스가 일어서며 말했다. "내가 조사를 해보고 싶은데 괜찮겠어?"

"알아서 하세요." 그녀는 뭔가를 잠시 더 생각하고는 덧붙였다. "내 부탁 좀 들어줘요. 리빙스턴이나 인근 지역에서 또 실종신고가 들어온 여자가 있는지 알아봐줄래요? 불과 몇 시간 전에 발생한 일이라도요. 그리고 경찰이 심각하게 받아들이지 않은 신고까지도요."

"이미 다 알아봤지."

"결과는요?"

"전혀 없어. 아, 어떤 여자가 남편과 아들이 실종됐다고 신고한 건 있다는군." 클래런스는 얼른 수첩을 뒤적거렸다. "신고한 여자의 이름은 티아 바이고, 남편은 마이크, 아들은 애덤이라던데?"

"그 지역 경찰들이 수사하고 있나요?"

"그럴 거라고 생각되지만 확실히는 모르겠어."

"만약 애까지 실종된 게 아니라면 이 바이라는 작자가 코르도바 부인과 사랑의 줄행랑을 놨을 수도 있겠네요."

"두 사람 사이에 관계가 있는지 알아볼까?"

"좋으실 대로요. 관련성이 있다면, 어쨌든 그건 범죄 사건이 아니겠죠? 다 큰 어른 두 사람이 자기들끼리 눈이 맞아 잠시 사라질 수도 있는 법이니까요."

"알았어. 그런데 말이지, 과장……."

뮤즈는 한참 연장자인 클래런스가 '과장'이라고 불러주는 게 정말 좋았다. "뭔가요?"

"내 느낌으로는 여기에 뭔가 더 있을 것 같단 말이야."

"그럼 그 점까지 조사해보세요, 클래런스. 계속 보고는 해주시고요.".

17

꿈속에서 삐삐거리는 소리와 함께 말소리가 들렸다. "죄송해요, 아빠……."

마이크는 비몽사몽 간에 실제로는 어둠 속에서 누군가가 스페인어로 말하는 소리를 들은 것이었다.

그는 적어도 의학 용어를 스페인어로 말하지 못하면 168번가에 있는 병원에서 일할 생각을 하지 말라는 말을 무수히 듣고 대학을 다녔던 터라 지금 어떤 여자가 열렬히 기도하고 있는 내용을 알아들었다. 마이크는 고개를 돌리려고 해봤지만 꼼짝도 할 수 없었다. 하긴 사방이 다 깜깜했으니 고개를 돌려봤자 아무 소용이 없었을 것이었다. 어둠 속에서 어떤 여자가 기도를 하고 또 하는 가운데 그의 관자놀이는 끊임없이 욱신거렸다.

그러는 동안에도 마이크는 주문을 연신 중얼거렸다.

내 아들 애덤은 어디에 있죠?

마이크는 자신의 눈이 감겨 있다는 걸 서서히 깨달았다. 억지로 떠보려고 했지만 쉽지가 않았다. 기도 소리에 좀 더 귀를 기울이다가 양쪽 눈꺼풀에, 그리고 그것들을 들어 올리는 단순한 동작에 정신을 집중하려고 애썼다. 시간이 좀 걸리기는 했지만 결국 움찔거리기 시작했다. 관자놀이는 욱신거리는 단계를 넘어 망치로 두들겨대는 것 같았다. 상처를 만지면 좀 나아질까 싶어 손을 뻗어 관자놀이를 어루만졌다.

마이크는 하얀 천장에서 쏟아지는 형광등 불빛을 실눈을 뜨고 올려다봤다. 스페인어 기도가 계속됐다. 코를 톡 쏘는 세제 냄새와 배설물 냄새가 뒤섞여 전혀 환기가 되지 않는 상태에서 떠도는 익숙한 냄새가 공기중에 가득했다. 마이크는 간신히 머리를 왼쪽으로 돌렸다. 옆쪽 침대에 몸을 구부리고 있는 여자의 등이 보였다. 그녀의 손가락은 하염없이 묵주를 따라 움직였다. 그녀는 머리를 어떤 남자의 가슴에 올려놓고 있는 것 같았다. 그녀는 울다가 기도하기를 계속 반복했다.

마이크는 손을 뻗어 그녀에게 뭔가 위로의 말을 해주고 싶었다. 의사로서 당연히 해야 할 일이었다. 하지만 팔뚝에 연결된 장치에서 서서히 뭔가가 주입되고 있는 걸로 봐서는 자신도 환자인 게 분명했다. 그는 무슨 일이 벌어졌는지, 그리고 어떻게 이곳에 입원하게 된 건지 기억을 떠올리려고 애썼다. 하지만 머릿속에 구름이 낀 것처럼 몽롱하기만 했다. 시간이 꽤나 흘렀고, 어떻게든 이 구름의 장막을 걷어내고 싶었다.

처음 정신을 차렸을 때, 끔찍한 고통이 밀려왔다. 정신을 놔버리고 싶었지만 지금은 기억을 떠올리기 위해 그 고통을 고스란히 참아내고 있었다. 그리고 기억이 살아나자마자, 주문이 저절로 입에서 흘러나왔다. 이번에는 단 한 단어였다.

애덤.

나머지 기억들이 홍수처럼 밀려들었다. 애덤을 찾아 나섰고, 앤서니라는 경비원과 얘기를 나눴고, 골목길로 접어들었다가 전혀 어울리지도 않는 가발을 뒤집어쓴 못생긴 창녀와 만났고…….

그리고 칼날이 번쩍였다.

혹시 칼에 찔린 걸까?

그렇지는 않은 것 같았다. 마이크는 다른 쪽으로 돌아누웠다. 그쪽에도 환자가 있었다. 흑인 남자가 두 눈을 꼭 감고 누워 있었다. 마이크는 자기 가족들이 있는지 눈동자를 굴렸지만 한 명도 보이지 않았다. 뭐, 그렇다고 놀랄 일은 아니었다. 여기에 입원한 지 얼마 되지도 않았을 테니까. 경찰은 보스턴에 가 있는 티아에게 아직 연락을 하지 못했을 것이다. 그녀가 이곳으로 찾아오기까지는 꽤 시간이 걸려야 할 것이다. 질은 노박네 집에 있고, 애덤은……?

영화 같은 데서는 환자가 이처럼 정신을 차렸을 때면 1인용 특실에서 의사와 간호사가 밤새 대기라도 한 것처럼 미소로 반기면서 이것저것 질문을 해대곤 한다. 하지만 주변에 의료진처럼 보이는 사람은 아무도 없었다. 마이크는 병원 일이라면 훤했다. 그는 호출 버튼를 찾았다. 침대 난간에 테이프로 감겨 있는 버튼을 눌러 간호사를 호출했다.

간호사는 얼른 모습을 보이지 않았다. 시간 감각이 없어 얼마쯤 흐른 건지 알 수가 없었다. 시곗바늘이 잔뜩 게으름을 피우며 천천히 기어가는 듯했다. 기도하던 여자의 목소리가 뚝 끊겼다. 그녀는 몸을 일으켜 세우고 눈물을 닦았다. 마이크는 이제 침대에 누운 남자를 볼 수 있었다. 여자보다 한참 어렸다. 모자간인 것 같았다. 저 사람은 뭣 때문에 병원에 입원했을까 궁금해졌다.

마이크는 서 있는 여자의 뒤편으로 나 있는 창문을 쳐다봤다. 블라인드가 걷혀 있고, 햇살이 가득 쏟아져 들어왔다.

낮이었다.

그는 밤중에 정신을 잃었다. 몇 시간 전의 일이다. 어쩌면 여러 날 전인지도 모른다. 마이크는 아무 소용이 없다는 걸 잘 알면서도 호출 버튼을 연거푸 눌러댔다. 두려움이 밀려들었다. 머리의 고통은 점점 더 심해졌다. 누군가 그의 오른쪽 관자놀이를 커다란 망치로 갈겨대는 것 같았다.

“이런, 이런. 성질이 꽤나 급한 환자로군.”

마이크는 문간을 향해 돌아누웠다. 줄에 매달린 독서안경을 거대한 가슴 위로 늘어뜨린 뚱뚱한 간호사가 병실 안으로 한가로이 걸어 들어왔다. 명찰에는 ‘버사 본디’라고 적혀 있었다. 그녀는 마이크를 내려다보고는 살짝 이마를 찌푸렸다.

“자유세계로 돌아오신 걸 환영해요, 잠꾸러기 양반. 기분이 어떤가요?”

마이크는 목소리가 얼른 나오지 않아 잠시 뜸을 들여야 했다. “대형 청소 트럭과 키스한 것 같소.”

“생각한 것보다는 상태가 훨씬 호전된 것 같군요. 목이 마른가요?”

“바짝바짝 타는 것 같소.”

버사는 고개를 끄덕이더니 얼음이 든 컵을 집어 들어 마이크의 입술에 대고 기울였다. 얼음에서는 약품 맛이 나기는 했지만 사막에서 오아시스를 만난 듯 시원했다.

“당신은 지금 브롱크스-레바논 병원에 있어요. 무슨 일이 있었는지 기억나요?” 버사가 물었다.

“누군가가 내게 달려들었소. 일당이 몇 명 있었던 것 같고.”

“음, 그랬군요. 당신 이름은요?”

“마이크 바이요.”

“성의 철자를 불러주실래요?”

마이크는 이게 인지능력을 검사하는 것이라고 생각하고 몇 가지 정보를 더 알려줬다. “난 의사요. 뉴욕장로교병원에서 장기이식을 담당하고 있소.”

그녀는 마이크가 헛소리를 한다고 여겼는지 눈살을 찌푸렸다. “그 말, 정말인가요?”

“그렇소.”

그녀는 눈살을 조금 더 찌푸렸다.

"내가 통과한 거요?" 마이크가 물었다.

"통과라니요?"

"인지능력 검사 말이요."

"난 의사가 아니에요. 선생님은 잠시 후에 오실 거예요. 난 당신의 신원을 파악하기 위해서 이름을 물어봤던 거라고요. 당신이 이곳으로 실려왔을 때는 지갑도, 휴대전화도, 열쇠도, 아무것도 없었어요. 누가 당신을 습격했든 간에 몽땅 털어간 게 분명해요."

마이크가 뭐라고 말을 하려는 순간, 극심한 통증이 머릿속을 헤집고 지나갔다. 그는 이를 악물고 속으로 열을 세면서 그 고통을 참아냈다. 마이크는 고통의 순간이 지나가자 다시 입을 열었다.

"내가 얼마 동안이나 정신을 잃고 있었소?"

"밤새 내내요. 여섯 시간이나 일곱 시간쯤 되려나?"

"지금이 몇 시요?"

"오전 8시예요."

"그렇다면 이 소식을 내 가족에게 아무도 알리지 않았겠군요?"

"방금 말했잖아요? 우린 당신이 누군지도 몰랐다니까요."

"전화기를 좀 써야겠소. 집사람에게 당장 알려야겠단 말이요."

"부인이 있어요? 확실한 건가요?"

마이크는 현기증을 느꼈다. 진통제 같은 게 투여된 모양이고, 따라서 간호사가 왜 이런 멍청한 질문을 하는지 얼른 갈피를 잡을 수가 없었다.

"그걸 말이라고 하는 거요?"

버사는 어깨를 으쓱했다. "전화기는 당신 침대 옆에 있는데, 외부와 연락하려면 따로 연결을 부탁해야 해요. 전화번호를 누르는 데도 도움이 필요하겠죠?"

"그래야 할 것 같소."

“아, 의료보험에 가입한 것 있나요? 작성해야 할 서류가 몇 가지 있거든요.”

마이크는 쓴웃음을 지었다. 병원에서는 역시 서류작성이 최우선이었다. “물론이요.”

“입원 담당 직원을 올려 보낼게요. 담당 의사 선생님께서 곧 들러서 상처에 관해 말씀해주실 거예요.”

“부상 정도가 심한가요?”

“당신은 무지막지하게 두들겨 맞고 정신을 꽤나 오랫동안 잃었던 터라 분명히 뇌진탕 증세가 있을 거예요. 외상은 말할 것도 없고요. 어쨌든 자세한 건 담당 의사 선생님께서 말씀해주실 거예요. 선생님께서 얼른 다녀가실 수 있는지 알아볼게요.”

마이크는 그녀의 말을 충분히 이해했다. 담당 간호사들은 진찰 내용을 환자에게 알려줄 수 없도록 되어 있었다.

“고통이 심한가요?” 버사가 물었다.

“약간요.”

“지금 진통제가 투여되고 있어요. 고통이 가시기 전까지는 조금씩 더 아플 거예요. 모르핀 양을 좀 더 늘려드릴게요.”

“고맙소.”

“곧 돌아올게요.”

그녀는 문 쪽을 향해 움직이기 시작했다. 마이크는 뭔가를 떠올리고는 그녀를 불러 세웠다. “간호사?”

버사는 돌아서서 그를 향해 다가왔다.

“혹시 사건에 관해 내게 질문하려고 온 경찰관은 없소?”

“뭐라고요?”

“당신 말에 의하면 난 습격을 받고 몽땅 털린 셈인데, 이 일에 관심을 보인 경찰관이 없냐는 말이오.”

그녀는 팔짱을 꼈다. “당신이 정신을 차릴 때까지 경찰이 이곳에서 엉덩이를 붙인 채 멍하니 앉아 있었을 거라고 생각했단 말인가요?”

딴은 TV에서 환자를 대하는 의사의 대사처럼 그녀의 말에도 일리가 있었다.

그러더니 버사가 덧붙였다. “대부분의 사람들은 골치가 아플까봐 이런 일을 신고하지도 않는다고요.”

“이런 일이 어때서?”

그녀는 또다시 이마를 찌푸렸다. “나더러 정말 경찰을 불러달라는 건가요?”

“우선 집사람에게 먼저 전화를 하고 싶소.”

“그게 제일 나을 것 같네요.”

마이크는 침대를 조절하는 버튼으로 손을 뻗었다. 갈비뼈를 그라인더로 갈아대는 듯한 통증에 온몸을 부르르 떨었다. 숨이 콱 막혔다. 마이크는 간신히 조절 버튼을 만지작거리다 가장 위쪽의 버튼을 눌렀다. 상체가 침대와 함께 세워졌다. 꿈지럭거리며 몸을 좀 더 세웠다. 수화기를 집어 들고 귀에 갖다 댔다. 아직 연결이 되지 않았다.

티아는 지금 공황상태일 게 분명했다.

애덤은 지금쯤 집에 돌아와 있을까?

도대체 어떤 녀석들이 날 습격했던 거지?

“미스터 바이?”

버사 간호사가 다시 문간에 모습을 드러냈다.

“닥터 바이요.” 마이크는 자신의 호칭을 정정했다.

“아, 이런, 제가 깜빡했네요.”

마이크는 이러고 싶진 않았지만 자신이 동료 의사라는 걸 병원 측이 알도록 하는 게 좋을 것 같았다. 경찰관이 과속으로 단속을 받는 경우, 단속 경관에게 동료라는 걸 알리는 것과 다를 바가 없었다. 소위 말하는 ‘제

식구 감싸기'였다.

"이곳에 다른 문제로 와 있는 경찰관이 있는데요, 그 사람과 애기를 하고 싶으세요?" 버사가 물었다.

"그렇게 하겠소. 그런데 먼저 전화를 좀 연결해줄 수 없겠소?"

"당장 조치를 취할게요."

정복 경찰관이 병실로 들어섰다. 그는 연필처럼 가느다란 콧수염을 기른, 체격이 작은 라틴 아메리카인이었다. 마이크는 그가 삼십대 중반인 것으로 판단했다. 그는 자신을 구티에레즈 경관이라고 소개했다.

"정말 사건 신고를 할 건가요?" 구티에레즈가 물었다.

"당연하죠."

그 사람도 이마를 찌푸렸다.

"왜요?"

"선생을 이곳에 입원시킨 게 납니다."

"고맙군요."

"천만에요. 그런데 우리가 선생을 어디에서 발견한 줄 알아요?"

마이크는 잠시 생각을 가다듬었다. "나이트클럽 옆쪽의 골목 아니던가요? 거리 이름은 생각나지 않지만."

"정확히 알고 있군요."

그는 마이크를 똑바로 쳐다보며 기다렸다. 그리고 마이크는 결국 구티에레즈의 표정에서 뭔가를 알아차렸다.

"아, 이건 당신이 생각하는 것과 달라요." 마이크는 정색을 하며 말했다.

"내가 무슨 생각을 했는데요?"

"내가 창녀와 노닥거리다가 강탈당했다고요."

"강탈당해요?"

마이크는 고통을 참으며 어깨를 으쓱했다. "TV에서 그렇게 말들을 하더군요."

"난 함부로 결론을 내릴 생각은 없지만, 몇 가지 분명한 사실은 알고 있어요. 선생은 창녀들이 자주 이용하는 골목길에서 발견됐죠. 그리고 그 지역을 드나드는 애들보다 스무 살 내지 서른 살 정도는 더 나이가 들었고요. 유부남인 데다가, 손님이 창녀나 그녀의 포주에게 당한 것처럼 두들겨 맞고 강탈을 당했죠." 구티에레즈는 마이크가 했던 말을 그대로 인용했다.

"난 그곳에 창녀 따위를 구하려고 간 게 아니었소." 마이크는 얼른 대꾸했다.

"아, 물론 그러셨겠지. 구경 삼아 그 골목으로 들어갔겠죠? 볼 만한 것들이 많은 곳이니까요. 뭐 따로 설명을 하지 않아도 그곳을 잘 알고 있어요."

"난 아들을 찾고 있었소."

"그 골목에서요?"

"그래요. 아들 친구 녀석 하나가 그곳으로……." 고통이 밀려왔다. 마이크는 이 일이 어떻게 진행될지 알 수 있을 것 같았다. 제대로 설명을 하려면 꽤나 시간이 걸릴 듯했다. 설명을 한다고 해도 어쩔 것인가? 이 경찰관이 단서를 찾아낼 수 있을까?

얼른 티아와 통화를 할 필요가 있었다.

"지금 무척 고통스럽네요." 마이크는 엄살을 부렸다.

구티에레즈는 고개를 끄덕였다. "이해합니다. 여기 내 명함을 두고 가겠소. 더 말하고 싶은 게 있거나 고소장을 작성하려면 전화해주시오."

구티에레즈는 명함을 침대 옆 탁자 위에 놓고 병실에서 나갔다. 마이크는 명함을 쳐다보지도 않았다. 밀려드는 고통을 참으며 전화기로 손을 뻗어 티아의 휴대전화번호를 돌렸다.

18

로렌 뮤즈는 길거리 감시 카메라 테이프에서 제인 도의 시신이 유기되는 시간대 부분을 유심히 살폈다. 특별히 눈에 띄는 게 없었다. 하지만 뭘 기대했단 말인가? 수십 대의 차량이 그 시간대에 그곳을 지나갔다. 어느 것 한 대도 저건 아니라고 제외할 수 없었다. 시신은 크기가 훨씬 작은 차 트렁크에도 들어갈 수가 있었다.

뭔가가 드러나길 기대하며 계속 들여다봤지만 어느덧 테이프는 다 감기고 말았다. 곤란한 사태를 헤쳐나갈 실마리를 단 하나도 건지지 못했다.

클래런스가 노크를 하고 다시 머리를 들이밀었다. "이건 좀 믿기 어려울걸, 과장."

"얼른 말해보세요."

"먼저, 그 실종됐다던 사내 얘긴 잊어버리라고. 그 바이라는 작자 말이야. 그자가 어디에 있는지 알겠어?"

"어디에 있는데요?"

"브롱크스의 어떤 병원에. 부인이 업무를 보러 집을 비우자마자 쪼르르 달려나갔다가 창녀에게 왕창 당했다는군."

뮤즈는 눈살을 찌푸렸다. "리빙스턴 같은 부유한 곳에 사는 사람이 그런 곳으로 창녀를 구하러 나갔다고요?"

"뭐, 부자라도 싸구려에 흥미를 느끼는 법도 있으니까. 하지만 그건 별로 뉴스거리도 아니지." 클래런스는 평소의 그답지 않게 허락도 받지 않고 얼른 의자에 걸터앉았다. 셔츠 소매를 말아 올린 그의 두툼한 얼굴에서는 미소가 보일락 말락했다.

"코르도바 집안의 어큐라 MDX가 여전히 호텔 주차장에 있어서 그 지역 경찰관들이 객실 몇 곳을 확인했다는군. 그 여자의 행적이 발견되지 않아서 난 이전으로 거슬러 올라가봤지."

"거슬러 올라가요?"

"그녀가 이전에 있었던 것으로 파악된 곳으로 눈길을 돌렸단 뜻이지. 팰리세이즈 쇼핑센터 말이야. 그곳은 크기도 어마어마할 뿐만 아니라 엄청 값비싼 보안장비를 갖추고 있더군. 그래서 그 사람들에게 전화를 했지."

"경비실로요?"

"맞아. 그랬더니 이런 게 나오더라고. 어제 오후 5시경에 어떤 사내가 경비실로 찾아와서 웬 여자가 자기 차인 듯한 녹색 어큐라 MDX 쪽으로 걸어가더니 물건을 싣고는 바로 곁에 주차한 흰색 밴의 남자 곁으로 다가가더니 그 밴 안으로 들어가고 문이 닫혔다고 신고했다는군. 그 여자가 위협을 받고 있는 것 같진 않았고, 그 정도였으면 아무런 의심을 하지 않았을 텐데, 문제는 다른 여자가 다가와서 그 여자의 어큐라에 올라타더니 먼저 출발한 밴을 따라 함께 자취를 감췄다고 하더래."

뮤즈는 의자 등받이에 등을 기대고 똑바로 앉았다. "밴과 어큐라가요?"

"그래."

"다른 여자가 어큐라를 몰았다고요?"

"맞아. 어쨌거나 이 사내는 경비실과 경비원들에게 이런 사실을 알렸지만, 그들은 별로 신경 쓰지 않았다고 해. 하긴 그들이 뭘 할 수 있었겠어? 그래서 그냥 서류만 작성하고 말았다는 거야. 그런데 내가 전화를 하자 그 일을 떠올리고 서류를 꺼내본 거지. 무엇보다도 그 일이 '타깃'의 바로 바깥쪽에서 벌어졌다는 게 중요해. 이 사내는 이 사실을 알리려고 오후 5시 15분에 경비실을 찾았고. 우린 레바 코르도바가 '타깃'에서 오후 4시 52분에 물건을 구매했다는 걸 알고 있지. 영수증에 구입 날짜와 시각이 찍혀 있으니까."

머릿속에서 벨 소리가 요란스럽게 울려대기 시작했지만, 뮤즈는 그게 어느 쪽에서 들려오는지 분명히 알 수가 없었다.

"'타깃'에 전화를 하세요. 그곳에도 감시 카메라가 있을 게 분명해요."

"지금쯤 '타깃' 본사의 협조를 받고 있을 거야. 두어 시간 이상은 걸리지 않을걸? 뭔가 중요한 게 나올 수도 있고, 그렇지 않을 수도 있겠지. 그 여자가 '타깃'에서 뭘 샀는지는 알아낼 수 있지 않겠어? 현재 우린 아동용 DVD 몇 장과 속옷과 겉옷 등등 모두 아동용을 구입했다는 건 알고 있는 상황이잖아."

"정부情夫와 도망치려고 계획했을 때 살 만한 물건들은 아니죠."

"물론이지. 혹시 애를 데리고 갈 생각이었다면 모를까, 그 여자는 그러지 않았으니까. 게다가 호텔 주차장에 있는 어큐라의 문을 땄는데, 그 안에는 '타깃'에서 물건을 담아준 봉지가 없었어. 남편은 아내가 집에 들렀을 경우를 생각해서 집안을 샅샅이 수색했지만 '타깃'과 관련된 게 하나도 나오지 않았다더군."

뮤즈는 차가운 한기가 등뼈를 따라 목덜미로 올라오는 게 느껴져서 몸을 부르르 떨었다.

"왜 그래?" 클래런스가 놀라 물었다.

"경비실에서 철해놓은 그 서류를 보고 싶어요. 그리고 레바가 밴 안으로 들어간 걸 봤다고 한 그 남자의 전화번호를 알아봐줘요. 그 사람이 밴의 상세한 모습이나 차 안에 있던 사람들의 인상착의를 기억하고 있는지 알아보자고요. 경비원은 그런 세세한 것까지 그 사람에게 물어보지 않았을 게 뻔해요. 난 모든 걸 알고 싶어요."

"알았어."

두 사람은 1, 2분 동안 더 얘기를 나눴지만, 뮤즈의 마음은 다급하기만 했다. 맥박이 점차 빨라졌다. 뮤즈는 클래런스가 사무실을 나가자마자 얼른 수화기를 집어 들고 직속상관인 폴 코플랜드의 휴대전화번호를 눌렀다.

"여보세요?"

"어디 계세요?" 뮤즈가 다급한 어조로 물었다.

"막 딸아이를 내려준 참이야."

"뵙고 알려드릴 게 있어요."

"언제쯤이 좋겠어?"

"최대한 빨리요."

"좌석표를 최종 결정하기 위해 레스토랑에서 예비 신부를 만나기로 되어 있는데……."

"좌석표요?"

"그래, 좌석표. 어디에 어떤 사람이 앉을지를 알려주는 그것 말이야."

"검사님은 그게 그렇게 신경이 쓰이나요?"

"아니, 조금도 그렇지 않네만."

"그럼 루시에게 그 일을 맡겨두세요."

"그러고 싶지만 그녀가 별로 좋아하지 않을 것 같아. 예비 신부는 시시콜콜한 일에까지 나를 뒤에 달고 다니고 싶어 하면서도 참견은 하지 말라고 하던데? 나를 그저 장식품으로 여기는 모양이야."

"말씀을 들어 보니 신세가 딱하군요, 코프."
"그렇긴 한데, 나도 머리가 있고 생각이 있는 사람이라고."
"제게 필요한 것도 바로 그 부분이라고요."
"그런데 대체 무슨 일이지?"
"남이 들으면 미쳤다고 할 만한 직감이 있는데 검사님께서 들어보고 제대로 된 건지 아닌지를 판단하셨으면 해요."
"그게 결혼식장에서 누가 누구와 같은 식탁에 앉을지를 결정하는 것보다 더 중요하다고 생각하는 건가?"
"꼭 그런 건 아니지만, 이건 살인 사건이라서요."
"내가 나중에 루시에게 욕을 먹기로 하지, 뭐. 곧 갈게."

질은 야스민의 침실에서 전화벨 소리에 잠을 깼다.
야스민은 지나칠 정도로 남자들에게 관심이 있는 것처럼 가장하면서 다른 여자애들과 다를 바가 없다는 걸 나타내려고 했다. 한쪽 벽에는 영화 〈하이스쿨 뮤지컬〉에 출연했던 매력남 잭 에프론의 포스터와 〈스위트 라이프The Suite Life〉에서 함께 출연했던 쌍둥이 중 마틴의 사진이 붙어 있었다. 낮에는 평범한 학생, 밤에는 가수로 이중생활을 하고 있는 소녀의 이야기를 다룬 〈한나 몬타나〉의 여주인공인 마일리 사이러스의 포스터도 있었는데, 어쩌면 야스민이 가장 좋아하는 건 이것인지도 몰랐다.
야스민의 침대는 문 가까이에 있는 반면, 질은 창문 곁의 침대를 차지했다. 양쪽 침대에는 동물 인형들이 널려 있다. 야스민은 부모가 이혼했을 때 그래도 좋은 점이 있었다면 양쪽이 경쟁적으로 선물을 던져주는 것이라고 질에게 말한 적이 있었다. 물론 그런 것으로 부모 노릇을 다했다고 생각하는 건 문제였지만. 야스민의 엄마는 1년에 네댓 번밖에 딸아이를 만나주지 않았지만, 그래도 인형 같은 선물은 꼬박꼬박 보내주곤 했다. 곰인형이 적어도 스무 개는 되는 것 같았다. 그중 한 마리는 치어리더처럼 차려입고 있었고, 질의 베개 옆에 놓여 있는 것은 반짝이가 아롱거리는 짧은 치마에 홀터 톱을 걸치고 털북숭이 얼굴에 무선 마이크를 장착한 팝스타 차림을 하고 있었다. 하마 세 마리를 포함한 웹킨즈Webkins 인형 수십 개가 바닥에 널려 있었다. 〈J-14〉〈틴 피플〉〈팝스타!〉 같은 잡지의 지난 호들이 침대 옆 작은 탁자에 쌓여 있었다. 카펫은 발이 파묻힐 정도로 푹신했다. 노박 집안에서 1970년대에 구입해서 죽 사용해온 것이라고 하는데, 십대 소녀의 침실에 들여놓기에는 좀 생뚱맞아 보였다. 책상 위에는 최신형 데스크톱인 아이맥이 자리 잡고 있었다.

야스민은 컴퓨터를 다루는 실력이 꽤나 좋았다. 그건 질도 마찬가지였다.

질은 벌떡 일어나 앉았다. 야스민은 눈을 껌뻑거리며 질을 쳐다봤다. 약간 떨어진 곳에서 불만이 가득한 목소리로 전화를 받는 소리가 들렸다. 야스민의 아버지였다. 질과 야스민의 침대 사이의 작은 탁자 위에 호머 심프슨을 새겨 넣은 자명종이 있었다. 시곗바늘은 오전 7시 15분을 가리키고 있었다.

전화하기에는 좀 이른 시간이잖아? 더군다나 이런 주말에는. 질은 속으로 생각했다.

여자애들은 어젯밤 늦게까지 깨어 있었다. 그 전에 아이들은 노박 씨와 그가 새로 사귀는 여자친구 베스와 함께 저녁 식사와 아이스크림을 먹으러 밖으로 나갔다 왔다. 베스는 마흔 살쯤 된 것 같았고, 별것도 아닌 일에 웃음을 헤프게 터뜨리는 좀 짜증나는 여자였다. 노박 씨는 고등학교 다닐 때 수다를 떨며 잘 웃는 여자애들에게 끌리는 남자애처럼 행동하고 말했다. 지금쯤은 그런 것에서 졸업을 하셨어야죠. 질은 속으로 생각했다. 아니면 말고요.

야스민의 방에는 PDP TV가 있었다. 야스민의 아버지는 마음껏 영화를 봐도 좋다고 허락했다. "주말이잖니? 실컷 놀아야지." 가이 노박은 활짝 웃으며 말했다. 그래서 야스민은 질과 함께 팝콘을 튀긴 다음 14세 이상의 청소년부터 볼 수 있는 PG-13등급의 영화 두어 편과 질의 부모가 봤더라면 펄쩍 뛰었을 게 분명한 R등급의 성인영화도 한 편 봤다.

질은 침대를 빠져나왔다. 소변이 마려웠지만, 지금 당장은 어젯밤에 아버지가 오빠의 행방을 찾아 나선 결과가 궁금했다. 아무 연락이 없어서 걱정이 됐다. 직접 애덤의 휴대전화에 전화를 걸어보기도 했다. 애덤이 아버지와 어머니한테서 되도록 멀리 떨어지려고 하는 건 그런대로 이해가 됐다. 하지만 여동생이 보낸 전화와 문자에도 회신을 보내지 않으리라고는 꿈에도 생각하지 못했다. 애덤은 질의 전화에 항상 응답을 했다.

하지만 이번에는 그렇지 않았다.

그래서 질은 한층 더 걱정이 됐다.

질은 자신의 휴대전화를 확인했다.

"뭐 하는 거야?" 야스민이 물었다.

"오빠가 전화했는지 확인하는 거야."

"전화 왔어?"

"아니, 아무 연락도 없어."

야스민은 입을 다물었다.

가벼운 노크 소리가 들리더니 문이 살며시 열렸다. 노박 씨가 머리를 안으로 들이밀고 속삭였다.

"너희 벌써 깬 거니?"

"전화벨 소리 때문에 깼어요." 야스민이 대꾸했다.

"누구였어요?" 질이 물었다.

노박 씨는 질을 똑바로 쳐다봤다. "네 엄마셨어."

질의 몸이 뻣뻣해졌다. "뭐가 잘못됐나요?"

"아무 일도 없단다, 애야." 노박 씨가 차분한 어조로 말했지만, 질은 거짓말이라는 걸 당장 알아차렸다. "네가 오늘도 우리 집에 있어도 되는지 물으시더구나. 아침 먹고 쇼핑센터나 극장에 갈 예정인데, 넌 어떠니?"

"엄마가 저보고 왜 여기에 있으래요?" 질이 물었다.

"그건 나도 모르겠다, 얘야. 갑자기 무슨 일이 생겼다면서 부탁을 하시더구나. 그리고 널 사랑한다는 것과 아무 일도 없다는 말을 꼭 전해달라고 하시더라."

질은 아무 말도 하지 않았다. 야스민의 아버지 말은 몽땅 다 거짓말이었다. 이는 질은 물론 야스민도 눈치채고 있었다. 질은 야스민을 힐끗 쳐다봤다. 이 문제에 관해 더 떼를 써봐야 노박 씨는 입을 다물고 있을 게 뻔했다. 열한 살 먹은 여자애들에게 사실대로 얘기해봤자 그걸 감당하지 못할 것 같아서 나중에 사과하는 한이 있더라도 지금은 아무 말도 하지 않는 게 애들을 보호하는 것이라고 생각하는 것 같았다.

"난 잠시 나갔다 와야겠다." 노박 씨가 다른 말을 했다.

"어딜 가시는데요?" 야스민이 물었다.

"응, 사무실에. 놔두고 온 것 중에서 필요한 게 있어서. 베스가 지금 막 도착해서 아래층에서 TV를 보고 있단다. 부탁할 게 있으면 편하게 얘기하렴."

야스민이 코웃음을 쳤다. "지금 막 도착했다고요?"

"그래."

"여기에서 잔 건 아니고요? 됐어요, 아빠. 대체 우리가 몇 살이라고 생각하시는 건가요?"

노박 씨는 이마를 찌푸렸다. "그만해라, 이 아가씨야."

"그러시든가요."

노박 씨는 문을 닫았다. 질은 침대에 털썩 주저앉았다. 야스민이 가까이 다가왔다.

"무슨 일일까?" 야스민이 물었다.

질은 대꾸를 하지 않았지만, 나쁜 상황을 상상하는 자신이 싫었다.

코프가 뮤즈의 사무실로 들어섰다. 새로 맞춘 청색 정장을 걸친 그는 훨씬 더 말쑥해 보였다.

"오늘 기자회견이 있나요?" 뮤즈가 물었다.

"그건 또 어떻게 안 거지?"

"정장이 아주 잘 어울려서요."

"사람들이 아직도 날 보고 옷만 잘 차려입는다고 말하고 있어?"

"눈에 그렇게 보이니 그런 말들을 하죠."

"어련들 하시겠어? 에헴, 내가 '정장 신사의 표본'이라 이건가? 암, 정장이 잘 어울리는 사내지. 개가 핥은 죽사발처럼 멀끔한 신사고 말고."

로렌 뮤즈는 종이 한 장을 들어 보였다. "사무실로 방금 들어온 거예요."

"읽어보게."

"프랭크 트레몬트의 사직서예요. 퇴직을 정식으로 요청했네요."

"순순히 말을 듣다니 좀 의외로군."

"그러게요."

뮤즈는 코프를 쳐다봤다.

"왜 그러나?"

"어제 기자를 불러다놓고 벌인 쇼 말이에요."

"그게 어쨌단 말인가?"

"대놓고 절 봐주신 거였잖아요? 검사님께서 일부러 도와주시지 않아도 됐는데……." 뮤즈가 눈을 흘기며 말했다.

"도와주긴? 까딱 잘못했으면 자네를 골로 보낼 뻔했는데."

"그건 또 왜 그런가요?"

"자네가 트레몬트를 완전히 박살내버릴 수 있는 증거를 가지고 있을 수도 있고 그렇지 않을 수도 있었지. 두 사람 중 하나는 바보처럼 보일 수밖에 없었어."

"그 사람이나 제가 죄다 뒤집어쓸 수 있었다는 얘기네요?"

"맞아. 사실 트레몬트는 우리 수사진들 중에서 밉고자 노릇을 도맡아 하고 분위기를 깨는 작자였어. 난 그 녀석이 저 혼자 지지고 볶다가 그만뒀으면 하는 생각이 간절했다고."

"제게 만약 그런 증거가 없었다면요?"

코프는 어깨를 으쓱했다. "그렇다면 자네가 사직서를 제출했어야 할지도 모르지."

"검사님은 그런 위험을 무릅쓸 생각이셨나요?"

"무슨 위험 말인가? 트레몬트는 게으르기 짝이 없는 멍청이였어. 만약 그자가 자네보다 머리가 좋았다면 자넨 수사과장 자리를 꿈속에서도 차지할 수 없었을 걸세."

"제가 졌어요."

"그만할까? 자네, 프랭크 트레몬트에 관해 얘기하려고 내게 전화한 건 아니지? 그래 무슨 일이야?"

뮤즈는 코프에게, 타깃에서의 목격자, 밴, 이스트 하노버에 있는 라마다 호텔의 주차장 등 레바 코르도바의 실종에 관한 상황을 모두 설명했다. 코프는 의자에 가만히 앉아서 회색 눈으로 그녀를 똑바로 쳐다봤다. 그의 눈은 빛에 따라 색상이 변했다. 로렌 뮤즈는 어떤 면에서 코프에게 열을 올리고 있었다. 하지만 뮤즈는 코프의 전임자였던 나이 든 구질구질한 검사에게도 열을 올렸던 걸로 봐서 권위를 대표하는 사람에게 좋은 감정을 품는 게 분명했다.

하지만 뮤즈는 열을 올렸다고 해서 실생활에서 뭔가가 이루어지길 갈망하는 것이 아니라 흠모의 정을 보내는 것에 가까웠다. 코프는 뮤즈를 잠이 못 들게 하지도 않았고, 마음 아프게 하지도 않았고, 그녀의 환상을 성적으로 침범하지도 않았다. 그녀는 코플랜드의 매력을 전혀 탐하지 않았다. 그저 바라보기만 해도 좋았다. 자신과 데이트하는 사람에게서 그런 매력을 찾을 수 있으면 했지만, 아직까진 그런 운명적인 사람을 만나보지 못했다.

뮤즈는 코프의 과거에 대해, 최근에 밝혀진 그가 겪었던 무서운 고통에 대해 잘 알고 있었다. 뮤즈가 알고 지냈던 많은 사내들처럼 폴 코플랜드도 상처를 입었지만, 그는 자신의 일에 열정을 쏟음으로써 그걸 이겨냈다. 정치라는 직업에 종사하는, 정치적인 직책에 있는 수많은 사내들은 야심이 많은 데다가 고통이라는 걸 전혀 몰랐다. 이 일의 성격이 그런 사람들을 불러 모으는 모양이었다. 하지만 코프는 고통을 겪었다. 그게 검사인 그를, 피고의 변명에는 좀 더 동정적이지만 저지른 죄는 쉽사리 용납하지 않는 사람으로 만들었다.

뮤즈는 코프에게 레바 코르도바의 실종에 관해 자신의 가설이 포함되지 않은 객관적인 사실만을 전했다. 코프는 그녀의 얼굴을 쳐다보며 천천히 고개를 끄덕였다.

"어디, 내가 한번 맞춰볼까? 뮤즈, 자네는 이 레바 코르도바라는 여자가 그 제인 도와 무슨 관련이 있다고 생각하는군."

"그래요."

"그럼 연쇄살인범을 생각하고 있는 건가?"

"그럴 수도 있지만, 연쇄살인범은 일반적으로 단독범인 경우가 많아서요. 그런데 이 사건에는 여자가 하나 개입되어 있다고요."

"좋아, 왜 그들이 연계되어 있다고 생각하는지 그 이유를 들어보자고."

"먼저, 범행 수법을 들 수 있어요."

"비슷한 연령대의 백인 여자 둘이지? 하나는 창녀처럼 차려입은 채 뉴어크에서 발견됐고, 다른 하나는 아직 행방을 모르고 있고." 코프가 아직도 의문이 가득한 목소리로 말했다.

"그런 점도 있지만, 더 큰 요인이 제 눈길을 끌어당겼어요. 기만과 양동 작전을 썼다는 점이요."

"무슨 말인지 잘 모르겠는데……?"

"꽤나 유복한 사십대 백인 여성 두 명이 음, 24시간이 채 지나기도 전에 모습을 감췄어요. 바로 여기에 이상한 유사점이 있어요. 하지만 그것보다 더 중요한 건, 제인 도가 등장한 첫 번째 사건에서 살인범은 우릴 기만하려고 무척이나 애를 썼어요. 맞죠?"

"그렇군."

"그런데 이 작자가 레바 코르도바에게도 똑같은 수작을 부렸다고요."

"차를 모텔에 주차시킨 것 말인가?"

뮤즈는 고개를 끄덕였다. "그자는 두 사건 모두에서 우리에게 거짓 단서를 남겨 그걸 쫓도록 하려고 엄청 작업을 했어요. 제인 도가 등장한 사건에서는 그녀를 창녀로 오인하도록 만들었어요. 레바 코르도바의 경우에는, 남편을 속이고 애인과 사랑의 도피를 하는 여자로 보이도록 만들었고요."

"음, 그 정도로는 유사성이 있다고 보기 어렵겠는데……." 코프는 눈살을 찌푸렸다.

"그렇긴 하지만 주목해야 할 점은 되죠. 전 인종차별주의자는 아니지만 리빙스턴처럼 부유한 교외 지역에 사는 멋진 백인 가정주부가 애인과 사랑의 도피를 할 가능성이 얼마나 될까요?"

"가끔은 있겠지."

"그럴지도 모르죠. 하지만 그 여자가 정말 도망치고 싶었다면 계획을 더 잘 세우지 않았을까요? 자신의 딸아이가 아이스스케이팅 과외를 받는 곳과 가까운 쇼핑센터로 차를 몰고 가서 아동용 속옷 같은 걸 사놓고는 그걸 몽땅 내버리고 애인에게 달려갔다고요? 그런데 우리에겐 목격자가 있어요. 레바가 '타깃'이 있는 곳에서 밴 안으로 들어가는 걸 본 스티븐 에리코라는 사내 말이에요. 게다가 다른 여자가 레바의 차를 몰고 갔다고 했고요."

"실제로 정말 그런 일이 벌어졌을까?"

"정말 그런 일이 있었다고요."

"알았네. 그건 그렇다 해도 레바 코르도바를 어떻게 제인 도와 연결시킬 셈이지?"

뮤즈는 한쪽 눈썹을 쫑긋 추켜세웠다. "아직 다 말하지 않았어요. 가장 좋은 소식은 마지막을 위해 남겨뒀다고요."

"아이고 머리야."

"스티븐 에리코 얘기를 좀 더 해보죠."

"쇼핑센터에서의 목격자 말인가?"

"맞아요. 에리코가 신고를 했어요. 그것만으로는 팰리세이즈의 경비원들을 비난할 수 없겠더라고요. 뭐, 별일 아닌 것처럼 보였거든요. 어쨌든 인터넷에서 이 사람을 검색해봤어요. 텁수룩한 턱수염과 록밴드 '그레이트풀 데드' 로고가 새겨진 셔츠를 입은 자기 사진이 실린 블로그 페이지를 가지고 있더라고요. 막상 만나서 얘기해 보니 음모론에 푹 빠진 얼간이가 분명했고요. 그리고 사건 사고에 나서기를 좋아하더라고요. 쇼핑센터 같은 데 가서 물건을 슬쩍하는 녀석을 직접 목격하기를 바라는 그런 사람 아시죠?"

"잘 알고 있지."

"그런데 기억력은 비상했어요. 에리코는 레바 코르도바의 인상착의에 들어맞는 여자가 흰색 시보레 밴에 타는 걸 봤다고 말했죠. 한발 더 나아가 그 밴의 번호를 적어놓기까지 했고요."

"그래서?"

"번호판을 조회했죠. 그랬더니 그 밴이 뉴욕 스카즈데일에 사는 헬렌 캐스너라는 여자 이름으로 등록되어 있었어요."

"그 여자가 흰색 밴을 가지고 있었나?"

"그랬어요. 그리고 어제 그 쇼핑센터에 갔었고요."

코프는 뮤즈가 뭘 말하려는지를 이해했다는 듯 고개를 끄덕였다. "그럼 자넨 누군가가 캐스너 부인의 밴에 붙은 번호판을 바꿔치기했다고 보는 거로군?"

"말씀하신 대로예요. 범행에 사용하기 위해 차를 훔쳤을 때 목격자가 생길 경우를 대비해서 번호판을 바꾸는 건 범죄사에서 가장 오래됐지만 여전히 효과가 있는 속임수죠. 수사진을 혼란에 빠뜨리니까요. 하지만 대부분의 범죄자들은 모양이 똑같은 차량의 번호판을 바꾸는 게 가장 효과적인 방법이라는 걸 알지 못하죠. 그렇게 하면 더 혼란을 초래할 수 있는데도요."

"그럼 자네는 '타깃'의 주차장에 있던 밴이 도난 차량이라고 생각하는 건가?"

"그렇게 생각되지 않으세요?"

"나도 그렇게 생각해. 이렇게 되면 에리코 씨의 진술에 더 무게가 실리겠는데. 그리고 레바 코르도바에 관해 더 걱정을 해야 할 판이고. 하지만 레바가 어떻게 해서 제인 도와 관련이 있는 건지는 여전히 오리무중이군."

"이걸 좀 보세요."

뮤즈는 컴퓨터 모니터를 코프 쪽으로 돌렸다. 그는 즉시 화면을 뚫어져라 들여다봤다.

"이게 뭐지?"

"제인 도 피살 현장 가까운 곳에 있는 건물의 보안 카메라 테이프예요. 시간 낭비라고 생각하면서도 오늘 아침 내내 이걸 들여다봤어요. 그랬더니……." 뮤즈는 자신이 말하고자 하는 장면에서 테이프를 정지시켜놓고 있었다. 그녀가 재생 버튼을 누르자 흰색 밴이 모습을 드러냈다. 정지 버튼을 누르자 화면이 정지했다.

코프가 화면 가까이 얼굴을 들이댔다. "흰색 밴이로군."

"넵, 흰색 시보레 밴이죠."

"뉴욕과 뉴저지만 해도 흰색 시보레 밴이 수십만 대는 등록되어 있을 텐데…… 번호판을 알아볼 수 있겠어?" 코프가 물었다.

"네."

"그리고 그게 캐스너 부인의 밴 번호판과 일치할 가능성도?"

"아니요."

코프의 두 눈이 가늘어졌다. "아니라고?"

"아니에요, 완전히 다른 번호예요."

"그럼 이게 다 무슨 소용이지?"

뮤즈는 화면을 손가락으로 가리켰다. "JYL-419라는 이 번호판은 뉴욕주 암몽크에 사는 데이비드 펄킹엄 씨의 것이에요."

"펄킹엄이라는 사람도 흰색 밴을 소유하고 있단 말이야?"

"네."

"그 사람이 우리가 찾는 범인일 수도 있나?"

"그 사람은 일흔세 살이나 먹은 데다가 전과도 없어요."

"그렇다면 또 다른 번호판 바꿔치기라고 본단 말이군?"

"넵."

클래런스 모로가 사무실 안쪽으로 슬쩍 머리를 들이밀었다. "과장?"

"왜 그러세요?"

클래런스는 폴 코플랜드를 보자마자 마치 경례라도 붙이려는 듯이 자세를 바로했다. "안녕하십니까, 검사님?"

"여, 클래런스, 안녕하시오?"

클래런스는 아무 말도 하지 않고 기다렸다.

"괜찮아요. 뭐 나온 게 있어요?" 뮤즈가 물었다.

"방금 헬렌 캐스너와 통화했어."

"그런데요?"

"그 여자더러 밴의 번호판을 확인해보라고 했지. 과장 말이 맞았어. 번호판이 바꿔치기당했는데도 그 여자는 전혀 눈치채지 못하고 있더군."

"다른 건요?"

"그 여자의 밴에 달려 있는 번호판 말이야?" 클래런스는 컴퓨터 화면에 떠 있는 흰색 밴을 가리켰다. "그건 데이비드 펄킹엄 씨의 밴에 달려 있던 거였어."

뮤즈는 코프를 쳐다보며 미소 짓고는 양 손바닥을 하늘로 향했다. "이 정도면 관련성이 분명한 건가요?"

"그래, 분명하다마다." 코프가 크게 고개를 끄덕였다.

19

야스민이 속삭였다. “가자.”

질은 친구를 힐끗 쳐다봤다. 그동안 난처한 상황을 초래했던 희미한 콧수염은 사라지고 없었지만, 어떤 이유에서인지 질의 눈에는 아직도 그게 분명히 보였다. 남쪽 어딘가에, 아마 플로리다 같은 곳에 살고 있는 야스민의 어머니가 찾아와서 야스민을 어떤 유명한 의사가 있는 병원으로 데려가서 털 제거 수술을 받게 했다. 그 수술은 겉모습을 바꾸는 데는 큰 역할을 했지만, 끔찍한 학교생활에는 전혀 도움이 되지 않았다.

그들은 주방 식탁에 앉아 있었다. 야스민이 ‘주말용 애인’이라고 부르는 베스는 소시지를 곁들인 오믈렛과 베스 표 ‘달달한 핫케이크’로 소녀들을 깜짝 놀라게 하고 싶어 했지만, 소녀들은 초콜릿 칩이 박힌 냉동 와플만 먹어댐으로써 베스의 기분을 잡치게 만들었다.

“좋아, 아가씨들, 이제 하고 싶은 대로 하렴. 난 정원에 나가 햇빛을 좀 쐴 테니까.” 베스는 이를 악물고 천천히 말했다.

베스가 문 밖으로 나가자마자 야스민은 식탁에서 일어나 살금살금 창문 쪽으로 걸어갔다. 베스는 보이지 않았다. 야스민은 좌우를 살펴보고는 씩 웃었다.

“왜 그러는데?” 질이 물었다.

“이것 좀 봐.” 야스민이 얄궂은 미소를 지으며 말했다.

질은 자리에서 일어나 야스민 곁으로 다가갔다.

“저기 큰 나무 뒤쪽 귀퉁이를 봐.”

“아무것도 안 보이는데?”

“더 자세히 살펴보라니까.” 야스민이 답답한 듯 재촉했다.

1, 2초가 지나자 회색의 뭔가가 나무 뒤쪽에서 하늘거리는 게 보였다. 질은 야스민이 뭘 말하고자 한 것인지 알 수 있었다. “베스가 담배를 피우는 거야?”

“그래. 나무 뒤쪽에 숨어 담배에 불을 붙였나봐.”

“왜 숨은 거지?”

“어쩌면 감수성이 예민한 애들 앞에서 담배 피우기가 껄끄러웠는지도 모르지. 아니면 우리 아빠가 알게 될까봐 걱정이 됐는지도 모르고. 우리 아빠는 담배 피우는 사람들을 싫어하시거든.” 야스민이 심술궂은 미소를 지으며 말했다.

“아빠한테 이를 거야?”

야스민은 어깨를 으쓱하고는 씩 웃었다. “아직은 모르겠어. 하지만 다들 다른 사람들을 고자질하고 살잖아?” 그러고는 핸드백을 뒤적거렸다. 질은 깜짝 놀라 숨을 훅 들이쉬었다.

“그거 베스 물건 아냐?”

“맞아.”

“그런 짓을 하면 안 돼.”

야스민은 그 말에 이마만 약간 찌푸리고는 뒤적이는 짓을 계속했다.

질은 가까이 다가서서 핸드백 안쪽을 슬쩍 들여다봤다. "뭐 흥미로운 게 있어?"

"아니. 재미있는 걸 보여줄 테니 날 따라와." 야스민은 핸드백을 내려놓고 말했다.

야스민이 계단을 올라가자 질이 그 뒤를 따랐다. 층계참의 욕실에 창문이 하나 있었다. 야스민이 재빨리 유리창에 얼굴을 갖다 댔다. 질도 그대로 따라했다. 이번에는 나무 뒤에 서 있는 베스의 모습이 분명히 보였다. 그녀는 바닷물에 잠겼다가 간신히 구명밧줄을 발견한 사람처럼 담배를 빽빽 빨아대고 있었다. 두 눈을 꼭 감고 그토록 피우고 싶었던 담배 연기를 폐 속 깊숙한 곳까지 빨아들인 탓인지 얼굴이 무척이나 평온해 보였다.

야스민은 아무 말도 하지 않고 유리창에서 얼굴을 뗐다. 그러고는 질에게 따라오라고 손짓했다. 그들은 노박 씨 방으로 들어갔다. 야스민은 똑바로 침대 옆 작은 탁자로 걸어가서 서랍을 열었다.

질은 야스민의 이런 모습을 보고도 전혀 충격을 받지 않았다. 사실 이건 둘 다 공통으로 해온 일들 중 하나였다. 두 사람은 이것저것 뒤지기를 좋아했다. 질은 애들이 어느 정도 다 이런 경향이 있다고 생각했는데, 집에서는 아빠가 질을 '꼬마 스파이'라고 불렀다. 질은 자기 공간이 아닌 아무데나 몰래 숨어 들어가곤 했다. 질은 여덟 살 때 엄마의 서랍에서 오래된 사진 몇 장을 찾아낸 적이 있었다. 그건 엄마가 대학생 때 여름방학 동안 피렌체로 여행 가서 산 낡은 엽서와 모자뭉치 아래쪽에 숨겨져 있었다.

사진 한 장에는 여덟 살이나 아홉 살쯤으로 보이는 남자애 한 명이 찍혀 있었다. 남자애 옆에는 한두 살 어려 보이는 여자애가 서 있었다. 질은 그 여자애가 엄마라는 걸 즉시 알아봤다. 얼른 사진 뒤쪽을 보자 그곳에는 누군가가 정교한 필체로 '티아와 데이비' 그리고 연도를 적어놓았다.

질은 데이비라는 이름을 들어본 적이 전혀 없었다. 하지만 질은 몰래 캐고 다니는 이런 행동을 통해 귀중한 걸 배운 바 있었다. 부모가 비밀로 간직하고 싶은 건 건드리지 않는 게 좋다는 걸.

"여기 좀 봐." 야스민이 말했다.

질은 서랍 안을 들여다봤다. 맨 위에 콘돔 한 통이 놓여 있었다. "에이, 저질이야."

"넌 우리 아빠가 베스에게 저걸 사용했다고 생각하는 거니?"

"난 저딴 물건엔 신경 쓰고 싶지 않아."

"내 기분은 어떨 것 같아? 그래도 우리 아빤데 말조심해줘." 야스민은 그 서랍을 쾅 닫고 그 아래 것을 열더니 갑자기 목소리를 낮춰 속삭였다.

"질?"

"왜 그래?"

"이것 좀 봐."

야스민은 낡은 스웨터와 정체 불명의 금속 상자, 그리고 양말들 틈으로 손을 쑤셔 넣어 뭔가를 끄집어내고는 씩 웃었다.

질은 깜짝 놀라 뒤로 물러섰다. "그게 대체……?"

"권총이잖아."

"나도 그게 권총인 줄은 알아!"

"장전도 되어 있어."

"저리 좀 치워. 너네 아빠가 장전된 총을 가지고 계시다니 놀라 자빠지겠다, 얘."

"아빠들은 이런 걸 다 가지고 있다고. 안전장치를 어떻게 푸는지 보여줄까?"

"싫어."

하지만 야스민은 그 말을 무시하고 꿈지럭거리더니 안전장치를 풀었다. 두 소녀는 두려움이 가득한 눈길로 그 무기를 멍하니 쳐다봤다. 야스민이 권총을 질에게 넘겼다. 질은 처음에는 손사래를 쳤지만, 어느 순간 그 모양과 색상에 매료되고 말았다. 질은 손바닥에 총을 올려놓았다. 그

무게감과 몸이 오싹할 정도의 차가움, 그리고 단순함이 마음속에 깊은 인상을 남겼다.

"비밀을 말해줄까?" 야스민이 물었다.

"좋지."

"남한테는 말하지 않는다고 약속해줘."

"그거야 당근이지."

"이걸 처음 찾아냈을 때 루이스턴 선생에게 들이대는 꿈을 꾸곤 했어."

질은 조심스럽게 무기를 내려놨다.

"모든 상황이 눈앞에서 당장 벌어질 것처럼 선명히 보였어. 내 맘 알겠어? 이걸 가방에 넣고 수업에 들어가는 거야. 어떤 때는 수업이 끝날 때까지 기다렸다가 주변에 아무도 없을 때 그 사람을 쏴버리고 총에서 내 지문을 지운 뒤 깨끗이 빠져나가는 상상을 했어. 아니면 그 사람이 웨스트 오렌지에 살고 있다는 걸 알고 있으니까 집으로 직접 찾아가서 죽여버리면 아무도 날 의심하지 않을 것 같았어. 또 어떤 때는 수업 시간 중에 다른 아이들이 다 지켜보는 가운데 총구를 그 사람 쪽으로 돌리고 방아쇠를 당길까도 생각해봤지만 그건 안 되겠더라고. 내가 컬럼바인 고등학교 총격 사건 때의 그 미친 작자들과 같은 사람이 될 수는 없지 않겠어?"

"야스민?"

"응?"

"네가 그러니까 좀 겁이 난다, 얘."

야스민은 살포시 미소 지었다. "이건 그냥 내 마음대로 해본 생각이야. 어느 누구에게도 해롭진 않잖아? 난 이런 짓을 하고 싶은 생각이 손톱만큼도 없으니 걱정하지 마."

침묵이 흘렀다.

"그 사람은 대가를 치를 거야. 너도 잘 알고 있지?" 질이 달랬다.

"잘 알고 있어." 야스민도 멋쩍게 웃었다.

두 사람은 차가 들어오는 소리를 들었다. 노박 씨가 집으로 돌아온 것이다. 야스민은 권총을 조심스럽게 집어 들어 서랍 맨 밑바닥에 쑤셔 넣고 물건을 다시 예전대로 정리했다. 현관문이 열리고 노박 씨가 "야스민? 얘들아, 어디 있니?" 하고 소리쳐 부르는데도 야스민은 전혀 서두르지 않았다.

야스민은 서랍을 닫고 미소를 지으며 문 쪽으로 걸어갔다.

"가요, 아빠!"

티아는 짐을 꾸리는 수고 따윈 하지 않았다.

마이크와 통화를 끝내자마자 부리나케 로비로 달려 내려갔다. 브렛은 아직도 두 눈을 비비며 졸음을 몰아내고 있었다. 머리카락은 며칠 동안 손질을 하지 못한 것처럼 헝클어진 상태였다. 브렛은 티아를 브롱크스까지 태워다주겠다고 자청했다. 그의 밴은 컴퓨터 장비들로 꽉 채워져 있고 시큼한 냄새가 풍겼지만 브렛은 계속해서 가속 페달을 바닥에 닿도록 꽉 밟아댔다. 티아는 조수석에 앉아 여기저기에 전화를 걸었다. 먼저 가이 노박의 단잠을 깨우고는 마이크가 당한 사고에 관해 간략하게 설명하고 질을 두어 시간만 더 봐줄 수 있는지 물었다. 노박은 사고에 관해 유감을 표명하며 순순히 그러겠노라고 대답했다.

"질에게는 뭐라고 할까요?" 가이 노박이 물었다.

"그냥 좀 일이 생겼다고만 해줘요. 걔가 걱정하는 건 원치 않으니까요."

"그렇게 하죠."

"고마워요, 가이."

티아는 이렇게 하는 게 거리를 단축할 수 있을 거라고 생각한 사람처럼 허리를 꼿꼿이 펴고 앉았다. 그녀는 발생한 사건의 조각들을 조립해보려고 했다. 마이크는 휴대전화의 GPS를 이용했다고 했다. 그리고 브롱크스에 있는 좀 괴이한 지역까지 애덤을 추적했다고 했다. 거기까지 차를 몰고 가서 DJ 허프를 본 것 같아 쫓아갔다가 습격을 받았다고 했다.

애덤은 여전히 실종 상태였다. 아니면 지난번처럼 하루나 이틀 동안 다른 사람들의 눈앞에서 사라지기로 마음먹은 것인지도 몰랐다.

티아는 클라크의 집에도 전화했다. 올리비아와도 얘기했다. 둘 다 애덤을 보지 못했다고 했다. 허프네 집에도 전화를 했지만 아무도 전화를 받지 않았다. 어젯밤 내내, 그리고 오늘 아침 마이크가 병원에서 전화를 걸어올 때까지도 선서증언 준비 때문에 걱정을 하면서도 두려움은 크게 느끼지를 못했다. 하지만 이제는 그렇지 않았다. 두려움이 모락모락 피어올라 심장을 움켜쥐는 듯했다. 티아는 앉은 자리에서 몸을 꿈지럭거렸다.

"어디 편찮으신가요?" 브렛이 물었다.

"아니, 괜찮아요."

하지만 그녀의 속마음은 그렇지가 않았다. 스펜서 힐이 종적을 감췄다가 자살한 그날 밤 일이 계속 머릿속을 스쳐 지나갔다. 티아는 벳시한테서 걸려왔던 전화가 생생히 떠올랐다.

"애덤이 혹시 스펜서를 보지 못했나요……?"

벳시의 목소리에는 공포가 가득했다. 진한 두려움이 배어 있었다. 단순한 걱정이 아니었다. 여러 시간을 걱정만 하다가 결국에는 두려움을 이기지 못해 여기저기에 전화를 한 모양이었다.

티아는 두 눈을 꼭 감았다. 갑자기 호흡이 곤란해졌다. 누군가가 가슴을 꽉 움켜쥐는 듯한 기분이 들었다. 그녀는 숨이 막히는 듯 헐떡거렸다.

"창문을 열어줄까요?" 브렛이 물었다.

"괜찮다니까요."

티아는 정신을 가다듬고 병원에 전화했다. 가까스로 담당 의사와 통화했지만 이미 알고 있는 사실 외에는 아무것도 얻어듣지 못했다. 마이크는 된통 얻어맞고 강도를 당했다. 남편이 골목길에서 한 떼의 사내들에게 습격을 당했다고 했다. 심각한 뇌진탕을 일으키고 여러 시간 동안 혼수상태에 빠졌지만 지금은 편안하게 회복 중이고 결국 말짱해질 것이라고 했다.

티아는 자택에 있는 헤스터 크림스타인에게 전화했다. 티아의 보스는 남편과 아들에게는 적당한 우려를, 자신의 사건에 대해서는 심각한 우려를 나타냈다.

"당신 아들은 전에도 가출한 적이 있었죠?" 헤스터가 물었다.

"한 번이요."

"지금 또 그런 일이 벌어진 것이라는 생각은 들지 않아요?"

"그것보다는 더 심각한 사태인 것 같아요."

"무슨 일을 상상하는 거죠? 참, 선서증언이 언제 진행될 예정이었죠?"

"오후 3시에요."

"일단 연기 신청을 해볼게요. 그게 허용되지 않는다면 당신이 되돌아가서 그 일을 마무리해줘야 해요."

"그 말, 진심이세요?"

"얘기를 들어 보니 당신이 여기로 와도 할 수 있는 일이 없겠는데요. 아, 여러 곳으로 전화나 할 수 있을까? 테터보로에서 탑승할 수 있도록 자가용 제트기를 준비시켜 놓을까요?"

"지금 우린 제 가족 얘기를 하고 있는 겁니다."

"맞아요. 그리고 난 그들 때문에 허비해버린 두어 시간을 말하고 있는 거고요. 당신이 가족을 위해 할 수 있는 일이라곤 없어요. 당신 자신이 뭔가를 했다는 위안을 얻는 것 말고는요. 그러는 동안, 당신이 할 일을 제대로 해내지 못하면 아무런 죄도 없는 사람이 25년 동안이나 감옥에서 썩어야 할지도 모른다고요."

티아는 당장이라도 휴대전화를 집어던져버리고 싶었지만 간신히 화를 눌러 참으며 부드럽게 말했다. "연기 신청 결과를 지켜보죠."

"다시 전화하겠어요."

티아는 전화를 끊고 자신의 손을 마치 처음 본 사람처럼 멍하니 내려다 보았다. 이게 지금 꿈인가 생시인가?

티아가 마이크의 병실에 들어서자 모가 이미 와 있었다. 모는 두 주먹을 굳게 쥔 채 병실을 가로질러 빠르게 걸어왔다. "마이크는 괜찮소. 지금 막 잠들었고."

티아는 마이크가 누워 있는 침대 쪽으로 걸어갔다. 병실은 3인용이고, 두 개의 다른 침대는 환자들이 차지하고 있었다. 지금은 둘 다 방문객이 없었다. 마이크의 얼굴을 내려다본 순간, 티아는 시멘트 덩어리에 배를 얻어맞은 듯 숨을 헉 들이쉬었다.

"오, 맙소사! 이럴 수가……."

모는 그녀 뒤로 다가가서 그녀의 어깨에 자신의 양손을 올렸다. "겉보기보다는 상처가 심하지 않소."

티아는 정말 그랬으면 싶었다. 마이크가 상처를 입었다는 말은 들었지만 이 정도일 줄은 꿈에도 몰랐다. 마이크의 오른쪽 눈은 잔뜩 부풀어 감겨 있었다. 한쪽 뺨에는 면도날로 베인 것 같은 상처가 나 있고, 다른 쪽 뺨에는 시커먼 멍이 들어 있었다. 터진 입술은 보기에도 끔찍했다. 한쪽 팔은 담요 속으로 들어가 있었지만, 다른 쪽 팔뚝에는 시커먼 멍 두 개가 크게 자리 잡고 있었다.

"도대체 어떤 녀석들이 이 사람에게 이런 짓을 한 건가요?" 티아가 속삭이듯 작은 목소리로 물었다.

"이 빌어먹을 녀석들은 이제 죽었다고 복창해야 할 거요. 내 말, 알아듣겠소? 난 이 녀석들을 추적할 것이고, 일단 붙잡으면 두들겨 패는 것으로 끝내지 않을 작정이오. 아예 숨통을 끊어버릴 것이오." 모는 이를 악문 채 단호한 어조로 말했다.

티아는 자신의 손을 남편의 팔뚝 위에 올려놓았다. 그녀의 남편이었다. 잘생기고, 훤칠하며, 강인한 남편이었다. 그녀는 다트머스에서 이 사람과 사랑에 빠졌다. 이 사람과 침대를 함께 쓰고, 아이를 낳고, 평생의 동반자로 선택을 했다. 환상 속에 그리던 백마 탄 왕자는 아니었지만 그래도 멋진 사람임에는 틀림없었다. 실제로 누군가를 인생의 동반자로 선택한다는 건 참으로 두려운 일이 아닐 수 없다. 둘 사이가 조금이라도 벌어지지 않도록 애를 써야만 한다. 두 사람의 사이를 일분일초마다 더 좋아지고 더 열정적으로 만드는 모든 일이 당연한 것으로 받아들여지도록 최선을 다해야만 한다.

"당신을 정말 사랑해." 티아는 속삭였다.

마이크는 두 눈을 움찔거리더니 살며시 떴다. 티아는 그의 눈에 어린 두려움을 봤다. 이건 그의 몸에 난 상처보다도 충격적이었다. 마이크를 알고 지낸 세월 내내 그가 두려워하는 걸 한 번도 본 적이 없었다. 그리고 마이크가 우는 걸 본 적도 없었다. 아니, 어쩌면 두려워하고 눈물을 흘린 적도 있었는데 그걸 내보이지 않았을지도 모른다. 마이크는 가족을 감싸는 든든한 방벽이 되길 원했다. 그리고 고리타분하게 들릴진 모르지만 티아도 그런 그의 모습을 좋아했다.

마이크는 두 눈을 크게 뜨고 자신을 습격한 자들을 머릿속에서 떠올리기라도 하듯 허공을 응시했다.

"마이크, 내가 왔어." 티아는 조용히 말했다.

그의 눈길이 그녀 쪽으로 향했지만 눈동자에 어린 두려움은 사라지지 않았다. 그녀를 봐서 안심이 됐는지는 모르지만 그런 기색을 전혀 내비치지도 않았다. 티아는 그의 손을 잡았다.

"당신, 금방 회복될 거야."

티아는 눈길이 마주친 상태에서 그걸 읽을 수 있었다. 마이크의 입에서 말이 쏟아져 나오지도 않았는데도 그가 무슨 말을 하려는지 알 것 같았다.

"애덤은 어떻게 됐어? 어디에 있는 거야?"

20

돌리 루이스턴은 그 차가 자신의 집을 또 지나가는 걸 지켜봤다.

차는 속도를 줄였다. 이전처럼. 그리고 또 그 이전처럼.

5학년 선생인 그녀의 남편 조 루이스턴은 고개를 들지도 않았다. 그는 학생들의 보고서를 채점하느라고 다른 곳에 신경 쓸 여지가 없었다.

"여보?"

"당신은 똑같은 말을 할 셈이야? 나더러 저걸 어떻게 하란 거야?" 조는 딱 부러지게 쏘아붙였다.

"저 사람은 저럴 권리가 없어. 경찰에 신고해야 하는 것 아닌가?" 저 멀리 달려간 그 차는 대기 속으로 녹아들 듯 모습을 감췄다.

"뭐라고 신고를 할 건데?"

"우릴 스토킹한다고."

"저 사람은 그냥 차를 몰고 지나갔을 뿐이야. 그게 범법행위는 아니지."

"속도를 늦췄잖아."

"그것도 법에 어긋난 행동은 아니고."

"경찰에게 이 상황을 말해볼 순 있잖아."

조는 여전히 보고서를 들여다보면서 코웃음을 쳤다. "경찰이 내 말을 듣고 엉덩이나 한번 들썩여줄 것 같아?"

"우린 애도 있잖아."

사실 돌리는 컴퓨터로 세 살배기 딸 앨리를 지켜보고 있는 중이었다. '케이 리틀 짐' 웹사이트는 웹캠을 통해 자녀들을 지켜볼 수 있게 해주었다. 간식 시간이나 벽돌 쌓기 놀이, 책 읽기, 자유시간, 노래 따라 부르기 등등 뭐든지 원하는 걸 항상 확인할 수 있었다. 돌리가 앨리를 위해 '케이 리틀'을 선택한 것도 바로 이런 이유에서였다.

돌리와 조는 둘 다 초등학교 교사로 일하고 있었다. 조는 힐사이드 초등학교에서 5학년을 가르쳤다. 돌리는 파라머스 초등학교에서 2학년을 가르쳤다. 돌리는 직장을 그만두고 싶었지만 경제적인 이유로 맞벌이를 해야만 했다. 남편은 학생들을 가르치는 걸 좋아했지만, 돌리는 자기도 모르는 사이에 가르치는 데 염증을 느끼기 시작했다. 주변 사람들은 그렇게 열정이 식은 때가 앨리의 탄생 시기와 거의 일치한다고 지적했지만, 돌리는 그것보다도 더 큰 이유가 있다고 생각했다. 돌리는 지금도 자기 할 일을 하면서, 밤 놔라 배 놔라 다양한 요구와 불만을 쏟아내는 학부모들을 잘 받아 넘기고 있지만, 그녀가 정말로 하고 싶은 일은 '케이 리틀' 웹사이트를 지켜보면서 딸아이가 안전한지를 확인하는 것이었다.

방금 차를 몰고 집 옆을 지나간 가이 노박은 자신의 딸아이를 지켜보지 못했고, 안전한지 확인하지도 못했다. 따라서 어떤 면에서는 그의 분노가 무엇 때문인지도 잘 알고 있었고, 심지어 동정하기까지 했다. 그러나 그게 그녀의 가족을 해쳐도 좋다는 뜻은 아니었다. 세상은 '나 아니면 너'라는 식으로 이분하는 게 일반적이니, 자신의 가족이 잘못되었다면 분노하는 건 당연했다.

돌리는 몸을 돌려 조를 쳐다봤다. 그는 두 눈을 꼭 감은 채 머리를 숙이고 있었다.

그녀는 조의 등 뒤로 다가가 그의 양쪽 어깨에 손을 올렸다. 조는 돌리의 손길에 몸을 움찔거렸다. 그 움찔거림은 불과 1, 2초밖에 걸리지 않았지만, 그 떨림이 그대로 그녀의 온몸을 훑고 지나갔다. 조는 지난 두어 주일 내내 긴장을 풀지 못하고 지냈다. 돌리가 손을 치우지 않고 그대로 놔두자 조의 몸에서 긴장이 썰물처럼 빠져나갔다. 그녀는 조의 어깨를 주무르기 시작했다. 조는 이걸 아주 좋아했다. 처음에는 아무런 반응이 없다가 2, 3분쯤 지나자 점차 부드러워지기 시작했다.

"마음 편하게 먹어." 돌리가 달래는 듯한 어조로 말했다.

"내가 잠시 이성을 잃었나봐."

"이해해."

"난 항상 순간적인 감정을 잘 조절하지 못해서 그때도……."

"이해한다니까."

돌리는 정말 남편을 잘 이해하고 있었다. 바로 그런 점이 조 루이스턴을 좋은 선생님으로 만들었다. 그는 학생들이 귀를 기울이도록 만들었고, 때로는 수업과 직접 관련이 없는 재미난 농담도 얘기해줬다. 아이들은 그런 조를 무척이나 좋아하고 따랐다. 덕분에 아이들은 수업에 더 집중하고 더 많은 걸 배웠다. 학부모들은 조의 어릿광대 같은 수업방식을 걱정했지만, 조에게는 자신을 방어해줄 든든한 우군이 많았다. 결국 대다수 학부모들은 루이스턴 선생을 지지하는 아이들의 말을 들어줘야 했다. 학부모들은 자신의 아이들이 학교 수업을 즐기고 있다는 사실과 단순히 말로만이 아니라 진정한 열정을 가지고 학생들을 가르치는 선생님이 있다는 사실을 반겼다. 반면 돌리는 이런 열정을 갖지 못했다.

"난 그 애의 마음에 큰 상처를 줬어." 조가 낮은 목소리로 중얼거렸다.

"그러려고 했던 건 아니잖아. 모든 아이와 학부모는 여전히 당신을 사랑해."

조는 아무 말도 하지 않았다.

"그 애는 극복해낼 거야. 시간이 지나면 자연스럽게 지나갈 거라고. 다 잘될 거야."

조의 아랫입술이 바르르 떨렸다. 그는 심리적으로 크게 동요하고 있었다. 돌리는 자신의 남편이 자신보다 훨씬 더 좋은 선생이고 사랑할 만한 사람이긴 하지만, 정신적으로 지극히 강인한 사람은 아니라는 점을 잘 알고 있었다. 사람들은 그를 잘못 알고 있었다. 조는 형제자매가 여섯이나 되는 대가족의 막내였고, 그의 아버지는 지나치게 지배적이고 권위적인 사람이었다. 조는 아버지의 막내아들이면서 가장 말을 잘 듣는 아들로 키워졌고, 그로 인한 스트레스를 우스갯소리와 재미난 행동으로 풀곤 했다. 조 루이스턴은 돌리가 아는 사람들 중에서 가장 멋진 사람이긴 했지만 의지가 약한 것도 사실이었다.

남편의 그러한 성격상의 결함은 아무 문제가 되지 않았다. 돌리 자신이 강인한 의지를 발휘하는 배우자가 되면 될 일이었다. 남편과 가족을 단단히 하나로 묶는 건 그녀 자신의 역할이 되었다.

"성질을 부려 정말 미안해." 조가 풀 죽은 목소리로 말했다.

"난 괜찮아."

"당신 말이 맞아. 이 일은 곧 지나가버릴 거야."

"그렇다니까." 돌리는 남편의 목덜미에, 그리고 귓불 바로 뒤쪽에 키스했다. 남편이 가장 좋아하는 곳이었다. 그녀는 혀를 슬쩍 갖다 대더니 부드럽게 핥았다. 그리고 남편의 입에서 쏟아져 나올 만족스러운 신음을 기다렸다. 하지만 기대와는 달리 그 소리는 흘러나오지 않았다. 돌리는 조의 귀에 대고 속삭였다. "보고서 채점을 잠시 뒤로 미루면 안 돼, 여보?"

조는 아주 조금, 그리고 슬쩍 몸을 빼냈다. "음, 이걸 빨리 끝내야 해."

돌리는 몸을 일으켜 세우고 한 걸음 뒤로 물러섰다. 조는 자신이 실수했다는 걸 얼른 알아차리고 그걸 만회하려고 애썼다.

"우리, 다음에 하면 안 되겠어?" 조의 목소리에는 미안한 기색이 역력했다.

이 말은 돌리가 사랑을 나눌 기분이 아닐 때 곧잘 하곤 했던 대사였다. 보통 '아내' 쪽이 이런 핑계를 대지 않던가? 조는 부부관계에서 수동적인 입장이 아니라 적극적인 사람이었지만, 말실수를 한 이래 지난 두어 달 동안은 이런 일에서조차도 사람이 변하고 말았다.

"되지 왜 안 되겠어." 돌리는 씁쓸한 표정으로 대꾸했다.

그녀는 휙 몸을 돌렸다.

"당신, 어딜 가는 거야?" 조가 물었다.

"곧 돌아올 거야. 상점에 들렀다가 앨리를 태워오려고 해. 당신은 얼른 채점이나 끝마치라고."

돌리 루이스턴은 2층으로 달려 올라가서 인터넷에 접속하고 가이 노박의 주소를 확인한 다음 가는 방향을 알아냈다. 또한 자신의 학교 이메일을 확인했다. 뭔가 불만을 터뜨리는 학부모의 메일이 한두 통 오게 마련인데 이상하게도 지난 이틀 동안 먹통이었다. 지금도 여전히 작동이 되질 않았다.

"내 이메일이 아직도 고장인가봐." 돌리는 아래층을 향해 큰 소리로 말했다.

"내가 확인해보지."

돌리는 가이 노박의 집으로 가는 경로를 프린트하고 그 출력물을 두 번 접어 주머니에 쑤셔 넣었다. 그리고 나가는 길에 남편의 정수리에 키스했다. 조는 돌리를 사랑한다고 말했다. 그녀도 조를 사랑한다고 말했다.

돌리는 차 열쇠를 집어 들고 가이 노박의 추적에 나섰다.

티아는 그들의 얼굴에 나타난 속마음을 훤히 읽을 수 있었다. 경찰은 애덤이 실종됐다는 걸 전혀 믿지 않았다.

"유괴 사건이 있을 때 울리는 앰버 경보를 발령해야 하는 거 아닌가요?" 티아가 초조한 목소리로 물었다.

경찰이라고 찾아온 사람들은 둘 다 코미디언처럼 보였다. 한 사람은 정복 차림의 구티에레즈라는 체격이 작은 라틴 아메리카인이었다. 다른 한 명은 키가 훤칠한 흑인 여성으로 자신을 클레어 슐릭이라고 소개했다.

티아의 물음에 대답한 건 슐릭이었다. "부인의 아드님은 앰버 경보의 기준에 맞지 않아요."

"왜 안 맞는다는 거예요?"

"아드님이 납치됐다는 증거가 있어야 하거든요."

"어쨌든 애덤은 열여섯 살이고 실종 상태잖아요."

"그건 그렇죠."

"그럼 됐지 어떤 증거가 더 필요하다는 건가요?"

슐릭은 어깨를 으쓱했다. "목격자가 있으면 좋겠죠."

"납치가 벌어질 때마다 목격자가 있는 건 아니잖아요."

"옳은 말씀입니다, 부인. 하지만 납치됐다는 증거나 신체적 위해를 가하겠다는 협박 같은 게 필요한 건 사실이고요. 그런 게 있나요?"

이들이 무례하다고는 할 수 없었다. 하지만 티아는 이들이 뭔가 '선심을 쓰는' 듯한 태도를 취하고 있다는 인상을 지울 수가 없었다. 이들은 의무에 충실한 경찰답게 모든 정보를 또박또박 수첩에 기록했다. 우려를 나타내고는 있지만, 모든 경찰력을 이 사건에 투입할 태세는 아니었다. 클레어 슐릭은 마이크와 티아가 자신에게 해준 얘기에 대해서 쉬지 않고 질문함으로써 그런 속내를 분명히 드러냈다.

"아드님의 컴퓨터를 몰래 감시했다고요?"

"휴대전화의 GPS를 작동시켰다고요?"

"아드님의 뒤를 따라 브롱크스까지 쫓아올 정도로 걱정을 했다는 겁니까?"

"아드님이 전에도 가출한 적이 있다고요?"

이런 식이었다. 티아는 이 경찰관들을 비난하고 싶진 않았지만, 어쨌든 그녀는 애덤의 실종 외에는 그 어떤 것에도 관심을 쏟을 여지가 없었다.

구티에레즈는 처음부터 마이크의 진술을 들었고, 이제 이런 얘기를 주고받고 있었다. "그럼 대니얼 허프 주니어, 일명 DJ 허프를 길에서 봤다고 하셨죠? 그리고 그 애가 아드님과 함께 있을지도 모른다고 생각하셨고요?"

"네."

"방금 그 애 아버지와 통화를 했는데요, 그분이 경찰관인 건 알고 계셨나요?"

"네."

"그분 말씀이 DJ는 밤새 집에 있었다고 하던데요?"

티아가 흠칫 놀라며 마이크를 쳐다봤다. 마이크의 두 눈에서 당장이라도 불길이 쏟아져 나올 것 같았다. 그의 동공이 핀으로 찌른 구멍만큼 작아졌다. 티아는 마이크의 이런 눈을 전에도 본 적이 있었다. 그녀는 한 손을 슬쩍 마이크의 팔에 올렸지만, 그의 분노를 가라앉힐 수 없었다.

"그 사람이 거짓말을 하는 거요!" 마이크가 버럭 소리를 질렀다.

구티에레즈는 어깨를 으쓱했다. 마이크의 부어오른 얼굴 표정이 어두워졌다. 마이크는 먼저 티아를, 그리고 모를 쳐다보며 말했다. "퇴원해야겠어. 지금 당장!"

담당 의사는 마이크에게 하루 더 입원하기를 권했지만 그 말은 씨도 먹히지 않았다. 티아는 자신이 남편의 건강을 걱정하는 아내 이상의 역할을 해야 한다는 걸 잘 알고 있었다. 마이크가 곧 신체적인 상처를 극복하리라는 것도 잘 알고 있었다. 그는 그럴 정도로 강인한 사람이었다. 마이크는 이번 사고로 세 번째 뇌진탕을 일으켰다. 이전의 두 번은 모두 아이스하키 링크에서 일으킨 것이었다. 이빨이 부러진 적도 있었고, 얼굴에는 꿰맨 자국도 꽤 있었다. 코가 두 번이나 부러지고 턱도 심하게 다친 적도 있었지만 경기에 결장한 적은 단 한 번도 없었다. 심지어 심한 부상을 당한 상태에서도 중도에 포기한 적이 없었다.

티아는 퇴원 문제로 남편과 다퉈봐야 아무 소용이 없다는 걸 잘 알고 있었다. 그리고 다투고 싶지도 않았다. 남편이 병원 침대에서 벌떡 일어나 얼른 아들을 찾으러 나서기를 바랐다. 마이크가 아무 행동도 하지 않고 가만히 누워 있으면 더 아플 사람이라는 걸 잘 알고 있었다.

마이크는 모의 도움을 받아 일어나 앉았다. 티아는 남편이 옷 입는 걸 도와줬다. 옷에는 여기저기 피가 묻어 있었지만, 마이크는 전혀 개의치 않았다. 그들이 병실을 나서자마자 진동으로 돌려놓은 티아의 휴대전화가 부르르 울렸다. 티아는 애덤의 전화이기를 빌었다. 하지만 그렇지 않았다.

헤스터 크림스타인은 인사도 없이 단도직입적으로 물었다.

"아들 소식은 있었어요?"

"전혀요. 경찰은 그 애가 가출했다고 결론을 내린 모양이고요."

"정말 그런 것 아닌가요?"

티아는 그녀의 말에 어이가 없었다.

"제 생각은 그렇지 않아요."

"브렛이 그러던데 당신이 애덤을 몰래 감시했다면서요?" 헤스터가 대놓고 물었다.

브렛, 이 사람 정말 입이 가볍네? 상종해선 안 될 사람이군. 티아는 속으로 생각했다. "제 아들의 온라인 활동을 모니터했을 뿐이에요."

"엎어치나 메치나 같은 말이죠, 뭐."

"애덤은 이런 식으로 가출할 애가 아니라고요."

"자기 자식을 나쁘다고 말하는 부모는 없죠."

"저는 제 아들을 잘 알고 있어요."

"그건 그렇고, 안 좋은 소식이 있어요. 연기 신청이 거부됐어요."

"헤스터……."

"보스턴으로 돌아가지 못하겠다고 떼를 쓰기 전에 우선 내 말부터 끝까지 들어봐요. 당신을 태워다줄 리무진을 이미 예약해놨어요. 지금 병원 앞에 서 있을 거고요."

"전 그렇게……."

"내 말을 끝까지 들어보라니까요, 티아. 당신도 내게 고마워할 게 분명해요. 운전기사가 당신을 당신 집에서 멀지 않은 테터보로 공항으로 태워갈 거예요. 그곳에 내 자가용 비행기를 대기시켜놨어요. 휴대전화 가지고 있죠? 만약 뭔가 소식이 들어오면 운전기사가 당신을 다시 그곳으로 데려다줄 수 있어요. 비행기에도 전화가 있고요. 비행 중에 뭔가 소식이 들어오면 기장이 당신을 당장 원하는 곳으로 데려다줄 수도 있죠. 어쩌면 애덤이 필라델피아에서 발견될지도 모르잖아요? 그러니까 당신 마음대로 사용할 수 있는 자가용 비행기가 있다고 생각하란 말이에요."

마이크는 무슨 일이냐고 묻는 표정으로 티아를 쳐다봤다. 티아는 고개를 가로저으며 계속 걷자는 신호를 보냈다. 세 사람은 천천히 걸음을 옮겼다.

헤스터의 말이 이어졌다. "보스턴에 도착하면 일단 선서증언을 받도록 해요. 그 일을 하는 도중에 무슨 일이 생기면 즉시 일을 중단하고 자가용 비행기로 돌아오면 되죠. 보스턴에서 테터보로까지는 비행 시간이 40분밖에 되지 않아요. 당신 아이는 친구들과 술을 먹으러 갔으면서도 이것저것 핑계를 대고 슬쩍 집으로 돌아올 가능성이 높아요. 어쨌거나 당신은 두어 시간 이내에 집으로 돌아올 수 있단 말이에요."

티아는 콧등을 찡그렸다.

헤스터가 말했다. "내 말, 알아듣겠어요?"

"네."

"좋아요."

"하지만 전 그럴 수가 없어요."

"왜 안 된다는 거죠?"

"보스턴에 가도 일에 집중할 수 없을 것 같거든요."

"그런 말도 안 되는 소리 하지 말아요. 내가 이 일을 얼마나 중요하게 생각하는지 알면서도 그래요?"

"말씀대로 했으면 좋겠지만, 제 남편이 병원에 입원해 있고……."

"남편분은 퇴원했잖아요? 난 다 알고 있다고요, 티아."

"좋아요, 제 남편은 습격을 당했고, 아들은 여전히 실종된 상태예요. 그 시답잖은 선서증언이라는 걸 제가 꼭 해주길 바라시는 건가요?"

"해주길 바란다고요? 이건 당신이 해주길 바라고 안 바라는 문제가 아니에요. 꼭 해야 할 일이지. 바로 그 일에 한 남자의 자유가 달려 있단 말이에요, 티아."

"다른 사람을 찾아보시죠."

적막이 흘렀다.

"그것이 당신의 최종 답변인가요?" 헤스터가 차디찬 어조로 물었다.

"네, 그래요. 이러면 해고되는 건가요?"

"오늘 당장은 아니에요. 하지만 곧 그렇게 되겠죠. 당신을 믿으면 안 되겠다는 걸 확실히 알게 됐으니까." 헤스터는 분노를 가라앉히는 듯 나지막한 어조로 말했다.

"대표님의 신뢰를 회복할 수 있도록 열심히 일을 하겠어요."

"그럴 일은 없을 거예요. 난 두 번씩이나 기회를 줄 너그러운 사람이 아니니까요. 나를 위해 일하지 못해 안달복달인 변호사들도 많고요. 따라서 당신이 직장을 그만둘 때까지 하찮은 일이나 하도록 내버려둘 생각이에요. 정말 안됐군요. 당신은 나름대로 크게 될 잠재력이 있다고 봤는데."

헤스터 크림스타인은 작별인사도 없이 전화를 끊었다.

세 사람은 병원을 나섰다. 마이크는 줄곧 아내를 쳐다보고 있었다.

"티아?"

"이 문제로 더는 왈가왈부하고 싶지 않아."

모가 마이크와 티아를 집에 태워다줬다.

티아가 물었다. "우리, 이제 뭘 해야 하지?"

마이크는 진통제 한 알을 먹었다. "일단 당신은 질을 집에 데려와야 해."

"알았어. 당신들은 어딜 갈 건데?"

"난 대니얼 허프 서장이 왜 거짓말을 했는지 잠깐 얘기를 해봐야겠어." 마이크가 말했다.

21

모가 물었다. "이 허프라는 작자가 경찰이라면서?"

"맞아."

"그럼 웬만큼 윽박질러서는 눈 하나 깜짝이지 않겠구만."

두 사람은 골치 아픈 일들이 벌어지기 직전인 어젯밤에 마이크가 주차했던 허프네 집 맞은편 바로 그 자리에 이미 도착해 있었다. 마이크는 모의 말을 들은 척도 하지 않았다. 그저 식식거리며 현관문을 향해 돌진했다. 모는 묵묵히 그 뒤를 따랐다. 마이크는 노크를 하고 기다렸다. 이어 초인종을 누르고 조금 더 기다렸다.

아무도 나와보는 사람이 없었다.

마이크는 집 뒤쪽으로 돌아갔다. 뒷문도 쾅쾅 두들겨봤다. 역시 아무런 응답이 없었다. 마이크는 양손을 눈 주위에 동그랗게 모으고 창문 안쪽을 들여다보았다. 아무런 움직임도 감지되지 않았다. 문손잡이를 돌려 보아도 문은 굳게 잠겨 있었다.

"마이크?"

"이 녀석은 거짓말쟁이라고, 모."

두 사람은 다시 차를 세워둔 곳으로 돌아왔다.

"어디로 갈까?" 모가 물었다.

"내가 운전하겠네."

"말도 안 되는 소리. 어디로 갈까?"

"경찰서로 가세. 허프가 일하는."

그곳까지는 1.5킬로미터 정도밖에 되지 않았다. 마이크는 대니얼 허프가 매일 출근하기 위해 차를 몰았을 이 길에 대해 생각해봤다. 직장까지 거리가 이렇게 가까우니 정말 좋았겠다. 마이크는 교통 정체에 걸려 다리에서 허비하는 시간을 계산하다가 이런 쓸데없는 생각에 골머리를 썩이고 있는 자신의 한심한 모습에 화들짝 놀랐다. 마이크가 혼자 북 치고 장구 치는 게 걱정됐는지 모가 곁눈질을 했다.

"마이크?"

"왜 그러나?"

"제발 경찰서에서는 냉정을 잃지 말게."

마이크는 이마를 찌푸렸다. "자네가 더 흥분한 것 같은데?"

"그래, 내가 흥분한 건 사실이네. 자넨 내가 다른 사람들처럼 상식에 호소한다는 걸 비웃을 수도 있고, 내가 뭣 때문에 신중하라고 하는지 곰곰이 생각해볼 수도 있네. 거기에는 다 까닭이 있어서 그러는 거라고. 화가 난다고 경찰서로 무작정 쳐들어가서 서장 나오라고 소리칠 순 없네."

마이크는 입을 꾹 다물고 아무 말도 하지 않았다. 경찰서는 언덕 위의 낡은 도서관을 개축한 것이라 주차장이 협소했다. 모는 빈 공간을 찾아 주차장을 맴돌았다.

"내 말 알아들었나?"

"그래, 알아들었네."

앞쪽에는 빈 공간이 없었다.

"남쪽 주차장으로 내려가야 할 모양이군."

마이크가 말했다. "시간이 없네. 자넨 차에 있게. 이 일은 나 혼자서 처리할 테니."

"쓸데없는 소리 말게."

마이크는 모를 향해 돌아앉았다.

"이런, 마이크, 자네 꼴이 말이 아니군."

"모, 자네가 내 운전기사 노릇하는 건 좋지만 내 보모는 아니란 걸 명심하게. 그러니 그냥 날 내려주게. 무슨 일이 있어도 난 허프와 둘이서만 얘기해야 하네. 자네가 나타나면 그 사람은 무슨 일이 있나 하고 의심할 걸세. 나 혼자라면 그자와 아버지 대 아버지로 얘기할 수 있단 말일세."

모는 차를 인도 쪽으로 바짝 붙였다. "방금 자네가 한 말을 꼭 명심하게나."

"무슨 말?"

"아버지 대 아버지란 말. 그 사람도 아버지란 말일세."

"무슨 의미로 하는 소린가?"

"스스로 생각해보게."

마이크는 차에서 내릴 때 갈비뼈가 떨어져나가는 듯한 통증을 느꼈다. 이럴 때 신체적인 고통을 느끼다니 좀 의아했다. 마이크는 자신이 고통을 꽤 잘 참는 줄로 알고 있었다. 심지어 고통이 편안하게 느껴질 때도 있었다. 그는 힘든 훈련을 하고 나서 느껴지는 통증을 좋아했다. 은은히 아릴 정도의 근육통을 좋아했다. 얼음판 위에서 상대방 선수들이 강력한 보디체크로 마이크를 겁주려 했지만, 그에게는 반대 효과만 가져다줬을 뿐이었다. 마이크는 강력한 보디체크를 당할 때마다 즉각 발군의 실력을 발휘했다.

마이크는 경찰서 안이 한산할 거라고 예상했다. 그는 도로에 밤샘 주차해도 좋다는 허가를 얻기 위해 딱 한번 이곳을 방문한 적이 있었다. 이 마을에는 새벽 2시 이후에 도로에 주차하는 건 불법이라는 규정이 있었다. 그런데 마이크네 집 진입로를 재포장해야 해서 공사 기간 동안 차들을 도로에 주차해도 좋다는 허가를 얻을 필요가 있었다. 그때에는 접수대에 경찰관 한 명만 근무하고 있었고, 그 뒤쪽 책상들은 텅 비어 있었다.

하지만 오늘은 적어도 열다섯 명은 되어 보이는 경찰관들이 분주히 움직이고 있었다.

"무엇을 도와드릴까요?"

그 정복 경관은 접수대에 앉기에는 너무 어려 보였다. 어쩌면 이것도 TV가 시청자들에게 끼친 영향들 중 하나인지도 모른다. 어쨌든 마이크는 〈힐스트리트 블루스〉에서 모든 사람에게 "여기서는 다들 진정하셔야 합니다"라고 말을 하곤 했던 나이 지긋한 백발의 경찰관을 기대하고 있었다. 하지만 여기 앉아 있는 젊은이는 고작 열두어 살 정도나 되는 듯 어려 보였다. 게다가 눈을 휘둥그렇게 뜨고 마이크의 얼굴을 손가락으로 가리키기까지 했다.

"그 상처들 때문에 찾아오신 건가요?"

"아니오." 마이크는 짜증이 나서 쌀쌀맞은 어조로 대꾸했다.

다른 경찰관들의 움직임이 더 부산해졌다. 그들은 서류를 건네받았다. 이름이 불릴 때마다 목 아래쪽에 매달린 수신기를 만지작거렸다.

"난 허프를 만나러 왔소."

"허프 서장님 말씀입니까?"

"그렇소."

"혹시 무슨 용무이신지 여쭤봐도 될까요?"

"마이크 바이가 왔다고 전해주시오."

"보시다시피 지금은 정신이 없을 정도로 바쁜 때라서요."

"그러네요. 무슨 큰 일이 있는 건가요?" 마이크가 물었다.

젊은 경찰관은 '이건 너랑은 상관이 없는 일이다'라는 기색을 숨기지도 않고 마이크를 노려봤다. 마이크는 라마다 호텔 주차장에 있던 차량의 수배 전단지를 봤지만 그게 무슨 의미인지도 모르고 그냥 무심코 흘려버렸다.

"허프 서장님께 연락을 해볼 테니 저기에 잠깐 앉아 기다리시겠습니까?"

"그러죠."

마이크는 벤치 쪽으로 걸어가서 그곳에 털썩 주저앉았다. 마이크 옆에 앉은 양복 입은 신사가 서류를 작성하고 있었다. 경찰관 중 한 명이 큰 소리로 외쳤다. "모든 직원에게 다 확인했습니다만 그 여자를 봤다는 신고가 없답니다." 마이크는 뭣 때문에 이런 부산을 떠는지 잠시 의아해했을 뿐 오로지 냉정을 유지하는 데 전력을 다했다.

허프는 말도 안 되는 거짓말을 했다.

마이크의 눈길은 젊은 경찰관의 얼굴을 떠나지 않았다. 젊은이가 수화기를 내려놓는 태도로 봤을 때 좋은 소식은 아닐 거라는 걸 단번에 알아차릴 수 있었다.

"미스터 바이?"

"닥터 바이요." 마이크는 즉시 자신의 호칭을 바로잡았다. 이런 상황에서 그깟 호칭에 연연하는 게 좀 오만한 것처럼 보일지도 모르지만 사람들은 의사라면 좀 다르게 취급해주기도 했다. 그게 흔한 일이 아니라 아주 가끔씩이라서 좀 아쉽기는 했지만.

"아, 의사시군요. 오늘 아침에는 정신이 없을 정도로 바쁩니다. 허프 서장님께서는 시간이 나면 즉시 선생님께 연락을 드리겠다고 전해달라고 하셨습니다."

"구렁이 담 넘어가듯 슬쩍 빠져나갈 모양이군." 마이크는 이를 악물고 말했다.

"뭐라고요?"

경찰서 내부는 탁 트인 하나의 공간이었다. 밀어서 열 수 있는 작은 문이 달린, 높이가 1미터쯤 되는 칸막이가 하나 있었다. 경찰서에는 으레 이런 칸막이가 있는데, 어떤 사람이 들어오지 못하도록 설치해놓은 것일까? 그 뒤쪽으로는 '서장'이라는 직함이 선명히 새겨진 문이 보였다. 마이크는 갑작스러운 움직임에 고통을 호소하는 갈비뼈와 얼굴의 상처를 무시하고 재빨리 걸었다. 얼른 접수대를 지나쳤다.

"선생님?"

"길은 잘 알고 있으니 신경 쓰지 마시오."

마이크는 칸막이의 걸쇠를 벗기고 서둘러 서장의 집무실 쪽으로 갔다.

"그 자리에 서시오!"

마이크는 젊은 경찰관이 함부로 총을 쏘지 않을 것이라고 판단하고 계속 걸었다. 그는 누가 따라붙기 전에 문 앞에 섰다. 문손잡이를 잡고 돌렸다. 문이 잠겨 있지 않아 힘껏 열어젖혔다.

"도대체 무슨……?"

접수대에 앉아 있던 젊은이가 허겁지겁 달려와 저지하려는 찰나, 허프가 손을 저어 그 젊은이를 물리쳤다.

"괜찮아."

"죄송합니다, 서장님. 이 사람이 무단으로 침입했습니다."

"괜찮다니까 그러네. 문이나 닫게."

젊은이는 별로 유쾌한 표정은 아니었지만 서장의 말에 복종했다. 집무실 한쪽은 전체가 유리였다. 젊은이는 그곳에 서서 유리를 통해 마이크를 쏘아봤다. 마이크는 젊은이를 힐끗 쳐다보고는 허프에게로 눈길을 돌렸다.

"자넨 거짓말을 했어." 마이크가 목소리를 높였다.

"난 지금 바쁘네, 마이크."

"난 습격당하기 전에 자네 아들을 봤어."

"아니, 그럴 리가 없지. 그 앤 집에 있었어."

"헛소리 말라고!"

허프는 자리에서 일어서지 않았다. 마이크에게 앉으라는 말도 하지 않았다. 허프는 양손으로 깍지를 껴서 자신의 뒤통수에 갖다 댔다. "난 이런 일로 말다툼을 벌일 시간이 없네."

"내 아들이 자네 집에 있었어. 그러다가 브롱크스로 차를 몰고 간 거라네."

"자넨 그렇다는 걸 어떻게 알게 된 건가, 마이크?"

"애덤의 휴대전화에 장착된 GPS를 추적했거든."

허프는 양쪽 눈썹을 추켜세웠다. "와우!"

허프는 이런 사실을 이미 알고 있었던 게 분명했다. 뉴욕에 깔려 있는 동료들이 말해줬을 것이다. "허프, 자넨 왜 이 문제에 관해 거짓말을 한 건가?"

"GPS가 정확히 어딜 가리키고 있던가?"

"뭐라고?"

"어쩌면 애덤은 DJ와 함께 있었던 게 아닐 수도 있네. 우리 이웃집에 있었을지도 모르고. 루베트킨네 애가 우리 집에서 두 집 떨어진 곳에 살고 있네. 아, 애덤이 어쩌면 내가 집에 도착하기 전까지 있었을지도 모르겠군. 아니면 우리 집 주변을 배회하면서 현관문을 두드려볼까 하다가 그냥 돌아갔을 수도 있고."

"자네, 그거 진정으로 하는 소린가?"

누군가가 집무실 문을 노크했다. 다른 경찰 하나가 머리를 들이밀었다. "코르도바 씨가 왔는데요."

"A 취조실에 데려다놓게. 내 곧 갈 테니까." 허프가 말했다.

그 경찰관은 고개를 끄덕이고는 문을 닫았다. 허프가 자리에서 일어섰다. 그는 키가 꽤 컸고, 머리카락을 올백으로 빗어 넘기고 있었다. 평소에는 어젯밤 그의 집 앞에서 대면했을 때처럼 냉정하다 싶을 정도로 침착한 태도를 유지했다. 지금도 침착해 보이긴 했지만, 그렇게 보이기 위해 애쓴다는 기색이 역력했다. 허프는 마이크를 정면으로 쳐다봤다. 마이크는 그 눈길을 피하지 않았다.

"내 아들은 밤새 집에 있었네."

"글쎄, 그게 거짓말이라니까."

"지금 가봐야겠네. 그리고 이 문제에 대해 자네와 더 깊이 얘기하고 싶지 않군." 허프는 문 쪽으로 걸음을 내디뎠다. 마이크는 그의 앞길을 막아섰다.

"자네 아들과 얘기해보고 싶네."

"비켜서게, 마이크."

"싫어."

"자네 얼굴이랑 꼬락서니를 보게."

"그게 어때서?"

"이미 많이 두들겨 맞은 것 같네만." 허프가 비아냥거렸다.

"그래서 자네도 한번 해볼 텐가?"

허프는 아무 대꾸도 하지 않았다.

"용기를 내라고, 허프. 이미 부상을 입은 내가 두려운가? 한번 더 해보고 싶지 않나?"

"한번 더라니?"

"어쩜 자네도 그곳에 있었던 게 아닌가?"

"뭐라고?"

"자네 아들은 그곳에 있었지. 그건 내 눈으로 똑똑히 봤으니까. 쌍방의 주장이 서로 다르니 한판 붙을 수밖에. 하지만 이번에는 정식으로 해야지 일대일로. 다른 녀석들이 내 뒤통수를 치는 일은 없도록 하고. 자, 어서

덤비라니까. 자네 권총은 풀어놓고 집무실 문은 잠그게. 바깥에 있는 녀석들에게는 우릴 상관하지 말라고 이르는 게 낫겠지? 어디 얼마나 싸움을 잘하는지 자네 솜씨를 볼까?"

허프는 비웃음을 날렸다. "그게 자네 아들을 찾는 데 도움이 될 거라고 생각하나?"

마이크는 바로 그때, 모의 경고가 떠올랐다. 자신은 지금 얼굴을 맞대고 일대일로 싸우자고 말했지만, 실제로는 모가 주의를 줬던 대로 아버지 대 아버지로 싸우자고 말했어야 했다. 그게 허프의 마음을 움직일 거라는 걸 깜박 잊고 정반대의 행동을 하고 말았다. 마이크는 자신의 아이를 구하려 하고 있고, 그건 허프도 마찬가지였다. 마이크는 DJ 허프의 안전에 관심을 보이지 않았고, 그에 따라 허프도 당연히 애덤 바이의 안전에 관해 관심을 보이지 않았다.

두 사람 모두 자신의 아들만 기를 쓰고 보호하려고 했다. 그러기 위해서 허프는 기꺼이 싸울 준비를 하고 있었다. 승패가 어떻게 나든 허프는 DJ를 포기하지 않을 게 뻔했다. 클라크의 부모나 올리비아의 부모의 마음은 다 같을 터인데 마이크는 그 점을 간과하고 말았다. 마이크와 티아는 자식들을 보호하기 위해서라면 기꺼이 수류탄을 덮칠 각오가 되어 있는 어른들을 상대하고 있었다. 그들이 먼저 해야 할 일은 부모의 보호막을 우회하는 것이었다.

"애덤이 실종됐네." 마이크는 목소리를 낮췄다.

"나도 잘 알고 있네."

"뉴욕 경찰청에 신고는 했지만, 여기에서는 누구에게 얘기해야 애덤을 찾는 데 도움을 받을 수 있는 건가?"

"카산드라에게 내가 무척이나 그리워하더라고 전해주라고." 내시가 속삭였다.

레바 코르도바에 대한 기나긴 고문이 그제야 끝났다.

내시는 서섹스 군의 15번 간선도로에 있는 물품 보관 창고 '유스토어 잇U-Store-It'으로 차를 몰았다.

그는 임대한 차고처럼 생긴 창고의 화물 적하장으로 트럭을 후진시켰다. 어둠이 진작부터 내려앉았다. 주위를 얼쩡거리거나 이쪽을 쳐다보는 사람은 없었다. 내시는 누군가에게 들킬 가능성에 대비해서 시체를 창고 바깥쪽 쓰레기통에 버리고 싶었다. 창고는 이런 일을 하기에 정말 딱 들어맞는 장소였다. 언젠가 납치범들이 피해자를 이런 곳에 가둬놨다는 기사를 읽은 적이 있었다. 그 피해자는 뜻하지 않은 사고로 질식사했다. 하지만 내시는 듣는 사람의 애가 터질 게 분명한 다른 얘기들도 많이 알고 있었다. 행방불명이 되어 우유팩 겉에 사진이 실린 애들이나 어느 날 집을 나섰다가 홀연히 모습을 감춘 여자들의 상당수가 손발이 묶이고 입이 틀어막힌 채 이런 곳에서 간신히 목숨을 부지하고 있는 경우는 사람들이 예상한 것보다 훨씬 많았다.

경찰은 범죄자들이 어떤 특정 유형을 따른다고 믿는다는 걸 내시는 잘 알고 있었다. 대다수의 범죄자들이야 멍청한 놈들이니까 그럴지도 모르지만, 내시는 그와는 정반대로 움직였다. 매리앤은 사람들이 알아보지 못할 정도로 두들겨 팼지만, 이번에는 레바의 얼굴에는 손도 대지 않았다. 일부러 그렇게 한 것이었다. 매리앤의 신원은 어떻게든 감출 수가 있었다. 하지만 레바의 경우에는 그게 쉽지가 않았다. 지금쯤 그녀의 남편은 실종신고를 했을 게 분명했다. 그리고 죽은 지 얼마 안 된 시신이 발견되면, 그게 아무리 엉망이고 피투성이라 하더라도 레바 코르도바라는 게 밝혀질 가능성이 높았다.

그래서 범행 수법을 바꿀 필요가 있었다. 시신이 절대로 발견되도록 해서는 안 됐다.

그게 핵심이었다. 내시는 매리앤의 시신을 경찰이 발견할 수 있는 곳에 버렸지만, 레바는 그저 홀연히 모습을 감추는 것으로 끝이었다. 레바의 차는 호텔 주차장에 내버려뒀다. 경찰은 그녀가 불륜을 저지르려고 그곳에 간 것이라고 생각할 게 뻔했다. 경찰은 그 점에 주목하고 레바에게 남자가 있었는지를 알아내는 데 수사력을 집중할 것이다. 그렇게 되면 내시에게 의외의 소득이 있을 수도 있다. 실제로 레바에게 남자가 있었다면. 경찰은 사실을 확인하기 위해 그 사내를 집중 추궁할 게 분명했다. 그런 남자가 없다고 하더라도 경찰의 수사는 막다른 골목으로 치달릴 것이고, 결국 레바가 애인과 줄행랑을 놨다고 결론을 내릴 가능성이 높았다. 레바와 매리앤 사이에 어떤 관련성이 있다고는 꿈에도 생각할 리 없었다.

따라서 내시는 레바의 시신을 이곳에 놔둘 필요가 있었다. 적어도 잠시 동안은.

피에트라도 자신의 두 눈으로 죽음을 목격했다. 수년 전, 그녀는 당시에 유고슬라비아라고 불리던 곳의 젊은 여배우였다. 그런 그곳에 인종청소라는 피바람이 몰아쳤다. 그녀의 남편과 아들은 그녀의 눈앞에서 상상조차 할 수 없는 끔찍한 방식으로 살해당했다. 하지만 불행인지 다행인지 피에트라는 살아남았다. 내시는 그 당시에 용병으로 뛰고 있었다. 그가 피에트라를 구출했다. 아니, 영혼은 사라지고 빈껍데기만 남은 육신을 구했다고나 할까. 피에트라는 그때 이후로 매리앤을 낚아챘던 술집에서처럼 연기를 할 때만 살아 있는 사람처럼 보였다. 넋이 빠져 멍하니 앉아 있는 나머지 시간에는 공허만이 그녀를 감싸고 있었다. 그녀의 모든 생명력은 그 당시의 세르비아 군인들에게 빨려 나가버렸다.

“난 카산드라에게 약속했어. 자기도 그걸 이해해주겠지?” 내시가 그녀에게 말했다.

피에트라는 얼굴을 돌렸다. 내시는 그녀의 옆얼굴을 가만히 쳐다봤다.

“이것 때문에 기분이 좋지 않은 모양이지?”

피에트라는 아무 말도 하지 않았다. 두 사람은 나무 부스러기와 비료의 혼합물 속에 레바의 시신을 넣었다. 이런 상태로 잠시 동안 놔둘 생각이었다. 내시는 또 다른 차량 번호판을 슬쩍하는 위험한 행동을 하고 싶지 않았다. 검은색 절연 테이프를 꺼내 번호판의 F를 E로 변조했고, 그것으로 충분할 것 같았다. 창고 한쪽 구석에는 밴을 위장하는 데 사용되는 '위장물'이 쌓여 있었다. 그중에는 '트레메시스 페인트'를 광고하는 자석 간판도 있고, '케임브리지 연구소'라고 적힌 스티커도 있었다. 내시는 이번에는 지난 10월에 '하느님의 사랑'이라는 종교단체 총회에서 샀던 범퍼 스티커를 붙였다. 스티커에는 이렇게 적혀 있었다.

하느님은 무신론자들을 믿지 않으신다.

내시는 씩 웃었다. 흥, 이런 것들은 그저 종교적인 의견들 중 하나일 뿐이야. 중요한 건 이런 주장을 하는 자들이 정말 그렇게 믿고 있느냐는 것이지. 내시는 그 스티커를 양면테이프 위에 붙였다. 필요할 때 언제든지 쉽게 떼어낼 수 있도록 하기 위해서였다. 이 스티커를 본 사람들은 기분을 잡치거나 깊이 공감할 것이다. 어쨌든 그들의 눈에 띌 게 분명했다. 그리고 그런 것에 일단 눈이 쏠리면 번호판 같은 건 눈에 들어오지도 않는 법이다.

내시와 피에트라는 차에 올라탔다.

내시는 피에트라를 만나기 전까지는 눈이 영혼의 창이라는 말을 전혀 믿지 않았다. 하지만 피에트라의 경우에는 그 말이 진실이었다. 그녀의 파란 눈은 노란 불꽃이 일렁이듯 아름다웠지만 그 뒤쪽에는 공허만이 가득했다. 마치 바람에 날려 꺼져버린 촛불처럼 다시 켜질 생각을 하지 않고 있었다.

"꼭 해야만 할 일이었으니 자기가 이해해줘, 피에트라."

그녀는 마침내 입을 열었다. "그 일을 즐기고 있었잖아."

그건 판단이고 뭐고가 아니었다. 그저 내시의 속마음을 알아차릴 수 있을 정도로 오랫동안 알고 지내서 가능한 일이었다.

"그래서?"

피에트라는 얼굴을 돌렸다.

"그게 뭐 어쨌다고 그래, 피에트라?"

"난 내 가족들이 어떻게 당했는지 잘 알고 있어." 그녀는 맥 빠진 목소리로 말했다.

내시는 뭐라고 할 말이 없었다.

"난 아들과 남편이 몸서리쳐질 정도로 잔혹한 방법으로 고통을 받는 걸 지켜봤어. 그리고 두 사람도 내가 고통을 겪는 모습을 지켜봤고. 그들이 눈을 감기 전에 마지막으로 지켜본 것이 내가 그놈들에게 강간을 당하는 모습이었단 말이야."

"그건 나도 잘 알고 있어. 그리고 내가 그 여자에게 한 짓을 즐긴다고 했지? 사실 자기도 그런 일을 즐기잖아? 맞지?"

피에트라는 한 점의 망설임도 없이 대답했다. "그래."

대다수의 사람들은 이와는 정반대의 일이 벌어질 거라고, 즉 끔찍한 폭력을 당한 피해자는 그 후에 벌어지는 유혈 참사에 치를 떠는 게 당연할 거라고 생각하고 있다. 하지만 세상은 그렇게 돌아가지 않는 게 현실이다. 폭력은 폭력을 낳는 법이다. 하지만 그게 드러날 정도로 보복적인 형태가 아닐 뿐이었다. 학대를 당한 어린애는 커서 학대를 하는 어른이 된다. 자신의 어머니를 두들겨 패는 아버지를 보고 정신적인 충격을 받은 아들은 언젠가 자신의 아내를 두들겨 팰 가능성이 월등히 높다.

왜 그럴까?

왜 우리 인간들은 당연히 보고 배웠어야 할 교훈을 깨우치지 못하는 것일까? 인간 내부의 어떤 속성이 속을 뒤틀리게 만드는 그런 참혹한 짓에 이끌리도록 만드는 것일까?

피에트라는 내시에게 구출된 이후 이를 갈며 복수를 갈망했다. 그녀는 병원에서 치료를 받으며 회복하는 동안 내내 그 생각만 했다. 병원에서 퇴원하고 3주가 지난 후, 내시와 피에트라는 그녀의 가족을 고문했던 군인들 중 한 명의 뒤를 안간힘을 쓰며 추적해냈다. 두 사람은 그자가 혼자 있는 기회를 끈질기게 기다렸다. 내시가 그자의 손발을 묶고 입에 재갈을 물렸다. 그리고 피에트라에게 전지가위를 건네주고 그자와 단둘이 있도록 해주었다. 그 군인이 죽기까지 사흘이 걸렸다. 하루가 채 지나기도 전에 그자는 피에트라에게 제발 죽여달라고 애원했다. 하지만 그녀는 그런 자비를 베풀지 않았다.

피에트라는 정말 즐거운 마음으로 그자를 고문했다.

대부분의 사람들은 결국에 가서 복수라는 게 감정을 쓸데없는 곳에 허비하는 거라는 사실을 알게 된다. 다른 사람에게 끔찍한 짓을 해버리고 난 이후에는 공허한 마음을 주체할 수 없게 된다. 정말 죽이고 싶을 정도로 미운 녀석이었을지라도 그건 변함이 없다. 하지만 피에트라는 그렇지 않았다. 한번 일을 저지르자 더 많은 걸 갈구하기 시작했다. 그녀가 오늘날 내시와 함께 행동하는 것도 그런 욕구가 큰 몫을 차지하고 있었다.

"그런데 이번에는 뭐가 다르다는 거지?" 내시가 물었다.

내시는 그녀의 대답을 기다렸다. 피에트라는 뜸을 들이기는 했지만, 결국 입을 열었다.

"모른다는 거지. 전혀 모르잖아. 신체에 고통을 가하는 것…… 우리가 그걸 하는 건 문제가 없어." 그녀는 쉰 목소리로 말을 하며 창고 쪽을 돌아봤다. "하지만 한 남자가 남은 일생을 자신이 사랑했던 여자에게 무슨 일이 벌어졌는지 고뇌하도록 만드는 건 나쁜 일이라고 봐." 피에트라는 고개를 가로저었다.

내시는 한쪽 손으로 그녀의 어깨를 감쌌다. "지금 당장은 어쩔 수가 없잖아. 자기도 그 점은 이해해주겠지?"

피에트라는 고개를 끄덕이며 정면을 쳐다봤다. "하지만 언젠가는 알려 줄 거지?"

"그래, 피에트라. 언젠가는. 우리, 이 일이 다 끝나고 나면 그 사람에게 사실대로 알려주자고."

22

가이 노박이 차를 몰고 자신의 집 진입로로 되돌아왔을 때 그의 양손은 운전대 위의 10시와 2시 방향에 놓여 있었다. 손마디가 하얗게 변할 정도로 운전대를 꽉 쥐고 있었다. 그는 브레이크에 발을 올려놓은 채 온몸을 내리누르는 무기력증 외의 다른 감정이 느껴지기를 갈망하며 운전석에 가만히 앉아 있었다.

가이는 백미러에 비친 자신의 모습을 멍하니 쳐다봤다. 머리숱이 점점 적어지고 있었다. 가르마가 아주 조금씩 귀 쪽으로 이동하기 시작했다. 잘 빗으면 아직은 눈에 띌 정도는 아니었지만, 다들 그렇게 자위하는 게 아닐까? 가르마의 위치가 하루나 이틀, 혹은 일주일이나 2주 사이에 눈에 띌 정도로 변하지는 않겠지만, 어느 순간에는 사람들이 눈치채고 등 뒤에서 흉을 볼 게 확실했다.

가이는 거울 속에 있는 사람이 자신이라는 게 믿어지지가 않았다. 어쨌거나 가르마는 꾸준히 이동할 게 분명했다. 그는 그 사실을 잘 알고 있었다. 반짝반짝 빛나는 대머리보다는 듬성듬성하지만 그래도 머리카락이 있는 게 낫겠지?

그는 운전대에서 한 손을 떼고 기어를 '주차'로 밀어넣은 다음 열쇠를 뽑았다. 그러고는 거울 속의 사내를 다시 힐끗 쳐다봤다.

측은해 보였다.

전혀 사내답지 않았다. 속도를 줄이며 그 녀석의 집을 그냥 스쳐 지나가다니. 어휴! 강한 남자와는 거리가 멀었다. 용기를 좀 내보라고, 가이. 넌 네 딸아이를 망가뜨린 그 쓰레기 같은 녀석이 두려워서 아무런 항의 표시도 못하는 것 아냐?

도대체 어떤 아빠가 그러는데? 무슨 놈의 사내가 그러는 거냐고?

정말 불쌍한 녀석이었다.

아, 물론 가이는 수다를 떠는 애들처럼 교장에게 불평을 늘어놓긴 했다. 교장은 온갖 동정심을 보이며 맞장구를 쳤지만 아무런 조치도 취하지 않았다. 루이스턴은 여전히 학생들을 가르치고 있었다. 여느 때처럼 저녁에는 퇴근해서 아름다운 아내에게 키스하고, 어쩌면 어린 딸아이를 공중으로 들어 올리며 그 애의 깔깔거리는 웃음소리를 듣고 있는지도 몰랐다. 가이의 아내이자 야스민의 엄마라는 여자는 야스민이 두 살도 채 되기 전에 그들 곁을 떠났다. 대부분의 사람들은 전처가 가족을 버렸다고 비난했지만, 가이도 사내 구실을 제대로 하지 못했던 건 사실이었다. 따라서 전처는 이혼하기 이전에도 주위의 눈을 아랑곳하지 않고 이놈 저놈과 퍼질러 잤고, 얼마쯤 지나자 남편이 눈치를 채든 말든 전혀 신경을 쓰지 않았다.

가이의 아내는 그런 여자였다. 가이는 그런 아내를 제자리로 돌려놓을 정도로 강한 남자가 아니었다. 그래, 그건 그렇다고 치자.

하지만 지금은 딸아이가 문제였다.

그의 사랑스러운 딸 야스민. 그가 지금까지 살면서 이뤄낸 남자다운 행동의 유일한 결정체였다. 그 애를 키우면서 아버지 노릇을 하고, 그 애의 일차 양육자가 된다는 게 정말 흐뭇했다.

야스민을 보호하는 게 그의 최우선 임무가 아니었던가?

그런데도 이 모양 이 꼴이란 말인가? 잘하는 짓이다, 가이.

지금은 딸아이를 위해 싸울 용기도 없었다. 이런 꼬락서니를 봤으면 가이의 아버지는 뭐라고 했을까? 가이가 주눅이 들 정도로 흘겨보며 비웃음을 날렸을 게 분명했다. 그리고 가이를 계집애 같은 녀석이라고 흉봤을 것이다. 조지 노박이라면 자신의 가족이나 가까운 친구에게 이런 짓을 한 녀석을 반쯤 죽여버렸을 것이기 때문이다.

가이도 아버지와 같은 용기와 뚝심이 정말 부러웠다. 정말 갖고 싶었다.

가이는 차에서 내려 집을 향해 걷기 시작했다. 그는 지금 이 집에서 12년째 살고 있었다. 이 집에 처음으로 전처의 손을 잡고 걸어 들어갔을 때 그녀가 보여준 미소를 회상했다. 그녀는 그때 이미 바람을 피우고 있었던 것일까? 어쩌면 그랬을지도 모른다. 가이는 전처가 자신의 곁을 떠난 이후 여러 해 동안 야스민이 정말 자신의 친딸인지 의심을 하곤 했다. 그런 생각이 떠오르지 않도록 애썼고, 심지어 친딸이 아니더라도 아무 상관이 없다는 마음까지 먹었다. 하지만 언제 어디서나 불쑥불쑥 튀어나오는 의심에 결국 지고 말았다. 2년 전, 가이는 아무도 모르게 친자 확인 검사를 했다. 결과가 나오기까지는 3주 정도가 걸렸지만, 고통을 인내하고 기다린 보람이 있었다.

야스민은 친딸로 밝혀졌다.

이 말이 좀 측은하게 들릴지 모르지만, 사실을 알고 난 후 가이는 좋은 아빠가 되기 위해 더 많은 노력을 쏟아부었다. 야스민이 행복하도록 최선을 다했다. 야스민이 원하는 것이면 무엇이든지 다 들어주려고 했다. 야스민을 사랑하고, 자신의 아버지가 자신을 주눅 들게 했던 걸 되풀이하지 않으려고 온 정성을 다했다.

하지만 가이는 야스민을 완벽하게 보호하지 못했다.

그는 걸음을 멈추고 집을 쳐다봤다. 이걸 팔려고 내놓으려면 칠을 새로 해야 할 것 같았다. 정원수도 손질할 필요가 있었다.

"이봐요!"

귀에 익지 않은 여자 목소리였다. 가이는 돌아서서 쏟아지는 햇빛을 피하려고 눈을 가늘게 떴다. 루이스턴의 아내가 차에서 내리는 모습을 보고 흠칫 놀랐다. 그녀의 얼굴은 분노로 뒤틀려 있었다. 그녀는 가이를 향해 걸어왔다.

가이는 꼼짝도 하지 않고 서 있었다.

"당신, 도대체 뭐 하자는 수작이에요? 왜 차를 몰고 우리 집 앞을 몇 번씩이나 지나가느냐고요?"

이런 폭포수처럼 쏟아지는 비난에 익숙하지 못한 가이가 간신히 대꾸했다. "여긴 자유국가인데 그런 것도 내 맘대로 못해요?"

돌리 루이스턴은 그 말을 들은 척도 하지 않았다. 너무나 빨리 다가서는 바람에 가이는 그녀가 주먹질이라도 하려는 줄 알고 몸을 움찔했다. 실제로 양손을 들어 얼굴을 가리고 한 걸음 물러서기까지 했다. 가이의 유약한 속성이 또 도진 것이었다. 자신의 딸아이를 보호하지도 못한 주제에 딸아이를 괴롭힌 작자의 마누라까지 두려워하는 꼬락서니였다.

돌리는 걸음을 멈추고 가이를 찌르기라도 할 듯 손가락 하나를 쭉 뻗었다. "내 가족에게 접근하지 말아요. 알았어요?"

가이가 정신을 차리기까지는 시간이 좀 걸렸다. "부인 남편이 내 딸에게 무슨 짓을 했는지 알고는 있나요?"

"남편은 실수를 했을 뿐이에요."

"당신 남편은 열한 살 먹은 여자애를 놀림감으로 만들었다고요."

"나도 남편이 무슨 실수를 저질렀는지 잘 알고 있어요. 정말 해서는 안 되는 일이었죠. 남편이 얼마나 미안해 하고 있는지 당신은 모를 거예요."

"그 사람은 내 딸의 인생을 지옥처럼 만들었단 말입니다!"

"그래서 당신은 우리에게 똑같은 짓을 하고 싶은 건가요?"

"당신 남편은 학교를 그만둬야 해요." 가이가 목청껏 소리쳤다.

"말실수 한번 했다고 해서요?"

"아이의 인생을 송두리째 망쳤는데 그게 말실수에 불과하다는 건가요?"

"그건 너무 과장된 것 아닌가요?"

"아이가 매일 학교에 갈 때마다 친구들에게 놀림을 받는다는 게 어떤 느낌인지 몰라서 하는 말이요? 내 딸은 늘 행복한 아이였어요. 완벽하진 않았어도 행복하긴 했단 말입니다. 하지만 지금은……."

"그 점은 정말 미안하게 생각하고 있어요. 어쨌든 내 가족한테서 멀리 떨어져줬으면 해요."

"만약 당신 남편이 우리 야스민을 때리기라도 했다면 벌써 학교를 그만뒀어야 할 거요. 그런데 그가 한 짓거리는 그것보다 더 나빴단 말입니다."

돌리 루이스턴은 눈살을 찌푸렸다. "그 말, 진심이에요?"

"난 이 일을 절대로 그냥 놔두지 않을 생각이오."

돌리는 가이를 향해 한 걸음 더 다가섰다. 가이도 이번에는 물러서지 않았다. 두 사람의 얼굴은 30센티미터도 채 떨어져 있지 않을 정도로 가까웠다. 돌리는 속삭이는 듯한 목소리로 말했다. "조롱을 당하는 것 정도가 당신 딸에게 일어날 수 있는 가장 흉악한 일이라고 정말로 생각하는 건가요?"

가이는 뭐라고 대꾸를 하려고 입을 달싹거렸지만 그의 입에서는 아무런 말도 흘러나오지 않았다.

"노박 씨, 당신은 내 가족 주변을 얼쩡거리고 있어요. 내가 사랑하는 사람들 주변을요. 내 남편은 분명히 실수를 저질렀고, 그건 이미 사과를 했어요. 하지만 당신은 여전히 우릴 공격할 기회를 엿보고 있단 말이에요. 당신이 정 그렇게 나온다면 우린 스스로를 보호할 수밖에요."

"어떻게요? 소송이라도 하려고……."

돌리는 가이의 말이 웃기는지 깔깔 웃었다. "천만의 말씀! 난 재판 같은 걸 얘기하는 게 아니라고요." 그녀의 목소리는 여전히 낮았다.

"그렇다면 뭘 하겠다는 말이요?"

돌리는 고개를 오른쪽으로 살짝 기울였다. "혹시 신체적인 공격을 당해본 적이 있나요, 노박 씨?"

"지금 협박하는 거요?"

"그냥 물어보는 거예요. 내 남편이 신체적인 폭력보다 더 나쁜 짓을 저질렀다면서요? 내가 장담하는데 그건 그렇지가 않아요, 노박 씨. 내가 알고 있는 사람들에게 한마디만 하면, 누군가가 날 해치려 한다고 슬쩍 귀띔만 하면 그들은 당신이 잠든 한밤중에 여기로 찾아올 거예요. 물론 당신 딸도 잠이 들었을 때겠죠?"

가이는 입안이 바짝바짝 타는 듯했다. 무릎이 당장이라도 허물어지려는 걸 간신히 버텼다.

"그건 분명히 협박으로 들리는군요, 루이스턴 부인."

"그렇지 않아요. 이건 사실이에요. 만약 당신이 계속해서 내 가족을 괴롭힌다면 우리도 가만히 앉아서 당하지만은 않을 거예요. 내가 가진 모든 것을 동원해서라도 당신을 가만두지 않을 거라고요. 내 말, 알아듣겠어요?"

가이는 대꾸하지 않았다.

"현명하게 행동하세요, 노박 씨. 내 남편이 아니라 당신 딸에게나 신경 쓰라고요. 이제 그만 다 잊어버리잔 말이에요."

"난 그럴 수 없소."

"그렇다면 당신 스스로 괴로움을 불러들인 거니 각오하세요."

돌리 루이스턴은 아무 말도 않고 휙 돌아섰다. 가이 노박은 덜덜 떨리는 다리로 간신히 버티고 서 있었다. 돌리는 차를 몰고 사라졌다. 그녀는 뒤를 돌아보지 않았지만, 가이는 그녀의 얼굴에 어린 미소를 볼 수 있었다.

정말 막 나가는 여자로군. 가이는 속으로 생각했다.

하지만 저 여자의 말이 진실이라면 이쯤 해서 물러서야 하는 것일까? 이제까지 살아오면서 계속 뒷걸음질만 했는데 또? 처음부터 내가 용기가 없어서 남들에게 치이며 사는 게 문제가 아니었던가?

가이는 현관문을 열고 집 안으로 들어섰다.

"일 잘 봤어요?"

가이가 최근에 사귀고 있는 여자친구 베스의 목소리였다. 그녀는 가이의 마음에 들려고 지나칠 정도로 애를 썼다. 여자들은 다들 이랬다. 이 연령대의 남자들이 동이 나서 그런 건지 여자들은 남자의 마음에 들려고 애를 쓰면서도 그러한 노력이 드러나지 않게 하려고 마음을 졸였다. 하지만 마음을 졸인다는 건 아무리 감추려고 해봐도 드러나게 마련이었다. 냄새나는 물건은 겉포장을 아무리 단단히 하더라도 냄새가 포장을 뚫고 나오는 법이었다.

가이는 자신이 이런 겉치레를 대수롭지 않게 여길 수 있도록 대범했으면 하고 바랐다. 여자들도 이런 겉치레에 신경 쓰지 말고 남자 본연의 됨됨이를 봐주기를 원했다. 하지만 남녀의 만남이라는 게 원래 다 이런 것인지 그들의 관계는 피상적인 단계에서 한 걸음도 더 나아가지 못했다. 여자들은 더 많은 걸 원하면서도 가이를 압박하지 않으려고 하는데, 가이는 그런 행동 자체가 압박으로 느껴졌다. 여자들은 한 둥지 안의 새처럼 좀 더 가까이 다가서고 싶어 했다. 하지만 가이는 선뜻 그런 마음이 들지 않았다. 어쨌든 여자들은 가이가 싫다는 말을 할 때까지는 그의 곁에 가까이 머무를 게 분명했다.

"물론이오. 너무 오래 걸려서 미안하오."

"우리 사이에 그게 무슨 말이에요?"

"애들은 잘 있어요?"

"네. 질의 엄마가 여기에 들러 애를 태워갔어요. 야스민은 자기 방에 있고요."

"그거 잘됐구려."

"당신, 배고파요? 먹을 것 좀 만들어드려요?"

"당신도 같이 먹을 거면 나도 찬성이오."

베스는 가이의 말에 신이 난 것처럼 보였는데, 가이는 어떤 이유에서인지 죄책감을 느꼈다. 그가 데이트했던 여자들은 그 자신을 하찮게 여기도록 만들기도 했고 뭔가 우쭐하게 만들기도 했다. 가이는 이번에도 자신을 스스로 혐오하는 감정에 휘말렸다.

베스는 가이에게 다가와 그의 뺨에 키스했다. "편하게 앉아 있어요. 곧 점심을 만들 테니까요."

"알겠소. 난 얼른 이메일이나 확인해봐야겠소."

가이가 컴퓨터를 켜고 이메일을 확인하자 새로 온 건 단 한 통뿐이었다. 익명의 핫메일 계정을 통해 들어온 것인데, 가이는 그 짧은 문장을 읽는 순간 피가 얼어붙는 것 같았다.

내 말 명심해라. 권총을 좀 더 잘 감춰둬라.

티아는 헤스터 크림스타인의 제안을 받아들일걸 하고 후회했다. 그녀는 집 안에 틀어박혀 지금까지 살아오면서 자신이 이처럼 쓸모없다는 느낌이 든 적이 있는지를 곰곰이 생각했다. 애덤의 친구들에게 전화를 해봤지만 어느 누구도 뭘 아는 애가 없었다. 두려움이 그녀의 머릿속을 꽉 채웠다. 평소에도 엄마 아빠의 분위기를 잘 알아차렸던 질은 지금 뭔가 심각한 일이 벌어졌다는 걸 벌써 눈치채고 있었다.

"오빠는 어디 갔어요, 엄마?"
"우리도 모른단다, 얘야."
"내가 오빠 휴대전화로 전화했는데 받지 않더라고요."
"알고 있어. 우리도 오빠를 찾으려고 애쓰고 있단다."

티아는 딸아이의 얼굴을 찬찬히 들여다봤다. 벌써 어른스러운 구석이 엿보였다. 둘째는 첫째와는 아주 다르게 크는 것 같았다. 보통 첫째는 과잉보호를 하는 경향이 짙다. 그 애가 내딛는 발걸음 하나마다 신경을 쓰곤 한다. 그 애가 들이쉬고 내쉬는 호흡마다 다 하느님의 성스러운 기운이 어려 있는 것으로 생각하게 마련이다. 지구와 달, 별, 태양이 모두 첫째를 중심으로 공전하는 것처럼 보인다.

티아는 비밀에 관해, 속마음과 두려움에 관해, 그리고 자신이 아들을 찾기 위해 얼마나 애썼는지를 생각했다. 이번 실종으로 인해 자신이 옳았는지 틀렸는지를 증명할 수 있을까 하는 의문이 들었다. 티아는 사람들마다 각자 자신만의 문제를 가지고 있다는 걸 잘 알고 있었다. 그녀에겐 불안에 관한 문제가 좀 있었다. 어떤 종류의 놀이를 하든 안전모는 꼭 착용하도록 했고, 필요한 경우에는 보안경도 끼도록 했다. 아이들이 버스에 오를 때까지 정류장에서 지켜봤고, 애덤이 그런 대접을 졸업해도 좋을 정도로 나이가 들어 어머니의 극성을 못 견뎌 하는 지금까지도 몰래 숨어서 지켜보곤 했다. 아이들이 자전거를 타고 번잡한 거리를 가로지르거나 도심지로 가는 것도 극구 말렸다. 다른 애 엄마가 차를 신중하게 몰지 않을까봐 아이들을 남의 차에 태우지도 않았다. 아이들이 겪는 자동차 사고, 풀장에서의 익사, 유괴, 비행기 추락 사고 등등 온갖 비극에 관한 얘기들을 귀담아 들었다. 그런 얘기를 들으면 꼭 집으로 돌아와서 인터넷을 검색하고 그에 관한 모든 기사를 읽었다. 그런 티아를 보며 마이크는 일단 한숨을 내쉬고, 장기적인 관점에서 볼 때 그런 사고가 일어날 확률은 매우 낮으므로 미리 걱정하는 건 아무런 의미가 없다고 달래곤 했다.

극히 드문 확률이라도 누군가에게는 여전히 일어나는 법이다. 지금은 티아 자신이 그런 경우에 해당했다.

그럼 지금까지 그게 불안장애였을까, 아니면 티아의 생각이 옳았던 것일까?

티아의 휴대전화가 또다시 낭랑한 소리를 터뜨렸다. 그녀는 애덤에게서 온 전화이길 진심으로 바라며 얼른 휴대전화를 집어 들었다. 하지만 그렇지 않았다. 발신자 표시가 제한되어 있었다.

"여보세요?"

"바이 부인이시죠? 전 슐릭 형사입니다."

병원에 찾아왔던 키 큰 여자 경찰관이었다. 티아의 가슴속엔 또다시 두려움이 밀려들었다. 밀려온 파도의 차가운 감촉이 영원히 남아 있진 않겠지만 그것이 와 닿는 감촉 자체를 느끼지 못하는 건 아니다. "그런데요?"

"남편분이 습격당했던 곳에서 멀지 않은 곳에 있는 쓰레기통에서 아드님의 휴대전화가 발견됐어요."

"그렇다면 그 애가 거기에 있었다는 건가요?"

"네, 우린 그랬다고 추정하고 있어요."

"그럼 누군가가 애덤의 휴대전화를 훔쳤겠군요."

"아, 그건 다른 문제예요. 휴대전화를 쓰레기통에 버린 가장 그럴듯한 이유는 누군가가, 아마도 아드님이 부인 남편께서 그곳으로 오는 걸 보고 어떻게 추적당했는지를 알아차렸기 때문일 겁니다."

"정말 그런 건지는 확실하지 않잖아요?"

"그거야 그렇죠. 확인된 게 아니니까요."

"일이 이렇게 되면 좀 더 심각해질 가능성도 있나요?"

"우린 사건을 항상 심각하게 보고 있어요." 슐릭이 단호한 어조로 말했다.

"제 말이 무슨 뜻인지 아시잖아요?"

"무슨 말인지 잘 알고 있어요. 그런데 우린 이 거리를 '뱀파이어 거리'라고 부르죠. 낮 동안에는 아무도 모습을 드러내지 않아서요. 단 한 사람도요. 따라서 나이트클럽과 술집이 다시 문을 여는 오늘 밤에 탐문 수사를 실시할 예정입니다."

어둠이 깔리기까지는 아직 몇 시간이나 더 기다려야 했다.

"특별한 사항이 있으면 즉시 알려드리죠."

"고마워요."

티아가 통화를 마치는 순간, 진입로로 들어서는 차가 보였다. 그녀는 창문으로 다가가서 스펜서의 어머니인 벳시 힐이 차에서 내려 현관 쪽으로 걸어오는 걸 지켜봤다.

아일린 골드파브는 아침 일찍 일어나 커피 메이커의 스위치를 켰다. 가운을 걸치고 슬리퍼를 신은 다음 신문을 가지러 진입로로 터덜터덜 걸어 나갔다. 남편인 허셸은 아직 자고 있었다. 아들 할은 곧 고등학교를 졸업하는 청소년답게 어젯밤 늦게까지 집에 돌아오지 않았다. 할은 이미 아일린의 모교인 프린스턴 대학교에 입학이 결정된 상태였다. 그곳에 입학하기 위해 엄청 열심히 공부했던 터라 이제는 휴식하는 것이고, 그녀도 그런 할을 묵인했다.

아침 햇살이 스며드는 주방은 따스했다. 아일린은 좋아하는 의자에 앉아 가부좌를 틀었다. 그러고는 의학 신문들을 한쪽으로 치워뒀다. 그 가짓수가 상당했다. 그녀 자신이 저명한 장기이식 전문의일 뿐만 아니라 그녀의 남편도 리지우드의 '밸리병원'에 근무하는, 뉴저지 북부에서는 손꼽히는 심장 전문의이기 때문이었다.

아일린은 커피를 홀짝거리며 조금씩 마셨다. 그러면서 느긋하게 신문을 읽었다. 이런 간단한 일에 살아가는 즐거움이 있는 법인데 그녀는 이런 호사를 거의 누리지 못했다. 아일린은 2층에서 코를 골고 있는 허셸을 생각했다. 의과대학에서 처음 만났을 때 그이가 얼마나 멋졌는지, 그리고 대학을 졸업하고 인턴과 레지던트, 외과 전문의 과정, 현재의 의사 생활까지 얼마나 정신없이 열정을 쏟아부으며 살아왔는지 회상했다. 그러는 동안 남편은 최근 들어 사랑이 식었는지 잠시 '합의 별거'를 제안했고, 이제 할은 자신의 둥지를 떠나려는 참이었다.

"뭐가 남은 거지? 당신이 우리가 아직도 부부라고 생각한다면 뭐가 남은 거냐고?" 허셸은 양손을 펼쳐 보이며 아일린에게 물었다.

24년 동안이나 남편 노릇을 하다가 그런 질문을 툭 던진 사람에게서 불과 몇 미터밖에 떨어지지 않은 주방에 홀로 앉은 아일린의 귀에는 허셸의 말이 지금도 메아리처럼 울려 퍼졌다.

아일린은 정말 열심히, 젖 먹던 힘까지 짜내며 열심히 일했다. 그 결과, 놀라운 경력과 멋진 가족, 커다란 집, 동료와 친구들의 존경 등등 원하는 걸 다 얻을 수 있었다. 그런데 지금 남편이라는 사람은 둘 사이에 뭐가 남았는지 의아해 하고 있었다. 정말 뭐가 남았을까? 결혼생활의 달콤함은 정말로 천천히, 조금씩 나타났기 때문에 아일린은 그걸 한번도 본 적이 없었다. 혹은 보려고 한 적도 없었다. 혹은 더 많은 걸 원하지도 않았다. 그러니 남편의 질문에 대한 대답을 어찌 알겠는가?

아일린은 계단 쪽을 쳐다봤다. 지금 당장 저 계단을 뛰어올라가 허셸의 침대에 파고들어 몇 시간 동안 사랑을 나누고 싶었다. '둘 사이에 남은 게 뭔가?'라는 돼먹지 않은 의문이 그의 머릿속에 피어오르기 전인 여러 해 전에 그랬던 것처럼. 하지만 아일린은 그럴 수가 없었다. 몸이 꼼짝도 하지 않았다. 아일린은 그저 신문을 읽다가 커피를 홀짝거리고 눈물을 닦았다.

"엄마?"

할은 냉장고 문을 열고 오렌지주스 통에 입을 대고 벌컥벌컥 들이마셨다. 할의 이런 버릇을 고치려고 애쓴 적이 있었다. 여러 해 동안 타일러 봤지만 헛수고였다. 그런데 가족들 중에서 오렌지주스를 마시는 건 할뿐이었고, 이런 일로 너무 오랫동안 다투는 것 같아 포기하고 말았다. 이제 할은 대학교에 들어갈 참이고, 함께 있을 시간은 별로 남지도 않았다. 그 귀한 시간을 하찮은 일로 허비할 순 없었다.

"얘야, 어젯밤에 늦게 들어온 거니?"

할은 주스를 조금 더 마시고는 어깨를 으쓱했다. 할은 반바지와 회색 티셔츠를 걸치고, 겨드랑이에는 농구공을 끼고 있었다.

"고등학교 체육관에서 운동을 한 거니?" 아일린이 물었다.

"아니요, 헤리티지에서요. 엄마, 어디 편찮으세요?" 할은 주스를 한 모금 더 마시고서는 물었다.

"나? 아무렇지도 않다. 내가 어디 아파 보이니?"

"엄마 눈이 빨개서요."

"난 괜찮다."

"그 작자들이 왔을 때도 엄만 이런 모습이셨거든요."

그 작자들이라는 건 FBI 요원들을 의미했다. 그들은 전에 불시에 들이닥쳐 아일린의 시술에 관해서, 마이크에 관해서, 그녀에게는 전혀 말도 되지 않는 것처럼 보이는 것들을 물었다. 정상적이라면 남편에게 이런 사실을 말했을 텐데, 허셸은 그녀 없이 여생을 보낼 준비를 하는 데 더 정신을 쏟고 있었다.

"그땐 네가 나가고 없는 줄 알았다." 아일린이 일부러 밝은 목소리로 말했다.

"리키를 태우러 갔다가 되돌아온 거예요. 그 작자들은 경찰처럼 보이던데……."

아일린은 아무 말도 하지 않았다.

"정말 그런 건가요?"

"별로 중요한 일 아니니 걱정하지 마라."

할은 아일린의 말을 순순히 받아들인 듯 농구공을 튕기며 집 밖으로 나갔다. 20분 후, 전화벨이 울렸다. 아일린이 시계를 힐끗 쳐다봤을 땐 오전 8시였다. 이 시간이면 병원일 게 틀림없는데 그녀는 오늘 당직이 아니었다. 병원의 전화교환원이 깜빡 실수를 하고 엉뚱한 의사에게 메시지를 전달하는 경우가 종종 있었다.

아일린은 얼른 발신자를 확인했다. 로리먼이라는 이름이 떠 있었다.

아일린은 수화기를 집어 들었다.

"수전 로리먼이에요." 수화기에서 여자의 목소리가 흘러나왔다.

"네, 좋은 아침이네요."

"난 마이크에게 이……." 수전 로리먼은 딱 들어맞는 단어를 찾기라도 하듯 말을 멈췄다. "이 상황에 관해 말하고 싶지 않아요. 루커스에게 장기를 기증해줄 사람을 찾는 것 말이에요."

"무슨 말씀인지 알겠어요. 화요일에 시간이 좀 나니 필요하시면……."

"오늘 좀 만나뵐 수 있겠어요?"

아일린은 거절하려고 했다. 지금 당장은 이런 곤란한 상황에 스스로를 빠뜨린 여자를 보호하거나 돕는 행위조차도 전혀 하고 싶지 않았다. 하지만 아일린은 이게 수전 로리먼에 관한 게 아니라고 스스로를 달랬다. 이건 그녀의 아들이자 아일린의 환자인 루커스에 관한 것이었다.

"어쩌면 가능할 것도 같네요."

23

티아는 벳시 힐이 노크할 기회조차 주지 않고 문을 열고는 다짜고짜 질문을 던졌다. "우리 애덤이 어디 있는지 알고 있어요?"

티아의 막무가내식 질문에 벳시는 흠칫 놀랐다. 벳시는 눈을 동그랗게 뜨고 걸음을 멈췄다. 티아의 얼굴 표정을 보고는 얼른 고개를 가로저었다. "아니요, 전혀 모르겠어요."

"그렇다면 당신은 왜 우리 집에 온 건가요?"

벳시는 고개를 갸우뚱했다. "애덤이 실종됐나요?"

"그래요."

벳시의 얼굴에서 핏기가 사라졌다. 티아는 벳시의 표정에서 이런 상황이 정말 끔찍한 기억을 떠오르게 한 모양이라고 추측했다. 티아 자신도 조금 전까지 이 모든 일이 스펜서에게 일어났던 일과 흡사하다고 생각하지 않았던가?

"티아?"

"왜요?"

"학교 건물 옥상을 확인해봤어요?"

스펜서의 시신이 발견된 곳이었다.

더는 이러쿵저러쿵 떠들 시간이 없었다. 티아는 질을 불러서 곧 돌아오겠다고 말했다. 이제 질도 아주 짧은 시간 동안은 집에 혼자 있어도 될 정도로 나이가 들었고, 함께 가봐야 별로 도움이 될 것 같지도 않아서였다. 그런 다음 두 여자는 벳시 힐의 차를 향해 줄달음질쳤다.

벳시가 운전했다. 티아는 조수석에 앉아 꼼짝도 하지 않았다. 두 블록을 지나가고 나서야 벳시가 입을 열었다. "난 어제 애덤과 얘기했어요."

티아는 그 말을 듣긴 했지만, 그게 무슨 의미인지 알 수가 없었다. "뭐라고요?"

"그 애들이 마이스페이스에 스펜서를 위한 추모공간을 만들었다는 걸 알고 있었어요?"

티아는 정신을 바짝 차리며 혼란스러운 머릿속을 정리하려고 했다. 마이스페이스 상의 추모공간이라고? 그리고 두어 달 전에 그것에 관한 얘기를 들었다는 걸 기억해냈다.

"네."

"새로운 사진 한 장이 올라왔어요."

"무슨 말인지 통 모르겠군요."

"스펜서가 죽기 직전에 찍은 것이었어요."

"스펜서가 자살한 날 저녁에 혼자 있었던 것 아닌가요?" 티아가 어리둥절한 표정으로 물었다.

"나도 그렇게 알고 있었죠."

"아직도 무슨 말인지 이해가 안 되는데요."

"난 애덤이 그날 밤 스펜서와 함께 있었다고 생각하고 있어요." 벳시 힐이 말했다.

티아는 그녀 쪽으로 얼굴을 돌렸다. 벳시는 정면의 도로에만 눈길을 집중하고 있었다. "그래서 어제 애덤에게 그걸 물어봤다는 건가요?"

"그래요."

"어디에서요?"

"학교 수업이 끝난 후 주차장에서요."

티아는 CeeJay8115와 나눈 인스턴트 메시지 내용을 떠올렸다.

뭐가 잘못됐어?

학교 수업을 마치고 나오는데 그 애 엄마가 내게 접근했어.

티아가 물었다. "그런 일이 있었다면 왜 내게 오지 않았어요?"

"당신의 변명을 듣고 싶지 않아서요, 티아. 애덤이 뭐라고 하는지 직접 듣고 싶었거든요." 이제 벳시의 목소리에는 날이 서 있었다.

건축미를 전혀 고려하지 않고 벽돌로 쌓아올린 널찍한 고등학교 건물이 멀리서 모습을 드러냈다. 벳시가 차를 채 세우기도 전에 티아는 문을 박차고 나가 벽돌 건물을 향해 달음박질쳤다. 티아는 스펜서의 시신이 학생들 사이에서 '몰래 담배 피우는 곳'으로 잘 알려진 낮은 건물들 중 한 곳의 옥상에서 발견됐다는 사실을 회상했다. 그곳에는 창문 옆에 툭 튀어나온 난간이 있었다. 아이들은 그곳으로 뛰어올라 홈통을 타고 옥상으로 올라가곤 했다.

"기다려요." 벳시 힐이 큰 소리로 외쳤다.

하지만 티아는 들은 척도 하지 않았다. 벌써 그곳에 거의 다 가 있었다. 토요일인데도 꽤 많은 차량들이 주차장을 메우고 있었다. 모두 SUV와 미니밴들이었다. 아이들의 야구 경기와 축구 교실이 열려서 그런 모양이었다. 학부모들은 사이드라인에 서서 스타벅스 커피잔을 꽉 쥐고 있거나, 휴대전화로 수다를 떨거나, 망원렌즈를 장착한 카메라로 사진을 찍거나,

블랙베리를 만지작거리고 있었다. 티아는 애덤이 경기하는 모습을 보러 간 적이 없었다. 가고 싶지도 않았거니와 사고가 날까봐 가슴 졸이는 게 싫어서였다. 자식들의 경기력에 목을 매고 살아가는 부모들이 싫었고, 자랑할 게 그런 것밖에 없는 불쌍하고 하찮은 그들을 닮아가고 싶지 않았다. 그런데도 애덤이 선수로서 이름을 날리게 되자 아들의 행복이 보장되는 듯해서 하늘을 나는 것처럼 기분이 좋았고, 성적이 좋지 않을 때는 무척이나 마음이 쓰렸다.

티아는 흘러내리는 눈물을 손으로 문지르며 계속 달렸다. 창문 옆의 난간에 이르기 직전에 걸음을 멈췄다.

그 부분이 사라지고 없었다.

"학교 당국은 스펜서의 시신이 발견된 직후에 그 부분을 없애버렸어요. 아이들이 더는 옥상으로 올라가지 못하도록요. 미안해요. 미리 말했어야 하는데, 나도 깜빡 잊고 있었네요." 벳시는 숨을 헐떡거리며 말했다.

티아는 위를 올려다보며 말했다. "아이들은 늘 새로운 통로를 찾아내는 법이에요."

"그건 그래요."

티아와 벳시는 새로운 통로가 있는지 재빨리 찾아봤지만 그런 건 눈에 보이지 않았다. 두 사람은 정문 입구 쪽으로 허겁지겁 달려갔다. 문은 잠겨 있었다. 그들은 유니폼에 '칼'이라는 이름을 새긴 수위가 모습을 드러낼 때까지 문을 두들겨댔다.

"문 닫은 게 안 보이쇼?" 칼은 문에 달린 창문으로 밖을 내다보며 말했다.

"우린 옥상으로 올라가야 해요." 티아가 소릴 질렀다.

"옥상이요? 도대체 뭣 때문에 이런 난리를 피우는 거요?" 수위가 눈살을 찌푸리며 물었다.

"제발 들여보내주세요." 티아가 애원하다시피 했다.

수위는 눈길을 오른쪽으로 돌리다가 벳시 힐을 발견했다. 그 순간, 그는 전기에 감전된 듯 몸을 부르르 떨었다. 그녀를 알아본 게 틀림없었다. 그는 군소리를 하지 않고 열쇠뭉치를 들어 올려 자물쇠를 풀고 문을 활짝 열었다.

"이쪽이요." 수위가 앞장섰다.

세 사람은 모두 부리나케 달렸다. 티아는 심장이 너무나 세게 뛰는 바람에 갈비뼈를 뚫고 나오지 않을까 걱정이 됐다. 아직도 두 눈에서는 눈물이 줄줄 흘러내렸다. 칼은 문을 열고 모퉁이를 가리켰다. 영화에 나오는 잠수함에 있는 것 같은 사다리가 벽에 붙어 있었다. 티아는 조금도 망설이지 않았다. 재빨리 사다리로 달려가 올라가기 시작했다. 벳시도 바로 그녀의 뒤를 따랐다.

두 사람은 옥상에 올라섰지만 그곳은 원래 그들이 가려던 곳과는 반대쪽이었다. 티아는 시멘트로 덮인 옥상을 달렸다. 벳시도 지지 않고 뒤를 따랐다. 옥상은 평평하지 않았다. 한번은 거의 한 층에 가까운 높이를 뛰어내려야 했다. 두 사람은 잠시도 머뭇거리지 않고 그 일을 해냈다.

"이 모퉁이를 돌면 바로예요." 벳시가 큰 소리로 말했다.

두 사람은 황급히 모퉁이를 돌아 원래 오고자 했던 곳에서 걸음을 멈췄다.

시신 같은 건 없었다.

그게 중요했다. 애덤은 이곳에 있지 않았다. 하지만 누군가가 올라왔던 흔적은 있었다.

깨진 맥주병들이 있었고, 담배꽁초도 상당히 많았다. 마리화나를 피우고 남긴 꽁초 같은 것도 보였는데, 요즘 애들은 이걸 뭐라고 부른다더라? 그래, 로치Roach. 하지만 티아를 꼼짝도 못하게 만든 건 그게 아니었다.

양초가 있었다.

수십 개는 되는 것 같은 양초가. 대부분은 촛농덩어리가 될 때까지 다

타버린 상태였다. 티아는 그것들이 있는 곳으로 가서 무릎을 꿇고 손으로 만졌다. 촛농은 대부분 단단하게 굳어 있었지만, 한두 개는 조금 전까지 타고 있었는지 여전히 말랑말랑했다.

티아는 일어서서 돌아섰다. 벳시 힐은 원래의 자리에 그대로 서 있었다. 전혀 움직이지 않고, 울지도 않았다. 그녀는 그곳에 서서 양초만 하염없이 쳐다보고 있었다.

"벳시?"

"경찰이 바로 그곳에서 스펜서의 시신을 발견했어요." 벳시는 생기 없는 목소리로 말했다.

티아는 다시 쭈그려 앉아 양초를 자세히 살폈다. 어쩐지 양초가 눈에 익었다.

"바로 거기 양초들이 있는 자리예요. 바로 그곳이었다고요. 난 경찰이 스펜서의 시신을 움직이기 전에 이곳으로 올라왔죠. 내가 고집을 부렸어요. 경찰은 시신을 들고 내려와 보여주겠다고 했지만 내가 싫다고 했어요. 내 눈으로 꼭 내 아이가 죽어 있는 곳을 보고 싶었다고요."

벳시가 한 걸음 더 다가섰다. 티아는 꼼짝도 하지 않았다.

"난 학교에서 부숴버린 그 난간을 이용했어요. 경찰관 하나가 날 밀어 올려주겠다고 하더군요. 그 사람에게 제발 날 혼자 내버려둬달라고 소리쳤죠. 그리고 경찰관들을 다 물러나게 했어요. 남편은 내가 미쳤다고 생각했나봐요. 날 달래려고 무척이나 애를 썼죠. 하지만 난 막무가내로 올라갔어요. 스펜서가 바로 거기에 있더라고요. 지금 당신이 있는 바로 그 자리에요. 그 애는 옆으로 누워 있었어요. 양쪽 다리는 자궁 속의 태아처럼 구부리고 있었고요. 스펜서는 잘 때도 그런 모습이었죠. 열 살이 될 때까지 태아처럼 웅크리고 엄지손가락을 빨며 자던 애였어요. 당신은 당신 애들이 자는 모습을 본 적이 있나요, 티아?"

티아는 고개를 끄덕였다. "어느 부모가 안 그러겠어요?"

"부모들이 왜 지켜본다고 생각해요?"

"자식들이 천진난만해 보이니까 그렇죠."

"그럴지도 모르죠. 하지만 내 생각은 좀 달라요. 난 가만히 쳐다만 보고 있어도 가슴이 두근거렸고, 괴상하다는 느낌이 들지 않더라고요. 만약 대낮에 그런 식으로 애들을 쳐다보면, 애들은 혹시 엄마 머리가 이상해진 게 아닌가 하고 의심할 게 뻔하거든요. 하지만 애들이 자고 있을 때라면……." 벳시의 입가에 미소가 어리며 말소리가 희미해졌다.

그녀는 주위를 둘러보더니 다시 입을 열었다. "이 옥상은 꽤 넓네요."

티아는 급작스럽게 화제가 바뀌자 혼란스러웠다. "정말 그렇네요."

"옥상은 넓은 데다가 깨진 병들이 여기저기 널려 있어요." 벳시가 다시 영문 모를 소리를 했다.

벳시는 티아를 쳐다봤다. 티아는 뭐라고 응답해야 좋을지 몰라 그냥 고개만 끄덕였다.

벳시의 말이 이어졌다. "양초를 켜놓은 게 누구였든 간에 스펜서의 시신이 발견됐던 바로 그 자리를 골랐네요. 그건 신문에 발표된 적이 없었죠. 그런데 그걸 어떻게 알았을까요? 스펜서가 그날 밤에 혼자 있었다면 도대체 그 사람들은 어떻게 그 애가 죽은 바로 그 장소에 촛불을 밝힐 수 있었을까요?"

마이크가 문을 노크했다.

그러고는 현관 계단에 서서 기다렸다. 모는 차 안에 앉아 있었다. 두 사람은 마이크가 어젯밤에 습격당했던 곳에서 1.5킬로미터 정도 떨어진 곳에 있었다. 마이크는 뭔가 기억나는 게 있을까 싶어 그 골목으로 되돌아가길 원했다. 실마리라고는 단 하나도 없는 상태에서 애덤에게 좀 더 가까이 인도해줄 뭔가가 절실히 필요했다. 이곳저곳을 닥치는 대로 쑤셔볼 수밖에 없었다.

이번 방문이 그 목적에 맞는 가장 좋은 기회가 될 수도 있다는 걸 잘 알고 있었다.

마이크는 티아에게 전화해서 허프와의 만남에서 별 소득이 없었다고 전했다. 티아는 벳시 힐과 함께 학교를 찾아갔다는 걸 말했다. 벳시와는 지금도 집에 함께 있다고도 했다.

티아의 말이 이어졌다. "애덤은 스펜서가 자살한 후부터 집 안에 틀어박혀 있는 경우가 훨씬 더 많아졌어."

"나도 그 점은 알고 있지."

"그러니까 우리가 알고 있는 것보다 더 많은 일이 그날 밤에 벌어졌을 수도 있어."

"어떤 일을 말하는 거야?"

침묵이 흘렀다.

"벳시와 더 얘기해봐야겠어." 티아가 침묵을 깨고 말했다.

"조심해, 여보."

"무슨 뜻으로 하는 말이야?"

마이크는 그 말에 대꾸하지 않았지만 두 사람은 그 말의 의미를 잘 알고 있었다. 자신들의 이해관계와 힐 가족의 이해관계가 이제는 융화할 수 없다는 게 몹시 불쾌한 진실이었다. 두 사람 다 그걸 들먹거리길 꺼렸지만 분명히 알고는 있었다.

"일단 애덤을 먼저 찾기로 해." 티아가 속삭이듯 말했다.

"내가 하려는 게 바로 그거야. 당신은 당신 힘닿는 대로, 나는 내 나름대로 애써보자고."

"사랑해, 마이크."

"나도 당신을 사랑해."

마이크는 다시 노크했다. 이번에도 아무런 반응이 없었다. 세 번째로 노크하려고 손을 드는 순간, 문이 벌컥 열렸다. 경비원인 앤서니가 문간을 꽉 채우고 서 있었다. 그는 근육이 울퉁불퉁한 양팔로 팔짱을 낀 채 말했다. "당신, 얼굴이 아주 엉망이구려."

"여러모로 신경 써줘서 고맙네."

"날 어떻게 찾아낸 거요?"

"인터넷에 접속해서 다트머스 대학교 미식축구 팀의 최근 사진들을 뒤적거렸지. 자넨 작년에 졸업했더구만. 자네 주소가 동창회 사이트에 등록되어 있더라고."

"정말 똑똑한 양반이네그려. 우리 다트머스 출신들은 정말 영특하단 말이야." 앤서니는 씩 웃으며 말했다.

"난 그 골목에서 습격을 당했네."

"잘 알고 있어요. 누가 경찰에 신고했을 것 같아요?"

"자네가?"

앤서니는 어깨를 으쓱했다. "자, 우선 좀 걸읍시다."

앤서니는 손을 뒤로 돌려 문을 닫았다. 그는 운동복을 입고 있었다. 반바지에 몸에 딱 달라붙는 민소매 티셔츠 차림이었다. 앤서니처럼 근육을 자랑하는 사람이나 입을 수 있을까, 마이크 정도의 나이가 든 사람이면 민망해서 절대로 걸칠 수 없을 것 같았다.

"이번 여름 동안만 일하기로 했어요. 나이트클럽 경비원 말입니다. 하지만 실제로 해보니까 좋기는 하더군요. 가을에는 컬럼비아 법학대학원에 진학할 예정이죠."

"내 아내가 변호사일세."

"그건 알고 있어요. 선배는 의사고요."

"자넨 그런 걸 어떻게 다 알고 있나?"

앤서니는 씩 웃었다. "선배만 대학의 연줄을 이용할 수 있는 게 아니잖아요."

"자네도 인터넷으로 날 검색했단 말인가?"

"아니요. 지금 아이스하키 코치로 있는 친구에게 전화를 했죠. 켄 칼이라는 녀석인데 미식축구 팀 수비 코치로도 일하고 있거든요. 선배의 얼굴 모습을 상세히 알려주고 전미선수권에서도 뛴 사람이더라고 했죠. 그 녀석이 당장 '마이크 바이'라고 알려주더군요. 다트머스가 배출한 가장 뛰어난 아이스하키 선수들 중 하나라고 입에 침이 마르도록 칭찬했고요. 지금도 몇몇 분야에선 득점 기록을 가지고 있다면서요?"

"그렇다면 우린 나름 인연이 있다고 할 수 있겠군, 앤서니?"

거한은 대꾸를 하지 않았다.

그들은 현관 계단을 내려갔다. 앤서니는 오른쪽으로 방향을 틀었다. 맞은편에서 다가오던 사내가 큰 소리로 앤서니의 이름을 불렀다. 두 사람은 서로를 스치고 지나가기 전에 손을 마주치며 눈이 빙빙 돌 정도로 복잡한 손인사를 나눴다.

마이크가 조바심을 내며 말했다. "어젯밤에 무슨 일이 있었는지 말해주게."

"세 명 아니면 네 명 정도 되는 녀석들이 당신에게 달려든 것 같아요. 소동이 벌어진 걸 알아차리고 그곳으로 달려갔더니 녀석들이 내빼더군요. 한 녀석은 칼을 들고 있었고요. 난 선배가 골로 간 줄 알았죠."

"자네가 그 녀석들을 쫓아버린 건가?"

앤서니는 어깨를 으쓱했다.

"고맙네."

앤서니는 이번에도 어깨만 으쓱하고 말았다.

"그 녀석들 얼굴을 봤나?"

"아는 얼굴은 없었어요. 그런데 다들 백인이더군요. 문신도 많이 했고요. 위아래로 검은색 옷들을 걸치고 있었죠. 삐쩍 마른 데다가 지저분하고 약들을 꽤나 했나 봐요. 화가 잔뜩 나 있었고요. 한 녀석은 코를 움켜쥐고 욕설을 퍼붓더라고요. 선배가 부러뜨린 거죠?" 앤서니의 얼굴에 웃음이 가득 번졌다.

"자네가 경찰에 신고했단 말이지?"

"네. 그런데 이렇게 일찍 퇴원할 줄은 몰랐네요. 적어도 일주일 이상은 혼수상태일 거라고 생각했거든요."

그들은 말을 하면서도 걸음은 멈추지 않았다.

"어젯밤, 그 바서티 점퍼를 걸친 아이 말일세. 전에도 본 적이 있나?" 마이크가 물었다.

앤서니는 아무 대꾸도 하지 않았다.

"자넨 내 아들놈 사진도 알아보지 않았나?"

앤서니는 걸음을 멈췄다. 그러더니 옷깃에 꽂혀 있던 선글라스를 빼서 얼굴에 썼다. 선글라스가 앤서니의 두 눈을 가렸다. 마이크는 그 모습을 쳐다보며 기다렸다.

"다트머스의 동창 관계 정도로는 더는 말하기 곤란하군요, 마이크."

"내가 이렇게 일찍 퇴원한 걸 보고 놀랐다고 했지?"

"그렇게 말했죠."

"그 이유를 알고 싶지 않나?"

앤서니는 어깨만 으쓱했다.

"내 아들은 지금도 실종상태일세. 그 애 이름은 애덤이네. 지금 열여섯 살이고, 내 생각으로는 심각한 위험에 빠져 있는 것 같네."

앤서니는 다시 걷기 시작했다. "그 말을 들으니 정말 안타깝군요."

"난 정보가 필요하네."

"내가 무슨 생활정보지처럼 보입니까? 난 여기에 살고 있고, 내가 본 것은 입 밖에 내지 않는 걸 신조로 삼고 있단 말입니다."

"내게 돼먹지도 않은 '거리의 법칙'이니 뭐니 하는 걸 들먹거리진 말게."

"그럼 내겐 '다트머스 출신들은 함께 뭉친다'느니 어쩌느니 하는 구호는 강요하지 마시죠."

마이크는 자신의 손을 앤서니의 우람한 팔뚝에 올려놨다. "제발 도와주게."

앤서니는 마이크의 손을 뿌리치고 걸음을 재촉했다. 마이크도 걸음을 재게 놀려 앤서니를 따라잡았다.

"난 이대로 떠날 수 없네, 앤서니."

"선배는 저 위쪽에서의 생활이 좋았나요?" 앤서니가 걸음을 멈추고 물었다.

"어딜 말하는 건가?"

"다트머스 말입니다."

"물론 아주 좋았지."

"나도 마찬가지였습니다. 사뭇 다른 세상 같더군요. 내가 뭘 말하는 건지 잘 알겠죠?"

"물론이네."

"이곳에는 내가 그 대학교에 다녔다는 사실을 아는 사람이 하나도 없죠."

"자넨 그곳 생활이 어땠나?"

앤서니는 선글라스를 고쳐 쓰며 씩 웃었다. "길거리에서 놀아먹던 몸집 큰 흑인 놈이 백합처럼 새하얀 다트머스에서 어떻게 지냈냐는 뜻이겠죠?"

"그래, 내가 궁금한 게 바로 그 점일세."

"난 고등학교 다닐 때 꽤나 실력이 좋은 미식축구 선수였고, 아마 손가락으로 꼽을 정도가 아니었나 싶군요. 대학 1부 리그의 선수로 선발됐었으니까요. 심지어 최고 선수들만 뛰는 '빅 텐'에도 갈 뻔했죠."

"그런데?"

"그래도 난 내 한계를 잘 알고 있었거든요. 프로 선수로 뛸 정도는 아니라는 걸요. 그러니 어쩌겠어요? 공부도 변변히 하지 못한 데다가 졸업장도 시원찮은 처지이니. 그래서 대학으로 방향을 선회해서 다트머스로 간 겁니다. 전액 장학금을 받았고, 인문학 학사학위를 취득했죠. 뭐가 어찌 됐든 난 아이비리그 졸업생이 된 거란 말입니다."

"그리고 이제 컬럼비아 법과대학원에 진학할 예정이란 말인가?"

"네."

"그런 다음엔? 내 말은 대학원을 졸업하고 어쩔 셈이냐는 뜻일세."

"이 부근에서 일할 게 틀림없어요. 난 이곳을 벗어나기 위해 공부를 한 게 아니었거든요. 난 이곳이 좋습니다. 좀 더 낫게 만들면 좋겠다는 생각을 했고요."

"정말 오래도록 사귀고 싶은 친구로군."

"그건 맞는 말씀인데, 밀고자로서는 영 아니올시다죠."

"자넨 이 일에서 발을 뺄 수 없네, 앤서니."

"그럴 것 같네요."

"지금과 같은 상황이 아니라면 모교 생활에 관해 더 많은 대화를 나눌 수 있었을 텐데 안타깝군." 마이크가 말했다.

"선배는 구해야 할 아들이 있으니까요."

"맞네."

"선배 아들을 전에 본 적이 있는 것 같아요. 새카만 옷들을 걸치고 세상의 모든 짐을 다 짊어진 것처럼 뚱한 얼굴인 녀석들이 다 비슷비슷하게 보이긴 하지만요. 난 당최 그 애들에게 정이 가지 않더라고요. 여기 녀석들은 다들 이곳을 벗어나려고 발버둥을 치고 있죠. 그런데 좋은 집에, 자신을 사랑하는 부모들이 있는 그 애들이 도대체 뭘 벗어나려고 애를 쓰는 겁니까?"

"그게 그리 단순한 게 아닐세." 마이크가 착잡한 어조로 말했다.

"그거야 그렇겠죠."

"나도 맨손으로 시작한 사람일세. 어떤 때는 그렇게 시작하는 게 더 쉽다는 생각이 들기도 하더군. 아무것도 없을 때 야망이라는 게 빛을 발하는 것 아닌가? 자네도 자신이 뭘 추구하고 있는지 잘 알고 있을 걸세."

앤서니는 아무 말도 하지 않았다.

"내 아들은 좋은 녀석일세. 지금 뭔가 목표를 향해 세상을 헤쳐 나가는 중이지. 그 애가 올바른 길로 들어설 때까지 보호해주는 게 내 일이라고 생각하네."

"그거야 선배의 일이지 내 일은 아니죠."

"어젯밤에 내 아들을 봤나, 앤서니?"

"어쩌면요. 확실치는 않고요. 그건 정말입니다."

마이크는 앤서니를 찬찬히 쳐다보기만 했다.

"미성년인 아이들이 가는 클럽이 하나 있어요. 그런 애들이 놀기에는 안전한 곳이라고 소문이 난 모양입니다. 상담사도 있고 치료사도 있는데, 그런 것들은 다 파티를 하기 위한 위장이라고 보면 될 겁니다."

"그게 어디에 있나?"

"우리 클럽에서 두어 블록 더 가서요."

"그리고 '파티를 하기 위한 위장'이라고 했는데, 그게 정확히 무슨 뜻인가?"

"달리 뭐가 있겠어요? 마약이나 음주 파티 같은 걸 말하는 거죠. 뭐, 마인드컨트롤 같은 걸 한다는 소문도 있더군요. 나야 전혀 믿지 않지만요. 그런데 한 가지 분명한 건 있죠. 그곳에 소속되지 않은 사람들은 근처에 얼씬도 하지 못하게 한다는 거요."

"그게 무슨 뜻인가?"

"아주 위험한 놈들이라고 소문이 났다는 뜻이죠. 아마 벌써 몇 명을 해치운 모양인데 그 점까지는 잘 모르겠고요. 어쨌든 사람들은 그 녀석들을 건드리지 않아요. 내 말은 그런 뜻이죠."

"그런데 자넨 내 아들이 그곳에 갔다고 생각한다는 건가?"

"만약 그 애가 그 부근에 있었고 나이가 열여섯이라면, 그랬을 겁니다. 맞아요, 그곳에 갔을 수 있죠."

"그런 곳도 이름이 있나?"

"'클럽 재규어'라고 했던 것 같은데? 내가 주소를 알고 있어요."

앤서니는 마이크에게 주소를 알려줬다. 마이크는 그에게 자기 명함을 건넸다.

"여기에 내 모든 전화번호가 다 나와 있네." 마이크가 말했다.

"우후."

"만약 내 아들을 보거든……."

"난 어린애나 봐주는 사람이 아니라고요, 마이크."

"그거야 걱정 말게. 내 아들은 어린애가 아니니까."

티아는 스펜서 힐의 사진을 들고 있었다.

"이게 애덤이라고 어떻게 확신하는 건지 모르겠네요."

"나도 몰랐어요. 그래서 애덤을 만나러 간 거고요." 벳시 힐이 말했다.

"애덤이 죽은 친구의 사진을 봐서 그냥 놀란 것일 수도 있잖아요."

"그럴 수도 있죠." 벳시는 말은 그렇게 했지만, 말도 안 되는 소리라는 게 그녀의 진정한 속마음이었다.

"그리고 이 사진이 스펜서가 죽은 날 저녁에 찍힌 게 확실하다고 보는 건가요?"

"맞아요."

티아는 고개를 끄덕였다. 두 사람 사이에 적막이 깔렸다. 그들은 티아의 집에 돌아와 있었다. 질은 2층에서 TV를 보고 있는 중이었다. 〈한나 몬타나〉에 등장하는 인물들의 목소리가 아래층까지 들렸다. 티아가 의자에 앉자 벳시도 따라 앉았다.

"그래서 이게 무슨 뜻이라고 생각하는 건가요, 벳시?"

"다들 그날 저녁에 스펜서를 보지 못했다고 했어요. 스펜서가 혼자 있었다고요."

"그럼 당신은 애들이 스펜서와 함께 있었다고 생각하는 건가요?"

"그래요."

티아는 눈을 딱 감고 조금 더 찔러봤다. "만약 스펜서가 혼자 있지 않았다면 그게 무슨 의미일까요?"

벳시는 생각을 정리하는 듯 잠시 말을 멈췄다가 대답했다. "나도 모르겠어요."

"당신은 스펜서의 유서를 가지고 있죠?"

"문자로 받았어요. 하지만 문자는 어느 누구라도 보낼 수 있는 거고요."

티아도 그 점은 인정했다. 어떤 면에서, 두 어머니는 입장이 정반대였다. 만약 벳시 힐이 사진에 관해 한 말이 사실이라면 애덤이 거짓말을 한 셈이 된다. 그리고 애덤이 거짓말을 한 것이라면 그날 저녁에 정말 무슨 일이 벌어졌는지를 누가 알고 있느냐가 큰 문제가 될 판이었다.

따라서 티아는 벳시가 애덤에게 접근한 것과 관련해서 CeeJay8115와 나눈 인스턴트 메시지를 그녀에게 말하지 않았다.

"난 중요한 전조를 놓쳤어요." 벳시가 고심에 찬 목소리로 말했다.

"어떤 전조요?"

벳시는 두 눈을 꼭 감았다.

"벳시?"

"난 스펜서를 몰래 염탐한 적이 있어요. 염탐하려던 건 아니지만…… 스펜서가 컴퓨터를 하다가 잠시 방을 비운 적이 있었는데, 내가 슬쩍 들어갔거든요. 뭘 보고 있었는지 궁금해서요. 당신도 내 맘 알겠죠? 그래서는 안 되는데. 그건 잘못된 일이잖아요. 스펜서의 프라이버시를 침범한 거니까요."

티아는 뭐라고 할 말이 없었다.

"어쨌거나 브라우저의 맨 위쪽에 있는 '뒤로 가기' 화살표를 눌렀죠. 당신도 그게 뭔지 알고 있죠?"

티아는 고개를 끄덕였다.

"그랬더니…… 그 애는 자살 사이트 두어 곳을 방문했더라고요. 자살한 아이들의 얘기가 실린 곳이었던 것 같아요. 자세히 보진 않아서 뭐가 더 있었는지는 모르겠고요. 이런 걸 한번도 본 적이 없어서 어떡할까 망설이다가 그냥 그 사이트들을 막아버렸죠."

티아는 사진 속의 스펜서를 똑바로 쳐다봤다. 몇 시간 내에 자살할 아이의 얼굴에는 무슨 징조가 보이지 않을까 하고 그걸 찾고 있었다. 그런데 아무것도 없었다. 그리고 설혹 있었다고 하더라도 이제 와서 무슨 소용이 있겠는가?

"당신은 이 사진을 당신 남편에게 보여줬어요?" 티아가 물었다.

"물론이죠."

"남편은 뭐라고 하던가요?"

"론은 그런다고 뭐가 달라지느냐고 하더군요. 우리 아들이 자살했는데 뭘 더 알아내고 싶어 안달이냐고 묻더라고요. 그 사람은 내가 안타까운 마음을 털어버리려고 이 일을 한다고 생각하나 봐요."

"그런 게 아닌가요?"

"털어버린다고요?" 벳시는 그 말이 마치 입안에서 나쁜 맛이 나는 음식이라도 되는 것처럼 내뱉었다. "그게 대체 무슨 의미인가요? 마치 저 위쪽 어딘가에 문이 하나 있고, 내가 그곳을 통과하고 난 후 스펜서가 반대쪽에 그대로 있는데도 문을 닫아버리는 것 같은 거란 말인가요? 난 그럴 생각이 눈곱만큼도 없어요, 티아. 마음을 털어버리다니 그것보다 더 모욕적인 말이 어디 있어요?"

두 사람은 다시 입을 다물고 침묵에 잠겼다. 유일하게 들리는 소리라고는 질이 보고 있는 TV 쇼의 짜증나는 웃음소리뿐이었다.

"경찰은 당신 아들이 가출했다고 생각하고 있어요. 내 아들은 자살했다고 추정하고 있고요." 벳시가 이를 악물며 말했다.

티아는 고개만 끄덕였다.

"하지만 그들이 틀렸다고 가정해보자고요. 우리 두 아이에 관한 그들의 생각이 틀렸다면 어떻게 되는 거죠?"

내시는 밴 안에 앉아서 다음 행동의 계획을 세우고 있었다.

내시의 성장과정은 정상적이었다. 내시는 정신의학자들이 성적 학대나 폭력 행위의 피해, 혹은 과도한 종교적 보수주의의 증거들을 찾으며 그 진술이 정확한지 검토하고 싶어 할 거라는 걸 잘 알고 있었다. 내시는 그들이 아무것도 찾아내지 못할 거라고 확신했다. 그에게는 좋은 부모와 형제자매가 있었다. 어쩌면 지나치게 좋은 게 문제일지도 몰랐다. 그들은 가족들이 서로 감싸는 식으로 내시의 뒤를 봐줬다. 객관적인 입장에 있는 사람들 중 일부는 그런 행동이 실수라고 볼지도 모르지만 가족들은 내시에 관한 진실을 받아들이기 버거워했다.

내시는 유별나게 영특했기에 어렸을 때부터 자신이 '손상을 입은' 아이라는 걸 눈치채고 있었다. 하지만 정신적으로 불안정한 사람은 자신이 불안정한 병에 걸려 있는 사실을 알지 못한다는 걸 뜻하는 '캐치-22'라고 불렸다. 미국 작가 조지프 헬러의 소설 제목에서 따온 이름으로, '딜레마'나 '진퇴양난'의 뜻으로도 통했다. 하지만 그건 틀린 판단이었다. 어느 누구든 자신이 미쳤다는 걸 알아볼 수 있는 통찰력을 가질 수 있고, 또 가지고도 있다. 내시는 자신의 모든 뇌신경이 제대로 연결되어 있지 않고 두뇌라는 시스템에 심각한 오류가 있다는 걸 잘 알고 있었다. 자신이 남들과 다르다는 것, 보통 아이들과 다르다는 걸 알고 있었다. 그렇다고 해서 자신이 특별히 열등하거나 우월하다는 느낌은 들지 않았다. 그는 자신의 마음이, 정신이 매우 어두운 곳을 찾아가서 거기에 머물기 좋아한다는 걸 잘 알고 있었다. 그는 다른 사람들이 느끼는 방식으로 모든 걸 느끼지 않았고, 다른 사람들이 사람의 고통에 대해 실제로 느끼지 못하면서도 느끼는 것처럼 가장하면서까지 동정하지도 않았다.

핵심적인 단어는 '가장한다'였다.

피에트라는 내시의 옆 좌석에 앉아 있었다.

"사람은 왜 자신을 그렇게 특별하도록 만드는 것일까?" 내시가 그녀에게 물었다.

피에트라는 아무 말도 하지 않았다.

"이 지구가, 아니 이 태양계가 우리가 이해하기조차 힘들 정도로 작다는 사실은 잊어버리자고. 이렇게 한번 해봐. 당신이 광대한 해변에 서 있다고 상상해보란 말이야. 거기에서 모래 한 알을 집어 들었다고 치자고. 단 한 알만. 그런 다음 양쪽으로 펼쳐진 기나긴 백사장을 둘러보는 거지. 전 우주 속에서 우리 태양계가 차지하는 면적이 백사장의 모래 한 알 정도밖에 되지 않는다는 걸 이해할 수 있겠어?"

"난 모르겠어."

"그렇게 알고 있었다면 그건 틀린 소리지. 태양계는 그것보다 훨씬, 훨씬 더 작으니까 말이야. 이렇게 한번 상상해보라고. 아직도 그 작은 모래 한 알을 들고 있는데 이제는 그 해변 위에 서 있는 게 아니라 이 지구상의 모든 해변, 캘리포니아와 메인 주에서부터 플로리다까지의 동쪽 해변과

인도양, 그리고 아프리카의 해변까지를 포함한 그 모든 해변 위에 서 있다고 말이야. 이 세상의 모든 해변 위에 서서 여전히 손에 들고 있는 작은 모래 알갱이 한 알을 들여다보고 있는 걸 상상해보라고. 그래도 우리 태양계는 나머지 우주에 비해서 훨씬 더 작다는 걸 명심하란 말이지. 지구 따위는 잊어버리라고. 이런 정도라면 우리 인간 하나하나가 얼마나 무의미한 존재인지 이해할 수 있겠지?"

피에트라는 이번에도 아무 말을 하지 않았다.

내시는 침을 튀기며 계속 말을 이어갔다. "우주니 태양계니 하는 건 잠시 접어두자고. 인간이라는 건 이 작은 지구 위에서조차도 티끌 같은 존재니까 말이야. 잠시 동안 이 문제를 지구상의 것으로만 한정해보자고. 그래도 되겠지?"

피에트라가 고개를 끄덕였다.

"자기는 공룡이 인간보다 더 오랫동안 지구 위를 걸어다녔다는 걸 알고 있었어?"

"응."

"하지만 그게 다가 아니야. 그건 인간이 특별하지 않다는 걸 보여주는 한 가지 실례일 뿐이야. 현미경으로나 들여다봐야 할 정도로 작은 이 행성에서조차도 지구가 존재해온 기간 대부분 동안 왕 노릇을 못했다는 사실 그 자체가 말이야. 한 걸음 더 나가보자고. 공룡이 인간보다 얼마나 오랫동안 지구를 지배했는지 알고 있어? 두 배? 다섯 배? 아님 열 배?"

피에트라는 내시를 멍하니 쳐다봤다. "모르겠어."

"4만 4,000배나 더 오랫동안 그랬단 말이야. 상상이나 할 수 있어? 4만 4,000배나 된다는 걸? 인간이 하루 동안 지구를 지배한다고 했을 때 공룡은 120년 이상을 지배했다는 뜻이거든. 어때, 머리가 어질어질하지? 우리가 이미 살아왔던 것보다 4만 4,000배나 더 오랫동안 생존할 거라는 걸 상상할 수 있겠어?" 내시는 이제 자신의 주장이 온당함을 즐거이 강조하는 수준이 아니라 상대방을 거의 윽박지르듯 격렬한 손짓을 서슴지 않았다.

"아니." 피에트라는 시큰둥하게 대꾸했다.

내시는 좌석 등받이에 등을 대고 똑바로 앉았다. "우린 아무것도 아니야. 인간이라는 게 알고 보면 별게 아니란 말이야. 그런데도 우린 뭔가 특별한 존재라도 되는 것처럼 느끼지. 우리가 아주 중요한 것처럼, 신이 마치 우릴 가장 사랑하는 것처럼 여긴다고. 정말 웃다 배꼽 빠질 일이지."

대학에서 내시는 존 로크의 자연상태state of nature라는 걸 공부했다. '가장 작은 정부가 가장 좋은 정부다. 왜냐하면 그것이 자연상태에 가장 가깝거나 신이 의도한 바이기 때문이다'라는 사상이었다. 하지만 그 자연상태에서는 인간이 동물이다. 인간이 동물보다 더 나은 존재라고 생각하는 것 자체가 넌센스다. 인간이 그 이상의 존재이고, 사랑과 우정이라는 게, 인간의 무의미함을 볼 수 있고 그 무의함으로부터 주의를 돌리고 스스로를 안심시킬 수 있는 방법을 모색해야만 하는 좀 더 지적인 정신이 갈구하는 것이라고 믿는 것은 정말 어리석은 짓이다.

내시는 그런 어두운 면을 볼 수 있는 제정신이 박힌 존재일까, 아니면 대부분의 사람들이 그러하듯 스스로 만든 환상 속에 빠져 사는 존재일까?

그럼에도 불구하고 내시는 여러 해 동안 정상적인 상태를 갈망해왔다.

그는 아무 근심 걱정이 없는 상태를 봤고 그걸 간절히 원했다. 그는 자신이 지능 면에서 평균 이상임을 알고 있었다. 고등학교 시절 내내 줄곧 A학점을 받는 학생이었고, 대학입학자격시험SAT에서는 거의 만점을 받았다. 명문대인 윌리엄스 칼리지에 진학해서 철학을 전공했다. 그러는 동안 자신의 정신에서 광기를 몰아내려고 몸부림쳤다. 하지만 광기는 틈만 나면 불쑥불쑥 얼굴을 내밀곤 했다.

그렇다면 광기가 노출될 기회를 막을 이유가 어디 있겠는가?

내시의 마음속에는 자신의 부모와 형제들을 보호하려는 원시적인 본능이 어느 정도 있었지만, 지구상의 나머지 거주자들은 전혀 중요하게 여기지 않았다. 그들은 배경화면이나 소도구일 뿐 그 이상은 아니었다. 그가 어릴 때부터 깨달은 사실은, 자신이 다른 사람들을 해치는 데서 최고조의 쾌락을 끌어낸다는 것이었다. 그 이유는 몰랐지만, 남을 괴롭힐 때마다 항상 기분이 좋았다. 몇몇 사람들은 얼굴을 간질이는 산들바람이나 따스한 포옹, 또는 농구에서 승리를 확정 짓는 슛 한 방에서 기쁨을 느낀다. 내시는 다른 사람들의 세계를 파괴함으로써 이런 기쁨을 느꼈다. 이건 내시가 스스로 원했던 건 아니지만 그래도 자신의 그런 면을 봤고, 그 욕구를 끝까지 참아낼 수 있을 때도 있고, 그렇지 못할 때도 있었다.

그러던 중에 내시는 카산드라를 만났다.

그건 마치 투명한 액체에 누군가 한 방울의 촉매제를 투여하는 순간 모든 게 변화해버린 한 편의 과학 실험과 같은 것이었다. 색상이 변하고, 모양이 바뀌고, 본질이 변했다. 다소 고리타분하게 들릴지는 모르지만 카산드라는 바로 그 촉매제 같은 여인이었다.

내시가 그녀를 보고 그녀의 손길을 느끼는 순간, 그의 모든 것이 바뀌고 말았다.

내시는 어느덧 모든 걸 갖게 되었다. 사랑을 알게 되고, 희망과 꿈을 갖게 됐다. 다른 사람과 함께 아침에 잠을 깨고, 평생을 함께 지내겠다는 생각을 갖게 됐다. 그들은 윌리엄스 칼리지 2학년 때 만났다. 카산드라는 아름답기도 했지만, 그 이상의 뭔가가 있었다. 남자들이 대학생 때면 으레 품게 마련인 성적인 환상 같은 건 아니었지만 그래도 그녀에게 푹 빠져버렸다. 약간은 어색한 걸음걸이와 알 듯 모를 듯 짓는 미소를 보면 당장이라도 집으로 데려가고 싶은 생각이 들게 하는 여자였다. 집을 한 채 구하고, 잔디를 깎고, 바비큐 틀을 설치하고, 아이를 출산할 때 이마에 흐르는 땀을 닦아주고 싶은 그런 여자였다. 그녀의 아름다움에 반하는 것은 물론이고, 타고난 선량함에는 환호성을 질러야 마땅한 여자였다. 카산드라는 남에게 해를 끼치지 않는 특별한 여자였고, 눈이 똑바로 박힌 사람이라면 본능적으로 그런 사실을 알아차렸다.

내시는 레바 코르도바에게서도 그런 면을 아주 조금 봤다. 그녀를 살해했을 때 극히 일부가 드러났다. 내시는 레바의 남편이 지금 겪고 있을 고통에 관해 생각했다. 그 남편은 그것의 정체가 무엇인지에 관해 신경을 쓸 여지도 없겠지만 내시는 뭔가를 알고 있었기 때문이다.

카산드라…….

그녀에게는 남자형제가 다섯 명이나 있었는데, 그들은 모두 카산드라를 무척이나 좋아했다. 그녀의 부모도 그녀를 사랑했다. 그녀가 곁을 스쳐 지나가며 미소를 지어 보일 때면, 비록 그녀를 잘 모르는 사람이라도 가슴 깊은 곳에서 퍼져 오르는 온기를 느꼈다. 카산드라의 가족들은 그녀를 캐시라고 불렀다. 내시는 그 이름이 싫었다. 그에게는 그녀가 영원히 카산드라였다. 그녀를 사랑하고 그녀와 결혼하던 날, 내시는 사람들이 그에게 말했던 '복받은 놈'이라는 말이 무슨 뜻인지를 이해하게 됐다.

두 사람은 모교 방문 축제와 동창회가 있을 때마다 윌리엄스로 찾아갔고, 그럴 때마다 항상 노스 애덤스에 있는 '포치스 인'에 묵었다. 내시는 회색 칠을 한 숙소에 있던 카산드라의 모습을 떠올리곤 했다. 그녀는 내시의 배를 베고 누워 두 눈을 천장에 고정한 채 최근의 노래들을 흥얼거리고 있었고, 그는 그녀의 부드러운 머리카락을 어루만지며 그녀의 귀에 이런저런 얘기를 쏟아내고 있었다. 매번 그녀를 머릿속에 떠올릴 때마다 그 모습이 아른거렸다. 하지만 그것도 그녀가 아프기 시작하고, 암이라는 진단과 함께 수술실에 들어갔다가 별볼일도 없는 이 지구상의 하찮은 유기체처럼 갈가리 찢겨 죽음으로써 끝이 나고 말았다.

내시는 카산드라가 세상을 떠나자 세상의 모든 일이 실없는 소리이고 농지거리라는 걸 확실히 알게 되었다. 그녀가 세상을 떠난 마당에 더는 자신의 광기를 억제할 힘이 없었다. 아니, 그럴 필요조차 없었다. 내시는 이러한 광기를 갑작스럽게 밀려드는 쓰나미처럼 쏟아부었다. 그리고 일단 한번 광기가 쏟아져 나오자 다시 되돌릴 방법이 없었다.

그녀의 가족들은 내시를 위로하려고 애썼다. '믿음'이 강했던 그들은 내시가 어쨌든 카산드라와 함께한 '복받은 놈'이라며, 그녀가 영원히 함께 지낼 아름다운 곳에서 그를 기다리고 있을 것이라고 설득했다. 내시는 그들이야말로 그런 걸 꿈꾸고 있는 모양이라고 추측했다. 카산드라의 가족들은 이미 그런 비극을 한 번 겪은 경험이 있었다. 그녀의 큰오빠인 커티스가 3년 전에 어떤 곳을 털러 들어갔다가 일이 잘못되는 바람에 죽고 말았다. 하지만 그 경우 커티스는 문제가 있는 삶을 살아왔던 터라 슬픔이 좀 덜했다고 할까? 카산드라는 큰오빠가 세상을 떠나자 하늘이 무너진 듯 슬퍼했고, 내시가 그녀의 심적인 고통을 줄이는 방법을 찾아낼 때까지 몇 날 며칠을 눈물로 지새웠다. 결국 믿음을 가진 식구들이 커티스의 죽음을 당연한 것으로 여길 수 있을 때에 가서야 그녀는 울음을 그쳤다. 그들의 믿음은 커티스의 죽음을 거대한 계획의 일부라고 설명했다.

하지만 커티스와는 다른, 아름답고 사랑스러운 카산드라의 죽음에 관해서는 뭐라고 설명할 것인가?

어느 누구도 설명할 수 없을 것이다. 그녀의 부모는 내세에 대해 말했지만, 그들도 내세를 진정으로 믿는 건 아니었다. 다른 사람들도 내세를 믿지 않았다. 영원히 축복 속에 살 수 있는 곳을 믿는다면 죽는 걸 왜 슬퍼하겠는가? 만약 사람이 죽어서 더 좋은 곳에 갈 수 있다면 왜 그의 죽음을 애도하겠는가? 사랑하는 사람을 이 세상보다 더 나은 곳에 가지 못하도록 막는 건 지극히 이기적인 행동이 아닐 수 없다. 그리고 사랑하는 사람과 천국에서 영원히 함께할 수 있다는 걸 믿는다면 이 세상에서 두려운 게 있을 리 없었다. 영원함 앞에서는 숨 한번 들이쉬는 것보다 짧은 삶도 두려움의 대상이 아니었다.

사람들이 죽음을 슬퍼하고 애도하는 건 마음속 깊은 곳에서 내세라는 게 헛소리라는 걸 잘 알고 있기 때문이라고 내시는 생각했다.

카산드라는 큰오빠인 커티스와는 달리 밝은 햇살을 받으며 누워 있었다. 그녀의 남은 육신은, 암과 화학물질이 빼앗아가지 못한 그녀의 남은 부분은 땅속에 묻혀 썩어가리라.

장례식에서 그녀의 가족들은 운명과 신의 섭리 같은 말도 되지 않는 소리들을 지껄여댔다. 이것이 바로 내시가 사랑하던 사람의 운명이었다. 짧은 삶을 살고, 자신을 쳐다본 모든 사람에게 감동을 주고, 내시를 하늘 높이 둥둥 띄워 올렸다가 철퍼덕 소리와 함께 땅바닥에 내동댕이쳐버렸다. 이건 또 내시 자신의 운명이기도 했다. 내시는 그녀와 함께 있을 때조차도 진실하고 신과 같은 자연상태로 존재하는 자신의 본성을 유지하기 어려웠던 때가 있었다. 그는 정말 마음속의 평화를 유지할 수 있었을까? 아니면 카산드라가 살아 있더라도 처음부터 파괴를 일삼는 어두운 곳으로 되돌아갈 채비를 갖추고 있었던 것일까?

그걸 알아내는 건 불가능했다. 하지만 어느 쪽이든 그건 그의 운명이었다.

피에트라가 말했다. "그 여자에게서 알아낼 수 있는 건 없을 거야."

내시는 피에트라가 레바에 대해 말한다는 걸 잘 알고 있었다.

"꼭 그렇다고 장담할 수 없어."

피에트라는 차창 밖으로 눈길을 돌렸다.

"경찰은 언젠가는 매리앤의 신원을 밝혀낼 거야. 아니면 누군가 그녀의 실종을 깨달을 수도 있고. 그럼 경찰이 그 부분을 수사하겠지. 당연히 매리앤의 친구들과 얘기해볼 테고, 레바에까지 이르면 확실히 알게 될 거야."

"자긴 많은 생명을 희생시키고 있어." 피에트라가 날선 목소리로 말했다.

"지금까진 두 명뿐이잖아."

"살아남은 사람들은 생각 안 해? 그들의 삶도 뒤죽박죽이 되어버렸잖아."

"그것도 그렇군."

"왜 그런 거야?"

"자긴 그 이유를 알고 있으면서 그래."

"매리앤이 이걸 시작했다고 주장할 참이야?"

"시작이라는 건 적당한 단어가 아니야. 그 여자가 역학 관계를 변화시켜버린 거지."

"그래서 그 여자가 죽은 거야?"

"매리앤은 역학 관계를 변화시켜 삶을 파멸에 이르게 할 가능성이 있는 결정을 내렸어."

"그래서 그 여자가 죽은 거야?" 피에트라는 같은 질문을 되풀이했다.

"우리가 내리는 모든 결정은 나름대로의 무게를 가지고 있어, 피에트라. 우린 매일 신 노릇을 하고 있다고. 여자가 값비싼 신발을 살 때 내는 돈으로 굶주린 사람을 먹이는 데 사용할 수도 있는 거지. 하지만 어떤 의미에서, 그 여자에게는 그 신발이 생명보다 더 중요한 것일 수도 있어. 우린 우리의 삶을 더 안락하게 하기 위해 누군가를, 뭔가를 죽이고 있단 말이야. 다만 죽인다는 표현을 사용하지 않을 뿐이지. 하지만 매일 그런 짓을 하는 건 분명한 사실이야."

피에트라는 반박하지 않았다.

"대체 왜 그러는 거야, 피에트라?"

"아무것도 아니야. 잊어버리라고."

"난 카산드라에게 약속했어."

"그래, 전에도 얘기한 적이 있어."

"우린 이 약속을 지켜야만 해, 피에트라."

"우리가 할 수 있다고 생각하는 거야?"

"그래."

"그러려면 우린 얼마나 더 많이 죽여야 하는데?"

내시는 이 질문에 어리둥절한 표정을 지었다. "자긴 정말 그 문제에 신경이 쓰여? 벌써 싫어진 거야?"

"난 오늘부터 어떻게 될 건지를 묻는 거야. 이전이 아니라. 얼마나 더 많이 죽여야 하는데?"

내시는 그 문제를 곰곰이 생각했다. 어쩌면 매리앤이 처음부터 진실을 말했을 수도 있다는 걸 이제야 확실히 깨달았다. 그런 경우, 한 명만 더 해치우면 문제를 근원부터 소멸시킬 수 있을 것 같았다.

"운만 따른다면 한 명만 더 손보면 돼."

"와우, 이 여자 참 지루하게 살았군요." 로렌 뮤즈가 감탄사를 연발했다.

클래런스는 그저 미소만 지었다. 그들은 레바 코르도바가 사용한 신용카드 영수증을 조사하는 중이었다. 그런데 예상 외의 지출은 단 한 푼도 없었다. 그녀는 식료품과 학습 도구와 아동복을 샀다. 통신 판매회사인 시어스에서 진공청소기를 샀다가 환불을 했다. P.C. 리처드 가전 판매점에서 전자레인지를 한 대 구입했다. 바움가츠라는 중국 레스토랑에서 화요일 저녁마다 음식을 사가지고 간 영수증이 주르르 나왔다.

이메일도 따분하긴 마찬가지였다. 그녀는 다른 학부모들에게 아이와 함께 놀아주는 날에 관해 이메일을 썼다. 딸아이들 중 한 아이의 댄스 강사와 다른 아이의 축구 코치와 꾸준히 이메일을 하고 있었다. 명문 기숙학교 윌러드 스쿨에서 온 이메일도 한 통 있었다. 자신이 속한 테니스 모임의 일정 조정과 결원이 생길 경우 그걸 채우는 문제에 관한 이메일을 계속 주고받고 있었다. 그녀는 주방용품 전문점 윌리엄스-소노마와 유명 가구 소품점 포터리 반, 애완용품 전문 쇼핑몰 펫스마트의 회보 발송 명단에 올라 있었다. 그리고 딸아이 중 하나인 사라가 글 읽는 능력에 문제가 있다며 자신의 여동생에게 독서 전문가의 이름을 묻는 이메일도 있었다.

"정말 이런 여자가 존재하는지도 몰랐네요." 뮤즈가 혀를 내둘렀다.

하지만 그건 사실이 아니었다. 뮤즈는 이런 여자들을 스타벅스에서 많이 봐왔다. 대학물이나 먹고 한때 인텔리라고 콧대를 세웠던 엄마들은 커피숍이 마치 엄마와 자식들의 휴식공간이라도 되듯 브리트니니 매디슨이니 카일이니 하는 애들을 데리고 나와 마치 다른 집 아이들은 존재하지도 않는 것처럼 자기 자식에 대해서만 입에 침을 튀기며 자랑질을 해대고 있었다. 엄마들은 자기 자식의 장운동이 어쩌고저쩌고 하면서 태연스럽게 응가에 관해서, 처음 말하는 단어에 관해서, 행동 양식에 관해서, 몬테소리 학습에 관해서, 체육 활동에 관해서, 조기 천재교육용 DVD에 관해서 떠들어대곤 했다. 뮤즈는 마치 외계인이 뇌를 쑥 빼버리기라도 한 것처럼 흐뭇한 표정으로 골 빈 미소를 짓는 그 엄마들의 모습을 한편으로는 경멸하기도 했고 다른 한편으로는 측은하게도 여기면서 부러운 마음을 갖지 않기로 굳게 결심했다.

로렌 뮤즈는 물론 자신이 자식을 낳더라도 그런 엄마들처럼은 되지 말아야겠다고 맹세했다. 하지만 미래의 일을 누가 알겠는가? 뮤즈는 별 생각 없이 무작정 장담하고서는 나중에 우스운 꼴을 당하는 사람들을 많이 알고 있었다. 나이가 들면 사립 요양원에 들어가거나 장성한 자식들에게 부담이 되기 전에 차라리 죽어버리겠다고 큰소리를 쳤던 사람들이 있었다. 그런데 지금 그녀가 알고 있는 대부분의 부모들은 요양원에 있거나 자식에게 부담이 되고 있는데도 죽기를 원하는 사람은 단 한 명도 없었다.

무엇이든 직접 개입하지 않고 외부인의 시각에서 바라보면 관대하지 않은 일방적인 판단을 내리기 쉬운 법이다.

"이 여자 남편의 알리바이는 어떻든가요?" 뮤즈가 물었다.

"리빙스턴 경찰서에서 코르도바를 심문했는데 반박의 여지가 없어 보이던데."

뮤즈는 턱 끝으로 자신이 하고 있던 서류 작업을 가리켰다. "그 남편이라는 사람도 이 여자처럼 일상생활이 지루한가요?"

"아직도 그 사람 이메일과 전화통화 기록, 신용카드 영수증 같은 것들을 뒤적거리고 있는데, 지금까지는 그런 것 같아."

"다른 건요?"

"음, 동일한 살인자나 살인자들이 레바 코르도바와 제인 도를 죽였다고 가정하고, 순찰경관들에게 창녀들이 바글거리는 곳마다 또 다른 시신이 유기됐는지 확인하라고 지시를 내렸지."

뮤즈는 그럴 일은 없을 거라고 생각했지만 그래도 확인해볼 만한 가치는 있었다. 가능성이 있는 시나리오들 중 하나는 어떤 연쇄살인범이, 자발적인지 여부는 확인할 수 없지만, 여자 공범의 도움을 받아 교외에 사는 여자들을 납치해서 살해하고, 그녀들이 창녀로 보이기를 바란다는 것이었다. 경찰은 주변 도시들의 피살자 중 그러한 정황에 들어맞는 게 있는지 컴퓨터를 검색하는 중이었다. 지금까지는 꽝이었다.

하지만 뮤즈는 그 가설을 받아들이지 않았다. 정신분석학자와 프로파일러들은 교외 지역에 사는 어머니들을 습격해서 창녀처럼 보이도록 만드는 연쇄살인범이 있다는 가설을 들으면 환호성을 지를 게 뻔했다. 그들은 엄마와 창녀 간에 명백한 관련성이 있다면서 열변을 토하겠지만 뮤즈는 그건 말도 되지 않는 소리라고 일축했다. 그리고 이 시나리오에 들어맞지 않는 한 가지 의문점이 있었다. 그건 제인 도가 거리를 돌아다니는 창녀가 아니라는 걸 깨달았을 때부터 뮤즈의 머릿속을 괴롭히고 있는 의문점이었다. 왜 아무도 제인 도가 실종됐다는 신고를 하지 않는 걸까?

뮤즈가 생각해낼 수 있는 그럴듯한 이유는 두 가지였다. 하나는, 아직 그녀가 실종됐다는 걸 모르고 있어서였다. 제인 도가 휴가 중이거나 사업차 여행을 떠난 것으로 되어 있는 경우에 해당됐다. 다른 하나는, 그녀를 알고 있는 누군가가 그녀를 죽여서였다. 그러다 보니 그 누군가는 그녀가 실종됐다는 걸 신고할 리가 없었다.

"남편이라는 사람은 지금 어디에 있죠?"

"코르도바? 그 사람은 지금도 리빙스턴 경찰서에 있지. 그곳 경찰에서는 규정대로 흰색 밴을 본 사람이 있는지 이웃들을 대상으로 탐문수사를 할 예정이라고 하더군."

뮤즈는 연필 한 자루를 집어 들었다. 지우개 쪽을 입에 물고 잘근잘근 씹었다.

갑자기 문에서 노크가 들렸다. 뮤즈는 고개를 들었다. 곧 퇴직할 프랭크 트레몬트가 문간을 가득 메우고 있었다.

사흘 연속 같은 갈색 양복이로군. 꽤나 인상적인데? 뮤즈는 속으로 생각했다.

트레몬트는 그녀를 쳐다보며 뭐라고 말이 나오기를 기다렸다. 뮤즈는 이런 녀석을 위해 짬을 낼 시간이 없었지만, 그래도 매도 먼저 맞는 게 나으려니 생각했다.

"클래런스, 단 둘이 얘기하게 자리 좀 비켜주겠어요?"

"알겠네, 과장, 당연히 비켜드려야지."

클래런스는 자리를 비우면서 트레몬트에게 가만히 고개를 끄덕여 보였다. 트레몬트는 답례도 하지 않았다. 그 대신 클래런스가 보이지 않게 되자 고개를 흔들며 물었다. "지금 저 사람이 당신을 과장이라고 부른 건가?"

"난 지금 그런 거나 따지고 있을 시간이 없어요, 프랭크."

"내 서류를 받았나?"

그의 사직서를 말하는 것이리라. "받았어요."

침묵이 흘렀다.

"당신에게 말해줄 게 있어." 트레몬트가 먼저 입을 열었다.

"뭔데요?"

"난 다음 달 말에 경찰을 그만두게 되어 있어. 따라서 지금은 여전히 업무를 수행해야 한다는 건 알고 있지?"

"알고 있어요."

"그래서 뭔가를 알아냈단 말이야."

뮤즈는 등받이에 기대며 이 사람이 얼른 말을 끝내고 눈앞에서 사라지길 바랐다.

"난 그 흰색 밴을 살펴보기 시작했어. 양쪽 사건 현장에 나타났던."

"잘했네요."

"난 이게 타 지역에서 온 게 아니라면 훔친 차량은 아닐 것이라고 생각했어. 실제로 그런 밴이 도난당했다는 신고도 없었고. 따라서 우리가 알고 있는 밴이 빌린 건 아닌지 렌터카 회사들을 조사했단 말이야."

"그래서요?"

"몇 대가 있어서 재빨리 추적해봤지만 다들 합법적인 것이었지."

"그렇다면 그 건은 더 조사해볼 수가 없겠군요."

트레몬트는 뭔가가 더 있다는 듯 히죽 웃었다. "잠시 앉아도 되겠어?"

뮤즈는 성의 없이 의자를 손으로 가리켰다.

"난 한 가지를 더 시도해봤지. 내가 이래봬도 꽤 영특한 사람이거든. 당신이 말한 대로. 첫 번째 피해자는 창녀처럼 보이도록 꾸미지 않았어? 두 번째 피해자의 차는 호텔 주차장에 버려뒀고. 번호판을 이리저리 바꿔놓고 말이야. 범인은 전형적인 방식으로 그 일들을 하지 않았어. 따라서 난 요모조모로 머리를 굴렸지. 차를 훔치거나 빌리는 것보다 추적당하지 않는 더 나은 방법이 무엇이라고 생각해?"

"듣고 있으니 탁 털어놔요."

"중고차를 온라인에서 사는 것이지. 그런 사이트를 본 적이 있어?"

"말은 들어봤지만 실제로 본 적은 없어요."

"그런 곳에서는 무수히 많은 차들을 팔고 있어. 나도 작년에 오토유즈드 닷컴이라는 곳에서 한 대 뽑았을 정도니까. 거기라면 거래가 어떤 것이라는 걸 실감할 수 있을 거야. 그리고 판매자와 구매자가 직접 접촉하게 돼서 판매서류 같은 것에는 신경도 쓰지 않는 편이지. 내 말은, 우린 자동차 판매점을 확인하지 온라인으로 거래되는 차량을 추적하진 않는다는 뜻이야."

"그래서요?"

"그래서 난 규모가 가장 큰 두 군데의 온라인 회사에 전화를 했지. 지난달에 이 지역에서 흰색 시보레 밴이 팔린 적이 있는지 자료를 조사해달라고 부탁했고. 여섯 대가 팔렸다고 했어. 따라서 일일이 판매자들에게 전화를 했지. 넉 대는 수표로 지불돼서 주소를 확보했고, 두 대는 현금으로 지불됐다더군."

뮤즈는 허리를 쭉 폈다. 연필 지우개는 여전히 그녀의 입안에 들어가 있는 상태였다. "정말 똑똑한 놈이군요. 현금을 주고 중고차를 사고, 아무 이름이나 댄다, 소유권은 확보했지만 차량등록도 하지 못하고 보험에 들 수도 없다, 따라서 비슷하게 생긴 차량의 번호판을 훔쳐 붙이고 유유히 사라진다는 말이죠?"

"그래. 한 가지만을 제외하고." 트레몬트가 씩 웃었다.

"그게 뭐죠?"

"그들에게 차를 판 사람은……."

"그들이라고요?"

"사내 한 명과 여자 한 명이라더군. 두 사람 모두 삼십대 중반으로 보이고. 정확한 인상착의를 알아보려고 했는데 더 좋은 방법이 있을지도 모른다는 생각이 들더군. 그 차의 판매자는 캐슬턴의 스코트 파슨스라는 사람으로 전자 제품 전문 판매점인 베스트바이에서 일하고 있는데, 그 회사는 아주 정교한 보안 시스템을 갖추고 있더라고. 몽땅 디지털 방식으로. 따라서 그 회사에선 모든 걸 저장해둔다는 거야. 차를 사간 자들의 사진이 있을지도 모른다고 해서 지금 기술자를 시켜 확인 중이지. 난 순찰차를 보내 그 사람을 데려오라고 했어. 일단 우리가 가지고 있는 얼굴 사진을 보게 해서 알아보는 사람이 있는지 보려고 말이야."

"그 사람의 말을 듣고 몽타주를 작성할 전문가가 있죠?"

트레몬트는 고개를 끄덕였다. "이미 수배해뒀어."

이건 참으로 그럴듯한 단서였다. 지금까지 확보한 것들 중 가장 좋은 것이라 할 수 있었다. 엉성하게 수사한다고 구박만 해대던 트레몬트를 칭찬하기도 뭐 하고 해서 뮤즈는 그냥 머뭇거리고만 있었다.

"또 다른 수사 진척 사항이 있나?" 트레몬트가 물었다.

뮤즈는 신용카드 사용 기록과 전화통화 기록, 이메일 등을 조사했지만 허탕이었다고 알려줬다. 트레몬트는 의자에 등을 기대고 양손을 불룩한 배 위에 올려놨다.

"내가 들어왔을 때 당신은 연필을 잘근잘근 씹고 있더군. 그때 뭘 생각하고 있었던가?" 트레몬트가 물었다.

"이건 연쇄살인범의 소행일지도 모른다는 가정을 하고 있었어요."

"당신은 그 가설을 인정하지 않았잖아?"

"그건 지금도 마찬가지예요."

"나도 연쇄살인범이라고는 생각하지 않으니 어디 우리가 알고 있는 걸 되짚어보자고." 트레몬트가 신이 나는지 재촉했다.

뮤즈는 자리에서 일어나 방안을 왔다 갔다 하기 시작했다. "지금까지 희생자가 두 명 나왔어요. 적어도 이 지역에서는요. 사람들을 확인하고는 있지만 희생자가 더 나오지 않는다고 가정해보자고요. 이걸로 끝이라고. 아직 살아 있을지도 모를 레바 코르도바와 제인 도만 표적이었다고 보잔 말이에요."

트레몬트는 고개를 끄덕였다. "그렇다고 치지."

"그리고 한 걸음 더 멀리 나가보자고요. 이 두 여자가 희생자가 될 특별한 이유가 있다고요."

"예를 들면?"

"아직 거기까지는 모르겠으니 일단 내 얘기를 더 들어봐요. 만약 이유가 있다면…… 그건 지금은 생각하지 말기로 해요. 만약 특별한 이유가 없거나 이 두 사건이 연쇄살인범의 범행이 아니라고 가정한다고 하더라도 두 희생자들 사이에는 어떤 연관이 있는 게 틀림없어요."

트레몬트는 뮤즈가 어떤 방향으로 나아가고 있는지는 알아차린 듯 고개를 끄덕였다. "만약 두 사람 사이에 어떤 연관이 있다면 두 사람은 서로를 잘 아는 사이일 수도 있겠군."

뮤즈는 걸음을 딱 멈췄다. "바로 그거예요."

"그리고 레바 코르도바가 제인 도를 잘 알고 있다면……." 트레몬트는 뮤즈를 올려다보며 활짝 웃었다.

"그렇다면 남편인 닐 코르도바도 제인 도를 알고 있을지도 모르죠. 리빙스턴 경찰서에 전화하세요. 코르도바를 이곳으로 데려오라고 지시해요. 어쩌면 그 사람이 제인 도의 신원을 확인해줄지도 모르니까요."

"당장 지시하지."

"프랭크?"

트레몬트는 뒤돌아섰다.

"잘했어요."

"난 좋은 경찰관이거든." 트레몬트가 으스대며 말했다.

뮤즈는 그 말에 아무런 대꾸를 하지 않았다.

트레몬트는 뮤즈를 손가락으로 가리키며 말했다. "당신도 좋은 경찰관이야. 좋은 정도가 아니라 위대한 경찰관일지도 모르지. 하지만 훌륭한 상관은 아니야. 훌륭한 상관이라면 좋은 경찰관들이 최대한 능력을 발휘하도록 해줘야 하거든. 당신은 그렇지 못했어. 부하들을 다루는 방법을 좀 더 배워야 할 거야."

뮤즈는 고개를 가로저었다. "맞아요, 프랭크, 그 말은 사실이에요. 내가 부하를 제대로 관리하지 못해서 당신이 제인 도를 창녀라고 여기게 만드는 큰 실수를 저질렀네요. 다 내 잘못이에요."

트레몬트는 씩 웃었다. "원래 이 사건은 내 담당이었어."

"그런데도 말아먹었고요."

"초동수사에서는 실수를 저질렀을지 모르지만, 아직도 이 일에 매달려 있으니까 잘될 거야. 내가 당신을 어떻게 생각하는지, 또 당신이 날 어떻게 생각하는지는 중요한 게 아니야. 정말로 중요한 건 내가 담당한 사건 희생자를 위해 정의를 실현하는 것 아니겠어?"

25

모는 브롱크스로 차를 몰았다. 그는 앤서니가 알려준 주소지 앞에 차를 세웠다.

"자넨 이 사실을 믿지 못할 걸세." 모가 말했다.

"무슨 사실 말인가?"

"우린 미행당하고 있네."

마이크는 그 사실을 확인하려고 돌아보는 허튼짓은 하지 않았다. 따라서 그는 가만히 앉아 모의 다음 말을 기다렸다.

"저기 길 끝부분에 2중 주차 해놓은 문 네 짝 달린 파란색 시보레 세단일세. 두 명이 타고 있는데, 둘 다 양키스 야구 모자와 선글라스를 착용하고 있어."

어젯밤엔 이 거리가 사람들로 넘쳐났다. 지금은 눈을 씻고 봐도 몇 명 보이지 않았다. 그나마 있는 사람들이라고는 계단에 쓰러져 자고 있거나 양손을 흐느적거리며 뻣뻣한 다리로 무기력하게 움직이고 있을 뿐이었다. 마이크는 행여 바람에 밀려 거리 한가운데를 굴러다니는 덤불 덩어리가 나타나는 건 아닌가 하고 생각했다.

"자네 혼자 들어가게. 난 잘 아는 친구에게 저 차량의 번호를 알려주고 정체를 밝혀보겠네." 모가 말했다.

마이크는 고개를 끄덕이고 차에서 내렸다. 그러면서 조심스럽게 그 차를 확인하려고 했다. 자세히 보진 못했지만, 한번 더 쳐다볼 엄두가 나지 않았다. 마이크는 문 쪽을 향해 걸었다. '클럽 재규어'라는 명판이 붙은 회색 철문이었다. 그는 버튼을 눌렀다. 현관문에서 삑 하는 소리가 났고, 마이크는 문을 밀어 열었다.

사방 벽들은 맥도널드나 북새통인 병원의 소아 병동들이 으레 그런 것처럼 밝은 노란색으로 칠해져 있었다. 오른쪽 벽에는 게시판이 붙어 있는데, 상담, 음악 교습, 독서토론 모임, 마약 중독과 알코올 중독과 신체적 정신적 폭력 피해자의 치료를 알리는 전단지가 다닥다닥 붙어 있었다. 아파트를 공동으로 사용할 사람을 구하는 전단지에는 아래쪽에 떼어갈 수 있는 전화번호가 달려 있었다. 소파를 100달러에 팔려고 내놓은 사람도 있었다. 또 기타 앰프를 헐값에 처분하겠다는 사람도 있었다.

마이크는 게시판을 지나쳐 프런트 데스크로 갔다. 코걸이를 한 젊은 여자가 얼굴을 들며 물었다. "무슨 일로 오셨나요?"

마이크는 애덤의 사진을 꺼내며 물었다. "이 애를 본 적이 있소?" 그러고는 사진을 그 여자 앞에 내려놨다.

"난 단지 접수만 받는 사람이라서요." 그녀는 답변을 회피했다.

"접수받는 사람이라고 눈이 없는 건 아니잖아요. 난 당신이 이 애를 봤는지 물었소."

"내겐 고객에 관해 말할 수 있는 권한이 없어요."

"난 고객들에 관해서 말하라고 요구하지 않았소. 이 애를 본 적이 있는지 물었을 뿐이지."

접수계원의 입술이 가늘어졌다. 마이크는 그제야 그 여자가 입술 주위에도 피어싱을 했다는 걸 알았다. 그 여자는 가만히 앉아 마이크를 쳐다보고만 있었다. 이래서는 아무 소득이 없겠다고, 마이크는 속으로 생각했다.

"여기 책임자와 애기할 수 있겠소?"

"로즈메리를 말하는 건가요?"

"책임자가 로즈메리라는 분이오? 그분과 애기할 수 있겠소?"

여기저기에 피어싱을 한 여자가 수화기를 집어 들었다. 송화구를 가리고 뭐라고 속삭이듯 말했다. 10초쯤 지나자 그녀는 활짝 웃으며 말했다. "맥디비트 양이 지금 만나보겠다고 하는군요. 오른쪽 세 번째 방이에요."

마이크는 어떤 사람을 만나게 될지 뭘 기대한 건 아니지만 로즈메리 맥디비트는 놀랄 만큼 예상 밖이었다. 그녀는 젊고, 아담한 체구에, 사내를 짐승처럼 만들 수 있는 관능미를 한껏 풍기고 있었다. 검은색 머리카락의 한 군데를 보라색으로 염색하고, 어깨에서 목까지 이어지는 문신을 새겼다. 그녀가 상체에 걸친 거라고는 소매도 없는 검은색 가죽조끼 달랑 한 장이었다. 드러난 양팔은 크림색이었는데 알통이 나오는 곳을 가죽처럼 보이는 끈으로 묶었다.

그녀는 활짝 웃으며 일어서더니 한 손을 내밀었다. "어서 오세요."

마이크는 그녀와 악수했다.

"뭘 도와드릴까요?"

"내 이름은 마이크 바이요."

"안녕하세요, 마이크?"

"아, 안녕하시오? 난 내 아들을 찾고 있소."

마이크는 그녀와 거의 맞닿을 정도로 가까이 서 있었다. 마이크는 키가 178센티미터인데, 이 여자는 162센티미터 정도 되는 것 같았다. 로즈메리 맥디비트는 애덤의 사진을 찬찬히 들여다봤다. 그녀의 표정에는 아무런 변화가 없었다.

"이 애를 알고 있나요?" 마이크가 물었다.

"내가 그 질문에 대답할 수 없다는 걸 잘 알잖아요."

로즈메리는 사진을 돌려주려고 했지만 마이크는 받지 않았다. 공격적인 태도로 나가서 지금까지 이득 본 게 없잖아. 마이크는 이를 악물고 숨을 깊게 들이쉬었다.

"난 당신에게 신뢰를 배반하라고 요구하는 게 아니라……."

"음, 마이크, 그런데 당신은 그렇게 하고 있어요. 정확히 내게 원하는 게 그거잖아요." 그녀는 밝게 미소 지었다.

"난 내 아들을 찾고자 할 뿐이오. 그 이상을 요구하는 게 아니라."

그녀는 양팔을 벌렸다. "여기가 무슨 분실물 취급소처럼 보이나요?"

"그 애는 실종됐소."

"이곳은 피난처라고요, 마이크. 내 말이 무슨 뜻인지 잘 알고 있죠? 아이들이 부모를 피해 여기로 온단 말이에요."

"난 우리 애가 위험에 빠졌을까봐 걱정하고 있소. 어느 누구에게도 아무 말을 하지 않고 나가버렸거든요. 우리 애는 어젯밤 여기에……."

"워워!" 그녀는 더는 얘기하지 말라는 투로 한 손을 들어 올렸다.

"뭐요?"

"그 애가 어젯밤에 여기에 왔었다고 말한 것 맞죠? 그렇죠?"

"맞소."

그녀의 두 눈이 가늘어졌다. "그걸 어떻게 아는 거예요, 마이크?"

마이크는 계속 이름으로 불리자 짜증이 났다.

"뭐라고요?"

"당신 아들이 여기에 왔다는 걸 어떻게 알았느냐고요?"

"그건 별로 중요한 문제가 아니오."

그녀는 씩 웃으며 뒷걸음질 쳤다. "당연히 그러시겠지."

마이크는 화제를 바꿔야겠다고 생각했다. 실내를 쓱 훑어보고는 물었다. "여기는 대체 뭐 하는 곳이오?"

"한마디로 정의하기는 좀 곤란해요." 로즈메리는 마이크의 질문 의도를 잘 알고 있다는 걸 과시라도 하듯 마이크의 눈을 똑바로 쳐다봤다. "현대적인 감각이 가미된 십대들의 센터쯤이라고 알아두세요."

"어떤 방식으로 말이오?"

"'심야 농구 프로그램'이라는 것 기억나세요?"

"1990년대에 있었던 것 말이오? 기억나고 말고요. 아이들이 길거리에 나돌아다니지 않도록 하자는 취지로 시행된 거였죠."

"맞아요, 바로 그거요. 그 프로그램이 지금도 시행되고 있다 하더라도 난 참여하지 않았을 거예요. 사실 그건 도심 지역의 가난한 아이들을 대상으로 시행됐던 프로그램인데, 분명히 인종적인 편견이 어느 정도 개입되어 있었어요. 도심 지역에서 농구라니 말이 되는 소리예요?"

"그럼 당신들은 다르단 말이오?"

"먼저 우린 가난한 아이들을 엄격하게 보살피지는 않아요. 이건 어떻게 보면 우익의 견해처럼 들릴지도 모르지만, 우리가 아프리카계 미국인이나 도심지의 청소년들을 돕는 최선의 기관은 아니라고 생각해요. 그들은 그들 자신의 지역사회 내부에서 도움을 받아야죠. 그리고 장기적인 안목으로 볼 때, 그런 프로그램들이 손쉬운 유혹에 빠지는 아이들을 저지할 수 있을 것 같지도 않고요. 그 아이들은 자신의 어려운 환경을 벗어나는 건 총이나 마약으로 되지 않는다는 걸 알아야 할 필요가 있고, 농구 경기 따위가 그런 일을 해줄 것 같지도 않고요."

몸집이 어른 못지않은 아이들이 무리 지어 로즈메리의 사무실 곁을 스쳐 지나갔다. 다들 검은 고스족 옷을 걸치고, 사슬에는 뭔가를 주렁주렁 달고 있었다. 커다란 바지 아랫단 때문에 신발은 보이지도 않았다.

"헤이, 로즈메리."

"어이, 친구들."

그 아이들은 걸음을 멈추지 않았다. 로즈메리는 마이크 쪽으로 돌아섰다. "어디 살고 있어요?"

"뉴저지요."

"교외겠죠?"

"맞소."

"당신 지역에 사는 십대들 말이에요, 어떻게 해서 문제아들이 되는 거죠?"

"모르겠소. 마약이나 음주 때문 아닐까?"

"맞아요. 그 아이들은 파티를 하고 싶어 해요. 모든 게 따분하다고 생각하는데, 정말 그런지 누가 알겠어요? 그래서 그 아이들은 밖으로 나돌아다니고 싶어 하고, 마약을 하고, 클럽에 가서 시시덕거리고 싶어 하죠. 농구를 하고 싶어 하는 게 아니고요. 따라서 우리가 여기에서 그런 것들을 하도록 해주는 거라고요."

"당신들이 아이들에게 마약을 하도록 해준단 뜻이오?"

"당신이 생각하는 것처럼은 아니고요. 이리 와봐요, 당신에게 보여줄 테니."

로즈메리는 밝은 노란색 복도를 따라 걷기 시작했다. 마이크는 그녀 곁에 바짝 붙어 따라갔다. 그녀는 가슴을 활짝 펴고 머리를 바짝 세운 채 당당하게 걸었다. 손에는 열쇠를 들고 있었다. 로즈메리는 문의 자물쇠를 열고 계단을 내려가기 시작했다. 마이크는 그녀 뒤를 따랐다.

그곳은 요즘 말로는 나이트클럽이나 디스코텍이라고 부르는 곳이었다. 쿠션이 들어간 벤치와 잔뜩 치장이 된 둥근 탁자와 등받이가 없는 나지막한 의자들이 즐비했다. DJ 부스 하나와 나무 마루가 있었고, 회전하는 미러볼은 없었지만 그 대신 일정한 형태를 그리며 회전하는 색색의 조명등이 있었다. 뒤쪽 벽에는 '클럽 재규어'라는 단어가 그래피티 형식으로 칠해져 있었다.

"여기가 십대들이 원하는 곳이에요. 젊음의 열기를 발산하는 장소죠. 파티를 하고 친구들과 어울리면서요. 우린 술을 제공하진 않지만 술과 거의 흡사하게 보이는 무알코올 음료를 제공하죠. 잘생기고 어여쁜 바텐더와 웨이트리스들도 있고요. 가장 유명한 나이트클럽들이 하는 건 다 하죠. 하지만 중요한 건, 우린 아이들을 안전하게 보호한다는 거예요. 내 말, 이해하겠어요? 당신 아들 같은 애들은 무슨 수를 써서라도 위조 신분증을 구하려고 해요. 미성년자이면서도 마약을 사고 싶어 하고 술을 구할 수 있는 방법을 찾으려고 하죠. 우린 그런 욕구를 좀 더 건전한 방식으로 풀게 함으로써 그런 일을 예방하려고 애쓰고 있어요."

"이곳을 이용해서요?"

"여긴 그 일의 일부분일 뿐이에요. 우린 아이들이 원하면 상담도 해주고 있어요. 독서토론 모임과 치료 집단을 운영하고, 청소년센터에 으레 있는 엑스박스와 플레이스테이션3 같은 전자오락 기구들을 갖춘 방도 가지고 있고요. 어쨌든 여기가 가장 핵심이 되는 장소예요. 여기야말로 우리가 하는 활동의 중심지이고, 청소년들이 기분 전환을 하고 이성적으로 행동하게 만드는 곳이라고요."

"당신들이 청소년을 망친다는 소문이 떠돌던데요."

"말도 안 되는 소리예요. 그런 소문들의 대부분은 다른 클럽들이 퍼뜨린 거라고요. 우리에게 고객을 뺏기고 있으니까요."

마이크는 아무 말도 하지 않았다.

"당신의 아들이 파티를 하러 도심지로 들어왔다고 가정해 보자고요. 일단 3번가로 가서 그곳에 있는 어떤 골목에서 코카인을 사겠죠. 여기에서 15미터 떨어진 곳의 계단에 앉아 있는 한 작자가 헤로인을 팔고 있어요. 당신이 생각해낼 수 있는 어떤 마약도 아이들은 살 수 있어요. 아니면 어떤 클럽으로 몰래 들어가서 몸을 망치거나 그보다 더 험한 꼴을 당할 수도 있고요. 우린 여기에서 청소년들을 보호하고 있어요. 아이들은 안전이 보장된 상태에서 해방감을 맛볼 수 있죠."

"당신들은 부랑아들도 받아들이나요?"

"일부러 내치지는 않지만, 그런 아이들을 돌보는 데 더 적합한 조직들이 많아요. 우린 그들의 삶 자체를 변화시키려고 애쓰지 않아요. 솔직히 말해서 그런 노력이 효과를 볼 수도 없을 거고요. 이미 나쁜 길로 빠져든 결손가정 출신 아이는 우리가 제공하는 것보다 더 나은 도움을 받아야 해요. 우리의 목표는 기본적으로 좋은 아이들이 실수하지 않도록 도와주는 거예요. 그런데 오늘날의 부모들은 아이들의 생활에 지나칠 정도로 개입한다는 정반대의 문제에 직면하게 되죠. 아이들을 단 1분도 놔두지 않거든요. 요즘 청소년들은 자신을 발산할 여지가 전혀 없어요."

이 문제는 수년에 걸쳐 티아와 여러 차례 논쟁을 벌였던 주제였다. 요즘 부모들은 자식들을 과잉보호하고 있었다. 마이크는 예전에 홀로 거리를 거닐곤 했다. 토요일마다 브랜치 브룩 파크에서 하루 종일 뛰어놀다가 밤이 늦어서야 집에 돌아왔다. 하지만 마이크 자신의 자식들은 혹시 무슨 일이 생길까봐 자신과 티아가 걱정스러운 눈길로 지켜보지 않는 상태에서는 길 하나도 건널 수가 없었다. 정확히 부모들은 뭘 걱정하는 걸까?

"그래서 당신은 그 아이들에게 그 공간을 제공한다는 건가요?"

"맞아요."

마이크는 고개를 끄덕였다. "누가 이곳을 운영합니까?"

"내가요. 남동생이 약물 과다복용으로 사망한 직후니까 3년 전에 이걸 시작했죠. 그렉은 정말 좋은 아이였어요. 그때가 열여섯 살이었고요. 그 애는 운동 같은 걸 하지 않아 인기가 있다거나 하진 않았어요. 우리 사회 대부분의 부모들은 자식들을 지나칠 정도로 간섭하죠. 그렉은 약물을 겨우 두 번밖에 하지 않았는데 그런 변을 당하고 말았죠."

"정말 안됐네요."

로즈메리는 그 말에 그냥 어깨만 으쓱해 보이고는 계단을 오르기 시작했다. 마이크도 입을 다물고 그녀 뒤를 따랐다.

"저, 맥디비트 양?"

"로즈메리라고 부르세요."

"로즈메리, 난 내 아들이 사고의 통계치 대상이 되는 걸 두고 볼 수 없소. 애덤이 어젯밤에 이곳으로 온 건 알겠는데, 지금은 어디에 있는지 알 수가 없구려."

"도움이 되지 못해 미안하군요."

"내 아들을 전에 본 적이 있소?"

로즈메리는 여전히 마이크에게서 등을 돌린 상태였다. "난 여기에서 더 큰 임무를 수행하는 중이에요, 마이크."

"그래서 내 아들 따위는 어떻게 되든 무시해도 좋다?"

"내 말 뜻은 그게 아니에요. 하지만 우린 부모들과 얘기하지 않아요. 한 번도 한 적이 없고, 앞으로도 그럴 거예요. 여긴 청소년을 위한 장소예요. 만약 부모와 얘기했다는 말이 퍼지기라도 하면……."

"다른 사람에게는 절대로 말하지 않겠소."

"그건 우리 조직강령 중 한 부분이에요."

"그럼 애덤이 위험에 처해 있다면 어떻게 할 건가요?"

"내가 도울 부분이 있으면 기꺼이 돕겠어요. 하지만 그건 지금 여기서 말할 문제가 아니잖아요."

마이크는 따지려 들려다가 복도 저 편에 서성거리며 모여 있는 고스 족 아이들을 봤다.

"저 아이들은 이곳 고객인가요?" 마이크는 그녀의 사무실로 들어서면서 물었다.

"고객이면서 살림꾼이기도 해요."

"살림꾼이요?"

"저 아이들은 무슨 일이든 다 하죠. 이곳을 청결하게 유지하는 데 도움을 주고 있어요. 밤에는 파티를 하면서 이 클럽을 지키기도 하고요."

"경비원 역할을 한단 말인가요?"

로즈메리는 고개를 앞뒤로 갸웃거렸다. "그건 좀 지나치게 딱딱한 표현 같은데요. 저 아이들은 신입생들이 잘 적응하도록 도움을 줘요. 질서가 유지되도록 돕고, 화장실 같은 데서 마리화나를 피우거나 금지 약물을 복용하지 못하도록 지켜보는 역할을 하는 거예요."

마이크는 인상을 찌푸렸다. "이건 마치 교도소에 먼저 수감됐던 자들이 신참들을 통제하는 것과 다를 바가 없는데……?"

"재들은 좋은 아이들이에요."

마이크는 그 아이들을 한번 더 쳐다보고 로즈메리에게로 눈길을 돌렸다. 아주 잠깐 동안이지만 그 상태로 그녀를 살폈다. 그녀는 바라만 봐도 기분이 좋아질 정도로 멋진 외모의 소유자였다. 날카로운 광대뼈가 돋보이는 얼굴은 모델 뺨칠 정도였다. 마이크는 고스족들을 힐끗 돌아봤다. 네댓 명은 되어 보였는데, 모두들 검은색과 은색으로 온몸을 휘감고 있었다. 다들 터프한 것처럼 보이려고 애는 쓰고 있지만 허세라는 게 다 드러나 보였다.

"로즈메리?"

"왜 그러세요?"

"당신이 열나게 나불거린 랩 중 마음에 들지 않는 부분이 있소." 마이크가 비아냥거렸다.

"랩이라고요?"

"이곳을 과장되게 선전한 문구 말이오. 어느 한편으로는 다 말이 되는 것 같소."

"그리고 다른 한편으로는요?"

마이크는 돌아서서 그녀를 똑바로 쳐다봤다. "당신은 허풍에 도가 튼 사람이오. 내 아들은 어디 있소?"

"이제 그만 나가줘야겠어요."

"만약 당신이 그 아이를 숨기고 있다면 이곳을 완전히 박살내버릴 테니 알아서 하시오."

"도가 지나쳤어요, 닥터 바이." 로즈메리는 복도 저쪽의 고스족들을 향해 고개를 슬쩍 까딱했다. 그러자 그 아이들이 우르르 몰려와 마이크를 에워쌌다. "이제 나가주실까요?"

"당신의 '살림꾼들'을 시켜 날 내쫓을 셈이요?" 마이크는 손가락으로 따옴표를 만들어가며 빈정거렸다.

키가 가장 큰 고스족이 능글맞게 웃으며 말했다. "이미 여러 번 내동댕이쳐진 것 같은데, 늙은이?"

다른 고스족들이 낄낄거렸다. 몸을 움직일 때마다 검은색 옷과 창백한 얼굴, 마스카라와 금속 조각들이 제멋대로 부조화를 이뤘다. 이 아이들은 터프해지길 갈망했지만 그렇게 되지 못하자 더 괴상한 방향으로 나가는 것 같았다. 자신의 본질과는 다른 뭔가가 되길 원하다가 결국 자포자기하는지도 모른다.

마이크는 자신의 다음 행동을 놓고 갈등을 겪고 있었다. 장신의 고스족은 이십대 초반인 것 같고, 삐쩍 마른 데다가 목젖이 컸다. 한편으로는, 대장처럼 보이는 이 녀석의 복부에 강력한 주먹을 날려 고꾸라뜨리고 이게 장난이 아니라는 걸 망할 녀석들에게 보여주고 싶었다. 다른 한편으로는, 오르락내리락하는 목젖을 팔뚝으로 올려쳐서 앞으로 두어 주 동안 부어오른 목 때문에 캑캑거리게 만들어줄까도 생각했다. 하지만 그 순간, 다른 녀석들이 덤벼들 게 뻔했다. 두세 명은 어떻게 해볼 수 있을지 모르지만, 나머지 녀석들은 자신이 없었다.

마이크가 다음 행동을 정하지 못하고 여전히 망설이고 있는데 그의 눈에 뭔가가 들어왔다. 무거운 철문이 버저 소리와 함께 열렸다. 또 한 놈의 고스족이 들어섰다. 이번에 마이크의 눈길을 끈 건 검은색 옷이 아니었다.

그건 시커멓게 멍이 든 눈이었다.

게다가 코쭝배기에 밴드도 붙이고 있었다.

최근에 코뼈가 부러진 모양이군. 마이크는 속으로 생각했다.

고스족들 중 몇 명은 코가 부러진 녀석에게 다가가 나른한 태도로 하이파이브를 했다. 녀석들은 모두 진득한 꿀 속에서 헤엄치는 것처럼 움직였다. 다들 우울증 치료제 프로작이라도 먹은 듯 목소리가 나지막하고 무기력했다. "여, 카슨." 한 녀석이 간신히 중얼거렸다. "내 친구 카슨." 다른 녀석이 쉰 목소리로 말했다. 두 녀석은 손을 들어 올려 카슨의 등을 두드리려고 했지만, 그런 간단한 행동도 힘에 겨운 것 같았다. 카슨은 동료들의 관심이 익숙한 듯 당연한 것으로 받아들였다.

"로즈메리?" 마이크가 불렀다.

"왜 그래요?"

"당신은 내 아들을 알고 있을 뿐만 아니라 나도 잘 알고 있나 보군요."

"왜 그렇게 생각하는 건가요?"

"날 닥터 바이라고 불렀소. 내가 의사라는 걸 어떻게 아는 것이오?" 마이크는 코가 부러진 고스족에게 눈길을 꽂은 채 물었다.

마이크는 로즈메리의 대답을 기다리지 않았다. 기다릴 필요가 없었다. 그는 키가 큰 고스족을 밀쳐버리고 문 쪽으로 황급히 다가갔다. 코가 부러진 카슨은 마이크가 다가오는 걸 봤다. 시커먼 눈이 크게 떠졌다. 카슨은 얼른 뒷걸음질하며 문 밖으로 나갔다. 마이크는 이제 달음질치다시피 빨리 움직이며 철문이 채 닫히기도 전에 왈칵 열어젖히고 밖으로 나갔다.

카슨은 3미터쯤 앞장서서 발을 재게 놀리고 있었다.

"이봐!" 마이크가 소리쳐 불렀다.

고스족 녀석이 돌아섰다. 새카만 머리카락이 검은색 커튼처럼 한쪽 눈을 가렸다.

"자네 코는 어떻게 된 건가?"

카슨은 부러진 코로 코웃음을 쳤다. "그러는 당신 얼굴은?"

마이크는 서둘러 카슨에게로 다가갔다. 다른 고스족 녀석들이 우르르 문 밖으로 몰려나왔다. 6대 1의 상황이 됐다. 모가 차에서 내려 그들 쪽으로 걸어오는 게 마이크의 눈에 보였다. 이젠 6대 2가 됐군. 모가 완력이 세다고는 하지만 그래도 불리한 건 어쩔 수가 없었다.

마이크는 재빨리 카슨의 부러진 코 앞까지 다가가서 말했다. "내가 한눈을 파는 사이에 별 시답지도 않은 겁쟁이 녀석들이 덮쳐서 내 얼굴이 요 모양 요 꼴이 됐다."

카슨은 목소리가 떨리지 않도록 안간힘을 쓰며 허세를 부렸다. "그것참 안됐수다."

"그래? 위로의 말을 해주니 고맙구먼. 그런데 내게 발길질을 했던 녀석이 있단 말이야. 그렇게 무더기로 날 습격해놓고도 막판에 내게 맞아 코가 부러진 멍청한 녀석이 있다는 걸 자넨 상상할 수 있나?"

카슨은 어깨를 으쓱했다. "뭐, 어중이떠중이도 럭키 펀치를 날릴 수는 있으니까."

"그렇기는 해. 그럼 겁쟁이 녀석이 한판 더 싸워볼 기회를 갖는 걸 좋아할지도 모르겠군. 남자 대 남자로. 이번에는 뒤통수를 치는 게 아니라 얼굴을 맞대고서 말이야."

고스족 대장 녀석은 자신의 지원군이 자리를 잡았는지 알아보려고 주위를 둘러봤다. 다른 고스족 녀석들은 고개를 끄덕이며 금속 팔찌를 어루만지고 주먹을 쥐었다. 준비가 됐다는 걸 나타내려고 지나치게 열심들이었다.

모는 키가 큰 고스족 녀석에게 걸어가 다짜고짜로 목을 움켜쥐었다. 눈 한번 깜빡이기도 전에 벌어진 일이었다. 그 녀석은 뭐라고 항의를 하려고 했지만 모가 어찌나 단단하게 움켜쥐었던지 아무 소리도 내지 못했다.

"어느 누구라도 앞으로 나서면 널 가만두지 않겠다. 앞으로 나서는 녀석이나 방해하는 녀석을 혼내주겠다는 말이 아니다. 너! 바로 너를 반쯤 죽여놓겠다. 내 말, 알아들었나?"

장신의 고스족은 고개를 끄덕이려고 무진 애를 썼다.

마이크는 카슨을 노려봤다. "싸울 준비가 됐나?"

"이봐요, 난 당신과 싸울 이유가 없어."

"난 있는데?"

마이크는 학창 시절에, 주먹다짐이 오가기 직전에 상대방을 약 올리는 방식으로 카슨을 밀쳤다. 다른 고스족 녀석들은 어떻게 대응해야 할지 몰라 어리둥절한 표정을 짓고 있었다. 마이크는 카슨을 한번 더 밀쳤다.

"이봐!"

"네 녀석들, 내 아들에게 무슨 짓을 한 거야?"

"뭐라고? 누굴 말하는 거야?"

"애덤 바이를 말하는 거야. 내 아들은 어디에 있지?"

"내가 알고 있을 것 같아?"

"넌 어젯밤에 날 습격했어. 그렇지? 평생 후회할 정도로 두들겨 맞지 않으려면 얼른 털어놓는 게 좋아."

바로 그 순간, 엉뚱한 목소리가 들렸다. "다들 꼼짝 마라! FBI다!"

마이크는 얼굴을 돌렸다. 조금 전에 자신과 모를 미행했던, 야구 모자를 쓴 녀석들이었다. 두 사람은 한 손에 권총을, 다른 손에는 배지를 들고 있었다.

요원들 중 하나가 입을 열었다. "마이클 바이인가요?"

"그렇소만?"

"FBI 요원 대릴 뤼크르입니다. 우리와 함께 가주셔야겠습니다."

26

티아는 벳시 힐에게 작별인사를 한 후 현관문을 닫고는 2층으로 올라갔다. 발소리를 죽이며 질의 방을 지나 아들의 방으로 들어가 애덤의 책상 서랍을 열고 샅샅이 뒤지기 시작했다. 애덤의 컴퓨터를 엿보는 프로그램을 깔았을 때는 정말 잘했다는 느낌이 들었는데, 이건 왜 그런 느낌이 들지 않는 거지? 티아의 가슴속에서는 자기혐오의 감정이 스멀스멀 피어올랐다. 이렇게 아들의 프라이버시를 침범하는 게 정말 잘못이라는 느낌이 들기 시작했다.

하지만 티아는 뒤지는 걸 멈추지 않았다.

애덤은 아직 아이였다. 몸집은 어른만큼 커졌어도 그 사실은 변함이 없었다. 서랍은 오랫동안 청소하지 않아 고고학 발굴에서 뭔가 새로운 것들이 발굴되듯 과거의 '애덤 시대'를 보여주는 것들이 많았다. 야구 카드, 포켓몬 카드, 야마구치의 음성으로 녹음됐지만 오래전에 배터리가 나가버린 유희왕, 플라스틱 뼈다귀들은 아이들이 한창 수집에 열을 올렸다가 잊어버리는 장난감들이었다. 애덤은 반드시 가져야 할 장난감에 대해서 대부분의 아이들처럼 욕심을 부리지 않았다. 더 사달라고 조르지도 않았고, 일단 마련이 되면 쉽게 싫증을 내지도 않았다.

티아는 고개를 절레절레 저었다. 그때 사준 것들이 아직도 애덤의 서랍에 들어 있다니!

펜과 연필, 치아교정기 보관함(티아는 애덤이 교정기를 끼지 않는다고 줄곧 잔소리를 해대곤 했다), 4년 전에 월트디즈니에서 샀던 수집가용 핀, 열두 번의 레인저스 팀 경기를 보러 입장하면서 받아둔 낡은 티켓 쪼가리들도 있었다. 티아는 그 티켓 쪼가리를 집어 들며 애덤이 넋을 놓은 채 아이스하키 경기를 보면서 즐거워하던 모습을 떠올렸다. 레인저스 팀이 득점할 때마다 아버지와 아들이 벌떡 일어서서 하이파이브를 하며, 노래의 대부분이 '오, 오, 오'라는 함성이고 나머지는 박수로 채워지는 득점송을 신나게 열창하는 모습을 떠올렸다.

티아는 더 참지 못하고 울음을 터뜨렸다.

정신을 차려야 해, 티아.

그녀는 애덤의 컴퓨터 쪽으로 돌아섰다. 이제는 이게 애덤의 세계였다. 컴퓨터가 그 아이의 모든 것이었다. 애덤은 이 화면에 온라인으로 헤일로Halo의 최신판을 띄우고 액션 게임을 했다. 채팅방에서는 친구들과, 심지어는 전혀 모르는 사람들과도 대화를 나눴다. 페이스북과 마이스페이스를 통해 진짜 친구들뿐만 아니라 사이버 친구들과도 허심탄회하게 얘기했다. 온라인 포커도 좀 한 적이 있는데, 고맙게도 얼른 싫증을 내는 바람에 마이크와 티아가 안도의 한숨을 내쉬기도 했다. 짧으면서도 재미있는 것들이 올라오는 유튜브와 영화 예고편, 뮤직 비디오뿐만 아니라 음란물도 넘쳐났다. 티아가 책만 들면 책 속의 세상으로 푹 빠져버리듯 사람들을 푹 빠지게 만드는 어드벤처 게임과 가상현실의 세계가 무궁무진했다. 문제는 그게 좋은 건지 나쁜 건지를 판단하기가 극히 곤란하다는 것이었다.

요즘은 모든 게 섹스와 연관되어 있는 것도 티아를 미치게 만들었다. 올바른 방향으로 유도하려고, 아이들에게 흘러 들어가는 정보를 통제하는 것 자체가 불가능했다. 아침에 라디오를 틀기만 해도 프로그램 진행자가 유방과 간통과 오르가슴에 관해 떠벌리곤 했다. 잡지를 들춰보거나 TV 쇼를 보다가 너무 선정적이라고 불평을 해대면 구닥다리라고 놀림감이 되기 일쑤였다. 그러니 그 문제를 어떻게 다룰 것인가? 자식들에게 그게 잘못된 것이라고 말할 건가? 그럼 정확히 뭐가 잘못된 것이라고 말할 셈인가?

사람들은 옳고 그른 게 딱 구분되는 대답을 원하겠지만 이제는 그게 통하지도 않는 시대가 됐고, 그렇다고 자식이 섹스를 하지 못하게 하려고 무작정 섹스가 옳지 못한 일이거나 사악하거나 금기시해야 할 짓이라고 알릴 수도 없는 일이었다. 자식에게 섹스가 건전하고 좋은 것이라고 하면서도 해서는 안 되는 것이라고 말해야 하는 모순에 빠지게 된다. 그렇다면 부모는 그 균형을 어떻게 잡아야 하는 것일까? 좀 어이가 없는 얘기일지도 모르지만, 모든 사람은 자신의 부모들의 사고방식을 아주 못마땅하게 여겼으면서도 자식들은 자신과 같은 사고방식을 갖기를 원한다. 마치 자신의 사고방식이 가장 뛰어나고 가장 건전한 것이기라도 한 것처럼. 왜 그렇게 생각하는 걸까? 우리가 정말로 옳은 방향으로 성장하거나 우리 나름대로 이러한 균형을 잡는 방법을 찾아냈기 때문일까? 정말 그런 걸까?

"엄마, 여기 있었어요?"

질이 문 쪽으로 다가왔다. 질은 티아를 의문이 가득한 눈길로 쳐다봤다. 애덤의 방에 있는 걸 보고 놀란 모양이라고 티아는 생각했다. 두 사람 사이에는 잠시 침묵이 흘렀다. 1, 2초밖에 되지 않는 극히 짧은 순간이었지만 티아의 가슴속에서는 차가운 돌풍이 몰아쳤다.

"여, 우리 공주님."

질은 티아의 블랙베리를 들고 있었다. "이걸로 벽돌깨기 게임을 해도 돼요?"

질은 엄마의 블랙베리로 게임 하는 것을 좋아했다. 평소 같으면 엄마의 스마트폰을 멋대로 가져가기 전에 허락부터 받았어야 하는 것 아니냐고 점잖게 타일렀을 것이다. 대부분의 아이들처럼 질도 이런 잘못을 곧잘 저지르곤 했다. 질은 티아의 블랙베리나 아이팟을 빌리거나 엄마 아빠 침실의 컴퓨터를 가지고 놀기를 좋아했다. 자기 것은 성능이 좋지도 않을 뿐만 아니라 티아가 블랙베리를 어딘가에 놔두고 깜빡 잊기 일쑤였기 때문이었다.

어쨌거나 지금은 책임감 있게 행동하라느니 어쩌니 하면서 잔소리를 늘어놓을 시간은 아닌 게 분명했다.

"물론이지. 하지만 전화가 오면 얼른 내게 알려야 한다?"

"알았어요. 그런데 엄마는 여기서 뭐해요?" 질은 방 안을 둘러보며 물었다.

"그냥 한번 둘러보는 거란다."

"왜요?"

"나도 모르겠다. 혹시 네 오빠가 어디 있는지를 알려줄 단서가 있지 않을까 해서지."

"오빠는 아무 문제 없을 거예요. 그렇죠?"

"물론이지. 우리 공주님은 걱정할 게 없어요." 티아는 인생이란 끊임없이 흘러가며 일상적인 활동을 요구한다는 걸 퍼뜩 떠올리고는 물었다. "숙제는 없니?"

"다 했어요."

"잘했다. 별다른 일은 없지?"

질은 어깨를 으쓱했다.

"내게 뭐 말할 것 있니?"

"아니요. 오빠가 걱정될 뿐이에요."

"그랬구나, 우리 공주님. 학교는 어때?"

질은 또다시 어깨를 으쓱했다. 허공에 던진 바보 같은 질문이었다. 티아는 두 아이에게 지난 몇 년 동안 똑같은 질문을 수천 번도 더 던졌지만 단 한 번도 어깨를 으쓱이거나 "좋아요"나 "괜찮아요", "학교가 학교이지 뭐 별 게 있겠어요?"라는 대답 이상의 것을 얻어내지 못했다.

티아는 이제 애덤의 방에 있어야 할 이유가 없었다. 여기엔 아무것도 없었다. E-Spyright 보고서의 출력물이 그녀를 기다리고 있었다. 그녀는 자기 방의 문을 닫고 그걸 읽었다. 애덤의 친구인 클라크와 올리비아가 오늘 아침에 이메일을 보냈는데, 내용은 도통 알 수 없는 문구투성이였다. 둘 다 지금 애덤이 어디에 있는지 알고 싶다고 했고, 너의 부모님이 너를 찾기 위해 사방으로 전화를 해대고 있다고 알렸다.

DJ 허프에게서 온 이메일은 없었다.

흐음. DJ와 애덤은 시도 때도 없이 많은 대화를 나눴다. 그런데 갑자기 이메일 한 통도 없다니…… 이건 마치 애덤이 답장을 할 처지가 아니라는 걸 잘 알고 있는 것처럼 보였다.

그녀의 방문에서 가벼운 노크 소리가 들렸다. "엄마?"

"들어오렴."

질이 문손잡이를 돌렸다. "깜빡 잊고 얘기하지 않은 게 있어요. 아까 포르테 선생님 사무실에서 전화가 왔어요. 화요일에 치과 예약이 되어 있다고요."

"아, 그랬지. 고마워."

"전 왜 포르테 선생님께 가야 해요? 얼마 전에 스케일링도 했는데요?"

티아는 마음이 다급해 죽겠는데 사소한 일로 자꾸 시간을 잡아먹게 생겼다. 그래도 얼굴에 미소를 지으며 딸아이의 질문에 차분히 대답했다. "어쩌면 너도 곧 교정기를 해야 할지 모르거든."

"벌써요?"

"그래. 애덤도 네……." 티아는 갑자기 말을 멈췄다.

"저 뭐요?"

티아는 침대 위에 놓인 최근의 E-Spyright 보고서 쪽으로 돌아섰지만 그건 도움이 되지 않을 게 뻔했다. DJ네 집에서 열리는 파티에 관한 원본 이메일이 필요했다.

"엄마? 무슨 일이에요?"

티아와 마이크는 지난 보고서들을 문서절단기로 다 없애버렸지만, 티아는 마이크에게 보여주기 위해 그 이메일만은 간직해뒀다. 그게 어디 있지? 침대 옆쪽에는 서류들이 수북이 쌓여 있었다. 그녀는 하나하나 뒤지기 시작했다.

"제가 도와드릴 게 있어요?" 질이 물었다.

"아니, 괜찮아, 우리 공주님."

그곳에는 없었다. 티아는 허리를 쭉 펴고 일어섰다. 까짓 것 없어도 상관이 없었다.

티아는 재빨리 인터넷에 접속했다. E-Spyright 사이트는 그녀의 즐겨찾기 목록에 등록되어 있었다. 그녀는 아이디와 비밀번호를 쳐 넣은 다음 자료 저장고 아이콘을 눌렀다. 그날의 날짜를 확인하고 이전 보고서를 불러냈다.

굳이 출력할 필요는 없었다. 일단 그게 화면에 뜨자 티아는 DJ네 집 파티 이메일이 나올 때까지 쭉 훑어 내려갔다. DJ의 부모가 집을 비운다는 것과 '뿅 가는' 파티가 있을 예정이라는 메시지 내용은 이미 다 알고 있는 것이었다. 하지만 이제 티아는 그 내용을 다시 생각하지 않을 수 없었다. 마이크가 그곳에 가봤지만 파티는 열리지 않았고, 대니얼 허프가 집에 있었다고 했다.

허프 부부는 여행을 떠나겠다는 계획을 변경했던 걸까?

하지만 지금은 그게 중요한 게 아니었다. 티아는 커서를 움직여 대다수의 사람들이 별로 중요하지 않다고 생각했을 법한 곳을 찾아냈다.

날짜와 시각 난이었다.

E-Spyright는 이메일을 보낸 날짜와 시각뿐만 아니라 애덤이 그걸 열어본 날짜와 시각까지 보여줬다.

"엄마, 도대체 무슨 일이에요?"

"잠깐만 기다려주렴, 아가야."

티아는 수화기를 들고 포르테 의사의 전화번호를 돌렸다. 토요일이지만 아이들이 방과후 활동을 많이 하고 있는 터라 그 지역의 치과 의사들은 주말에도 진료를 한다는 걸 잘 알고 있었다. 티아는 손목시계를 힐끗 쳐다보고는 세 번째로 울리는 벨 소리에 귀를 기울였다. 네 번째에도 반응이 없다가 다섯 번째에 가서야 가슴을 쓸어내릴 수 있었다.

"포르테 선생님의 치과입니다."

"안녕하세요? 난 애덤과 질의 어머니인 티아 바이라고 해요."

"아, 예, 바이 부인이시군요. 뭘 도와드릴까요?"

티아는 포르테 선생의 접수원 이름을 생각해내려고 애썼다. 여러 해 동안 그곳에 근무하고 있는 그녀는 모든 사람을 다 알고 있고, 실제로 그 진료실을 운영하다시피 했다. 그녀를 통해야만 그곳의 모든 일을 알 수 있었다. 그녀의 이름이 퍼뜩 떠올랐다. "캐롤라인인가요?"

"네, 맞아요."

"안녕하세요, 캐롤라인? 이게 좀 이상한 부탁처럼 들릴지는 모르지만, 내가 좀 급박한 상황이니 부탁 하나만 들어주세요."

"음, 애는 써보겠지만 다음 주에는 예약이 꽉 차 있어서요."

"아니, 예약 문제가 아니에요. 애덤이 18일에 수업이 끝난 오후 3시 45분으로 예약이 되어 있었을 거예요."

수화기 저편에서는 아무런 응답이 없었다.

"우리 애가 그때 왔었는지 알고 싶어요."

"애덤이 다녀가지 않았을까봐 걱정이 되서 그러시는군요?"

"네."

"그랬다면 제가 전화를 드렸겠죠. 애덤은 분명히 왔었어요."

"혹시 예약 시각에 맞춰 왔었는지 알 수가 있을까요?"

"도움이 되신다면 정확한 시각을 알려드릴 수 있어요. 그건 환자 방문 일지에 적혀 있으니까요."

"네, 그래주면 정말 고맙겠어요."

시간이 한참 더 흘렀다. 컴퓨터 키보드를 두들기는 소리가 수화기에서 흘러나왔다. 서류를 뒤적거리는 소리도 들렸다.

"애덤이 좀 일찍 왔었네요. 오후 3시 30분에 사인을 한 걸 보니."

티아는 그건 말이 되는 소리라고 생각했다. 애덤은 대개 학교가 끝나면 곧장 그곳으로 걸어가곤 했다.

"그리고 진료는 오후 3시 45분에 했고요. 딱 예약 시각에요. 그게 알고 싶으신 거였나요?"

티아는 순간적으로 수화기를 놓칠 뻔했다. 뭔가가 아주 잘못된 상태였다. 티아는 다시 날짜와 시각이 떠 있는 화면을 확인했다.

DJ네 집에서 파티가 있다는 걸 알리는 이메일은 오후 3시 32분에 발송됐고, 오후 3시 37분에 읽은 것으로 나와 있었다.

애덤은 그 시각에 집에 있지 않았다.

이건 말이 되지 않는 소리였다. 혹시…….

"고마워요, 캐롤라인." 티아는 전화를 끊자마자 컴퓨터 전문가인 브렛에게 전화했다. 브렛은 즉시 전화를 받았다. "네."

티아는 일단 브렛을 궁지에 좀 몰아넣어야겠다고 작정했다. "헤스터에게 다 일러바쳐줘서 고맙군요."

"티아로군요? 아, 그 문제에 관해서는 정말 미안해요."

"말로 얼렁뚱땅 때우려고요?"

"아니, 진심이에요. 헤스터는 여기에서 벌어지는 일들을 다 알고 있다고요. 그 여자가 사무실에 있는 모든 컴퓨터를 모니터하고 있는 것 몰랐어요? 때로는 단순히 재미로 다른 사람들의 개인 이메일까지 읽고 있다니까요. 만약 그 여자가 당신이 자신의 건물에 있었다는 걸 알면……."

"난 그때 그 여자의 건물에 있지 않았어요."

"그거야 그랬죠. 그래서 미안하다고 했잖아요."

이젠 화제를 바꿔야 할 때였다. "E-Spyright 보고서에 의하면 내 아들이 어떤 이메일을 오후 3시 37분에 읽은 것으로 나와요."

"그래서요?"

"그런데 애덤은 그때 집에 있지 않았어요. 다른 곳에서도 그걸 읽을 수 있나요?"

"그 시각을 E-Spyright에서 본 건가요?"

"네."

"그렇다면 그건 불가능해요. E-Spyright는 그 프로그램이 깔린 컴퓨터 활동만 감시하는 거거든요. 따라서 아드님이 다른 곳에서 접속해서 이메일을 읽었다면 보고서에 올라와 있지 않아야 하죠."

"그렇다면 대체 이걸 어떻게 한 걸까요?"

"흐음. 우선 아드님이 집에 없었다는 게 확실한 건가요?"

"분명해요."

"그렇다면 다른 사람이 한 거예요. 즉 누군가가 애덤의 컴퓨터를 이용했다는 거죠."

티아는 다시 화면을 들여다봤다. "오후 3시 38분에 삭제된 것으로 나와 있어요."

"누군가가 애덤의 컴퓨터로 들어가서 이메일을 읽고 삭제한 거네요."

"그렇다면 애덤은 이 이메일을 보지 못했을 수도 있겠군요. 그렇죠?"

"그랬을 수도 있어요."

티아는 재빨리 가장 가능성이 없을 만한 혐의자를 추려냈다. 자신과 마이크는 그날 직장에서 일하는 중이었고, 질은 부모가 자녀와 놀아주는 날이라 야스민과 함께 그 애 집으로 걸어가는 중이었다.

가족들 중 어느 누구도 집에 있지 않았었다.

도대체 어떻게 해서 불법 침입했다는 흔적을 하나도 남기지 않고 애덤의 컴퓨터에 접근한 것일까? 티아는 울타리의 우편함 곁에 있는 인조 조경석 아래에 숨겨놓은 열쇠를 떠올렸다.

휴대전화가 부르르 떨렸다. 발신자를 확인하니 모였다.

"브렛, 조금 있다가 다시 걸게요." 그녀는 전화를 끊고 다시 통화 버튼을 눌렀다. "모?"

"믿기어려운 일이 벌어졌소. 조금 전에 FBI 요원이 마이크를 데려갔소."

로렌 뮤즈는 급조된 취조실에 앉아 닐 코르도바를 오랫동안 쳐다봤다.

그는 키가 크지 않고, 체구도 아담했고, 좀 뺀질뺀질하다 싶을 정도로 잘생긴 편이었다. 부부는 서로 닮는다더니 실종된 레바와 비슷한 면이 많았다. 뮤즈는 코르도바가 두 사람이 함께 찍은 사진을 가져왔기 때문이라는 걸 깨달았다. 두 사람은 배를 타고, 해변에서, 정식 무도회에서, 파티에서, 그리고 뒤뜰에서 정다운 포즈를 취하고 있었다. 닐과 레바 코르도바는 사진발이 잘 받았고, 건강했으며, 뺨과 뺨을 맞대는 포즈를 취하길 좋아했다. 사진 속에서 두 사람은 마냥 행복해 보였다.

"제발 아내를 찾아주시오." 닐 코르도바는 취조실로 들어온 이후 벌써 세 번째로 똑같은 말을 되풀이했다.

그녀도 "우리가 할 수 있는 최대의 노력을 하고 있어요"라고 이미 두 번이나 대답했기 때문에 이번에는 말을 아꼈다.

코르도바는 이 말도 덧붙였다. "내가 할 수 있는 일이라면 뭐든 협력하겠소."

닐 코르도바는 머리를 바짝 깎고 화려한 스포츠용 상의와 넥타이를 걸치고 있었다. 마치 그렇게 차려입어야만 정신을 잃지 않을 거라고 생각하는 사람 같았다. 구두에서도 반짝반짝 광이 났다. 뮤즈는 그 점이 심각하다고 생각했다. 그녀의 아버지는 잘 닦은 구두를 높이 평가했다. "남자를 제대로 판단하려면 일단 그 사람의 구두가 광이 나는지를 봐라"라고 어린 딸에게 늘 말하곤 했었다. 그래요, 좋은 판단 기준이죠. 열네 살 난 로렌 뮤즈가 차고에서 머리에 권총을 쏘고 자살한 아버지의 시신을 발견했을 때 아버지의 구두는 얼굴이 비칠 정도로 반들거렸었다.

정말 좋은 조언이었어요, 아빠. 자살이 이런 식으로 진행된다는 걸 알려줘서 고마워요.

"경찰 수사가 어떻게 진행되는지를 잘 알고 있어요. 남편이 항상 용의자죠?" 코르도바의 말이 이어졌다.

뮤즈는 그 말에 대꾸를 하지 않았다.

"그리고 당신들은 레바의 차가 그 모텔에 주차되어 있기 때문에 레바가 바람을 피웠다고 생각하고 있죠? 하지만 하늘에 대고 맹세하건대 그럴 가능성은 추호도 없어요. 내 말을 믿어야 한다고요."

뮤즈는 딱딱하게 굳은 표정을 지었다. "우린 어떤 가능성도 배제하지 않고 있어요."

"난 변호사도 대동하지 않고, 거짓말탐지기 검사도 받겠소. 뭐든 다 할 생각이오. 그저 당신들이 엉뚱한 곳을 헤매며 시간을 낭비하지만 않았으면 좋겠소. 레바는 사랑의 도피 행각을 벌이고 있는 게 아니오. 난 그걸 확신해요. 그리고 아내에게 무슨 일이 벌어졌든 내가 한 게 아니라는 것도 확실하고요."

넌 어느 누구도 믿어선 안 돼. 뮤즈는 속으로 생각했다. 그것이 수사의 규칙이었다. 그녀는 로버트 드 니로조차도 실업자로 만들 만큼 연기를 잘 하는 용의자들을 신문하곤 했다. 하지만 모든 증거가 닐 코르도바의 말을 확고히 뒷받침하고 있었고, 그녀도 마음속으로는 그가 진실을 말하고 있다고 믿고 있었다. 게다가 지금 당장은 그의 말이 진실인지의 여부가 중요한 게 아니었다.

뮤즈는 제인 도의 신원을 확인하기 위해 코르도바를 데려온 것이었다. 그녀가 애타게 바라는 건 코르도바의 태도가 우호적이냐 아니냐는 것이었다. 그의 협조가 절실했다. 그래서 뮤즈는 천천히 입을 열었다. "코르도바 씨, 난 당신이 부인을 해치지 않았다고 생각합니다."

코르도바의 얼굴에는 즉시 안도하는 표정이 떠올랐다가 어느새 자취를 감췄다. 어쨌든 이 일은 이 사람과 관련이 있는 게 아니야. 뮤즈는 열심히 머리를 굴렸다. 오로지 멋진 사진 속의 어여쁜 부인에게만 신경을 쏟고 있는 사람의 협조를 어떻게 얻어낼 것인가?

"혹시 최근에 부인의 마음을 어지럽힌 게 있었나요?"

"아니, 그런 건 전혀 없어요. 사라가, 참 그 애는 여덟 살 된 내 딸입니다만, 좀 난독증이 있는 것 같았어요. 리빙스턴 경찰이 똑같은 질문을 했을 때도 이렇게 말했는데요, 레바는 그 점을 걱정하고 있었을 뿐이죠."

이건 별 도움이 되지 않는 대답이었지만, 일단 코르도바의 말문은 튼 셈이었다.

"좀 이상하게 들릴지도 모를 질문을 몇 가지 해야겠어요." 뮤즈가 차분한 어조로 말했다.

코르도바는 고개를 끄덕이며 상체를 앞으로 내밀었다. 협조하겠다는 적극적인 의사 표시였다.

"혹시 부인께서 문제가 있는 친구에 관해 말씀하신 적이 있었나요?"

"문제가 있다는 게 무슨 뜻인지 잘 모르겠군요."

"일단 이렇게 시작해보죠. 혹시 선생님이 아시는 분 중에 실종된 사람은 없나요?"

"내 아내처럼 말이요?"

"꼭 집어 그렇다는 건 아니고요. 한 걸음 더 나가보죠. 혹시 친구 분들 중에서 요즘 안 보이는 사람이 있나요? 휴가를 떠났다고 하더라도요."

"프리드먼 부부가 휴가차 일주일 동안 부에노스아이레스에 가 있어요. 프리드먼 부인과 아내는 아주 친한 사이고요."

"아주 좋습니다." 뮤즈는 클래런스가 열심히 받아 적고 있다는 걸 알고 있었다. 클래런스는 프리드먼 부인이 원래 있어야 할 자리에 있는지를 확인해볼 것이다. "그 밖에는요?"

코르도바는 입술을 깨물면서 생각에 잠겼다.

"좀 생각해봐야겠소."

"천천히 하셔도 좋아요. 친구들 중 좀 이상한 행동을 했다거나 문제가 생긴 경우는 다 말씀해주세요."

"콜더 부부의 결혼생활에 문제가 있다고 아내가 말해준 적이 있어요."

"그런 일이 있었군요. 또 다른 건요?"

"토냐 이스트먼이 유방 엑스레이 사진을 찍었는데 결과가 좋지 않은가 봐요. 그런데 그녀는 아직 남편에게 말을 하지 않았다더군요. 남편이 자기를 버리고 훌쩍 떠날까봐 걱정을 하나 봅니다. 레바의 생각이 그렇다는 거죠. 당신이 원하는 게 이런 건가요?"

"맞아요. 어서 계속해주세요."

코르도바는 몇 가지를 더 털어놨다. 클래런스가 열심히 받아 적었다. 닐 코르도바가 어느 정도 진정된 것 같아 보이자 뮤즈는 문제의 핵심으로 바로 치고 들어갔다.

"코르도바 씨?"

뮤즈는 그의 눈을 똑바로 들여다보며 잠시 있었다.

"선생님께 한 가지 부탁을 드리려고 합니다. 이유는 묻지 마시고 제 부탁을……."

코르도바가 뮤즈의 말허리를 잘랐다. "뮤즈 경감님?"

"네?"

"내 양해를 얻기 위해 시간 낭비할 필요 없습니다. 뭘 원하는 겁니까?"

"우린 시신 한 구를 보관하고 있어요. 분명히 말씀드리지만 선생님의 부인은 아닙니다. 내 말 알아들으셨죠? 선생님의 부인은 아닙니다. 이 여자는 부인이 실종되기 전날 밤에 죽은 채로 발견됐어요. 그런데 이 여자가 누군지를 모르고 있다는 겁니다."

"그런데도 나는 알아볼지도 모른다고 생각한 겁니까?"

"난 단지 선생님께서 한번 살펴봐주셨으면 합니다."

코르도바는 양손을 무릎 위에 포개고 지나치다 싶을 정도로 몸을 똑바로 했다. "좋습니다. 가서 보죠, 뭐."

뮤즈는 코르도바가 가서 시신을 직접 보는 끔찍한 경험을 하는 대신에 사진을 보여주면 어떨까 하고 망설였다. 하지만 사진으로는 확인이 되지 않을 가능성이 있었다. 얼굴이 제대로 나온 사진이 한 장만 있어도 신원을 확인할 수 있을 텐데, 이 경우에는 마치 얼굴을 너무 오랜 시간 잔디 깎는 기계로 밀어버린 것 같아 도저히 알아볼 수가 없었다. 얼굴에는 단지 뼛조각과 끊어진 힘줄밖에 남아 있지 않았다. 뮤즈는 키와 몸무게가 적힌 상반신 사진을 보여줄 수도 있었지만, 그 정도 가지고는 사실적인 느낌을 갖기 힘들다는 걸 경험으로 잘 알고 있었다.

닐 코르도바는 이번 취조의 진의에 관해 전혀 의문을 품지 않았는데, 그건 다 이유가 있어서였다. 그들이 지금 있는 곳은 군郡 시체공시소가 있는 뉴어크의 노포크 거리였다. 뮤즈는 이곳까지 차를 몰고 오는 시간을 허비하지 않기 위해 아예 이곳에 임시로 취조실을 마련했던 것이다. 그녀는 문을 열었다. 코르도바는 애써 자세를 바로 하려고 했다. 그의 걸음걸이는 변함이 없었지만, 그의 어깨가 더 많은 걸 말해줬다. 뮤즈는 코르도바의 스포츠 상의에 주름이 잡히는 걸 볼 수 있었다.

시신은 미리 준비되어 있었다. 검시관 타라 오닐이 시신의 얼굴을 거즈로 감아놓았다. 닐 코르도바는 마치 미라가 등장하는 영화처럼 시신이 붕대투성이라는 데 가장 먼저 눈길이 갔다. 그는 왜 붕대를 칭칭 감아 놓았는지를 물었다.

"저 여자의 얼굴이 말로 다 못할 정도로 손상을 입었거든요." 뮤즈가 대답했다.

"그럼 어떻게 저 여자의 신원을 확인하죠?"

"키라든가 하는 신체적인 특징으로 가능하지 않을까요?"

"얼굴을 볼 수 있다면 알아보기가 훨씬 쉬울 것 같은데요?"

"그건 전혀 도움이 되지 않을 거예요, 코르도바 씨."

코르도바는 침을 꿀꺽 삼키고는 다시 시신을 찬찬히 살폈다.

"저 여자가 무슨 일을 당한 거죠?"

"죽도록 두들겨 맞았어요."

코르도바는 뮤즈 쪽으로 눈길을 돌렸다. "경감님은 내 아내도 저런 일을 당했다고 생각하는 건가요?"

"정확히 밝혀진 건 없어요."

코르도바는 잠시 눈을 감고 정신을 가다듬고는 눈을 뜨며 고개를 끄덕였다. "좋습니다. 충분히 감안하죠." 그 말을 하고는 다시 고개를 몇 번 더 끄덕였다.

"이게 쉬운 일이 아니라는 건 잘 알고 있어요."

"난 괜찮습니다."

하지만 뮤즈는 그의 눈에 어린 물기를 봤다. 코르도바는 얼른 옷소매로 눈가를 훔쳤다. 그의 그런 모습이 소년처럼 보여서 뮤즈는 코르도바를 껴안을 뻔했다. 뮤즈는 그가 시신 쪽으로 눈길을 돌리는 걸 지켜봤다.

"혹시 이 여자가 아는 사람인가요?"

"그렇지는 않은 것 같아요."

"찬찬히 살펴보세요."

"문제는, 이 여자가 벌거벗고 있다는 겁니다. 내 말 뜻은, 설혹 내가 아는 여자라 할지라도 이런 모습으로 있는 걸 본 적이 없다는 거라고요. 무슨 말인지 아시겠죠?" 코르도바는 이게 신사다움을 유지하는 유일한 방법이라도 되는 것처럼 붕대로 감긴 얼굴만을 줄곧 쳐다보고 있었다.

"물론이죠. 혹시 시신을 뭔가로 덮으면 좀 도움이 될까요?"

"아니, 그렇게까진 하지 않아도 됩니다. 그냥……." 그러다가 코르도바는 얼굴을 찡그렸다.

"뭔가요?"

닐 코르도바의 눈길은 피살자의 목 부분을 맴돌고 있었다. 이제는 시신의 다리까지 내려왔다. "좀 뒤집을 수 있나요?"

뮤즈가 타라 오닐에게 눈길로 신호를 보내자 그녀는 즉시 잡역부 한 명을 데려왔다. 두 사람은 조심스럽게 제인 도를 엎드린 상태가 되도록 뒤집었다. 코르도바가 한 걸음 더 다가섰다. 뮤즈는 그가 정신을 집중하는 데 방해가 되지 않도록 제자리에서 꼼짝도 하지 않았다. 타라 오닐과 잡역부는 뒤쪽으로 물러섰다. 코르도바의 눈길은 시신의 다리를 계속 타고 내려왔다. 그러다가 시신의 오른쪽 발목 뒤쪽에서 딱 멈췄다.

반점 한 개가 있었다.

몇 초가 순식간에 흘러갔다. 뮤즈는 더 참지 못하고 입을 열었다. "코르도바 씨?"

"이 시신은 내가 아는 사람이오."

뮤즈는 다음 말을 기다렸다. 코르도바는 몸을 덜덜 떨기 시작했다. 부들부들 떨리는 양손으로 입을 가렸다. 두 눈도 꼭 감았다.

"코르도바 씨?"

"이 사람은 매리앤이요. 맙소사, 매리앤이라고요."

27

닥터 아일린 골드파브는 식당 안의 칸막이 쳐진 방으로 들어가 수전 로리먼의 맞은편에 앉았다.

“날 만나줘서 고마워요.” 수전이 인사했다.

두 사람은 처음에는 도심지에서 만날까도 했지만 막판에 아일린이 반대했다. 두 사람이 만나는 걸 누군가가 보기라도 하면 여자 둘이서 점심을 먹는가보다라고 생각하는 게 싫어서였다. 아일린은 그럴 시간도 없었을 뿐만 아니라, 병원에서 일하고 먹는 게 습관이 돼서 점심을 먹으려고 일부러 친구들을 만나는 것 자체도 싫어했다.

아일린은 아이들이 어렸을 때도 어머니로서의 전통적인 역할에는 전혀 관심이 없었다. 집에서 아이들의 생활에 요모조모로 관여하는 어머니가 되기 위해 병원 일을 그만두겠다는 생각은 한번도 해본 적이 없었다. 그것과는 정반대되는 걸 열망했을 뿐이다. 얼른 출산휴가가 끝나고 병원으로 돌아가고 싶었다. 그런다고 해서 아이들에게 더 나쁠 것도 없었다. 아일린은 아이들과 함께 있어본 적도 별로 없었고, 속으로는 아이들을 이렇게 자유롭게 놔두는 게 앞으로 더 자립심을 가지고 건전한 생활을 유지하는 데 도움이 될 거라고 생각했다.

아일린은 적어도 스스로에게는 그런 말을 되뇌곤 했다.

그런데 작년에 병원에서 그녀의 업적을 축하하는 파티가 열렸다. 예전에 그녀 밑에서 레지던트와 인턴을 했던 수많은 사람들이 그녀를 축하하기 위해 몰려들었다. 아일린은 자신의 가장 뛰어난 제자 중 한 명이 딸아이인 켈시에게 이렇게 훌륭하신 아일린 골드파브 선생님을 어머니로 둬서 얼마나 자랑스럽겠느냐고 묻는 소리를 얼핏 들었다. 술을 한두 잔 들이켠 듯한 켈시가 이렇게 대답했다. "어머니가 이곳에서 너무 많은 시간을 보내는 탓에 난 어머니가 뭔지를 모르고 자랐어요."

그래. 아일린은 의사로서의 경력과 어머니 노릇, 그리고 행복한 결혼생활을 각각 담은 세 개의 공을 가지고 아주 쉽게 공놀이를 하고 있었던 것이었다.

지금은 그 공들이 바닥에 떨어져 박살이 나고 있다는 게 문제였다. 심지어 그 요원들이 그녀에게 추궁했던 것들이 사실이라면 그토록 애지중지하던 의사로서의 경력까지 위험에 빠질 상황이었다.

"장기기증은행에선 별다른 소식이 없었나요?" 수전이 물었다.

"없었어요."

"단테와 난 뭔가를 계획하고 있어요. 장기기증 운동을 좀 더 강력하게 펼쳐보려고요. 난 루커스가 다니는 초등학교에 갔죠. 마이크의 딸인 질도 다니는 학교예요. 선생님 몇 분께 이 운동을 귀띔했더니 다들 좋아하시더라고요. 우린 오는 토요일에 참가자들이 모두 장기기증을 서약하는 대회를 열 생각이에요."

아일린은 고개를 끄덕였다. "그렇게 하면 큰 도움이 될 것 같네요."

"선생님께서도 계속 찾아보고 있는 거죠? 내 말 뜻은, 가망이 없는 건 아니죠?."

아일린은 무작정 수전의 기대치를 높여줄 기분이 아니었다. "그렇다고 희망적이지도 않아요."

수전 로리먼은 아랫입술을 잘근잘근 깨물었다. 그녀는 아무런 노력을 하지 않고도 남들이 시샘할 수밖에 없는 아름다움을 지니고 있었다. 아일린은 사내들이 그런 아름다움에 관해 수군거린다는 걸 잘 알고 있었다. 마이크조차도 수전 로리먼이 진료실 안에 있을 때 이상하게 떨리는 목소리로 말을 했다.

여종업원이 커피포트를 들고 다가왔다. 아이린은 컵에 따르라고 고개를 끄덕였고, 수전은 어떤 허브 차가 있는지 물었다. 여종업원은 수전이 마치 관장약이 있는지를 물은 것처럼 멍하니 쳐다보았다. 수전은 아무 차라도 좋으니 갖다달라고 했다. 여종업원은 립톤 티백을 가지고 와서 수전의 머그잔에 뜨거운 물을 부었다.

수전은 홍차가 성수聖水라도 되는 양 물끄러미 바라봤다.

"루커스는 아주 난산이었어요. 그 애가 태어나기 일주일 전에 내가 폐렴에 걸려 기침을 심하게 하다 갈비뼈가 부러졌어요. 병원에 입원까지 했죠. 상상하기 끔찍할 정도로 고통이 심했거든요. 단테는 한시도 내 곁을 떠나지 않고 지켜줬고요."

수전은 상처 입은 새를 어루만지듯이 양손으로 조심스럽게 찻잔을 들어 올려 천천히 입술로 가져갔다.

"루커스가 아프다는 걸 알았을 때 우린 가족회의를 열었어요. 남편은 지금까지 우리가 해온 모든 노력을 설명하며 가족이 함께 힘을 모아 이 난관을 헤쳐나가자고 역설했죠. '우린 로리먼 가족이다'라는 점을 강조하면서요. 그러고는 그날 밤 집 밖으로 몰래 나가더니 당장 자살이라도 할까봐 걱정될 정도로 서럽게 울더라고요."

"로리먼 부인?"

"수전이라고 부르세요."

"수전, 무슨 얘긴지 그 상황이 눈앞에 선하게 떠오르네요. 남편분은 아들을 지극히 사랑하는 전형적인 아빠군요. 아이가 어렸을 때는 직접 목욕을 시키고, 기저귀를 갈아주고, 축구 코치도 자청했겠죠. 그리고 이제 그 아이가 자신의 자식이 아니라는 걸 알게 되는 순간 무너져버릴 사람이고요. 내가 올바로 이해한 거겠죠?"

수전은 차를 한 모금 더 마셨다. 아일린은 부부로서의 사랑이 더 남아 있지 않은 남편 허셸에 대해 생각했다. 혹시 남편의 썰렁한 농담에도 폭소를 터뜨리며 기분을 맞춰주던, 최근에 이혼한 그 깜찍한 접수원과 허셸이 바람을 피운 게 아닌가 의심했고, 그랬을 가능성이 높다고 판단했다.

"뭐가 더 남아 있다는 거지, 아일린……." 그런 질문을 던진 사내는 이미 오래전에 두 사람의 결혼생활에서 하차해버렸다. 아일린은 남편이 하차했다는 사실을 너무 늦게 알아차렸을 뿐이다.

수전이 말했다. "당신은 이해할 수 없을 거예요."

"내가 꼭 이해할 필요가 있을까요? 당신은 남편이 이 사실을 모르기를 바라는 거잖아요. 그 마음은 충분히 이해해요. 남편분이 상심할 거라는 것도 이해하고요. 당신네 가족이 다 고통을 겪을 거라는 점도 이해해요. 그런데 지금 당장은 그 문제로 신경 쓰지 않도록 해주세요. 나도 정말 시간이 없다고요. 시간만 있다면 루커스가 태어나기 아홉 달 전에 당신이 이런 점을 깨달았어야 했다고 훈계고 뭐고 할 수 있겠지만, 지금은 주말인 데다가 내 문제도 해결하지 못해 허덕거리고 있는 판이에요. 솔직하게 말하면, 당신의 도덕적 해이에는 관심이 없기도 하고요. 난 단지 당신 아들의 건강에만 관심이 있어요. 그게 다예요. 더는 얘기할 것도 없고요. 만약 당신의 결혼생활을 깨는 게 루커스의 건강에 도움이 된다면 기꺼이 이혼 서류에 증인으로서 도장을 찍어드릴 용의가 있어요. 내 말, 무슨 뜻인지 확실히 아셨죠?"

"네."

수전은 눈길을 내리깔았다. 이게 새치름하다는 거구나! 아일린도 들어본 적이 있는 말이었지만 실제로 본 건 이번이 처음이었다. 하지만 보는 순간, 바로 알아볼 수 있었다. 얼마나 많은 남자들이 수전의 이런 동작에 마음이 약해졌을까?

이걸 사적인 일과 연관시키는 건 잘못이었다. 아일린은 숨을 깊이 들이쉬며 자신이 느끼는 간통에 대한 혐오감과, 평생을 함께하겠다고 스스로 선택한 남자 없이 맞이해야 할 미래에 대한 두려움과, 자신의 의사로서의 경력과 연방요원들이 던진 질문에 관한 걱정을 잊어버리고자 했다.

"하지만 남편분이 왜 알면 안 되는지 그 이유는 알겠네요." 아일린이 말했다.

눈을 들어 아일린을 쳐다보는 수전의 얼굴에는 같은 여성의 말에서 어떤 희망을 발견한 듯한 표정이 깃들었다.

"루커스의 친아버지에게 조심스럽게 접근해서 혈액검사를 받아보도록 요청하자고요." 아일린이 말했다.

희망의 기색이 썰물처럼 빠져나갔다. "그렇게 할 수가 없어요."

"왜 안 된다는 거죠?"

"다른 이유가 있어서 그런 건 아니에요. 그냥 할 수가 없다고요."

"수전, 그것 외에는 다른 방법이 없어요. 난 어떻게든 당신을 돕고 싶지만, 그렇다고 당신 남편인 단테가 얼마나 훌륭한 사람인지를 들어보려고 여기에 앉아 있는 건 아니라고요. 당신 가족의 역학 관계에 관심이 있긴 하지만, 그건 어느 한 면에서만 그렇다는 거예요. 난 당신 아들의 주치의이지 당신의 정신과 의사나 목사가 아니라고요. 당신 처지를 이해해줄 사람이나 구원해줄 사람을 원한다면, 난 합당한 사람이 아니에요. 친아버지가 누구죠?"

수전은 두 눈을 꼭 감았다. "당신은 이해 못 하실 거예요."

"당신이 내게 이름을 말해주지 않는다면, 남편분에게 이 사실을 알릴 수밖에 없어요."

아일린은 이런 말까지 할 의도는 없었지만, 화가 치밀어 앞뒤를 잴 여지가 없었다.

"당신은 자식의 건강보다는 무분별했던 행위가 드러날까봐 더 두려워하고 있군요. 다 이해할 순 있지만, 그렇게 되도록 놔두진 않을 거예요."

"제발 참아주세요."

"친아버지가 누구냐고요?"

수전 로리먼은 눈길을 피하며 아랫입술에 피가 밸 정도로 잘근잘근 씹었다.

"친아버지가 누구냔 말이에요!"

그리고 마침내 수전의 입이 열렸다. "나도 몰라요."

아일린 골드파브는 연신 눈을 깜빡거렸다. 수전의 대답은 아일린이 전혀 예상하지 못한 것이었다. 마치 절대로 건널 수 없는 강이 두 사람 사이를 순식간에 갈라놓은 듯했다. "알겠어요."

"아니요, 당신은 결코 이해하지 못할 거예요."

"사랑했던 사람이 둘 이상이었다는 거잖아요? 그런 걸 털어놓기가 부끄럽다는 걸 내가 왜 모르겠어요? 그렇다면 한 사람씩 불러다가 검사를 하면 되지 않겠어요?"

"난 두 사람 이상을 사랑한 적이 없어요. 아니, 사랑했던 사람이 있어본 적이 없다고요."

아일린은 이 얘기의 끝이 어디로 흘러갈지 짐작도 하지 못한 채 수전의 말을 기다렸다.

"난 강간을 당했어요."

28

마이크는 취조실에 앉아 평정심을 잃지 않으려고 애썼다. 앞쪽 벽에는 커다란 직사각형의 유리창이 있었다. 바깥쪽에서만 투명하게 보이는 유리인 것 같았다. 다른 벽들은 실험실에서 흔히 보는 연두색으로 마감되어 있었다. 바닥은 회색 리놀륨이었다.

실내에는 마이크 외에 두 사람이 더 있었다. 한 사람은 벌 서는 아이처럼 구석에 앉아 있었다. 그 사람은 펜과 클립보드를 들고 계속 머리를 숙이고 있었다. 다른 한 사람은 왼쪽 귓불에 다이아몬드 귀걸이를 한 흑인으로, 클럽 재규어 앞에서 배지와 권총을 흔들었던 요원이었다. 그는 불을 붙이지 않은 담배를 손가락 사이에 끼고 실내를 바삐 오갔다.

"난 특수요원 대릴 뤼크르요. 저기 있는 사람은 스코트 던컨으로, 마약단속국DEA과 연방검찰청 사이의 연락관으로 일하고 있고요. 당신은 자신의 권리에 관해 다 읽어봤겠죠?" 서서 분주히 오가던 요원이 말했다.

"다 읽었습니다."

뤼크르는 고개를 끄덕였다. "그럼 우리와 얘기할 준비가 된 거겠죠?"

"네."

"우선 탁자 위에 놓인 권리 포기각서에 서명을 해주시죠."

마이크는 시키는 대로 했다. 평소 같으면 어림도 없는 짓이었다. 마이크는 순순히 서명하지 않고 버텼을 것이었다. 모가 티아에게 전화를 하고, 그녀는 이곳으로 와서 스스로 마이크의 변호사 노릇을 했거나 아니면 더 좋은 사람을 소개했을 것이다. 하지만 지금은 그따위 절차 문제에 신경을 쓸 여지가 없었다.

뤼크르는 계속 서성거리며 물었다. "이 일이 뭣 때문인지 알고 있나요?"

"모르오."

"전혀 모르겠어요?"

"네."

"오늘 클럽 재규어에서 뭘 하고 있었죠?"

"당신네들은 왜 내 뒤를 미행한 겁니까?"

"닥터 바이?"

"네?"

"난 담배를 피웁니다. 그걸 알고 있었나요?"

그 질문은 마이크를 어리둥절하게 만들었다. "내 눈에도 담배가 보이는군요."

"불이 붙여져 있나요?"

"아니요."

"그래서 내 기분이 좋을 것 같은가요?"

"그거야 내가 알 도리가 없죠."

"내가 말하고자 하는 바는 분명합니다. 난 바로 이 취조실에서 담배를 피우곤 했죠. 용의자들의 얼굴에 연기를 뿜어내서 그들을 겁먹게 하려는 건 아니었지만, 어쨌든 가끔 피웠단 말입니다. 굳이 이유를 대자면 나 자신이 담배 피우는 걸 좋아해서겠죠. 긴장이 쫙 풀어지거든요. 지금은 금연법이니 건강보호법이니 하는 새로운 법들이 만들어지는 바람에 난 이곳에서 담배를 피울 수 없게 됐죠. 내 말 뜻을 이해할 수 있나요?"

"무슨 뜻인지는 알 것 같군요."

"달리 말하면 법률은 사람의 긴장을 풀어주지 않는다는 거죠. 그것 때문에 짜증이 난다 이겁니다. 난 맘대로 담배를 피우고 싶어요. 따라서 여기만 들어오면 기분이 언짢아진단 말입니다. 가지고 들어온 담배에 불을 붙이고 싶어 안달이 나지만 그렇게 할 수 없어 미칠 지경이죠. 이건 마치 말을 물가로 몰고 갔지만 물을 마시지 못하게 하는 것과 다를 바가 없어요. 이제 당신의 동정을 구하는 건 아니지만 이게 어떤 상황인지 이해해 주면 고맙겠군요. 이미 날 열 받게 만들었으니까요." 뤼크르는 주먹으로 탁자를 쾅 소리가 나도록 내리치면서도 목소리의 어조는 달라지지 않았다. "난 당신의 질문에 대답할 생각이 없어요. 질문은 내가 하는 것이고, 당신은 대답만 하면 되는 겁니다. 이제 서로 양해가 된 거겠죠?"

마이크는 능청을 떨었다. "내 변호사를 기다려야 할 것 같은데요?"

"잘해보시오. 스코트, 이 사람을 체포해도 좋을 정도로 증거가 충분한 건가?" 뤼크르는 구석의 던컨 쪽으로 얼굴을 돌리고 물었다.

"그래."

"그거 잘됐군. 그럼 일단 체포하세. 주말 동안 감방에 처넣자고. 언제 보석청문회가 열릴 것 같은가?"

던컨은 어깨를 으쓱했다. "몇 시간 후쯤이 될 테지. 어쩌면 아침까지 기다려야 할지도 모르고."

마이크는 얼굴에 겁먹은 표정이 드러나지 않도록 하려고 애썼다. "무슨 죄목으로요?"

뤼크르는 어깨를 으쓱했다. "일단 아무 죄목이나 대면 되겠죠, 뭐. 안 그런가, 스코트?"

"안 될 게 뭐 있어?"

"따라서 당신에게 달린 셈이죠, 닥터 바이. 얼른 이곳에서 나가고 싶으신 모양인데, 내 질문에 먼저 대답하고 어떻게 진행되는지를 보죠. 클럽 재규어에서 뭘 하고 있었던 겁니까?"

마이크는 좀 더 말다툼을 벌일 수 있었지만 그건 어리석은 짓이 될 것 같다는 느낌이 들었다. 따라서 티아를 기다리기로 했다. 그는 밖으로 나가 애덤을 찾고 싶었다.

"난 내 아들을 찾고 있었소."

마이크는 뤼크르가 추가 질문을 할 것으로 예상했지만 그는 단순히 고개만 끄덕이고는 다른 질문을 했다. "당신은 한바탕 싸움을 벌일 예정이었죠?"

"맞습니다."

"그게 당신 아들을 찾는 데 도움이 되는 행동이었을까요?"

"난 그러기를 바랐던 것이오."

"설명을 더 하고 싶은 눈치군요."

"난 어젯밤에 그 근처에 있었소." 마이크는 설명을 시작했다.

"그 점은 우리도 알고 있어요."

마이크는 말을 멈췄다. "그럼 그때도 날 미행했단 말이오?"

뤼크르는 씩 웃으며 담배를 독촉장처럼 내밀었다. 그리고 한쪽 눈썹을 성큼 추켜세웠다.

"당신 아들에 관해 말해보시죠."

경고의 깃발이 불쑥 모습을 드러낸 셈이었다. 마이크는 이런 상황이 마음에 들지 않았다. 그는 위협이나 미행당하는 것도 좋아하지 않았지만, 뤼크르가 애덤에 관해 묻는 방식이 더더욱 기분 나빴다. 하지만 이번에도 별다른 대안이 없었다.

"내 아들이 실종됐소. 혹시 클럽 재규어에 간 게 아닌가 생각했고요."

“그래서 어젯밤 거기에 갔던 건가요?”

“그렇소.”

“아드님이 그곳에 있을지도 모른다고 생각했다고요?”

“맞소.”

마이크는 시시콜콜한 것까지 죄다 이야기했다. 그렇게 하지 않을 이유가 없었다. 병원에 찾아왔던 경찰관에게 뿐만 아니라 경찰서에서도 똑같은 얘기를 해줬으니까.

“아드님에 대해 왜 그리 걱정을 하는 건가요?”

“우린 어젯밤에 레인저스 경기에 가기로 되어 있었소.”

“아이스하키 팀 말인가요?”

“맞아요.”

“어젯밤에 그 팀이 졌다는 건 알고 있죠?”

“몰랐소.”

“멋진 경기이긴 했죠. 몸싸움도 많았고요. 난 아이스하키를 매우 좋아합니다. 예전에는 농구를 좋아했는데, NBA에서 너무 파울을 많이 잡는 바람에 이제는 싫증이 나더군요. 내 말, 무슨 뜻인지 알겠죠?” 뤼크르는 또 씩 웃었다.

마이크는 이게 피의자의 정신을 혼란하게 만드는 취조 기법이려니 생각했다. 그래서 그냥 “으음” 하고 맞장구만 쳤다.

“그럼 아드님이 제시간에 나타나지 않는다고 브롱크스에서 찾으러 다녔다는 건가요?”

“맞소.”

“그리고 습격을 당했고요.”

“그랬소. 당신들이 날 지켜보고 있었다면 왜 도움의 손길을 주지 않았소?”

뤼크르는 어깨를 으쓱했다. “우리가 지켜보고 있었다고 누가 그러던가요?"

스코트 던컨이 얼굴을 들더니 한마디를 더 거들었다. "우리가 돕지 않았다고 누가 그러던가요?"

실내에 침묵이 흘렀다.

"당신은 이전에도 그곳에 가본 적이 있었나요?"

"클럽 재규어에 말이오? 없었소."

"단 한번도요?"

"단 한번도요."

"분명히 하기 위해 다시 한번 묻겠어요. 어젯밤 이전에는 클럽 재규어에 가본 적이 단 한 번도 없었다는 거죠?"

"어젯밤에도 그랬소."

"그게 무슨 말인지……?"

"어젯밤에는 가지 않았다는 뜻이오. 그곳에 채 가기도 전에 습격을 받았으니까."

"도대체 그 골목에는 왜 간 거였죠?"

"난 누군가를 뒤쫓고 있었소."

"누구를요?"

"그 애 이름은 DJ 허프요. 내 아들의 같은 반 친구인."

"그렇다면 오늘 이전에는 클럽 재규어의 내부에 들어간 적이 한 번도 없었다는 건가요?"

마이크는 자신의 목소리에서 분노의 기색이 드러나지 않도록 억눌러 참았다. "그 말대로요. 이것 보시오, 뤼크르 요원, 무슨 일인지 속 시원히 털어놓고 빨리 매듭을 지읍시다. 아들이 실종된 상태라 내 속이 바작바작 타고 있소."

"당연히 그러시겠지. 그럼 여담은 그만하고 본론으로 들어가죠. 클럽 재규어의 사장이자 설립자인 로즈메리 맥디비트는 어떤가요?"

"그 여자가 어떻다니요?"

"두 사람이 언제 처음 만난 건가요?

"오늘이오."

뤼크르는 던컨을 쳐다봤다. "이 말이 믿어지나, 스코트?"

스코트 던컨은 손바닥을 아래로 한 채 한 손을 들어 올려 앞뒤로 까딱까딱했다.

"글쎄, 나도 이 말은 믿기 어렵구만."

"제발 내 말을 믿어주시오. 얼른 여기를 나가 아들을 찾아야 한다고요." 마이크는 호소력이 짙은 목소리로 간청했다.

"당신은 법 집행기관을 못 믿겠다는 건가요?"

"믿죠. 믿고 말고요. 하지만 내 아들을 최우선으로 찾는 건 아닌 것 같소."

"좋습니다. 그럼 이렇게 묻죠. 혹시 팜Pharm 파티라는 말을 알고 있나요? 여기서 팜은 f가 아니라 ph요."

마이크는 잠시 생각해봤다. "그 말이 낯설지는 않은데 정확히는 모르겠소."

"내가 도와드리죠, 닥터 바이. 당신은 의사죠?"

"그렇소만."

"당신을 닥터라고 부르는 게 당연하겠군요. 난 대학원에서 계속 공부해서 박사학위를 받은 사람이나 척추지압사나 안경점에서 콘택트렌즈를 맞춰주는 사람까지 자격증이 있답시고 '닥터'라고 불러대는 통에 짜증이 났거든요. 내 말이 무슨 뜻인지 알겠죠?"

마이크는 엉뚱한 주제에 침을 튀기며 말하는 뤼크르를 다시 본궤도로 되돌리려고 애썼다. "좀 전에 팜 파티에 대해 물었죠?"

"아 참, 그랬죠. 당신은 맘이 급한데 내가 쓸데없는 소리를 지껄였군요. 그럼 다시 본론으로 들어가죠. 당신은 의사이니 조제약의 값이 황당할 정도로 비싸다는 걸 잘 알고 있겠죠?"

"그래요."

"그럼 팜 파티라는 게 뭔지 알려드리죠. 간단히 말해서, 청소년들이 자기 부모의 약장을 뒤져서 약품을 쓱싹하는 겁니다. 요즘에는 가정마다 처방약 몇 개씩은 가지고 있죠. 진통제 비코딘과 옥시콘틴과 퍼코셋과 데메롤, 각성제 아데랄, 주의력 결핍 과다행동장애 치료제 리탈린, 신경안정제 자낙스와 발륨, 항우울제 프로작 같은 것 말입니다. 무슨 말인지 알겠죠? 청소년들은 그걸 훔쳐와서 큰 그릇에 한데 부어 잡탕을 만드는 겁니다. 그런 다음 그것들을 퍼먹고 뿅 가는 거죠."

뤼크르는 걸음을 멈췄다. 그는 이 방에 들어온 이후 처음으로 의자를 잡아 등받이가 앞으로 오도록 돌려놓고 걸터앉았다. 그는 마이크를 똑바로 쏘아봤다. 마이크도 눈길을 피하지 않고 맞받았다.

잠시 시간이 흐른 후 마이크가 먼저 입을 열었다. "덕분에 팜 파티가 뭔지 이제야 알게 된 셈이군요."

"알았다니 됐습니다. 어쨌거나 일은 그렇게 시작되죠. 꼬맹이 무리가 모여 이 약들은 헤로인이나 코카인과는 달리 합법적인 거라고 떠들어대겠죠. 어쩌면 막내동생은 주의력 결핍 때문에 리탈린을 복용할지도 모르죠. 아버지는 무릎 수술 통증을 완화하기 위해 옥시콘틴을 먹을 거고요. 어쨌거나 그 아이들은 이 약들을 먹어도 안전하다고 생각할 겁니다."

"무슨 말인지 알겠소."

"정말인가요?"

"그렇소."

"그게 얼마나 쉽게 벌어지는 일인지 안단 말인가요? 혹시 집안에 내팽개쳐둔 처방약은 없나요?"

마이크는 다친 무릎 때문에 퍼코셋 처방을 받았지만 과다 복용하지 않도록 얼마나 애썼는지를 머릿속에 떠올렸다. 그 약은 분명히 약장 속에 넣어 잘 간수했다. 그런데 몇 알이 사라져도 그걸 알아차렸을까? 그리고 약에 관해 잘 모르는 부모들은 약들을 어떻게 놔두고 있을까? 사라진 약 몇 알 정도에 관심을 보이기라도 할까?

"당신 말마따나 가정마다 다 처방약을 가지고 있을 것이오."

"그렇겠죠? 그러니 내 말을 조금만 더 들어주시죠. 당신은 처방약의 가치를 알고 있고, 이런 파티가 계속 열리고 있다는 것도 알고 있죠. 그러니 당신이 돈을 벌 여지가 생긴단 말입니다. 당신은 뭘 하면 될까요? 다음 단계로 올라가야겠죠. 이익을 내려고 할 거란 말입니다. 어쩌면 아이들에게 약장에서 더 많은 약품을 훔쳐내오도록 바람을 넣을 수도 있겠죠. 심지어 대체약을 고안할 수도 있을 거고요."

"대체약이라니요?"

"만약 처방약이 흰색이라면 상표가 들어가지 않은 아스피린 같은 걸 넣어둘 수 있다는 거죠. 그걸 누가 알아차리겠어요? 다른 처방약과 똑같아 보이는 아무 효능도 없는 설탕약을 갖다놓을 수도 있고요. 무슨 말인지 알겠죠? 그걸 누가 알아차리겠느냐고요. 처방약을 사고파는 거대한 암시장이 형성되어 있어요. 당신은 떼돈을 벌 수 있죠. 하지만 돈독이 오른 사람이라면 생각이 달라질 겁니다. 일고여덟 명쯤 되는 애들을 데리고 하는 시시한 파티가 양에 찰 리가 없죠. 훨씬 큰 걸 원하겠죠. 수천 명은 아니더라도 수백 명은 끌어들이고 싶어 할 거라고요. 따라서 나이트클럽 같은 걸 열고 싶을지도 모르죠."

마이크는 이제야 무슨 뜻인지 확실히 알게 됐다. "그럼 당신은 클럽 재규어가 그런 짓을 하고 있다고 생각하는 것이오?"

마이크는 스펜서 힐이 자신의 집에 있던 약물로 자살했다는 걸 갑자기 기억해냈다. 그 애는 부모의 약장에서 약을 훔쳐내 과다 복용했다는 소문이 있었다.

뤼크르는 고개를 끄덕이고 다시 말을 계속했다. "당신이 정말 돈에 환장한 사람이라면 또 다른 수준으로 옮겨갈 수 있어요. 암시장에서는 어떤 약이든 다 가치가 있죠. 오래전에 처방받아 다 먹지 않았던 아목시실린 항생제가 있을 수도 있고, 할아버지가 복용했던 비아그라가 좀 남아 있을 수도 있고요. 어느 누가 그런 것까지 다 챙기고 있겠어요? 그렇지 않나요, 닥터?"

"뭐, 거의 기억하지 못하겠죠."

"옳으신 말씀. 설혹 약들을 좀 잃어버렸다고 하더라도 약사가 사기를 쳤거나 복용 기간을 깜빡했거나 한 알 더 먹은 것으로 치부해버리겠죠. 당신의 십대 아이가 약을 훔쳤다고는 꿈에도 생각하지 못할 게 뻔합니다. 이게 얼마나 똘똘한 생각인지 알겠죠?"

마이크는 이 일이 자신이나 애덤과 무슨 관련이 있는지 묻고 싶었지만 그렇게 행동할 정도로 어리석지는 않았다.

뤼크르는 상체를 기울여 마이크의 귓가에 대고 속삭였다. "어때요, 닥터?"

마이크는 아무 말도 하지 않고 기다렸다.

"돈 버는 사다리의 다음 단계가 뭔지 알고 있나요?"

"뤼크르?" 지금까지 가만히 있던 던컨이었다.

뤼크르는 뒤를 돌아봤다. "무슨 일인가, 스코트?"

"자넨 그 돈을 번다는 말을 참 좋아하는군."

"그거야 당연하지. 당신도 그렇지 않은가요, 닥터?"

"좋은 말이죠."

뤼크르는 그들이 오랜 친구라도 되는 것처럼 껄껄 웃었다. "어쨌거나 돈벌이에 눈독이 오른 꼬맹이가 자기 집에서 더 많은 약들을 쓱싹하는 방법을 찾아낼 수 있죠. 어떻게 하냐고요? 어쩌면 약을 더 보내달라고 전화를 걸지도 모르죠. 만약 부모가 다 직장에서 일을 할 때 택배 서비스를 신청하고 그게 배달되기 전에 학교를 마치고 급히 집에 돌아가 있으면 되지 않겠어요? 그리고 부모가 약을 직접 수령하려 하거나 약을 끊은 경우에는 실수했다고 변명하거나 공급이 끊어진 셈 치면 되죠. 일단 이 길로 들어서면 향기로운 지폐를 듬뿍 만질 수 있는 방법을 무수히 고안해낼 수 있다고요. 절대 실패할 일도 없고요."

마이크의 머릿속에서는 가시지 않는 의문이 왱왱거렸다. 애덤도 그런 짓을 했을까?

"그렇다면 우린 누구를 박살내야 하는 거요? 간단히 생각할 문제가 아니요. 어떤 미성년자 집단이 있는데 그들 모두가 최고의 변호사들을 댈 수 있는 빵빵한 집안의 자식이고, 정확히 범죄라는 걸 저질렀는지도 분명하지 않으니까요. 자기 집에서 합법적으로 처방된 약을 좀 가져갔다. 누가 신경이라도 쓰겠어요? 이러니 그게 얼마나 쉬운 돈벌이인지 알겠죠?"

"그럴 것 같구려."

"그럴 것 같다고요, 닥터 바이? 여기까지 온 마당에 딴청을 부리지 맙시다. 당신은 그걸 어림짐작하는 게 아니라 확실히 알고 있단 말입니다. 그건 결점이라고는 거의 없는 방법이죠. 당신은 우리가 어떤 작전을 벌이는지 잘 알고 있겠죠? 우린 약물에 취해 해롱거리는 애들을 박살내고 싶은 게 아니라 그 뒤에 있는 거물을 체포하고 싶단 말입니다. 하지만 그 거물이 머리가 좋다면, 참, 우리가 성차별주의자라는 욕을 먹지 않으려면 거물을 여자라고 치자고요. 그 여자는 미성년자들을 시켜 약을 다루도록 하겠죠. 멍청한 고스족 애들은 패배자라고 불리기보다는 먹이사슬에서 한 단계 더 높은 자리를 차지하려고 발악하지 않을까요? 그렇게 되면 자신이 꽤나 중요한 사람 같다는 생각이 들 것이고, 그 거물이 눈이 튀어나올 정도로 멋진 여자라면 그녀의 눈에 들려고 애들은 시키는 일이라면 죽으라고 해내겠죠. 내 말이 뭘 뜻하는지 알겠죠?"

"물론이오. 당신네들은 로즈메리 맥디비트가 클럽 재규어에서 바로 그런 일을 하고 있다고 생각하는군요? 그녀가 그 나이트클럽을 소유하고 있고 미성년자들을 그곳에 자유롭게 드나들도록 하고 있으니까요. 어떤 면에서는 말이 되는 소리군요."

"그럼 다른 면도 있다는 건가요?"

"자신의 남동생이 약물 과다복용으로 죽은 여자가 약물을 가지고 장난을 칠까요?"

뤼크르는 그 말을 듣는 순간 씩 웃었다. "그 여자가 그 애끓는 얘기를 해준 모양이죠? 감정의 배출구를 찾지 못한 남동생이 몰래 파티를 벌이다가 그 도가 지나쳐서 죽었다는?"

"그게 사실이 아니란 말이오?"

"우리가 알기로는 완전히 지어낸 얘깁니다. 그 여자는 자신이 인디애나 주 브레먼 출신이라고 했는데, 신문과 자료집을 전부 찾아봐도 그 주변 어디에서도 그녀가 묘사한 것과 같은 사건이 일어난 적이 없었어요."

마이크는 어안이 벙벙했다.

스코트 던컨은 받아 적고 있던 노트에서 얼굴을 들었다. "그래도 그 여자 엄청 섹시하게 생겼던데?"

"그거야 의문의 여지가 없지. 당장 영화배우를 해도 통할 정도니까." 뤼크르도 맞장구를 쳤다.

"그런 여자가 꼬릴 한번 치면 남자 하나 병신 만드는 건 순식간이지."

"두말하면 잔소리지, 스코트. 그게 그 여자의 수법이기도 하고. 사내를 성적 매력으로 휘어잡는 것 말이야. 나도 잠깐 동안이라면 그런 매력에 빠져보고 싶다니까. 내 말 이해할 수 있죠, 닥터?"

"미안하지만 그건 모르겠소."

"당신, 호모인가요?"

마이크는 눈을 부라리지 않으려고 안간힘을 썼다. "그렇소, 난 호모요. 화제를 바꾸는 게 어떻겠소?"

"그 여자는 남자를 이용하죠, 닥터. 멍청한 애들만이 아니라요. 좀 더 똑똑하고 더 나이 든 사내 말입니다."

뤼크르는 말을 멈추고 어떤 대꾸가 나오길 기다렸다. 마이크는 던컨을 힐끗 쳐다보고는 뤼크르에게로 눈길을 돌렸다. "바로 이 부분에서 당신이 나에 관해 얘기했다는 걸 불현듯 깨닫고 흠칫 놀라야 하는 것이오?"

"지금 갑자기 왜 그런 생각을 한 거죠?"

"당신이 곧 말을 꺼낼 거라는 생각이 들어서요."

"그건 당신이 전에 그 여자를 한번도 만난 적이 없다고 해서 어이가 없었거든요. 정말인가요?"

"사실이오."

"그럼 우린 전적으로 당신 말을 믿어야겠군요. 그럼 좀 다른 걸 물어보죠. 일은 어떤가요? 병원에서 말입니다."

마이크는 한숨을 푹 내쉬었다. "화제를 바꾸자고 했더니 무슨 질문이 이 모양인가요? 이것 보시오, 내가 뭘 했다고 당신이 이렇게 괴롭히는지 모르겠소. 이게 클럽 재규어와 뭔가 관계가 있는 모양인데, 그건 내가 뭘 한 게 문제가 아니라 당신이 헛다리를 짚고 아무 데나 찔러보는 게 문제인 것 같소. 정상적인 상황이라면 난 내 변호사나 적어도 변호사인 내 아내가 나타날 때까지 기다렸을 것이오. 하지만 몇 번이나 이미 말했다시피 내 아들이 실종돼서 순순히 취조에 응했던 것이니 말도 안 되는 소리는 그만둡시다. 얼른 대답해주고 아들을 찾으러 나가야겠으니 당신이 알고 싶은 걸 내게 말해주시오."

뤼크르는 한쪽 눈썹을 쫑긋 세웠다. "난 용의자가 사내답게 툭 털어놓으면 가슴이 찌르르 하고 감동을 받게 되던데, 스코트, 자네도 그런가?"

"난 자백을 받을 때면 젖꼭지가 딱딱해지더라고." 스코트가 고개를 한 번 끄덕이면서 말했다.

"감동의 물결이 밀려오기 전에 두어 가지만 더 묻고 끝내죠. 윌리엄 브래넘이라는 환자가 있었죠?"

마이크는 이 질문에 어떻게 대답해야 할지 몰라 당황했고, 이번에도 즉각적인 협조의 기회를 놓쳤다.

"기억이 안 나는데요."

"당신은 자신이 진료한 환자들의 이름을 다 기억하지 못하는 건가요?"

"그 이름을 듣고 떠오르는 얼굴이 없다는 뜻이오. 하지만 동료가 본 환자일 가능성은 있소."

"아일린 골드파브를 말하는 건가요?"

이자들은 수사 대상을 명확히 파악하고 있어. 마이크는 속으로 생각했다. "맞는 말씀이오."

"이미 물어봤죠. 그 양반은 브래넘을 모른다고 하더라고요."

뭐, 아일린에게 벌써 물어봤다고? 마이크는 입 밖으로 튀어나오려는 욕설을 간신히 억눌러 참았다. 이들은 아일린과 이미 얘기를 했다는데, 도대체 무슨 일이 벌어지고 있는 거지?

뤼크르의 얼굴에 다시 미소가 피어올랐다. "돈 버는 다음 단계를 들어볼 준비가 된 건가요, 닥터 바이?"

"물론이오."

"좋습니다. 뭔가를 보여드리죠."

뤼크르는 던컨 쪽으로 돌아섰다. 던컨은 그에게 노란 서류철 하나를 건넸다. 뤼크르는 불을 붙이지 않은 담배를 입에 물고 담뱃진이 물든 손가락으로 서류철을 만지작거렸다. 이어 종이 한 장을 꺼내더니 탁자 위에 놓고 마이크 쪽으로 밀었다.

"이것이 눈에 익은가요?"

마이크는 그 종이를 내려다봤다. 처방전을 찍은 사진이었다. 맨 위쪽에는 자신과 아일린의 이름이 적혀 있었다. 두 사람이 근무하는 뉴욕장로교병원의 주소와 두 사람의 의사면허증 번호도 나와 있었다. 윌리엄 브래넘 앞으로 발행된 옥시콘틴 처방전이었다.

서명자는 닥터 마이클 바이였다.

"눈에 익은지 물었습니다."

마이크는 입을 꾹 다물고 앞만 쳐다봤다.

"닥터 골드파브는 자신의 처방전이 아니고, 이 환자를 전혀 모르겠다고 하더군요."

뤼크르는 또 한 장의 종이를 빼냈다. 다른 처방전이었다. 이번에는 자낙스를 처방한 것이었다. 이것도 닥터 마이클 바이의 서명이 있었다. 그리고 또 다른 처방전이 눈앞에 놓였다.

"이들 이름 중 기억나는 것이 있나요?"

마이크는 대답하지 않았다.

"아, 이 이름은 꽤 흥미로운데요. 그 이유를 알고 싶지 않나요?"

마이크는 입을 꼭 다문 채 뤼크르를 올려다봤다.

"이건 카슨 블레드소에게 발행된 처방전이니까요. 이 사람이 누군지 알고 있나요?"

마이크는 알 것도 같았지만 입으로는 딴청을 부렸다. "내가 꼭 알아야 하는 사람이오?"

"우리가 당신을 차에 태우기 직전에 입씨름을 하고 있던 코가 부러진 녀석의 이름이거든요."

이 사람이 말하는 돈벌이의 다음 단계는 뻔하겠군. 마이크는 속으로 생각했다. 의사의 아이에게 마수를 뻗쳐라. 처방전 용지를 훔쳐오도록 해서 마음대로 적으면 되는 것 아닌가?

"아주 잘되면(그건 당신이 모든 난관을 헤쳐나가고 승리의 여신이 여전히 미소를 보내준다는 걸 의미하는 거지만), 의사면허증을 잃고 다시는 진료를 하지 못하는 정도로 끝날 수 있어요. 최대로 잘돼야 그런 결과가 나올 거란 얘기죠. 더는 의사 노릇을 못할 수도 있다는 얘깁니다!"

마이크는 이제 한마디도 허투루 대꾸할 수가 없었다.

"우린 이 사건에 많은 시간을 투자했어요. 클럽 재규어를 오랫동안 감시했고요. 그곳에서 무슨 일이 벌어지고 있는지도 다 알고 있었고요. 부유한 집 자식들을 여럿 체포할 수 있었지만, 머리를 잘라내지 못하면 무슨 소용이 있겠어요? 어젯밤에 우린 뭔가 큰 회합이 있다는 밀고를 받았어요. 이 돈벌이 단계에는 문제가 하나 있죠. 중개인이 필요하다는. 범죄집단들이 이 암시장을 엄청나게 잠식하고 있는 중이라고요. 그 녀석들이라면 옥시콘틴으로 코카인 이상의 수익을 올릴 수 있을 겁니다. 그래서 우린 가만히 지켜보기로 한 거죠. 그런데 어젯밤에 일이 틀어지기 시작하더군요. 어엿한 의사인 당신이 모습을 드러냈으니까요. 게다가 습격을 당했고요. 그러더니 오늘은 다시 불쑥 튀어나와 난장판을 만들지 뭡니까? 그냥 두고 보자니 우리 마약단속국과 연방검찰청은 클럽 재규어가 모든 돈벌이 사업을 접고 자취를 감춘 다음에 손가락만 빨게 생겼더라고요. 그래서 지금 당장 박살낼 필요가 생긴 거죠."

"난 할 말이 없소."

"당연히 그러시겠지."

"난 변호사를 기다리는 중이오."

"우린 이 처방전들을 당신이 썼다고 생각하지 않기 때문에 이런 식으로 나올 필요가 없어요. 이것 보세요, 당신이 정당하게 작성한 처방전도 몇 장 가지고 있다고요. 필적을 감정했더니 당신이 쓴 게 아니더군요. 따라서 당신이 처방전 용지를 누군가에게, 아마 거물 범죄자이겠지만, 건넸거나 누군가가 당신에게서 훔쳤을 거라고 봅니다."

"난 할 말이 없소."

"당신은 그 누군가를 보호할 수 없어요, 닥터. 당신들은, 부모들은 항상 자식들을 보호할 수 있다고 생각하더군요. 하지만 이런 식으로는 아니죠. 내가 아는 의사들은 모두 처방전 용지를 집에 보관하더군요. 집에서 처방전을 작성해야 할 필요가 있을 때를 대비해서요. 약장에서 약을 훔치는 건 쉬운 일이죠. 처방전 용지를 슬쩍하는 건 아마 더 쉬울 겁니다."

마이크는 자리에서 벌떡 일어섰다. "난 지금 나가봐야겠소."

"그럼 안 좋으실 텐데요. 당신 아들은 우리가 얘기했던 부잣집 애들 중 하나이지만, 당신이 이런 식으로 나오면 범죄계에 화려하게 데뷔할 수 있다는 걸 명심하기 바랍니다. 그 애는 우선 두 가지 마약의 배포 혐의죄로 기소될 수 있어요. 이건 연방교도소에 최대 20년간 수감될 수 있는 심각한 중범죄에 해당하죠. 하지만 우린 당신 아들을 원하는 게 아니라고요. 로즈메리 맥디비트를 원하지. 우린 협상을 할 수 있어요."

"난 내 변호사를 기다리고 있소." 마이크는 딱 잘라 말했다.

"당신 변호사도 양반은 못 되는가 봅니다. 아름다운 변호사께서 막 도착하신 걸 보니."

29

강간을 당했다!

수전 로리먼의 입에서 그 말이 떨어지자마자 정적이 감도는 게 아니라 비행기 내부의 공기가 빠져나가며 기압이 떨어지는 것 같은 소리가 들리는 듯했다. 마치 식당 전체가 급격히 하강하며 귀가 먹먹해지는 느낌이었다.

강간을 당하다니…….

아일린 골드파브는 뭐라고 할 말이 없었다. 그녀 자신이 환자들에게 나쁜 소식을 전해야 할 경우가 많긴 했지만, 이건 정말 예상치도 못한 소리였다. 결국 어디에서나 사용되는 진부한 표현밖에 할 수가 없었다.

"이런 말을 하게 해서 정말 미안해요."

수전은 두 눈을 살짝 감은 게 아니라 눈알을 쥐어짜다시피 꽉 감고 있었다. 그녀의 양손은 찻잔을 보호하듯 꽉 붙들고 있었다. 아일린은 손을 뻗어 수전의 손을 어루만질까 하다가 그러지 않는 게 낫겠다고 판단했다.

여종업원이 그들 쪽으로 다가왔지만 아일린은 고개를 가로저으며 오지 말라는 신호를 보냈다. 수전은 여전히 두 눈을 꼭 감은 채였다.

"남편에게는 말할 엄두를 내지 못했어요."

웨이터가 접시가 담긴 쟁반을 들고 덜거덕거리며 그들 곁을 지나갔다. 누군가가 물을 갖다달라고 했다. 바로 옆 식탁에 앉은 여자 하나가 귀를 쫑긋 세워 얘기를 엿들으려고 했지만, 아일린이 쏘아보자 얼른 얼굴을 돌려버렸다.

"어느 누구에게도 얘기한 적이 없어요. 임신을 했을 땐 단테의 아이이려니 했어요. 아니, 꼭 그랬으면 하고 빌었죠. 그런데 태어난 루커스를 보니 그게 아니더라고요. 입을 꼭 다물고, 부랴부랴 이사를 했어요. 아주 오래전의 일이었는데……."

"강간당했다고 신고하지는 않았나요?"

수전은 고개를 살래살래 저었다. "당신도 제발 남에게 말하지 말아주세요."

"알겠어요."

두 사람은 아무 말도 하지 않고 그대로 앉아 있었다.

"수전?"

수전이 얼굴을 들었다.

"그게 아주 오래전의 일이라는 건 알겠는데……." 아일린이 어렵사리 말을 꺼내기 시작했다.

"11년 전이었어요." 수전이 간신히 입을 열었다.

"그래요. 하지만 지금이라도 신고하는 게 나을지도 몰라요."

"뭐라고요?"

"그자가 체포된다면 검사를 해볼 수 있지 않겠어요? 어쩌면 이미 체포되어 수감생활을 하고 있을지도 모르고요. 강간범은 보통 한 번으로 그치지 않거든요."

수전은 고개가 떨어져라 흔들었다. "학교에서 장기기증 운동을 전개할 예정이잖아요."

"꼭 맞는 신장을 구할 확률이 얼마나 되는지 알고 있나요?"

"좋은 결과가 나오겠죠."

"수전, 지금 당장 경찰에 신고해야 해요."

"제발 날 좀 내버려두세요."

바로 그때 말도 안 되는 황당한 생각이 아일린의 머릿속을 스치고 지나갔다. "당신은 강간범이 누군지 알고 있군요?"

"뭐라고요? 아니에요."

"내가 말한 걸 진지하게 생각해봐야 해요."

"그자가 잡힐 리가 없어요. 이렇게 오랜 세월이 흘렀는데…… 난 가봐야겠어요." 수전은 방을 빠져나가기 전에 아일린을 쳐다봤다. "만약 신고해서 내 아들에게 도움이 된다고 생각했다면 진작 그렇게 했을 거예요. 하지만 그럴 가능성이 전혀 없어요. 제발 장기기증 운동을 도와주세요. 다른 방법이 있는지도 더 알아봐주시고요. 이제 내 처지를 알게 되셨으니, 이 문제는 제발 건드리지 말아주세요."

조 루이스턴은 수업 시간에 스펀지로 칠판을 지웠다. 지난 몇 년간 교사가 되는 것과 관련된 일들에 여러 가지 변화가 있었다. 녹색 칠판이 쉽게 지울 수 있는 화이트보드로 바뀌었지만, 조는 지난 세대의 유물인 칠판을 고집했다. 칠판에 수업 내용을 열심히 적어나갈 때 피어오르는 분필 가루가 좋았다. 특히 스펀지로 지울 때 자신을 과거와 연결해주고, 자신이 누구인지, 그리고 뭘 하고 있는지를 생각나게 해서 좋았다.

루이스턴은 커다란 스펀지를 사용하곤 했는데, 지금은 그것에 물기가 너무 많아 칠판을 타고 물이 흘러내렸다. 그럴 때면 그는 스펀지를 위아래로 부지런히 움직여 흘러내리는 물을 닦았다. 이 단순한 일에 집중함으로써 모든 걸 잊고 싶어 했다.

거의 그럴 뻔했다.

조 루이스턴은 이 교실을 '루이스턴 랜드'라고 불렀다. 학생들도 그 이름을 좋아하긴 했지만, 사실 루이스턴 자신만큼은 아니었다. 그는 다른 교사들과 정말 차별화된 사람이 되고 싶었다. 그냥 여기에 버티고 서서 틀에 박힌 방법으로 수업을 하고, 필수과목을 강의하고는 곧 잊혀지는 사람이 되고 싶지 않았다. 그는 이곳이 아이들이 원하는 장소가 되도록 했다. 학생들이 작문을 할 때면 자신도 작문을 했다. 아이들에게 책을 읽게 하면, 아이들도 루이스턴이 책을 읽게 해줬다. 그는 단 한번도 아이들을 향해 소릴 지른 적이 없었다. 어떤 아이가 좋은 일을 하거나 주목할 만한 일을 하면 그 아이 이름 옆에 체크 표시를 했다. 그러다 잘못된 행동을 하면 그 체크 표시를 지웠다. 정말 간단한 일이었다. 그는 아이들을 벌하거나 창피하게 만드는 것이 좋은 교육 방법이라고 생각하지 않았다.

루이스턴은 다른 동료 교사들이 나이를 먹으면서 수업에 대한 열정이 줄어드는 모습을 지켜봤다. 하지만 그는 그렇지 않았다. 역사 시간에는 그 시대에 맞는, 그 인물의 특징에 맞는 옷을 차려입었다. 수학 문제를 풀 때면 더 나은 해법을 찾아낼 때까지 이런저런 방법을 다 대입했다. 아이들은 직접 영화를 만들고 주인공이 됐다. 이 교실에서는, 루이스턴 랜드에서는 정말 좋은 일이 많았다. 하지만 어느 날, 루이스턴이 집에서 쉬었어야 했는데 그러지 못해 그 일이 벌어지고 말았다. 그날따라 위감기 때문에 배가 몹시 아팠고, 날씨도 후텁지근한데 에어컨까지 망가져 자신도 모르게 그만 화를 내고 말았다. 그 결과…….

자신이 왜 그런 말을 했을까? 아이에게 그런 말을 하다니 정말 다시 떠올리기도 싫었다.

루이스턴은 컴퓨터를 켰다. 양손이 덜덜 떨렸다. 아내가 다니는 학교

웹사이트에 접속했다. 비밀번호는 '조는돌리를사랑한다'였다.

아내의 이메일에는 아무런 문제가 없었다.

돌리는 컴퓨터나 인터넷을 잘 알지 못했다. 따라서 루이스턴은 전에 아내의 이메일에 접속해서 비밀번호를 바꿔버렸다. 그 때문에 아내의 이메일이 제대로 '작동되지' 않았다. 그녀가 이메일에 접속하려고 할 때마다 잘못된 비밀번호를 집어넣었기 때문에 들어갈 수가 없었던 것이다.

이제 자신이 진정으로 사랑하는 이 교실의 안전한 보호막 속에서 조 루이스턴은 아내에게 온 이메일을 확인했다. 그는 또다시 같은 사람이 보낸 이메일을 정말 보고 싶지 않았다.

하지만 그러한 염원은 수포로 돌아갔다.

입술을 너무 세게 깨무는 바람에 너무 아픈 나머지 비명을 지를 생각도 들지 않았다. 돌리가 자신의 이메일 어디가 잘못됐는지를 알아차리기 전까지 루이스턴이 막을 수 있는 시간이 별로 없었다. 하루 이상은 아닐 게 분명했다. 그리고 하루 정도로는 이 일에 대한 대처할 방법을 찾기에 턱도 없이 부족했다.

티아는 질을 다시 야스민네 집에 데려다주었다. 가이 노박은 속으로 놀라거나 귀찮다는 생각을 했는지 모르지만 그런 기색을 겉으로 드러내지 않았다. 티아는 가이의 기분을 물어볼 시간적인 여유가 없었다. 그녀는 최대한 속력을 높여 페더럴 플라자 26번지에 자리한 FBI 지국으로 차를 몰았다. 헤스터 크림스타인도 거의 동시에 도착했다. 두 사람은 대기실에서 만났다.

"역할을 정확히 분담하기로 하죠. 당신은 사랑스러운 아내 역할을 해요. 난 노련한 배우처럼 잠깐 카메오로 출연해서 당신 남편의 변호사 역할을 할 테니." 헤스터가 말했다.

"그렇게 하죠."

"안에서는 아무 말도 하지 말아요. 내가 다 알아서 할게요."

"그래서 대표님을 모신 건데요."

헤스터는 문을 향해 걸었다. 티아는 잠자코 그 뒤를 따랐다. 헤스터는 문을 벌컥 열어젖히고 안으로 쑥 들어갔다. 마이크는 탁자 앞에 앉아 있었다. 실내에는 두 명의 사내가 더 있었다. 한 명은 구석에 앉아 있고, 다른 한 명은 마이크의 얼굴 쪽으로 상체를 굽히고 있었다. 두 사람이 들어서자 상체를 굽히고 있던 사내가 허리를 쭉 펴며 말했다. "어서 오세요. 난 특수요원 대릴 뤼크르입니다."

"누가 물어봤어요?" 헤스터가 비아냥거렸다.

"뭐라고요?"

"아, 신경 쓰지 말아요. 내 의뢰인은 체포된 건가요?"

"우린 체포하기에 충분한 증거를……."

"이게 그리 어려운 질문인가요? 그냥 '예, 아니오'라고만 답하면 되잖아요. 내 의뢰인은 체포된 건가요?"

"우린 그러지 않기를 바라지만……."

"또 이러시네? 정말 말귀를 못 알아들으시는구만." 헤스터는 마이크를 바라보며 딱 부러지게 말했다. "닥터 바이, 지금 당장 일어서서 이곳을 나가세요. 부인이 로비까지 모시고 갈 텐데, 그곳에서 잠시 날 기다려주세요."

뤼크르가 다급한 어조로 말했다. "잠시만요, 크림스타인 여사."

"내 이름을 알고 있군요?"

뤼크르는 어깨를 으쓱했다. "물론이죠."

"어떻게요?"

"TV에서 봤거든요."

"내 사인을 받고 싶은가요?"

“아니요.”

“왜? 싫어요? 하긴 받고 싶어 해봤자 해줄 리도 없지만. 내 의뢰인과의 용무는 다 끝났다고 생각하세요. 만약 체포하고 싶다면, 그건 알아서 하시고요. 따라서 이분은 지금 여기를 걸어 나갈 것이고, 당신과 난 재미있는 대화를 좀 나눠야 할 거예요. 그리고 내가 필요하다고 생각하면 이분을 다시 이 방으로 데려와서 당신과 얘기를 하도록 할 거고요. 됐죠?”

뤼크르는 구석에 앉아 있는 동료를 힐끗 쳐다봤다.

헤스터가 비웃는 듯한 표정으로 말했다. “정확한 대답은 ‘됐습니다, 크림스타인 여사’예요.” 그 말이 끝남과 동시에 마이크를 돌아다보며 말했다. “가세요.”

자리에서 일어선 마이크는 티아와 함께 방 밖으로 나갔다. 그들 뒤로 문이 닫혔다. 마이크의 첫 번째 질문이 쏟아졌다. “질은 어디 있어?”

“가이 노박의 집에.”

마이크는 고개를 끄덕였다.

“어떻게 된 일인지 다 얘기해줄 거지?” 티아가 말했다.

마이크는 그렇게 했다. 그는 티아에게 모든 걸 다 얘기했다. 클럽 재규어를 찾아간 일, 그곳에서 로즈메리 맥디비트를 만난 일, 거의 싸움을 벌일 뻔한 일, 연방요원들이 중간에 끼어든 일, 그리고 취조와 팜 파티에 관한 일 등등 모든 걸 상세히 설명했다.

“아, 클럽 재규어가 바로 그거로군. 그 인스턴트 메시지들을 한번 생각해봐.” 모든 걸 다 말한 마이크는 갑자기 무슨 생각이 떠오른 듯했다.

“CeeJay8115에게서 온 것 말이야?” 티아가 물었다.

“맞아. 그건 사람 이름의 머리글자가 아니라 클럽 재규어CJ를 의미하는 것이었어.”

“그럼 8115는?”

“그건 나도 모르겠어. 어쩌면 그런 머리글자를 사용하는 사람이 여럿

인지도 모르지."

"당신은 이 로즈메리 뭐시기라는 여자가 8115라고 생각하는 거야?"

"그래."

티아는 그 문제를 곰곰이 생각했다. "어떤 면에서는 그건 그럴싸한 생각이네. 스펜서 힐은 자기 아버지 약장에서 약을 훔쳐서 그걸로 자살한 거였어. 어쩌면 그 팜 파티를 하는 중에 일을 저질렀는지도 모르겠네? 그때의 팜 파티는 옥상에서 열렸을 수도 있고."

"그렇다면 당신은 애덤이 그곳에 있었다고 생각하는 거야?"

"그래야 앞뒤가 맞으니까. 그 애들은 팜 파티를 열고 있었어. 만일 약들을 섞고 그게 안전하다고 생각했다면……."

두 사람은 동시에 서로의 얼굴을 마주 봤다.

"그래서 스펜서가 자살을 했을까?" 마이크가 물었다.

"그 애가 그런 문자를 발송했잖아."

그들 위로 적막의 커튼이 내려앉았다. 두 사람은 또 다른 결론까지는 생각해보고 싶지 않았다.

"어쨌든 애덤을 찾아야 해. 우선 그 문제에 전념하자고." 마이크가 말했다.

티아는 고개를 끄덕였다. 취조실 문이 열리고 헤스터가 밖으로 나왔다. 그녀는 두 사람에게 다가와 말했다. "여기서는 안 되고, 밖으로 나가서 얘기합시다."

헤스터는 앞장서서 걸었다. 마이크와 티아는 얼른 그녀를 따라갔다. 다들 엘리베이터에 올라탔지만, 헤스터는 입을 열려고 하지 않았다. 엘리베이터 문이 열리자 헤스터는 회전문을 통과해 건물 밖으로 나갔다. 이번에도 마이크와 티아는 잠자코 따랐다.

"내 차에 타요." 헤스터가 말했다.

그녀의 차는 차체가 긴 리무진으로, TV와 크리스털 잔들을 갖추고 있었다. 와인을 옮겨 담는 유리병인 와인 디캔터도 하나 있었다. 헤스터는 두 사람에게 정면을 바라보는 좋은 자리를 내주고 자신은 그들 맞은편에 앉았다.

"난 이것저것 감시 기구를 부착해놓은 연방 빌딩을 믿을 수가 없어요. 당신은 부인에게 모든 걸 얘기했겠죠?" 헤스터가 마이크를 쳐다보며 말했다.

"네."

"그렇다면 당신은 협상 가능성을 생각했을지도 모르겠군요. 그들은 당신이 서명한 것처럼 보이는 가짜 처방전을 수십 장이나 확보하고 있어요. 이 클럽 재규어라는 곳은 영악하게도 여러 곳의 약국을 이용했고요. 우리 주 내의 약국도 있고, 다른 주들도 있고, 인터넷에서도 구매하고 있더군요. 이용할 수 있는 곳은 다 해먹었어요. 처방전을 재활용하기도 했고요. 연방요원들이 품고 있는 가설은 상당히 분명해요."

"애덤이 그것들을 훔쳤다고 생각하는 거죠." 마이크가 말했다.

"그래요. 그리고 그걸 뒷받침하는 증거들도 충분히 확보했고요."

"증거라니요?"

"당신 아들이 팜 파티에 참석했다는 것 같은 거요. 적어도 그들은 그렇게 주장하고 있어요. 또한 그들은 어젯밤에 이 클럽 재규어라는 곳의 바깥쪽 길에 잠복하고 있었어요. 그들은 애덤이 들어가는 걸 봤고, 조금 후에 당신도 봤다더군요."

"내가 습격당하는 것도 봤다고 하던가요?"

"당신이 어떤 골목길로 뛰어든 건 봤지만 거기에서 무슨 일이 벌어졌는지는 나중에야 알았다더군요. 그들은 클럽을 감시하는 데만 신경을 썼으니까요."

"그런데 애덤이 거기에 있었다고요?"

"그들은 그렇게 주장하고 있어요. 하지만 그 이상은 말을 하지 않으려고 했어요. 애덤이 그곳을 떠나는 걸 봤는지 그런 정황 말이에요. 그래도 이 점에 관해 오해를 해선 안 돼요. 그들은 당신 아들을 찾고 싶어 해요. 애덤이 클럽 재규어나 그걸 운영하는 자에 대해서 검찰 측 증인이 되어줬으면 하고 있어요. 그들 말로는 애덤은 아직 어리니까 협조를 해준다면 가벼운 처벌로 끝날 수 있다고 하더군요."

"대표님은 뭐라고 하셨는데요?" 티아가 물었다.

"일단 변호사 역할을 충실히 했죠. 당신 아들이 그런 파티나 아버지의 처방전 용지 같은 것에 관해 전혀 모른다고 주장했어요. 그러고서는 애덤을 어떤 혐의로 기소할 건지를 물었죠. 그들은 아직 구체적인 준비를 하진 않은 것 같았어요."

티아가 말했다. "애덤이 마이크의 처방전 용지를 훔치진 않았을 거예요. 그렇게 어리석은 애가 아니거든요."

헤스터는 그녀를 쌀쌀맞은 눈길로 가만히 쳐다봤다. 티아는 자신의 항변이 얼마나 순진한지 퍼뜩 깨달았다.

"사정을 잘 아는 사람이 그런 말을 해요? 당신이 어떻게 생각하는지, 혹은 내가 어떻게 생각하는지는 중요하지 않아요. 난 지금 연방요원들의 가설을 말하고 있는 거라고요. 그리고 그들은 그 가설 입증에 필요한 수단을 확보하고 있어요. 닥터 바이, 당신을요."

"내가요? 어떻게 그렇게 되죠?"

"그들은 당신이 이 일에 개입하지 않았다는 걸 확신하지 못한 것처럼 가장하고 있어요. 예를 들면, 그들은 어젯밤 주변을 어슬렁거리던 사내 몇 명과 격렬한 싸움을 벌였을 때 당신은 클럽 재규어로 가는 중이라는 점을 지적하고 있어요. 당신이 약품 거래에 개입되지 않았다면 어떻게 그 장소를 알고 있느냐는 식이죠. 당신은 왜 그 주위에 있었던 건가요?"

"내 아들을 찾고 있었죠."

"그럼 당신 아들이 그곳에 있다는 건 어떻게 알았죠? 굳이 대답할 필요는 없어요. 우린 다 알고 있으니까요. 하지만 뭘 걱정하는지는 잘 알겠죠? 연방요원들은 당신이 이 로즈메리 맥디비트라는 여자와 한패라고 주장할 수 있어요. 당신은 성인이자 외과의사예요. 당신은 수많은 언론의 1면을 장식할 것이고, 아주 오랫동안 수감생활을 해야겠죠. 그리고 당신이 애덤을 대신해서 모든 죄를 뒤집어쓸 정도로 멍청하다면, 그들은 당신과 애덤이 모두 이 사건과 관련되어 있다고 주장할 거라고요. 애덤이 이 일을 시작했다, 팜 파티에 자주 참석했다, 애덤과 클럽 재규어의 여자는 합법적인 의사를 통해 더 많은 돈을 벌어들일 수 있는 방법을 찾아냈다, 그래서 두 사람은 당신에게 접근했다는 식으로요."

"그건 말도 안 되는 소립니다!"

"아니, 말이 돼요. 그들은 당신의 처방전을 가지고 있으니까요. 연방요원들의 입장에서 보면 그보다 더 확실한 증거는 없겠죠. 이 사건에 얼마나 많은 돈이 관련되어 있는지 알아요? 옥시콘틴만 하더라도 한밑천 잡을 수 있어요. 너도나도 사용해서 유행병처럼 퍼지고 있으니까요. 닥터 바이, 당신도 처방을 많이 하고 있잖아요? 그래도 당신은 신중하게 처방하고 있으니 그나마 다행이지만. 난 당신의 혐의를 벗겨줄 수 있을 것 같아요. 내 나름대로 확신이 있으니까요. 그래도 희생은 좀 있어야 할 거예요."

"그렇다면 이 문제에 관한 당신의 조언은 뭔가요?"

"난 검찰 측과 협조하는 건 질색이지만, 결국에 가서는 그게 가장 좋은 결과를 이끌어낼 수도 있다고 생각해요. 하지만 처음부터 그럴 필요는 없죠. 지금 당장은 애덤을 찾아내는 게 가장 중요해요. 그 애를 앉혀놓고 거기에서 정확히 무슨 일이 벌어졌는지를 알아내야 한다고요. 그런 다음에야 정확한 정보를 바탕으로 결정을 내릴 수 있죠."

로렌 뮤즈는 닐 코르도바에게 사진을 건넸다.

"레바로군요." 코르도바가 반가운 기색으로 말했다.

"그래요. 어제 부인이 물건을 샀던 '타깃'의 보안 카메라에 찍힌 장면이죠."

코르도바는 얼굴을 들었다. "이 사진이 어떻게 도움이 된다는 건가요?"

"이쪽에 있는 이 여자가 보이나요?"

뮤즈는 집게손가락으로 사진 속의 여자를 가리켰다.

"네."

"혹시 아는 사람인가요?"

"그런 것 같진 않은데…… 혹시 다른 각도에서 잡은 사진은 없나요?"

뮤즈는 두 번째 사진을 건넸다. 닐 코르도바는 뭔가 수사에 도움이 될 만한 걸 찾아내길 바라며 사진을 뚫어져라 내려다봤다. 하지만 결국엔 고개를 가로저을 수밖에 없었다. "이 여자가 누군가요?"

"부인이 밴에 올라탔고, 다른 여자가 부인의 어큐라를 몰고 가는 걸 본 목격자가 있어요. 그래서 목격자에게 감시 카메라 테이프를 봐달라고 요청했죠. 그 사람 말로는 이 여자라고 하더군요."

코르도바는 다시 사진을 확인했다. "모르는 여자입니다."

"수고하셨어요, 코르도바 씨. 잠깐 나갔다 올게요."

"이 사진을 내가 가지고 있어도 될까요? 혹시 뭔가가 생각날지도 모르니까요."

"그렇게 하세요."

코르도바는 시신을 확인하고 놀란 가슴을 쓸어내리며, 사진을 유심히 쳐다봤다. 뮤즈는 밖으로 나가 복도를 따라 걸었다. 접수원이 그녀에게 들어가라고 손짓했다. 뮤즈는 폴 코플랜드의 사무실 문을 노크했다. 들어오라는 소리가 들렸다.

코프는 비디오 모니터가 놓여 있는 탁자 앞에 앉아 있었다. 군청에서는 취조실에 편면거울이 아닌 TV카메라를 설치했다. 코프는 뮤즈의 취조 과정을 지켜봤다. 코프는 지금도 모니터로 닐 코르도바를 지켜보고 있었다.

"단서가 될 만한 게 방금 들어왔어." 코프가 입을 열었다.

"그거 반가운 소리네요."

"매리앤 길레스피가 리빙스턴의 트래블로지에 묵었다는군. 오늘 아침에 체크아웃하기로 되어 있고. 매리앤이 웬 남자를 자신의 방으로 데려가는 걸 본 호텔 직원도 찾았고."

"그걸 언제 봤다고 하던가요?"

"확실하지 않지만 그 여자가 체크인한 날인 4, 5일 전쯤이 아닌가 생각된다더군."

뮤즈가 고개를 끄덕였다. "이건 정말 대단한 단서인데요."

코프는 모니터에서 눈을 떼지 않았다. "기자회견을 열어야 할지도 모르겠어. 감시 카메라에 찍힌 여자의 사진을 뿌려보자고. 혹시 알아보는 사람이 나올 수도 있으니."

"그래야 할지도 모르지만 가능하면 여론에 까발리지 않았으면 해요."

코프는 계속해서 모니터로 닐 코르도바를 들여다보고 있었다. 뮤즈는 코프가 뭘 생각하고 있는지 궁금했다. 코프는 자신의 첫 번째 부인이 사망한 걸 포함해서 빌어먹을 비극에 관해 많은 걸 알고 있는 사람이었다. 뮤즈는 사무실 내부를 훑어봤다. 탁자 위에 아직 개봉하지 않은 신품 아이팟이 다섯 개나 있었다. "이게 뭐죠?"

"아이팟이야."

"그건 알겠는데요, 뭐 하러 이렇게 많이 산 건가요?"

코프의 눈은 단 한 순간도 코르도바를 떠나지 않았다. "저 사람이 그 여자를 알아보길 바랐는데……."

"코르도바요? 모른다니 어쩌겠어요."

"나도 알고 있어. 당신도 저 사람에게서 쏟아져 나오는 아픈 감정을 느꼈겠지?"

침묵이 흘렀다.

"아이팟은 신부 들러리들에게 줄 거야." 코프가 말했다.

"좋은 생각이세요."

"어쩌면 내가 직접 저 사람과 얘기해야 할지도 모르겠군."

"코르도바와요?"

코프는 고개를 끄덕였다.

"그게 도움이 될 수도 있겠네요."

"루시가 슬픈 노래를 좋아한다는 걸 알고 있었나?"

뮤즈 역시 들러리 중 하나이면서도 신부인 루시를 오랫동안 알아왔거나 이모저모 잘 알고 있는 것도 아니었다. 그래도 고개를 끄덕이기는 했지만, 코프의 눈길은 모니터에서 떨어지지 않았다.

"난 매달 그녀에게 새로운 CD를 선물하고 있어. 아, 진부하다는 건 잘 알고 있지만 루시가 그러는 걸 워낙 좋아해서 말이야. 그래서 난 틈만 나면 정말 슬픈 노래들을 수집하지. 가슴이 아련히 저려오는 그런 노래들을. 이번 달에 찾아낸 블루 옥토버의 〈축하〉와 앤지 어프로의 〈씨앗〉 같은 것 말이야."

"전혀 들어보지 못한 것들인데요."

코프는 씩 웃었다. "아마 그럴걸? 선물로 정말 잘 선택한 것 같군. 당신은 아이팟에 저장된 모든 노래 목록을 따로 받아보게 될 거야."

"정말 좋은 생각이세요." 뮤즈는 가슴이 쓰렸다. 코프가 사랑하는 여인을 위해 CD를 만들어주다니…… 루시는 정말 행복하겠군.

"난 루시가 왜 그런 노래들을 좋아하는지 알 수가 없어. 무슨 뜻인지 알겠나? 그녀는 불을 다 끈 캄캄한 방에 앉아 노래를 들으며 울곤 하지. 음악을 들으면 슬픔이 밀려오는 모양인데, 왜 그런 음악을 듣는 건지 이해하질 못하겠어. 그래도 지난달에는 미시 히긴스의 그럴듯한 곡을 찾아냈지. 그 여자를 알고 있나?"

"아니요."

"그 여자는 정말 뛰어난 사람이지. 음악이 죽여준다니까. 이번 노래는 가버린 사랑에 대해, 이미 떠나버린 사랑이지만 다른 여자의 손이 그 이를 만지는 걸 견딜 수 없다는 심정을 절절히 드러내고 있어."

"정말 슬프군요."

"바로 그거라고. 그런데 루시는 지금 행복하단 말이야. 우리 둘 사이가 아주 좋다는 거지. 마침내 서로의 좋은 점을 알게 돼서 결혼하려던 참이니까. 그런데 그녀는 왜 아직도 이런 가슴 아픈 노래를 듣기 좋아하는 거지?"

"그걸 제게 묻는 건가요?"

"그런 게 아니라 그저 좀 설명하려는 것이지. 난 루시의 그런 점을 오랫동안 이해하지 못했어. 하지만 지금은 충분히 이해하고 있지. 슬픈 노래는 어쩌면 안전한 아픔이라고. 일종의 기분 전환이라고나 할까? 통제할 수 있는 범위 내에서. 그리고 실제 생활에서의 아픔이 이럴 것이라는 상상을 하는 데도 도움이 될 수도 있고. 하지만 실제로는 그렇지가 않아. 루시도 물론 그 점을 잘 알고 있고. 실제 고통을 미리 준비하는 방법이란 없지. 고통이 자신의 몸을 갈기갈기 찢어발기도록 놔두는 수밖에."

탁자 위에 놓인 전화기의 벨 소리가 울렸다. 코프는 마지못해 모니터에서 눈을 떼고 수화기를 집어 들었다. "코플랜드요." 그는 잠시 귀를 기울이다가 뮤즈를 올려다봤다. "매리앤 길레스피의 가장 가까운 친척을 찾았다는군. 당신이 직접 가보는 게 좋겠어."

30

침실에 두 소녀만 남게 되자 야스민은 슬피 울기 시작했다.

"왜 그래? 무슨 일이야?" 질이 물었다.

야스민은 손가락으로 자신의 컴퓨터를 가리켰다. "사람들이 정말 못됐어."

"무슨 일인데?"

"이리 와서 봐봐. 정말 악랄하다니까."

질은 의자를 끌어당겨 친구 옆에 앉았다. 그러면서 손톱을 물어뜯었다.

"야스민?"

"왜?"

"오빠가 걱정돼 죽겠어. 아빠에게도 무슨 일이 벌어진 것 같고. 그래서 엄마가 날 다시 여기로 데려다준 거야."

"엄마에게 무슨 일인지 여쭤봤어?"

"내게 말씀하시기 싫은가봐."

야스민은 연신 글자를 치며 손등으로 눈물을 닦았다. "부모님은 항상 우릴 보호하고 싶어 하셔. 맞지?"

질은 야스민이 진지하게 말한 건지 아니면 빈정대는 건지, 아니면 양자가 혼합된 건지 종잡을 수가 없었다. 야스민의 눈길은 다시 모니터로 돌아가 있었다. 야스민이 모니터를 가리켰다.

"이거야. 이걸 좀 봐."

그건 마이스페이스 페이지로 '남자인가 여자인가? XY의 이야기'라는 제목이 붙어 있었다. 그 페이지의 바탕화면은 사방에 널린 고릴라와 원숭이 무리였다. '좋아하는 영화' 차트에는 〈혹성탈출〉과 〈헤어Hair〉가 수록되어 있었다. 그 페이지에 기본적으로 흐르는 노래는 피터 가브리엘의 '원숭이에게 충격을 줘라'였다. 내셔널 지오그래픽의 비디오들도 있었는데, 몽땅 원숭이와 관련된 것들이었다. 그중 하나는 유튜브에서 가져온 것으로 '댄싱 고릴라'라는 제목이 붙어 있었다.

가장 저질스러운 부분은 바탕화면으로 설정된 사진이었다. 학교에서 찍은 야스민의 사진에 포샵질을 해서 턱수염을 길게 늘어뜨려 놓은 것이었다.

질은 숨을 훅 들이쉬며 속삭였다. "이런 짓을 하다니 도저히 내 눈을 믿을 수가 없어."

야스민은 또다시 울음을 터뜨렸다.

"이걸 어떻게 찾아냈어?"

"마리 알렉산드라 있지? 그 나쁜 년이 이 링크를 내게 보냈어. 학급에 있는 애들 절반 정도에게 복사해 보냈더라고."

"이걸 누가 만들었는데?"

"모르겠어. 하지만 마리 그것이 만든 게 확실해. 정말 걱정이 된다는 듯 내게 알려줬지만 고소하다며 낄낄거리는 소리가 들리는 것만 같아. 내 심정, 알겠어?"

"그 애가 다른 애들에게도 알렸단 말이지?"

"그래. 하이디랑 애니랑……."

질은 고개를 살래살래 저었다. "정말 미안해."

"뭘? 뭐가 미안해?"

질은 아무 말도 하지 않았다.

야스민의 얼굴이 벌게졌다. "누군가는 이 대가를 치러야 해."

질은 친구를 가만히 쳐다보았다. 야스민은 평소 아주 점잖은 편이었다. 피아노 연주와 춤추기를 좋아하고, 시답잖은 영화를 보면서 깔깔 웃어대곤 했다. 이제 질의 눈에는 야스민의 분노밖에 보이지 않았다. 질은 그게 걱정이었다. 지난 2, 3일 사이에 너무나 많은 것들이 잘못된 방향으로 흘러가고 말았다. 오빠는 어디론가 사라져버렸고, 아빠는 심각한 곤란에 빠진 것 같았고, 이제 야스민은 예전과는 전혀 다르게 잔뜩 화가 나 있었다.

"얘들아?"

아래층에서 야스민의 아버지가 두 사람을 불렀다. 야스민은 얼굴에 흐르는 눈물을 닦았다. 그러고는 방문을 열고 소리쳤다. "네, 아빠?"

"팝콘을 좀 만들었단다."

"곧 내려갈게요."

"베스와 난 너희를 쇼핑센터로 데려가는 게 어떨까 생각 중이었다. 우리 모두 영화를 보거나 너희 둘이 게임장에서 놀 수 있도록 말이야. 너희 생각은 어떠니?"

"내려가서 말씀드릴게요."

야스민은 방문을 닫았다.

"우리 아빠 바람을 좀 쐬러 나가셔야 해. 호된 꼴을 당하셨거든."

"왜?"

"말도 안 되는 일이 벌어졌었어. 루이스턴 선생의 부인이 아빠 앞에 불쑥 모습을 드러냈단 말이야."

"너희 집 앞에서? 말도 안 돼!"

야스민은 눈을 크게 뜨고 고개를 끄덕였다. "누군지는 확실히 모르지만 그 여자였던 것 같아. 난 그 여자를 본 적이 없지만 루이스턴 선생의 지저분한 차를 몰고 왔거든."

"그래서 무슨 일이 벌어졌는데?"

"말다툼을 했어."

"오, 맙소사."

"뭐라고 하는지는 들리지 않았지만, 그 여자가 되게 열 받은 것처럼 보이더라."

아래층에서 다시 목소리가 들려왔다. "팝콘 다 됐다!"

두 소녀는 얼른 아래층으로 내려갔다. 가이 노박이 그들을 기다리고 있었다. 미소를 짓고는 있지만 상당히 어색했다. "아이맥스에서 스파이더맨 신작을 상영한다는구나."

그 순간, 현관의 초인종이 울렸다.

문 쪽을 향해 돌아서는 가이의 몸이 순식간에 경직됐다.

"아빠?"

"내가 나가보마."

가이는 문 쪽을 향해 걸었다. 두 소녀는 약간의 거리를 두고 그의 뒤를 따랐다. 베스는 그 자리에 그대로 서 있었다. 가이는 작은 창문으로 밖을 내다보고는 이마를 찌푸리더니 문을 열었다. 여자 한 명이 문간에 서 있었다. 질은 야스민을 쳐다봤다. 야스민은 고개를 가로저었다. 이 여자는 루이스턴 선생의 부인이 아니었다.

가이가 물었다. "뭘 도와드릴까요?"

여자는 가이의 뒤쪽을 힐끗 쳐다보며 소녀들을 확인한 다음 다시 가이에게로 눈길을 돌렸다.

"가이 노박 씨인가요?" 그 여자가 물었다.

"그런데요……."

"제 이름은 로렌 뮤즈입니다. 둘이서 잠시 얘기를 나눌 수 있을까요?"

로렌 뮤즈는 문간에 서 있었다.

가이 노박의 뒤를 따라오는 작은 소녀 두 명이 보였다. 한 명은 아마 이 사람의 딸일 것이고, 다른 한 명은 소녀들 뒤에 서 있는 여자의 딸일 가능성이 있었다. 그 여자를 재빨리 살펴봤지만 레바 코르도바는 아니었다. 그 여자는 전혀 긴장한 빛이 없이 느긋했지만, 속마음까지 그런지는 확인할 방법이 없었다. 뮤즈는 혹시 그 여자가 신체의 자유를 구속당하고 있다는 신호를 보내지 않는지 계속 눈길을 떼지 않고 살폈다.

현관에는 핏자국이나 긁힌 자국이 없었다. 소녀들은 약간 겁먹은 것처럼 보였지만 다른 건 다 정상인 것 같았다. 뮤즈는 초인종을 울리기 전에 문에 귀를 갖다 댔다. 의심스러운 소리는 하나도 들리지 않았고, 가이 노박이 2층을 향해 팝콘과 영화에 관해 외치는 소리만 들렸다.

"무슨 일 때문인가요?" 가이 노박이 물었다.

"둘이서만 얘기하는 게 더 나을 것 같은데요."

뮤즈는 뭔가 눈치채길 바라며 '둘이서만'이라는 단어를 강조했지만, 이 사람은 전혀 그러질 못했다.

"뭐 하시는 분인가요?" 가이가 물었다.

뮤즈는 소녀들이 있는 상태에서 자신이 경찰 관계자라는 걸 알리고 싶지 않았다. 그래서 소녀들을 힐끗 쳐다본 다음, 상체를 앞으로 굽히며 가이의 눈을 뚫어지게 쳐다봤다. "둘이서만 얘기하는 게 나을 것 같다니까요, 노박 씨."

가이는 마침내 무슨 뜻인지를 알아차렸다. 그는 뒤쪽에 서 있는 여자를 향해 돌아서서 말했다. "베스, 애들을 주방으로 데려가서 팝콘을 주지 않겠소?"

"네, 그럴게요."

뮤즈는 그들이 주방으로 가는 모습을 지켜봤다. 그녀는 가이 노박이 어떤 사람인지를 파악하려고 애썼다. 그는 약간 신경이 곤두선 것처럼 보였는데, 그의 태도로 봐서는 뮤즈가 갑작스럽게 찾아온 것에 대해서 겁을 먹었다기보다는 짜증이 난 것 같았다.

클래런스 모로와 프랭크 트레몬트를 포함한 경찰관 네댓 명이 근처에서 대기 중이었다. 그들은 은밀하게 주변을 확인했다. 가이 노박이 레바 코르도바를 납치해서 이곳에 붙잡고 있을지도 모른다는 희박한 가능성은 여전히 남아 있었지만, 시간이 지날수록 그 가능성은 점차 줄어들었다.

가이 노박은 뮤즈를 집안으로 들이지 않았다. "그래서요?"

뮤즈는 경찰 배지를 보였다.

"이게 장난하는 거야 뭐야? 루이스턴이 당신을 부른 건가요?"

뮤즈는 루이스턴이 누군지 전혀 알지 못했지만, 그냥 이걸로 밀고 나가기로 결심했다. 그녀는 고개를 약간 기울여 긍정도 부정도 아닌 시늉을 했다.

"당최 믿을 수가 없군. 난 그저 차를 몰고 그자의 집 앞을 지나갔을 뿐이오. 그게 다라고요. 언제부터 그게 불법행위가 된 겁니까?"

"상황에 따라 다르죠." 뮤즈가 모호하게 대답했다.

"어떤 상황에 따라서요?"

"선생님이 어떤 의도를 가지고 있었느냐에 따라서요."

가이는 안경을 콧등으로 밀어 올렸다. "그 녀석이 내 딸에게 무슨 짓을 했는지 알고 있소?"

그녀는 정황을 전혀 몰랐지만, 그게 뭐든 간에 가이 노박의 분통을 터뜨리게 한 건 분명했다. 뮤즈는 이것으로 계속 밀고 나갈 수 있을 것 같아 기분이 좋았다.

"선생님 쪽 얘기를 듣고자 합니다." 뮤즈는 시치미를 뗐다.

가이는 어떤 교사가 자신의 딸에게 한 어떤 행위에 대해 비난을 퍼붓기 시작했다. 뮤즈는 그런 그의 얼굴을 찬찬히 살폈다. 이 사람도 닐 코르도바의 경우와 마찬가지로 사건에 대한 아무런 실마리를 제공하지 못했다. 자신의 딸인 야스민이라는 애에게 저지른 말도 안 되는 짓거리에 대해 아주 작은 처벌도 내리지 않은 부당한 조치를 맹렬히 비난했다.

뮤즈는 가이가 숨을 돌리려고 말을 멈추자 바로 물었다. "선생님 부인께서는 이 일에 관해 어떤 생각을 가지고 계신가요?"

"난 결혼하지 않았소."

뮤즈는 그 사실을 이미 알고 있었다. "전 소녀들과 서 있던 여자분이 부인이시라고 생각했습니다만……."

"베스라고 하는데, 그저 친구일 뿐이오."

뮤즈는 이 사람이 뭘 더 말해줄 것인지 기다리며 입을 다물었다.

가이는 숨을 몇 번 크게 들이쉬더니 말했다. "오호라, 이제야 일이 어떻게 돌아가는지 알 듯하군요."

"어떤 일이요?"

"루이스턴이 고소를 한 모양인데, 그 녀석의 뜻은 정확히 전달받았습니다. 난 내 변호사와 함께 뭘 할 수 있는지를 검토해봐야겠군요."

더 두고 봐야 사건과는 관련이 없겠어. 뮤즈는 속으로 생각했다. 이제는 슬슬 화제를 바꿀 때였다. "다른 걸 좀 여쭤봐도 될까요?"

"그러시던지요."

"야스민의 어머니는 이 일에 관해 어떤 반응을 보이셨나요?"

가이는 눈을 가늘게 떴다. "왜 그런 걸 묻는 거죠?"

"얼토당토않은 질문은 아니잖아요."

"야스민의 엄마는 야스민의 삶에 별로 관심이 없는 사람이오."

"그래도 그렇지 이건 보통 일이 아니잖아요?"

"매리앤은 그 애가 아주 어렸을 때 우릴 버리고 떠나버렸소. 지금은 플로리다에 살고 있는 모양인데, 1년에 네댓 번 정도 딸아이를 만나러 오는 형편이오."

"마지막으로 그분이 모습을 보인 건 언젠가요?"

가이는 이마를 찌푸렸다. "그게 도대체 이 문제랑 무슨 관련이 있다고…… 잠깐만요, 당신 배지를 다시 볼 수 있겠소?"

뮤즈는 배지를 꺼내 들었다. 가이는 이번에는 꼼꼼히 살폈다. "당신, 군 소속인가요?"

"네."

"당신 사무실에 전화해서 이 배지가 정당한 건지 확인해봐도 되겠소?"

"좋으실 대로 하세요. 여기에다 하시면 돼요." 뮤즈는 주머니에서 명함을 꺼내 건넸다.

가이는 명함에 적힌 걸 큰 소리로 읽었다. "수사과장 로렌 뮤즈."

"맞아요."

"과장 나리, 당신은 루이스턴의 친구라도 되는 거요?"

뮤즈는 이게 가이 노박의 영특한 위장인지 아니면 실제인지 확신이 서질 않았다.

"언제 전 부인을 마지막으로 보셨는지 말해주세요."

가이는 손으로 자신의 턱을 쓰다듬었다. "이 방문은 루이스턴에 관한 일 때문이라고 말하지 않았소?"

"제발 제 질문에 대답이나 해주세요. 전 부인을 마지막으로 본 게 언제죠?"

"3주 전이오."

"그분은 왜 여기에 오신 거죠?"

"야스민을 만나려고요."

"선생님은 그분과 얘기를 해봤나요?"

"거의 하지 않았소. 그녀는 야스민을 태우고 나가면서 언제 데려다줄 거라고만 말했죠. 매리앤은 대개 그 약속을 지켰어요. 딸아이와 많은 시간을 함께 보내기 싫어했거든요."

"그때 이후로 그분과 얘기해본 적이 있나요?"

"없소."

"아, 그러시군요. 참, 그분이 이곳을 방문할 때 보통 어디에 머물렀나요?"

"쇼핑센터 부근인 트래블로지에요."

"그분이 지난 4일 동안 그곳에 머물렀다는 걸 알고 계셨나요?"

가이는 깜짝 놀란 표정을 지었다. "그녀는 로스앤젤레스로 간다고 했는데?"

"언제 그런 말씀을 하셨죠?"

"그녀에게서 이메일을 받았어요. 가만 있자, 그게 언제더라? 어제였던 것 같은데……."

"그걸 좀 봐도 될까요?"

"이메일 말이요? 삭제해버렸소."

"혹시 전 부인께 남자친구가 있었나요?"

가이의 얼굴 위로 비웃음 같은 게 지나갔다. "분명히 서넛은 거느리고 있었을 텐데 그 문제에 관해서는 아는 바가 없소."

"이 지역에 사는 사람은요?"

"워낙 여기저기에서 애인을 만드는 사람이라 있을지도 모르죠."

"혹시 생각나시는 이름은요?"

가이 노박은 고개를 저었다. "난 알지도 못하고 관심도 없소."

"왜 그리 냉소적이신가요, 노박 씨?"

"그 '냉소적'이라는 말이 적당한 건지 어떤 건지 잘 모르겠소." 가이는 안경을 슬쩍 벗어 렌즈에 묻어 있는 먼지를 보며 이마를 찌푸리더니 셔츠로 렌즈를 깨끗이 닦았다. "난 매리앤을 사랑했소. 하지만 그녀는 그럴 가치가 없는 여자였소. 좀 좋게 말하면 자기 파괴적인 여자라고나 할까? 그녀는 이곳에 싫증을 냈죠. 내게도 싫증을 냈고, 산다는 것 자체가 따분했던 모양이오. 그녀는 습관적으로 바람을 피웠소. 자신의 딸도 내팽개치고 온갖 실망스러운 일을 다 저질러대곤 했소. 2년 전에 매리앤은 야스민을 디즈니월드에 데려간다고 약속했소. 그래놓고는 그곳에 가기 하루 전에 그 약속을 최소해버렸소. 아무런 이유 없이."

"그분께 이혼 수당이나 자녀 양육비를 지급하셨나요?"

"그럴 리가 있소? 단 한 푼도 지급하지 않았소. 잘못은 그녀가 저질렀고, 내게 단독 친권이 있거든요."

"전 부인께서는 이 지역에 여전히 친구가 있나요?"

"전혀 아는 바 없지만 그럴 가능성은 있소."

"레바 코르도바는 어떤가요?"

가이 노박은 그 이름을 듣고 잠시 생각에 잠겼다. "매리앤이 이곳에 살고 있을 때는 두 사람이 아주 좋은 친구였소. 정말 가까웠죠. 닮은 데가 전혀 없는 두 여자의 사이가 왜 그렇게 좋은지 전혀 짐작이 가지 않았소. 어쨌든 과장님의 질문에 대한 대답은 예입니다. 만약 매리앤이 이곳에 있는 어느 누군가와 지금도 연락하고 있다면 그건 레바일 게 분명합니다."

"레바 코르도바를 마지막으로 보신 게 언제죠?"

가이는 얼굴을 들어 오른쪽을 쳐다봤다. "그게 좀 됐는데요. 정확하진 않지만 학부모총회가 있었던 날 같은데……."

이 양반, 자신의 전처가 살해됐다는 소리를 들어도 눈 하나 깜짝하지 않을 태세로구만. 뮤즈는 속으로 생각했다.

"레바 코르도바가 실종됐어요."

가이 노박은 뭐라고 말을 하려는 듯 입을 열었다가 닫았다. 잠시 후 걱정 어린 목소리로 물었다. "과장님은 매리앤이 그 일과 어떤 관련이 있다고 생각하는 건가요?"

"선생님은요?"

"매리앤은 자기 파괴적이었죠. 그런데 핵심 단어는 '자기'라는 겁니다. 그녀는 자신의 가족을 제외하고는 어느 누구에게도 해를 끼치진 않을 겁니다."

"노박 씨, 선생님 따님과 꼭 얘기를 해봤으면 하는데요."

"왜요?"

"전 부인께서 살해된 것으로 보고 있으니까요."

뮤즈는 그 말을 툭 던져놓고 반응을 기다렸다. 반응은 극히 천천히 나타났다. 마치 그 말을 이루는 단어 하나하나가 순차적으로 그에게로 떠내려가고, 그는 그것들을 오랜 시간에 걸쳐 듣고 처리하는 것처럼 보였다. 가이는 2, 3초 동안 아무런 반응도 보이지 않았다. 그저 멍하니 서 있을 뿐이었다. 그러더니 뭔가를 잘못 들었다는 표정을 지었다.

"그게 무슨…… 그녀가 살해된 것으로 보고 있다고요?"

뮤즈는 뒤를 돌아보고는 고개를 끄덕였다. 클래런스가 이쪽을 향해 걸어오고 있었다.

"우린 어떤 골목에서 창녀처럼 차려입은 여자의 시신을 발견했어요. 닐 코르도바가 그 시신이 선생님의 전 부인인 매리앤 길레스피라는 걸 확인해줬고요. 노박 씨, 우리가 지금 바라는 건 제 동료인 모로 수사관과 함께 시체공시소로 가셔서 직접 시신을 확인해달라는 겁니다. 내 말을 알아들으시겠어요?"

가이는 넋이 나간 듯한 어조로 말했다. "매리앤이 죽었다고요?"

"우린 그렇게 믿고 있지만 확실히 하기 위해선 선생님의 도움이 필요합니다. 모로 수사관이 선생님을 그곳으로 모시고 가서 몇 가지 질문을 드릴 겁니다. 선생님의 친구인 베스는 아이들과 함께 있어도 좋습니다. 저도 여기에 있을 거고요. 따님께 어머니에 관해 질문을 드릴 텐데 괜찮겠죠?"

"그렇게 하세요." 그 말과 함께 가이는 무거운 짐을 내려놓은 듯한 표정을 지었다. 만약 그가 조금이라도 주저하는 태도를 보였더라면, 전 남편이 가장 유력한 용의자라는 공식을 벗어나지 못할 뻔했다. 뮤즈는 노박 씨가 이 사건과 전혀 관련이 없다고 확신하지 못했다. 로버트 드 니로와 닐 코르도바 같은 연기의 달인을 또 만난 것일 수도 있었다. 하지만 이번에도 그럴 가능성은 낮다고 판단했다. 어쨌거나 클래런스가 신문을 해보면 어떤 결과가 나올 게 분명했다.

가까이 다가온 클래런스가 말했다. "노박 씨, 준비가 되셨나요?"

"딸아이에게 말을 하고 오겠소."

"그러지 않으시는 게 좋겠어요." 뮤즈가 가이를 말렸다.

"뭐라고요?"

"아직 확실한 건 아니잖아요? 따님에게 질문을 하겠지만 엄마의 죽음에 관해서는 말을 하지 않을 생각이에요. 꼭 따님에게 알려야겠다면 그 일은 나중에 선생님 몫으로 남겨놓을게요."

가이 노박은 멍한 상태에서 고개를 끄덕였다. "좋습니다."

클래런스는 가이의 팔을 잡고 가장 정중한 목소리로 말했다. "가시죠, 노박 씨. 이쪽입니다."

뮤즈는 클래런스가 길을 따라 가이를 데려가는 걸 굳이 쳐다보지 않았다. 그녀는 집 안으로 들어서서 주방 쪽으로 향했다. 두 소녀는 팝콘을 먹는 척하면서 눈을 크게 뜬 채 앉아 있었다.

둘 중 하나가 물었다. "누구신가요?"

뮤즈는 억지로 근엄한 표정을 지었다. "난 로렌 뮤즈이고, 공무원이란다."

"아빠는 어디 가셨어요?"

"네가 야스민이니?"

"네."

"아빠는 내 부하를 도와주고 계시단다. 곧 돌아오실 거야. 지금 네게 몇 가지 질문을 할 텐데 괜찮겠니?"

31

벳시 힐은 아들의 방 마룻바닥에 앉아 있었다. 손에는 예전에 스펜서가 사용하던 휴대전화를 들고 있었다. 배터리는 오래전에 나간 상태였다. 그녀는 그저 그걸 손에 들고 멍하니 쳐다보면서 뭘 해야 할지 망설이고 있었다.

스펜서가 시신으로 발견된 다음 날, 그녀는 남편이 주방의 스펜서 의자를 치웠던 것처럼 이 방도 치우려는 걸 보게 됐다. 벳시는 단호한 어조로 론을 말렸다. 론도 아내가 고분고분하기만 하던 예전과는 다르다는 걸 알아차렸다.

벳시는 스펜서가 자살하고 나서 며칠 동안 이 방에 들어와 태아처럼 바닥에 웅크리고 울음을 터뜨렸다. 가슴이 너무나 아팠다. 그녀는 죽고만 싶었다. 고통이 득세해서 자신을 게걸스럽게 먹어치우도록 놔뒀다. 하지만 그건 희망사항에 그치고 말았다. 벳시는 아들의 침대에 양손을 올리고 시트를 가지런하게 매만졌다. 그 애의 베개에 얼굴을 파묻었지만, 아들의 체취는 이미 사라져버린 후였다.

어떻게 이런 일이 벌어질 수 있지?

벳시는 티아 바이와 나눈 대화가 궁극적으로 뜻하는 바를 생각했다. 별다른 게 없었다. 어쨌거나 스펜서는 세상을 떠났다. 그 점에서는 론의 말이 옳았다. 진실을 밝혀낸다고 해서 스펜서가 살아 돌아오는 것도 아니고 심지어 그녀의 상처를 치료할 수 있는 것도 아니었다. 진실을 안다고 해서 사건도 스펜서에 대한 기억도 '종결'되는 것도 아니었다. 사실 그녀는 그 말을 극히 싫어하고, 그러고 싶은 생각이 추호도 없었다. 어떤 엄마가, 자신의 아이를 보호하는 데 실패한 엄마가 이사를 가고, 마음의 상처를 달래고, 그냥 망각하려고 한단 말인가?

"여보."

벳시는 고개를 들었다. 론이 문간에 서 있었다. 그는 억지로나마 미소를 지으려고 했다. 벳시는 얼른 휴대전화를 뒷주머니에 집어넣었다.

"당신, 괜찮아?" 론이 물었다.

"론?"

론은 그녀의 다음 말을 기다렸다.

"그날 밤에 실제로 어떤 일이 벌어졌는지 꼭 밝혀내고 싶어."

"당신이 그러리라는 거 잘 알아."

"그런다고 스펜서가 살아 돌아오진 않겠지. 나도 그 점은 알고 있어. 또 우리의 마음을 더 편하게 해주지 않을 거라는 것도. 그래도 어떻게든 이 일을 해야 할 필요가 있다고 생각해."

"이유가 뭐야?" 론이 물었다.

"나도 모르겠어."

론은 고개를 끄덕였다. 그는 방 안으로 들어와 벳시를 향해 상체를 굽혔다. 그녀는 잠시 론이 자신을 껴안을 거라고 생각했고, 그 생각만으로도 몸이 빳빳이 굳어버렸다. 론은 그녀의 그런 모습을 보고는 눈을 깜빡거리더니 허리를 쭉 폈다.

“내가 나가는 게 좋겠군.” 론이 차갑게 말했다.

그는 돌아서서 방을 나섰다. 벳시는 주머니에서 휴대전화를 꺼내 충전기에 끼우고 전원을 켰다. 벳시는 휴대전화를 움켜쥔 채 다시 태아처럼 몸을 웅크리고는 서럽게 울었다. 그녀는 스펜서도 차가운 옥상에 이런 모습으로 누워 있었다는 걸 떠올렸다. 이것도 유전일까?

벳시는 스펜서가 휴대전화로 전화를 건 곳들을 확인했다. 특이한 건 없고 다 알 만한 곳이었다. 그녀는 전에도 확인해봤지만, 최근 몇주 동안은 다시 들여다볼 여유가 없었다. 스펜서는 그날 밤 애덤 바이에게 세 차례 전화를 걸었다. 그리고 문자로 유서를 보내기 한 시간 전에 그 애와 마지막으로 통화를 했다. 애덤은 스펜서가 자신에게 횡설수설 뜻 모를 문자를 보냈다고 말했다. 이제 그녀는 애덤이 거짓말을 한 게 아닌가 의문이 들었다.

경찰은 이 휴대전화를 옥상에 누워 있는 스펜서의 시신 옆에서 찾아냈다.

그녀는 지금 그 휴대전화를 손에 들고 두 눈을 꼭 감았다. 그녀가 의식과 무의식의 경계에서 노닐며 막 선잠이 들려는 순간, 전화벨 소리가 울렸다. 그녀는 잠시 스펜서의 휴대전화인가 생각했지만 그건 집전화였다.

벳시는 자동응답기로 넘어가도록 내버려두고 싶었지만 티아 바이의 전화일 가능성도 있었다. 그녀는 바닥에서 간신히 몸을 일으켰다. 스펜서의 방에도 전화기가 있었다. 발신자를 확인했는데 전혀 모르는 번호였다.

“여보세요?”

상대방은 아무런 말이 없었다.

“여보세요?”

갑자기 목이 콱 막힌 채 훌쩍거리는 소년의 목소리가 튀어나왔다. “아주머니와 우리 어머니가 옥상에 있는 걸 봤어요.”

벳시는 몸을 똑바로 했다. "애덤이니?"
"정말 죄송해요, 아주머니."
"지금 어디에서 전화한 거니?" 벳시가 다급하게 물었다.
"공중전화에서요."
"그게 어딘데?"
애덤은 이제 대성통곡을 했다.
"애덤?"
"스펜서와 전 아주머니네 집 뒷마당에서 놀곤 했어요. 그네를 매달아 놨던 그 숲에서요. 거기가 어딘지 아시죠?"
"물론이지."
"거기서라면 절 만나실 수 있어요."
"알았다. 언제 만날까?"
"스펜서와 저는 다른 사람이 오가는 걸 다 볼 수 있어서 그곳에서 만났던 거예요. 만약 아주머니가 다른 사람을 데리고 온다면 제 눈에 바로 들어올 거예요. 아무에게도 말하지 않겠다고 약속해주세요."
"약속하마. 언제 만날까?"
"한 시간 후에요."
"그렇게 하자꾸나."
"아주머니?"
"응?"
"스펜서에게 일어난 일은 제 잘못 때문이었어요." 애덤이 풀 죽은 목소리로 말했다.

마이크와 티아는 그들의 집이 있는 블록으로 들어서자마자 긴 머리카락에 더러운 손톱을 지닌 사내 하나가 앞뜰 정원을 서성거리고 있는 모습을 발견했다.

마이크가 의아하다는 듯 물었다. "저 사람, 당신 사무실의 브렛이라는 작자 아니야?"

티아는 고개를 끄덕였다. "저 사람은 날 위해 이메일을 검토하고 있어. 그 DJ네 집 파티에 관한 것 말이야."

두 사람은 진입로에서 차를 세웠다. 수전과 단테 로리먼도 밖에 나와 있었다. 단테가 손을 흔들었다. 마이크도 마주 흔들어줬다. 그러고는 수전을 힐끗 쳐다봤다. 그녀는 억지로 손을 들어 보이고는 자기네 집 현관 쪽으로 걸어갔다. 마이크도 손을 흔들어주고는 고개를 돌렸다. 지금은 이러고 있을 시간이 없었다.

마이크의 휴대전화 벨 소리가 들렸다. 그는 발신자 번호를 확인하고는 이마를 찌푸렸다.

"누구야?" 티아가 물었다.

"아일린인데? 연방요원들이 그녀에게도 질문을 퍼부었다던데 이 전화는 받아야겠어."

티아는 고개를 끄덕였다. "그럼 내가 먼저 브렛과 얘기하고 있을게."

그녀는 차에서 내렸다. 브렛은 여전히 잔뜩 흥분한 채 혼잣말을 중얼거리면서 이리저리 걸음을 옮기고 있었다.

"누군가 당신을 엿 먹인 것 같아요." 브렛이 쉿소리를 내며 말했다.

"어떻게요?"

"그걸 확인하기 위해 안으로 들어가서 애덤의 컴퓨터를 확인해봐야겠어요."

티아는 무슨 일인지 더 물어보고 싶었지만 그건 그냥 시간 낭비일 뿐이었다. 그녀는 문을 열고 브렛을 안으로 들여보냈다. 그는 집 내부를 잘 알고 있었다.

"혹시 내가 애덤의 컴퓨터에 뭘 깔아놨다고 다른 사람에게 얘기한 적

있어요?"

"스파이 프로그램에 관해서요? 아니요. 하지만 어젯밤에는 경찰에 다 털어놔야 했어요."

"그전에는요? 누구에게 말한 적이 있나요?"

"아니요. 뭐 자랑할 만한 일이라고요. 아, 잠깐만요, 우리 친구인 모에게는 했어요."

"누구요?"

"애덤의 대부나 다름없는 사람이에요. 모는 우리 아들을 해칠 사람이 아니고요."

브렛은 어깨를 으쓱했다. 두 사람은 애덤의 방으로 들어갔다. 컴퓨터는 켜진 채였다. 브렛은 의자에 앉아 키보드를 두드리기 시작했다. 그는 애덤의 이메일로 들어가서 어떤 프로그램을 실행시켰다. 여러 가지 부호가 화면에 떠올랐다가 사라졌다. 티아는 의아한 시선으로 화면을 바라봤다.

"뭘 찾으려는 거예요?"

브렛은 기름기가 번들거리는 머리카락을 양쪽 귀 뒤로 넘기고는 화면을 뚫어져라 쳐다봤다. "잠깐만요. 당신이 알아봐달라는 이메일은 삭제됐어요. 맞죠? 그래서 시간을 조작하는 프로그램이 깔려 있는지 우선 알아보려는 거라고요. 이건 아니고, 이건…… 잠깐! 바로 이거로군."

"이거라니, 그게 뭔가요?"

"정말 괴상하다고 할 수밖에 없네요. 당신 말로는 애덤이 이메일을 읽었을 때 밖에 나가 있는 상태라고 했죠? 하지만 우린 그 이메일을 이 컴퓨터로 읽었다는 걸 알고 있고요."

"맞아요."

"혹시 의심스러운 사람이 있나요?"

"정말 모르겠어요. 우리 가족은 모두 집에 있지 않았어요."

"여기에 아주 재미있는 게 있어서요. 그 메일은 이 컴퓨터에서 읽혔을 뿐만 아니라 여기에서 발송되기까지 했군요."

티아는 눈살을 찌푸렸다. "그렇다면 누군가가 우리 집에 무단으로 침입해서 애덤의 컴퓨터를 켜고 DJ네 집에서 열릴 파티에 관한 이메일을 애덤에게 보내고, 그 이메일을 열어본 다음에 삭제했다는 건가요?"

"내 말이 바로 그거라니까요."

"누가 왜 그렇게 했을까요?"

브렛은 자신도 모르겠다는 듯 어깨를 으쓱했다. "내가 생각해낼 수 있는 거라고는 당신의 머리를 뒤죽박죽으로 만들려고 했다는 것뿐이네요."

"하지만 다른 사람들은 E-SpyRight에 관해 모르잖아요. 나와 남편, 모, 그리고 당신을 제외하고는요." 티아의 눈길이 브렛 쪽으로 향하자 그는 얼른 시선을 돌렸다.

"이런, 그런 눈으로 날 보지 말아요."

"당신이 헤스터 크림스타인에게도 말했죠?"

"그 점에 대해선 정말 미안해요. 하지만 내가 말한 건 그 여자뿐이에요."

티아는 머릿속이 복잡했다. 더러운 손톱과 손질이 전혀 되지 않은 머리카락을 하고, 얄팍하긴 해도 나름 세련된 티셔츠를 걸친 브렛을 바라보면서 이 일이 있기 전까지는 잘 몰랐던 이 사람을 자신이 얼마나 신뢰하고 있는지를 자문했다. 그리고 덥석 이 일을 맡긴 게 얼마나 어리석은 짓인지 자책했다.

이 사람이 자신에게 말해준 것들이 정확한지 어떻게 알 수 있단 말인가?

브렛은 보스턴처럼 멀리 떨어진 곳에서도 애덤의 컴퓨터에 접속해서 보고서를 받는 방법을 보여준 적이 있다. 따라서 이 사람이 자신도 비밀번호를 설정해놓고 소프트웨어로 몰래 침투해서 리포트를 읽었다고 보는 게 전적으로 틀린 생각일까? 만약 그랬다면 그걸 어떻게 알아낼 것인가? 이 컴퓨터에 실제로 어떤 일이 벌어졌는지를 누가 어떻게 알아낼 것인가? 회사들은 스파이웨어를 깔아놓고 사용자가 인터넷으로 어디를 방문하는지 알아보고 있다. 상점들은 할인카드를 발급해서 소비자가 뭘 구매하는지를 추적할 수 있다. 컴퓨터 회사들이 구매자의 컴퓨터 하드디스크에 무슨 프로그램을 몰래 심어놨는지는 신만이 아실 것이다. 검색엔진은 컴퓨터 사용자가 뭘 찾고 있는지 빠짐없이 추적할 수 있고, 저장장치 가격이 급락한 요즘에는 그 내용을 삭제할 필요도 전혀 없게 됐다.

브렛이 스스로 털어놓은 것보다 더 많은 걸 알고 있다고 보는 게 단순한 나만의 생각일까?

"여보세요?"

아일린 골드파브가 말했다. "마이크?"

마이크는 티아와 브렛이 집 안으로 들어가는 걸 힐끗 쳐다봤다. 그는 휴대전화를 귀에 바짝 붙였다. "무슨 일인데?"

"수전 로리먼에게 루커스의 친아버지에 관해 말했어."

마이크는 그 말을 듣고 깜짝 놀랐다. "언제?"

"오늘. 그녀가 내게 전화를 했어. 우린 식당에서 만났고."

"그러고는?"

"더는 어쩌고저쩌고 할 수가 없게 됐어."

"친아버지를 찾는 것 말이야?"

"그래."

"어째서 그렇지?"

"수전은 비밀로 해달라고 했어."

"친아버지의 이름을? 그럼 안 되는데……."

"친아버지의 이름 문제가 아니야."

"그럼 뭘 비밀로 한다는 거지?"

"수전은 우리가 루커스의 친아버지를 찾는 게 전혀 도움이 되지 않는 이유를 말해줬다고."

"도대체 무슨 말인지 감을 잡을 수가 없는데……."

"이 문제는 그냥 날 믿어줘. 수전에게서 충분히 상황 설명을 들었으니까. 더는 손을 써볼 여지가 없더라고."

"도저히 이해를 못 하겠어."

"수전이 내게 설명해주기 전에는 나도 마찬가지였어."

"그런데도 수전은 그 이유를 비밀로 하길 원한단 말이야?"

"맞아."

"그럼 그건 뭔가 남에게 밝히기 힘든 부끄러운 일인가 보군. 그래서 수전은 내가 아니라 당신에게 말한 것이고."

"그걸 부끄러운 일이라고 말할 수는 없을 것 같아."

"그럼 당신은 그걸 뭐라고 부를 건데?"

"당신 말소리는 이 일에 관한 내 판단을 못 믿겠다는 것처럼 들리는군."

마이크는 휴대전화를 다른 쪽 귀에 갖다 댔다. "아일린, 평상시 같으면 팥으로 메주를 쑨다고 해도 당신 말을 믿었을 거야."

"그런데?"

"그런데 난 조금 전에 마약단속국과 연방검찰청의 합동 수사팀에게 된통 닦달을 당했단 말이야."

휴대전화에서는 아무런 소리가 흘러나오지 않았다.

"그들은 당신과도 얘기를 했겠지?" 마이크가 물었다.

"그랬어."

"그런데 왜 내게 말해주지 않았지?"

"그 사람들이 아주 분명히 말했거든. 내가 당신에게 귀띔을 하면 아주 중대한 연방 수사를 망칠 수 있다고. 당신에게 입만 뻥긋해도 수사 방해죄를 적용해서 내 의사자격증을 영구 박탈하겠다고 위협했어."

마이크는 뭐라고 할 말이 없었다.

아일린은 신경이 잔뜩 선 목소리로 계속 말했다. "그 처방전 용지에는 내 이름도 있다는 걸 잊지 말라고."

"그거야 나도 아는 사실이야."

"도대체 무슨 일이 벌어지고 있는 거야, 마이크?"

"한두 마디로는 설명이 불가능해."

"당신이 정말 그 사람들이 말한 대로 한 거야?"

"내가 정말 그랬다고 믿는 건 아니지?"

"그들은 내게 우리의 처방전 용지를 보여줬어. 처방된 약의 목록도 보여줬고. 문제는, 그들이 우리의 환자가 아니라는 거야. 게다가 우리가 절대로 처방하지 않는 약품도 포함되어 있더라고."

"나도 알고 있어."

"여기에는 내 의사 경력도 달려 있어. 난 이 일을 정말 자랑스럽게 여기고 있고. 그러니 이 일이 내게 어떤 의미인지 알고 있겠지?"

그녀의 목소리에는 상처를 입은 것 이상의 뭔가가 스며 있었다. "미안해, 아일린. 나도 이 문제를 어떻게든 제대로 돌려놓으려고 애쓰고 있어."

"나도 그 '한두 마디로 설명이 안 되는' 얘기가 뭔지 알 자격이 있다고 생각하는데?"

"사실 난 무슨 일이 벌어지고 있는지 정말 모르고 있어. 게다가 애덤이 실종된 상태라 그 애를 찾기도 바빠, 지금은."

"실종이라니, 그게 무슨 말이야?"

마이크는 간결하게 아일린의 의문을 풀어줬다. 그의 말이 끝나자 아일린이 말했다. "이런 상태인데도 속이 뻔히 들여다보이는 요구를 해야 하는 내가 미워."

"그럼 말을 하지 마."

"난 내가 하는 일을 그만두고 싶지 않아, 마이크."

"그건 우리 일이야, 아일린."

"맞아. 애덤을 찾는 데 내가 도울 일이 있다면……." 아일린이 미안했던지 말을 더 늘어놓을 태세였다.
"즉시 알려줄게."

내시는 호손에 있는 피에트라의 아파트 앞에 밴을 세웠다.
이제는 두 사람이 잠시 떨어져 있을 시간이 필요했다. 내시의 눈에는 그게 보였다. 두 사람의 사이가 갈라지는 게 보이기 시작했다. 두 사람은 어떤 식으로든 항상 연결되어 있었다. 다만 그게 내시가 카산드라에게서 느꼈던 건 아니고, 그것과 비슷하지도 않았다. 하지만 두 사람을 끈적끈적하게 붙어 있도록 만드는 뭔가 분명히 있었다. 그건 꿈에도 생각하기 싫은 장소에서 피에트라를 구해준 데 대한 감사의 표시로, 일종의 보상으로 시작된 것이겠지만 결국엔 그녀 자신이 구조되지 않았기를 바라는 상태가 되고 말았다. 어쩌면 내시의 구조가 피에트라에게는 저주였는지도 모르고, 이제는 피에트라가 내시의 짐이 되고 있었다. 그 반대가 아니라.
피에트라는 창밖을 내다봤다. "내시?"
"응?"
그녀는 자신의 목덜미에 손을 올렸다. "내 가족을 학살했던 그 군인들 말이야. 사랑하는 가족에게 말로 다 표현할 수 없는 악랄한 짓거리들을 해댔던 그놈들 말이야. 내게……."
피에트라는 그때가 생각나는지 말을 멈췄다.
"듣고 있으니 말을 해."
"그놈들이 모두 살인자에다가 강간을 일삼고 고문을 즐긴다고 생각해? 전쟁이 없었어도 그런 짓들을 서슴없이 해댔을까?"
내시는 아무 말도 하지 않았다.
"우리가 찾아낸 자 중 하나는 빵집 주인이었어. 우린 그 사람 가게에 자주 갔고. 우리 식구 모두. 그자는 항상 미소를 지으며 우리에게 막대사탕을 주곤 했지."

"도대체 뭘 말하고 싶은 거야?"

"만약 전쟁이 일어나지 않았더라면 그자들도 자신이 평소에 하던 일을 하면서 평범하게 살았겠지? 빵집 주인이나 목수나 대장장이로? 살인자가 되진 않았을 거야." 피에트라가 넋 나간 표정으로 말했다.

"그리고 너도 그랬을 거라고 생각한단 말이지? 영화배우로 출세를 했을 거라고?" 내시가 비아냥거렸다.

"나에 대해서 묻는 게 아니잖아. 난 그 군인들에 대해서 물었어."

"좋아, 알았어. 만약 네 논리대로라면 전쟁의 압박감이 그런 행동을 불러일으켰다고 봐야 한다는 거겠지?"

"자긴 그렇게 생각하지 않아?"

"내 생각은 전혀 그렇지 않아."

피에트라는 천천히 내시 쪽으로 머리를 돌렸다. "그럼 어떻게 생각해?"

"넌 전쟁이 그 녀석들의 본성과 다른 행동을 하도록 강요했다고 주장하고 있어."

"그래."

"하지만 정반대일 수도 있어. 어쩌면 전쟁이 그자들의 본성을 자유롭게 해줬을지도 몰라. 사람들을 본성에 따라 행동하지 못하도록 강요하는 건 전쟁이 아니라 사회일 수도 있어."

피에트라는 문을 열고 차에서 내렸다. 내시는 그녀가 건물 안으로 사라지는 모습을 지켜봤다. 그는 기어를 넣고 다음 목적지를 향해 차를 출발시켰다. 30분 후, 그는 비어 보이는 두 집 사이의 옆길에 밴을 주차했다. 밴이 주차장에서 목격당하는 사태가 벌어지는 걸 원치 않았다.

내시는 가짜 수염을 달고 야구 모자를 썼다. 그러고는 세 블록을 걸어 커다란 벽돌 건물로 갔다. 아무도 없는 텅 빈 건물처럼 보였다. 내시는 정문이 잠겨 있을 거라고 확신했다. 하지만 옆문 중 하나에는 종이 성냥갑이 자물쇠가 물리는 부분에 끼워져 있었다. 내시는 문을 열고 들어가 계단을 내려갔다.

복도는 아이들의 작품으로 뒤덮여 있는데, 대부분 그림이었다. 게시판에는 수많은 리포트가 대롱거리며 꽂혀 있었다. 내시는 걸음을 멈추고 그중 두어 개를 읽었다. 3학년 아이들이 쓴 것이고, 다들 자신에 관한 얘기였다. 요즘 애들은 모두 이런 걸 배우고 있었다. '자신'만을 생각하라고. 넌 정말 멋진 아이이다. 넌 비길 데 없이 특별한 아이이고, 절대로 평범하지 않단다. 그리고 그렇게 생각해야 다른 모든 사람보다 훌륭하게 된단다.

내시는 아래층에 있는 교실로 들어갔다. 조 루이스턴이 바닥에 양반다리를 하고 앉아 있었다. 손에 리포트를 들고 있는 루이스턴의 두 눈에는 눈물이 그렁그렁했다. 그는 내시가 들어서자 얼굴을 들었다.

"그게 제대로 먹히지 않아. 그녀는 아직도 이메일을 보내고 있어." 루이스턴이 씁쓸한 어조로 말했다.

32

뮤즈는 매리앤 길레스피의 딸에게 조심스럽게 질문했지만, 야스민은 아는 게 전혀 없었다. 야스민은 엄마를 보지도 못했다. 심지어 엄마가 이곳에 왔었다는 사실조차 모르고 있었다.

“엄마는 로스앤젤레스에 있는 줄 알았어요.” 야스민이 고개를 갸웃하며 말했다.

“엄마가 그렇게 말했니?” 뮤즈가 물었다.

“네. 아니, 엄마가 이메일을 보냈어요.” 야스민은 얼른 말을 바꿨다.

뮤즈는 가이 노박도 똑같은 말을 했다는 걸 떠올렸다. “그걸 지금도 보관하고 있니?”

“볼 수 있어요. 매리앤은 별일 없는 거죠?”

“넌 엄마라고 하지 않고 이름을 부르는구나?”

야스민은 어깨를 으쓱했다. “그 여자는 엄마가 되고 싶은 생각이 전혀 없었어요. 그런데 내가 왜 엄마라고 불러야 해요? 그래서 그냥 매리앤이라고 하는 거예요."

요즘 애들은 정말 조숙하군. 뮤즈는 속으로 생각하며 다시 물었다. "넌 아직도 그 이메일을 보관하고 있니?"

"그럴걸요. 분명히 내 컴퓨터에 있을 거예요."

"그걸 한 부 프린트해줬으면 좋겠다."

야스민은 이마를 찌푸렸다. "뭣 때문에 이러는 건지 말해주지 않았잖아요." 그건 질문이 아니었다.

"전혀 걱정할 일이 아니란다."

"그건 나도 알아요. 당연히 어린애를 걱정시키고 싶지 않겠죠. 하지만 이게 아줌마 엄마 얘기이고 아줌마가 내 나이 또래라면 무슨 일인지 알고 싶지 않을까요?"

"아주 좋은 지적이구나. 하지만 아직 정확히 어떤 일인지 우리도 모르고 있단다. 아빠가 곧 돌아오실 테니까 그때 물어보렴. 난 그 이메일을 꼭 보고 싶구나."

야스민은 계단을 올라갔다. 아이의 친구는 그대로 주방에 남아 있었다. 뮤즈는 평소 때 같으면 당연히 야스민을 홀로 떼어놓고 질문을 했겠지만, 이 친구라는 아이가 야스민을 진정시키는 것 같아 그대로 두기로 했다.

"네 이름이 뭐니? 아까는 제대로 알아듣지 못했구나." 뮤즈가 물었다.

"질 바이예요."

"질, 너도 야스민의 엄마를 만난 적이 있었니?"

"네, 두 번 정도요."

"넌 뭔가 걱정이 있는 모양이구나."

질은 이마를 찌푸렸다. "경찰관이 친구 엄마에 관해 질문을 하는데 내가 걱정하지 않겠어요?"

요즘 애들은 정말 못 말린다.

야스민은 손에 종이 한 장을 들고 계단을 가볍게 뛰어내려왔다. "여기 있어요."

뮤즈는 이메일을 읽었다.

안녕! 난 두어 주일 동안 로스앤젤레스에 가 있을 예정이다. 돌아오면 연락하마.

이건 정말 많은 걸 설명해줬다. 뮤즈는 왜 아무도 제인 도가 실종됐다는 걸 신고하지 않았는지 의문이 들었었다. 그 이유는 아주 단순했다. 이 여자는 플로리다에 홀로 살고 있었다. 그녀의 생활양식과 이 이메일을 감안하면, 매리앤이 뭔가 흉악한 일을 당했다는 걸 누군가 알아차리는 데는 몇 년은 아니더라도 적어도 몇 달은 걸릴 것 같았다.

"그게 도움이 되나요?" 야스민이 물었다.

"그래, 고맙구나."

야스민의 두 눈에 눈물이 맺혔다. "그 여자는 어쨌거나 내 엄마예요."

"잘 알고 있다."

"매리앤은 날 사랑했어요." 야스민은 결국 울음을 터뜨렸다. 뮤즈가 다가가려고 하자 야스민은 손을 들어 그녀를 막았다. "하지만 엄마가 되는 법을 몰랐어요. 노력은 했지만, 그 방법을 알 수가 없었던 거라고요."

"그거야 내가 판단할 일이 아니구나."

"그러니 뭐가 잘못된 건지 말해주세요. 네? 제발요."

뮤즈는 냉정하게 대할 수밖에 없었다. "그렇게는 할 수 없다."

"나쁜 상황이 벌어진 거죠? 그렇죠? 그 정도는 말해줄 수 있잖아요."

뮤즈는 애처로운 표정의 소녀에게 툭 터놓고 말해주고 싶었지만, 지금은 때가 아니었고 또 말을 꺼낼 장소도 아니었다.

"아빠가 곧 돌아오실 거다. 난 일을 하러 가야해."

내시는 차분한 어조로 말했다. "진정하라고."

조 루이스턴은 양반다리를 한 상태였는데도 유연한 동작으로 단번에 일어섰다. 내시는 선생이라면 저런 동작을 잘해야겠구나 하고 속으로 생각했다. "미안해. 매형을 이 일에 관련시키지 말았어야 했는데."

"내게 전화한 건 잘한 일이었어."

내시는 한때 처남이었던 루이스턴을 쳐다봤다. '한때'라고 표현한 건, '전前'이라고 하면 이혼의 의미가 있어서였다. 사랑스러운 아내였던 카산드라 루이스턴에게는 다섯 명의 남자 형제가 있었다. 조는 그중 막내로, 그녀가 가장 좋아했다. 카산드라는 큰오빠인 커티스가 10여 년 전에 살해되자 그 일을 정말 심각하게 받아들였다. 그녀는 며칠 동안이나 울고불고 하면서 침실 밖으로 나오려고 하지 않았다. 내시는 그런 생각을 하는 것조차 말도 되지 않는다는 걸 잘 알고 있었지만 그녀가 너무 비통해 한 나머지 병이 난 게 아닐까 의문을 품은 적도 있었다. 너무 슬퍼해서 그녀의 면역 체계에 문제가 생겼을 수도 있었다. 어쩌면 생명을 갉아먹는 세포인 암은 인간의 몸속에 다 들어 있는데 우리 몸의 보호막이 약해진 순간을 기다렸다가 활동을 개시하는 것일 수도 있다.

"누가 커티스를 죽였는지 내가 꼭 찾아내고 말 거야." 내시는 사랑하는 카산드라에게 그렇게 약속했다.

그러나 내시는 그 약속을 지키지 못했고, 카산드라는 그걸 문제 삼지 않았다. 그녀는 복수를 원하는 사람이 아니었다. 그저 큰오빠를 그리워했을 뿐이었다. 따라서 내시는 그녀에게 새로운 맹세를 했다. 그녀에게 절대로 이러한 고통을 맛보지 않게 해주겠노라고. 그녀가 사랑하는 사람들을 보호해주겠노라고. 그들을 언제까지나 보호하겠노라고.

내시는 곧 숨이 넘어갈 듯한 그녀에게 그 말을 몇 번이고 되풀이했다.

그 말을 들은 카산드라의 얼굴에 안심하는 표정이 떠오르는 것 같았다.

"그럼 그들을 위해 그 자리를 지켜줄 거야?" 카산드라가 물었다.

"그래."
"그럼 그들도 자기를 위해 그 자리를 지켜줄 거야."
내시는 그 말에는 대꾸를 하지 않았다.
조가 그를 향해 다가왔다. 내시는 교실 내부를 둘러봤다. 내시가 학생이었던 때와 거의 변한 게 없었다. 손으로 직접 쓴, 학생들이 지켜야 할 규칙들뿐만 아니라 필기체 대문자와 소문자도 여전히 붙어 있었다. 여기저기가 온통 물감투성이였다. 최근에 만든 작품이 빨랫줄에서 말라가고 있는 중이었다.
"문제가 좀 생겼어." 조가 말했다.
"말해봐."
"가이 노박이 계속해서 차를 몰고 우리 집 앞을 지나가고 있어. 속도를 늦추고 집 쪽을 노려보면서. 돌리와 앨리에게 겁을 주려는 것 같아."
"언제부터?"
"오늘로 일주일쯤 됐어."
"왜 그걸 지금에서야 말하는 거야?"
"문제가 될 거라고 생각하지 않았거든. 그 녀석이 며칠 그러다가 그만둘 줄 알았지."
내시는 눈을 꼭 감았다. "그런데 왜 지금은 문제가 될 거라고 생각하는 거지?"
"그 녀석이 오늘 아침에 그 짓거리를 했을 때 집사람이 아주 기분 나빠했어."
"가이 노박이 오늘도 차를 몰고 자네 집 앞을 지나쳤다고?"
"그래."
"그리고 그게 자네를 괴롭히려는 시도라고 생각한단 말이지?"
"그게 아니면 뭐겠어?"
내시는 고개를 살래살래 저었다. "우린 처음부터 잘못 생각했던 거야."

"그게 무슨 뜻이지?"

하지만 설명해줄 필요가 없었다. 돌리 루이스턴은 여전히 이메일을 받고 있었다. 그건 단 하나의 사실을 의미했다. 그건 매리앤이 보낸 것이 아니었다. 매리앤은 그렇게 극심한 고통을 겪으면서도 자신이 했다고 거짓말을 했던 것이다.

가이 노박의 짓이었다.

내시는 카산드라와 그녀에게 했던 맹세를 떠올렸다. 이제 이 상황을 해결하기 위해 자신이 뭘 해야 할지 분명해졌다.

조 루이스턴이 말했다. "난 정말 아무 짝에도 쓸모가 없는 놈이야."

"내 말 잘 들어, 조."

조는 정말 겁을 집어먹은 표정이었다. 내시는 카산드라가 막내동생의 이런 모습을 보지 않은 게 천만다행이라고 생각했다. 카산드라가 마지막에 어떤 모습이었는지를 떠올렸다. 그녀의 머리카락은 어느새 다 빠지고 말았다. 피부는 제멋대로 일그러졌다. 머리와 얼굴에는 딱 벌어진 상처들이 있었다. 항문을 조일 수 있는 힘도 잃어버렸다. 더는 고통을 참을 수 없는 지경에 이른 적도 한두 번이 아니었지만 그녀는 내시에게 쓸데없이 참견하지 않겠다는 약속을 하라고 강요했다. 입술이 오므라들고, 두 눈은 마치 그녀의 내부에서 강철로 된 발톱이 찢어발기기라도 하듯 툭 불거져 나왔다. 끝에 가서는 입안이 온통 짓물러 말조차 할 수 없었다. 내시는 곁에 우두커니 앉아 그 모습을 지켜보면서 솟구치는 분노를 참아내야만 했다.

"다 잘될 거야, 조."

"뭘 하려고 하는데?"

"그 문제는 내게 맡겨둬. 아무 걱정 하지 말고. 알았지? 다 잘될 테니 내 말을 믿어."

벳시 힐은 자신의 집 뒤쪽에 있는 자그마한 숲에서 애덤을 기다렸다.

지나치게 무성해진 이곳은 그녀 부부의 소유지에 있었지만, 굳이 손질을 하지 않고 내버려뒀다. 2년 전에는 이곳을 확 밀어버리고 수영장을 만들 계획도 세웠다가, 비용도 만만찮고 쌍둥이도 너무 어려 포기했다. 그 후 그들은 이곳을 찾지 않았다. 스펜서가 아홉 살 때, 론이 이곳에 요새를 만들어줬다. 동네 아이들이 찾아와 그곳에서 놀곤 했다. 그리고 그들 부부가 시어즈에서 사다 달았던 오래된 그네도 있었다. 오래전부터 이용하지 않았지만 가까이 가서 보자 삐뚤빼뚤 박힌 못들과 녹슨 철봉이 지금도 눈에 띄었다.

세월이 흘러 스펜서는 친구 몇과 함께 그네를 타고 놀았다. 한번은 벳시가 이곳에서 맥주병들을 발견했다. 그녀는 스펜서에게 이 문제를 따지려고 했지만 말을 꺼낼 때마다 슬슬 피하기만 했다. 스펜서는 십대 초반에 벌써 맥주를 마시기 시작했던 것이다. 정말 큰일이었다.

"아주머니?"

벳시가 돌아서자 애덤이 뒤쪽에 서 있었다. 캐디슨네 집을 통해 다른 쪽으로 들어온 모양이었다.

"맙소사, 무슨 일 있었니?" 벳시가 놀라서 물었다.

애덤의 얼굴은 지저분하고 잔뜩 부어 있었다. 팔에는 커다란 붕대가 감겨 있고, 셔츠는 여기저기 찢어져 있었다.

"별일 아니에요."

벳시는 애덤의 경고를 귀담아 들었고, 애덤의 부모에게 연락을 하지 않았다. 이렇게 만날 기회를 놓치고 싶지 않아서였다. 이게 잘못된 일일 수는 있지만, 그녀는 지난 몇 달 동안 이미 수많은 잘못된 결정을 내렸고 한 번 더 그런다고 해서 크게 문제될 것도 없었다.

그래도 벳시가 다음번에 꺼낸 말은 "너의 부모님께서 무척 걱정하고 계신다"였다.

"알고 있어요."

"무슨 일이니, 애덤? 어디에 있었어?"

애덤은 고개를 가로저었다. 벳시는 그 모습을 보고 애덤의 아버지를 떠올렸다. 애들은 자라면서 부모의 모습만 닮아가는 것이 아니라 행동조차 비슷해져가는 경향이 있었다. 애덤은 이제 자기 아버지보다 키가 더 컸고, 거의 어른이라고 봐도 좋을 정도였다.

"그 사진은 스펜서를 추모하는 페이지에 꽤 오랫동안 올라가 있었을 거예요. 전 들어가본 적이 없지만." 애덤이 우물거리며 입을 열었다.

"들어가보지 않았어?"

"네."

"그 이유를 물어봐도 될까?"

"그깟 사진이 내겐 스펜서가 아니니까요. 무슨 말인지 아시겠어요? 게다가 그걸 올린 여자애들도 전혀 모르는 애들이고요. 그것 말고도 스펜서를 떠올릴 추억거리가 많거든요. 그래서 그걸 보지 않은 거예요."

"누가 그 사진을 찍었는지 알고 있니?"

"DJ 허프였던 것 같아요. 전 한참 뒤쪽에 떨어져 있어서 정확하게 알지는 못한다는 소리예요. 게다가 다른 곳을 보고 있었거든요. 어쨌든 DJ가 그 사이트에 많은 사진을 올렸어요. 이것저것 막 올리다 보니 그게 그날 밤에 찍은 거라는 사실도 몰랐을 거예요."

"무슨 일이 있었던 거니, 애덤?"

애덤은 울음을 터뜨렸다. 벳시는 불과 몇 초 전까지도 애덤이 아주 어른스러워 보인다고 생각했다. 하지만 이제 어른의 기색은 사라지고 어린애 같은 모습이었다.

"우린 싸웠어요."

벳시는 그저 멍하니 서 있었다. 두 사람 사이가 2미터나 떨어져 있지만, 벳시는 애덤의 피가 혈관을 타고 흐르는 소리를 들을 수 있을 정도였다.

"그래서 스펜서의 얼굴에 멍이 있었던 거고요." 애덤이 훌쩍이는 목소리로 말했다.

"네가 스펜서를 때렸니?" 애덤은 고개를 끄덕였다.

"너흰 아주 친한 사이였잖아. 그런데 왜 싸운 거니?" 벳시가 물었다.

"술을 많이 마셔서 정신이 좀 알딸딸해졌었나 봐요. 여자애 때문이었어요. 일이 걷잡을 수 없이 커졌어요. 우린 서로의 가슴팍을 툭툭 밀쳤는데 갑자기 스펜서가 주먹질을 했어요. 전 허리를 굽혀 그걸 피하고 스펜서의 얼굴에 주먹을 날렸고요."

"여자애 때문이었다고?"

애덤은 눈길을 내리깔았다.

"그곳에 다른 사람도 있었니?"

애덤은 고개를 가로저었다. "그건 중요한 게 아니잖아요."

"내게는 아주 중요한 문제란다."

"그럴 리가 없어요. 저만 스펜서와 싸웠던 거니까요."

벳시는 그 광경을 상상해보려고 했다. 그녀의 아들을, 사랑스럽기 그지없는 스펜서와 그 애가 이 지구상에서 보낸 마지막 날을, 그리고 가장 친한 친구가 스펜서의 얼굴을 때리는 모습을. 벳시는 목소리가 높아지지 않게 하려고 안간힘을 썼지만 뜻대로 되지 않았다. "난 네가 하는 말을 하나도 이해할 수가 없구나. 넌 어디에 있었던 거니?"

"우린 브롱크스에 가려고 했어요. 거기에 그런 장소가 있거든요. 우리 또래들이 파티를 벌이고 놀 수 있도록 해주는."

"브롱크스란 말이지?"

"하지만 그곳에 가기 전에 스펜서와 제가 싸움을 벌였어요. 제가 스펜서를 때리며 마구 욕설을 퍼부었죠. 정신이 좀 나갔었나 봐요. 그랬더니 스펜서가 도망을 쳤고요. 그때 걔를 따라갔어야 했는데…… 그냥 가도록 내버려뒀어요. 스펜서가 무슨 일을 저지를지 알아챘어야 했는데 바보처럼……."

벳시 힐은 멍하니 서 있기만 했다. 그녀는 남편이 했던 말을 떠올렸다. 어느 누구도 스펜서에게 집에서 보드카와 처방약을 훔치도록 강요한 사람은 없었다는 말을.

"누가 우리 스펜서를 죽였니?" 벳시는 이를 악다물고 떨리는 목소리로 물었다.

하지만 그녀는 누가 그랬는지 이미 알고 있었다.

벳시는 처음부터 알고 있었다. 그녀는 도저히 말로는 설명이 되지 않는 사건을 설명해줄 수 있는 해답을 찾고자 애썼고 실제로 상황에 꼭 맞는 해답을 찾아냈지만, 인간의 행태 자체는 뭐라고 딱 잘라 말할 수 없을 정도로 복잡했다. 몇몇 사람들은 그걸 '미리 짜인 운명', 양육 과정보다 우위에 있는 본성이라고 치부하겠지만, 때로는 그렇지 않은 경우들도 나타난다. 우연히 발생한 어떤 사건이, 우리 주변에 있는 무엇인가가 뇌 속의 특정 화학물질과 결합하여 인생을 송두리째 바꿔놓을 수도 있다. 하여튼 간에 비극이 발생하고 난 후에 그에 대한 설명을 찾고자 하면 그런 걸 찾아낼 수 있을지도 모른다. 하지만 그건 그 사건에 대한 예측이 아니라 그걸 설명할 수 있는 이론에 불과할 뿐이다.

"정확히 무슨 일이 있었는지 말해주겠니, 애덤."

"스펜서는 제게 전화를 하려고 했어요. 스펜서의 휴대전화에 찍힌 통화들이요. 하지만 전 그게 스펜서에게 온 것임을 확인하고는 받지 않았어요. 그냥 음성사서함으로 넘어가도록 내버려뒀죠. 스펜서는 이미 너무 취해 있었어요. 약물인지 술인지는 모르겠지만. 개가 너무나 풀 죽어 있는 상태라서 그 전화를 받았어야 했는데…… 스펜서를 용서해줬어야 했는데…… 하지만 전 그렇게 하지 않았어요. 그래서 제게 마지막으로 메시지를 보낸 거예요. 모든 게 다 미안하고 그걸 해결할 방법이 있다고요. 스펜서는 이전에도 자살을 생각한 적이 있었어요. 우린 다들 그 문제에 관해 얘기를 했거든요. 그런데 이번에는 단순히 말로만 떠들 상황이 아니었나봐요. 저랑 싸우고, 저에게서 욕을 얻어먹고, 절대로 용서하지 않겠다는 말까지 들은 상태라서 한층 더 심각했나 봐요."

벳시는 힘없이 고개를 가로저었다.

"스펜서는 좋은 애였어요, 아주머니."

"그 애는 우리 집에서, 우리 약장에서 처방약을 꺼내갔단다……." 그녀는 애덤에게라기보다는 자신에게 속삭이듯 말했다.

"알고 있어요. 우린 다들 그렇게 했거든요."

애덤의 말이 벳시의 상념을 깨뜨렸다. "여자애라고? 여자애 때문에 싸웠다고 했지?"

"그건 제 잘못이었어요. 자제력을 잃어버렸거든요. 스펜서를 찾으러 나서야 했는데 그러지 않았고요. 스펜서가 보낸 음성 메시지들을 너무 늦게 확인했어요. 최대한 빨리 옥상으로 달려갔지만, 스펜서는 이미 죽어 있었어요."

"네가 우리 애의 시신을 발견했니?" 애덤은 고개만 끄덕였다.

"그런데도 지금까지 그 말을 하지 않았던 거야?"

"전 비겁했어요. 하지만 이제는 그렇지 않아요. 다 끝났다고요."

"다 끝나다니?"

"죄송해요, 아주머니. 스펜서를 구하지 못해서요."

벳시도 애덤의 말을 받았다. "나도 그 아일 구하지 못했단다, 애덤."

그녀가 애덤을 향해 한 걸음 다가서자 애덤은 머리를 흔들었다.

"이제는 다 끝났어요." 애덤은 그 말을 되풀이했다.

그러더니 뒤로 두 걸음 물러서서 몸을 돌려 달아나버렸다.

33

폴 코플랜드는 방송사들의 마이크가 산더미를 이룬 연단에 서서 말했다. "실종된 레바 코르도바라는 여인을 찾아내는 데 시민 여러분의 협조가 필요합니다."

뮤즈는 연단 옆에서 그를 지켜보았다. 모니터의 화면에는 눈이 부시도록 아름다운 레바의 사진이 떠올라 있었다. 그녀의 미소는 다른 사람들의 얼굴에서도 미소를 불러일으킬 만큼 아름다웠지만, 이 같은 상황에서는 오히려 심장을 가르는 듯한 아픔을 전했다. 화면 아래쪽에는 전화번호 하나가 적혀 있었다.

"또한 이 여자의 소재를 파악하는 데도 도움이 필요합니다."

이제 '타깃'의 감시 카메라에 찍힌 여자의 사진이 떠올랐다.

"이 여자가 사건 용의자입니다. 어떠한 정보라도 좋으니 아래에 적힌 번호로 전화해주시기 바랍니다."

지금까지 별 효과도 없었던 일이 이제 막 시작되려는 찰나였지만, 그래도 이번 사건에서는 부정적인 측면보다는 긍정적인 측면이 월등히 높다는 게 뮤즈의 생각이었다. 레바 코르도바를 목격한 사람이 있을까 하는 의문이 들었지만, 감시 카메라에 찍힌 여자를 알아볼 사람이 나올 가능성이 없지 않았다. 뮤즈가 기대하는 건 바로 그런 것이었다.

닐 코르도바가 코프 곁에 서 있었다. 그의 앞쪽에는 그와 레바 사이에서 태어난 어린 두 딸이 서 있었다. 코르도바는 턱을 내밀고 당당한 자세를 취하려고 애썼지만, 몸이 떨리는 걸 감추지는 못했다. 코르도바의 어여쁜 어린 딸들은 겁먹은 표정으로 눈을 크게 뜨고 있었다. 마치 전쟁 뉴스에 나오는 불타고 있는 건물에서 비틀거리며 빠져나오는 사람들에게서나 봤음직한 모습이었다. 언론사 입장에서는 이처럼 슬픔에 잠긴 가족들의 영상이야말로 토픽감이었을 게 분명했다. 코프는 코르도바에게 기자회견에 꼭 참석하지 않아도 되고, 굳이 참석하겠다면 딸들은 데려오지 않았으면 한다고 말했다. 하지만 닐 코르도바는 고개를 흔들어 그 제안을 거부했다.

"우린 레바를 구해내기 위해 어떤 일이든지 할 작정이오. 그렇지 않으면 우리 딸들은 나중에 크게 후회할 거라고요." 코르도바는 코프에게 단호한 어조로 말했었다.

"그래도 애들이 가슴 아파할 텐데요." 코프는 끝까지 말리려고 했다.

"애들 엄마가 죽었다면 어차피 지옥 같은 상황을 경험하지 않겠소? 적어도 우리가 엄마를 구하기 위해 최선을 다했다는 것만은 알게 해주고 싶군요." 뮤즈는 자신의 휴대전화가 진동하는 걸 느꼈다. 발신자는 시체공시소에 가 있던 클래런스였다. 하여간 타이밍하고는.

"시신은 매리앤 길레스피인 게 분명해. 전남편이 확실하다고 하는군."

뮤즈는 코프가 자신을 볼 수 있도록 계단 하나를 올라섰다. 그가 힐끗 이쪽을 쳐다보자 뮤즈는 살짝 고개를 끄덕였다. 코프는 마이크 쪽으로 얼굴을 돌려 말했다. "또한 코르도바 부인의 실종과 관련이 있을 것으로 보이는 시신 한 구의 신원을 확인했습니다. 매리앤 길레스피라는 여자로……."

뮤즈는 휴대전화를 귀에 바짝 대고 말했다. "노박을 신문했나요?"

"물론이지. 하지만 이 사람은 무관한 것 같지만, 과장 생각은 어때?"

"나도 아니에요."

"이 사람에게는 동기가 없어. 여자친구가 감시 카메라에 찍힌 여자도 아니고, 이 사람은 밴을 모는 사내의 인상착의와도 맞지 않고."

"그 사람을 집에 데려다줘요. 딸아이에게 조용히 말할 수 있도록 놔두자고요."

"우린 이미 그쪽으로 가는 중이야. 노박은 집에 있는 여자친구에게 전화해서 자신이 집에 도착할 때까지 아이들이 뉴스를 보지 못하도록 하라고 단단히 일렀어."

모니터에는 매리앤 길레스피의 사진이 떠올랐다. 희한하게도 노박은 전처인 그녀의 예전 사진을 한 장도 가지고 있지 않았지만, 레바 코르도바에게는 작년 여름에 플로리다에 사는 매리앤을 방문해서 찍은 사진이 몇 장 남아 있었다. 사진은 수영장 옆에서 찍었는데, 매리앤은 비키니를 입고 있었다. 다만 두 사람의 다정한 모습을 찍고 싶어서인지 구도가 상반신에 집중되어 있었다. 꽤 오랫동안 어려운 생활을 해왔을 텐데도 매리앤에게서는 매력적인 구석들이 넘쳐났다. 젊었을 때처럼 탄탄한 육체와 발랄한 생기가 드러나는 건 아니지만, 그래도 아름답기는 여전했다.

마침내 닐 코르도바가 마이크 앞으로 나섰다. 연이어 터지는 카메라 플래시는 경험이 많지 않은 사람들을 언제나 깜짝 놀라게 만들었다. 코르도바도 연신 눈을 깜빡거렸다. 이제는 좀 차분해진 듯 결의에 찬 표정을 짓고 있었다. 그는 사랑하는 아내이자 딸들에게는 더없이 좋은 엄마라고 당부하면서, 그녀에 대한 정보를 갖고 있는 사람은 언제라도 화면에 있는 번호로 전화를 해달라고 호소했다.

"어이."

뮤즈가 누군가 하고 돌아서니 프랭크 트레몬트가 보였다. 그는 뮤즈에게 이리 오라고 손짓했다.

"뭔가 좋은 소식이 들어온 것 같아." 트레몬트가 히죽거리며 말했다.

"벌써요?"

"호손의 어떤 경찰관 부인이었다가 남편을 먼저 떠나보낸 여자가 전화를 했는데, 감시 카메라에 찍힌 여자가 자기 집 아래층에 혼자 산다고 했어. 어딘지는 모르지만 외국에서 왔고, 이름은 피에트라래."

조 루이스턴은 학교를 나서면서 본관에 있는 자신의 우편함을 확인했다.

그곳에는 로리먼 부부가 자신의 아들인 루커스에게 신장을 기증해줄 사람을 찾는 데 도움을 달라고 호소하는 내용의, 손으로 쓴 편지와 한 장의 전단지가 들어 있었다. 조는 로리먼 집안의 애들을 가르쳐본 적은 없지만, 그 엄마라는 여자는 가까운 거리에서 본 적이 있었다. 남자 선생들은 이런 일에 관심이 없는 척을 했지만 속으로는 섹시한 엄마들에게 군침을 삼키고 있었다. 수전 로리먼도 그런 여자들 중 하나였다.

벌써 세 번째 보고 있는 전단지에는 다음 주 금요일에 '의학 전문가'가 학교에 와서 혈액검사를 한다는 내용이 적혀 있었다.

부디 진심으로 루커스의 생명을 구하는 데 도움이 될 수 있는 방법을 찾아주세요…….

루이스턴은 끔찍하다는 생각이 들었다. 로리먼 부부는 자식의 생명을 구하기 위해 필사적으로 노력하고 있었다. 로리먼 부인은 전화와 이메일로 도와달라고 애원했다. "선생님께서 우리 애들을 가르치신 적은 없지만, 학교에 다니는 모든 학생은 선생님을 훌륭한 분으로 존경하고 있어요." 루이스턴은 이기적이라고 생각했다. 하긴 다른 인간들도 다 마찬가지니까. 하지만 이 일에 적극적으로 동참한다면 야스민을 XY라고 불러서 생긴 문제를 단번에 해소하거나, 최소한 스스로 느끼는 죄책감을 줄일 수 있지 않을까 하는 생각이 들었다. 자신의 딸인 앨리가 온몸에 튜브를 꽂은 채 병실에 누워 고통을 겪는 모습을 상상했다. 그러한 생각이 그가 안고 있는 문제들이 장차 어떤 결과를 낳을지를 예상할 수 있어야 하지만 실제로는 그렇지 않았다. 언제나 운이 나쁜 사람이 있어서 자신에게는 그런 일이 닥칠 것 같지 않았고, 그런 생각을 한다고 해서 마음이 편안해지지도 않았다.

루이스턴은 차를 몰면서 내시에 대해 생각했다. 아직도 형들이 셋이나 생존해 있었지만 루이스턴은 내시에게 더 많이 의존했다. 내시와 캐시(카산드라)는 정말 어울리지 않는 한 쌍이었다. 하지만 두 사람이 함께 있을 때면 마치 한몸이 된 것처럼 보였다. 뭐, 가끔 그런 경우가 있다는 말을 듣긴 했지만 직접 눈으로 본 건 이 두 사람뿐이었다. 이들 이전에도, 이후에도 없었다. 자신과 돌리가 그런 사이가 아니라는 건 확실했다.

아주 진부하게 들릴지는 모르지만, 캐시와 내시는 둘이 모여 진정으로 하나가 된 사람들이었다.

캐시가 세상을 떠났을 때 그건 세상이 멸망한 것보다 더 큰 충격이었다. 그런 일이 벌어지리라고는 상상도 하지 못했다. 심지어 진단 결과가 나온 후에도 그랬다. 그 질병이 초래하는 초기의 몸서리쳐지는 증상을 목격하고서도 그랬다. 캐시는 어떻게든 그걸 이기고 벌떡 일어설 것이라고 믿었다. 캐시가 결국 병마에 졌을 때는 이미 각오한 터라 충격을 받지 않았어야 했다. 하지만 사실은 그렇지 않았다.

조는 내시가 가족들 중 어느 누구보다 더 많이 변해가는 모습을 지켜봤다. 어쩌면 두 사람이 다시 하나가 될 수밖에 없는 상황에서 뭔가를 희생해야만 해서 그런 것일 수도 있었다. 내시에게서는 냉랭한 기운이 피어올랐지만, 조는 묘하게도 마음이 편안해짐을 느꼈다. 그것은 내시가 더는 관심을 쏟을 것이 없어졌기 때문이었다. 겉으로 보기에 따뜻한 사람은 마치 모든 사람을 위해 존재하는 것처럼 행동하지만, 실제로 지금 같은 상황이 발생하면 사람들은 자신을 걱정해주는 가장 의지되는 친구에게 도움을 청하게 마련이다. 무엇이 옳든 그르든 간에 자신이 좋아하는 사람이 안전하기만을 바라는 그런 친구에게 말이다.

그런 친구가 바로 내시였다.

"난 카산드라에게 약속했어. 앞으로 널 보호해줄게." 내시는 장례식이 끝난 후에 조에게 이렇게 말했다.

다른 사람에게서 그런 말을 들었다면 불편하거나 별 미친놈 다 보겠다며 속으로 욕을 퍼부었겠지만 내시의 말이라면 믿어도 좋았다. 내시는 자신이 한 약속을 지키기 위해서는 그 일이 뭐든 초능력에 가까운 힘을 기꺼이 쏟아부어줄 사람이었다. 강압적인 아버지에게 묵살당하기 일쑤였던 조 같은 사람에게 내시의 약속은 끝내주게 신나는 일일 수밖에 없었다.

조는 문을 열고 들어서다가 돌리가 컴퓨터 앞에 앉아 있는 모습을 봤다. 묘한 표정을 짓고 있는 그녀의 얼굴을 보는 순간, 조의 가슴은 철렁 내려앉았다.

"당신, 어디 있었어?" 돌리가 물었다.

"학교에 있었지."

"왜?"

"미처 다 하지 못한 일을 끝내야 해서."

"내 이메일이 아직도 제대로 안 돼."

"내가 한번 더 살펴볼게."

돌리는 자리에서 일어섰다. "차, 마시겠어?"

"그럼 좋지. 고마워."

돌리는 조의 뺨에 키스했다. 조는 컴퓨터 앞에 앉았다. 그는 돌리가 방 밖으로 나갈 때까지 기다렸다가 자신의 계정에 접속했다. 이메일을 확인하려는 순간, 홈페이지에 있는 뭔가가 눈길을 끄었다.

조의 홈페이지 앞부분에는 뉴스에 나온 '주요 기사 사진들' 이라는 알림창이 있었다. 국제 뉴스의 사진이 맨 먼저 뜨고, 이어 지역 뉴스, 그 뒤를 이어 스포츠와 연예 기사에 실린 사진들이 돌아가면서 뜨도록 되어 있었다. 그의 눈길을 사로잡은 건 지역 뉴스에 나온 사진이었다. 지금은 그 사진이 보이지 않고 농구팀인 뉴욕 닉스 사진이 그 자리를 차지하고 있었다.

조는 '뒤로' 화살표를 눌러 그 사진을 찾아냈다.

그건 두 소녀와 함께 서 있는 남자의 사진이었다. 조는 소녀들 중 한 명의 얼굴을 알아봤다. 그 애는 자신의 반 학생은 아니었지만, 그 학교의 학생이었다. 최소한 그 여학생과 비슷하게 생긴 건 확실했다. 조는 기사를 클릭했다. 다음과 같은 제목이 떠올랐다.

실종된 이 지역의 여인

조는 레바 코르도바라는 이름을 읽었다. 그는 레바를 알고 있었다. 그녀는 조가 한때 학교 측 연락관으로 활동했던 학교도서운영위원회의 위원으로 일한 적이 있었다. 또한 히스패닉계 학생 협회의 부회장이기도 했다. 뒷문에 서서 아이들이 찧고 까부는 모습을 볼 때 입가에 번지는 아름다운 미소가 인상적인 여자였다.

그런데 이 여자가 실종됐다고? 조는 뉴어크에서 최근에 발견된 시신과 관련이 있을 수도 있다는 기사의 아랫부분을 읽었다. 피살자의 이름을 보는 순간, 숨이 턱 막히는 것 같았다.

맙소사! 도대체 내시는 무슨 짓을 저지른 거야?

조 루이스턴은 욕실로 달려가 토악질을 했다. 그러고는 휴대전화를 집어 들고 내시의 번호를 찍었다.

34

론 힐은 벳시나 쌍둥이가 집을 비웠다는 걸 먼저 확인했다. 그런 다음 죽은 아들의 방으로 올라갔다.

그는 자신의 모습을 어느 누구에게도 들키고 싶지 않았다.

론은 문간에 기대섰다. 그는 아들의 영혼을 불러내기라도 할 것처럼 침대를 노려봤다. 당장이라도 스펜서의 모습이 서서히 드러나면서 침대에 똑바로 누워 평소에 하던 대로 천장을 바라볼 것만 같았다. 그런데 스펜서는 눈물을 흘리고 있는 것 같았다.

왜 그 눈물을 예전에는 보지 못했을까?

과거를 돌아보면 아이들은 항상 약간 침울하고, 슬퍼하며, 지나치게 차분했다는 걸 불현듯 깨닫게 된다. 그렇다고 아이에게 '조울증'이라는 딱지를 붙이고 싶어하지는 않는다. 어쨌거나 아직 어려서 그런 것이니 시간이 흐르면 너끈히 극복해낼 거라고 예상하게 마련이다. 뒤늦게 깨달은 사실이지만, 론 자신이 이 방을 지나치다가 문이 닫혀 있는 걸 발견하고는,

내 집인데 내가 노크할 필요가 어디 있어라는 생각으로 노크도 하지 않고 문을 벌컥 열어젖혔던 게 몇 번이나 됐을까 하는 의문이 들었다. 두 눈에 눈물이 그렁그렁한 채 침대에 누워 천장을 멍하니 올려다보고 있는 스펜서의 모습을 보고 론은 "너, 괜찮은 거니?"라고 물어보면 스펜서는 "물론이에요, 아빠"라고 대답을 하곤 했다. 그러면 론은 아무런 의심도 하지 않고 문을 닫아버렸다.

아빠라는 사람이 자식의 고민을 전혀 눈치채지 못했다.

론은 모든 걸 자신의 탓으로 돌렸다. 아들의 행동에 문제가 있는데도 그걸 알아차리지 못한 걸 자책했다. 아들의 손이 쉽게 미칠 수 있는 곳에 처방약과 보드카를 놔둔 자신을 책망했다. 하지만 진정으로 원망한 건 자신이 속으로 생각했던 것들이었다.

남이 들으면 그건 '중년의 위기'라고 했을지도 모른다. 하지만 론은 그렇게 생각하지 않았다. 그 말은 너무나 편리하게, 너무나 손쉽게 대는 핑계에 불과할 뿐이었다. 사실, 론은 이런 생활을 증오했다. 자신의 직업을 증오했다. 일이 끝나고 이런 집으로 돌아와야 하는 것과, 말도 듣지 않는 애들과, 끊임없이 들려오는 소음과, 전구를 사러 헐레벌떡 철물점으로 달려가는 것과, 자식의 대학 등록금 마련을 위해 난방비 줄일 걱정을 해야 하는 것을 증오했다. 정말 이런 생활에서 탈출하고 싶었다. 어떻게 해서 이런 함정에 빠져들었던 걸까? 수많은 남자들은 이런 생활을 어떻게 버텨나가는 것일까? 숲속에 오두막을 짓고 홀로 있고 싶었다. 휴대전화도 터지지 않는 곳에 깊숙이 들어앉아 나무들 사이의 탁 트인 공간으로 태양을 향해 얼굴을 내밀어 그 따스한 기운을 느끼고 싶었다.

그래서 론은 이런 생활을 내팽개치고 탈출하는 것을 동경했고, 잔인한 신은 론의 아들을 죽이는 것으로 그의 기도에 응답했다.

론은 마치 관 같은 이 집에 있는 게 두려웠다. 벳시는 절대 이사를 하려고 하지 않을 것이다. 그리고 자신과 쌍둥이 사이에도 유대감은 없었다. 사내는 의무감으로 살아간다는데, 그 이유는? 그게 뭐가 중요해서? 다음 세대가 좀 더 행복해질 거라는 얄팍한 희망에 매달려 자신의 행복을 희생한다고? 그런데 나는 불행해도 내 아이들은 뭔가를 성취할 거라고 보증할 수 있는가? 말도 안 되는 헛소리! 스펜서를 놓고도 그런 말이 나오는가?

론은 스펜서가 자살한 다음 날의 기억을 떠올렸다. 그는 스펜서의 물건들을 꾸려서 치우려는 게 아니라 물건들을 뒤져보려고 이 방에 들어왔었다. 이유는 모르지만 스펜서가 자살한 이유를 밝히는 데 도움이 될 것 같았다. 자식의 마음을 이제라도 알아간다는 심정으로 물건들을 하나씩 살피기 시작했다. 바로 그때, 벳시가 들어와 신경질을 부렸다. 그런 바람에 손을 멈출 수밖에 없었고, 자신이 찾아낸 걸 절대로 입 밖에 내지 않았다. 그리고 벳시의 마음을 돌리려고 끊임없이 노력했지만, 그녀에게 자신의 마음을 계속 내보였지만, 사랑했던 그녀는 이미 마음이 떠나버린 상태였다. 언제인지는 모르지만 그녀의 사랑은 오래전에 식어버렸고, 그나마 남아 있던 부분은 스펜서와 함께 그 빌어먹을 관 속에 파묻혀버렸다.

론은 뒷문이 열리는 소리에 깜짝 놀랐다. 차가 다가오는 소리를 듣지 못해서였다. 서둘러 계단 쪽으로 다가간 그는 벳시의 모습을 발견했다. 그녀의 얼굴 표정을 보고 물었다. "무슨 일 있었어?"

"스펜서는 자살했어." 벳시가 풀 죽은 목소리로 말했다.

론은 그 말에 뭐라고 대꾸해야 할지 몰라 그냥 우두커니 서 있었다.

"그 애가 자살했다는 게 믿어지지 않아. 뭔가 더 있을 줄 알았거든."

론은 그저 고개를 끄덕일 수밖에 없었다. "당신 맘 잘 알아."

"우린 스펜서를 구하기 위해 어떤 일을 할 수 있었을까 하고 항상 생각했잖아? 난 잘 모르겠지만 아무것도 없었을 것 같아. 우리가 뭔가 중요한 점을 놓쳤을 수도 있지만 그게 문제는 아닌 것 같아. 난 책임에서 벗어나고 싶지 않기 때문에, 속수무책일 수밖에 없었다는 생각 자체가 고통스러워. 남의 눈이든 비난이든 전혀 신경 쓰고 싶지 않아. 난 그저 과거와는 다른 날로 돌아가고 싶어. 당신, 이런 것 생각해봤어? 만약 우리가 아주 사소한 것 한 가지를 바꿨더라면, 예를 들면 진입로를 오른쪽이 아니라 왼쪽으로 해놨다거나 집을 파란색 대신 노란색으로 칠했다면 모든 게 달라질 수도 있었다는 걸?"

론은 아내의 말이 이어지기를 기다렸다. 벳시가 더는 말을 하지 않자 물었다. "무슨 일이 있었어, 여보?"

"조금 전에 애덤 바이를 만났어."

"어디에서?"

"뒤뜰에서. 그 애들이 뛰어놀았던 곳 말이야."

"애덤이 뭐라고 했는데?"

벳시는 싸움에 관해서, 전화통화에 관해서, 애덤이 얼마나 자책하고 있는지에 대해 말해줬다. 론은 귀로는 들으면서 머릿속으로는 그것들을 정리했다.

"여자애 때문에?"

"그래."

하지만 론은 상황이 그것보다는 훨씬 더 복잡하게 꼬여 있었음을 알았다.

벳시가 뒤돌아섰다.

"당신, 어디 가려고?" 론이 물었다.

"티아와 말을 해봐야지."

티아와 마이크는 일을 분담하기로 결정했다.

모가 집으로 찾아왔다. 모와 마이크는 브롱크스로 차를 몰고 출발했고, 티아는 컴퓨터를 맡기로 했다. 마이크는 발생했던 일 모두를 모에게 얘기했다. 모는 마이크에게 질문을 하지 않고 차만 몰았다. 다 듣고 난 모는 짧게 물었다. "그 인스턴트 메시지 말이야. CeeJay8115와 나눈."

"그게 어때서?"

모는 대꾸도 없이 앞만 바라보며 차를 몰았다.

"모?"

"난 정말 모르겠어. 하지만 이곳에 CeeJay란 작자들이 8115명이나 있는 건 아니겠지?"

"그래서?"

"따라서 숫자를 맘대로 정한 건 아니라는 거지. 숫자엔 분명히 무슨 뜻이 있어. 그게 무슨 뜻인지만 밝혀내면 나머지가 술술 풀릴 거라고."

마이크는 이 점을 일찌감치 알아차렸어야 했다. 모는 숫자에 관해서는 귀신이나 다를 바 없었다. 모는 바로 이 능력으로, 대학입학자격시험 중 수학에서 만점을 받아 다트머스 진학 자격증을 거머쥐었다.

"그게 무슨 뜻인지 생각나는 게 있어?"

모는 고개를 가로저었다. "아직까지는 없어." 그러더니 다른 질문을 했다. "이젠 뭘 할 건데?"

"전화를 한 통 해야겠어."

마이크는 클럽 재규어의 전화번호를 찍었다. 로즈메리 맥디비트가 직접 전화를 받아 깜짝 놀랐다.

"마이크 바이요."

"그럴 줄 알았어요. 오늘은 문을 열지 않았지만 당신 전화를 기다리고 있었어요."

"우리, 만나서 얘기 좀 합시다."

"정말 그래야겠어요. 내가 어디에 있는지 알죠? 최대한 빨리 와줘요."

티아는 애덤의 이메일을 확인해봤지만, 새로 들어온 것 중 그 애의 행방과 관련된 것은 없었다. 애덤의 친구인 클라크와 올리비아에게서 계속해서 메일이 도착했고 그 내용이 점점 급박해졌는데도 DJ 허프에게서 온 건 단 한 통도 없었다. 그런 사실에 티아는 몹시 걱정이 됐다.

티아는 일어서서 집 밖으로 나갔다. 숨겨놓은 문 열쇠를 확인했다. 있어야 할 자리에 그대로 있었다. 모가 최근에 이걸 사용했고, 제자리에 돌려놨다고 했다. 무슨 수를 썼는지는 모르지만 모는 열쇠의 위치를 알고 있었고, 따라서 티아는 모를 용의자 중 한 사람으로 의심하지 않을 수 없었다. 티아는 모에게 이것저것 불만이 있었지만, 그가 믿을 수 없는 사람이라고는 단 한번도 생각해보지 않았다. 모는 이 가족에게 절대로 해를 끼칠 사람이 아니었다. 알고 있는 사람들 중에 나를 대신해서 총알을 맞아줄 사람이 거의 없다는 건 세상이 다 아는 사실이다. 모는 티아를 위해서는 어떨지 모르겠지만 마이크와 애덤, 그리고 질을 위해서는 기꺼이 총알받이로 나설 게 분명했다.

티아가 아직도 집 밖에 서 있는데 전화벨 소리가 들렸다. 허겁지겁 집 안으로 달려가 세 번째 벨 소리와 함께 수화기를 집어 들었다. 마음이 다급해서 발신자를 확인할 겨를이 없었다.

"여보세요?"

"티아? 가이 노박이요."

그의 목소리는 높은 건물에서 뛰어내렸는데 안전하게 착지할 곳이 없다는 걸 나중에 알게 된 사람처럼 다급했다.

"무슨 일 있어요?"

"애들에겐 아무 문제가 없으니 걱정 말아요. 그런데 뉴스는 봤어요?"

"아니요. 그건 왜요?"

가이는 터져 나오는 울음을 간신히 참으며 말했다. "내 전처가 살해됐어요. 방금 시신을 확인했고요."

티아는 설마 이런 소식을 들으리라고는 꿈에도 생각하지 못했다. "오, 맙소사. 정말 안됐네요, 가이."

"당신은 애들에 관해선 전혀 걱정하지 않아도 돼요. 내 친구 베스가 그 애들을 돌보고 있거든요. 지금 막 집에 전화를 걸어 확인했어요."

"매리앤에게 무슨 일이 벌어진 건가요?" 티아가 물었다.

"맞아 죽었다네요."

"어쩜 그럴 수가……."

티아는 매리앤을 두어 번 만나봤을 뿐이었다. 매리앤은 야스민과 질이 초등학교에 입학했을 때쯤 집을 나가버렸다. 그건 온 마을 사람들이 침을 튀기며 떠들어댄 스캔들이었다. 아이 엄마로서의 의무라는 중압감을 떨쳐버리지 못한 어떤 어머니가 집을 뛰쳐나가 날씨 따뜻한 곳에서 책임감의 굴레를 벗어던지고 자유분방한 삶을 살아가네 어쩌네 하는 얘기로 온 동네가 한동안 시끄러웠다. 대부분의 엄마들은 구역질이 난다는 투로 떠들어댔다. 티아는 매리앤이 비록 가정을 파괴하고 자신만을 생각하는 사람이긴 했지만 그러한 굴레를 벗어던진 데 대해서 그들이 부러움과 시샘 같은 것을 느꼈던 게 아닐까 하는 의심이 들곤 했다.

"경찰은 살인범을 체포했나요?"

"아니요. 그들은 조금 전까지만 해도 매리앤의 신원조차 파악하지 못했거든요."

"정말 안됐어요, 가이."

"난 지금 집으로 돌아가는 길이에요. 야스민은 아직 이 사실을 모르고 있고요. 얘기는 해줘야 할 텐데……."

"당연히 그래야죠."

"야스민에게 얘기해줄 때 질이 그 자리에 없었으면 해요."

"물론 그래야죠. 내가 당장 가서 질을 데리고 올게요. 우리가 달리 또 도와줄 일 없어요?"

"아니요. 신경 써줘서 고마워요. 괜찮을 거예요. 나중에 질을 우리 집으로 보내주면 정말 고맙고요. 너무 많은 걸 바란다는 건 알지만 야스민에게 친구가 필요할지도 몰라서요."

"별말을 다 하네요. 마땅히 그래야죠. 당신과 야스민에게 필요한 일이라면 뭐든 다 할게요."

"고마워요, 티아."

가이는 전화를 끊었다. 티아는 이제 막 들은 소식에 넋이 나가 멍하니 앉아 있었다. 맞아 죽다니! 도저히 상상이 되지 않는 장면이었다. 자신의 뇌에 과부하가 걸린 느낌이었다. 티아 자신은 여태 살아오면서 한꺼번에 여러 가지 일을 동시에 처리해본 적이 거의 없었던 터라 지난 며칠 동안은 내부의 통제 시스템이 갈팡질팡 혼선을 빚고 있는 중이었다.

티아는 열쇠뭉치를 집어 들다가 마이크에게 전화로 알려야 하나 하는 생각이 들었다. 그러다가 고개를 살래살래 저었다. 그이는 애덤을 찾아내는 데 온통 정신을 쏟고 있다. 그걸 방해하고 싶지 않았다. 티아가 집 밖으로 나서 하늘을 보니 눈부실 정도로 쨍한 청록빛이었다. 눈길을 돌려 도로와 조용한 주변의 집들과 잘 다듬어진 잔디밭들을 봤다. 그레이엄 씨 가족들은 집 밖에 나와 있었다. 남편은 여섯 살 된 아들에게 자전거 타는 법을 가르치고 있는 장면. 아이들이 으레 거쳐야 할 단계 중의 하나였다. 열심히 자전거 페달을 돌리는 동안 아빠는 손으로 안장을 꽉 붙들어주고 있는 장면. 혹시라도 넘어지는 경우에 붙들어줄 사람이 있다는 걸 확인하는 단계이기도 해서 아빠와 자식 간에 신뢰를 쌓는 좋은 방법이기도 했다. 남편은 살이 쪄서 엉망인 몸매로 숨을 헐떡거렸다. 그의 아내는 정원에서 부자의 모습을 지켜보는 중이었다. 그녀는 양손을 차양 삼아 햇빛을 가리며 활짝 미소를 짓고 있었다. 그때 단테 로리먼이 자신의 BMW550i를 몰고 진입로로 들어섰다.

"안녕하시오, 티아."

"안녕하세요, 단테."
"요즘 어때요?"
"좋죠, 당신은요?"
"나도 좋아요."

물론 둘 다 거짓말이었다. 티아는 거리 전체를 이리저리 둘러보았다. 집들은 거의 비슷비슷했다. 집들의 구조가 견고하긴 했지만 그래도 집주인의 삶을 보호하기에는 역부족이었다. 로리먼 부부에게는 몸이 좋지 않은 아들이 있고, 자신의 아들은 실종된 상태인 데다가 불법적인 일에 연루되어 있을 가능성이 높았다.

티아가 운전석에 올라앉자마자 휴대전화 벨이 울렸다. 얼른 발신자를 확인했다. 벳시 힐에게서 온 전화였다. 받지 않는 게 나을 수도 있었다. 벳시와 자신은 추구하는 바가 전혀 달랐다. 벳시에게는 팜 파티나 경찰이 의심하고 있는 부분에 대해 말해줄 생각이 손톱만큼도 없었다. 아직까지는.

휴대전화가 다시 울렸다.

티아의 손가락은 통화 버튼 위를 여러 번 오갔다. 지금 가장 중요한 건 애덤을 찾아내는 일이었다. 그 외의 모든 일은 뒤로 미뤄져야만 했다. 벳시가 지금 무슨 일이 벌어지고 있는지에 대한 단서 같은 걸 찾아냈을지도 모를 일이었다.

티아는 결국 통화 버튼을 눌렀다.

"여보세요?"

벳시의 목소리가 흘러나왔다. "조금 전에 애덤을 만났어요."

카슨은 부러진 코가 쑤시기 시작했다. 그는 로즈메리 맥디비트가 수화기를 내려놓는 걸 지켜봤다.

클럽 재규어는 바늘 떨어지는 소리도 다 들릴 정도로 조용했다. 로즈메리는 이곳 아이들이 닥터 바이와 군인처럼 머리를 짧게 깎은 그의 친구를 상대로 거의 싸움을 벌일 뻔했던 직후에 아이들을 모두 집으로 돌려보내고 클럽 문을 닫아버렸다. 지금 이곳에는 단 두 사람뿐이었다.

로즈메리는 매력이 줄줄 흘러넘칠 정도로 섹시하다는 건 두말할 필요도 없었다. 하지만 지금은 평소의 강인한 모습은 온데간데없고 당장이라도 무너져내릴 듯 비참해 보였다. 그녀는 양팔로 자신을 감싸 안았다.

카슨은 그녀의 맞은편에 앉았다. 그는 코웃음을 치려다가 코가 아파 그만두고 말았다.

"방금 애덤의 노땅이었어?"

"그래."

"둘 다 없애버려야 해."

로즈메리는 고개를 가로저었다.

"왜?"

"넌 끼어들지 말고 내게 맡겨둬." 로즈메리가 차갑게 쏘아붙였다.

"넌 사정을 잘 모르고 있군. 그렇지?"

로즈메리는 아무런 대꾸도 하지 않았다.

"우리가 이 일을 하도록 만든 사람들은……."

"우린 어느 누구를 위해 일하는 게 아니야!" 로즈메리가 딱 잘라 말했다.

"좋아, 용어야 어쨌든 간에 의미만 통하면 되니까. 우리 부모라고 해도 좋고, 우릴 이 세상에 퍼질러놓은 사람들이라고 해도 좋고."

로즈메리는 두 눈을 꼭 감았다.

"나쁜 사람들이라는 걸 잊지 마."

"어느 누구도 그런 걸 증명할 순 없어."

"말도 안 되는 소리! 그걸 누가 모른다고!"

"그저 내가 하는 대로 내버려둬. 알았지?"

"애덤의 노땅이 이곳으로 오는 중이야?"

"그래. 내가 직접 그 사람과 얘기해볼 거야. 내가 뭘 하는지는 내가 잘 알고 있으니까 넌 얼른 이곳을 떠나."

"그럼 너 혼자서 그 사람을 만날 수 있겠어?"

로즈메리는 고개를 살래살래 저었다. "그런 건 아니야."

"그런 게 아니라니?"

"난 이 일을 깨끗이 해낼 수 있어. 그 사람이 좀 더 이성적으로 생각할 수 있게 만들 수 있단 말이지. 그냥 내게 맡겨두라고."

이 언덕에 홀로 서 있는 애덤의 귓가에 스펜서의 목소리가 아련히 들려왔다.

"정말 미안해……."

애덤은 두 눈을 꼭 감았다. 바로 그 음성 메시지들이었다. 애덤은 그것들을 휴대전화에 저장해놓고 매일 들으며 가슴에 사무치는 고통을 새록새록 느꼈다.

"애덤, 제발 전화를 받아줘……."

"용서해줘, 응? 제발 날 용서한다고 말해줘……."

매일 밤 음성 메시지가 애덤을 찾아왔다. 특히 마지막 메시지에서 스펜서는 벌써 죽음을 향해 줄달음이라도 하는 듯 목소리가 덜덜 떨리며 희미해졌다.

"이건 네 탓이 아니야, 애덤. 알았지? 그냥 그렇게만 알아줘. 어느 누구의 탓이 아니라고. 그냥 너무 힘들었어. 항상 너무 힘들었는데……."

애덤은 중학교 옆에 있는 오래된 언덕에서 DJ 허프를 기다렸다. 이곳 경찰서장이자 이곳에서 자란 DJ의 아버지는 예전에 아이들이 학교가 끝나면 언덕 꼭대기까지 올라가곤 했다고 말해줬다. 싸움깨나 한다는 아이들은 언덕 위에서 시간 가는 줄 모르고 놀았고, 그렇지 않은 아이들은 그런 아이들을 피하려고 언덕을 돌아 1킬로미터 정도를 더 걸었다고 했다.

애덤은 주위를 둘러봤다. 저 멀리 축구장이 보였다. 애덤은 여덟 살 때 저곳에서 선수로 몇 경기를 뛰긴 했지만, 축구가 썩 재미있지는 않았다. 그저 아이스하키가 최고였다. 얼음의 차가운 감촉과 그 위를 삭삭거리며 미끄러지는 스케이트가 좋았다. 온몸 여기저기에 패드를 대고 마스크를 쓰고서 전심전력으로 골문을 지키는 게 좋았다. 바로 그 순간에는 애덤도 사내라는 걸 확실히 느꼈다. 자신의 실력이 훌륭하다면, 한 걸음 더 나아가 완벽하다면 자신의 팀이 질 리가 없다는 확신을 가지고 있었다. 대다수의 어린애들은 그런 중압감을 이기지 못했다. 하지만 애덤은 그 중압감을 이기며 성장했다.

"날 용서해줘, 응?……."

아니야, 네가 날 용서해줘야 해. 애덤은 속으로 생각했다.

스펜서의 기분은 종잡을 수 없을 정도로 변덕스러웠다. 하늘을 나는 새라도 잡아챌 듯 고조됐다가도 땅이 푹 꺼질 정도로 우울해지곤 했다. 가출에 대해, 학교를 때려치우고 장사를 시작하는 것에 대해, 그리고 무엇보다도 죽어서 모든 고통을 끝내는 것에 대해 말하곤 했다. 애들이라면 어느 정도 이런 경향이 있다. 애덤은 작년에 스펜서와 함께 자살하겠다는 약속을 한 적도 있었다. 하지만 애덤은 그냥 하는 얘기로만 여겼지 실행할 생각은 추호도 없었다.

스펜서가 실제로 이런 일을 저지를 거라는 걸 알아차렸어야 했다.

"날 용서해줘……."

용서해준다고 뭐가 달라지기라도 했을까? 그래, 그날 밤이었다면 그랬을지도 모르지. 스펜서가 그 다음 날에도, 또 그 다음 날에도 살아 있지 않았을까? 그걸 누가 알겠는가?

"애덤?"

애덤은 목소리가 들려온 쪽으로 돌아섰다. DJ 허프였다.

DJ가 물었다. "너, 괜찮아?"

"네가 상관할 일이 아니니 신경 끊어."

"난 그런 일이 벌어질 줄 몰랐어. 네 아빠가 날 쫓아오기에 놀라서 카슨에게 전화했을 뿐이야."

"그리고 도망쳤지."

"그 사람들이 네 아빠를 쫓아갈 줄은 꿈에도 생각하지 못했어."

"그럼 넌 어떤 일이 벌어질 거라고 생각했는데, DJ?"

DJ가 어깨를 으쓱하는 순간, 애덤은 DJ의 눈 흰자위에 선 핏발을 볼 수 있었다. 얼굴에 진땀도 번들거렸다. DJ의 몸이 조금씩 비틀거리기까지 했다.

"너, 약 했구나?" 애덤이 물었다.

"그래서? 난 도저히 널 이해할 수가 없어. 어떻게 네 아빠에게 일러바칠 수가 있지?"

"난 그런 적 없어."

애덤은 그날 밤 그렇게 할 계획을 세우기는 했다. 심지어 도심지에 있는 스파이 장비 파는 상점까지 찾아갔다. TV에서 봤던 것과 같은 첨단 장비를 원했지만 상점에서 내놓은 건 소리를 녹음할 수 있는 평범한 펜처럼 보이는 것과 비디오카메라로 사용되는 벨트버클이 전부였다. 애덤은 이 장비들을 이용해 모든 걸 녹음하고 녹화한 다음 DJ의 아버지가 서장으로 있는 경찰서가 아닌 다른 곳으로 가져가려고 했다. 그리고 모든 걸 다 털어놓을 생각까지 했다. 위험하기야 하겠지만 어쩔 도리가 없다.

애덤은 물에 빠져 익사하기 직전이었다.

자신이 물속으로 가라앉고 있고, 그렇다는 걸 느낄 수 있으며, 자신이 스스로 목숨을 구하지 않으면 스펜서처럼 세상을 떠날 수 있다는 걸 알고 있었다. 그래서 차분히 계획을 세웠고, 그날 밤 실행할 준비를 다 갖춰놨다.

그런데 아빠가 꼭 레인저스의 경기를 보러 가야 한다고 강요하다시피

하는 상황이 벌어지고 말았다.

애덤은 경기 따위를 보러 갈 수가 없었다. 계획을 조금 연기할 수는 있겠지만, 그래도 그날 밤에 약속 장소로 가지 않으면 로즈메리와 카슨, 그리고 나머지 애들이 의심할 게 뻔했다. 그들은 모두 애덤이 갈팡질팡하고 있다는 걸 눈치채고 있었고, 이미 애덤에게 협박을 하고 있었다. 그래서 애덤은 집을 몰래 빠져나가 클럽 재규어로 갔던 것이다.

아버지가 그곳에 모습을 드러내자 애덤의 모든 계획은 수포로 돌아가고 말았다.

칼에 찔린 팔의 상처가 아팠다. 꿰매야 할 것 같았고, 어쩌면 감염됐을 수도 있었다. 상처를 깨끗이 씻어내려고는 했다. 그 과정 중에 고통이 너무 심해 거의 기절할 뻔했다. 어쨌든 지금 당장은 참을 만했다. 적어도 일을 바로잡을 때까지는 참아내야 했다.

"카슨과 다른 애들은 네가 꼼수를 썼다고 생각하고 있어." DJ가 말했다.

"난 그런 적 없어." 애덤이 퉁명스럽게 대꾸했다.

"네 아빠가 우리 집에도 왔었단 말이야."

"언제?"

"잘 모르겠어. 브롱크스에 나타나기 한 시간 전쯤이 아닌가 싶어. 네 아빠가 길 맞은편 차 안에 앉아 있는 걸 우리 아빠가 알아봤다고."

애덤은 그 문제에 관해 좀 더 생각해보고 싶었지만 그럴 시간이 없었다.

"우린 이걸 끝내야 해, DJ."

"우리 아빠한테 말했다고 했잖아. 우리에게 유리하게 해결하려고 애쓰고 있단 말이야. 우리 아빤 경찰이야. 믿고 맡겨두자고."

"스펜서가 죽었어."

"그게 우리 책임은 아니잖아."

"아니, 우리 책임이지."

"그게 왜? 스펜서는 머리가 돌아버렸던 게 틀림없어. 그러니까 자기 스스로 목숨을 끊었지."

"우리가 걔를 죽도록 놔뒀어. 난 걔를 패기까지 했고." 애덤은 자신의 오른손을 내려다봤다. 그리고 주먹을 꽉 쥐었다. 스펜서가 세상을 떠나기 전 다른 사람에게서 받은 마지막 손길이 바로 이 주먹 세례였다. 가장 친한 친구의 주먹질이었다.

"그 일에 대해 죄책감을 느끼고 싶다면 그건 네 문제니까 알아서 하라고. 나머지 우리에겐 덤터기를 씌우지 말아줘, 제발."

"이건 죄책감이고 뭐고에 관한 문제가 아니야. 그 녀석들은 우리 아빠를 죽이려고 했어. 빌어먹을! 나도 죽이려 했고."

DJ는 고개를 가로저었다. "넌 뭘 잘 모르고 있구나."

"뭐라고?"

"우리가 자백하면 끝장난다는 걸 몰라서 그러는 거야? 아마 감방으로 직행할걸? 대학도 영원히 안녕이겠지. 그리고 카슨과 로즈메리가 그 약들을 누구에게 팔았을 거라고 생각해? 구세군? 이 일에는 갱단들도 개입되어 있다고. 그걸 모르겠어? 카슨은 지금 겁이 나서 죽을 맛일걸?"

애덤은 아무 말도 하지 않았다.

"우리 아빠가 그러는데 우리가 입만 다물고 있으면 괜찮을 거래."

"그 말을 곧이곧대로 믿는 거야?"

"그자들이 날 물고 늘어질 수 있는 건 내가 너에게 그곳을 소개해줬다는 것뿐이야. 결국 네 아빠의 처방전 용지이긴 했지만. 어쨌든 우린 그곳을 그만두고 싶다고 말하기만 하면 돼."

"그자들이 우릴 놔주지 않는다면?"

"우리 아빠가 압력을 행사하면 되지. 아빠가 다 괜찮을 거라고 했어. 상황이 더 악화되면 변호사를 대고 우린 입을 꽉 다물고 있으면 돼."

애덤은 DJ를 쏘아보며 다음 말을 기다렸다.

"이 결정은 우리 모두에게 영향을 미친단 말이야. 네가 망쳐버리려는 게 네 미래만이 아니라고. 내 미래도 상관 있어. 클라크도, 올리비아도 관련 있고."

"그만 얼토당토않은 말은 더 듣고 싶지 않아."

"틀림없는 사실이라니까, 애덤. 걔들은 너와 나처럼 깊숙이 개입되어 있진 않지만, 걔들도 끝장이라는 건 확실하다니까."

"안 돼."

"뭐가 안 된다는 거야?"

애덤은 친구의 얼굴을 노려봤다. "이번에 제대로 판단하지 않으면 넌 평생 이렇게 살 수밖에 없어, DJ."

"도대체 무슨 말을 하는 거야?"

"네가 말썽을 부리면 네 아빠가 구해주는 생활 말이지."

"그게 무슨 악담이야? 친구인 내게 할 소리야?"

"우린 이 일을 모른 척하고 내버려둘 수 없어."

"스펜서는 자살했잖아. 우린 걔한테 아무 짓도 하지 않았다고."

애덤은 나무들 틈 사이로 아래쪽을 내려다봤다. 축구장은 비어 있었지만 사람들은 여전히 그 주위를 돌며 조깅을 하고 있었다. 애덤은 머리를 약간 왼쪽으로 돌렸다. 스펜서의 시신이 발견됐던 옥상이 보이는지 고개를 쭉 뺐지만 앞쪽의 탑이 시야를 가렸다. DJ가 곁으로 다가와 섰다.

"우리 아빠는 고등학생이었을 때 이곳에서 놀았대. 불량 청소년이었다는 것 알아? 대마초도 피우고 맥주도 마셨다고 했어. 싸움박질도 자주 했고."

"네가 말하고 싶은 게 뭐야?"

"내가 말하고 싶은 건, 그 당시엔 실수를 했어도 큰 탈 없이 빠져나올 수 있었다는 거지. 사람들이 눈감아줬거든. 나이가 어릴 땐 가끔 스트레스를 풀기도 해야 한다고 이해해줬단 얘기지. 우리 아빠는 내 나이 때 차를 훔친 적이 있었대. 곧 체포됐지만, 한바탕 잔소리를 듣고 끝났다는 거야. 그랬던 우리 아빠가 지금은 이곳에서 법을 가장 잘 지키는 사람이 됐잖아? 하지만 요즘 같았으면 우리 아빠 인생은 별 볼일 없어졌겠지. 정말 웃기지 않아? 이제는 학교에서 지나가는 여자에게 휘파람을 불어대는 것만으로도 감방에 가게 될걸? 복도에서 누군가의 가슴을 툭 치고 지나가면 무슨 죄목으로든 체포될 거야. 단 한번이라도 실수를 하는 날에는 앞날이 깜깜해지는 거지. 우리 아빠는 정말 말이 안 되는 세상이라고 했어. 이런 세상에서 우린 어떻게 해야 할 것 같아?"

"그렇다고 해서 시치미를 뚝 떼고 있을 순 없어."

"애덤, 우린 2년만 있으면 대학에 가게 돼. 입만 다물고 있으면 다 묻힐 거라고. 우린 범죄자가 아니야. 괜히 나섰다가 우리 인생을 망칠 순 없단 말이야."

"스펜서의 인생은 이미 박살이 났어."

"그게 우리 잘못은 아니잖아."

"그 녀석들은 우리 아빠를 죽일 뻔했어. 결국 아빠는 병원에 실려 갔고."

"나도 알고 있어. 그리고 그게 우리 아빠였다면 어떤 기분일까도 알고 있고. 그렇다고 해서 막 나갈 수는 없잖아? 일단 진정하고 곰곰이 생각해본 다음에 행동을 해야지. 내가 카슨에게 다 얘기했어. 우릴 만나서 솔직히 털어놓고 얘기하고 싶다던데?"

애덤은 이마를 찌푸렸다. "알았어."

"그냥 말로만 그러지 말고 정말 만나러 가자니까."

"그 녀석은 미쳤어, DJ. 너도 잘 알고 있을걸? 네 입으로도 말했잖아. 내가 자기를 상대로 꼼수를 부렸다고."

애덤은 이 문제를 찬찬히 정리해보고 싶었지만 심신이 피곤해 곧 죽을 것 같았다. 밤을 꼴딱 샜고, 칼에 찔린 데다가 진이 다 빠졌고, 머릿속이 혼란스럽기까지 했다. 밤새 생각을 거듭했지만 뭘 해야 할지 뾰족한 수가 떠오르지 않았다.

부모님께 모든 걸 사실대로 다 말했어야 했다.

하지만 애덤은 그럴 수가 없었다. 자신이 모든 걸 엉망으로 만들어버렸고, 너무 자주 마약에 취했고, 세상에서 자신을 무조건 사랑하고 자신이 무슨 일을 저질렀든 영원히 사랑해줄 수 있는 유일한 사람들이 적일 수도 있다는 생각을 믿게 됐기 때문이었다.

게다가 그들은 자신을 몰래 엿보기까지 했다.

애덤은 자신의 부모가 그랬다는 걸 잘 알고 있었다. 그들은 자신을 믿지 않았다. 그것 때문에 화가 났지만, 다시 생각해 보니 부모가 자신을 단 한 순간도 믿은 적이 없는 것 같았다.

그래서 어젯밤에 겁을 잔뜩 집어먹고 집을 뛰쳐나와 숨어 있었다. 생각을 정리할 시간이 필요했다.

"우리 부모님께 말씀드려야겠어." 애덤은 머리를 흔들며 말했다.

"그건 좋은 생각이 아닌 것 같은데?"

애덤은 DJ를 똑바로 쳐다봤다. "네 휴대전화 좀 쓰자."

DJ는 고개를 흔들어 거절했다. 애덤은 한발 다가서며 주먹을 꽉 쥐었다.

"내가 그걸 꼭 뺏어야겠어?"

DJ의 두 눈이 촉촉이 젖었다. 한 손으로 휴대전화를 꺼내 애덤에게 건넸다. 애덤은 집에 전화했다. 아무도 받지 않았다. 이번에는 아버지의 휴대전화로 연락을 했다. 역시 응답이 없었다. 어머니의 휴대전화도 상황은 마찬가지였다.

DJ가 걱정스러운 표정으로 불렀다. "애덤?"

애덤은 전화를 할까 말까 망설였다. 질에게는 이미 한 번 전화를 걸어 자신이 안전하다는 걸 알림과 동시에, 부모님께는 말하지 말라고 맹세를 시켰다.

애덤은 결국 질의 휴대전화 번호를 눌렀다.

"여보세요?"

"나야, 질."

"오빠야? 얼른 집으로 와. 난 걱정이 돼서 죽겠어."

"너 혹시 엄마 아빠가 어디 계신지 아니?"

"엄마는 야스민네 집으로 와서 날 데려가실 거고, 아빠는 오빠를 찾으러 나가셨어."

"그게 어딘지 아니?"

"브롱크스인 것 같은데 확실하진 않아. 엄마가 말씀하시는 걸 슬쩍 들었거든. 클럽 재규어인가 어딘가라고 하던데……."

애덤은 눈을 꼭 감았다. 빌어먹을! 엄마 아빠는 이미 알고 계셨군.

"나도 가봐야겠다."

"어디를?"

"아무 일 없을 테니 걱정하지 마. 엄마 보거든 나한테서 전화 왔었다고 말씀드려. 난 탈 없이 잘 있고, 곧 집으로 돌아갈 거라고. 아빠께도 전화해서 얼른 집으로 돌아와달라고 하고. 알았지?"

"오빠?"

"엄마께 그렇게만 말씀드려."

"난 정말 걱정이 돼서 죽겠단 말이야."

"걱정하지 마, 질. 알았지? 내가 말한 대로만 해. 이제 거의 다 끝났어."

애덤은 전화를 끊고 DJ를 쳐다봤다. "차 몰고 왔어?"

"응."

"그럼 서두르자."

내시는 아무런 표식이 없는 경찰차가 집 앞에 멈춰 서는 걸 지켜봤다.

가이 노박이 차에서 내렸다. 사복형사 하나가 뒤따라 내리려고 했지만 가이는 손을 흔들어 거절했다. 그러더니 다시 차 쪽으로 돌아가서 그 형사와 악수를 하고는 멍한 표정으로 현관문을 향해 비틀거리며 걸었다.

진동으로 돌려놓은 내시의 휴대전화가 부르르 떨었다. 이번에는 발신자를 확인할 필요가 없었다. 조 루이스턴이 또다시 전화를 건 게 분명했다. 내시는 불과 2, 3분 전에 조가 보낸 첫 번째 절박한 메시지를 읽었다.

"오, 맙소사, 내시, 도대체 무슨 일을 벌이고 있는 거야? 난 이런 걸 원하지 않았어. 다른 사람을 더는 해치지 말아줘, 응? 난 그저…… 그저 매형이 그 여자와 얘기를 해보거나 비디오 같은 걸 찍는 줄로만 알았어. 만약 또 다른 여자에 관해서 뭔가를 알고 있다면 그녀를 제발 해치지 말아줘. 오, 맙소사. 오, 하느님……."

뭐, 그런 내용이었다.

가이 노박이 집 안으로 들어갔다. 내시는 더 가까이 다가갔다. 3분 후, 현관문이 다시 열렸다. 여자 하나가 밖으로 나왔다. 가이 노박의 여자친구인 모양이었다. 가이는 그녀 뺨에 키스했다. 그녀 뒤로 문이 닫혔다. 그 여자는 샛길을 따라 걸었다. 큰길까지 나간 그녀는 뒤를 돌아보며 고개를 가로저었다. 울고 있는 것 같은데 내시가 있는 곳에서는 분명히 보이진 않았다.

30초가 지나자 그녀의 모습이 보이지 않았다.

이제는 시간과의 싸움이었다. 내시가 뭔가를 실수한 게 틀림없었다. 경찰은 매리앤의 신원을 밝혀냈다. 뉴스에서 연신 그 문제를 떠들어댔다. 매리앤의 남편은 경찰의 신문을 받았다. 사람들은 경찰이 멍청하다고 생각하는 경향이 있다. 하지만 꼭 그렇지는 않다. 경찰은 모든 유리한 수단을 다 가지고 있다. 내시는 그 점을 높이 샀다. 그래서 매리앤의 신원을 감추는 데 그렇게 많은 노력을 들였던 것이다.

자기보호 본능이 내시에게, 도망쳐서 숨어 있다가 몰래 이곳을 빠져나가라고 연신 귓가에 속삭였다. 하지만 그럴 순 없었다. 조 루이스턴이 스스로 문제를 해결할 의지를 보이지 않긴 하지만 그는 여전히 조를 도울 수 있었다. 나중에 조에게 전화해서 입을 꼭 다물고 있으라고 설득할 필요는 있었다. 아니, 어쩌면 조 자신이 그래야 한다는 걸 스스로 깨달을 수도 있었다. 조가 지금 당장은 겁을 집어먹고 있지만, 어쨌든 도움을 청하려고 내시에게 먼저 연락했던 사람이었다. 어쩌면 조 스스로가 현명하게 행동하는 방향으로 결론이 날 수도 있었다.

갑자기 몸이 근질근질해졌다. 내시는 이걸 '미친 지랄'이라고 부르길 좋아했다. 내시는 집 안에 어린애들이 있다는 걸 알고 있었다. 어린애들을 괴롭히는 취미는 없었다. 아니, 그게 그냥 하는 소리였을까? 거짓말이었을까? 가끔 판단에 혼란이 오는 경우가 있었다. 사람들은 모두 자기기만의 성향이 있고, 내시도 때로는 자신의 욕구를 만족시킬 수 있는 그런 상황을 애써 피하는 사람이 아니었다.

어쨌거나 실용적인 면으로만 보면 더는 기다릴 시간이 없었다. 당장 행동을 개시해야 했다. 그건 결국 '미친 지랄'이 발동하든 하지 않든 어린애들은 애먼 놈 옆에 있다가 벼락을 맞는 꼴이 될 가능성이 높았다.

내시의 주머니 속에는 칼이 하나 들어 있었다. 그는 그걸 꺼내서 손으로 단단히 쥐었다.

그러고는 가이의 집 뒷문으로 접근해서 자물쇠를 만지작거리기 시작했다.

35

로즈메리 맥디비트는 클럽 재규어의 사무실에 앉아 있었다. 지나치다 싶을 정도로 커다란 회색 스웨터가 그녀의 조끼와 문신을 덮어버렸다. 그녀의 몸통은 그 안에서 헤엄을 치는 것처럼 보였고, 두 손은 기다란 소매에 가려 보이지도 않았다. 그녀는 훨씬 작고, 덜 위협적이며, 덜 강인해 보였는데, 마이크는 바로 그런 점을 노려 이걸 입은 게 아닌가 하는 의문이 들었다.

"경찰이 당신 몸에 도청장치를 부착했나요?" 로즈메리가 물었다.

"아니요."

"확실히 하기 위해서 그러는데 휴대전화를 내게 줄래요?"

마이크는 어깨를 으쓱하고는 휴대전화를 그녀에게 슬쩍 던졌다. 로즈메리는 휴대전화의 전원을 끄고 두 사람 사이의 책상 위에 올려놓았다.

로즈메리는 의자에 앉아 양쪽 무릎을 끌어안았는데, 그것조차도 스웨터에 가려 보이지 않았다. 모는 클럽 밖에 주차한 차 안에서 마이크를 기다렸다. 모는 이게 함정일까 두려운 마음에 마이크가 클럽 재규어 안으로 들어가지 않기를 바랐지만 다른 방법이 없다는 것도 절감하고 있었다. 이것이야말로 애덤을 찾아낼 수 있는 최선의 실마리였다.

마이크가 입을 열었다. "난 당신이 여기에서 뭘 하는지에 대해서는 관심이 없소. 내 아들이 관련된 부분만 빼고는. 애덤이 어디 있는지 알고 있소?"

"아니요."

"우리 애를 마지막으로 본 게 언제요?"

로즈메리는 사슴을 닮은 갈색 눈으로 마이크를 멀뚱멀뚱 쳐다보았다. 마이크는 그녀의 순진한 척하는 모습에 잠깐 마음이 흔들릴 뻔했지만 얼른 머리를 흔들며 이를 악물었다. 필요한 건 그녀의 대답이었다. 그녀의 대답만 이끌어낼 수 있다면 자신도 언제든지 연기로 맞받아줄 수 있었다.

"어젯밤이요."

"정확히 어디에서요?"

"클럽 아래층에서요."

"그 애는 여기에 파티를 하러 온 것이었소?"

로즈메리는 씩 웃었다. "그렇진 않은 것 같았어요."

마이크는 일단 이 문제를 더 따지지 않기로 했다. "당신은 애덤과 인스턴트 메시지를 하곤 했죠? CeeJay8115라는 아이디로."

그녀는 아무 말도 하지 않았다.

"당신은 애덤에게 입을 다물고 있으면 안전할 거라고 했소. 애덤은 스펜서 힐의 어머니가 자길 찾아왔다고 당신에게 메시지를 보냈고. 맞죠?"

로즈메리의 양다리는 여전히 의자 위로 올라가 있었다. 그녀는 다리를 양팔로 감쌌다. "당신은 아들의 사적인 통신 내용을 어쩌면 그렇게 자세히 알고 있죠, 닥터 바이?"

"그건 당신이 신경 쓸 일이 아니오."

“어젯밤 어떻게 해서 애덤을 따라 클럽 재규어로 온 거죠?”

마이크는 대꾸하지 않았다.

“당신은 정말 우릴 계속 따라다니며 괴롭힐 건가요?” 로즈메리가 물었다.

“내가 아는 곳이라곤 여기뿐이라 다른 선택의 여지가 없소.”

로즈메리는 마이크의 어깨 너머를 힐끗 쳐다보았다. 그는 얼른 돌아섰다. 코가 부러진 카슨이 유리창을 통해 이쪽을 노려보고 있었다. 마이크는 그 녀석과 눈길을 마주치며 차분히 기다렸다. 2, 3초가 지나자 카슨은 눈길을 거두며 허둥지둥 사라졌다.

“아직 어린애로구만.” 마이크가 중얼거렸다.

“저 애 일당은 그렇지 않아요.”

마이크는 이 문제로 왈가왈부하고 싶지 않았다. “어서 툭 털어놔보시오.”

로즈메리는 등을 뒤에 기댔다. “가정법으로 얘기해도 되죠?”

“그게 편하다면 알아서 하시오.”

“그러고 싶어요. 일단 당신이 작은 마을 출신 소녀이고, 남동생이 약물 과용으로 사망했다고 쳐요.”

“경찰의 말은 그게 아니던데? 그런 일이 벌어졌다는 어떠한 증거도 없다고 했소.”

로즈메리는 어처구니없다는 표정으로 웃었다. “연방요원들이 그러던가요?”

“그 주장을 뒷받침할 만한 것을 찾아낼 수 없었다고 말했소.”

“그거야 내가 사실의 일부를 바꿨기 때문이죠.”

“어떤 사실을요?”

“주州와 마을의 명칭을요.”

“왜 그랬소?”

"왜 그랬냐고요? 남동생이 죽던 날 밤에 난 판매할 목적으로 약품을 소지한 혐의로 체포됐어요. 맞아요. 내가 동생에게 약을 줬어요. 내가 공급자였다고요. 그 부분은 빼놓고 얘기했어요. 사람들은 제멋대로 판단하는 경향이 있으니까요." 로즈메리는 마이크의 눈을 똑바로 쳐다보며 말했다.

"계속하시오."

"그래서 클럽 재규어를 만들었어요. 내 철학이 어떤지는 이미 말했죠? 난 아이들이 파티를 열고 기분전환을 할 수 있는 안전한 도피처를 만들고 싶었다고요. 안전하게 보호받는 방식으로 본능적인 반항 욕구를 발산할 수 있도록 하고 싶었어요."

"그래서요?"

"어쨌든 클럽 재규어는 그런 식으로 시작됐어요. 난 죽으라고 일을 했고, 결국 클럽을 시작해도 좋을 정도로 돈을 모았어요. 결심하고 1년 만에 이곳을 개장한 거라고요. 그게 얼마나 힘들었는지 당신은 상상도 하지 못할 거예요."

"상상이야 할 수 있지만 난 그런 자질구레한 얘기까지 듣고 싶은 생각은 없소. 당신이 팜 파티를 열고 처방전 용지를 훔쳐낸 부분으로 건너뛰는 건 어떻겠소?"

로즈메리는 씩 웃더니 고개를 가로저었다. "그렇게는 안 되겠는데요."

"뭐, 알아서 하시든가."

"오늘 신문을 보니까 자기가 살고 있던 교구를 위해 자원봉사를 했던 어떤 과부에 대한 기사가 실려 있더군요. 그녀는 지난 5년 동안 십일조 헌금함에서 2만 8,000달러나 슬쩍했다네요. 그 기사, 봤어요?"

"아니요."

"하지만 그와 비슷한 얘기들은 들어봤겠죠? 그런 얘긴 수십 건도 더 있으니까요. 어떤 자선단체에서 활동하던 남자 하나는 기부금을 빼돌려 렉서스를 샀죠. 어느 날 잠에서 깨어나 그래야겠다고 마음먹었다던데 이해가 되나요?"

"그거야 내가 상관할 바가 아니니 모르겠소."

"그 교회에서 봉사했다는 여자 말이에요. 어떤 일이 있었는지 상상해 볼까요? 어느 날 십일조 헌금함에서 돈을 꺼내 세면서 늦게까지 교회에 있었겠죠. 일이 끝나고 집에 돌아가려는데 차가 고장 나서 꼼짝도 하지 않았을 수도 있고요. 이미 너무 어두워졌겠죠? 그래서 택시를 부르려다가 뭔가를 퍼뜩 깨달은 거예요. 요즘 내내 자원봉사를 했는데, 교회는 비용을 지불할 생각조차 하지 않았다는 것을요. 그래서 그 여자는 구차하게 돈을 달라고 하지 않고 헌금함에서 5달러를 꺼내 택시비로 사용했을지도 모르죠. 그게 다예요. 그녀는 그 액수보다 받을 게 더 많았기 때문에 전혀 죄의식이 없었을 거예요. 이 일은 이렇게 해서 시작됐다는 게 내 생각이에요. 바늘도둑이 소도둑 된다고 일이 점점 커진 거죠. 당신도 고상한 사람들이 학교나 교회나 자선단체에서 공금을 횡령한 혐의로 체포되는 걸 본 적이 있죠? 그들은 정말 작은 것부터 시작해서 시곗바늘이 움직이는 것처럼 아주 천천히 그 액수를 늘려갔어요. 자신들은 그걸 깨닫지도 못했을 거라고요. 자신들이 나쁜 짓을 하고 있다는 생각은 전혀 없었을 거고요."

"그럼 그런 일이 클럽 재규어에서도 벌어졌다는 건가요?"

"난 청소년들이 친구들과 모여 아주 건전한 방식으로 파티를 하고 싶어 할 거라고 생각했어요. 하지만 그건 '심야 농구 프로그램'처럼 순진한 생각이었죠. 청소년들이 파티를 하고 싶어 하는 건 분명했지만, 그건 술과 약물을 즐기면서 하겠다는 것이었어요. 마음대로 마음속의 반항심을 쏟아낼 장소를 만들 수가 없었죠. 그리고 그곳을 안전하고 약물이 없도록 만들지도 못했어요. 애들이 안전한 걸 원하지 않았기 때문에, 약물과 술을 퍼마시며 파티를 하고 싶어 했기 때문에요."

"당신의 구상이 실패로 돌아간 거로군요." 마이크가 나직한 목소리로 말했다.

"아무도 이곳에 모습을 드러내지 않았어요. 설혹 왔더라도 결코 오래 머물지 않았죠. 우린 재미없는 곳이라고 소문이 났거든요. 아이들 눈에는 우리가 순결 서약을 시키는 복음주의 집단처럼 보였나 봐요."

"그거야 그렇다 치고 다음에 무슨 일이 벌어지게 된 건지 전혀 감을 잡을 수가 없네요. 그럼 당신은 아이들이 먹을 약품을 가져오도록 놔둔 건가요?" 마이크가 물었다.

"일이 그렇게 된 게 아니에요. 내가 놔둔 게 아니라 애들이 제멋대로 한 거라고요. 난 처음에 그런 일이 있었는지조차도 몰랐다고요. 하지만 어떤 면에서는 그럴 수도 있겠다는 생각이 들더라고요. 조금씩 늘어났다는 말, 기억하죠? 한 명이나 두 명이 집에서 처방약을 가져왔어요. 중독 가능성이 있다든가 하는 심각한 건 없었겠죠. 그러니까 여기에선 헤로인이나 코카인을 얘기하는 건 아니에요. 다 식품의약국FDA이 승인한 약품들이었죠."

"그건 말이 안 돼요." 마이크가 비난조로 말했다.

"뭐라고요?"

"어쨌든 그것들은 약품이죠. 대개가 중독성이 강한 것이고. 그래서 그것들을 얻기 위해서는 처방전을 받도록 한 거라고요."

로즈메리는 코웃음을 쳤다. "의사 선생님 말씀이니 어련하겠어요? 하지만 누가 어떤 약을 먹을 것인지에 관한 결정을 내릴 권한이 없으면 의사 일이라는 것도 끝장이라고요. 그리고 당신은 이미 고령자나 저소득층 의료보험 등 온갖 구실을 대며 보험회사로부터 보험금을 타내려는 작자들에게 상당한 액수의 돈을 빼앗기고 있고요."

"헛소리하지 말아요."

"당신의 경우는 그렇지 않은가 보죠? 하지만 모든 의사가 다 당신처럼 느긋한 건 아니라고요."

"당신은 범죄를 정당화하고 있소."

로즈메리는 어깨를 으쓱했다. "당신 말이 맞을지도 몰라요. 하지만 어쨌거나 그렇게 시작된 건 분명해요. 십대 애들 두어 명이 집에서 알약 몇 정을 가져와요. 당신이 생각하는 의약품이죠. 처방전이 합법적으로 발급된. 처음 그것에 대해 들었을 때는 기분이 언짢았지만, 그 소문을 듣고 몰려온 수많은 애들을 보고 생각을 달리하게 됐어요. 애들은 무슨 수를 써서라도 이런 짓을 할 것이니 차라리 안전한 장소를 제공하는 게 낫겠다고요. 심지어 약사까지 고용했어요. 약사는 뭔가 일이 잘못되는 경우에 클럽에 와서 일을 봐줬죠. 이래도 모르겠어요? 난 약물에 빠진 불쌍한 아이들을 실내에서 보호한 거라고요. 다른 곳보다는 여기가 훨씬 안전하다는 생각에서요. 난 여러 가지 프로그램도 개설했어요. 애들이 자신의 문제점을 속 시원히 털어놓을 수 있도록요. 당신도 상담에 관한 전단지들을 봤을 거예요. 몇몇 애들은 그 프로그램에 가입하기도 했고요. 우린 아이들에게 도움을 주고 있는 거라고요."

마이크는 그녀를 쏘아보며 말했다. "조금씩 나아지게요."

"정확하게 이해했네요."

"그럼 자연스럽게 돈이 더 필요했겠군요. 당신은 이런 약들이 거리에서 얼마만큼이나 값어치가 나가는지 알게 됐을 거고, 자신의 몫을 요구하기 시작했군요."

"클럽을 위해서요. 비용을 충당하려고요. 약사를 고용할 때도 돈은 들잖아요?"

"택시비가 필요했던 교회의 그 여자처럼요."

로즈메리의 얼굴은 웃고 있었지만, 기뻐하는 기색은 전혀 없었다. "맞아요."

"바로 그때, 때마침 애덤이 제 발로 찾아온 거고요. 의사의 아들이요."

이건 마치 그 연방요원들이 마이크에게 하는 말 같았다. 돈벌이! 마이크는 로즈메리의 동기에 관해서는 관심이 없었다. 어쩌면 그녀가 그에게 꼼수를 부리는 것일 수도 있고 아닐 수도 있다. 뭐가 어떻게 됐든 그건 별로 중요하지 않았다. 다만 사람들이 어떻게 해서 곤란한 지경으로 빠져드는지는 확실하게 설명해줬다. 교회에 다니던 그 여자는 돈을 야금야금 빼돌리기 위해 일부러 시간을 내서 자원봉사를 한 건 아니었을 것이다. 그 일은 그저 우연히 시작됐을 뿐이었다. 이런 일은 2년 전에 마이크가 사는 지역의 '소년야구 리그'에서 벌어진 적이 있다. 그리고 교육위원회에서도, 시장의 집무실에서도 벌어졌고, 사람들은 그런 얘기를 들을 때마다 자신의 귀를 믿지 못하겠다는 듯한 표정을 짓곤 했다. 우린 그런 일을 저질렀다는 사람들을 잘 알고 있었다. 절대로 나쁜 사람이 아니었다. 아니, 실제로는 나쁜 사람인데 우리만 몰랐던 것일까? 그 사람들이 그런 짓을 한 건 어쩔 수 없는 환경 탓이었을까? 아니면 로즈메리가 열심히 설명한 건 자아 부정 이상의 의미가 있었던 걸까?

"스펜서 힐에게는 무슨 일이 있었던 거죠?" 마이크가 물었다.

"그 애는 자살했잖아요."

마이크는 고개를 가로저었다.

"난 그렇게 알고 있다고요." 로즈메리가 반박하듯 목소리를 높였다.

"그렇다면 애덤에게 왜 그 문제에 대해 입을 다물라고 했죠? 당신이 인스턴트 메시지에서 그런 표현을 했잖아요?"

"스펜서 힐은 스스로 목숨을 끊었다니까요."

이번에도 마이크는 고개를 가로저었다. "그 애는 여기에서 약물을 과용했던 거요. 맞죠?"

"아니에요."

"그것만이 자살을 설명할 수 있소. 그래서 애덤과 친구들이 입을 다물어야만 했고. 그 애들은 겁이 났던 거요. 당신이 그 애들에게 어떤 협박을 했는지는 모르겠소. 어쩌면 너희도 체포될 거라고 겁을 줬는지도 모르지. 그래서 애들은 모두 죄책감을 느꼈겠지. 그래서 애덤이 더는 버티지 못했던 것이고. 애덤은 그날 밤 스펜서와 함께 있었던 거야. 함께 있었을 뿐만 아니라 그 애의 시신을 옥상으로 옮기는 걸 돕기까지 했던 거고."

로즈메리의 입술에 희미한 미소가 걸렸다. "당신은 단서를 전혀 확보하지 못하고 있군요. 그렇죠, 닥터 바이?"

마이크는 로즈메리의 말투와 태도가 마음에 들지 않았다. "그렇다면 당신이 말해보지그래."

로즈메리는 여전히 스웨터 속에서 자신의 다리를 끌어안고 있었다. 이건 십대 여자애들이 주로 취하는 자세로, 마이크는 로즈메리가 가당치 않게 어리고 순진한 체하고 있다는 인상을 받았다. "당신은 아들에 대해 전혀 모르고 있죠?"

"예전에는 속속들이 알고 있었소."

"아니, 당신은 그렇지 않아요. 그냥 안다고 생각했을 뿐이지. 당신이 그 애의 아버지라고 해도 그 애의 모든 걸 알 수는 없겠지. 자식들은 다 부모의 굴레를 깨고 빠져나오게 되어 있어요. 당신이 아들에 대해 모른다고 말한 건 좋은 의미라고요."

"무슨 말인지 알아듣지 못하겠는데……?"

"당신은 아들의 휴대전화에 GPS를 연결했어요. 그래서 아들이 있는 곳을 알아냈겠죠. 그 애의 컴퓨터를 감시하면서 통신 내용도 읽었을 게 뻔해요. 당신은 그게 아들을 이해하는 데 도움이 될 거라고 생각했겠지만 실제로는 소통의 통로까지 막아버린 셈이라고요. 부모는 자식이 뭘 하고 있는지 항상 알고 있을 필요는 없어요."

"반항할 여지를 주란 말이오?"

"부분적으로는."

마이크는 허리를 쭉 폈다. "당신에 대해 조금만 더 일찍 알았더라면 애덤의 행동을 막을 수 있었을지도 모르겠군."

"정말로 그렇게 생각하나요?" 로즈메리는 마이크의 반응이 정말로 흥미롭다는 듯 고개를 갸웃했다. 마이크의 말이 이어지지 않자 그녀가 말했다. "그게 자녀들의 미래를 위한 당신 계획인가요? 당신 애들의 모든 행동을 감시하는 것이?"

"내 부탁을 하나 들어주겠소, 로즈메리? 제발 내 자식의 양육계획에 관해서는 관심을 끊어주시오."

로즈메리는 마이크를 찬찬히 쳐다보았다. 그녀는 그의 이마에 생긴 상처를 가리켰다. "그 점에 관해서는 미안하게 생각하고 있어요."

"당신이 고스족 녀석들에게 날 공격하라고 지시한 거요?"

"아니요. 난 오늘 아침이 돼서야 그런 일이 있었다는 걸 알았어요."

"누가 말해주던가요?"

"그게 누구든 무슨 상관이에요? 어젯밤 당신 아들이 여기에 왔고, 그건 아주 민감한 상황이었어요. 그러고서는 짠 하고 당신이 모습을 드러냈죠. DJ 허프는 당신이 자신을 미행한다는 걸 알아차렸어요. 그래서 급히 여기로 전화했고, 카슨이 그걸 받았죠."

"그 녀석과 일당은 날 죽이려고 했소."

"어쩌면 그랬을 수도 있어요. 그런데도 여전히 그들이 어린애처럼 보이나요?"

"어떤 경비원이 날 구해줬소."

"아니죠. 그 경비원은 당신을 발견했을 뿐이에요."

"그게 무슨 뜻이오?"

로즈메리는 고개를 살래살래 흔들었다. "그 애들이 당신을 공격했고 경찰이 몰려온다는 걸 알았을 때⋯⋯ 아, 잠자고 있는 나를 깨운 어디선가 걸려온 전화가 알려준 사실들이었어요. 난 이제 이 일을 끝낼 방법을 찾고 싶어요."

"어떻게 말이오?"

"나도 잘 모르겠어요. 그래서 이렇게 만나자고 한 것이지만. 좋은 계획을 만들어 보려고요."

마이크는 로즈메리가 왜 이런 비밀을 술술 털어놨는지 비로소 모든 걸 알 수 있었다. 이 여자는 연방요원들이 위험할 정도로 가까이 다가왔다는 걸 알아차리고 지금이야말로 칩을 현금으로 교환해서 도박장을 떠나야 할 때라고 판단한 게 분명했다. 그 일을 해내는 데 도움이 필요했고, 겁을 잔뜩 집어먹은 애 아버지는 시키는 대로 할 거라고 생각했으리라.

"그거라면 내게 좋은 계획이 있소. 우리 함께 연방요원들에게 가서 사실대로 말합시다."

로즈메리는 고개를 가로저었다. "그럼 당신 아들에게 좋지 않을 텐데요."

"그 애는 미성년자요."

"그래도요. 우린 지금 다 함께 침몰하는 배에 올라탄 꼴이라고요. 다들 안전하게 빠져나가는 방법을 찾아야 해요."

"당신은 미성년자들에게 불법 약품을 제공했소."

"이미 설명했지만 그건 사실이 아니에요. 애들은 내가 운영하는 곳을 처방약들을 교환하는 장소로 이용했을 수는 있어요. 당신이 입증할 수 있는 건 그게 다일 거예요. 내가 그런 사실을 알고 있었다는 건 절대로 입증할 수 없을 걸요."

"그럼 훔쳐낸 처방전 용지는 어떻게 할 건데요?"

로즈메리는 한쪽 눈썹을 추켜세웠다. "당신은 내가 그것들을 훔쳤다고 생각해요?"

침묵이 흘렀다.

로즈메리는 마이크의 눈을 똑바로 쳐다봤다. "내가 당신 집이나 사무실에 접근했던가요, 닥터 바이?"

"연방요원들은 당신을 쭉 감시하고 있었소. 그들은 당신을 기소할 자료를 착착 수집하고 있단 말이오. 저 소심한 고스족들이 감옥에 보내겠다는 그들의 위협을 견뎌낼 것 같소?"

"그 애들은 이곳을 사랑해요. 이곳을 보호하기 위해 당신을 거의 죽일 뻔할 정도로요."

"제발, 정신 좀 차려요. 그 애들은 일단 취조실로 끌려만 들어가도 당장에 굴복하고 말 거요."

"다른 방법이 있기는 해요."

"어떤……?"

"당신은 누가 그 약들을 거리에 풀었을 것 같아요? 당신 아들이 그런 사람들을 기소하는 검찰 측 증인이 되길 원하는 건 아니겠죠?"

마이크는 탁자 맞은편으로 손을 뻗어 로즈메리의 목을 졸라버리고 싶었다. "당신, 내 아들을 무슨 일에 끌어들인 거야, 응?"

"이래서 당신 아들이 빠져나가도록 해야 한다는 거예요. 우린 이 문제에 집중해야 해요. 이 일을 큰 문제 없이 해결할 필요가 있다고요. 물론 날 위해서이긴 하지만 애덤에게 더 큰 이득이 되도록요."

마이크는 탁자에서 휴대전화를 집어 들었다. "더는 말이 필요 없겠군."

"당신에겐 변호사가 있죠?"

"그렇소."

"내가 그 사람과 얘기를 마칠 때까지 당신은 아무 짓도 하지 말아요. 알았죠? 너무 많은 사람들 운명이 달려 있으니까요. 당신은 다른 애들에 대해, 애덤의 친구들에 대해 걱정해야 해요."

"난 다른 애들을 걱정하고 자시고 할 여유가 없소. 내 아들에게만 신경을 쓸 뿐이지."

마이크가 다시 전화를 걸려고 하는 순간 벨이 울렸다. 얼른 발신자를 확인했다. 전혀 알지 못하는 번호가 찍혀 있었다. 마이크는 휴대전화를 귀에 갖다 댔다.

"아빠?"

마이크는 자신의 심장이 딱 멈춰 서는 줄 알았다.

"애덤이니? 너, 괜찮니? 어디에 있는 거니?"

"아빤 지금 클럽 재규어에 계세요?"

"그래."

"얼른 나오세요. 전 지금 그곳으로 가는 중이에요. 얼른 그곳을 빠져나오셔야 해요."

앤서니는 '업스케일 플레저'라는 점잖지 못한 클럽에서 일주일에 사흘 동안 경비원으로 일했다. 클럽 이름은 돼지 목에 진주목걸이일 뿐이었다. '고급스러운 유흥'은 이름뿐이었고, 실제로는 구질구질한 지하실에 불과했다. 이곳에서 일하기 전에는 '홈레커스Homewreckers'라는 스트립쇼 극장에서 일했다. 앤서니는 '가정파괴자'라는 의미의 상호만 봐도 무엇을 하는 곳인지 훤히 알 수 있는 그곳이 훨씬 더 좋았다.

앤서니는 낮 동안에 주로 근무했다. 대부분의 사람들은 이런 사업들이 주로 늦은 밤에나 호황을 이루고 낮에는 한가하다고 생각하겠지만 그건 천만의 말씀이었다.

낮에 스트립쇼 바나 극장을 찾는 사람들의 모습은 그야말로 UN을 방불케 했다. 모든 국가와 주의主義, 인종, 사회경제 집단을 대표하는 사람들로 북적거렸다. 정장 차림의 사내들도 있고, 앤서니에게 항상 사냥과 관련이 있나 생각나게 만드는 빨간색 플란넬 셔츠에 구찌 샌들이나 싸구려

팀벌랜드 부츠를 신은 사내들도 있었다. 미녀 빰치게 예쁘장한 소년들과 입에 기름을 칠한 듯 나불거리는 사람들과 교외에 사는 사람들과 괴상한 녀석들이 있었다. 이런 곳에서 일하다 보면 흔히 목격하는 광경이었다.

화려하게 치장된 추잡한 섹스는 온갖 종류의 사람을 하나로 묶는 위대한 존재였다.

"앤서니, 휴식 시간일세. 10분만 쉬게."

앤서니는 문 쪽으로 걸어갔다. 해는 뉘엿뉘엿 서산으로 지고 있었지만 아직도 눈을 껌뻑거리게 할 만큼 햇살이 강했다. 이런 곳에서는 한밤중에도 언제나 눈을 껌뻑이게 마련이었다. 스트립클럽 내부는 바깥과는 전혀 다른 어두움이 있었다. 드라큘라가 피를 빨며 환희에 젖었던 것처럼 흥청망청 놀았던 사람이 바깥으로 나서면 그 실내의 어두움을 떨쳐버리기 위해 눈을 껌뻑거려야 했다.

앤서니는 담뱃갑을 향해 손을 뻗으려다가 자신이 이미 끊었다는 걸 떠올렸다. 자신은 금연하겠다는 생각이 전혀 없었지만 아내가 임신 중이었고, 아이에게는 간접흡연의 위험을 주지 않겠다고 약속했던 걸 굳게 지키고 있었다. 앤서니는 마이크 바이에 대해, 그리고 자식들에 관한 그의 문제를 생각했다. 앤서니는 마이크가 좋았다. 비록 다트머스를 졸업하긴 했지만 마이크는 터프한 녀석이었다. 물러설 줄을 몰랐다. 그곳에 다니던 몇몇 녀석들은 알코올의 힘을 빌려서, 혹은 여자나 친구에게 깊은 인상을 주기 위해 용감한 행동을 하곤 했다. 어떤 녀석들은 그저 평범한 멍청이들이었다. 하지만 마이크는 그런 부류가 아니었다. 그에게는 후퇴를 명령하는 스위치가 없는 것 같았다. 확고한 의지의 사내였다. 이렇게 말하면 좀 괴상하게 들릴지 모르지만, 마이크는 앤서니 자신이 좀 더 확고한 자신감을 갖도록 만드는 사내였다.

앤서니는 자신의 손목시계를 확인했다. 휴식 시간이 아직 2분 정도 더 남아 있었다. 휴, 정말 한 대 빨고 싶군. 주간 근무는 야간 근무만큼 보수가 많진 않았지만, 둘 다 일장일단이 있었다. 앤서니는 미신을 믿지 않지만 달은 분명히 사람들에게 영향을 미치는 것 같았다. 밤만 되면 싸움이 벌어졌고, 보름달이 뜨는 날이면 앤서니는 잠시도 쉴 틈이 없었다. 점심시간에는 사내들이 좀 더 나긋나긋했다. 그들은 조용히 앉아 쇼를 지켜보며 지금까지 인류에게 알려진 음식 중에서 최악의 '뷔페'를, 투견 도박사들조차 개에게는 먹이지 않을 그런 음식을 군말 없이 먹어치웠다.

"앤서니? 시간 됐네."

앤서니는 고개를 끄덕이며 문 쪽으로 돌아서다가 휴대전화를 귀에 대고 허둥지둥 자신을 스쳐 지나가는 아이를 보았다. 그는 정말 1초도 안 되는 짧은 순간에 그 애의 모습을 봤을 뿐이고, 얼굴은 보지도 못했다. 그 애의 뒤를 질질 끌려가듯 따라가는 또 한 애가 있었다. 뒤따라가는 애는 점퍼를 걸치고 있었다.

바서티 점퍼였다.

"앤서니, 뭐 해?"

"곧 돌아올게. 지금 당장 확인해봐야 할 것이 있어."

가이 노박은 자신의 집 현관에서 베스에게 작별 키스를 했다.

"애들을 봐줘서 정말 고마워."

"전혀 힘들지 않았어요. 도움이 됐다니 기쁘고요. 당신 전부인이 그렇게 됐다니 정말 안됐어요."

참, 끝내주는 데이트로군. 가이는 속으로 생각했다.

그는 베스가 다시 만나줄지, 아니면 이제부터 그만 만나자고 할지 궁금해졌다. 그녀의 마음을 충분히 이해할 수 있었기에 더는 연연해 하지 않기로 했다.

"고마워." 가이는 한번 더 고마움을 표했다.

가이는 현관문을 닫고 술 진열장으로 걸어갔다. 그는 애주가는 아니었지만, 지금은 한잔의 술이 꼭 필요했다. 여자애들은 2층에서 DVD로 영화를 보고 있었다. 그는 그 애들에게 아무 문제도 없으니 영화를 마저 다 보라고 큰소리를 쳤다. 이렇게 하면 티아가 질을 데리러 올 때까지 시간을 벌어줄 것이고, 자신은 야스민에게 이 나쁜 소식을 알리는 방법을 궁리해낼 시간을 벌어줄 게 분명했다.

가이는 지난 3년 동안 한번도 뚜껑을 열지 않았던 병에서 위스키를 따랐다. 입안에 털어 넣자 목구멍을 뜨겁게 달구며 넘어갔다. 그는 한 잔을 더 따랐다.

매리앤…….

가이는 과거에 이 모든 일이 어떻게 시작됐는지를 회상했다. 두 사람은 관광객을 상대하는 레스토랑에서 함께 아르바이트를 했고, 여름의 태양이 작열하는 해변에서 로맨스를 꽃피웠다. 밤 늦게까지 접시를 닦았고, 담요를 해변으로 가지고 나와 밤하늘의 별들을 헤아리곤 했다. 밀려오는 파도 소리와 바닷물의 상큼한 냄새는 그들의 벌거벗은 몸을 부드럽게 어루만졌다. 시라큐스에 다니던 가이와 델라웨어에 다니던 매리앤이 방학을 마치고 대학으로 돌아왔을 때는 매일 전화통을 붙들고 시간 가는 줄을 몰랐다. 그들은 연애편지도 하루가 멀다 하고 써서 주고받았다. 가이는 고물이 다 된 올즈모빌 시에라를 구입해서 주말마다 매리앤을 만나러 네 시간 이상을 운전했다. 아무리 운전을 해도 끝이 나지 않을 것 같은 시간이었다. 가이는 얼른 목적지에 도착해서 그녀를 양팔로 꼭 껴안고 싶어 안달이 났었다.

집 안에 앉아 있는 지금 이 순간, 시간 관념이 희미해지며 아득히 먼 옛날 일들이 불쑥 눈앞에 모습을 드러내는 것 같았다.

가이는 위스키를 한 모금 더 크게 들이켰다. 몸이 따스해졌다.

그는 매리앤을 그토록 사랑했건만, 그녀는 모든 걸 내팽개쳐버렸다. 뭘 위해서? 고작 이런 꼬락서니로 끝장이 나려고? 살해된 그녀의 모습이 꿈에 나올까 두려울 정도였다. 가이가 해변에서 그렇게 정열적으로 키스했던 그 얼굴은 달걀 껍질처럼 으스러져버렸고, 그녀의 멋들어진 육체는 흔하디흔한 쓰레기처럼 골목길에 처박혀 있었다.

넌 어떻게 해서 그런 여자를 놓쳤는가? 네가 심한 상처를 받았을 때, 매 순간을 어떤 사람과 함께하길 원하고 그 사람의 모든 게 멋지고 황홀하다는 걸 알았으면서도 왜 그리 쉽게 떠나도록 놔뒀단 말인가?

가이는 스스로를 책망하는 걸 그만뒀다. 그는 위스키 잔을 비우고 비틀거리며 일어서서 한 잔을 더 부었다. 매리앤은 스스로 자신의 죽을 자리를 찾아갔고, 그 안에서 죽은 셈이었다.

넌 정말 멍청하기 짝이 없는 여자야.

매리앤, 당신은 그런 곳에서 뭘 찾아 헤맸던 거야? 이곳에서도 좋은 추억들이 있었잖아. 술집에서 코가 삐뚤어지도록 마시고, 밤새 이놈 저놈과 섹스를 벌이고 싶었던 거야? 그래서 그런 것들이 네게 뭘 줬는데, 응? 성취감을? 쾌락을? 공허감 외에 뭘 줬는데? 네겐 아름다운 딸과 널 숭배하다시피 하는 남편과 가정과 친구와 이웃이 있었어. 그리고 찬란한 인생도. 왜 그런 것으로 만족하질 못했던 거야?

가이는 머리가 뒤쪽으로 젖혀지도록 내버려뒀다. 그녀의 아름다운 얼굴이 곤죽으로 변한 모습은…… 그의 머릿속에서 평생 사라지지 않을 것 같았다. 항상 자신을 따라다닐 것 같았다. 안간힘을 써 그 모습을 지워버린다고 해도, 강제로 기억의 한쪽 구석에 처박아버린다고 해도 밤마다 스멀스멀 기어나와 자신을 쫓아다닐 것만 같았다. 그건 정말 공정하지 않았다. 자신은 좋은 사내였다. 자신의 삶을, 절대로 이를 수 없는 극락을 찾아 헤매는 파멸의 삶으로 만들기로 결정한 건 매리앤 자신이었다. 그건 스스로를 파괴했을 뿐만 아니라 결국에는 수많은 희생자를 만들어낸 꼴이 되고 말았다.

가이는 어둠 속에 앉아서 야스민에게 해줄 말을 연습했다. 간략하게 말해야 한다고, 가이는 속으로 생각했다. 엄마가 죽었다고만 얘기하고, 어떻게 죽었는지는 말해선 안 돼. 하지만 야스민은 궁금해 할 거야. 자세한 걸 알고 싶어 하겠지. 인터넷에 접속해서 알아내거나 학교에서 친구들에게 들을 수도 있어. 이번에도 부모이기 때문에 겪는 딜레마였다. 사실대로 말할 것인가, 아니면 아이를 보호할 것인가? 하지만 이런 사건에는 보호하는 게 별 의미가 없었다. 인터넷에는 비밀이라는 게 있을 리가 없었다. 따라서 야스민에게 모든 걸 사실대로 말해야 할 판이었다.

하지만 서두르진 말자. 한꺼번에 다 얘기해서는 안 된다. 처음에는 간략하게만 알려주자.

가이는 눈을 꼭 감았다. 손 하나가 자신의 입을 틀어막고 목에 들이댄 칼날이 피부를 찢을 때까지 아무런 소리도 들리지 않았고, 경고도 없었다.

"쉬이잇. 괜히 소리 내서 여자애들을 죽게 하지 말라고." 웬 사내의 목소리가 가이의 귀에 속삭였다.

수전 로리먼은 뒤뜰에 홀로 앉아 있었다.

올해는 정원이 아주 보기 좋았다. 그녀와 단테는 정원을 열심히 가꿨지만 노력의 결실을 거의 즐기지 못했다. 수전은 녹색에 둘러싸인 채 마음을 달래려고 해봤지만 주변의 것들을 냉철하게 비판하는 눈까지 닫지는 못했다. 한 그루는 죽어가는 것 같았고, 한 그루는 다듬어줘야 할 필요가 있었고, 한 그루는 작년처럼 아름답게 꽃을 피우지 못하고 있었다. 오늘은 절대로 입을 열지 않고 정원 손질에만 몰두하기로 마음먹었다.

"여보?"

수전은 뒤돌아보지 않았다. 남편이 뒤쪽으로 다가와 양손을 그녀의 양어깨에 올려놓았다.

"당신, 괜찮아?" 단테가 물었다.

"그럼."

"기증자를 찾을 수 있을 거야."

"알고 있어."

"우린 포기하지 않아. 혈액을 제공해줄 사람들을 다 찾아가자고. 필요하다면 빌기도 하고. 당신은 가족이 많지 않지만, 난 가족이 아주 많아. 다들 검사를 받도록 할 테니 걱정하지 마."

수전은 그저 고개만 끄덕였다.

혈액이라…… 그녀는 속으로 생각했다. 단테는 루커스의 진정한 아빠니까 혈액형이 문제될 건 없어.

수전은 목에 걸린 금십자가를 만지작거렸다. 남편에게는 사실대로 다 고백했어야 했다. 하지만 거짓이 둥지를 틀고 앉아 있던 시간이 너무 길었다. 수전은 강간을 당한 이후 최대한 빨리 다급하게 단테와 몸을 섞었다. 왜? 그녀는 자신이 강간으로 임신했다는 걸 눈치챘던 걸까? 루커스가 태어났을 때 그녀는 단테의 아이라고 확신했다. 그건 확률의 문제였다. 강간은 단 한 번뿐이었고, 그녀는 그 달에만도 남편과 여러 번이나 사랑을 나눴다. 루커스는 다행히도 수전을 꼭 닮아서 그녀는 끔찍한 기억을 스스로 지우기만 하면 될 거라 믿었다.

하지만 수전은 잊을 수가 없었다. 친정 어머니의 강력한 조언에도 불구하고 모든 걸 과거로 돌리지 못했다.

"이게 최선의 방법이다. 넌 앞으로 나아가야 해. 네 가족을 보호해야 한다……."

수전은 아일린 골드파브가 비밀을 지켜주기만을 빌었다. 그녀의 비밀을 알고 있는 사람은 이제 세상에 없었다. 그녀의 부모는 물론 알고 있었지만, 두 사람 모두 세상을 떠난 상태였다. 아버지는 심장질환으로, 어머니는 암으로. 그들은 살아 있을 때 딸에게 무슨 일이 있었는지 입도 뻥끗

하지 않았다. 단 한번도! 그들은 수전을 껴안아주지도 않았고, 그녀가 어떻게 지내는지, 어떻게 괴로움을 견디고 있는지 전화해서 물어본 적도 없었다. 심지어 강간을 당하고 석 달 뒤에 그녀와 함께 찾아온 단테가 곧 손자를 보게 될 거라고 알릴 때조차도 눈 한번 깜짝이지 않았다.

아일린 골드파브는 강간범을 찾아내서 도움이 되는지 알아보길 원했다.

하지만 그건 불가능한 일이었다.

당시 단테는 친구 몇 명과 함께 라스베이거스로 여행을 떠나 집에 없었다. 수전은 그 일로 기분이 좋지 않았다. 두 사람의 관계는 위태위태한 단계에 접어들었고, 수전은 자신이 너무 어린 나이에 결혼을 한 게 아닌가 하는 생각을 품고 있었다. 게다가 남편이란 작자는 친구들과 어울려 도박을 하고 스트립클럽에도 들락거리며 해롱거릴 게 뻔하다고 생각했다.

그날 이전까지는, 수전 로리먼은 신앙심이 깊은 사람은 아니었다. 자라면서 부모님을 따라 일요일마다 교회에 나가긴 했지만 신심을 다한 적은 없었다. 수전의 미모가 활짝 꽃을 피우기 시작하자 부모님은 감시의 눈길을 늦추지 않았다. 결국 당연한 일인지는 모르지만 그녀는 반기를 들었고, 그 끔찍한 밤을 보내고 나서 다시 부모님의 품으로 되돌아갔다.

수전은 여자친구 셋과 함께 웨스트 오렌지에 있는 바에 갔다. 친구들은 모두 미혼이었고, 남편이 라스베이거스로 뺑소니를 친 것도 있고 해서 유부녀인 수전도 다시 혼자가 되고 싶었던 때였다. 물론 항상 그러고 싶었던 건 아니었다. 결혼생활 대부분을 행복하게 보냈지만 약간의 불장난도 그리 문제가 될 것 같지는 않았다. 따라서 그녀는 술을 마셨고, 다른 친구들처럼 행동했다. 그런데 술이 너무 지나쳤던 게 탈이었다. 바 안의 조명이 점점 더 어두워졌고, 음악 소리는 더 커졌다. 수전은 춤을 췄다. 머리가 빙빙 돌기 시작했다.

밤이 깊어지자 함께 왔던 친구들은 남자들과 짝을 지어 하나씩 빠져나가기 시작했다.

수전은 나중에 루피스인가 하는, 강간에 사용된다는 약물에 대해 읽었을 때 자신도 이것에 당한 게 아닌가 하는 의문이 들었다. 당시의 기억이 거의 나지 않았다. 어느 순간, 자신이 어떤 남자의 차를 타고 있었다. 그녀는 울고불고하며 차에서 내리려고 했지만 그 남자는 그녀를 내버려두지 않았다. 어디에선가 칼을 꺼내 들고 위협하며 그녀를 모텔로 끌고 갔다. 그리고 수전에게 입에 담지 못할 욕설을 퍼부으며 강간했다. 그녀가 몸부림을 치자 때리기까지 했다.

그 끔찍한 일은 아주 오랫동안 계속된 것 같았다. 수전은 이놈이 이 짓을 끝내고 자신을 죽여줬으면 하고 바랐다. 그럴 정도로 끔찍한 순간이었다. 그녀는 살아남겠다는 생각을 전혀 하지 않았고, 오직 죽음만을 꿈꿨다.

그 다음이 어떻게 됐는지도 기억이 희미했다. 강간을 당할 때는 범인이 이겼다는 생각을 하도록 절대로 반항하지 말아야 한다고 한 걸 어디에선가 읽은 기억이 났다. 따라서 수전도 그렇게 했다. 그자의 경계심이 사라졌을 때 수전은 한 손으로 놈의 불알을 있는 힘껏 쥐어짜버렸다. 놈이 비명을 지르며 뒤로 물러설 때까지 불알을 잡고 비틀어댔다.

수전은 몸을 굴려 침대에서 떨어졌고, 눈앞에 굴러다니는 칼을 발견했다.

강간범은 바닥에 쓰러져 데굴데굴 구르고 있었다. 놈은 싸울 기력이 없어 보였다. 수전은 방문을 열고 밖으로 달려 나가 살려달라며 비명을 질러댈 수도 있었다. 그게 아마 현명한 행동이었을 것이다. 하지만 그녀는 그렇게 하지 않았다.

수전은 그 대신 놈의 가슴팍을 칼로 푹 쑤셔버렸다.

놈의 몸뚱이가 순식간에 뻣뻣해졌다. 칼날이 심장을 찌르자 당장이라도 바닥을 박차고 일어설 정도로 경련을 일으켰다.

그리고 강간범은 숨을 거뒀다.

"당신, 너무 긴장하고 있는 것 같아." 남편은 그 일이 있은 지 11년이 지난 지금, 그녀에게 속삭이듯 말했다.

단테는 그녀의 어깨를 주무르기 시작했다. 수전은 그런다고 해서 자신의 처지에 아무런 위안이 되지 못할 게 뻔했지만 남편이 하는 대로 가만히 있었다.

수전은 강간범의 가슴에 꽂힌 칼을 그대로 놔둔 채 모텔을 빠져나와 도망쳤다.

그녀는 아주 오랫동안 내달렸다. 그제야 머리가 맑아지기 시작했다. 공중전화를 발견하고 부모님께 전화를 걸었다. 수전의 아버지가 그녀를 태우러 왔다. 수전은 사실대로 털어놓았고, 아버지는 모텔을 지나쳐 가도록 방향을 잡았다. 그곳에서는 붉은색 경광등이 번쩍거리고 있었다. 경찰이 이미 출동한 상태였다. 그녀의 아버지는 수전을 어렸을 때 자랐던 집으로 데려갔다.

"지금 누가 네 말을 믿겠니?" 그녀의 어머니가 말했다.

수전 자신도 의문이 들었다.

"단테는 어떻게 생각할 것 같니?"

정말 좋은 질문이었지만, 뭐라고 대답할 길이 없었다.

"어머니는 가정을 보호해야 한다. 여자라면 당연히 해야 할 일이지. 이런 면에서는 우리 여자들이 남자들보다 강하단다. 우린 이런 타격을 받아도 계속 살아갈 수 있지. 만약 이 사실을 네 남편에게 말한다면, 그 사람은 절대로 예전과 같은 시선으로 널 바라보지 않을 게다. 남자라면 다 그러겠지. 넌 남편이 그런 시선으로 바라보면 좋겠니? 그 사람은 네가 왜 그런 곳에 갔는지, 그 강간범의 방에서 어떻게 처신했는지 늘 의심할 게 뻔해. 혹여 네 남편이 네 말을 믿어줄지는 모르지만, 네가 결코 입을 열어서는 안 된다. 내 말, 알아듣겠니?"

그래서 수전은 경찰이 자신을 찾아올 때까지 기다렸다. 하지만 그런 불상사는 일어나지 않았다. 그녀는 신문에서 죽은 사내에 관한 기사를 읽고 그자의 이름까지 확인했지만, 그 기사는 불과 하루이틀 만에 종적을 감췄다. 경찰은 그녀를 강간했던 자가 강도질이나 마약을 거래하다가 잘못돼서 살해된 것으로 보고 있었다. 그 사내는 그런 전과가 있었다.

따라서 수전은 어머니 말대로 잠자코 살아가기로 했다. 단테가 집으로 돌아왔다. 수전은 남편과 잠자리를 했다. 그녀는 그 일이 죽도록 싫었다. 지금도 그건 마찬가지였다. 하지만 그녀는 남편을 사랑했고, 남편이 행복해지길 원했다. 단테는 아름다운 아내가 왜 무뚝뚝해졌는지 의문을 품었지만 그걸 대놓고 물어보지 않을 정도의 머리는 있었다.

수전은 교회에 다시 나가기 시작했다. 어머니의 말이 옳았다. 그녀가 사실대로 털어놨더라면 가정이 파괴됐을 게 분명했다. 그녀는 비밀을 가슴에 묻어둔 채 단테와 그들의 아이를 보호했다. 시간이 흐를수록 그 일이 더 수월해졌다. 때로는 하루 종일 그날 밤을 떠올리지 않고 지낼 수 있었다. 단테는 그녀가 섹스를 좋아하지 않는다는 사실을 눈치챘는지는 모르지만 그런 내색을 하지 않았다. 수전은 한때 남자들이 자신을 흠모하는 눈길을 보내면 그걸 즐겼지만, 이제는 그럴 때마다 속이 뒤틀렸다.

바로 그 점을 아일린 골드파브에게 말하지 못했다. 강간범에게 도움을 요청할 방법이 없었다.

그자는 이미 죽었으니까.

"당신 몸이 너무 찬데?" 단테가 말했다.

"난 괜찮아."

"담요를 가져다줄게."

"아니, 괜찮다니까."

단테가 보기에 수전은 혼자 있고 싶어 하는 것 같았다. 이런 순간은 그 끔찍했던 날 밤 이전에는 전혀 없었던 일이었다. 하지만 지금은 이런 일이 심심찮게 일어났다. 단테는 왜 그런지 묻지도 않았고, 그 대답을 강요하지도 않았다. 그저 그녀만의 공간을 언제든지 마련해줬다.

"우린 루커스를 구할 수 있어." 단테는 스스로에게 다짐하듯 말했다.

그는 집 안으로 들어갔다. 수전은 그대로 바깥에 앉아 술잔을 기울였다. 그녀의 손가락은 여전히 금십자가를 어루만지고 있었다. 이건 그녀의 어머니 것이었다. 어머니는 숨을 거두기 직전에 외동딸에게 이 십자가를 줬다.

"넌 네 죗값을 다 치렀다." 어머니는 수전에게 그 말을 유언으로 남겼다.

그건 수전이 기꺼이 받아들일 수 있었다. 그리고 혹시라도 죗값이 남아 있는 경우에는 기꺼이 치를 각오도 되어 있었다. 하지만 신은 그녀의 아들을 홀로 지옥에 떨어뜨리려 하고 있었다.

37

피에트라는 차가 다가와 정차하는 소리를 들었다. 창밖을 내다본 그녀는 자그마한 여자 하나가 당당한 걸음걸이로 현관문을 향해 다가오는 걸 보았다. 오른쪽으로 눈길을 돌리자 네 대의 경찰차가 보였고, 피에트라는 어떤 상황인지를 즉시 깨달았다.

잠시도 망설이지 않았다. 그녀는 휴대전화를 집어 들었다. 단축번호로 지정해놓은 전화번호는 하나뿐이었다. 피에트라는 번호를 누르고 벨이 두 번 울리는 소리를 들었다.

내시의 목소리가 흘러나왔다. "무슨 일 있어?"

"경찰이 이곳으로 몰려왔어."

조 루이스턴이 계단을 내려오자 돌리가 힐끗 쳐다보고는 물었다. "무슨 일 있어?"

"아니, 아무 일 없어." 조는 입술에 감각이 없는 것 같아 간신히 대답했다.

"당신, 열이 있어 보여."

"난 괜찮아."

하지만 돌리는 남편을 잘 알고 있었다. 그녀는 남편의 말을 곧이곧대로 듣지 않았다. 일어서서 조를 향해 다가갔다. 조는 즉시 뒷걸음질치더니 달아날 태세였다.

"무슨 일이야?"

"아무것도 아니라니까. 맹세할 수 있어."

돌리는 이제 남편을 가로막고 섰다.

"또 가이 노박이었어? 그 녀석이 무슨 짓을 한 거야? 만약 그랬다가는……."

조는 양손을 아내의 양어깨에 올렸다. 돌리는 열심히 눈을 굴려 남편의 얼굴을 살폈다. 그녀는 언제나 남편의 속내를 읽을 수 있었다. 뭔가 문제가 있었다. 그녀는 조를 정말 잘 알고 있었다. 두 사람 사이에는 비밀이라는 게 거의 없었다. 하지만 이건 그 '거의'에 포함되지 않는 것이었다.

매리앤 길레스피…….

매리앤은 자신이 그 문제와 관련 있는 한쪽 학부모임을 주장하며 면담을 요청해왔다. 매리앤은 조가 야스민에게 끔찍한 말을 했다는 걸 들어서 잘 알고 있지만, 자신은 그럴 수도 있다고 생각한다고 했다. 사람들이 사정도 모르면서 제멋대로 나불거리고 있다고 그녀는 전화로 조에게 말했다. 사람들이 지금 실수를 하고 있는 거라고도 했다. 자신의 전남편은 화가 나서 꼭지가 돌아버린 건 맞지만, 자신은 그렇지 않다고 주장했다. 그녀는 차분히 자리에 앉아 대화를 나누며 조의 변명을 듣고 싶다고 했다.

어쩌면 매리앤이 말한 대로 상황을 호전시킬 수 있는 방법이 있을지 모른다는 생각에 조는 안도의 한숨을 내쉬었다.

두 사람은 마주 앉아 얘기를 나눴다. 매리앤은 조의 변명을 받아들였고, 그러면서 조의 팔을 어루만졌다. 그녀는 조의 교육철학을 좋아한다고 했다. 뭔가를 갈망하는 눈길로 쳐다보는 매리앤은 가슴이 깊이 파이고 몸에 딱 달라붙는 옷을 걸치고 있었다. 두 사람은 면담을 끝내고 서로를 껴안았고, 좀 지나치다 싶을 정도로 그 자세를 오래 유지했다. 매리앤의 입술은 조의 목 주위에서 떠나지 않았다. 그녀의 숨결이 점차 거칠어졌다. 조의 숨결도 덩달아 거칠어졌다.

내가 어떻게 그렇게 멍청해질 수 있었을까?

"조? 무슨 일이냐니까?" 돌리는 한 걸음 물러서며 어리둥절한 표정으로 물었다.

매리앤은 처음부터 조를 유혹해서 보복하겠다는 계획을 세웠던 것이다. 그런데 어떻게 그걸 알아차리지 못했을까? 매리앤은 원하는 걸 얻자마자 호텔을 빠져나갔고, 두어 시간이 채 지나기도 전에 전화질을 해대기 시작했다.

"난 그걸 다 녹화했어, 이 짐승 같은 놈아……."

매리앤은 호텔 방에 카메라를 몰래 숨겨놓았고, 녹화 테이프를 맨 먼저 돌리에게, 이어 교육위원회에 보내고, 학교 주소록에 실린 모든 이메일로 이 사실을 까발리겠다고 협박했다. 그녀는 사흘 동안이나 협박을 해댔다. 조는 밤에 잠을 이루지 못했고, 음식을 목구멍으로 넘기지도 못했다. 몸무게가 줄어 눈에 띌 정도로 핼쑥해졌다. 조는 매리앤에게 이러지 말라고 애원했다. 어떤 때는 매리앤이 의욕을 잃어버린 것처럼 보였다. 마치 그녀의 몸속에서 보복하겠다는 의지가 싹 빠져나간 것 같았다. 매리앤은 전화를 걸어 테이프를 보낼지 안 보낼지는 자신도 모르겠다고 말했다.

매리앤은 조가 고통받기를 원했고, 조는 실제로 고통을 받았다. 어쩌면 그녀는 그것으로 만족한 것 같기도 했다.

그러더니 매리앤은 다음날 아내에게 이메일 한 통을 보냈다.

거짓말을 입에 달고 사는 나쁜 년 같으니…….

다행히도 돌리는 이메일을 능숙하게 사용하지 못했다. 조는 그녀의 비밀번호를 알고 있었다. 동영상이 첨부된 이메일을 읽는 순간, 조는 새파랗게 질려버렸다. 얼른 그걸 삭제하고 돌리가 자신의 이메일을 볼 수 없도록 비밀번호를 바꿔버렸다.

하지만 얼마나 오랫동안 메일을 막아둘 수 있을까?

조는 뭘 해야 할지 갈피를 잡을 수가 없었다. 이 문제에 대해 털어놓고 조언을 구할 사람도 없었고, 무조건 자신의 편을 들어줄 사람도 없었다.

그러다가 내시를 떠올렸던 것이다.

"오, 하느님. 돌리, 저……."

"도대체 무슨 일이야?"

이제 이 일을 끝내야만 했다. 내시는 이미 사람을 죽였다. 정말로 매리앤 길레스피를 살해해버렸다. 그리고 코르도바라는 여자는 실종상태였다. 조는 두 사건이 관련이 있을 거라고 생각했다. 매리앤이 테이프 복사본을 레바 코르도바에게 보냈을 수도 있었다. 그렇다면 말이 되는 소리였다.

"조, 내게 다 말해봐."

조가 나쁜 짓을 저지른 건 맞지만, 이 일에 내시를 끌어들인 건 그의 죄를 천 배나 더 무겁게 만들었다. 조는 돌리에게 모든 걸 털어놓고 싶었다. 그것만이 유일한 해결책이라는 걸 알고 있었다.

돌리는 남편의 눈을 똑바로 쳐다보며 고개를 끄덕였다. "괜찮으니까 내게 말해줘."

그런데 바로 그 순간, 조 루이스턴에게 흥미로운 일이 벌어졌다. 생존본능이 고개를 들고 일어섰던 것이다. 그래, 내시가 한 짓이 끔찍하긴 하지만 그것 때문에 왜 내 결혼생활을 파국으로 몰고 가야 하지? 돌리는 물론이고 어쩌면 처가까지 만신창이가 되도록 일을 왜 악화시켜야 해? 어쨌거나 이건 다 내시가 책임질 일이었다. 조는 내시에게 이렇게까지 해달라고 요청하지 않았다. 어느 누구도 죽여달라고 한 적이 없었다! 어쩌면 내시가 매리앤에게서 그 테이프를 사겠다고 제안하거나 흥정할 거라고만 생각했다. 최악의 경우 매리앤에게 겁을 주는 정도일 줄 알았다. 내시는 항상 극단적으로 행동하는 경향이 있었지만, 차마 이런 일까지 벌일 줄은 꿈에도 생각지 못했다.

지금 이런 사실을 신고한다고 해서 좋을 게 뭔가?

도움을 주려고 애썼던 내시가 감옥으로 갈 게 뻔했다. 게다가 처음부터 내시에게 도움을 청했던 사람은 누구란 말인가?

조! 자신이었다.

경찰은 내시가 무슨 일을 벌일지 몰랐다고 주장하는 조의 말을 믿어줄까? 이런 경우 내시를 청부살인자라고 볼 수 있는데, 경찰은 직접 살인을 한 자보다는 그런 살인자를 고용한 사람을 더 깊이 추적하지 않았던가?

이번에도 조 자신이 문제였다.

아주 희박하긴 하지만 이 일이 다소 좋은 방향으로 끝날 수 있는 가능성이 여전히 남아 있었다. 내시가 체포되지 않으면 된다. 그 테이프가 모습을 드러내지 않으면 된다. 매리앤이 누구 때문이 아닌 그냥 죽은 것이면 된다. 그 여자는 정말 그런 걸 원했던 게 아닐까? 그녀는 아예 죽여주십사 하고 협박할 계획을 밀어붙였던 게 아닐까? 조는 자신도 모르게 큰 실수를 저지르고 말았다. 하지만 매리앤은 일부러 이런 계획을 세워 내 가족을 파괴하려고 했던 거잖아.

그런데 한 가지 문제가 있었다.

오늘 이메일 한 통이 들어왔다. 매리앤은 이미 죽어 싸늘한 시신이 되어버렸다. 그건 내시가 어떤 짓을 했든 물이 새는 틈을 다 막지는 못했다는 뜻이었다.

가이 노박일까?

그는 막아야 할 마지막 구멍이었다. 그의 집이야말로 내시가 찾아갈 게 뻔한 곳이었다. 내시는 사태를 종결짓는 임무를 수행 중이기 때문에 조의 전화를 받지도 않고, 문자에도 답장을 보내지 않으리라.

조는 지금 분명히 깨닫고 있었다.

자신은 이곳에 가만히 앉아 가장 좋은 결과가 나오기만 바라면 된다는 것을. 하지만 그건 가이 노박이 죽을 수도 있다는 걸 의미했다.

그걸로 자신의 모든 문제가 끝날 수도 있다는 걸 의미했다.

"조? 말해봐." 돌리가 재촉했다.

조는 어떻게 해야 좋을지 몰라 갈팡질팡했다. 하지만 돌리에게는 말하지 않을 심산이었다. 그들에게는 이제 막 피어나기 시작하는 어린 딸이 있었다. 이 가족을 망쳐서는 안 될 일이었다.

그렇다고 사람 하나가 죽도록 내버려둘 수도 없었다.

"가볼 데가 있어." 조는 말을 끝내기가 무섭게 문 쪽으로 달려갔다.

내시는 가이 노박의 귀에 속삭였다. "2층에 있는 애들에게는 네가 지하실로 내려갈 테니 방해하지 말라고 소리쳐 알려주라고. 무슨 말인지 알겠지?"

가이는 고개를 끄덕였다. 그는 계단 쪽으로 걸어갔다. 내시는 등 뒤에서 가이의 신장 가까운 곳을 칼로 꾹 누르고 있었다. 내시는 남을 위협하는 가장 좋은 기술은 칼끝으로 약간 지나치다 싶을 정도로 압력을 가하는 것임을 터득하고 있었다. 자신이 말한 걸 언제든지 실행할 각오가 되어 있다는 걸 느낄 수 있도록 고통을 주는 게 필요했다.

"얘들아! 난 잠깐 지하실에 가 있을 거다. 내려오지 말고 2층에 있어야 한다, 알았지? 방해받고 싶지 않아서 그런단다."

희미한 목소리가 2층에서 들려왔다. "알았어요."

가이는 내시 쪽으로 돌아섰다. 내시는 칼이 몸을 따라 돌아나와 가이의 배에 닿도록 했다. 가이는 몸을 움찔하지도 뒤로 물러서지도 않았다. "네가 내 아내를 죽인 거냐?"

내시는 씩 웃었다. "그년과는 헤어진 것으로 알고 있는데……?"

"원하는 게 뭐냐?"

"네 컴퓨터는 어디 있지?"

"내 노트북은 의자 옆에 놓인 가방에 있어. 데스크톱은 주방에 있고."

"다른 컴퓨터도 있나?"

"아니. 얼른 그것들을 가지고 사라져."

"우린 먼저 대화를 좀 나눠야 해, 가이."

"네가 알고 싶어 하는 건 다 말해줄게. 내겐 돈도 있어. 다 내줄 테니 애들만은 해치지 마."

내시는 이 사내를 다시 보았다. 내시는 자신이 오늘 죽을 가능성이 높다는 걸 알아차렸어야 했다. 지금까지 살아오면서 영웅 노릇을 해본 적이 없었지만, 지금은 마치 그간의 영웅 노릇을 마감하는 마지막 임무를 띤 것 같은 느낌이 들었다.

"네가 협조를 잘한다면 그 애들 털끝 하나도 다치게 하지 않겠다." 내시가 결연한 어조로 말했다.

가이는 마치 거짓말하는 기색을 찾아내기라도 하듯 내시의 눈동자를 뚫어지게 쳐다보았다. 내시가 지하실 문을 열었다. 두 사람은 아래로 내려갔고, 내시는 손을 뒤로 돌려 문을 닫고 전등을 켰다. 지하실은 마무리 공사가 덜 끝난 상태였다. 바닥은 차디찬 콘크리트였다. 물이 파이프에서 뚝뚝 떨어졌다. 수채화 캔버스 하나가 수납장에 기대어 있었고, 낡은 모자와 포스터, 골판지 상자가 여기저기 흩어져 있었다.

내시가 어깨에 걸친 더플백에는 필요한 물품이 모두 들어 있었다. 내시가 손을 집어넣어 강력 접착테이프를 꺼내는 순간, 가이 노박은 일생일대의 실수를 저지르고 말았다.

가이는 주먹을 날리며 목청껏 소리쳤다. "도망쳐라, 얘들아!"

그러자 내시는 가이의 목을 팔꿈치로 무자비하게 가격해서 우선 터져 나오는 소리를 막았다. 이어 손바닥으로 가이의 이마를 후려쳤다. 캑캑거리며 목덜미를 붙잡고 서 있던 가이는 바닥에 쓰러졌다.

"한번만 더 이따위 짓을 하면 네놈 딸을 여기로 데려와서 널 지켜보게 하마. 내 말, 알아듣겠어?"

가이는 얼어붙고 말았다. 부성애는 가이 노박처럼 밸도 없는 녀석조차도 용사로 돌변시킬 수 있었다. 내시는 문득 자신과 카산드라 사이에서 지금쯤 아이들이 태어나지 않았을까 하는 생각이 들었다. 틀림없이 그랬을 것이다. 카산드라는 대가족 출신이었다. 그녀는 아이들을 많이 낳고 싶어 했다. 내시는 세상이 점차 더 암울해질 것으로 예상했기 때문에 아이를 낳는 문제에 그녀만큼 적극적이지 않았다. 하지만 그녀의 고집을 꺾지 않았을 것도 분명한 사실이었다.

내시는 가이를 내려다보았다. 이 녀석 다리를 푹 찌르거나 손가락 하나를 잘라낼까도 고려했지만 그럴 필요가 없을 것 같았다. 가이는 어설픈 반항이 가져올 결과를 이미 깨닫고 있었다. 더는 어리석은 짓을 하지 않을 게 분명했다.

"바닥을 보고 엎드려서 양손을 등 뒤로 돌려."

가이는 내시의 지시를 순순히 따랐다. 내시는 가이의 양쪽 손목과 팔뚝에 테이프를 감았다. 이어 양쪽 발도 똑같이 묶었다. 그런 다음 양쪽 팔을 힘껏 뒤로 잡아당겨 발을 무릎을 구부리게 한 뒤 손발을 함께 묶었다. 뒤집어서 사지를 묶는 방법이었다. 마지막으로 머리통을 테이프로 다섯 번이나 감아 가이의 입을 막아버렸다.

내시는 일단 그 일을 끝마치자 지하실 문 쪽으로 다가갔다.

가이가 발버둥을 치기 시작했지만, 이미 아무 소용이 없었다. 내시는 여자애들이 가이의 멍청한 고함을 들었는지 확인하려고 했을 뿐이었다.

내시는 문을 살짝 열었다. 여전히 멀리서 TV 소리가 들려왔다. 여자애들은 보이지 않았다. 내시는 문을 닫고 아래쪽으로 내려왔다.

"네 이혼한 마누라가 비디오를 하나 만들었다. 그게 어디 있는지 말해주면 좋겠군."

입이 테이프로 틀어 막힌 가이의 얼굴에는 당혹스러운 표정이 떠올랐다. 입이 막혀 있는데 어떻게 대답을 하란 말인가 하는 표시일까? 내시는 씩 웃으면서 칼날을 들어 보였다.

"2, 3분 여유를 줄 테니 잘 생각해보고 얘길하라고. 알았지?"

내시의 휴대전화가 또다시 부르르 떨렸다. 조라고 생각하고 발신자를 확인하다가 좋은 소식이 아닐 거라고 확신했다.

"무슨 일이야?" 내시가 물었다.

"경찰이 이곳으로 몰려왔어." 피에트라가 다급한 어조로 말했다.

내시는 그 말을 듣고도 별로 놀라지 않았다. 기둥 하나가 쓰러지면 나머지는 저절로 무너지는 법이었다. 이제는 시간 여유가 거의 없었다. 이곳에 버티고 서서 가이를 마음대로 가지고 놀 수가 없었다. 재빨리 움직여야 했다.

어떻게 하면 이 녀석이 재빨리 털어놓게 만들 수 있을까?

내시는 고개를 살래살래 저었다. 사람이 그걸 위해서라면 기꺼이 목숨을 내던질 만한 가치가 있는 건 사람을 용감하게 만들기도 하고 약하게 만들기도 하는 법이다.

"네놈 딸년을 좀 찾아가볼까 생각 중이야. 그런 꼴을 당하고 나서야 입을 열 텐가?"

가이의 두 눈이 당장에라도 튀어나올 듯했다. 돼지 새끼처럼 꽁꽁 묶여 있으면서도 몸부림을 치며 내시가 익히 보아 온 신호를 연신 보냈다. 말을 하겠다는 뜻이었다. 자기 딸만 손대지 않고 놔준다면 알고 있는 걸 다 털어놓겠다는 뜻이었다. 하지만 내시는 딸아이를 이 녀석 눈앞에 세우면 더 손쉽게 정보를 빼낼 수 있다는 걸 잘 알고 있었다. 누가 보면 이미 충분히 위협이 통했다고 말할지도 모른다. 그들의 말이 맞을 수도 있다.

하지만 내시는 다른 이유 때문에라도 딸년을 이곳으로 데려오고 싶었다.

내시는 숨을 깊이 들이쉬었다. 이제 끝이 다가오고 있었다. 그는 그걸 볼 수 있었다. 그래, 그는 살고 싶었고 이곳을 당장에라도 빠져나가고 싶었지만 그 '미친 지랄'이 박차를 가하고 있을 뿐만 아니라 이미 주도권을 쥐고 있었다. '미친 지랄'이 자신의 혈관을 자극해서 온몸의 세포를 일깨우며 살아 있다는 느낌을 불러일으켰다.

내시는 지하실 계단을 올라가기 시작했다. 그의 뒤쪽에서는 병신처럼 꽁꽁 묶인 가이의 발광하는 소리가 들려왔다. 아주 잠시 동안 '미친 지랄'이 잠잠해지자 내시는 다시 내려갈까 생각했다. 가이는 이제 무엇이든지 줄줄 불어댈 게 분명했다. 하지만 그렇지 않을 수도 있었다. 어쩌면 내시가 단순히 위협만 하고 있다고 오해할 수도 있었다.

아니, 원래 마음먹었던 건 끝까지 밀고 나가야 해.

내시는 지하실 문을 열고 현관을 향해 홀로 걸음을 옮겼다. 계단을 올려다보았다. TV는 아직도 켜져 있었다. 내시는 한 걸음 더 내디뎠다.

순간 현관 초인종이 울렸고, 내시는 걸음을 멈췄다.

티아는 가이 노박의 집 진입로에 차를 세웠다. 그녀는 차 안에 휴대전화와 지갑을 놔두고 현관 쪽으로 서둘러 다가갔다. 머릿속으로는 벳시 힐이 들려준 얘기를 생각하고 있었다. 애덤은 아무 일이 없다고 했다. 그게 가장 중요했다. 작은 상처가 몇 개 나긴 했지만 멀쩡히 살아 있고 똑바로 서서 얘기를 한 데다가 달려가기까지 했다고 했다. 애덤이 벳시에게 스펜서에 대해서 죄책감을 느끼고 있다든가 하는 다른 얘기들도 했다고 했다. 하지만 그런 것들은 얼마든지 잘 마무리할 수 있었다. 무엇보다도 살아 있는 게 중요했다. 일단 애덤을 집으로 데려온 후 다른 일들을 걱정해도 늦지 않았다.

티아는 이런 생각들을 하면서 가이의 집 현관 초인종을 눌렀다.

그녀는 이 집 가족이 조금 전에 끔찍한 소식을 들었다는 걸 깨닫고는 침을 꿀꺽 삼켰다. 정성을 다해 위로의 말을 전하고 함께 슬픔을 나누는 게 마땅했지만, 그녀가 진정으로 원하는 건 딸아이의 손을 끌어당겨 이 집을 벗어나고 아들과 남편을 찾아내서 자신의 집 안으로 밀어넣고 대문을 영원히 잠가버리는 것이었다.

아무도 나와보지 않았다.

티아는 작은 창문을 통해 안을 들여다보려고 했지만 반사가 너무 심해 불가능했다. 그녀는 양손으로 눈 주위를 감싼 다음 눈에 힘을 주고 홀 쪽을 들여다봤다. 어떤 형체 하나가 홀쩍 뒤로 물러서는 것 같았다. 그냥 그림자가 어른거린 걸까? 티아는 초인종을 다시 눌렀다. 이번에는 그 소리에 응답이라도 하듯 소음이 심했다. 여자애들이 쿵쾅거리며 계단을 내려왔다.

그 애들은 문 쪽으로 쏜살같이 달려왔다. 야스민이 문을 열었다. 질은 바로 그 뒤에 서 있었다.

"안녕하세요, 아줌마?"

"그래, 너도 잘 있었니?"

티아는 야스민의 얼굴을 보고 가이가 아직 나쁜 소식을 전하지 않았다는 걸 알아차렸다. 하긴 놀랄 일도 아니었다. 가이는 질이 떠나고 야스민과 단 둘이 있을 때를 기다리는 게 분명했다.

"네 아빠는 어디 계시니?"

야스민은 어깨를 으쓱했다. "아빠는 지하실에서 뭔가를 한다고 하셨어요."

잠시 동안 세 사람은 그 자리에 우두커니 서 있었다. 집은 무덤처럼 조용했다. 그들은 무슨 소리나 신호가 들리기를 기다렸다. 하지만 여전히 고요하기만 했다.

가이는 혼자 슬퍼하고 있는 모양이네? 티아는 속으로 생각했다. 그녀는 그냥 질을 데리고 집으로 돌아갈까 하고 생각했다. 세 사람은 아무도 움직이지 않았다. 갑자기 뭔가 잘못됐다는 느낌이 들었다. 아이를 데려가거나 데려올 때는 부모 중 한 사람이나 베이비시터가 집 안에 있는지 확인하는 게 정상이었다.

지금은 티아와 질이 야스민을 홀로 놔두는 것 같은 기분이 들었다.

티아는 큰 소리로 외쳤다. "가이?"

"괜찮아요, 아줌마. 이젠 집에 혼자 있어도 될 정도의 나이이니까요."

그건 좀 의문스러운 말이었다. 이 아이들은 모든 게 불확실한 나이였다. 이 나이대의 아이들은 휴대전화만 있으면 뭐든 다 혼자서 할 수 있다고 생각하는 것 같았다. 질도 요즘 들어 혼자 하겠다는 말이 부쩍 많아졌다. 자신이 책임감 있게 행동하겠다면서 고집을 부렸다. 애덤은 질의 나이였을 때 자신의 의지로 가출을 했다. 그게 결국은 적극 추천할 만한 일은 아니라는 것으로 밝혀졌지만.

하지만 지금 티아를 혼란스럽게 만드는 건 그런 게 아니었다. 야스민을 홀로 놔둬도 되느냐 하는 문제가 아니었다. 가이 노박의 차는 진입로에 그대로 서 있었다. 그러니 당연히 집 안에 있어야 했다. 야스민에게 엄마가 어떤 일을 당했는지 말해줬어야 했다.

"가이?"

여전히 대답이 없었다.

두 소녀는 의문이 가득한 눈길로 서로를 바라보았다. 애들의 얼굴에 어떤 기색이 떠올랐다가 사라졌다.

"넌 아빠가 어디 계실 거라고 생각했니?" 티아가 물었다.

"지하실에요."

"거기에 뭐가 있니?"

"별 게 없는데요. 낡은 상자 같은 것만 좀 있거든요. 텅 비어 있다시피 하고요."

그렇다면 왜 가이 노박은 갑자기 그런 곳으로 내려가버린 것일까?

지금 생각할 수 있는 가장 명백한 대답은 홀로 있고 싶어서라는 것이었다. 야스민은 거기에 낡은 상자들이 있다고 했다. 어쩌면 가이는 매리앤의 기억을 치워버리기 위해 지금쯤 바닥에 주저앉아 오래된 사진을 추리고 있을지도 모른다. 게다가 지하실 문이 닫혀 있어서 그녀의 목소리를 듣지 못했던 게 확실했다.

그게 가장 그럴듯한 설명이었다.

티아는 창문을 통해 안쪽을 살폈을 때 훌쩍 뒤쪽으로 물러섰던 형체를 떠올렸다. 그게 가이였을까? 티아를 만나지 않기 위해 몸을 피한 것일까? 그것도 어느 정도 이해가 됐다. 지금은 그녀와 얼굴을 마주칠 용기가 나지 않는 것일 수도 있었다. 지금은 어느 누구와도 함께 있고 싶지 않아서 그런 것일 수도 있었다. 다 이해가 되는 일이었다.

그렇다면 얼른 자리를 피해줘야지. 티아는 속으로 생각했다. 그래도 야스민을 이렇게 홀로 놔둔다는 게 영 내키지 않았다.

"가이?"

이번에는 더 큰 목소리로 불렀다.

여전히 아무런 대답이 들려오지 않았다.

티아는 지하실 문 쪽으로 걸음을 옮겼다. 가이가 프라이버시를 원한다고 해도 이래서는 안 될 일이었다. "나, 여기 있어요"라고 한번만 소리쳐주면 될 텐데……. 티아는 노크했다. 대답이 없었다. 그녀는 손잡이를 잡고 돌렸다. 그리고 문을 밀어 조금 열었다.

전등이 꺼져 있었다.

티아는 뒤쪽의 여자아이들을 돌아보았다. "야스민, 아빠가 여기 계신

게 맞니?"

"분명히 그런다고 했어요."

티아는 질을 힐끗 바라보았다. 질도 그랬다며 고개를 끄덕였다. 두려움 때문인지 손잡이를 잡고 있는 손이 덜덜 떨리기 시작했다. 전화에서 들려왔던 가이의 목소리가 풀이 팍 죽어 있는 상태였는데 혼자서 컴컴한 지하실로 내려갔다면……?

아니, 그 사람이 그럴 리가 없어. 그 사람은 야스민에게 그런 참혹한 상처를 줄 사람이 아니야…….

바로 그 순간, 티아는 무슨 소리를 들었다. 입을 틀어막고 내는 소리 같았다. 뭔가가 바닥을 긁거나 몸부림치는 소리 같았다. 쥐가 내는 소리일까?

티아는 귀를 기울였다. 쥐는 아니었다. 그보다는 훨씬 더 커다란 무엇인가가 내는 소리였다.

이게 대체……?

티아는 여자애들을 노려보며 지시했다. "너희 둘은 그곳에 꼼짝도 하지 말고 서 있어라. 내 말, 알아들었지? 내가 부르기 전에는 내려오지 마."

티아는 벽에 붙어 있는 전등 스위치를 더듬어 보다가, 손에 만져지자마자 스위치를 켰다. 그녀의 두 발은 어느새 계단을 다 내려가고 있었다. 지하실 바닥에 발이 닿자 눈길을 돌리던 그녀는 입이 틀어막힌 채 팔다리가 꽁꽁 묶인 가이 노박을 발견하고는 본능적으로 걸음을 멈췄다.

그러고는 돌아서서 계단을 뛰어 올라갔다.

"얘들아, 도망쳐! 얼른 여길……."

나머지 말은 그녀의 목구멍 속으로 사라져버렸다. 지하실 문은 그녀 눈앞에서 이미 닫히고 있었다.

사내 하나가 다가왔다. 오른손으로는 얼굴을 찡그리고 있는 야스민의 목덜미를, 왼손으로는 질의 목을 움켜쥐고 있었다.

38

카슨은 화가 났다. 날 이렇게 내쫓아? 로즈메리를 위해 온갖 궂은 일들을 다 처리해줬는데도 그녀는 마치 어린애를 다루듯 자신을 사무실 밖으로 내보내버렸다. 그녀는 지금 친구들 앞에서 자신을 병신처럼 보이게 만든 그 노땅과 얘기를 나누는 중이었다.

로즈메리는 그저 허접한 얘기만 하고 있는 건 아닐 것이다.

카슨은 로즈메리를 잘 알고 있었다. 그녀는 곤경에서 빠져나오기 위해 자신의 미모와 화술을 마음껏 이용했다. 하지만 이번에는 그게 통하지 않을 것이고, 그러면 그녀는 자신을 구할 방법 외에는 관심이 없을 것이 분명했다. 이모저모로 궁리할수록 상황은 카슨 자신에게 점점 더 불리해질 뿐이었다. 만약 경찰이 들이닥치고 누군가 희생양이 되어야 한다면 카슨이야말로 가장 유력한 후보자였다. 그리고 어쩌면 두 사람이 사무실에서 논의하고 있는 것이 바로 그런 내용일지 몰랐다.

그건 말이 되는 소리였다. 카슨은 지금 스물두 살이었고, 성인으로서 재판을 받고 형을 선고받기에 충분한 나이였다. 십대 애들은 대부분 카슨과 약품을 거래했다. 영악한 로즈메리는 이 부분에 개입하지 않고 쏙 빠져 있었다. 카슨 자신이 판매상이자 중개자였던 셈이다.

빌어먹을! 이런 일이 벌어질 줄 일찌감치 알았어야 했는데. 스펜서인가 하는 애새끼가 뒈지자마자 하던 일을 걷어치우고 잠시 잠수를 탔어야 했다. 하지만 들어오는 돈이 엄청났고, 판매상들도 연일 압박을 했다. 카슨이 접촉했던 자는 항상 아르마니 정장을 쭉 빼입는 배리 왓킨스라는 사내였다. 그자는 카슨을 고급 클럽들로 데려갔고, 주변에 현금을 마구 뿌려댔다. 그리고 카슨에게 여자들을 안겨주고 존경받는 게 어떤 것인지 알게 해줬다. 카슨을 제대로 어른 대접해줬다.

하지만 어젯밤에 카슨이 약품을 제대로 전해주지 않자 왓킨스의 목소리가 변했다. 소리를 지르는 대신 목소리를 착 깔기만 했는데도 갈비뼈 사이로 얼음 깨는 송곳이 파고드는 느낌이었다.

"약속한 일은 제대로 했어야지." 왓킨스가 냉기 풀풀 풍기는 어조로 카슨에게 말했다.

"문제가 생긴 것 같아요."

"그게 무슨 뜻이지?"

"의사의 아들 녀석이 겁을 집어먹었나 봐요. 그 애 아버지가 오늘 밤에 우리가 있는 곳에 나타났더라고요."

그 말과 동시에 정적이 감돌았다.

"왜 말이 없어요?"

"카슨?"

"왜요?"

"내가 고용한 녀석들은 나에게까지 연결이 되지 않도록 하고 있어. 내 말, 알아듣겠어? 아무리 추적해도 내가 드러나지 않도록 조심하고 있단 말이야."

왓킨스는 그 말만 하고는 전화를 끊어버렸다. 분명한 뜻이 담긴 메시지가 발송되고 접수되었다.

그래서 카슨은 권총을 들고 기다렸다.

현관에서 무슨 소리가 들렸다. 누군가가 들어오려고 하는 모양이었다. 문은 안과 밖에서 모두 잠겨 있었다. 들어오거나 나가려면 경보해제 암호를 알고 있어야 했다. 누군가가 문이 부서져라고 두들겨대기 시작했다. 카슨은 창문 밖을 내다봤다.

애덤 바이였다. 허프 녀석과 함께였다.

"문 열어!" 애덤이 소리를 꽥 질렀다. 그러고는 문을 몇 번 더 두들겼다. "얼른 열라니까!"

카슨은 웃음이 터져 나오려는 걸 간신히 억눌렀다. 아비와 자식이 한곳에 모여? 이건 이 일을 끝장낼 완벽한 기회가 될 것 같았다.

"기다려." 카슨이 말했다.

카슨은 권총을 허리 뒤춤에 쑤셔 넣고는 네 자리 숫자를 찍었다. 빨간색 불빛이 녹색으로 변했다. 문의 자물쇠가 풀렸다.

애덤이 불쑥 들어오고 DJ가 그 뒤를 따랐다.

"우리 아버지 여기 계셔?" 애덤이 물었다.

카슨은 고개를 끄덕였다. "로즈메리의 사무실에."

애덤은 그쪽으로 걸어가기 시작했다. DJ 허프도 애덤을 뒤따라갔다.

카슨은 문을 닫고 자물쇠를 채웠다. 그런 다음 등 뒤로 손을 뻗어 권총을 뽑아들었다.

앤서니는 애덤 바이를 뒤쫓고 있었다.

그는 애덤과 멀어지지 않으려고 주의를 기울였다. 이 일을 어떻게 처리할지 확신이 서지 않아 약간 거리를 두고 있었다. 이 아이는 앤서니 자신을 모르기 때문에 무작정 불러세울 수는 없었다. 그리고 이 아이의 마음 상태가 어떤지 알 수도 없었다. 앤서니가 자신을 아빠의 친구라고 소개하면 이 아이가 무작정 도망쳐서 다시 행방을 감출 수도 있었다.

침착하게 행동하자고. 앤서니는 속으로 다짐했다.

앞쪽에서는 애덤이 휴대전화에 대고 고함을 치고 있었다. 그거 나쁘지 않은 생각이군. 앤서니는 부지런히 걸음을 옮기면서 휴대전화를 꺼냈다. 마이크의 번호를 찍었다.

응답이 없었다.

앤서니는 음성사서함이 나오자 속삭이듯 말했다. “마이크, 당신 애를 찾았어요. 애는 예전에 내가 말했던 그 클럽으로 가고 있는 중이고요. 난 그 뒤를 따라가고 있어요.”

앤서니는 말을 끝내자 휴대전화를 덮고 호주머니에 집어넣었다. 애덤도 이미 전화를 끊고 거의 달리다시피 걷고 있었다. 앤서니도 두 발을 재게 놀렸다. 애덤은 클럽에 도착하자마자 한 번에 두 계단씩 뛰어올라가 문을 잡아당겼다.

잠겨 있었다.

앤서니는 애덤이 경보장치를 멍하니 쳐다보는 걸 지켜봤다. 애덤이 친구에게 고개를 돌렸지만, 친구는 자신도 모른다는 듯 어깨를 으쓱했다. 애덤은 문을 두드리기 시작했다.

“문 열어!”

앤서니가 생각하기에 애덤의 목소리에는 조바심 이상의 것이 들어 있었다. 절박함이 있었다. 심지어 공포까지 느껴졌다. 앤서니는 조금 더 가까이 다가갔다.

“얼른 열라니까!”

애덤은 점점 더 세게 문을 두드렸다. 2, 3초가 지나자 문이 열렸다. 고스족 한 명이 그곳에 서 있었다. 앤서니는 이곳 주변에서 그 녀석을 본 적이 있었다. 다른 애들보다 좀 더 나이가 들었고, 꼬락서니들이 형편없는 패배자 집단에서 우두머리 급에 속하는 것 같았다. 코가 부러졌는지 콧대에 반창고를 붙이고 있었다. 앤서니는 이 녀석이 마이크를 습격했던 놈 중 하나가 아닐까 하고 생각했다.

이제 난 어떻게 해야 하지?

애덤이 들어가지 못하도록 막아야 할까? 제대로 될 수도 있지만, 자칫 전혀 엉뚱한 결과가 나올 수도 있었다. 저 애는 도망쳐버릴 가능성이 높았다. 애덤을 붙잡아둘 수 있다 하더라도 이로 인해 큰 소동이 벌어진다면 무슨 도움이 되겠는가?

앤서니는 살금살금 문 쪽으로 접근했다.

애덤은 다급하게 문 안으로 들어가서 모습을 감췄다. 마치 건물이 그 애를 삼켜버린 것처럼 보였다. 바서티 점퍼를 걸친 애덤의 친구는 굼뜬 동작으로 그 뒤를 따랐다. 앤서니가 서 있는 자리에서는 그 고스족 녀석이 문이 닫히도록 놔두는 게 똑똑히 보였다. 문이 회전하며 천천히 닫히기 시작하자 고스족은 뒤로 돌아섰다.

그리고 앤서니는 그걸 보게 됐다.

바지허리 뒤춤에 권총이 꽂혀 있는 것을.

그리고 문이 완전히 닫히기 전에 고스족 녀석이 권총 쪽으로 손을 뻗는 것 같았다.

모는 차 안에 앉아 그 빌어먹을 숫자에 대해 궁리하고 있었다.

CeeJay8115…….

그는 가장 명백한 것부터 대입하기 시작했다. Cee를 세 번째 알파벳인 C로 생각하고 3이라고 보자. 그리고 Jay를 열 번째 알파벳인 J로, 따라서 10이라고 보자. 그래서 나온 결과는? 3108115였다. 모는 일정한 유형을 찾아내기 위해 각각의 숫자를 더하기도 하고, 나눠보기도 했다. 애덤의 인스턴트 메시지 아이디인 HockeyAdam1117을 떠올렸다. 마이크의 말로는 11은 마크 메시에의 등번호이고, 17은 마이크가 다트머스 시절에 달고 뛰던 등번호라고 했다. 그 번호를 8115와 3108115에 더했다. 하키 애덤을 숫자로 바꿔 여러 개의 방정식을 만들어보기도 했다.

그러나 모든 게 허사였다.

숫자는 무작위로 설정된 게 아니었다. 모는 그런 사실을 잘 알고 있었다. 심지어 애덤의 숫자조차도 무작위가 아니었다. 분명히 어떤 유형이 있고, 모는 그걸 찾아내야만 했다.

조금 전까지 암산만 했던 모는 이제 사물함을 열고 종이 한 장을 꺼냈다. 가능성이 있는 번호들의 조합을 적어 나가고 있는데 갑자기 귀에 익은 목소리가 "문 열어!"라고 외쳤다.

모는 창밖을 내다보았다.

애덤이 클럽 재규어의 정문을 쾅쾅 두들기고 있었다.

"얼른 열라니까!"

모가 차문 손잡이를 잡는 순간, 클럽 문이 열렸다. 애덤은 그 안으로 모습을 감췄다. 모는 뭘 해야 할지, 어떤 행동을 취해야 할지 얼른 결정을 내리지 못하고 우물쭈물하다가 뭔가 수상한 움직임을 보게 됐다.

그건 마이크가 얼마 전에 만나러 갔던 흑인 경비원 앤서니였다. 앤서니는 클럽 재규어의 문을 향해 내달리고 있었다. 모는 살며시 차에서 내려 그를 향해 다가갔다. 앤서니가 먼저 문 앞에 도착해서 손잡이를 돌렸다. 꼼짝도 하지 않았다.

"무슨 일이지?" 모가 물었다.

"얼른 들어가야 해요." 앤서니가 다급한 어조로 말했다.

모는 손을 문에 갖다 댔다. "이건 강철판으로 보강이 되어 있어. 아무리 걷어차봐야 부서지지 않아."

"그래도 해보기는 합시다."

"왜? 무슨 일인데?"

"애덤을 들여보낸 녀석이 권총을 뽑아 들었다고요."

카슨은 권총을 여전히 등 뒤에 숨기고 있었다.

"아빠가 여기에 있다고?" 애덤이 물었다.

"로즈메리의 사무실에 있다니까."

애덤은 카슨 곁을 스쳐 지나갔다. 갑자기 복도 저쪽이 소란스러웠다.

"애덤이니?" 마이크 바이의 목소리였다.

"아빠예요?"

마이크가 모퉁이를 돌아 나오는 순간 애덤도 그곳에 이르렀다. 아버지와 아들은 복도 중간에서 굳게 포옹했다.

이런, 별로 좋은 광경이 아니군. 카슨은 속으로 생각했다.

카슨은 권총 손잡이를 꽉 쥐고는 눈앞으로 들어 올렸다.

카슨은 소리를 지르지 않았다. 그들에게 경고도 하지 않은 것이다. 그럴 이유가 없었다. 다른 대안은 없었다. 협상을 하거나 무슨 요구를 할 시간 여유도 없었다. 바로 지금 끝장내야만 했다.

두 사람을 죽여야만 했다.

로즈메리가 놀라서 고함을 질렀다. "카슨, 안 돼!"

하지만 저 망할 년의 말을 들어줄 이유가 없었다. 카슨은 총구를 애덤 쪽으로 향하고 잘 겨냥한 다음 방아쇠를 잡아당기려고 했다.

애덤을 껴안은 채 무사한 것에 안도한 순간, 안도감에 거의 정신을 잃을 뻔한 마이크의 눈에 카슨의 모습이 들어왔다.

카슨은 권총을 들고 있었다.

마이크는 다음 행동을 고려할 시간이 없었다. 뭘 할지 의식적으로 생각할 여지가 없었고, 다만 원초적이고 본능적인 반응만 있을 뿐이었다. 카슨이 애덤을 겨냥하는 걸 보자마자 즉각 반응했다.

마이크는 애덤을 밀쳐버렸다.

어찌나 세게 밀쳤던지 순간 애덤의 두 발이 바닥에 붙어 있지 않았다. 애덤은 깜짝 놀라 눈을 휘둥그렇게 뜬 채 허공을 날고 있었다. 권총이 발사되고, 총탄은 마이크 뒤쪽의 유리창을 박살내버렸다. 바로 조금 전까지 애덤이 서 있었던 곳이었다. 유리 파편이 우박처럼 마이크에게 쏟아져내렸다.

마이크의 행동은 애덤뿐 아니라 카슨까지 깜짝 놀라게 만들었다. 카슨은 이들이 자신의 행동을 보지 못했거나, 권총을 직면하는 순간 대부분의 사람들처럼 바짝 얼어붙거나 손을 번쩍 치켜들 거라고만 예상했다.

카슨은 재빨리 정신을 차렸다. 애덤이 나가떨어진 곳을 향해 총구를 이미 오른쪽으로 돌리고 있었다. 하지만 마이크가 그렇게 세게 밀쳐낸 데에는 다 이유가 있었다. 마이크의 그런 조건반사적인 행동에도 나름의 방법이 있었다. 날아오는 총탄을 애덤이 피하도록 할 뿐만 아니라 멀리 떨어져 있게 하고 싶었다. 그리고 그건 성공적이었다.

애덤은 벽 뒤쪽의 복도로 나가떨어졌던 것이다.

카슨은 얼른 권총을 겨눴지만 애덤을 쏠 수 있는 각도가 나오지 않았다. 그렇다면 한 가지 대안만이 남았을 뿐이다. 아버지란 작자를 먼저 쏘면 된다.

한편, 마이크는 묘하게도 마음이 편안해졌다. 이곳에서 자신이 해야 할 일이 분명해진 것이다. 아들을 보호하려면 다른 방법이 없었다. 카슨의 총구가 마이크 자신 쪽으로 회전하자 그게 무슨 뜻인지 얼른 알아차렸다.

이제 내가 희생해야겠구나.

마이크는 이걸 생각해낸 게 아니었다. 원래부터 마이크의 뇌리에 새겨져 있었다. 아버지가 아들을 구해내는 건 당연한 일이었다. 세상은 다 그렇게 돌아가도록 되어 있었다. 다른 수가 없는 것 같아 마이크는 자신이 할 수 있는 유일한 일을 했다.

자신의 몸뚱이면 될 거라고 확신했다.

마이크는 본능적으로 카슨을 향해 돌진했다.

예전에 아이스하키 경기를 하면서 퍽을 향해 질주하던 모습이 마이크의 머릿속을 스치고 지나갔다. 카슨이 자신을 향해 발포하더라도 별 지장을 주지 않을 거라고 생각했다. 카슨을 납작하게 만들어 다시는 총질을 못하게 할 수 있을 것 같았다.

그렇게 하면 당연히 애덤을 구할 수 있다.

하지만 마이크는 카슨에게 다가갈수록 생각과 현실은 별개라는 걸 절실히 깨달았다. 거리가 너무 멀었다. 카슨은 이미 겨냥을 끝낸 상태였다. 총탄을 한 발 정도는 얻어맞아야 간신히 카슨에게 손이 닿을 것 같았다. 어쩌면 두 발이 될지도 몰랐다. 살아남을 가능성은 극히 희박했고, 의도했던 일을 제대로 해낼 수 있을지도 의문이었다.

하지만 여전히 다른 대안이 없었다. 마이크는 두 눈을 꼭 감고 머리를 숙인 채 두 발을 열심히 놀렸다.

아직도 4, 5미터는 족히 남았지만, 카슨은 실수하지 않기 위해 아비라는 작자가 좀 더 가까이 다가오도록 내버려뒀다.

카슨은 총구를 좀 더 아래로 내려 마이크의 머리통을 겨냥하고는 표적이 차츰 더 커지는 걸 지켜보았다.

앤서니가 어깨로 문짝을 밀었지만 꼼짝도 하지 않았다.

모가 말했다. "온갖 복잡한 계산을 다했더니만 고작 이거였어?"

"도대체 뭐라고 중얼거리는 건가요?"

"8-1-1-5."

"뭐라고요?"

설명할 시간이 없었다. 모는 경보장치의 숫자판에서 8115를 눌렀다. 문의 자물쇠가 풀렸다는 표시로 빨간색 불빛이 녹색으로 변했다.

앤서니가 문을 잡아당겨 활짝 열어젖혔고, 두 사람은 구르듯이 안쪽으로 돌진했다.

카슨은 조준을 끝냈다.

총구는 돌진해오는 마이크의 정수리를 겨냥했다. 카슨의 마음속은 아주 차분해서 자신도 놀랄 지경이었다. 겁이 날 것 같은데도 손은 전혀 떨리지 않았다. 권총을 처음 쐈을 때는 기분이 좋았다. 이번에는 기분이 더 좋아질 것 같았다. 이미 사격 준비를 마쳤고 표적도 바로 눈앞에 있는지라 맞히지 못할 이유가 없었다. 전혀!

카슨은 집중해서 방아쇠를 당기기 시작했다.

그런데 바로 그 순간, 권총이 사라져버렸다.

카슨의 뒤쪽에서 튀어나온 커다란 손이 권총을 낚아채버렸다. 정말 순식간에 벌어진 일이었다. 바로 조금 전까지 눈앞에 있던 것이 꺼지듯 사라져버렸다. 고개를 돌린 카슨의 눈에 거리 저 아래쪽에서 봤던 흑인 경비원의 모습이 들어왔다. 그는 권총을 손에 쥐고 싱글거렸다.

하지만 놀란 표정만 짓고 있을 수 없었다. 뭔가 무지막지한 것이 카슨의 허리 아래쪽을 강하게 들이받았다. 온몸이 부서지는 것 같았다. 카슨은 비명을 지르며 앞으로 밀려나갔는데, 운이 나쁘게도 돌진해오는 마이크의 어깨에 스스로 몸을 내맡기는 꼴이 되고 말았다. 카슨의 몸뚱이는 충돌로 인해 거의 반으로 접혀버렸다. 마치 누군가 무척 높은 곳에서 떨어뜨리기라도 하듯 바닥에 털썩 자빠졌다. 카슨은 폐 속의 공기가 다 빠져나가고 갈비뼈가 몽땅 함몰된 것 같았다.

마이크는 쓰러진 카슨을 내려다보며 말했다. "넌, 끝났어." 그러더니 멍한 표정으로 서 있는 로즈메리 쪽을 쳐다봤다. "협상도 없고."

39

내시는 여전히 양손으로 여자애들의 목덜미를 쥐고 있었다.

손에 힘을 준 건 아니지만 인체에는 압력에 민감한 부분들이 있게 마련이다. 그의 눈에는 조의 수업 시간에 모욕을 당해 이 모든 문제를 촉발한 야스민이라는 애가 얼굴을 찡그리고 있는 게 보였다. 어쩌다 이곳에 들어온 여자의 딸인 다른 애는 바람에 날리는 나뭇잎처럼 떨고 있었다.

그 여자가 말했다. "그 애들을 놔줘요."

내시는 고개를 가로저었다. 그는 지금 현기증을 느끼고 있었다. '미친 지랄'이 전기처럼 몸속을 휘젓고 다녔다. 모든 신경세포가 최고조로 움직이고 있었다. 여자애 하나가 울음을 터뜨렸다. 내시는 자신도 인간인 이상 이 애들의 눈물에 어떤 식으로든 영향을 받을 것이라는 사실을 잘 알고 있었다.

하지만 울음소리는 쾌감을 더 높일 뿐이었다.

미쳐서 그런 것이라는 걸 아는 사람은 미친 사람일까?

"제발요, 그 애들은 어리잖아요." 여자가 다시 애원했다.

그러다가 여자는 말을 멈췄다. 내시의 상태가 이상하다는 걸 알아차린 모양이었다. 자신의 말이 이 사람에게 전혀 먹혀들지 않고 있었다. 더 좋지 않은 건, 자신의 애원이 이 사람에게 쾌감을 주는 것 같다는 것이었다. 내시는 여자에게 감탄하고 있었다. 이 여자가 언제나 이렇게 용감하고 혈기가 왕성한 건지, 아니면 자신의 새끼를 보호하는 어미의 본성이 발현된 건지 궁금해졌다.

어쨌든 엄마를 먼저 죽여야 할 것 같았다.

이 여자가 가장 골칫거리가 될 것이라는 건 확실했다. 내시가 여자애들을 해칠 때 팔짱을 끼고 가만히 서 있을 여자가 아니었다.

하지만 바로 그 순간, 멋진 생각이 그의 머릿속을 번쩍 스치고 지나갔다. 만약 이게 자신이 벌일 수 있는 마지막 향연이라면, 부모가 그 광경을 지켜보게 하면 분위기가 더 고조되지 않을까?

내시는 그게 분명 역겨운 짓이라는 걸 잘 알고 있었다. 하지만 일단 그 생각이 머릿속에 자리를 잡자 떨쳐버릴 수가 없었다. 내시는 감옥에서 소아성애자를 몇 명 만났는데, 그 녀석들은 자신이 한 짓이 사악한 게 아니라는 걸 납득시키려고 무진 애를 쓰곤 했다. 그들은 여자애들이 열두 살이면 결혼시켰던 과거의 역사와 문화에 대해 떠벌렸다. 내시는 그들의 말을 흘려들으며 왜들 그리 애를 쓰는지 궁금해했다. 더 간단한 설명이 있을 텐데…… 그건 녀석들의 머릿속에 그런 논리가 이미 내재되어 있어서였다. 다른 사람들이 비난할 수밖에 없는 행위를 갈망하고 있어서였다.

신이 그 녀석들을 그런 식으로 만든 것이다. 그렇다면 누가 비난을 받아야 할 것인가?

종교에 푹 빠져 사는 별종들은 사악한 짓을 하는 놈들을 욕할 때마다, 그들 역시 신의 작품이라는 점을 깨달아야 한다고, 내시는 생각했다. 물론 종교인들은 유혹에 빠지지 말 것을 강조하지만 이건 유혹 이상의 것이었다. 그런 욕구들을 억제하는 건 규율이 아니라 주변 상황이다. 피에트라가 그 군인들을 이해하지 못한 게 바로 그 점이었다. 주변 상황은 군인들에게 잔인한 행위를 즐기라고 강요하지 않았다.

그럴 기회를 제공한 것이었다.

따라서 내시는 결국 자신이 이들 모두를 죽이리라는 걸 잘 알고 있었다. 그런 다음 노트북을 집어 들고 모습을 감추면 그만이다. 경찰이 이곳으로 들이닥쳤을 때는 피바다가 그들을 맞이할 게 뻔했다. 경찰은 연쇄살인범이 있다고 추정할 것이다. 어느 누구도 선량한 남자이자 훌륭한 교사를 파멸시키기 위해 협박을 서슴지 않은 여자의 비디오 따위에는 관심도 보이지 않을 것이다. 조는 곤경에서 벗어나 잘 지내게 될 것이다.

중요한 일부터 먼저 처리해야 한다. 어미를 묶어야 했다.

"애들아?" 내시가 불렀다.

내시는 목덜미를 잡은 손을 돌려 여자애들이 자기를 쳐다보게 했다.

"만약 너희가 도망치면 너희 엄마와 아빠를 죽여버릴 거다. 내 말, 알아들었지?"

둘 다 고개를 끄덕였다. 내시는 여자애들을 지하실 문에서 멀리 떨어진 곳으로 데려갔다. 여자애들의 목덜미를 놔주는 순간, 야스민이 귀를 찌르는 듯한 비명을 내질렀다. 내시가 이제껏 한번도 들어보지 못한 비명이었다. 야스민은 자기 아빠를 향해 달려갔다. 내시는 그쪽으로 몸을 기울였다.

그의 행동이 실수라는 게 곧 밝혀졌다.

다른 여자애가 곧장 계단 쪽으로 내달렸다.

내시는 몸을 돌려 따라잡으려고 했지만, 아이는 동작이 정말 빨랐다.

여자가 소리를 질렀다. "도망쳐, 질!"

내시는 계단 쪽으로 훌쩍 뛰어 여자애의 발목을 잡으려고 한 손을 쭉 뻗었다. 손끝에 발이 살짝 닿았지만, 아이는 잽싸게 발을 빼냈다. 내시가 몸을 일으키려는 순간, 뭔가에 눌려 다시 엎어졌다.

여자애의 엄마였다.

그 여자가 자신의 등에 올라탄 것이었다. 그리고 내시의 다리를 물어뜯었다. 내시는 비명을 지르며 그 여자를 걷어차버렸다.

"질! 지금 당장 이리 내려오지 않으면 네 엄마를 죽여버리겠다!" 내시가 소리를 꽥 질렀다.

그 여자는 내시에게서 나가떨어져 구르면서도 외쳤다. "도망쳐! 이놈 말 듣지 말고!"

내시는 벌떡 일어서서 칼을 빼들었다. 생전 처음 뭘 해야 좋을지 망설이고 있었다. 지하실 저쪽 편에 전화단자함이 있었다. 경찰에 신고하지 못하도록 그걸 부셔버릴 수는 있지만, 여자애는 휴대전화를 가지고 있을 게 뻔했다.

시간이 촉박하게 흘러가고 있었다. 내시는 컴퓨터가 필요했다. 그게 가장 중요했다. 이들을 모두 죽이고 컴퓨터를 집어 들고 이곳을 벗어나야 했다. 최소한 하드디스크만은 확실히 못쓰게 만들어야만 했다.

내시는 야스민 쪽을 쳐다보았다. 그 아이는 자기 아버지 뒤쪽에 몸을 숨기고 있었다. 가이는 딸아이의 방어벽이 되기 위해 이리저리 몸을 굴리며 일어나 앉으려고 애를 썼다. 접착테이프로 돼지 새끼처럼 꽁꽁 묶인 상태에서 펼치는 처절한 노력인데도 우습기까지 했다.

여자도 간신히 일어섰다. 그러고는 여자애를 향해 다가갔다. 이번에는 자기 딸도 아니었다. 정말 용기가 대단했다. 하지만 이제 세 명은 한자리에 몰려 있었다. 운이 좋았다. 큰 노력을 들이지 않고도 순식간에 다 처리할 수 있을 것 같았다.

"질! 이게 마지막 기회다!" 내시는 한번 더 고함을 질렀다.

야스민은 다시 비명을 지르기 시작했다. 내시는 칼을 들어올린 채 세 사람을 향해 다가갔다. 그러다가 어디선가 들려오는 목소리 때문에 걸음을 멈췄다.

"제발 우리 엄마를 해치지 마세요."

뒤에서 들려오는 목소리에는 훌쩍거리는 소리가 섞여 있었다.

질이 되돌아온 것이었다.

내시는 그 애의 엄마를 쳐다보며 씩 웃었다. 엄마의 얼굴이 고통으로 일그러졌다.

"안 돼! 질, 이러면 안 돼! 얼른 도망쳐!" 엄마는 쉿소리가 나도록 고함을 질렀다.

"엄마?"

"도망쳐! 맙소사! 얘야, 제발 도망쳐!"

하지만 질은 엄마의 말을 듣지 않았다. 천천히 계단을 내려왔다. 내시는 질을 향해 돌아서다가 불현듯 자신의 실수를 알아차렸다. 혹시 애초에 자신이 질이 계단 쪽으로 달려가도록 일부러 놔뒀던 게 아닌가 하는 의문이 들었다. 여자애들의 목덜미를 놔주기도 했고. 그러지 않았던가? 자신이 부주의해서였을까, 아니면 그 이상의 다른 무엇이 있어서였을까? 자신이 누군가에 의해, 그토록 많이 봐왔고 자신이 평화롭게 살아가기를 바랐던 누군가에 의해 조종된 게 아닌가 하는 의문이 들었다.

내시는 여자애 옆에 누군가 서 있는 걸 봤다고 생각했다.

"카산드라!" 내시는 큰 소리로 울부짖었다.

약 1, 2분 전, 질은 사내의 손이 자신의 목덜미를 누르고 있다는 걸 느꼈다.

이 사람은 힘이 셌다. 전혀 힘을 주지 않은 것 같은데도 이 사람의 손가락이 잡은 부위는 송곳으로 찌른 듯이 아팠다. 질은 그런 상태에서 자신의 엄마와 돼지처럼 묶여 바닥에 뒹굴고 있는 야스민의 아빠를 봤다. 질은 정말 겁이 났다.

엄마가 입을 열었다. "그 애들을 놔줘요."

엄마의 말소리가 질을 조금 진정시켰다. 끔찍하고 무서운 상황이지만 엄마가 함께 있었다. 엄마라면 날 구하기 위해 무슨 일이든 할 거야. 그리고 질은 지금이야말로 엄마를 구하기 위해 자신이 무슨 일이든 할 수 있다는 걸 보여줄 때임을 깨달았다.

사내는 손아귀에 힘을 주었다. 질은 헐떡거리며 사내의 얼굴을 힐끗 쳐다보았다. 그자는 아주 행복한 표정을 짓고 있었다. 질은 야스민 쪽으로 눈길을 돌렸다. 야스민도 질을 똑바로 쳐다보고 있었다. 무슨 신호를 보내려는 듯 고개를 약간 까닥하려고 애썼다. 그건 수업 중에 선생님이 빤히 쳐다보는데도 야스민이 질에게 어떤 메시지를 보내려고 할 때 하는 몸짓이었다.

질은 그게 무슨 뜻인지 알 수 없었다. 야스민은 자신의 손바닥을 내려다보기 시작했다.

의문이 가득한 눈으로 야스민의 눈길을 따라 내려가다가 뭘 의미하는지를 알게 됐다.

야스민은 엄지와 집게손가락으로 총 모양을 흉내 내고 있었다.

"애들아?"

사내는 양손으로 잡고 있는 목덜미를 약간 돌려 여자애들이 자신을 쳐다보도록 만들었다.

"만약 너희가 도망치면 너희 엄마와 아빠를 죽여버릴 거다. 내 말, 알아들었지?"

두 소녀는 동시에 고개를 끄덕였다. 둘은 눈길이 다시 마주쳤다. 야스민은 입을 딱 벌렸다. 질은 그 의미를 알아차렸다. 사내는 여자애들을 놔줬다. 질은 그자의 주의가 흐트러질 때까지 기다렸다. 그리 오래 걸리지도 않았다.

야스민은 비명을 질렀고, 질은 죽으라고 도망쳤다. 자신의 목숨만을 구하기 위해 그런 건 아니었다. 모두의 목숨을 구하기 위해서였다.

사내의 손가락 끝이 발목에 닿는 느낌이 들었지만 얼른 발을 빼냈다. 그자가 지르는 소리가 들렸지만 돌아보지 않았다.

"질! 지금 당장 이리 내려오지 않으면 네 엄마를 죽여버리겠다!"

선택의 여지가 없었다. 질은 죽을 둥 살 둥 계단을 달려 올라갔다. 오늘 아침 일찍 야스민의 아버지에게 익명으로 보냈던 이메일이 머릿속에 떠올랐다.

내 말 명심해라. 권총을 좀 더 잘 감춰둬라.

질은 야스민의 아버지가 그걸 읽지 않았거나 읽었다 하더라도 시간이 없어 아무 조치도 하지 않았기를 빌고 또 빌었다. 질은 노박 씨의 침실로 엎어질 듯 급히 뛰어 들어가 서랍을 끝까지 잡아 빼고는 들어 있던 내용물들을 바닥에 쏟아부었다.

권총이 보이지 않았다.

질은 심장이 내려앉는 것 같았다. 아래층에서 비명이 들렸다. 사내가 세 사람을 다 죽이고 있는지도 모를 일이었다. 물건들을 더 뒤적이는데 금속으로 된 뭔가가 손끝에 스쳤다.

권총이었다.

"질! 이게 마지막 기회다!"

안전장치를 어떻게 푸는 거지? 딱하게도 질은 그 방법을 몰랐다. 하지만 어떤 생각이 번뜩 떠올랐다.

야스민이 그걸 채워놨을 리 없었다. 안전장치는 여전히 풀려 있을 게 분명했다.

야스민의 비명이 들렸다.

질은 허겁지겁 걸음을 옮겼다. 계단에 다다르지도 않은 상태에서 질은 자신이 짜낼 수 있는 가장 어린애 같은 목소리로 외쳤다. "제발 우리 엄마를 해치지 마세요."

질은 재빨리 지하실로 내려갔다. 권총이 발사될 만큼 센 힘으로 방아쇠를 당길 수 있을지 의문이 들었다. 양손으로 손잡이를 쥐고 손가락 두 개를 방아쇠에 걸면 되지 않을까 싶었다.

그 정도면 방아쇠를 당기기에 충분한 힘을 낼 수 있었다.

내시는 사이렌 소리를 들었다.

내시는 질의 손에 쥐어진 권총을 보고 같잖다는 표정을 지었다. 그의 마음속 한쪽에서는 얼른 덮치라고 재촉했지만, 카산드라는 고개를 저었다. 내시는 그 어느 쪽 의견에도 따르지 않았다. 여자애는 뭔가를 망설이는 것 같았다. 내시는 조금 더 가까이 다가가 칼을 여자애 머리 위로 들어 올렸다.

내시는 열 살 때 아버지에게 사람이 죽을 때면 무슨 일이 일어나는지 물어본 적이 있었다. 아버지는 셰익스피어가 그걸 가장 잘 묘사했다고 하면서, 죽음이란 '여행을 떠난 나그네 중 그 경계를 넘어 되돌아온 적이 단 한 명도 없는 미지의 나라'라는 〈햄릿〉에 나오는 독백을 인용했다.

결국 우리가 무슨 수로 그걸 알 수 있단 말인가?

첫 번째 총탄은 내시의 가슴팍을 파고들었다.

내시는 칼을 치켜든 채 여자애에게 비틀비틀 다가가더니 기다렸다.

그는 두 번째 총탄이 자신을 어떤 곳으로 데려갈지 알 수 없었지만 카산드라에게로 데려가줬으면 하고 바랐다.

40

마이크는 전과 같은 취조실에 앉아 있었다. 이번에는 아들과 함께였다.

특수요원인 대릴 뤼크르와 연방검사보 스코트 던컨은 사건을 정확하게 구성하려고 애쓰는 중이었다. 마이크는 로즈메리와 카슨, DJ 허프와 어쩌면 그 애 아버지와 그 밖의 고스족들이 모두 이곳 어딘가에 있다는 걸 알고 있었다. 뤼크르와 던컨은 협상에 응하거나 다른 사람의 죄를 고발하는 사람이 나올 것을 기대하며 이들을 갈라놓았다.

마이크와 애덤은 이미 몇 시간째 이곳에 갇혀 있었다. 두 사람이 아직 한 가지 질문에 대답하지 않았기 때문이었다. 두 사람의 변호사인 헤스터 크림스타인은 입을 열지 말라고 지시했다. 지금은 취조실에 마이크와 애덤만 앉아 있었다.

마이크는 억장이 무너지는 심정으로 아들을 바라보며 말했다. "다 괜찮아질 거다." 이렇게 말한 게 벌써 다섯 번째인가 여섯 번째였다.

애덤은 아무런 반응을 보이지 않았다. 충격 때문인 것 같았다. 물론 충격과 십대 청소년의 시무룩함 사이에는 미세한 차이가 있었다. 헤스터는 펄쩍 뛰며 화를 냈고, 점점 그 상태가 악화되고 있었다. 그게 뚜렷이 보였다. 그녀는 연신 이곳을 드나들며 질문을 퍼부었다. 그녀가 다 털어놓으라고 종용해도 애덤은 그저 고개를 가로젓기만 했다.

헤스터가 마지막으로 방문한 건 30분 전이었고, 마지막으로 마이크에게 한마디를 하고 나가버렸다. "좋지 않아요."

다시 취조실 문이 벌컥 열렸다. 헤스터가 걸어 들어와 의자 등받이를 잡고 애덤이 앉아 있는 곳으로 끌어당겼다. 그녀는 털썩 주저앉더니 얼굴을 애덤에게로 들이밀었다. 그녀의 얼굴이 2, 3센티미터 정도 되는 곳까지 다가오자 애덤은 고개를 홱 돌렸다. 헤스터는 양손으로 애덤의 얼굴을 잡아 마주 보이도록 돌리고는 말했다. "날 봐, 애덤."

애덤은 아주 싫은 표정을 지었지만 순순히 응했다.

"지금 네 문제가 심상찮아. 로즈메리와 카슨은 널 비난하고 있어. 네 아버지의 처방전 용지를 훔치고 그걸 다음 단계까지 밀어붙인 게 다 네 생각이라고 한단 말이야. 또 네가 먼저 그들을 찾아왔다고 하고. 그것들이 하는 꼬락서니로 봐서는 네 아버지가 배후에 있다고 주장할 태세야. 네 아버지가 가욋돈을 벌어들일 방법을 찾고 있었다는 거지. 바로 이 건물에 있는 마약단속국 요원들은 이 사건과 똑같은 짓을 했던, 그러니까 암시장에 팔아넘기기 위해 불법처방전을 발부했던 블룸필드의 어떤 의사에 대한 체포영장을 지금 막 발부받았어. 그들은 그런 혐의를 무척 좋아하지. 언론의 카메라 세례와 승진을 노리면서 의사와 아들이 한통속이길 바라고 있단 말이야. 내 말이 무슨 뜻인지 알아들었니?"

애덤은 고개를 끄덕였다.

"그런데 왜 내게 사실대로 말해주지 않는 거니?"

"상관이 없으니까요." 애덤이 마지못해 대답했다.

헤스터는 양 손바닥을 펼쳐보였다. "그게 무슨 뜻이지?"

애덤은 고개를 가로저을 뿐이었다. "내가 아무리 말해봤자 그 사람들 말을 반박하는 것밖에 되지 않으니까요."

"그렇긴 하지. 하지만 거기에는 두 가지 문제점이 있단다. 먼저, 네게 불리한 얘기를 하는 게 두 사람만이 아니라는 거야. 그들의 얘기를 뒷받침해줄 카슨의 졸개들이 여럿 있단 말이야. 이 녀석들은 카슨과 로즈메리가 시킨다면 네가 외계인의 우주선에 납치되어 항문 검사를 받았다는 진술도 서슴없이 할 거야. 그런데 그게 가장 큰 골칫거리는 아니라는 거지."

마이크가 의혹에 찬 눈길로 물었다. "그것보다 더 큰 문제가 있다뇨?"

"검찰 측이 확보한 가장 확고한 증거는 그 처방전 용지예요. 당신은 무슨 수를 써도 그걸 로즈메리나 카슨과 관련이 있다는 걸 증명할 수가 없어요. 확실한 건 아니지만 검찰 측은 그걸 닥터 바이, 당신과 직접 관련이 있다고 판단할 수 있다고요. 처방전 용지는 당신 거예요. 그리고 포인트 A로부터, 즉 당신으로부터, 포인트 B로, 즉 불법적인 암시장으로 어떻게 연결됐는지 증명할 수 있고요. 바로 당신 아들을 통해서요."

애덤은 눈을 꼭 감고 고개를 살래살래 저었다.

"왜 그러는데?" 헤스터가 물었다.

"당신은 내 말을 믿지 않을 거예요."

"얘야, 내 말 들어봐라. 내가 하는 일은 널 믿는 게 아니다. 널 변호하는 거지. 넌 네 엄마가 널 믿고 있는지 걱정이 되지? 난 네 엄마가 아니다. 난 네 변호사이고, 지금 당장은 그게 훨씬 더 나은 거야."

애덤은 아버지를 쳐다보았다.

"난 네 말을 믿겠다." 마이크는 확고한 어조로 말했다.

"아빠는 날 믿지 않았잖아요."

마이크는 그 말에 어떻게 대꾸해야 할지 몰랐다.

"내 컴퓨터에 그따위 것이나 깔아놓고 사적인 대화를 도청했잖아요."

"우린 널 걱정해서 그랬단다."

"내게 물어보지 그랬어요."

"그렇게 했다, 애덤. 난 천 번도 넘게 물었다. 그럴 때마다 상관하지 말라고 하지 않았니? 네 방에서 나가라고 하지 않았어?"

"아, 이것들 보세요. 아버지와 아들 사이의 가슴 뭉클한 사연이 아주 보기 좋군요. 눈물이 다 나려고 해요. 하지만 난 시간당 비용을 청구하는 사람이고, 그것도 아주 비싼 변호사라는 걸 명심하세요. 그러니 사건 얘기로 돌아갈까요?"

갑자기 문에서 날카로운 노크가 들렸다. 문이 열리며 특수요원 대릴 뤼크르와 연방검사보 스코트 던컨이 들어왔다.

헤스터가 목소리를 높였다. "나가세요. 이건 사적인 면담이에요."

"당신 의뢰인들을 만나고 싶어 하는 사람이 찾아왔소." 뤼크르가 말했다.

"난 탱크톱만 걸친 제시카 알바가 찾아왔다고 해도 관심이 없어……."

"헤스터!" 뤼크르가 헤스터의 말허리를 잘랐다.

"날 믿어봐요. 아주 중요한 사람들이라고요."

두 사람은 옆으로 비켜섰다. 마이크는 고개를 들어 올려다보았다. 자신이 뭘 기대했는지는 모르겠지만 이건 분명 아니었다. 애덤은 그들을 보자마자 울음을 터뜨렸다.

벳시와 론 힐이 취조실 안으로 들어섰다.

"저 사람들이 대체 누구죠?" 헤스터가 물었다.

"스펜서의 부모님이오." 마이크가 대답했다.

"와! 이건 무슨 수작인가요? 내 의뢰인들을 자극하려고? 저 사람들을 내보내요. 지금 당장!"

뤼크르가 나섰다. "쉿. 이 사람들의 말을 들어봐요. 뭐라고 하지 말고 귀를 기울여보라고요."

헤스터는 애덤 쪽으로 고개를 돌렸다. 그녀는 애덤의 팔뚝에 자신의 손을 올렸다. "한마디도 해선 안 돼. 내 말, 알아들었지? 단 한마디도!"

애덤은 계속 울기만 했다.

벳시 힐이 애덤의 맞은편에 앉았다. 그녀의 눈에도 눈물이 그렁그렁했다. 론은 벳시의 뒤로 가서 섰다. 그는 팔짱을 끼고 천장을 뚫어져라 쳐다보았다. 마이크는 론의 입술이 파르르 떨리는 걸 보았다. 뤼크르는 한쪽 구석으로 물러서고, 던컨은 맞은편 구석으로 물러섰다.

뤼크르가 말했다. "힐 부인, 조금 전 저희에게 진술하셨던 걸 말해주실 수 있나요?"

헤스터는 여전히 애덤의 팔뚝에 자신의 손을 올려놓고 필요하면 언제든 애덤이 말을 하지 않도록 조언을 할 채비를 하고 있었다. 벳시는 애덤을 멍하니 바라보고만 있었다. 애덤은 결국 머리를 들었다. 그는 벳시와 눈길을 마주쳤다.

"이게 다 무슨 일이죠?" 마이크가 물었다.

마침내 벳시 힐이 입을 열었다. "넌 내게 거짓말을 했어, 애덤."

"이런, 이런! 이 여자가 내 의뢰인이 거짓말을 했다는 비난부터 하는데 이런 식이라면 지금 당장 이 면담을 끝내도록 하죠."

벳시는 헤스터의 아우성을 묵살하고 애덤과 계속 눈길을 마주쳤다. "너와 스펜서는 여자애를 두고 싸운 게 아니었어. 맞지?"

애덤은 아무 말도 하지 않았다.

"그렇지?"

"대답하지 마라." 헤스터는 애덤의 팔뚝을 살짝 잡으며 덧붙였다. "우린 싸움이 있었다는 어떠한 주장에도 의견을 말하지 않을……."

애덤이 팔뚝을 빼냈다. "아주머니……."

"넌 다른 사람들이 네 말을 믿지 않을까봐 두려워했어. 네 친구를 해칠까봐 걱정했고. 하지만 넌 스펜서를 해칠 수 없어. 그 애는 죽었단다, 애덤. 그리고 그건 네 잘못이 아니고." 벳시가 말했다.

눈물이 애덤의 얼굴을 타고 계속해서 흘러내렸다.

"내 말, 듣고 있니? 그건 네 잘못이 아니란 말이야. 넌 스펜서에게 화를 낼만 했어. 네겐 그럴 이유가 있었잖니? 그 애 아빠와 난 스펜서를 정말 그리워해. 앞으로 살아가는 동안 내내 그래야겠지. 우리가 스펜서를 좀 더 관심 있게 지켜봤더라면 그 애가 자살하는 걸 막을 수 있었을지도 몰라. 그렇게 했어도 구할 방법이 없었는지도 모르고. 지금 당장은 어땠을지 나도 모르겠구나. 하지만 이건 네 잘못이 아니야. 그 일로 인해 네가 비난을 받아서는 안 된다는 건 잘 알고 있단다. 스펜서는 세상을 떠났잖니? 어느 누구도 그 애를 더는 해칠 수가 없단 말이야."

헤스터는 입을 달싹거렸지만, 아무 말도 나오지 않았다. 그녀는 이제 간섭하지 않기로 한 듯 등받이에 기대고 지켜보기만 했다. 마이크도 무슨 영문인지 몰라 당혹한 표정으로 다른 사람들의 얼굴만 이리저리 살폈다.

"이 사람들에게 사실대로 말하려무나." 벳시가 말했다.

애덤이 슬픔에 잠긴 목소리로 대꾸했다. "상관없어요."

"아니, 상관이 있단다, 애덤."

"아무도 내 말을 믿지 않을 거라고요."

"우린 널 믿는다." 벳시가 애덤을 두둔했다.

"로즈메리와 카슨은 그게 저와 제 아버지였다고 말할 거예요. 벌써 그렇게 말했고요. 그런데 왜 다른 사람의 이름을 진흙탕 속으로 끌어들여야 하나요?"

뤼크르가 옆에서 거들었다. "그래서 넌 어젯밤에 그걸 끝내려고 했지. 그런 취지로 우리에게 말하려고 했던 것 아니니? 로즈메리와 카슨은 널 협박했어. 그렇지? 그들은 네가 입을 열면 모든 걸 네가 한 짓으로 몰아붙이겠다고 했어. 네가 처방전 용지를 훔친 것으로 말이야. 지금 그들이 주장하고 있는 것처럼. 그리고 넌 걱정해야 할 친구도 있었어. 그들은 모든 사람을 곤경에 처하게 할 수 있었지. 그러니 네가 뭘 어떻게 하겠어?

그냥 그대로 굴러가도록 놔둘 수밖에."

"난 내 친구들을 걱정한 게 아니었어요. 그들은 제 아버지에게 책임을 돌리려고 했죠. 아버지는 의사면허증을 잃었을 게 뻔했다고요."

마이크는 아들의 말에 가슴이 벅차올랐다. "애덤?"

아들은 아버지 쪽으로 고개를 돌렸다.

"사실대로만 말을 하려무나. 나에 대해선 걱정하지 말고."

애덤은 고개를 가로저었다.

벳시는 손을 뻗어 애덤의 손을 건드렸다. "우린 증거를 가지고 있어."

애덤은 어리둥절한 표정을 지었다.

론 힐이 앞으로 나섰다. "스펜서가 세상을 떠났을 때 난 그 애의 방을 뒤졌단다. 내가 찾아낸 건……." 그는 말을 멈추고 침을 꿀꺽 삼키며 다시 천장을 올려다봤다. "난 그걸 벳시에게 말하고 싶지 않았단다. 아내는 이미 많은 고통을 겪었고, 이걸 밝힌다고 해서 뭐가 달라질까 하는 생각에서였다. 스펜서는 죽었잖아? 그런 증거물로 벳시를 더 고통스럽게 할 필요가 있겠어? 너도 그런 생각을 하지 않았니, 애덤?"

애덤은 이번에도 아무런 말을 하지 않았다.

"그래서 난 아무에게도 털어놓지 않았다. 하지만 그 애 방을 뒤졌을 때 침대 밑에서 현금 8,000달러와 이것들을 찾아냈단다."

론은 처방전 용지를 탁자 위에 내려놓았다. 잠시 동안, 모든 사람은 그걸 멍하니 바라봤다.

"넌 아버지의 처방전 용지를 훔치지 않았어. 스펜서가 훔쳤지. 그 애는 너희 집에서 이걸 슬쩍한 거라고. 맞지?"

애덤은 고개를 푹 숙였다.

"그리고 스펜서가 스스로 목숨을 끊던 날 밤에 넌 그 사실을 알아차린 거야. 그래서 그 애를 찾아갔던 거지. 넌 화를 냈고, 둘은 싸움을 벌였어. 그때 네가 우리 애를 때린 거고. 그리고 스펜서가 전화했을 때, 넌 사과의 말 따위를 듣고 싶지 않았지? 이번에는 스펜서가 지나쳤으니까. 그래서 넌 전화가 음성사서함으로 넘어가도록 놔뒀던 거고."

애덤은 눈앞에서 번갯불이 반짝일 정도로 눈을 꼭 감았다. "난 그 전화를 받았어야 했어요. 난 스펜서를 때린 데다가 마구 욕설을 퍼붓고, 다시는 말을 하고 싶지 않다고까지 했어요. 그러고는 그 애를 홀로 놔두고 와 버렸고, 도움을 청하는 전화가 왔을 때는……."

애덤이 하는 말의 여운이 사라지기도 전에 실내가 소란스러워졌다. 당연히 눈물로 홍수를 이룰 지경이었다. 서로를 껴안고, 사과의 말이 오갔다. 상처의 아가리가 벌어졌다가 닫혔다. 헤스터가 마무리를 지었다. 그녀는 뤼크르와 던컨의 손을 잡았다. 여기 있는 모든 사람은 진상을 똑똑히 알게 됐다. 어느 누구도 바이 부자가 기소되길 원하지 않았다. 애덤은 적극적으로 협조해서 로즈메리와 카슨을 감옥으로 보내는 데 일조를 할 게 분명했다. 하지만 그건 다음에 벌어질 일이었다.

그날 밤 늦게 애덤이 집에 돌아오고 휴대전화를 돌려받았을 때 벳시 힐이 찾아왔다.

"난 스펜서의 마지막 목소리를 직접 들어보고 싶구나." 그녀는 애덤에게 요청했다.

그리고 다들 스펜서가 자신의 목숨을 끊기 바로 직전에 보낸 음성 메시지를 들었다.

"이건 네 탓이 아니야, 애덤. 알았지? 그냥 그렇게만 알아줘. 어느 누구의 탓이 아니라고. 그냥 너무 힘들었어. 항상 너무 힘들었는데……."

일주일 후, 수전 로리먼은 조 루이스턴의 현관문을 노크했다.

"누구세요?"

"루이스턴 선생님? 수전 로리먼이에요."

"난 지금 무척 바쁜데요."

"제발 문을 열어주세요. 아주 중요한 일 때문에 그래요."

몇 초간의 침묵이 흐른 후 조는 수전의 말대로 했다. 조는 면도도 하지 않은 채 후줄근한 티셔츠를 걸치고 있었다. 머리카락은 제멋대로 헝클어져 있고, 눈에는 여전히 졸음기가 가득했다.

"로리먼 부인, 지금은 때가 좋지 않아요."

"때가 좋지 않은 건 나도 마찬가지예요."

"난 교직에서 잘렸다고요."

"알고 있어요. 그 점에 대해선 유감이라고 생각해요."

"방문하신 게 아드님의 기증자를 확보하는 운동과 관련이 있는 거라면……."

"맞아요."

"설마 내가 이 운동을 계속 끌고 나가리라고 생각하시는 건 아니겠죠?"

"그건 선생님 말씀이 틀렸어요. 난 계속 해주실 거라고 생각해요."

"로리먼 부인……."

"선생님과 가까운 분 중에서 돌아가신 분이 있죠?"

"네."

"실례가 안 된다면 누군지 말씀해주실 수 있나요?"

아주 괴상한 질문이었다. 루이스턴은 한숨을 내쉬면서 수전을 똑바로 쳐다보았다. 수전의 아들은 죽어가고 있고, 무슨 이유인지는 모르지만 이 질문은 그녀에게 매우 중요한 의미가 있는 게 분명했다. "내 누님인 캐시요. 그녀는 천사였죠. 당신은 누님에게 무슨 일이 있었는지 도저히 믿을 수 없을 겁니다."

수전은 물론 그 일에 대해서 잘 알고 있었다. 언론에서는 아내인 카산드라 루이스턴을 잃은 남편의 살인 행각에 대해 연일 떠들어댔다.

"다른 사람은 없나요?"

"큰형님인 커티스가 있죠."

"그분도 천사였나요?"

"아니요. 캐시와는 정반대였죠. 난 큰형님을 닮았어요. 사람들은 우리 두 사람이 판박이처럼 닮았다고 하더군요. 하지만 큰형님은 평생 문제만 일으키다가 세상을 떠났죠."

"그분은 어떻게 돌아가셨죠?"

"살해당했어요. 아마도 강도질을 하던 중에 당했나 봐요."

"난 장기기증 일을 하고 있는 간호사를 데려왔어요." 수전이 뒤돌아서자 한 여자가 차에서 내려 그들 쪽으로 다가왔다. "이분이 선생님의 피를 지금 당장 채혈해주실 거예요."

"왜 이러는지 영문을 모르겠군요."

"선생님은 그런 끔찍한 일들을 하신 적이 없어요. 심지어 전 매형이 무슨 짓을 벌일지를 깨달았을 때 경찰에 신고까지 하셨었고요. 선생님은 이제 새로운 생활에 대해 생각을 하셔야 할 때라고요. 그리고 이쯤에서 제 아들을 구하는 데 힘을 보태주시지 않겠어요? 그럼 많은 사람들이 선생님의 행동에 감명을 받을 것 같은데요. 제발 제 아들을 도와주세요."

루이스턴은 막 항의를 하려는 듯했다. 수전은 그런 일이 벌어지지 않기를 빌었다. 수전은 루이스턴이 딴소리를 하는 경우에는 다 털어놓을 준비가 되어 있었다. 자신의 아들인 루커스가 열 살이고, 루이스턴의 큰형님인 커티스가 11년 전에 죽었다는 걸, 아니 루커스가 태어나기 아홉 달 전에 죽었다는 걸 상기시켜줄 준비가 되어 있었다. 조 루이스턴에게 유전적으로 삼촌이 되는 사람이야말로 가장 적합한 기증자가 될 가능성이 가장 높다는 걸 다 털어놓으려고 했다. 수전은 그런 사태까지는 가지 말았으면 하고 바랐다. 하지만 지금은 그런 사태를 얼마든 감수할 용의가 있었다. 아니, 그래야만 했다.

"제발요." 수전은 또다시 애원했다.

간호사는 계속 걸어왔다. 조 루이스턴은 수전의 얼굴을 봤다. 거기엔 분명 절박함이 어려 있었다.

"당연히 도와드려야죠. 채혈을 하려면 안으로 들어가야 하지 않겠어요?"

티아는 삶이라는 게 이렇게 빨리 정상으로 돌아가는 걸 보고 깜짝 놀랐다.

헤스터는 자신의 말을 철저히 지켰다. 전문용어로 말하면 '두 번째 기회'는 없었다. 따라서 티아는 그녀에게 사직서를 제출하고 지금은 새로운 일자리를 찾아보고 있었다. 마이크와 아일린 골드파브는 자신들의 처방전과 관련된 혐의를 다 벗었다. 의사위원회가 형식적인 조사를 벌이고 있었지만, 그러는 동안에도 그들은 예전과 마찬가지로 의료활동을 하고 있었다. 두 사람이 루커스 로리먼에게 맞는 기증자를 찾아냈다는 소문이 떠돌았지만 마이크가 그 문제에 관해 얘기하는 걸 꺼리는 것 같아 티아는 굳이 알려고 하지 않았다.

감정의 동요가 심했던 처음 며칠이 지나자 애덤은 인생관이 바뀐 듯 조금씩 변해가는 것처럼 보였다. 정말 예전처럼 착하고 명랑한 아이로 돌아올까? 그런 시절은 오지 않겠지? 티아는 속으로 생각했다. 어쨌든 아이는 전등 스위치처럼 마음대로 켜고 끌 수 있는 존재가 아니었다. 애덤이 이전보다 나아지고 있다는 건 분명한 사실이었다. 지금 애덤은 집 앞에서 아빠가 날리는 퍽을 막는 골키퍼를 하고 있었다. 마이크는 한 골을 성공시키자 "득점!"이라고 소리치며 레인저스의 득점송을 신나게 불러대기 시작했다. 티아는 귀에 익은 그 노랫소리에 마음이 편안해졌지만, 예전에는 애덤도 따라 불렀다는 걸 깨닫고는 흠칫했다. 지금은 애덤의 목소리가 전혀 들리지 않았다. 애덤은 소리를 전혀 내지 않고 몸만 열심히 움직이고 있었다. 마이크의 목소리에는 이상한 기색이 배어 있었다. 기쁨과 절망이 뒤죽박죽 섞인 것이었다.

마이크는 애덤이 어린 시절의 천진난만한 모습으로 되돌아오기를 바라고 있었다. 하지만 그 시절은 이미 흘러가버렸다. 어쩌면 이만해도 다행이라는 생각으로 살아가야 할 것 같았다.

모가 진입로에 차를 세웠다. 그는 마이크와 애덤을 뉴어크에서 벌어지는 레인저스 대 데블스의 경기에 데려갈 예정이었다. 생명의 은인인 앤서니도 모의 차에 타고 있었다. 마이크는 처음에 앤서니가 그 골목에서 자신의 생명을 구했다고 생각했지만, 습격한 녀석들을 붙들고 늘어진 건 애덤이라는 사실을 알게 됐다. 그건 애덤의 팔뚝에 있는, 칼에 찔린 상처가 증명했다. 아들이 아버지의 생명을 구했다는 건, 부모로서는 가슴이 뿌듯하면서도 애처로운 일이 아닐 수 없었다. 마이크는 눈물을 글썽이며 애덤에게 뭐라 말하려고 했지만, 애덤은 결코 들으려고 하지 않았다. 애덤은 용감한 일을 해놓고도 그걸 자랑하지 않는 그런 아이였다.

그건 자기 아버지를 쏙 빼닮았다.

티아는 창밖을 내다봤다. 그녀가 사랑하는 두 남자가 다녀오겠다는 인사를 하기 위해 문 쪽으로 걸어오고 있었다. 그녀는 두 사람에게 손을 흔들며 키스를 날렸다. 두 사람도 손을 흔들었다. 티아는 부자가 모의 차에 타는 걸 지켜봤다. 그녀는 차가 큰길로 나가서 모습이 보이지 않을 때까지 눈을 떼지 않았다.

티아가 크게 소리쳤다. "질?"

"2층에 있어요, 엄마."

그들은 애덤의 컴퓨터에서 스파이 프로그램을 삭제했다. 스파이 프로그램에 대해서는 사람마다 다른 입장을 피력할 수 있을 것이다. 만약 론과 벳시가 스펜서를 좀 더 철저히 지켜봤더라면 그 애를 구할 수 있을지도 몰랐다. 어쩌면 그러지 못했을 수도 있고. 이 세상에는 특정하게 정해진 운명도 있고 특정한 무작위성도 있는 모양이다. 마이크와 티아는 아들 때문에 그렇게 마음을 졸였는데, 정작 죽을 뻔했던 건 질이었다. 다른 사람을 총으로 쏜 것 때문에 정신적 충격을 받은 것이다. 왜 그랬을까?

바로 무작위성 때문이었다. 질은 우연히 엉뚱한 시간에 엉뚱한 장소에 있었던 것이다.

남을 엿볼 수는 있지만, 남의 행동을 예측할 수는 없는 법이다. 애덤은 곤란한 상황을 헤쳐 나올 수 있는 나름의 방법을 찾아낸 것일지도 모른다. 애덤이 그 테이프를 만들었을 수도 있고, 마이크는 습격을 받아 거의 죽음 직전까지 이르지 않았을 수도 있었다. 카슨이라는 미친 녀석이 마이크와 애덤을 향해 권총 방아쇠를 당기지 않았을 수도 있었다. 애덤은 부모님이 자신을 정말 신뢰하고 있는지 의문을 품지 않을 수도 있었다.

신뢰라는 건 그런 것이다. 좋은 의도라 해도, 한번 깨지면 영원히 되돌릴 수 없는 법이다.

그럼 어머니인 티아는 이 모든 일에서 무엇을 배웠을까? 최선을 다하는 것! 그게 다였다. 최선의 마음가짐으로 아이들을 대하고, 그들이 사랑받고 있다는 걸 알게 해주면 된다. 하지만 인생이라는 게 너무나 무작위적이어서 그보다 더한 것은 어려울 수도 있다. 인생을 마음대로 조종할 수는 없다. 마이크에게는 유대인의 표현을 즐겨 인용하는 전직 농구스타 친구가 있었다. 그가 가장 좋아하는 표현은 '인간은 열심히 계획하지만, 신은 비웃는다'였다. 티아는 지금까지 그 말의 진정한 의미를 알지 못했다. 최선을 다하지 않아 좋은 결과가 나오지 않았을 때 신이 개입해서 엉망으로 만들었다는 일종의 변명인 줄로만 알았다. 하지만 그게 아니었다. 우리가 가진 모든 걸 내세워 최선의 노력을 할 수는 있지만, 그걸 마음대로 조종하는 건 환상에 불과하다는 의미였다.

아니면 그보다 더 복잡한 의미가 있는 걸까?

몰래 남의 뒤를 캔 것이 그들 모두를 구했다는 정반대 주장을 하는 사람이 있을지도 모른다. 예를 들면, 남의 뒤를 캔 덕에 애덤이 곤경에 처해 있다는 걸 알아차릴 수 있었다고.

그보다 더한 것은, 질과 야스민이 여기저기 몰래 살피다가 가이 노박의 권총에 대해 알게 되어 그들 모두의 목숨을 구한 일이었다.

이러니 세상일은 모르는 법이다. 가이 노박이 장전된 권총을 집에 방치했는데 그게 큰 사고로 이어지지 않고 오히려 사람들의 목숨을 구한 셈이었다.

티아는 오락가락하는 생각에 고개를 절레절레 저으며 냉장고 문을 열었다. 남아 있는 반찬거리가 별로 많지 않았다.

"질?"

"왜요?"

티아는 열쇠뭉치와 지갑을 집어 들었다. 블랙베리가 보이지 않아 주위를 두리번거렸다.

딸아이는 놀라울 정도로 수월하게 총격의 충격에서 벗어났다. 의사들은 당시에는 괜찮았지만 후유증이 뒤늦게 나타날 수도 있고, 질이 자신의 행동을, 정당하고 꼭 필요했던 거라고, 심지어는 영웅적인 행동이었다고 느낄 수도 있다고 경고했다. 질은 이제 어린애가 아니었다.

도대체 블랙베리를 어디에 놔둔 거지?

티아는 자신이 그걸 분명히 조리대 위에 내려놓았다고 확신하고 있었다. 바로 여기에. 여기에 놔둔 지 10분도 채 지나지 않았다.

지금까지의 모든 상황이 전혀 다른 방향으로 보이게 된 건 이처럼 단순한 생각 때문이었다.

티아는 자신의 몸이 빳빳이 굳는 것 같은 느낌을 받았다. 다들 살아났다는 안도감 때문에 많은 걸 확인하지 않고 내버려뒀다. 하지만 자신이 확실히 블랙베리를 놔뒀다고 생각했던 곳에서 그걸 찾아내지 못한 순간, 불현듯 설명되지 않았던 많은 의문점들이 머릿속에 떠올랐다.

먼저, 이 모든 일의 발단이 됐던, DJ 허프네 집에서 파티가 열릴 거라는 첫 번째 이메일이 있었다. 하지만 그곳에서 파티가 열리지 않았다. 애덤은 그걸 읽은 적도 없었다.

그렇다면 누가 그걸 보냈을까?

그럴 리가 없어…….

티아는 여전히 스마트폰을 찾아 헤매면서 집전화의 수화기를 들고 번호를 눌렀다. 세 번째 벨 소리가 울렸을 때 가이 노박이 전화를 받았다.

"아, 티아로군요. 어떻게 지내요?"

"당신은 경찰에서 그 비디오를 당신이 보냈다고 진술했죠?"

"뭐라고요?"

"매리앤이 루이스턴 선생과 섹스하는 걸 찍은 것 말이에요. 당신이 그걸 보냈다고 했어요. 복수하려고요."

"그래서요?"

"당신은 그 비디오에 관해 전혀 몰랐던 것 아닌가요?"

침묵이 흘렀다.

"그냥 내버려둡시다, 티아."

가이는 그 말만 하고 전화를 끊어버렸다.

티아는 소리를 죽이고 재빨리 계단을 올라갔다. 질은 자기 방에 있었다. 티아는 자신이 다가가는 소리를 질이 듣지 못했기를 바랐다. 모든 게 다 맞아떨어졌다. 티아는 두 가지 끔찍한 일이, 내시가 미친 듯이 날뛴 일과 애덤이 모습을 감췄던 일이 동시에 벌어졌던 것에 의문을 품고 있었다. 사람들은 나쁜 일은 세 가지가 연달아 찾아오는 법이라는 농담을 하곤 했다. 하지만 티아는 그 말을 진지하게 받아들이지 않았다.

DJ의 집에서 파티가 벌어진다던 이메일.

가이 노박의 서랍에 들어 있던 권총.

돌리 루이스턴의 이메일 주소로 발송된 적나라한 비디오.

이 세 가지를 하나로 묶는 건 무엇일까?

티아는 모퉁이를 돌아서며 말했다. "뭐 하고 있니?"

질은 엄마의 목소리에 펄쩍 뛰었다. "아, 엄마예요? 벽돌깨기를 하고 있었어요."

"말도 안 되는 소리."

"네?"

그녀와 마이크는 질이 꼬치꼬치 캐기를 좋아한다며, 그에 대해 농담을 하곤 했다. 질은 꼬마 스파이 해리엇(주변 사람들과 사물을 염탐하고 기록하기를 좋아하는 열두 살짜리 해리엇이 등장하는 루이즈 피츠휴의 아동소설 제목)이었다.

"게임을 하고 있었다니까요."

하지만 그렇지 않았다. 티아는 이제 무슨 일인지 알게 됐다. 질은 비디오 게임을 하기 위해 그녀의 블랙베리를 가져갔던 게 아니었다. 티아의 문자를 확인하기 위해서였다. 질은 엄마 아빠의 침실에 있는 컴퓨터가 훨씬 더 신형이고 성능이 좋은데도 그걸 사용하지 않았다. 무슨 일이 벌어지는지 보고 싶어서, 게임을 하는 척하며 엄마의 스마트폰을 가져갔던 것이었다. 질은 어린애 취급을 받는 걸 끔찍이도 싫어했다. 그래서 여기저기를 뒤지고 다녔던 것이다. 친구인 야스민과 함께.

이런데도 애들이 순진하다고 해야 하는 건가?

"넌 우리가 애덤의 컴퓨터를 감시한다는 걸 알고 있었지?"

"뭐라고요?"

"브렛은 누가 그 이메일을 보냈든 집 안에서 한 일이라고 했다. 누군지 모르지만 그걸 보냈고, 애덤이 집에 없었으므로 애덤의 이메일 계정으로 들어가서 그걸 지운 거라고 했다. 난 지금까지 누가 그랬는지, 그리고 누가 그럴 수 있는지 알 수가 없었단다. 하지만 이제는 알게 됐어. 그건 너였지, 질. 왜 그랬니?"

질은 고개를 가로저었다. 하지만 어머니는 그게 딸의 항복 표시라는 걸 알아차렸다.

"질?"

"이런 일이 벌어지라고 일부러 그런 건 아니에요."

"다 안다. 차분히 말해봐라."

"엄마 아빠는 보고서를 잘게 잘라버렸죠? 그래서 의문이 든 거예요. 왜 갑자기 엄마 아빠 침실에 문서절단기가 필요한 거지? 한밤중에 그것에 대해 속삭이는 걸 들을 수 있었어요. 게다가 엄마는 E-SpyRight 사이트를 즐겨찾기에 등록해 놓으셨잖아요?"

"그래서 우리가 몰래 살펴보고 있다는 걸 알게 된 거니?"

"물론이죠."

"그런데 그 이메일은 왜 보낸 거니?"

"엄마가 보실 거라는 걸 알았으니까요."

"도저히 이해를 못하겠구나. 왜 있지도 않은 파티를 꾸며서 우리가 오해하게 만든 거지?"

"오빠가 그러고 있다는 걸 알았거든요. 너무 위험한 짓이라고 생각했어요. 오빠를 막고 싶었지만, 클럽 재규어와 그 밖의 일들에 대해 사실대로 말씀드릴 수가 없었어요. 오빠가 곤경에 처하는 걸 두고볼 수 없었거든요."

티아는 이제 고개를 끄덕이며 맞장구를 쳤다. "그래서 파티를 꾸며낸 거로구나."

"네. 거기에서 술과 약을 먹을 거라고도 했고요."

"그렇게 되면 우리가 애덤을 집에서 못 나가게 할 거라고 생각했겠구나?"

"맞아요. 오빠가 안 나가면 안전할 테니까요. 하지만 오빠는 도망쳐버렸어요. 오빠가 그럴 줄은 정말 몰랐어요. 내가 모든 걸 엉망으로 만들어버린 셈이죠. 그렇지 않아요? 다 내 잘못이에요."

"그건 네 잘못이 아니란다."

질은 훌쩍거리기 시작했다. "다들 야스민과 날 어린애 취급했다고요. 우리 마음이 어땠는지 아세요? 그래서 스파이 노릇을 하기로 한 거예요. 마치 게임을 하는 것 같았어요. 어른들은 뭔가를 숨기고, 우린 그것들을 찾아내는. 그런데 그때 루이스턴 선생이 야스민에게 말도 안 되는 짓을 한 거예요. 그게 모든 걸 바꿔버렸죠. 다른 애들은 정말 야비했어요. 야스민은 처음에는 정말 슬퍼했지만, 어느 순간부터는 미친 듯 화를 냈어요. 그 애의 엄마는 아시다시피 도움이 된 적이 한 번도 없었는데, 이번 일은 야스민을 도울 수 있는 기회라고 생각했던 것 같아요."

"그래서 그 여자가…… 루이스턴 선생을 함정으로 끌어들인 거로구나. 매리앤이 그렇게 하겠다는 걸 너희에게 말했니?"

"아니요. 그런데 야스민은 자기 엄마도 몰래 살펴보고 있었거든요. 우린 그 애 엄마의 휴대전화 카메라에 담긴 비디오를 봤어요. 야스민이 매리앤에게 그것에 관해 물어봤는데, 그 여자는 다 끝난 일이고 루이스턴 선생도 고통을 받았다고 했어요."

"그래서 너와 야스민이……."

"우린 해를 끼칠 생각이 전혀 없었어요. 하지만 야스민은 많이 괴로워했어요. 어른들은 다들 어떻게 해야 좋을지를 말로만 떠들어댔죠. 학교 애들이 모두 야스민을 놀려대고 있는데도요. 실제로는 우리 둘 다를 놀려대고 있었고요. 그래서 우린 하루에 다 해치우기로 결정했죠. 학교가 끝난 후에 야스민의 집으로 가지 않고 우리 집으로 먼저 왔죠. 엄마 아빠에게 그 파티에 관한 이메일을 내가 보냈고, 야스민이 뒤를 이어 루이스턴 선생이 대가를 치르게 하기 위해 동영상을 보냈어요."

티아는 그곳에 멍하니 서서 정신이 들기를 기다렸다. 아이들은 부모가 하라는 걸 하지 않는다. 부모가 하는 걸 보고 그대로 배우는 법이다. 이렇게 되면 누구를 비난해야 할 것인가? 티아는 확신이 서질 않았다.

"우리가 한 건 그게 다예요. 이메일을 두 통 보냈을 뿐이라고요." 질이 풀 죽은 목소리로 말했다.

그리고 그건 사실이었다.

"다 괜찮아질 거다." 티아는 취조실에서 남편이 아들에게 연거푸 했던 말을 되풀이하고 있었다.

티아는 무릎을 꿇고 딸을 품안에 꼭 껴안았다. 질은 지금까지 참고 있었던 눈물을 줄줄 흘렸다. 엄마의 가슴에 얼굴을 파묻고 엉엉 울었다. 티아는 딸아이의 머리카락을 매만지며 달랬다.

너 자신이 할 수 있는 걸 하면 된다. 네가 온 정성을 기울여 아이들을 사랑하면 된다. 티아는 마음속으로 연신 그 말을 읊조렸다.

"다 괜찮아질 거다." 티아는 같은 말을 한번 더 되풀이했다.

이번에는 자신도 그 말을 믿을 수 있을 것 같았다.

아주 추운 토요일 아침, 에섹스 군 검사 폴 코플랜드는 15번 간선도로에 있는 물품 보관창고 유스토어잇 앞에 서 있었다. 그날은 마침 코프가 재혼하는 날이었다.

로렌 뮤즈가 그 곁에 서 있었다. "여기까지 오시지 않아도 되는걸요."

"결혼식은 아직 여섯 시간이나 남았는데, 뭘."

"하지만 루시가……."

"루시는 이해해줄 거야."

코프는 자신의 어깨 너머로 차 안에서 대기하고 있는 닐 코르도바를 힐끗 쳐다봤다. 그동안 입을 꾹 다물고 있던 피에트라가 두어 시간 전에 모든 걸 털어놨다. 돌부처처럼 말이 없던 그녀를 설득하느라고 무진 애를 쓰던 코프의 머릿속에 닐 코르도바가 직접 대화를 하게 해보면 어떨까 하는 생각이 퍼뜩 스치고 지나갔다. 2분 후, 자신의 남자친구가 죽었고 변호사가 형량을 가볍게 해주겠다는 확고한 약속을 받아냈다는 사실을 알게 된 피에트라는 드디어 레바 코르도바의 시신이 있는 장소를 솔직하게 불었다.

"난 이 자리에 있고 싶었어." 코프는 엄숙한 목소리로 말했다.

뮤즈는 그가 바라보는 곳으로 눈길을 따라 돌렸다. "그리고 저 사람도 이곳에 오게 하지 말았어야 했어요."

"내가 약속을 했거든."

코프와 닐 코르도바는 레바가 모습을 감춘 후 많은 얘기를 나눴다. 피에트라의 말이 사실이라면 이제 몇 분만 있으면 내시와 닐 코르도바는 아내가 죽었다는 끔찍한 사실을 공유하게 될 처지였다. 살인범의 배경을 조사하던 과정에서 괴이하게도 그자 역시 가슴 아픈 일을 당했다는 걸 알게 됐다.

코프의 머릿속을 들여다본 사람처럼 뮤즈가 물었다. "혹시 피에트라가 거짓말을 했을 가능성에 대해서도 고려해 보셨나요?"

"그럴 가능성이 별로 없다고 봤는데. 당신은?"

"저도 마찬가지예요. 결국 내시는 처남을 돕기 위해 두 명의 여자를 죽인 셈이군요. 루이스턴의 불륜을 담은 테이프를 없애버리려고요."

"그렇게 보이는군. 하지만 내시는 과거가 있어. 그자의 지난날을 철저히 조사해 보면 그동안 저질렀던 악행들이 튀어나올 거라고 장담해. 이번 사건은 무엇보다도 그자가 습관적으로 남을 해쳤음을 보여주는 실례가 될 수 있을 것 같아. 하지만 난 심리학에 관해 알지도 못하고 관심도 없어. 심리상태를 기소할 수도 없고."

"내시는 이 여자들을 고문했어요."

"그렇긴 해. 이론적으로 보면, 그 테이프에 대해 누가 또 알고 있는지를 밝혀내기 위해서였지."

"레바 코르도바 같은 경우군요."

"맞아."

뮤즈는 고개를 가로저었다. "그 학교 선생인 처남은 어떡하실 건가요?"

"루이스턴 말인가? 그 사람을 어떡하다니?"

"그 사람을 기소하실 건가요?"

코프는 어깨를 으쓱했다. "그 사람은 내시가 가장 신뢰할 수 있어서 자신의 고민을 털어놨지만 이렇게 미친 짓을 벌일 줄은 꿈에도 몰랐다고 주장하더구만."

"그 말을 믿으세요?"

"피에트라가 루이스턴의 말을 뒷받침하긴 했지만, 충분한 증거가 없어 어느 쪽인지 확신을 하지 못하겠어." 코프는 뮤즈를 쳐다보며 덧붙였다. "이 시점에서 우리 형사들이 활약을 해줘야지."

물품 보관창고 관리자가 맞는 열쇠를 찾아서 자물쇠에 찔러넣었다. 문이 활짝 열리고 경찰관들이 쏟아져 들어갔다.

"그리고 매리앤 길레스피는 그 테이프를 보내지 않았군요." 뮤즈가 말했다.

"그렇게 보이기는 해. 그저 위협만 한 것 같아. 우리가 확인했잖아? 가이 노박은 그 테이프에 대해 매리앤이 직접 이야기했다고 주장했어. 사실 매리앤은 루이스턴을 위협한 것으로 충분히 보복했다고 생각하고 테이프를 잊어버리자고 했지만, 가이는 그렇게 생각하지 않았던 거야. 그래서 그 테이프를 루이스턴의 아내에게 보냈고."

뮤즈는 눈살을 찌푸렸다.

"왜 그러지?" 코프가 물었다.

"아무것도 아니에요. 가이를 기소하실 건가요?"

"무슨 혐의로? 그 사람은 이메일을 한 통 보냈을 뿐이야. 그게 불법행위는 아니잖아?"

두 명의 경찰관이 창고에서 천천히 걸어 나왔다. 아주 느릿느릿 걸었다. 코프는 그게 무슨 뜻인지 즉시 알아차렸다. 그중 하나가 코프와 눈길을 마주치고는 고개를 끄덕였다.

뮤즈의 입에서는 자기도 모르게 욕설이 튀어나왔다. "빌어먹을!"

코프는 돌아서서 닐 코르도바에게 걸어갔다. 코르도바는 창백한 표정으로 코프를 쳐다보고 있었다. 코프는 허리를 꼿꼿이 펴고 코르도바의 눈길을 피하지 않으려고 애썼다. 코르도바는 코프가 가까이 다가서자 고개를 떨어뜨리며 머리를 흔들었다. 마치 머리를 흔들면 현실을 부정할 수 있다고 생각했던지 보기가 딱할 정도로 흔들어댔다. 코프는 침착하게 계속 걸음을 옮겼다. 코르도바는 이런 일을 예견하고 마음의 준비를 단단히 했지만, 그것이 충격을 줄여주진 못했다. 다른 방법이 더는 없었다. 회피하거나 맞싸울 수도 없었다. 그저 흠씬 두들겨 맞고 짜부라들 수밖에 없었다.

코프가 바로 앞에 와서 서자 닐 코르도바는 머리를 흔드는 대신 코프의 가슴에 허물어지듯 안겼다. 그는 레바의 이름을 연신 불러대며 울부짖었다. 이게 사실이 아니라고, 사실일 리가 없다고 악을 쓰며, 이 사람을 어여삐 여기사 사랑하는 아내를 돌려달라고 애원했다. 코프는 코르도바를 꼭 껴안았다. 몇 분이 흘렀다. 아무도 입을 열지 않았다. 코프는 그저 코르도바를 안고 서 있을 뿐이었다.

그로부터 한 시간 후, 코프는 직접 운전대를 잡고 집으로 차를 몰았다. 샤워를 하고 턱시도를 걸친 다음 신랑 들러리들과 함께 섰다. 일곱 살짜리 딸 카라는 통로를 따라 걸으며 '와'라는 탄성을 연발했다. 주지사가 직접 결혼식 피로연을 주관했다. 악단이 동원되고 온갖 맛있는 음식이 나오는 성대한 파티가 열렸다. 뮤즈는 신부 들러리로 파티에 참석했다. 멋지게 차려입은 그녀는 우아하고 아름다워 보였다. 뮤즈는 코프의 뺨에 키스하며 결혼을 축하했고 코프는 그녀에게 고맙다고 했다. 결혼식에서 두 사람이 나눈 대화는 그게 다였다.

밤은 휘황찬란한 빛의 물결 속에 잠겼다. 그 와중에 코프는 약 2분 동안 홀로 있을 시간이 있었다. 그는 나비 넥타이를 느슨하게 풀고, 셔츠의 맨 윗단추를 끌렀다. 그는 오늘, 죽음으로부터 시작해서 두 사람이 결합하는 즐거운 행사로 마감하는 완벽한 주기를 경험한 셈이었다. 대부분의 사람들은 그 안에서 뭔가 심오한 것을 찾아낼 수 있을지도 모른다. 하지만 코프는 그렇지 않았다. 그는 그저 멍하니 앉아 악단이 빠른 속도로 연주하는 저스틴 팀버레이크의 곡을 들으며, 그것에 맞춰 기를 쓰며 춤을 추는 하객들을 지켜봤다. 그는 잠시 동안 어둠 속으로 눈길을 돌렸다. 닐 코르도바와, 그 사람을 뭉개버렸을 충격과, 지금 그 사람과 어린 딸아이들이 겪고 있을 고통에 대해 생각했다.

"아빠?"

코프는 얼른 돌아섰다. 사랑스러운 딸 카라였다. 딸아이는 그의 손을 잡고 7년 동안 그를 바라보던 사랑스러운 눈길로 그를 올려다봤다. 카라는 아빠의 씁쓸한 마음을 잘 알고 있었다.

"저랑 춤추지 않으실래요?" 카라가 물었다.

"넌 춤추는 걸 싫어하는 줄 알았는데?"

"저, 이 노래 좋아한단 말이에요. 예?"

코프는 사람들이 춤추는 곳으로 걸어갔다. 노래는 제발 섹시한 그녀를 돌아오게 해달라는 멍청한 후렴구를 반복하고 있었다. 코프는 몸을 흐느적거리기 시작했다. 카라는 행복을 빌어주는 사람들에게 둘러싸인 새 신부를 억지로 잡아끌어 춤추는 곳으로 데려왔다. 이제 새롭게 가정을 이룬 루시와 카라와 코프가 함께 춤을 췄다. 음악 소리가 더 커지는 것 같았다. 친구들과 그들의 가족들이 환호성을 지르며 박수를 쳤다. 코프는 기를 쓰고 격렬하게 춤을 췄다. 자신의 인생에 큰 자리를 차지하고 있는 두 여자가 터져 나오는 웃음을 억지로 참고 있었다.

코프는 두 여자가 쿡쿡거리며 웃는 소리를 듣자 더 힘차게 춤을 췄다. 양팔을 퍼덕거리고 엉덩이를 돌려댔다. 땀을 뻘뻘 흘리며, 이 세상에서 이 아름다운 두 여자와 그들의 멋들어진 웃음소리만이 남을 때까지 몸을 돌리고 또 돌렸다.

HOLD TIGHT